魅丽文化
SUNNY
心晴坊
女性新阅读

阅读越美丽

开卷好心情

亲爱的弗洛伊德

Dear Freud

上

玖月晞 著
JIUYUEXI WORKS

百花洲文艺出版社
BAILHUAZHOU LITERATURE AND ART PUBLISHING HOUSE

图书在版编目（CIP）数据

亲爱的弗洛伊德 / 玖月晞著 . — 南昌 : 百花洲文艺出版社，2016.9
ISBN 978-7-5500-1837-2

Ⅰ. ①亲… Ⅱ. ①玖… Ⅲ. ①长篇小说 - 中国 - 当代 Ⅳ. ①I247.5

中国版本图书馆CIP数据核字(2016)第161884号

亲爱的弗洛伊德

玖月晞 著

策　　划　石　颖　唐　婷
责任编辑　胡志敏
特约编辑　唐　婷
封面设计　心晴坊工作室
出版发行　百花洲文艺出版社
社　　址　南昌市红谷滩新区世贸路898号博能中心A座20楼
邮　　编　330038
经　　销　全国新华书店
印　　刷　湖南凌宇纸品有限公司
开　　本　880mm × 1230mm　1/32
印　　张　21.5
版　　次　2016年9月第1版
印　　次　2019年10月第13次印刷
字　　数　804千字
书　　号　ISBN 978-7-5500-1837-2
定　　价　59.80元

赣版权登字　05-2016-217

网　　址　http：//www.bhzwy.com
图书若有印装错误，影响阅读，可向承印厂联系调换。

Contents

我自倾情，你且随意。

第一卷　仿无所依

K 城的四月天，淅淅沥沥下起了雨。正值下午课，学生们举着课本书包在校园里飞蹿。

甄意踏着水洼快步跑到巷口的大树下，抬头望见嫩绿的树芽和北方高高的天空。

巷子尽头一幢晚清民国的小楼，院子里白樱盛开，落英缤纷，静谧典雅如桃花源，与周遭的教学楼相映成趣。

春风拂过树梢，树叶间的雨珠簌簌落下，冰冰凉掉到脖子里，甄意一个激灵，蹿进雨幕，一鼓作气跑进巷尾的小楼。

木门吱呀，室内多是老木家具，温馨而惬意。

老式收音机里，播音员念着新闻：“林子翼强奸案受害人唐某自杀后一星期，兰亭区人民法院认定证据不足，驳回对林子翼等四人的强奸诉讼。昨天，受害人方表示服从判决。这场耗时三月的……”

甄意脱下外套，抖了抖衣服上的花瓣和雨滴，见窗户没关，雨水全打进来，赶紧拿挂钩钩上木窗，锁了插销。

房子只有爷爷住，他是 K 大哲学系的老教授，一生醉心研究，从来不修边幅。别说关窗这种小事，连一日三餐都要提醒。拿现在的话讲，是高智低能的老孩子。

甄意这四个月忙得脚不沾地，没时间来看爷爷。早年嫁入豪门的表姐请了保姆张嫂照顾爷爷。今天张嫂请假，甄意便过来。

落地钟指向两点半，爷爷午睡该起了。甄意准备上楼，见红木椅子上放着一个精致的纸盒，美国寄来的。她才想起远在华尔街的姐姐寄了礼物祝贺她人生第一个大案子宣告结束。的确是大案子，多少律师同行一辈子也遇不到。

甄意拆开纸盒，镶钻露背短裙，蓬蓬白纱，外罩窗花裁剪设计，相当惊艳。细心的姐姐还替她搭配了手拎包、高跟鞋。

客厅电话响，她接过来歪头夹在耳边："你好？"

那边似乎略感意外，顿了一下，低缓道："甄府？"男人的嗓音低沉温润，甄意直觉心中有根弦给这声音拨动。甄府？这称呼太尊雅古意。转念想，爷爷书香门第，桃李满天下，称"甄府"算不得迂腐矫情。

她纳闷的片刻，那边并不着急，不浮不躁地安静等待。

静谧中，只听木窗外，雨打芭蕉。

甄意回神，赶紧放下衣服，握好电话："是甄家，找哪位？"

"我与甄教授约好三点拜访，不知教授是否在家？"

"在的。"

"谢谢。"他淡雅致意，挂了电话。

爷爷下楼，穿着皱皱的棉布长衫，白发糟糟，像晚清的邋遢秀才。甄意说有人要拜访，给爷爷梳了头，苦口婆心半天，劝不了他换衣裳，无奈把长衫熨一遍了事。

屋外雨水淅淅，调频收音机低低播报："……庭审现场，检控官尹铎与受害人律师甄意利用出其不意的法庭盘问将几位被告的辩解驳斥得体无完肤，法律专家分析认为林子翼等四人将被判最低十年有期徒刑。可第二次庭审，辩护人提出有力证据表明受害人唐某本身为性工作者，随后唐某不堪重压跳楼自杀身……"

啪！甄意面无表情，关掉收音机。

雨停了，她重新打开木窗，一扇扇拿木棱支好。打扫完屋子，窗明几净，又给书房里煮好待客的茶，这才抱着衣服上楼。

衣服量身定做，穿上飘逸出尘，甄意心情不错，脱下短裙，忽听爷爷惊嚷："发大水啦！"

甄意抓了件衬衣扑下楼，就见爷爷倒开水，泼了一桌。桌子上热气缭绕。她立即就近取下衣帽钩上的风衣拦住水势，不让开水流去爷爷脚上。

"老头子别怕，没事了！"她俏皮地安慰爷爷，却听身后有人关门，很轻很缓，似乎不想引人注意，但木门古旧，难免出声。

从楼上跑来，她虽然衣衫混乱，但也没到"非礼勿视"的地步。这门关的，真让人尴尬。

她不痛快地上楼，没多久，爷爷在楼下喊："意儿，客人要走了。"

甄意偏不去送，瘪着嘴，不情不愿地扬声：“再见！”对方没答。

人走了，她才出来，地板的水渍已清理干净。她心中讶异，爷爷连拖把在哪儿都不知道。看来是客人做的，担心老人不小心踩上去摔倒。桌上也擦干净了，垃圾篓里一件大衣。

甄意脑中电光火石，她拿客人的风衣扑水？翻出一看，她居然拿杰尼亚高级定制时装当抹布。

甄意哀号，抱着风衣飞也似的冲出门。

巷子口停着辆黑色保时捷，有人恭敬地给他撑着黑伞，他西装笔挺，弯身要上车。

“请等一下！”她飞快跑，在水洼里踢踢踏踏，泥水四溅。

他直起身，微微侧头，却没回身。

不知是因为车，还是因为人，路过的学生纷纷侧目。

她跑去他身后，发觉他个子很高，背着身，剪裁得体的西装上没有一丝褶皱。身旁的撑伞人看甄意一眼，目光凉淡。

春风一吹，树叶上雨珠坠落，砸在伞面噼里啪啦响。甄意立在伞外，猛地缩脖子，声音不卑不亢：“刚才不小心拿你的风衣挡水，我洗干净了还你？”

“不用了。”他淡淡道，躬身要上车，却稍稍一顿，“甄教授的指点远比一件衣服珍贵。”

爷爷现在的精神状况还能搞研学？

甄意纳闷，但她向来随性，既然他说不值一提，她也不纠结，转身要走，却瞥见他俊逸秀美的侧脸。

好似不远处落樱花瓣随风飞来，她有些怔愣。

“言格？”她微微不确定，抱着他的风衣上前一步。看清楚后，大方笑道，“好久不见。”

“抱歉，我不记得你。”他说罢，折身上了车。

她知道他对人忘性快，毫不介意，还很高兴在他乡见到：“你忘啦，我是甄……”

话没完，撑伞人关上车门，甄意只瞥见他线条利落的下巴，非常白皙。

甄意望着车离去，不介意地耸耸肩。分离已有八年之久，以他寡淡的性格，早该把她忘干净了。如果她还像中学时那么不知羞，定会故作嘴快，笑嘻嘻说：学长，我是和你早恋的女孩，看脸皮薄的他羞得耳朵红。但她不似以前那么疯癫，他还似以前那般对她漠不关心，打招呼都没必要。

回屋，爷爷坐在餐桌前吃核桃布朗尼。

甄意夺餐盘，故作瞠目：“你这老头子又不听话，这把年纪能吃甜食？”

爷爷抓着叉子，十分委屈："是木糖醇的。"

"诶？"果然木糖醇特制，谁这么有心？桌上还摆着几罐坚果：核桃、腰果、榛子、夏威夷果……玻璃罐上贴了便签，字迹清俊，写着"每日 3 颗"。

甄意把盘子还给爷爷，问："刚才那人是谁？"爷爷早退休，不可能是他的老师。且他早年就出国了。

爷爷抓抓头："苏老师推荐的。"

苏教授和爷爷是同事，搞医学的。爷爷搞哲学，在圈子里久负盛名，即便退休，也常有小辈叨扰请教。

记得那年在绿树成荫的深城，他说要出国学医。现在看来，他搞哲学去了？这么一想，和他那淡，很淡，非常淡的性格真是奇搭。初见，十二年；分别，八年；时光飞逝啊。

甄意拿勺剜一小块布朗尼，木糖醇口味，亏他想得出来。她戳着黑乎乎的蛋糕，忽而想起追他的那些年，看《呼啸山庄》，二十年，凯瑟琳变了鬼，也要在风雨交加的夜回希斯克里夫身边。那时她以为她有凯瑟琳的深情，但渐渐她意识到，有几个男人像希斯克里夫那般爱到癫狂？

女孩长大了，得知道什么叫现实，什么叫青春得意须尽欢，尤其是年轻女子的青春。

旧时光一闪而过，甄意挑了挑眉，唯一遗憾的是：那么漂亮的脸蛋不能为己所用。作为外貌协会会长，她痛心疾首。她笑自己的不正经，乐了，杵杵爷爷的手臂："老头子，哪天看到帅到掉渣的后生小辈，介绍一个给你孙女，肥水不流外人田啊！"

爷爷不理，乖乖吃蛋糕。甄意瘪嘴瞪他。

这些年，她再也没有像那样追一个男生了。

还记得，她背着手跟在他身旁，认真地说："言格，借我一样东西吧。"

他淡淡看她，眼神在问：什么？

"Kiss！"她咧嘴笑。

"……"

"别走……你放心，我会还你的。……哎，你别跑啊！……你以为你跑得掉吗？"

甄意约了大学同学司瑰吃甜品。毕业那年，两人一同进警署，甄意工作几个月后辞职重新读研。几年过去，司瑰已实现她从小到大的理想：刑警。

司瑰在西北长大，特有北方的爽朗豪情，连自诩总攻的甄意偶尔也娇滴滴地唤她死鬼。

对“死鬼”这个大家都会叫的绰号，司瑰深知无力回天，可今天，她想抗争：“甄，我要改名。”“名字和梦一样是反的，你安全活了二十四年。”甄意安慰得敷衍，点了杨枝甘露和芒果西米捞，扭头见司瑰不满地眯眼，她立刻做出推心置腹样，“反的，你看我叫甄意，其实我很假。”

司瑰嘴角抽搐：“这倒是。”

甄意抢先付了钱。司瑰仍深陷名字漩涡：“甄，我要改名。在警署成天被一帮爷们叫小厮（司），我本该是警署一枝花。”

“让他们别叫姓，叫名。”

她黑脸：“你让男人们暧昧地叫我小鬼（瑰）？”

“取英文名吧，Rose。”

“肉丝。”

甄意哈哈大笑，司瑰知道被耍，从桌底下狠踢她一脚。

“妈妈喜欢玫瑰，就叫我司瑰，她完全可以叫我司玫。”司瑰扼腕。

“你希望刚进警署的毛头小子叫你师（司）妹？”

司瑰表情有如灰飞烟灭，额头栽到桌上：“我这么倒霉？怎么叫都不对！我就是为论文《论名字的重要性》而生。”甄意笑个不停。

见她这样，司瑰才默默舒了一口气。唐裳和林子翼的案子牵绊甄意太久，唐裳跳楼后，司瑰怕她情绪有差，今天试探一番，才挑明：“最近情绪还好吧？”

甄意自然明白：“嗯，依旧淡定。”

司瑰鼓励：“你在庭上表现惊艳，这场官司让你一战成名。要不是唐裳自杀，或许是另一种结果。”

“你们结的案，她真的是自杀？”

“你怀疑什么？”

“没，随便一问。”甄意认为唐裳不至于寻短见，可她也不能挽回什么。

司瑰：“坊间传言，你卖了证据为唐家争取到300万的私了费？”

甄意挑眉：“警察小姐，你要审问我？”

司瑰不追问了，她没站在甄意的位置，无法评论她的选择。那段时间，甄意作为唐裳的代理律师，协助检控方打官司，比检控团的人还拼命。她大概猜得到甄意做了什么交换，这或许是系统内有些人希望的。她并不认同，她认为惩恶是社会的必须。但她也知道这个案子因为四个被告的强大背景进行得有多艰难，检控团举证不力，压力反而落在代理律师身上。她知道甄意这几个月是怎么熬过来的，每天只睡两个小时，到处搜集证据找证人，天天遭受威胁，撑着自己，撑着风口浪尖上情绪不稳的唐裳。她比所有人更想把那四人送进监狱，但最终……

甄意低下眼眸，想起唐裳妹妹唐羽的话："坐牢有什么用？甄律师，能判死刑吗，能让他们死吗？不能吧，十年？以他们的背景，关三年我都怀疑。到时再让媒体渲染我们的悲剧？那我们家的痛苦算什么，我姐的死算什么？笑话还是闹剧？如果是这样，就当我姐是炒作，网友不都这么说吗。我宁愿拿300万弥补给爸爸妈妈。人都死了，要狗屁的正义有什么用？不要跟我说把他们绳之于法，让其他人免遭伤害，我没那么高尚。"

不经意间，甄意笑得寂寞。

司瑰见了，暗怪自己多嘴，岔开话题："杨姿怎么没来？"

"补觉。"杨姿是甄意在深城的高中同学，高考一起来K城，如今在一个事务所工作。

甄意含着芒果，几句话概括一段恩怨情仇："杨姿跟了个离婚案，男的找小三，转移财产，说女的闲职做太太吃他住他用他的，没资格要钱，给她几万分手费不错了。有个儿子，男的不放，说女方没本事抚养。女方不肯离，天天哭诉当年如何恩爱。听说吵得昏天暗地，杨姿累得胸都瘦了。"

司瑰扑哧一声，同情地点头："我见过这种时刻的女人，一肚子可怜苦水。哎，全往杨姿身上倒，估计她听多了对人生要失去希望。"

甄意瞪她："杨姿是男方的代理律师。"

"……"司瑰翻白眼。

"所以说女人不自立自强，变成男人的依附，没有主动权，就注定毁灭。你看，打个官司连好律师都请不起。"甄意几分钟搞定杨枝甘露，转战西米捞，又咕哝，"女人啊，过去的事有什么好讲的，再痛苦，听的人也不会感同身受，说了别人只当一出戏。有个词叫时过境迁，专为男人量身定做。"

司瑰敏觉："哟，美人，哪位公子伤过你的心？"

甄意呲她："一直伤人心，从未被伤过。"

司瑰咯咯笑。

"甄律师？"身后有人叫她。是个高高瘦瘦的美女，戴着墨镜，很有气质。

"宋依？"

司瑰抬头，演员宋依？宋依和唐裳一样是模特出身。唐裳没名气，宋依却发展得好，因为演技精湛，已跻身为荧幕小花旦。要不是这个商场太高端没人来，早被围堵了。

她和唐裳不和，但这次唐裳案，她做了唐裳的证人，结果被斥为炒作。

名演员宋依笑得很美，打开手提包："甄律师，我来埋单吧。"

"付过了。"

“那下次。”宋依说，“甄律师，我把你推荐给了很多朋友，他们以后遇到麻烦，会第一个想到请你。”

甄意不受宠地回笑，解释：“我不做民商，专攻人身伤害方向的刑事案，如果你们摊上杀人、暴力、强奸之类的事，记得找我。”

宋依：“……”

司瑰别过头去，笑得肩膀直抖。

“……会的，下次见。”

甄意没注意自己的乌鸦嘴，更没想到一语成谶，那天晚上，出事了。

司瑰回望宋依：“甄，大明星对你这么热络，我好奇，你们律师和委托人是哪种关系？”

“露水情人。”甄意略微思索，“短期案子是一夜情；长期是男人和小三，女人和小狼狗。偶尔真心，多半假意。逢场作戏，各取所需。”

司瑰被她的比喻逗乐，稍稍回想，噗，说不出的恰当。

“甄，原配老婆是谁？”

“法律。”

“为什么？”

“因为我们‘钻’法律的空子。”

“……”

司瑰习惯了她的不正经：“你这样做律师，到哪儿都有‘前男友’替你埋单，真滋润。”

“嫉妒我吧。”

“是，嫉妒死了。甄大律师，杨姿说，你做代理从未败诉？就连这次，网友们也都认为还是你赢了。”

“不是我厉害，而是我只接打得赢的案子。”甄意坦言。事务所老板卞谦是爷爷的学生，是她的“哥哥”。他专拣名利双收的案子给她，想把她打造成“未尝败绩”的名律师。她很清楚一路受了诸多偏袒恩惠，她心安理得，并不羞惭。人情关系和学历智商外貌皮相一样，放着不用才是脑残。

甄意扫完两碗，起身去找洗手间，推开安全门，沿着空空的走廊走了近五十米，才看到尽头红色蓝色的简笔画小人。甄意腹诽：厕所这么偏僻，真是鸟不拉屎。

她看一眼男厕所，想笑，鸟……当然无法拉屎……这时，门突然被拉开。纯洁女青年怎么能盯着男厕所淫笑？她收了笑容，严肃认真地去上厕所。可男厕所出来的人，她认识。

短短几秒，她的表情千变万化。

除了显赫的背景，林子翼还是网络红人，隔三岔五闹事，打人斗殴的视频三番四次被传上网络。曾传出强奸恶行，但都因没有受害人而不了了之。这次唐裳站出来，却以死结尾。

和案子有关的一切在判决下来的一刻尘封，甄意不会再提。此番在厕所门口看到林子翼，她恶心倒胃口，不屑看他，推门进厕所。没想身后一股猛力，她给扯回去抵到墙上。

林子翼拦在她面前，脸很黑。

从小到大，林子翼没遇到过阻碍和不顺心，法律对他来说如同儿戏。他在一个外围女的生日派对上初见唐裳。她漂亮身材好，个性高洁，豁达里带着点儿豪气，不虚荣轻浮，不矫揉造作。见惯了拜金女和柔弱女的林子翼被她吸引，眼睛都挪不开。

不学无术的他绞尽脑汁想出一句最贴切女神的话：富贵不能淫。正因如此，他更想淫。

他打听唐裳的消息，彼时被他包养的外围女吃醋了，说唐裳心气儿高，不是钱能收买的，人家有男朋友，关系好着呢。林子翼后来见过，叫吴哲，长得很好看，白白净净的。唐裳坐在吴哲的电动车上笑靥如花，却不肯上他的魅影。

林子翼为了得到她，死缠烂打，可他的金钱无法让唐裳动心。唐裳和吴哲的工作生活被搅得一团乱，两人决定离开 K 城。林子翼震惊了。那时他刚好害得吴哲丢掉工作，原以为唐裳会抛弃吴哲，却没想是这种结果。

自尊和耐性到了极限，被疯狂的怨恨和毁灭的快意取代。他找人绑了唐裳和吴哲，野兽般在她身上发泄，让朋友们一起折磨她。

他早知道她的哭喊不能抚平他心里被无视的愤怒，他决意把自己经受的羞辱最大程度地返还给他们。所以，林子翼把吴哲绑在一旁，全程看着。

一整夜。他们发泄累了，唐裳像死了一样，吴哲也像死了一样。走的时候，他砸了一沓钱在她身上，给她最后的凌辱。

即使唐裳的事被爆出，林子翼也不紧张。他知道像往常一样不会有事。强奸还是自愿，谁说得清。没想到吴哲和唐裳坚定地要打官司，每次看到他们握着手紧紧靠在一起，他嫉恨至极。

更没想到，一个叫甄意的律师胆敢在大家都不接这个案子的时候，在警察都拖延调查的时候，代表唐裳站了出来。

最没想到的这个律师多方寻找物证人证，配合检控团在法庭上把被告攻击得溃不成军。

此刻，这个美女律师见到他，表情犹如见到一坨屎，嫌恶，不屑，仿佛多看一眼眼睛会生疮，扭头就走。林子翼愤怒之极，抓住她将她摁到墙上。

甄意警告："想我告你骚扰？"

她太镇定，他反而一点点松开她的手腕，身躯逼近把她罩在墙上，不无挑衅："甄律师，你不会。对你来说，钱就可以解决问题。"

甄意笑："300 万足够让你肉疼吧？"

林子翼一提就怒："女人为了钱，都可以张开腿求我！唐裳有什么区别？我是没给钱还是怎么？呵，我只让一小点水军在网上造谣说她是妓女想上位，结果呢，哈哈，知道有多少网友跟帖附和吗？"

甄意眼底瞬间冷寒。用性和名声攻击毁灭女人的男人最低贱龌龊。自以为用身体和权势征服女人，大男子主义泛滥着，扬扬自得：这是我们男性力量与权威的表现和释放。可甄意看来，简直令人作呕！无奈社会欺软怕硬，世人总习惯性失明，看不见男人，只唾骂荡妇。

当初她看到那些帖子，气得要呕血，更可况当事人唐裳和吴哲。

得知唐裳自杀时，甄意不相信。印象中，唐裳外表纤细，骨子里却十分坚韧。面对非人的遭遇，她一直坚持着，说不把林子翼送入监狱，会有更多的女人遭难。

她从没抱怨，始终咬着牙，坚强得让人想哭。

甄意不知她面对那些污蔑时，心底是否悲凉得寸草不生；她也不知这是否足够让信念坚定的唐裳在没有等来判决前就选择去死。

而她也愈发明白了有个词的一笔一画：众口铄金，积毁销骨！

那些跟风的言之凿凿辱骂唐裳的人，难道不怕恶小也会遭报应?

"你害死了她。"她说。

林子翼一愣，变了脸色："你是律师，不知道诽谤罪？"

甄意笑了："我是说你的造谣害死了她。看你的表情，你以为我说你杀死了她。"

林子翼再度怒目。网上有人阴谋论，猜测他们杀死了唐裳。他冷笑："甄律师的舌头很厉害。但这是诽谤！"

"我说了什么？"

"你……"林子翼脸直抽搐，"你也不是什么好东西。帮唐裳打官司不过是为了博出名，站在弱势的一方让别人以为你伸张正义不惧安危，可我知道真正名利双收的是你。你帮唐家敲诈我 300 万，收了多少回扣！"

"不关你事。"甄意挑眉，"我的钱就算是拿来烧，也花得心安理得。"

"贱人！"林子翼气得冒烟。可即使被骂，甄意也淡然自若，轻蔑地看他。他忽然想起唐裳，想起他在这类女人面前总是溃不成军。这样的人，他都想毁灭。

"为了帮你告我骚扰，留点儿物证给你。"他眼中闪过邪色，意图抬手捏她的下巴。

甄意一脚踢到他双腿间，猛地把他推开。

她闪进厕所锁上门，耳朵贴过去，隐约听到林子翼痛哼。他有色心，但不敢真把她怎么样，所以甄意不慌，可他想白白摸几把吃豆腐?

“你哥的！”甄意骂了句脏话，抓起门边的拖把要出去打死林子翼那衰人。可无意间一回头，色女本性占上风，注意力全被吸引。

一个男人侧着身，正慢条斯理地拉裤子拉链。光是看那从容淡定的背影，她都能判断他色香味俱全，貌气质俱佳。

甄意紧紧抿唇，第一反应是，目光往他下边挪了一下……什么也没看到，可惜啊。

她手中握着粗粗硬硬的拖把棍子，想了想觉得含义颇丰，赶紧松手。

一秒，两秒，她不作声，缓缓抬起眼眸。他已经侧过头来，无声而安静地看她，眉清目秀。甄意的心怦地颠了一下，随即，像脱缰的野马狂奔。“你怎么会在这里？”

八年不见，他好看得让人想犯罪。作为颜控，甄意已无法描述心里的庆幸！除了庆幸，别无他想。记得大三那年，司瑰口中清秀可人的初恋来K城办事，好色的甄意陪着一颗心小鹿乱撞的司瑰去请他吃饭。结果，见识了这世上最残忍的事：你的初恋站在你面前，他却已经肿了。

司瑰的回忆彻底幻灭，回学校的路上，一句话没说，那晚睡前，她突然道：“甄，如果有机会，千万不要去见你的初恋。”

甄意当晚梦见言格，她的美丽少年在美国变成了一个吃着汉堡包和炸薯条的大胖墩儿，她又着急又生气，抱着他肉嘟嘟软弹弹的手臂使劲摇：“你肿么了？你肿了么？”

初恋幻灭是多残酷的事。

可此刻，他站在她面前，比回忆更美好。八年，时光过了，他兀自明月清风着。

神思一飘，忽然回到十二年前，她追他追得惊天动地，他实在没办法，一下课就躲进男厕所。她以视死如归的精神尾随，冲进厕所一个门一个门地拍打。男同学们大惊失色，提着裤子满厕所号叫逃窜。

有个门拍了半天都不开。就是他了。

她运动神经好，攀住门板蹦起来，一个引体向上，趴到门沿顶上往里看，终于看到他，不穿校服，而是修身白衬衫，细长黑领带。真好看，她看他几百年都看不厌。

他抱着手，白皙容颜微扬着，浓眉下眼睛深邃，鼻梁的峰度很完美。安然的，不带苛责，在一室鬼叫的男孩子中，兀自安静。

“不要烦我。”他说。她把自己挂在门板上，胳肢窝咯得疼，悬空的双脚却在门那边开心地晃荡：“言格，我喜欢你。”

“我知道，你说第 197 次了。”

“可我觉得，你一次都没听进去啊！”

他淡淡的：“无聊的话，有什么好听的。”

“哪有？‘我喜欢你’是多好听的话啊。”她歪头枕在手臂上，眼睛一刻不离他，“你要是对我说，哪怕一次，我都会开心得飞上天，跑回家尖叫一晚上睡不着。”

男孩子们都在起哄；隔间里，他仍是不言不语，淡到了极致。

……

就像此刻，甄意闯进洗手间，他有条不紊地拉拉链，不像正常人捂着裤子一脸尴尬和惊愕。甄意惊讶：“你怎么会在这里？”他看她半秒：“因为我走错洗手间了。”

“……”说反话……还真是他对废话的一贯反应……

他，记起她来了？

走错洗手间的甄意解释：“有人追我，我不小心躲错了。不过，你怎么大老远跑来这儿上厕所？”话一出口，更奇怪。

他在洗手，头也不抬：“因为我喜欢这个洗手间的设计和氛围。”

“……”

甄意心中腹诽：好好说话会死吗？

估计他是来商场买东西的。她努努嘴，没话可说了，道：“那，后会有期。”言格拉开门。林子翼已经不在，甄意跟着出去。

几十米的弧形长廊，甄意走几步，习惯性先问：“你什么时候来 K 城的？”

“去年十二月。”“啊，最冷的时候。”“不冷。”“……”

“你比我晚来，算是客人，要不要我请你吃饭？”“不要。”“……”

走了十几米，甄意想起那天他去拜访爷爷，没话找话：“你跟着我爷爷学习？”

“嗯。”“……”她耸耸肩。和他聊天，华佗再世都救不了他的冷场！

隔了几秒，他开口：“没想到甄教授是你爷爷。”

甄意牵牵唇角，笑了。其实那年，他们对彼此都知之甚少：“你现在干什么工作？”

“一言难尽。”

“嗯，高端。”

言格当然听出她语气中的嘲讽，停下脚步。甄意亦坦然迎视他，似笑非笑。

他认真地说：“我不会解释。不过，你想尝试一下？”

尝试？她扬起下巴：“好啊，现在去？”

“嗯。”他静静的。“看着我的眼睛。”他低声，走近一步。他的音质本就温润，略一降调，便散发不动声色的蛊惑。

他们立在安全门边，走廊灯光幽暗，空气中弥漫着清新的淡淡花香。

世界很静。商场里的轻音乐像从很远的地方飘来。

甄意不自觉晃了一下，盯着他深邃静谧的眼眸，像陷了进去，不知为何挪不动脚。

他手指白皙修长，在她眼前晃了几下，像阳光下振翅的白蝴蝶，虚幻，不真实，却美得惊心。他声音很轻很好听，似乎说了什么，可甄意只听到缓缓的开门声。

她的思绪似乎震荡了一下，随即掉进最安逸的梦境，很放松，很惬意。

忽然，她看见了十六岁的言格，比十二岁的他高了很多。蓝黑色的绒大衣，上边有暗红色扣绳，象牙色牛角扣，精致而漂亮。（她奇怪她居然记得这种细节。）

南方的深城，到处是茂密的枝丫；冬天夜里，路灯穿过斑驳的树影，笼在他乌黑的短发上，罩了层金色的光晕。

他长长的睫毛也染了金色，在眼底投下深深的阴影。（她不记得记忆里有这一刻的美好。）

他安安静静走着，她哼着歌儿跟在身旁，就这样穿过宁静而暧昧的斑驳夜光。

她忽然问："言格，你有啄木鸟厉害吗？"

他侧过头来，低眸看她，眼神在问：什么意思？

"字面意思啊。"

"……"他完全不好奇。

她小跑到他前面拦住去路，他略一思量，止了脚步："干吗？"

"给你个机会，证明你比啄木鸟厉害。"

他不理解，但也不问，安静看她。

她尽全力踮起脚尖，昂着头，小脸凑近他唇边："你把我的脸当树好了。"

"……"

她脚酸了，很努力地稳住，不让自己摇晃。

路灯下，她莹润的脸蛋近在他鼻尖唇角，细腻得几乎透明。她犹不脸红，跳跳脚："喂，啄木鸟，你快点儿啊！"

言格的脸一寸寸发烫，浮起微红："甄意，你羞不羞？"

那时，他脸红了，很窘迫呢。

甄意沉在久远的回忆里，忽听一声轻响，有谁合上门。她思绪再度一颤。

回过神来，只有她一个人傻傻站在走廊里，言格早没人影了。居然把她催眠了，人跑了？

浑蛋！甄意简直想咬人。

她急忙拉开安全门，追上言格，故意大声：“浑蛋催眠师，占了我便宜就跑。”

有路人侧目，可言格没点儿反应，头也不回，跟不认识甄意似的。

甄意拉他：“说你呢！”言格停下了，看一眼手臂上她的爪子：“哦，是我占了你便宜吗？”

“你怎么能把我留在那里？”

“我计时了，十秒。”他继续前行。

“你是精神病医生？”甄意哼一声，“医者不自医。”

言格不答，也没半点欣赏她玩笑的意思。

甄意瘪嘴：“果然适合你麻木不仁的性格。”

“嗯，律师，符合你多管闲事的性格。”他漫不经心地自言自语。

甄意脚步一顿，他怎么知道她是律师？因为林子翼的案子太引人关注？

他上了自动扶梯，招呼不打就走了。甄意白眼：还真是一点儿没变！

她转身离开，脑子想起刚才言格的话，多管闲事。她稍稍出神，如果不是她的多管闲事，他们会怎么样？

……

她记得，还是少年时，约莫十二年前，十二三岁的言格就长得白白净净，很好看。或许，看上去也很好欺负。

第一次遇到他，是在放学后的马路边。离放学过去很长一段时间了，林荫路上很安静。他独自立在公交车站，被一群隔壁学校高中部的混混盯上。

他们找他要钱，他不作声，一直静静地看着混混们。

混混们被他的眼神惹怒，认为他在蔑视他们的威风，要教训他。还没动手，被路见不平的甄意看到。中学的小女生抽出包里的棒球棍，三下两下把高中生们打得嗷嗷叫，四下跑开。

“喊，敢欺负我们学校的同学，找死啊！”甄意冲他们的背影耀武扬威地嚷，转头，“你怎么不穿校服，只在书包上别校徽会被教导员揪耳朵的，我的耳朵就经常被揪……”

“我的天！”她转身看到白衬衫细领带的少年，眼睛直了，话都忘到脑后，立马调戏，“我的天，你怎么长得这么好看？”

斜斜的夕阳穿过树梢，落在他长长的睫毛上；他眼睛深深的，却没什么情绪。谢谢都没一句。

“你长得这么漂亮，你自己知道吗？这样在外面走，难怪会被打劫。”她很是自来熟，叽叽喳喳像他们头顶树梢上的鸟儿，“要是遇到我，就劫色啦！”

他还是不说话。霞光下，他的脸白皙俊美，几乎透明。

或许因为灿烂的晚霞，她以为他脸红了，赶紧替他解围：“你不要不好意思，我开玩笑的。嘿嘿，我是外貌协会的，所以比较容易激动。”

这下，他略微思索，睫毛垂了一下，复而看她，眼瞳漂亮得像黑曜石珠子。

声音很清澈，带着不解：“外贸协会？你是童工，这么小就工作了？”

甄意愣了一秒，以为他也开玩笑，哈哈大笑：“噢，你真有趣。你叫什么？做我男朋友吧？”

他不慌不乱，也没不好意思，回答：“我叫言格，我还不需要女朋友。”

“为什么？”

他不答，反而问：“嗯，你有钱吗？”

“怎么了？”

“坐公交车好像需要钱。”

“你今天才知道？真的假的……”甄意嘴巴微张，目瞪口呆，随即眼珠一转，计上心来，“可以借，但我不会给陌生人借钱的。”

“……”

“嘻嘻，如果我是你的女朋友呢，就另当别论啦！”

“……”

“哎，你别走啊。哎言格，你等等我呀。走回家？太好了，我护送你回家好不好？万一又有人抢劫你怎么办？你没钱？人不劫钱劫色啊。哎，你跑什么？别跑，哎你回来……”

从此，她一直追着他，像航海的船，走上追逐太阳的航程，一年又一年，从初中到高中，到全校的同学都知道，老师都知道，一座城都知道了。

……

仿佛一夜间，气温骤然回升，枯木上新芽舒展。

周三早上，杨姿照例头一个来到事务所。几月前，她偶然发现老板卞谦来最早还自己冲咖啡后，她戒了赖床。

在咖啡机旁等了一会儿，杨姿掐着点，听见外面电梯响，赶紧拿洒水壶给老板办公室窗台上的绿植洒水。

“阿姿，这么早？”不是卞谦，是甄意。

她家不远，每天早上跑步过来。她喘着气在饮水机旁接水。晨曦洒进来，她脸上带着晨跑后的红晕，生机勃勃的；她弯着腰，玫色 pinky 运动衫裹着翘翘的小臀，长腿纤细，撩人动心的性感。中学时，坏学生甄意总穿紧而低腰的裤子，细腰翘臀，包裹得密实，看得青涩的杨姿和同学们替她脸红。

杨姿脸蛋非常漂亮，身材尤其妩媚。甄意相貌不及她，但周身透着一股说不清的活泼生命力，总让人忍不住想多看她几眼。

甄意打完招呼进了洗手间，再出来就改头换面了。头发一丝不苟地盘起，穿一套白色亮片正装连衣裙，像小礼服，高雅精致又时尚俏皮，完全不同于其他人死板的西装西服裙。

从学校到职场，她对服装的品味一直高于常人。

杨姿跟着甄意进了隔间："意，看新闻没？周日凌晨，林子翼在兰亭的 Ecstasy 私人会所被杀。据说，死得很惨。"星期六是甄意和司瑰逛商场的那天。

"看到了。"甄意打开电脑，移动鼠标，"新闻里没有细节，但有网友说他被阉了。当然，这很可能是网友不积口德。"

杨姿凑过去："他一死，网络上再度沸沸扬扬。很多人都撒花叫好。"

"哼。"甄意勾起唇角，"唐裳死的时候也有很多人撒花，说她畏罪自杀。现在林子翼死了，他们又这样。这些人真爱憎分明嫉恶如仇？不过是在现实里空虚没有存在感，心里的阴暗和恶毒需要发泄。留言代表他们本身。对生命都不尊重的人，不能称之为人！"

杨姿被她隐隐的怒气镇住："意，我以为看到这个消息，你会宽慰。"

甄意心情复杂，难以描述。杨姿拍拍她的肩："忙了三个多月，终于告一段落，可以松口气了。"她目光落到甄意带来的文件夹上，粗略地瞟了眼："新合同？你周一周二不是在休假吗？"

"可案子不会放假，休息时间都泡汤了。"甄意说话的间隙，也拿着笔在平板上做笔记，一分一秒都不浪费。

"辛苦死了。卞老大在虐待你吧？"杨姿随手翻一下，代理费吓她一跳，够她打半年离婚官司。他们事务所，律师的薪金和代理费挂钩，有的律师一星期赚大几万，有的磕半年酬劳比不过农民工。

"就知道他舍不得虐你。"杨姿笑言，"你是他的得力干将。"

"你才是。论专业，我比不上你。"

"专业？进了社会才知道，很多时候专业没那么大发言权。"杨姿感叹，她一直很努力，所以更迷茫。甄意笔一顿，抬头认真道："阿姿，你温柔漂亮又能干，女人味十足，聪明劲儿不缺，我几多羡慕你。"

杨姿一愣，嗔怪地瞪她，又道："意，我跟老大商量过，想往刑事这边发展，到时候要带我哦。而且昨天老大交给我一个刑事案，也是社会影响很大的那种。"

"是吗？恭喜，那你加油。"

上班时间到，办公室里陆陆续续忙碌起来。

杨姿回去处理手上的工作，休息时习惯性往甄意的隔间看一眼，刚好看到一个戴着墨镜的高挑女子走进去，有些眼熟。宋依？大明星宋依？难怪合同上代理费那么高！

他们律师事务所在唐裳案里声名鹊起，风光最盛的当属甄意。话说当初卞谦接这案子时，事务所里很多资历更深的律师都不敢沾手，而今个个后悔莫及。

杨姿看看自己的案子，K 大高才生姚锋课堂泼硫酸捅刀，四死三伤。姚锋家境贫穷请不起律师，法院委托了事务所派律师。薪水低就不说了，杨姿看上的是这个案子的恶劣影响和公众关注度。

第一个刑事案就如此出名，已是万幸。

甄意是星期天下午接到的宋依的委托。

Ecstasy 私人会所监控显示，宋依曾在案发时间经过案发包厢外的走廊拐角，看了走廊一眼，那条走廊刚好没有摄像头。她是重要的目击证人，可很不配合，警察问话她只字不答。后来有警察"善意"提醒："宋小姐，比起目击证人，你更愿意当嫌疑人？"

宋依于是找甄意：她看到了可疑人，可坚决不做证。理由很简单，她是公众人物，不想惹事；另外，怕凶手报复。

她对甄意的原话是"我不想'被自杀'"。

看来，她认为唐裳的自杀有蹊跷。

甄意清楚，目击证人不做证并不触犯法律，但宋依在监控中出现的时间和地点太微妙。

林子翼背景显赫，警察的压力可想而知。只有宋依这个突破口，他们当然会想方设法撬开她的嘴，说不定巨压之下真把她弄成嫌疑人。

进隔间后，宋依坐下，微笑着取了墨镜和围巾："我很相信你，甄律师。你说这次的事能很快解决？"

"嗯，比上次请你出庭做证简单。"甄意头也不抬，她工作时专注而不苟言笑。

"但这次是和警察对抗哦。当然，我不是怀疑你。"宋依公式化地奉承，"甄律师一直都和恶势力不公平对抗，让我们很感动……"

"计时收费，少说些没用的。"甄意打断，"给你的资料，记熟了没？"

宋依脸色微变，她是大明星，很少被这么不客气地对待。"记住了。"

上周末，宋依把案发当天的经历完完整整告诉了甄意，后者设计了九十三个警察可能提的问题及标准答案：圆滑地配合，不撒谎，也不提供任何有效信息。

"好。"甄意起身，"去会议室模拟警察盘问。"说罢拿起电话，"姿，帮我的委托人做一下模拟问讯……嗯，对……你先签一份保密协定。"

小会议室里，杨姿坐在宋依对面，表情冷肃；甄意立在杨姿身旁，目光锐利。

宋依知道她们在刻意营造警署审讯室里紧张压抑的气氛，人为虚张声势。她相信甄意的能力，那些问题和答案设计得天衣无缝，她背得滚瓜烂熟，所以并不紧张，只当复习。

杨姿眼神平平，开始询问：

“姓名？”

“宋依。”

“职业？”

“演员。”

“4 月 28 日那晚，你在 Ecstasy 会所？”

“是。”

“你常去那家？”

“我不这么认为。”

宋依是第一次去，如果回答“第一次”，等于没事找事，自揽嫌疑；如果回答“应该，好像不常去”等模糊词，会被追问。甄意设计的否定回答玩了文字游戏，避免难题。

杨姿问下一题前，看了看题目上甄意的蓝色马克笔批注，非常显眼：警察做足功课后的追问（可能性 10%）。

“我们调查了会所的记录，显示你是第一次去 Ecstasy；另外我们走访了附近的酒吧会所，你定点常去的是两个街区外的 mayflower。为什么那天突然改变？”

杨姿暗暗佩服甄意的缜密。这种细节当事人自己都不会注意，甄意却想得到。

宋依早有准备，流利道：“我去会所是想认识富二代，听说 Ecstasy 有钱人更多……”

“停！”甄意突然打断，“宋小姐，你看没看我给你的标注？”

宋依被甄意苛责的气势骇住，杨姿有些尴尬，宋依面子上更挂不住，不太开心，瘪嘴：“对不起，我回答得太快了。”

杨姿拿起资料一看，那题的答案下面有绿色标注：你会觉得难以启齿，犹豫后，慢、慢、回答！她微愣，没料到甄意能做到这种程度。

宋依经过提示，低眉迟疑片刻，小声而不好意思地重新回答。

盘问继续有条不紊地进行。“是否认识死者？”

“见过一面，不算认识。”

“当晚你是否见过死者？是否有印象？”

“有点模糊。”设计这题时，宋依想否认。但事实上她和死者近距离跳过舞，甄意说如果现场其他人有印象，那就麻烦了，所以她不同意否定。

甄意批注道：一旦追问，记忆模糊化，如喝了酒亢奋不清醒；范围扩大化，如舞伴太多，随机变换。

杨姿追问；宋依自信满满，背诵答案："我酒后跳舞，很 high，和好多男男女女近身跳。人太多，我当时很兴奋，记不太清了。"

"停！"甄意再次不客气地打断，"宋小姐，刚才你挑眉了。"

宋依不在意："有关系吗？"

"挑眉说明你得意又轻蔑，看得出你准备充分，有隐瞒的嫌疑。"甄意双手撑着桌沿，压低身子，俯视她，"你觉得警察不会怀疑？宋小姐，如果你认为背完这九十三个问题就高枕无忧，那我告诉你，他们会揪出你出纰漏的地方，重点攻击。到时，希望你保持此刻满不在意又漫不经心的心态！"

陡然间一股低气压。杨姿没料到甄意有这个气势来训斥当红明星。

宋依更羞，不可置信地睁大眼睛，一动不动，几秒后才微不可察地调整坐姿。

她尴尬地认真起来，仿佛自我催眠："我会时刻记住你说的，这些不只是答案，而是我自己真实的想法。我不是在背诵，而是描述我内心的想法。"

甄意："闭上眼睛，把你刚才说的话，在心里重复三遍。"宋依照做。

等待的间隙，一片沉默。甄意其实想起了言格，"重复三遍"是受他启发想到的，不知这算不算"自我催眠"，也不知有没有效。

宋依睁开眼："好了！"

杨姿继续："你为什么从那条走廊拐角经过？"问完，她瞥一眼答案：酒喝多了，上洗手间。红色标记：'酒喝多了'这句话切记，不许遗漏！

……

一轮下来，宋依大松一口气，甄意却不松懈："考虑到警署的压力和临时变化，再模拟几遍，争取把该暴露的问题都找出来。"宋依没反对。

杨姿满心感慨：她和甄意的专攻领域不一样，平日少有合作，今天大开眼界。她没想到生活中嘻嘻哈哈死不正经的甄意，在工作上竟气势如虹，凌厉惊人。

她们练习了很多遍，准备充分，可第二天去警署，却遇到了出乎意料的阻碍。

第二天，宋依去警署接受问讯，甄意作为律师始终陪伴。办手续前见到司瑰，两人都在工作状态，彼此无话。

负责问话的是林涵警官，但甄意知道司瑰会在玻璃后看着，司瑰工作之余在大学辅修行为心理，不知她能看出多少。正因为知道对手的厉害，甄意才在模拟中格外注意宋依的行为和小动作。这次算是她们的较量？甄意兴奋而期待。

审讯室很狭窄，黑玻璃不透光，宋依早听甄意说是刻意施压，所以不紧张。

开始前，甄意声明："我的当事人不想做证，你们可以在道义上谴责她，但不能威逼。可惜你们已经这么做了。我的当事人现同意提供信息，希望以后你们不要再打扰她。"

宋依听了，多少有些底气。

林警官说着"谢谢配合"的客套话，道："宋小姐说的会被记录，你可以不做证，但法律不允许做伪证。"话里不无暗示。

这点甄意也给宋依备份过，所以她并不失措。

林警官的问题都在甄意预料的范围内。多次训练后，宋依开始相信自己说的每句话都是真的，演得很真实。但时不时，甄意会打断。尽管某个问题她们准备了，她也疾言厉色地禁止，搬出大段诸如"与案件无关""侵犯隐私"之类的控诉。

宋依知道，她在故意转移警察的敌意和注意；且她聪明谨慎，打断的都是看似微妙却实际无关紧要的问题。

问询渐入重点："你离开酒厅经过走廊拐角，是去干什么？"

"酒喝多了，上洗手间。"宋依答。那天她喝了酒，但不多。甄意设计答案时说，这个理由有现实依据，不算撒谎，非常合乎常识情理和酒吧的环境，还能为后面埋伏笔。

"有没有听到奇怪的声音？"

"会所很吵到处是声音，哪种算奇怪？"问题抛给对方，不直接回答，也不撒谎。

林解释："男人的惨叫、呻吟或打斗。"

宋依拧眉回想："当时醉醺醺的不清楚。这些声音在酒吧太平常，就算真听见，也不会有印象。"用合理的方式扩大和模糊范围。

"监控里，你往案发的那条走廊看了一眼。有没有看到可疑的人？"

"哪种算可疑？"

"急匆匆的。"

"那边有洗手间，急匆匆也不会引人注意吧。"

林发觉被绕进去了，直接问："只要是你看到的，都描述。"

"走廊光线很暗，我瞟了一眼，不确定。"

"这么说，你看见人了？"

"我看见了一个影子。"宋依看见人了，但也看见了墙上的影子。甄意说：避重就轻。

"有没有看清他的相貌？"

"我不认为我对那个影子有特别的印象。"甄意说：这样否认可以规避撒谎。

警官并没察觉。

一番问话下来，没什么有用信息。宋依也成功给警察留下甄意特意营造的印象：漠然，道德感低，爱惜羽毛，不愿惹事。这样，她起初不肯配合后来却煞有介事带着律师来撑场面的行为就合理了。

但结束前，警官说：“宋小姐醉酒记不清，可潜意识里或许有印象。”

这道突发题没有标准答案，宋依求助地看向甄意，后者问：“所以？”

“宋小姐愿不愿意配合我们，唤醒潜意识的记忆？”

宋依不懂：“什么东西？”警官刚要解释，甄意腾地站起来：“绝不可能！”

她来之前，不会想到，真正的阻碍，竟是言格。

“绝不可能。”甄意断然拒绝。

林警官：“让她和我们的专业人员谈话，只是加强记忆和……”

“是催眠吧？”甄意强势打断，“用这种不成系统的把戏判断人命攸关的案子？谁能保证潜意识里的东西一定是事实？如果再提无理要求，我会起诉。”

宋依一愣，起诉警察？她可不想惹麻烦。可林警官不说了。

在回忆案发现场寻找线索时，给证人浅度催眠往往能发挥意想不到的作用，偏偏它不成文，没有程序保护，不能强制执行。以宋依事不关己的态度，苦口婆心也劝不了她自愿。况且，她或许潜意识也没看清。只得作罢。

甄意走出审讯室，恰好司瑰从隔壁观察室出来，两人都是扑克脸，不显露表情。倒是宋依认出她是甄意的朋友，经过一番高压审问后，心态轻松，打招呼：“你好。”

司瑰的回应却是：“宋小姐，我们希望你把刚才的问题在测谎仪上再答一遍。”

“什么？”宋依情绪大逆转，扭头望甄意，满眼抗拒。

甄意这次没直接拒绝：“为什么？”

“Ecstasy的监控有死角，我们实际模拟过，宋小姐在视频里离开的方向的确是去洗手间，但她如果在死角处转弯入走廊，监控看不到。”

宋依张口结舌。甄意思索半晌，平静道：“我和我的当事人商量一下。”

说完把宋依拉到一边，后者怒气冲冲掀开她的手，抛开平时的客气伪装，低声警告：

“甄意你收了我多少钱！别忘了你必须时刻维护我的权益。刚才你是怎么呛那个警察的？现在看见你的朋友就退缩？你干不了想回避就直说，我换律师！”

甄意八风不动：“宋小姐，你可以选择吗？这是刑事案件，你有嫌疑。我们不是在演美剧，你也没那么多权利，不管你愿不愿意，他们都会想方设法逼你。你该庆幸他们不会强迫你催眠，只因为技术上难以操作。”

宋依黑着脸翻手机：“我找关系。”甄意哼一声：“死的是林子翼。”

她哪有那么强的关系？宋依顿住，咬牙："警察找不出凶手，想让我做替死鬼吗？怀疑我的证据在哪儿？不用给你看让你判断就这么对待我？"

"律师可以接触证据资料，但那是在你已经被刑事起诉的前提下。"甄意说。

在执法机关面前，律师和个人其实很弱势。

"是不是测出问题，我就完了？"

"不是，测谎只能做辅助参考，不能做定案证据。别怕。我给你设计的答案是规避而非撒谎，应该测不出来。"

"万一……"

"即使测出你撒谎，也无非是你不肯描述凶手样貌。最坏的情况是警察又开始缠着，你清静不了。更何况，"甄意眼神坚定，"你没犯错，所以相信我，不会有事。"

宋依被她说服，慢慢镇定，长吸一口气，点点头。

甄意过去对司瑰说她同意了。司瑰转身推开观察室的门，朝里面说："言老师，可以了。"

"言老师"这称呼让甄意稍稍一愣，不经意探头往里望，一个白色的高高的背影一闪而过。甄意再熟悉不过，轻声问司瑰："那是测谎师？"司瑰不作声。

"我不是以律师的身份问你。另外，我知道他应该不是。"

"研究型医生，需要测谎的生理数据。但你放心，他的准备工作是有人协助的，很专业。他也研究过测谎，很多才，比如像你，可以做好警察，也可以做好律师。"

甄意的注意力被屋里的仪器吸引。桌上放着微波炉大小的长方屏幕，上面几条亮色的线；指示灯一闪一闪。测谎仪？

甄意入神之际，视线里再度出现那个白色的身影。

门缝被拉开，言格立在她面前。还是记忆里的他，容貌自成一景，俊颜不带波澜；周身的气质都深邃宁静，像不起风的秋夜。

不同的是，他戴了副很薄的无框眼镜，平添一丝淡淡的书卷气，很是知性矜贵。

眼镜削弱了疏离的气质，看上去比以往柔和近人些，甄意不太习惯。

宋依看到他，浮躁的情绪瞬间消失。听说他是负责测谎的，立刻彬彬有礼起来："麻烦了。"然后袅袅进去观察室。甄意无语，果然好皮相，好办事。亏她刚才费半天口舌。

她经过言格身边，问了句："你眼睛怎么了？"

他正在翻看几张文件纸，听言转眸，薄薄的镜片后，黑眸淡如水，看她半秒，没理。

甄意轻哼。他头已低下去，认真看着手中的纸张。用心时刻的男人有天生的魅力，宋依凑过来，忐忑地望住言格，绵羊音道："我好紧张，这种情绪会不会被判定为撒谎呢？”

甄意眉心跳了跳：调情能不能注意场合？

“紧张和撒谎是有区别的……”言格居然耐心地给宋依做技术性解释。

他嗓音天生低醇，陌生的术语听上去也不冷冰。

讲了约一分钟，甄意忽然意识到，即使是当年谈恋爱的时候，他对她都没说过那么长的话，每次都是寥寥几个词，一两秒的工夫，仿佛和她多说一个字就会死。

宋依完全理解后，言格递给她一份注意事项，大致内容是如果你陈述事实，测试结果会对你有利；如果说谎，则对你不利。

末尾有一条：心理测试完全自愿，被测试者有权拒绝或在测试过程中终止心理测试。

当然，这句话只是形式。

言格示意司瑰，后者给宋依戴上呼吸传感器、血压套等设备，在她无名指尖夹上电极。

甄意盯着桌上的图谱仪，有一条线活跃起来。她不懂其中含义，言格目不转睛盯着，没说话。

准备好后，司瑰退回来和甄意站到角落，甄意以为言格会开始问问题，但他看向她：“从1到9里选一个数字，不要告诉我。”甄意抿唇。

“选好了吗？”甄意点头。

“悄声告诉她。”他指宋依。甄意过去宋依耳旁，低声：“7。”

“先做刺激测试，检测你的生理反应图谱。”言格说了句宋依没听懂的话，指示，“我会问你她说的数字，无论我问哪个，你都回答‘不是’，明白吗？”

“嗯。”

“是1吗？”

“不是。”

……

言格从1问到9，宋依均平静否认。甄意一直观察她的表情和动作，经过昨天的强化训练，没有任何异样。甄意想，她或许成为隐瞒高手了。

但言格盯着屏幕看了一会儿，道：“是7。”

宋依身体僵直，一动不动。可言格说出答案的瞬间，甄意看到屏幕上有条线猛地跃起。

言格：“有什么不适应吗？”

宋依扯扯嘴角：“没，觉得很神奇。”

“所以，撒谎会对你不利。”他语气很淡，目光也淡，从甄意身上划过。

不知为何，她的心轻微地磕了一下，预感不太好。宋依：“知道了。”

“那我们开始。”

室内很安静，只有言格和宋依在一问一答。

甄意原以为，测谎人员会在声音和肢体语言上对被测者施压，但言格没有。他始终语调平稳，嗓音低沉，不带起伏；站姿也干净，没有任何小动作。

他不看测谎仪，而是看着宋依：“你叫宋依？”

“是。”

“4 月 28 日凌晨，你在 Ecstasy 会所酒吧？”

“是。”

“你是 K 城本地人？”

“不是。”

“你去 Ecstasy 是朋友约你？”

“不是。”有稍稍迟疑。

“你去 Ecstasy 是刚好经过，随机去的？”

“……不是。”

“你去会所是一个人？”

“是。”

“你是演员？”

“是。”

“你第一次去 Ecstasy？”（这个问题刚才问询的警察没提及，现在司瑰在做笔记。）

“是。”有犹豫。

“你会诚实回答我的问题？”

“是。”

“那天你在 Ecstasy 喝酒了？”

“是。”

“你喝的白酒？”

“不是。”回答很快。

“你喝的红酒？”

“不是。”速度放慢。

“你喝的啤酒？”

“不是。”

"你喝的鸡尾酒？"

"是。"有迟疑。

"你担心我问别的问题吗？"

"不是。"抬头，睁大眼睛。

"你只喝了一杯酒？"

"不是。"回答很快。

"你只喝了两杯酒？"

"……"

"你认为测谎仪很神奇？"

"是。"

"你只喝了两杯酒？"

"……是。"很长的迟疑。

"两杯鸡尾酒让你醉得意识不清？"

"……我……"不回答。

甄意低头摸着眉骨。

即使她不懂测谎，也能感觉到：照这么下去，任何隐瞒的细枝末节，甚至她没有想到的，都会被问出来。

她对测谎一无所知，是她疏忽了。言格有备而来。他不仅是需要生理数据的研究员，一到这儿他就控制了局势。很可能提出测谎的不是警方和司瑰他们，而是他。

刚才司瑰说警察模拟了监控里宋依的走位，暗示她有嫌疑，逼她接受测谎。仔细想，其实不对。光凭这点，她不能被列为嫌疑人。

她们上当了。

问答还在继续。"你很清楚，如果你撒谎，测谎仪上会有反应？"

"是。"宋依不安，求助地看甄意。可甄意一时半会儿想不出对策。

"经过走廊拐角时，你看见了影子？"

"是。"回答很快。

"你是近视？"

"不是。"回答很快。

"你那天穿的球鞋？"

"不是。"回答很快。

"你那天穿的高跟鞋？"

"是。"

"你觉得那个人影是小孩？"

“不是。”

“你觉得那个人是年轻人？”

“是。”

甄意吸气，她想用眼神提醒宋依：言格偷换概念了。

可后者回答得太快，问题过去了。甄意真没想过，她在法庭上惯用的伎俩，居然会让自己的委托人栽进去。

“当时你觉得那个人可疑？”

“不是。”

“案发后，你觉得那个人可疑？”

“是。”

“你其实对那个人有印象？”

“……”愣住。

甄意低头，如此逻辑严密循序渐进的剖析，真的很难撒谎。

“你那天穿的时尚平底鞋？”

“不是。”

“你是模特？”

“是。”

“你其实对那个人有印象？”

“……”

“你看清楚了？”

“……”

“你醉了吗？”

“……”

宋依闭闭眼，咬唇。即使不回答，她也知道，谎言被拆穿了。

司瑰低头，要做笔记；甄意思绪一闪，立刻制止：“司警官刚才说，测谎是重复刚才宋小姐在审讯室内的问题。如果宋小姐是嫌疑人，把证据拿出来！”

她盯着宋依。

后者明白了，她还不是嫌疑人，可警方想从她的测谎中判定。她反应更激烈：“你们骗我，我不测了。怀疑我就把我抓起来啊。”说着竟发力扯身上的设备和电线。

甄意：“……”

演得过头了……为了不必要的麻烦，还是要继续，不能和警察闹太僵……

测谎被打断。

言格看过来，薄镜片后，眼眸很淡：“你是这么说的？”

司瑰紧张又尴尬，像做错事的学生："对不起，言老师，我可能口误了。"

可甄意知道，是套话，绝不是口误。其实，这时提出抗议，她也没把握。如果警方强制，她们耗不过，可她认为言格骨子里的骄傲不会允许。

言格低下眼帘，在思索。测谎的事，暂时只有屋子里的四个人知道。

最终，他对宋依说："刚才那两个问题你没有回答，我不做记录。"看司瑰一眼，后者立刻点头，表示遵守。

"和这两个问题有关的衍生，我都不会问了。这样可以了吗？"

宋依也知道没有选择，但至少争取了部分好处，她放松了些："好，谢谢。"

"你叫宋依？"

"是。"

第二轮，言格重复问了刚才所有的问题，除了最后两个。只是，这次他调整了无关问题和相关问题的顺序。和之前一样，皮肤电、呼吸、血压、脉搏等图谱都没有异样，没有明显的生理变化。

可甄意并不轻松。她猜得到，言格用逻辑套出一些事后，打乱问题顺序再次确认，同时他在慢慢思索，策划下一轮的问题。

甄意疑惑，不问是否醉酒意识清醒，不问是否看清了嫌疑人，还能问什么？

很快，言格让她大开眼界。

第三轮开始。

"你认识死者？"

"是。"回答很快。

"你熟悉死者？"

"是。"

"你喜欢上网？"

"是。"

"在死者生前，你出庭给他的对立面做证？"

"是。"

"那晚，你在会所里见到了他？"

"是。"缓慢。

"你在吧台见到了他？"

"不是。"快速。

"你在舞池见到了他？"

"是。"缓慢。

"他很高？"

“不是。”

“你们面对面跳舞了？”

“是。”缓慢。

“你曾经在网络上看到过他的不良新闻？”

“是。”快速。

“你在庭审现场，见过他一面？”

“是。”

“你通常对见过一面的人，会有印象？”

“不是。”

“即使你不认识林子翼，但你在网上见过他的照片？”

“是。”缓慢。

“所以，不管你是否印象深刻，你在舞池看到他的时候，知道他是林子翼？”

“……是。”

“他死后你关注了网上的信息？”

“……是。”很慢。

“你评论了？”

“不是。”很快。

“你点蜡烛了？”

“……没有。”

“你撒花了？”

“……是。”皱眉，缓慢。

“鉴于他以往的行径，你觉得他死不足惜？”

“……是。”图谱仪没有异常，她说了实话。

甄意也反感林子翼，面对他的死，她也很漠然，可现在听到宋依这么明确的回答，还是觉得有道德包袱。

“即使他死得很惨，你也不觉得同情？”

“是。”

甄意思索，言格是在探索宋依不愿做证揪出嫌疑人的原因？

“他死了，你没什么感觉？”

“……是。”轻轻握拳，缓缓回答。屏幕上，皮肤电显示出现异常，线条高高跃起。宋依看不到屏幕，但也从甄意诧异的表情里看出端倪。

“他死了，你很悲伤？”

“不是。”

“他死了，你很开心？”

“不是。”皮肤电曲线大幅度上升。

“你恨他？”

“不是。”摇头，呼吸脉搏各条曲线上升。

“你认为林子翼真的和朋友轮奸了唐裳？”

“是。”迅速回答，图谱正常。

“他伤害过你？”

“不是。”迅速回答，图谱正常。

“你杀了他？”

“不是。”

“你其实很感激杀死他的人，如果能帮助凶手，你会很愿意？”

“不是。”咬牙，皮肤电异常。

甄意盯着瞬息万变的屏幕，精神高度集中。

言格淡淡的，直视宋依的眼睛几秒，迅速编制最后一节测试题：

“你觉得这次的凶手应该被处罚？”

“是。”坐直，呼吸线异常。

“如果是你，你会放了凶手？”

“不是。”怒目，皮肤电异常。

“在死者被杀之前，你知道他会死？”

“不是！”她愤怒地盯着言格，曲线全部上升。

“你其实认识凶手？”性质直接由不配合做证变成隐瞒包庇？甄意愣住。

宋依脸色发白，紧紧抿唇，没回答，可图谱线一条条激增。她突然不管了，动手拆胸部腹部的呼吸传感器。

气氛紧张。死一般寂静的室内，只有搭扣碰撞的噼啪声。

“最后一个问题，”言格仿佛没看见她的抵触，平静道，“你有被强奸或轮奸的经历？”

“浑蛋！”宋依尖叫，脸色血红从椅子上跳起，血压套和传感器都掉了，可指尖的电极还在，图谱仪上有条线疯狂乱窜。

甄意很安静，盯着激愤之下脸部扭曲的宋依：这个案子里，她不只是目击证人！

不熟悉死者就没有杀人动机？不，有种动机叫报复社会。现在，她是嫌疑人了！

宋依见甄意不说话，眼珠要爆出，怒吼：“甄意你浑蛋！你是我的律师，就这么让这浑蛋攻击我污蔑我？你不是很厉害吗？是假的！都是因为你没用，唐裳才会死。现在你还要害死我！你想做名律师，你的本事在哪里？”

司瑰见她失控，把她摁进椅子。

测谎仪的绘图纸打印记录，滴滴作响。

甄意依旧沉静，目光却冷。

宋依，我说过，不要隐瞒我。我是你的律师。就算你真杀了人，我也会替你辩护，押上我的道德替你辩护！我对你只有一点要求：不要隐瞒。可你，连唯一的一点都做不到！

今年K城的雨水比往年多。五月初，天空意外湛蓝。雨细如江南，院子里樱花打落一地。

煮一壶茶，甄意抱着平板电脑坐在木窗前的藤椅上。

她有公寓，但每每遇到棘手的事，都习惯来爷爷的小楼，或听爷爷讲智慧，或就那样安静地坐在学校绿色深处的这方天地里，远离喧嚣。今天张嫂带爷爷去体检了，只有她一人。

她浏览着搜索出来的“言格”，稍稍吃惊。伴随着索引出现各种名词打乱重组：人格、治疗、精神、医学、神经、临床、咨询、生理、催眠术、学……她不能完全理解。

且奇怪的是，网上N多条索引，却没有任何官方的信息。

有一条维基百科，口气却非常民间，以一种仰望而主观的姿态描述他如何天赋异禀，说他少年立志做脑外科医生，赴美学医，研习神经医学之余辅修哲学，功课全A；又说哲学让他重新思考人生，决定探索人的潜意识，探索生理与心理之间的神秘纽带；还说得益于他优秀的医学基础，他很好地从生理心理双重的角度研究神经与精神，心理与行为之间的关系，在催眠精神治疗方面大有建树。

甄意耐着性子看完一整篇蹩脚的中式英语后，无语：这是写小说吧？她居然还看到一大串关于他的笑谈趣事，完全不是他的性格。这果然是一个人人操控百科全书的时代。

老式电话丁零零地响。她趿上拖鞋，从藤椅里起身，手里托着平板，接过电话歪头夹在耳边，散漫道：“你好？”

那边顿了一下，嗓音很轻：“甄意？”

她心跳一磕，或许因为电话，他的声音格外清润低缓，说着她的名字。

木窗外，清风吹过樱花树梢。

她不咸不淡的：“找我爷爷？”

“是，我与甄教授约好三点拜访，不知教授是否在家？”

甄意蹙眉，爷爷从来不会爽约，这次怎么忘记了。“在的。”她想也不想，飞速撒谎。

"谢谢。"他没有怀疑，挂了电话。

那天在警署他送了她一份意外，她至少该请他喝杯茶回礼。

甄意用木棱把窗户撑开，把爷爷书房里的茶具搬到窗前，茶壶里换了水重新烧。布置好一切，落地挂钟指向两点五十。

煮水器里的水安分而缓慢地升温，院子里有雨后的清香。

她坐在藤椅里等待，划开平板，关掉和"言格"有关的一切页面，打开命名为"林子翼 V.S. 唐裳"的文件夹。

那天从警署出来，甄意骂了宋依。她的隐瞒让她们在言格面前措手不及。甄意警告她，不能全盘托出，就干脆散伙。现在宋依还没来向甄意坦白，但也没说换律师。所以甄意还是要准备应对警方下一轮的盘问。

她猜警方的线索也不多，不然不会一直拿不出证据地揪着宋依。娱乐场所环境复杂，多少人进进出出，法证人员估计找不出线索。但这次测谎爆料太惊人，她的嫌疑直线上升。

甄意虽然还不知道林子翼死亡的细节，但直觉认为和才结束的官司有关。

现在活着的，和唐裳案有关的直接联系人有：三个犯案同谋，唐裳的男友吴哲，妹妹唐羽，父母。那三个高干子弟甄意接触不到，而吴哲现在在……那个地方她去不了，要从言格入手。

钟摆咚地敲，雄浑厚重的声音在小楼里回荡。甄意回过神来，三点了。钟声才落，窗外吱呀一声悠扬，有人推开了院子的栅栏门。甄意探头看。

言格进了院子，立在栅栏边拿手帕擦手。打黑伞的随从站在巷子里，没跟进来。

天空中的雨丝往他身上飘。他穿一件海军风的薄风衣，衣领立着，看着更显挺拔。

他擦干手，往小楼走来。

甄意起身去，拉开门的瞬间，他刚好走上石阶来到门口。迎面碰上，甄意顷刻就被他高高的身影笼罩住。

两人离得太近，面对面看上半秒，甄意尴尬闪开："请进。"

"谢谢。"今天他没戴眼镜，气质回归淡淡的清冽。

他坐在玄关换鞋，一抬眸，目光凝在一双黑色的洗得发白的棉布拖鞋上，那是爷爷的鞋子。甄意暗叹不好。他抬起头来，无声地迎视她，眼神很淡，甚至看不出质问的意味。

甄意大方地笑，露出白白的牙齿："爷爷出去了，你喝茶等等吧。"

"嗯。"他穿上拖鞋，起身进屋。觉得她好像没怎么变，说谎从不脸红，总是笑颜朗朗，一副落落坦荡拳拳真诚的样子。

言格松开一颗风衣扣子，笔直坐到窗边，甄意到他对面。木藤桌上摆着香木茶盘，置茶、理茶、分茶、烹茶、品茗、洗涤茶具一应俱全，没有眼花缭乱之感，井井有条，精致典雅。

“听说你很讲究，不轻易喝茶。”她垂着眸，素手纤纤，茶匙将茶则中的茶叶拨入茶漏。

一句“听说”稍显生疏，且哪里是听说？分明是见识。

他不置可否。

他们家族规矩太多，从小研习谨遵礼数礼教，钟鸣鼎食之家的传统与风骨继承进了骨子里，在外总透着格格不入的古板之气。

他没和她说起，也没解释他的古怪。对她来说，他该是枯燥乏味的。

他不接话，她也不介意。

对坐良久，他还是走客场似的说：“一直没来得及问，你过得还好吧？”

“好得不得了。”她飞速答完。

又是无话。

他等了半刻：“不问我？”

“你若安好，那还得了？”她不知是俏皮还是什么。

他不多想，她也只是笑笑。寒暄这种事，真不适合他。

玉书碨里的水煮好了，烟雾袅袅的，横亘在两人之间，雨后的风一吹，散了。院子里有樱花绿叶的香味，夹杂着雨水的清新，从窗棱蔓延进来。

“什么时候学的？”言格问。

她太活泼闹腾。印象中，她受不了任何静的东西，唯独受得了他。

“来K城后跟爷爷学的。但我不喜欢喝茶，茶叶多名贵，泡得多讲究，都不喜欢。因为这样，并不用心，学得也不好。”话里带着一点儿都不虚假的笑意。

她微低着头，唇角噙笑，像自得其乐地弄一件不喜欢却也不太讨厌的玩意儿。

烹茶，倒茶，涤茶，分茶，她行云流水般做下来，最终捧上一小杯晶莹剔透的琥珀色，放到他面前。

“是学得不太好。”从他的眼光看，她的功夫远远不够，但他仍旧握那小茶杯在掌心，缓缓啜饮。她不以为意地笑笑，露出并不深的酒窝，往瓷杯里倒上煮开的白水给自己。

学校的下午很安静，两层的红砖小楼里更是宁谧。

言格从来都是个淡静到极致的人，喝茶也无声无息。不像甄意，总是夸张地发出爽快淋漓的喝水声。

室内茶香弥漫，窗外，隐约传来大学的下课铃声，远远的，轻缓而短暂。

甄意放下茶杯，瓷与木磕出轻响："见了好几次，都没弄清你的职业。"

"一言难尽。"还是那句话，仿佛他没有丁点让别人了解自己的欲望。

"司瑰说，你是研究型的？"

"嗯。"

"临床神经，精神治疗？"

"嗯。"

"那，应该是医生吧？但和通常理解的不一样，是做研究的医生？"

"嗯。"他抿了一口茶。

甄意转着小茶杯，仔细想，维基百科里列出的那些深奥的研究课题，不是医生一词可以概括："唔，应该是科学家。"

"医生。"他骨子里内敛。

小小的樱花瓣从窗外飘来，落在言格的茶杯里，漾起微微的涟漪。他坐姿向来正且直，背脊像把尺子，眼帘一垂，盯着那花瓣，语调缓缓："你想问什么？"

"言老师，一开始就知道宋依的事吗？她认识凶手，她有不堪的过去。"

"不知道。"

"中途推理出来的？怎么办到的？"她眼睛里光彩照人，"刑事律师在做庭审盘问时，需要洞悉对方证人的谎言，还有盘询逻辑技巧，我想学。"

"你不是做此类工作的，我不会教你。"

"哦，现在你的道德约束你了。昨天揭发宋依的屈辱隐私时，你不认为不恰当？"她声音轻软，嘲弄的意味却明显。

言格黑眸深深，看她半秒，云淡风轻道："真实永远不会不恰当。"

"嗯，老师开始讲哲学了。"甄意微微扬眉，笑笑。看见他茶杯里的花瓣，重新温一杯茶给他，双手捧上。

言格接过茶，不接话。

甄意托着腮看他，非常"善意"地提醒："因为你，她成了嫌疑人。你有没有想过，因为各方面的压力，警察急于要结果，而不是真相？冤案错案你应该见过不少，这个案子背后关系复杂，你能保证她不会'被凶手'？"

"不能。"他看她，"所以？"

"我担心这会影响言老师的名誉呢！"她说这话时还真蹙着眉，一副为他着想殚精竭虑的样子，忧心忡忡地叹气，"如果我去找真相，对你也有好处，言老师应该给我提供便利。"

他慢慢饮一口茶："你都这么说了，好像真无法拒绝。"

"那就是答应了？"她克制着欣喜，微笑适度，像谈判专家。

"如果是警方的内部资料，没有。"他不会做违背原则的事。

"不是。"甄意很殷勤地递给他一张卡片，那是吴哲现在住的地址，K城第一精神病院。言格垂眸看一眼，点了点头。

"谢谢啦。"甄意咧嘴笑。她去不了，可如果有言医生的准许，情况就不一样。

言格问："测谎的事，你其实没有觉得不恰当吧？"

甄意被他看穿，也不狡辩，大方承认："嗯。"

他稳稳放下杯子，也递给她一张名片，扣好风衣扣子，起身："没事我先走了。"

"诶。"甄意应着，收起名片，蓦然发觉不对，"呃，你不等我爷爷了吗？"

"等得到吗？"他淡淡的，头也不回往外走。

甄意脸一红，他进门的时候就看出她撒谎了。刚才也是，可他还是不拆穿地进屋喝茶，又应了她的要求。

"谢谢啊。"她冲他喊。

彼时言格刚推开门，雨后的风从门缝钻进来，吹起他的风衣飞扬。听言，他并未做停留，拉开门走了。

那天是杨姿的生日。傍晚，甄意和司瑰聚在杨姿的出租屋里做晚饭。两人都没提工作上的事，这是朋友多年的默契。

厨房门口的板凳上摆着杨姿的电脑，音量最大：《一个像秋天，一个像夏天》。三人挤在狭窄的厨房里洗菜切菜做饭，没分工，没配合，也没默契，年轻女孩子的喧闹声天真而生动。

"甄，你倒的那一堆白花花的是什么？笨蛋！"司瑰骂。

"红烧肉不放糖啊。白痴！"

"糖在我这儿，你放的是盐。蠢货！"

"……"甄意："你没事抱着糖干什么？ Bitch！"

"……"司瑰，"Fuck You！"

"With What？！"

杨姿在尝鱼汤，一口水全喷到炒锅里，瞬间油星四溅，红烧肉滋滋蹦跶，三人尖叫蹿开，躲到门口傻眼半秒，爆发大笑。油锅吱炸声，汤锅沸腾声，水流声，烟雾弥漫的小厨房里，有范玮琪音乐的声线："我的弦外之音，我的有口无心，我离不开 darling，更离不开你……"

半小时后，靠谱的司瑰呈上第一道完好无损的大菜，一手锅铲，一手盘子，相当熟练："观众朋友们，我的最二爱之一，大盘鸡。"杨姿问："另一个爱是什么？"

"馍。"甄意答。

大盘鸡盛入盘里，司瑰特意端到甄意鼻子边嘚瑟：“看见没，天赋。第一次就色香味俱全。杨姿，快尝尝我的处女大盘鸡。”

甄意：“幸好你今天没做馍，不然太惊悚了，尝尝你……”

“下流坯子，闭嘴！”司瑰爆吼，一脚踹甄意的屁股，把她踢出厨房。

“甄，你越来越重口了，最近。”

“可能提前到了如狼似虎的年纪。哎，前天在电视里看到一头公猪，我都觉得细皮嫩肉的漂亮。”

杨姿扑哧笑，差点儿呛到：“得了吧，你那么讨男生喜欢，想谈恋爱不容易？分明想趁年轻拼事业。”

司瑰啃着鸡爪，不赞同：“我倒觉得，甄的眼光太高。”

“是，”杨姿插嘴，“甄意眼光超高，男人不仅要事业心强，顾家有责任，最重要还得天神外表，模特身材，你找外星人啊？”

甄意慢悠悠喝汤：“我相貌不差，性格也好，不短浅，不愚昧，不恶毒，不虚荣，靠自己的专业和本事，工资很高。没有男人，我也充实快乐过得很好。所以，我为什么不要求高点？如果男人不能带给我比现在更多的愉悦，他对我来说就没有吸引力。我干吗和他恋爱？”

司瑰没话可说，杨姿摇着头笑。

她最近工作不太顺利，姚锋恶性杀害同学案里，她能发挥的作用有限。目前，姚锋的未来押在一张精神鉴定书上，没她什么事儿。如果姚锋是精神病还好，她起码能为他争取权益，不然，她这个律师等于全无用处。更郁闷的是，K大的博士生杀老师同学，本该是引发全国关注和探讨的案例，但林子翼和宋依的影响力太大，生生把姚锋案的关注度压下去了。

吃饭到一半，她想起最近办公室里的议论，问：“意，宋依的案子跟得怎么样了？”

“出了点问题。”甄意含着肉，口齿不清；司瑰不参与，专心吃饭。

“意……你要加油。”她声音有些难过。

“怎么了？”甄意听语气不对，抬起头来。

杨姿担忧：“大家都等着看你笑话呢。宋依的案子一开始很顺利，不用打官司就稳赚委托费。可现在情势急转，大家觉得你拿不下来，还听说宋依和你闹翻了……”

甄意不以为意，大口吃肉，咕哝：“输了又怎样？胜败都很正常。”

“不是啊。意，这个案子不是卞老大想让你赚奖金给你打名气的么？因为他总偏心你，大家才格外打鸡血地看热闹……”她吞吞吐吐的。

司瑰脸色比甄意还难看。

“事务所里的人不知道你和卞谦的关系，常暗地说你和他关系暧昧，说你色诱……”

“说什么？”甄意瞪眼。

司瑰和杨姿脸色变了，刚要安慰，甄意已撂下筷子。她猛地起身，冲到门后边，脸往镜子跟前凑，“我的姿色到色诱的级别了？”她托着脸，左看右看，叉着腰扭扭两下，“整体满意，唯独对胸部失望，遗传了我爸。我和卞谦哥的关系，色诱是乱伦。她们嫉妒我有个好哥哥吧。”

司瑰看着她一连串动作，无语至极，任何时候担心这女神经病都是没必要的。

杨姿笑疼了肚子，佩服她的自我调侃：“你不生气就好。”

“大家对幸运的人总是刻薄，”甄意不以为意，“我想幸运，还想名声好，岂不太贪心？”

“佩服你好心态。要是我，得气哭。”

“我最擅长左耳朵进右耳朵出。”甄意坐回来，继续大快朵颐，“这世上本没公平可言。往往在天平下端的人才说不公平。”

“啧啧啧，不得了了你。”司瑰踢她，“祈祷你永远在天平上端。”

“不必，我喜欢跷跷板的人生。”甄意笑容放大，“心态好，在下端也不会抱怨。起起伏伏才精彩。”

四周绿树成荫，两栋白色的楼，并不高，占地面积却很大，设计现代而简约。

门前，横卧大理石上刻着几行字。一边是“国立精神治疗研究所”“国立神经心理学研究所”“国立人格心理学研究所”“国立临床与咨询心理学研究所”。

另一边则很简单：“国立精神病医院 K 城第一精神病医院”。

如果不是这两块大理石，蓝天白云，绿树繁花，人烟稀少，这里称得上世外桃源。

甄意站在路边的大树下，拿出言格给她的名片，拨了号码出去。嘟一声后，电话很快接起：“你好，K 城精神治疗实验室。”年轻小伙子的声音，语速快得她听不清。

“我找言格。”说完发觉那边气氛不对，忙改口，“……老师，言老师！”

“请稍等。”

一两秒的安静后，电话再度拿起，他声音低缓：“哪位？”

“是我。刚好路过，没有预约，不会正在忙吧？”

他不答：“你在楼下？”

“嗯，貌似看守很严，不让进去。”

“你等一下。”

甄意收了线，围着大树边转边思索。

今天她去警署拿了林子翼的死亡细节，仅此而已，没有得到其他的证据和法证资料。毕竟，宋依还只是嫌疑人。

很快，研究院这边空旷无人的一楼大厅出现一个白大褂的青年，步履很快，小跑到厚厚的玻璃门边来，用卡在密码器上刷了一下，说着什么，只看得到嘴在动，却听不见。

他拉开门，笑容灿烂："我是小柯。抱歉，久等了。"

"没。"甄意知道言格不会说这种话，奇怪他怎么如此客气。

登记后走进明亮干净的大厅，偌大的大理石地板看上去一尘不染，静悄悄的；落地窗外，绿树和阳光很好。出了电梯，走廊两边是玻璃窗的实验室，一路都有人从工作中抬头望甄意，个个好奇的样子。

小柯带她去到尽头的一间，玻璃窗那边，言格白衣而立，戴一副黑框眼镜，拿着记事本低头记录着什么。他面前，笼子里的某种猴子正在像人一样抽烟。

一样的白色工作服，他穿着就多了丝英气，像天生的衣架子。

小柯轻轻敲门，推开："言老师？"他看上去和言格差不多年纪，言行举止却非常尊敬。

言格回头看见甄意，静了一秒："你怎么来了？"

甄意一头黑线。言医生，你有记忆障碍吗？刚才接电话的是鬼啊！

甄意和小柯面面相觑，目光齐齐落在白衣男人身上。

言格揉揉鼻梁："小柯，不是说让你带她去那边……"他顿一下，"嗯，我没说。"

小柯嘿嘿笑："老师当时在做记录，没注意。"

言格摘了眼镜，说："我带你去吧。"他把事情交给小柯，带她去道路斜对面的精神医院。

进去后，甄意发现别有洞天，氛围和研究所不同。那边清冷肃静，这里温馨惬意，有很大的草坪小池和秋千。草坪上没有人，只有阳光。

一路上他都没话，双手插在白大褂的口袋里，安静地走着。甄意跟在两步开外，觉得他背影也很好看。想起刚才他站在实验室里低头做笔记的样子，很美好，有隐约的风度，却丝毫不张扬。奇怪，一个背影就能让她的心不平静。人和人之间的缘分真是说不准。

她上前去："言医生，这个医院，病人能逃出去吗？我是说逃出去又回来。"

言格思索了一下，结果是："抱歉，我并不确定。"问了等于没问。

进到主楼，隔着玻璃窗，甄意看见白衣服的病人们排队等着放风，医生和护士们照看着。

病人们对新鲜的面孔很敏感。一个个不排队了，脑袋全挤在玻璃上满眼新奇地看甄意，眼神像求知的孩童。每个人都非常干净，白衣服干净，脸干净，表情也干净。和外面不一样，就像外面的人戴了污秽的面具，但他们没有。因为真实，所以干净。

一群人歪着脑袋，贴着玻璃挤瘪了脸，好奇地看着。人群前边起了冲突，有病人高声嚷："为什么不让我出去玩？我要出去，我要出去！"

这一叫，有人起哄："为什么那个屁股很翘的柯医生没来？我要他给我体检，我只给他摸。我喜欢摸他，我要和他睡觉。"

甄意："……"有几个女人敢如此大胆地表达爱意？精神病和正常人，究竟谁清醒？

她莫名地喜欢这个病人。

另一个不满："徐医生，美美她又抢我男人，你管不管啊？"

最先说话的男人大怒："你们这群淫妃，都闭嘴。我是皇上，我要出去玩！"

眼看几个医生护士劝不住，言格走去铁栏边，低声问："他为什么不能出去？"

徐医生忙道："检查不合格，要等几天。"

言格看向皇上，语气平和，像和正常人聊天："你这几天不能出门。"

皇上不开心，叉着腰，气势威仪俱在："我是皇上，我说出去就出去。"

言格则口吻随意："但太后不同意。"

皇上不说话几秒，居然点点头："好吧。立国以孝为本。"说完，真跟着护士走了。

甄意："……"

排在首位的病人一手握拳，举向天空："嘟，嘟，大船起航！水手就位！"

"开船！""开船！"……

众人都不看甄意了，全部排队站好，有的划船，有的鼓帆，有的掌舵，居然井井有条，丝毫不乱。

神经病们穿着整齐的白衣服，排着队唱着歌，欢欢乐乐地"划着船"航行去草地上了。

这个精神病院，和甄意想象的，真不一样。

甄意跟言格上楼，来到一个大厅，白桌白椅，是病人看书下棋画画的地方。大家都去放风了，只有吴哲一人坐在画架前画画。甄意轻声："他是什么病？"

"还没鉴定。"

"为什么？"

"状态很差，做不了。但从目前看，他失去了对人物的记忆，对事物的记忆是以感觉为线索的。"

"这么说，只有痛苦和恐惧了？"甄意有些难过，"警察来过很多次了吧？"

"嗯。他一直自言自语，说不上问答，可他们还是记下了他的'证词'。"言格语气并不赞同。

甄意走去，吴哲的画板上空空的，倒是地上一堆画好的稿子，黑白色，都是奇怪而惊悚的场景，里面的人动作扭曲，表情恐怖而鬼魅。

半月不见，他还是个英俊的小伙子，却不是原来的那个。惨剧发生后，他曾鼓励着陪着唐裳四处奔波找律师，之后以惊人的忍耐和包容，抗拒外界的惊涛骇浪，保护他的小女人。

唐裳被现实的残忍和黑暗折磨得万念俱灰时，会失控尖叫咒骂；甄意快支持不下去时，也会甩脸色；只有他，把所有的伤痛埋进心底，给唐裳安慰和宽抚，给甄意信任和感谢。

四个多月炼狱般的并肩作战像死扛了一个世纪的战争。

正是他，让甄意见识到再普通的人，在生活骤遭变故时，也能爆发出惊人而绵长的力量。

可这坚强得像钢筋混凝土一样的男人，在唐裳死后，骤然崩塌。

她在他面前坐下："吴哲？"

吴哲的目光空洞洞地移过来，落在她脸上，缓缓聚焦："甄律师。"

甄意的心猛地一敲，说不出是种怎样的感觉，像人在垂暮之年遇到阔别一生的年轻时的战友，酸而痛："你还记得我？"

"我上个月和你告别，给你留了我的地址。"他看上去像正常人，"小裳去买冰激凌了还没回来。你等一会儿。"

"好。"甄意点头。言格说，吴哲的伤后记忆很短，每过一段时间就重新洗牌，回到他在等唐裳回家的阶段。然后，他一直在等。

"这些是什么？"甄意拾起地上的暗黑画纸。

"一个女孩的故事。"是连环画，女孩杀了四个男人。竟像唐裳和林子翼四人。

甄意微微蹙眉，看到最后一张："这几个又圆又瘪的东西是什么？"

"她阉了他们。"他语气平常。

男性生殖器？甄意呼吸不稳，林子翼的确被阉了，死时浑身赤裸，手脚被捆成大字，死相羞耻而不堪。

甄意想起第一次见吴哲时他脖子手腕上因捆绑造成的伤痕。那时她隐隐感觉，这场惨剧里他心里的伤只怕比唐裳更深，更刻骨铭心。

他现在的状态能杀人吗？如果能，杀人时他是否清醒？而且，他可以自由出入吗？

脑中想法混乱，直到吴哲疲惫的声音响起："甄律师，我好累。"

"什么？"

"今天跑了太久，累了。"

"跑？"

"小裳从楼上跳下来，我跑去窗口接她。跑累了。"

"接住了吗？"甄意不知他说的是真实还是幻想，只能顺着他。

"还没有。她从50层的楼顶跳下来，我跑去49层楼梯间的窗口，没接住。所以，她又重跳了一次？"

"重跳？"

"嗯，她一跳，我就赶紧跑去接。每一次，我都在比上次低一层的地方接。上星期，我跑到31层楼梯间的窗口，可她还是和我的指尖错过。最近我一直卡在31楼，每次只能跑到那里。"他说着，着急起来，手开始在画板上无规律地抓，"31楼就下不去了，怎么办？"

"你怎么知道在31层？"

"消防栓旁有楼层号。"

"你冲去窗口，怎么会看到消防栓后的楼层号？"

"镜子。"

"什么？"

"楼梯间的窗户旁有面镜子，我从镜子里看到空空的墙壁、门洞，和黑色的数字。"

甄意背后阴风阵阵，不知吴哲的幻想代表了什么。

"甄律师，你是来接我出去的吗？"他思维跳跃，紧张起来。

"我……"

"这里的人都想害我，总给我吃药，想毒死我。"

"那你……"

"我当然没吃。"他飞快打断，四处看看，见没人，从裤腰上摸出十几粒药丸，塞到甄意手上，"护士会来检查，你帮我藏着。"

甄意没办法，接过来收好。

"但我不说话，不说话他们就看不见我。"吴哲说，"你也该走了。"

甄意无法理解，想追问，可吴哲收回目光，当她不存在，然后抱着画，缓缓回房间去了。

刚才的对话，吴哲不会以为她是他的幻想吧？这个想法让甄意头皮发麻。

她跟着吴哲过去，看他进了房间，她找走廊上当值的护士询问："这边的病人由你照顾？"

“是的。”

“吴哲他情况怎么样？”

“我觉得挺好的，不说话也不吵，我们最喜欢乖乖的病人了。”

这话听了不太舒服，甄意也不介意。毕竟，人都希望自己工作顺顺当当，他人的利益不过是自身顺风顺水之后的善意消遣。

“病人的房间会上锁吗？”

“视病情而定。”

甄意没多问。病人多，护士少，有一个不见，护士能注意吗？

她边想边走，过一会儿发现走错了方向，前面是闭合着的落地玻璃门。刚要折回去，却看见言格。门那边也是一个厅，稍小，环境干净清淡。

言格和一个男子面对面坐着，都是白衣。不过一个是医生工作服，一个是患者病号服。

那男子只看得到侧脸，轮廓分明，应该是美男。

颜控是一个非常高大上的借口。甄意再度挪不动脚，好奇地张望。

两人似乎在交谈，言格不冷不热，从容淡然；那男子唇角噙着笑，怡然舒服的样子。

甄意下意识轻轻推了一下落地门，锁着。

她纳闷了，言格和一个精神病人有什么好谈的，表情还那么认真正经。再想想他一贯对自己的态度，简直把她当一团会说话的空气。

甄意不满，忽然突发奇想，他对她那么清淡，该不会……不是她不好，而是性别不对？

言格坐下，十指交扣平放在桌面。对面的厉佑和他一样的姿势，双手交握放在桌上，似乎和他是镜像的。

“徐医生说，你有话和我说。”

“最近我的精神研究取得进展。但他们不会懂。”厉佑有一张轮廓极其分明的脸，尤其眼睛，沉黑沉黑的。说这话时，语气轻嘲。

“你认为我愿意听？”

厉佑笑了：“当然。”“那我试着听一下。”

“言格，时间是静止的，流动的是人。”

“为什么这么说？”

“世上本没有时间的概念，它是人类创造的，说时间不存在，这不难理解吧？”

“嗯。”

“至于人，只要活着，就不停在动，从家里去地铁站，从地铁上公司，从公司去餐馆，任何时候都在移动。如果有一部相机对着这个人毫无间断地拍摄，拍出的照片连在一起，会变成什么？”

言格完全理解他的话：“这个人的身影贯穿了他去过的每一个地方，像……”

“像一条河。”厉佑牵起唇角，“他是一条流动的河，每个人都如此。相互穿插交流。”

“这对你的精神空间理论有什么辅助作用？”言格问。

“一个人是流动的，他的精神世界也是。每个人的精神都可以看作是独立的空间。”他十指白皙，有规律地敲打着指关节，“当一个人的精神力量强大到足够对他人施压时，他人会在不知不觉中接受这个人的思想，被他的精神影响。这种情况在现实生活中不罕见。”

“的确。”言格平静道，等他继续。

“我把人与人精神层面的影响从量子物理和空间的角度分析，是强者的精神力量对他人精神空间的施压，力度足够大时，会造成空间弯曲。”厉佑舒缓地靠近椅子里，似笑非笑看着言格。言格“哦”一声，看上去不感兴趣。

但厉佑的故事讲到最高点，不会放弃最后的谢幕：“结果证明我的精神空间理论：一个人的精神与思想可以穿透并侵略到另一个人的头脑里，足够强大时，可以支配他，控制他。这就是为什么会有教育，包括宗教，邪教，一切。”

“没有让我惊艳。”言格平常道，似乎有些失望。

这样的反应让厉佑眯起眼睛：“我会向你证明。新来的叫吴哲的家伙还是不说话吗？让我和他谈，我能让他开口。”

“事实上他已经开口了。”言格直视他。

厉佑也看他，分辨着什么。

言格：“你操控他了？”

“我一个月没有放风了，哪有机会和他说话？”厉佑微笑。

“你刚才的精神空间理论呢？”

厉佑嘴角的笑容放大：“你相信我的理论了。”

“不信。”言格抿唇，双手插兜站起身，“只是确认你没有和他接触。再见。”

厉佑变了脸色，胸腔像堵了块砖头，他冷静看着言格头也不回地离开，意外望见玻璃门那边有个女孩缩了缩脖子，窘迫兮兮地冲言格吐吐舌头，右手不停地碰着额头，做抱歉的手势。

估计此刻面对着她的言格表情不太好。

言格走到门边，掏了钥匙，只听厉佑说：“她是你的前女友。”

言格顿了一下，钥匙进孔，又听厉佑说："你想接近她。这不像你的性格。为什么耿耿于怀？言格，你信不信，我能让她……"

门这边的甄意有些忐忑，觉得不对。刚才她在门边来回，没有离去。言格起身看见了她，眼神少见的凉。甄意很清楚，他总是很淡，不会高兴也不会生气，惹到他头上他也云淡风轻。

不会温热，但也绝不会冷酷。

所以，头一次看见他眼里浅浅的凉意，她知道自己不该出现在这儿，一定是违背了医院的规矩，便赶紧做道歉。吴哲在这儿，她还要来呢，可不想惹他。

奇怪的是，言格门开了好半天，钥匙插在孔里，动作却顿住。好几秒，他都没有动静。

他高高地立在她面前，隔着玻璃钢索的两道门，眼眸很深，落在她脸上，却似乎没看她。

不远处那个男子果然长得俊俏，说着什么，甄意听不到。他看上去高傲，掌握一切，却又像谦谦公子。有一瞬，他黑色的眼睛和甄意对视了一秒，唇角微微抿起，风度翩翩地轻点了一下头，对她打招呼。

甄意莫名一愣，下一秒，目光被言格的身影罩住。

他打开门，出来，关上。语气质问："你来这儿干什么？"

"我走错方向了。"甄意赶紧回溜，像生怕他上来揍她。

言格的确心情不好，但他少有心情波动，所以也不会表现。以致甄意紧张兮兮走了一会儿，转眼见他表情平静，就把刚才的事忘在脑后，立刻跳转到好奇模式，凑上去问："那个是病人？"

"嗯。"他嗓子里溢出一丝模糊不清的音节。

"看上去不像。"

"不要轻易下结论，不要评价你不了解的东西。"他回答得平实，听着却像指导，"很多时候，你以为的了解，不过是自以为了解。"

懂哲学的神经病医生还真是……

甄意并不反感，反而谦逊又乖巧："知道啦，眼见不一定为实。"

她从来不会这么乖，言格目光落到她脸上："有事情找我帮忙？"

甄意："……呃，是。"

他看她一眼，眼眸明净而深幽。

甄意立刻有话说话："尽管医院硬件管理很严，但如果某个病人很聪明，而且某个时间神志清醒，他有没有可能偷偷出去然后回来？像电视里的越狱？"

说出这话，她自己都觉得很扯，但言格说："我无法100%地否定这种可能性。"

“你有没有遇到过一个男人的精神里出现女人的人格？”

“有，极少。你想说什么？”

“吴哲的精神会不会分裂出一个唐裳的人格？”

“这么说吧。”言格走过一道门，拉住门沿，等她过来，再稳稳合上，“你想太多了。”

“啊？”

“人格分裂和精神分裂是两个完全不同的概念。人格分裂小说里很多，但临床少见。患者能正常生活，第一眼或短时间看不出异样；而精神分裂里的分裂不是指人格，而是指患者的感觉和知觉受到重创，生活不能自理，疯疯癫癫，时常妄想，是我们常说的‘疯子’中的一种。”他声音低醇平实，许是担心她听不懂，所以格外耐心缓慢，说完，还补充，“打个比方，人格分裂是一个身体里住了很多个人，精神分裂则是一个身体里住了一个不停做梦不停妄想的人。”

甄意直勾勾看着他。“怎么？”他不太自在地移开目光。被她这种眼神看过无数次，可他终究没有平静地习惯。

甄意音量降低，不太自然：“你一次性跟我讲这么一大段话，好像还是头一次。”

言格闭嘴了。

甄意重拾话题：“那吴哲的情况就不是人格分裂了，精神分裂也不像。”

“PTSD.”“什么意思？”“创伤后压力心理障碍症。”

甄意狐疑，一副不相信的样子：“你不是还没给他做鉴定吗？”

“鉴定是一回事，经验是另一回事。”他淡淡道。

“……”这种不动声色就跩得牛气哄哄还不自知的人……

“PTSD 的症状是什么？”

“临床表现为机械式地让自己重新体验症状，不断回忆事发时的状况和感受……”

“这样听着，好悲伤。”甄意声音低下去，想起吴哲述说的那个不断重复的可怕梦境，黑暗，绝望，阴冷，潮湿。

“……伴随回避症状出现，不愿别人提及事情，严重时会选择性遗忘。”

吴哲的确不记得唐裳已经死了。

“高度警惕，注意力不集中，短期记忆弱。”

吴哲不让其他人靠近，而甄意靠近后，聊天到一半，他就当她不存在似的不告而别。

甄意忍不住感叹：“你好厉害，像弗洛伊德一样。”

他表情木了木，隔一会儿，说：“其实，弗洛伊德的学说与现代的心理分析和精神研究领域有很大差别。不过，虽然很多当代学者认为他的理论不具普遍意义，甚至不科学，却不能否认他对心理学这个学科的深远影响。”

甄意好笑，他还是和少年时一样古板木讷。别人觉得枯燥，她却觉得分外有趣。

“你说那些我都不懂，对我这普通人来说，精神病和神经病没有区别，什么心理学和精神分析也没区别，就知道在这领域有个弗洛伊德，他很厉害。你和他一样厉害。”

她满不在乎的样子，他竟有些羞，很认真地摇摇头：“我远不及他厉害。”

甄意在心里偷偷乐了，又没真拿你和他比，只是打个比方而已，言格你这个木头。

看他赧然，她更可劲儿地逗他：“言格，我从小就觉得你超厉害的，什么都知道。”

他微微抿唇。

她歪头看他，吃吃地笑：“弗洛伊德那么远，你那么近。对我来说，可不是你比他厉害？”

他脸上浮起一丝绯红，别过头去，不看她了。

他们已走到大楼门口，言格先走出去，拉着玻璃门等她出来。甄意抬头，阳光刚好洒在他和玻璃上，闪闪的，像在钻石的世界，透明，干净。

他淡雅的容颜在灿烂的阳光中丝毫不逊色，白皙的脸融化在光线里，眼眸却十分清晰，澄净明澈，有股子让人想沉进去安睡的宁静。

甄意一口气呼不出来，低头走出去，等他退一步缓缓合上门，才呼出悬在胸口的气息，继续：

“警方肯定问过了，吴哲现在的情况能够杀人吗？”

言格低眸想了一下：“我只能说，他的病情比较严重，已经没有自我意识。不管他做什么，他都不知道自己在做什么。”

甄意望着塑胶网那边欢快的神经病们，有些失望：“就是说，可能会杀人了。”

“比起杀人，我更偏向对他用‘自卫’这个词。”他身姿修长而挺拔，洁白的褂子一尘不染，在风中翻飞。

“意思是只有别人对他造成威胁时，他才会反击？”甄意再度来了精神，仿佛潜意识里想把吴哲和案子划清关系。

“但是……”言格身形稍顿，说，“普通人再正常不过的动作，也会被他理解成威胁。这也是为什么他是警方的嫌疑人。”

吴哲可能杀人吗？甄意望着窗外思索，她不希望警方打扰吴哲，却又希望警方多盯着吴哲少注意宋依。现在宋依的境遇非常糟糕，偏偏她还死撑着。外界的议论甚嚣尘上，事务所里关心起甄意的人也越来越多。坐进办公室才半小时，来问她进展的人络绎不绝。

“宋依怎么样了，我超喜欢她演的戏，甄意你要加油啊！”

“有没有想好对策，需不需要我帮忙？”

甄意一一回应：“还没到那一步，不急。”她知道虽然背地里有人对她稍稍不满，但不至于钩心斗角。关键时，大家还是会拧成一股绳。

杨姿也担忧：“意，新闻说宋依是嫌疑人，警察开始走访她身边的人了，怎么回事？”

“我知道的不比你多，也是看新闻。”甄意不急，可这样不联系也不是个事儿。

她给宋依的助理打电话，得知她在市区拍戏。

出办公室，同事聚在一起讨论连连看，杨姿笑话没技术含量，江江则说不动脑子才好玩。大家纷纷站队，见了甄意，问：“甄，你玩游戏吗？”

“当然。”中学时，她打遍天下无敌手。“你喜欢玩难的还是简单的？”

“当然是玩男的，”甄意笑，“越刺激越好。”

杨姿：“听见没，玩难的。”

甄意到了门口，回眸一笑：“嗯，玩男的；没男的，女的也行。”

众人：“……”

乘上电梯，电话响了，是言格的办公室。

“现在忙吗？”他嗓音清隽，让甄意莫名心跳漏一拍：“准备去办事。有事？”

“嗯。”他说完没下文了，甄意等了几秒，催促：“你说啊。”

“见面说吧。”

甄意好奇，他找她有什么事？“我现在要去西贸商场十楼，或者，约别的地方？”

“西贸吧，刚好会路过。”

……

到达西贸，甄意很快找到B区卡地亚门店，宋依的剧组正拍摄她和男主角一起买钻戒遭遇女配纠缠的场景。现场围了不少粉丝。

甄意不爱看电视剧，偶尔在电视上看到宋依（她演的电视剧太多），即使几眼，也总能看到她令人印象深刻的演技，一个眼神，寓意万千；一个动作，爆发力惊人。

她是那种一人撑起一部戏的女主。

此时，宋依站在白光板和摄像机面前，几个场景演下来一次没NG。围观人群看得入迷，现场鸦雀无声，直到女配连连失误才中断。最后一幕是女配被宋依气哭，却不敢在男主面前挑明。那演员情绪不对，哭不出来，一连NG数次。

宋依入戏和出戏都极快，朋友一样教女配怎么哭，给她做示范，一秒钟眼泪就下来，女配完全看呆，一副看男主的眼神仰望宋依。宋依安慰完，转头看见甄意，脸色就变了。

她对导演说休息一会儿，朝甄意走来。有粉丝跟保镖斗争着求签名，她一一满足。

宋依的助理很崇拜她，小声对甄意说："我们宋依酱演技厉害吧。"

"嗯，很不错。"

"岂止不错？和她合作过的导演都说，没见过她出戏入戏这么快的演员。我看过影后梁冰演戏，入戏慢出戏更慢，一场哭戏演完出不来，导演组劝一个小时呢。"

"是吗？"甄意微笑，不关注娱乐圈，但听到趣闻轶事也好玩。

宋依从助理手中接过水，坐到躺椅上，慢悠悠喝掉半瓶，才抬眼看甄意："你来干吗，想好应对方案了？我现在没时间，过两个小时再谈……"一副上次警署吵架后等着甄意给她道歉的表情。

"签解约书。"甄意懒得和她废话，从文件夹里抽出一小摞纸扔给她。助理震惊，有人敢这么对她家大明星。宋依猝然瞪她："你！甄意，你知道你会损失多少钱吗？"

"那要看我多稀罕你的钱。"

宋依脸通红，她不想对甄意坦承秘密，也不想换律师。良久，她咬牙："甄律师，我以为你很正义。"这次她不是玩笑，也不是假意奉承，"你总站在弱势的一方，帮唐裳对抗林子翼，帮我对抗警察，我以为你是为了正义。"

甄意："我的正义是可以拿钱买的，想要的话，拿钱来。"

"……"她那不为所动趁火打劫的样子像地痞流氓，宋依更不可置信："所以你来是……"

"要挟你涨薪金。"甄意抱着手，十分势利，"你不配合我，这不说那也不说，随时变成定时炸弹制造漏洞，我在一无所知的情况下帮你想办法。这种模式我很不爽。我不爽的时候就想烧钱。你想不对我坦诚，不受我约束，可以，代理费翻倍。"

"你这是敲诈！"

"敲诈是我的职业。"甄意跟她比瞪眼，"彼此彼此，都不是多推心置腹的人。"

宋依噎得说不出话，思量之后："好。翻倍。你以后不要问我不想回答的问题。"

"成交。"甄意俯身把她手中的解约书夺回来，从文件夹里抽出另一份合约递给她，"我把'委托人必须对律师完全坦诚'那一条删除了。看完没问题就签字。"

宋依利落地签了字。这时，安全门推开，宋依的经纪人来了，见了甄意，劈头问："是甄律师？"

"是。"

"听说你很厉害，可为什么现在警察处处在走访依依身边的人？那人渣死了调查依依干什么？记者也乱说，这么下去我们依依的形象怎么办？”

“我正在和宋小姐谈。”

“你收了钱就好好办事，要是把我们依依的名声搞臭了，你的名声也会一落千丈，以后谁敢找你做律师？”他语气温柔，句句带刺。

“是。”甄意漫不经心应着，对这种人，她向来懒得理。

经纪人看宋依：“依依，XTV 请你去做节目。”

“不想去。”宋依面无表情，“他们的问题霸道又咄咄逼人，不喜欢。”

“可收视率高啊。”

“那要看我有多在乎它那收视率。”她用了甄意的句式。

“XTV 最近在追公安对你走访的事，我们要缓和关系，别闹太僵。”

“我真的不喜欢。”她别过头，神色落寞。

“哪有什么事都如意？”经纪人哄。

“……好。”

“真乖。”经纪人美滋滋地拍她的肩，“依依，调整心态。不是常说吗，生活就像被强奸，不能反抗就享受吧。”宋依脸色陡然变得极其难看。甄意出乎意料地笑了一下，那笑里带了太多的嘲讽。经纪人听出来了：“笑什么？”

“没笑你，笑这句话。”

“怎么，有意见？”他趾高气扬地皱眉。

看他这姿态，甄意也不想收势：“这话很神奇，能瞬间把说话的人变得低级恶心，龌龊粗鄙。”

“你出口成脏！”经纪人勃然大怒。

“谁嘴脏。什么叫不能反抗就享受？一个男人该是多龌龊没教养才说得出这种话？真够狂妄自大，”甄意冷笑，“潜意识里为所谓男人的雄风扬扬自得？被雄性激素控制头脑，屈服于动物本能的东西，以为力量代表征服就算了，还敢大言不惭以施恩者的姿态说带给女人享受？作用和黄瓜差不多的家伙，也不想想自己从哪里钻出来的！”

经纪人惊愕得眼珠子都快瞪出来。

“哪句不对你反驳。啊，友情提示，别轻易和律师争论，小心让你掉一层皮。”

经纪人憋得脸红如猪肝。

宋依神色复杂地看着甄意，后者下楼，走几步回头：“对了，经纪人先生，好多男人以为他们给女人快乐，是施与者；可其实很多女人假装高潮保护着男人可怜的自尊心。回去记得问问你老婆。男人真有能力让女人享受？”她头也不回，走到下一层却看见言格……

他神色淡淡，她知道他什么都听见了。甄意毫不尴尬，迎上去：“喜欢我的演讲吗？”

“不感兴趣。”他转身往下走。

甄意追上去：“我好像贬了男人的能力。抱歉，或许不是每个男人都能力低下。”

“不是或许，是必然。”他没有较劲或不服气的意思，纯粹只是概率学上的逻辑严谨。

甄意知道，但故意曲解，笑开：“必然？你想证明吗？来吧！”她张开双臂。

言格停下，双唇紧抿，长长的睫毛垂下又抬起，盯着她：“甄意，你知不知羞？”

“就是这句话，哈哈。”她开心大笑，“好久没听到，真是怀恋。”

“……”他默默前行，甄意不玩笑了：“好了好了，说正事，找我什么事？”

“甄教授的病情确定了。”

“病情？”甄意惊诧，“上次不是常规体检？”

“你忙碌太久，没注意到你爷爷记忆力开始衰退了？”

难怪一辈子不爽约的爷爷，那天明明和言格约好却跑去医院。再想想近几个月的点点滴滴，甄意心跳全乱，不敢相信：“你是说老年痴呆……”

“初期，正在治疗。不用太担心。”

甄意百感交集，望着他清秀的背影，心里一片温暖：“谢谢。”

“以后多关心老人。”这是他的回应。又问：“你私下在调查林子翼被杀案？”

“是。”

“一起吧。”

“为什么？”

“警方在怀疑吴哲，我想确认。”

Ecstasy 毗邻酒吧区。到了晚上，灯红酒绿五光十色，路上到处香车美女，空气里全是靡靡之音。不到夏天，风景已火辣得让人发热。

甄意立在路边，不太自在，倒不是说她是什么乖乖的纯情女子，只是……她侧头望一眼身旁的言格，白衣白裤，清心寡欲的模样，和周遭的环境格格不入。

他不像有的男人。有人装作君子，他不是，他自身淡然犹不自知。脸庞和眼神都纯净通透，哪儿都看不出一丝浮躁或不轨。沾了尘世的女子见了都会自惭形秽，任他气质卓绝貌美如花，也不敢轻易靠近。真像往妓院里扔了一个耳根清净的老僧。

甄意瘪瘪嘴。她和会所的店长约好了在门外等候。她抱着手，眼珠一转，坏主意就来了，问言格：“过会儿你要进去吗？”

“你以为我专程给你当司机？”

“不是。”甄意轻轻笑，很坏，“这里的女人很开放，搭讪送酒啊，用舞姿拦住你啊，怕你应付不过来。”言格不作声，眉心极轻地蹙了一下，在思索。

甄意偷笑：“唔，看来，你没来过私人酒吧。”沉默。

“难怪你不知道。”甄意更加故弄玄虚，“这里的人都是约炮的，超级饥渴呢。有时还办性爱派对。你想想，没点儿特色能吸引林子翼？你看看你……”她有如百花楼的妈妈桑，肆无忌惮把他上上下下扫一遍，“绝对A货。一进去，啧啧，跟进女儿国一样，《西游记》看过吧，人人都想扑上来咬你一口。”说完伸出猫爪，做了个“嗷”咬人的姿势。

“……”言格的脸灰了一度，“真是你说的这样，你怎么敢进去？”

“喊，”甄意昂起下巴，“什么男人到了我这儿，不是死路一条？”

言格：“……”

正说着，店长到了，是个挺精神的年轻人，叫索磊，他下车就微笑：“抱歉，堵车了。”

甄意道：“是我们麻烦你了。”

“不麻烦，警察都来三四回了。”

索磊带他们进去，穿过长长的幽暗的霓虹走廊，前边传来音乐声。言格走在最后头，眼见要进大厅，突然拉了甄意的手臂一下。

甄意回头，诧异：“怎么了？”

不知是不是因为彩灯的缘故，他白皙的脸微红，声音很低：“刚才你说的，都是假的吧？”

甄意怔愣一秒，反应过来，哈哈轻笑：“言格，你还是那么可爱，我喜欢死你了。”

“……”

灯光暧昧幽暗，客人三三两两坐在吧台小桌或卡座里喝酒低语，气氛十分安逸。舞池里有人跳舞，但此时正播放着轻缓的音乐，并不激烈。

从大厅边角的小楼梯上去二层是包厢区。一路上只有两个摄像头，且角度不正，如司瑰说的有死角，靠近墙壁走就能躲过。甄意问：“这摄像头角度不够广吧。”

“我们这儿是高级私人酒吧，来的都是明星富人，安摄像头是应付检查，很多时候不开。”

甄意看一下手表，晚上十点半，二楼却没人影，包厢上门牌灯是熄的，表明没人。四处看看，刚才他们走来的方向是唯一的出口，走廊尽头是紧闭的安全门。

“那个门可以通过吗？”

“不可以，虽然是安全走道，但为了防盗，常年锁着。”

“你怎么知道案发那天没人从那道门经过？”

“钥匙在我家，正对门口有个小监视器，别说案发那天，这几个月都没人影。”

“这些包厢到了晚上也没人来？”

“外面有卡座，已经很私密。特地上包厢反而引人遐想。要真想干什么，直接去酒店。明星们来这儿就是想体验酒吧的氛围，躲在包厢里无趣。”

“那你觉得林子翼为什么会来楼上呢？”

索磊挠头：“谁要是找我谈什么事儿，我可能会过来，上面安静。”

“我也这么想。”甄意笑笑，推开出事的房间门。取证和清理工作早做完，但房里似乎仍有淡淡的血腥味。

“是谁发现的死者？”

“打扫厕所的阿姨。她吓死了，我也吓得够呛，以前什么场景没见过，但这个真的太吓人了。”索磊抖了一下，“他的下身看着真是……”

“蛋疼吧？”

“呃，是挺……咳咳。真疼。”

“估计疼得挺扯蛋的。”

“……”

店长招架不来，求助地看言格，后者却很淡定：“相信我，她已经低调了。”

“凶器是你们这儿的？”甄意问。

“包厢配备的水果刀，款式普通，超市就能买到。插在他的胸口没带走。”

“血迹是怎样？”

“床上都是血，林子翼被脱的衣服上也是，可其他地方很干净。”

“干净？”甄意边思考边自言自语，“因为凶手用他的衣服保护自己不被利器伤到，也不被血溅到。”

索磊惊讶：“你怎么知道？”

“显而易见啊，用布料包着，还可以捣乱警方的血迹分析。是个很聪明的家伙呢。”

安安静静。

甄意回头：“看什么？”

“听着怪怪的，你好像懂很多。”

“哈哈，因为如果我杀人，也会这么仔细啊！”

“不要这么说，很吓人。”索磊搓搓手，“律师在这方面都这么厉害吗？”

“看上去不像，但我是刑侦犯罪学科班出身。”

店长说：“这么鬼马，倒真是不像。”

言格听言看向甄意。彼时她正检查窗户防盗网的螺丝钉，脑袋几乎贴到窗台上。

映着外边树丛里的投影灯，她的脸白得像瓷，一双灵动的眼睛满是专注，像装着黑夜，很深邃。小而挺的鼻子旁边，窗纱一角因鼻息而轻轻翻飞。

不像吗？他倒不觉得。

她总是嘻哈鬼马，脱线无厘头，可一旦对某件事上了心，她必能倾注常人不会投入的热情和专注，把生活过得像拼命一样，恋爱像拼命般疯狂，工作像拼命般坚强。

这样燃烧热情的人，往往，无往不胜。

曾经被这样的她追到手，是他赚了。

甄意看了一圈，基本了解，谢过店长，一出房门却愣住。

走廊对面挂了一幅画，女孩从高高的楼上坠落，姿态优美像在飞翔。画框裱了层玻璃，上面有层薄薄的影子，映着甄意吃惊的眼神和她空空的墙壁、门洞，和门上黑色的数字 31。

莫名诡异。吴哲的梦只是梦吗？

言格也看见了，他听甄意描述过和吴哲的对话，所以见到此景，也微微蹙眉："要么吴哲来过这里，要么凶手接触过吴哲。"

下楼到大厅，索磊挺客气的，说："别急着走。我这儿没别的，给你们调杯鸡尾酒吧。"

"行，黑杰克。"

"独特。"小伙子噙着笑，果汁冰块咖啡酒，驾轻就熟地调和。

甄意坐上高脚凳，问言格："你呢？"

"开车。"

"度数很低的，像果汁。"

"不要。"

"就会说不要。"甄意轻轻瘪嘴。少年时在深城，"不要"是他最常对她说的话。现在听到，有微微的时光错乱之感。

她托着腮看索磊调酒，言格的目光却落在他背后的酒架上："存酒的客人多吗？"

"一小部分。"

"林子翼呢？"

"存了，警察取了一点去化验，剩的在那儿。"他回头拿下巴指了指架子上一瓶金酒。

因为言格的细致观察，甄意有了新想法，林子翼的酒也是关键点。她歪头看言格，意味深长地微笑，言格依旧淡静，但两人都心知肚明。

她想了想，拿脚蹭他的腿，斜过身子凑近他，故意在他耳朵边上吹气："你好厉害。”

面对她疑似的挑逗，言格没作声。

甄意自娱自乐，笑嘻嘻坐规矩了，一边喝酒一边琢磨：

一，凶手不能从窗子逃走，案发后还在会所；

二，警察取走林子翼的存酒化验，说明尸检出他体内有药物；为什么下药，泄愤的话难道不是死者清醒时更好？林子翼是夜店常客，警惕性不会低，凶手怎么接近并下药？

看来，凶手聪明、谨慎、冷静，有很强的反侦察能力，在侦查学上应首先考虑有前科的。

甄意歪头思索着，忽听见言格清凉的嗓音：“有一点说不通。”

“什么？”甄意在思考，一扭头，眼睛里光彩照人，直勾勾盯着言格。

他不太适应，别过头去：“看得出凶手是精心策划，蓄谋已久。可杀人凶器，水果刀和剃须刀片都是酒吧里临时找的，不奇怪吗？”

甄意一愣，来不及想，电话响了，是宋依。

声音很急：“甄律师，警察抓我到警署了。你一定要救救我，我没有杀人！”

甄意去到警署时，外面堵满媒体，一见到她，全一窝蜂围堵上去。

“警方发现了关键证据，宋依真的是凶手吗？”“是否和唐裳案有关？”

即使是深夜，甄意也戴着墨镜围巾和遮阳帽，衣领竖得高高的，飞快挤过人群。之前的几个月已足够让她厌恶记者。

会面室里，宋依低着头，情绪很低落，没了平日或虚情假意或颐指气使的样子，一见到甄意就带了哭腔：“甄律师……”

“我都知道了。”甄意叹了口气，“宋依，你隐瞒太多了。你说你没进过案发房间，可警方在窗帘上发现了你的头发。这对你非常不利。到底怎么回事？”

“我不知道该怎么说。”她声音很低。

“我有时间等你。”甄意放缓声音，“你要记住，只有你说真话，我才能真正地帮到你。”

宋依撑住额头，良久才开口：“对不起，是我变态。我恨林子翼这种强奸犯，所以我跑进作案现场，你不知道，看他死得那么惨，我心里有多痛快。”说到此处，她的嘴角浮出一抹狠烈的笑。

“我明白。”甄意沉吟半刻，“现在我需要你说一下你测谎失控的原因。警方会调查到，我不希望再次措手不及。”

白炽灯下，宋依脸色苍白得可怕：“甄律师，我让你为难了吧？对不起。”

“我不需要你说对不起，我只想替你辩护。”

宋依呆一秒，脸色渐渐寂寞：“知道吗？我从来不想做演员。演的不是自己，没有自己的人生，在媒体和粉丝前戴着面具。为了曝光和上位，牺牲很多东西。不过对我来说还好，反正进这个圈子前，我就没什么可牺牲的了。”她淡淡一笑，非常平静，“我喜欢画画，想做画家。可十六岁，永远忘不了那天，回家太晚，经过巷子时……有六个人，有个很胖很重很恶心，我的胃都要被挤……”

“宋，你不用说这些细节……”甄意眼神无处安放，一抬眼，眼睛被灯光刺得生疼。

“他们怎么都进不去，”宋依没听，平常地继续，“蛮横地尝试，一个一个，我疼得恨不得把心脏挖出来，疼得哭着喊妈妈，结果给妈妈这个词招来粗鄙的羞辱。他们得逞了，我没想过时间那么漫长，一秒一秒分割到无限。完事后，他们言辞辱骂，往我身上撒尿。我一直在流血，身体内部被撕裂，住院很久。妈妈申诉无门，那几个人在小城里一手遮天，警察睁眼说瞎话。妈妈走投无路拉横幅申冤，反而被打。她静坐自杀，以为可以引起关注，但没有。”

甄意握着拳头，太阳穴一跳一跳地疼，新闻中的社会惨剧搬到她面前，她心中悲愤得无以复加。

“活着，真的好难好痛苦！”宋依笑笑，“可我没有妈妈勇敢，我怕死，就去做外围，赚钱换了张脸，改行做模特了。我以前比现在还漂亮，信吗？”

她扭头看甄意，甄意已不能言语。

“正是因为欠我一个交代，一个审判，我才会站在唐裳这边，我才理解她的一切，才憎恶林子翼他们。我不是去上厕所的，我担心林子翼又要干坏事。但不管我看到什么，听到什么，我当时的心情，啊，”她微微合眼，长长地舒了一口气，唇角浮起满足的笑容，“太激动，太快乐。那是我这些年最开心的一天。现在回想，我的人生都没那么凄惨了。你说，我会把给我带来快乐的人交给警察吗？”

甄意以前就告诉自己，律师不要感情用事，可这一刻：“宋依，即使你杀了人，我也不会让你偿命。”

“你……”

“见你之前，我和司瑰通过话，你的情况很不乐观，她对我说如果不是你杀的，务必让你说出那个人是谁。但现在，你听好了，你不想说，就不要对任何人说，包括我。”她承诺，“至于怎么对付警察，交给我。”

“可正义……”

“去他妈的正义！”

审讯室里灯光柔和，映在宋依素颜的脸上，比起镜头里光彩照人的她，更有说不出的清新纯丽。甄意坐在她身边，面无表情。

问询前，司瑰陈述："宋小姐，我们找到一根尖端带酒红色的黑发，与你的发色一致。昨天取了你的头发做元素对比分析，结果证明就是你的。你说没去过案发地，该怎么解释？"

林警官："我们给你最后的机会做目击证人，否则，一旦成为被告，对你事业和名誉造成的损害将不可逆转。所以请你务必配合……"

"你在威胁我？"

"如果你要那样理解。"林不绕弯子，"宋小姐，我们调查了你的过去，虽然深表同情，但也认为你有足够的杀人动机。如果这件事吸引公众注意，受害最大的是你。"

"谢谢您在我伤口洒上同情的盐巴。"宋依嗤笑一声，表情冷酷像不干己事，可态度明显强势，和前一次接受问讯时规矩又忐忑的她判若两人。

司瑰看了甄意一眼，后者很平淡，不发言不关心。但她知道，宋依蜕变成这样全拜甄意所赐。是他们疏忽了。从头发怀疑宋依时，就该立刻审问。可他们没有，其中的间隙，足够甄意把宋依武装得泼水不入。

林警官问："先解释一下头发的事。"

宋依耸肩："有人栽赃我呗。警官，林子翼招惹过的人少吗？不要以为他最近惹了个大案子，就认为杀他的一定和唐裳有关。或许是其他方面和他有仇的人误导你们。你们能排除这种可能？"

警方的确无法排除，林警官词穷。司瑰想，甄意果然做足了功夫，她摇摇头："不止如此，宋小姐，我们找到一位证人，她看见你进了那条走廊。"

听到突发消息，宋依依旧镇定："证人的话，不一定正确。"

司瑰想起不久前的测谎，提问："宋小姐，要么你是凶手，要么你认识凶手？这两者，有一个是真的吧？"宋依看司瑰一眼，而司瑰根据她的表情下了判断："是的。"

宋依也不惊讶："如果你们怀疑我，证据足够给我扣上重大嫌疑人的帽子，却不够给我定罪，即使上法庭，我也不怕；如果你们想威胁我，那民事法庭上见。"

这番话，绝不是宋依自己想出来的。司瑰看一眼甄意："你说没杀人，那凶手留了你的头发栽赃你。这种情况下你仍然袒护凶手，于情于理都说不过去。"司瑰审问鞭辟入里。

宋依不急："你们为什么想抓到凶手？"

"罪行必须得到惩罚，以维护社会正义。"

"正巧，这也是我不想让你们抓到凶手的原因。"宋依笑，"林子翼他们奸污害死唐裳，本就该死。那时你们做了什么，惩处罪恶了吗？没有，你们让他们逍遥法外，让很多相信公道的人心寒，现在又来说什么公平？是，人家背景强，你们不得不向现实低头。可你们面对强权点头哈腰抛弃信念后，就没有资格再对小人物说公道。欺软怕硬是你们该做的吗？那三个和林子翼一起的强奸犯没嫌疑？你们敢像逼问我一样逼问他们？”

司瑰沉默。她知道这些话其实全部出自甄意。

“既然如此，只能走刑事审判了。”林警官说，“另外，他犯的罪有法律判定，罪不至死。”

“他罪不至死，被他摧残的人是活该。他不会知错，关两三年出来，受害者算什么？她们受过的折磨是场笑话？”宋依面无表情，空洞的大眼睛里却浮起一层水雾，“这样的处罚是你们打给相信法制的无辜受害者的耳光！给唐裳收尸时，你们敢看她的眼睛吗？”

“如果你们没有保护过我，就不要奢求我遵守你们的规则。”她一字一句重重说完，指甲抓住桌沿，

她唇角抽搐，脸上泛起一丝狠烈而疯狂的笑意：“我一个字也不会说。我没杀人，怕什么。想威胁我就放马过来。我要是求饶，我要是说一个怕字，那我当年被轮奸就他妈的是我活该！！！”

司瑰头顶发炸，鸡皮疙瘩全绷起来；林警官沉重而默然，脸色发白。

宋依低狠而悲怆的控诉在狭窄的审讯室里回响。没人再说话，死一般的悲伤和寂静。

良久，宋依松开手，缓缓靠近椅子里，面无表情，很淡定，只有泪在脸上疯了般流淌。

审讯便这样结束了。

甄意始终无言，最后只说一句：“我的委托人申请取保候审。”

离开时，甄意问司瑰：“你们有没有……”

“绝对没有。我保证，物证人证，没有伪造！”

“我信。所以，法庭上见吧。”甄意抿唇，准备要走，司瑰叫住她：“甄！”

“怎么？”

“宋依说的话，是你教的？”

“嗯。”

“这么说，你……”

“我毫无保留地站在她那边。”

司瑰莫名伤感："甄，你确定不是在泄愤？"

"泄什么愤？"

"唐裳。你真从唐裳的案子里走出来了吗？"司瑰蹙眉看她，很心疼，"和她朝夕相处四个月，她所有的凄惨愤恨和绝望都往你身上倒，还有她的死。你和心理咨询师谈过吗？"

"我不需要！"甄意转身，"我比你想的铁石心肠，也没你想的那么有良心。"

杨姿前一晚加班，错过末班地铁，去甄意的公寓借住。早起路过甄意的房间，见她已梳洗完毕，正对镜穿衣。杨姿倚着门栏问："这么早，干吗去？"

"调查案子。"甄意说得简短。

言格发现医院登记表显示吴哲的"妹妹"送他入院，却从此失去联系。吴哲行李里有一个平板，装了部恐怖电影《惊魂尖叫》，是宋依演的。里面有宋依从楼顶摔落到31楼尖棱上的画面，同样的空墙黑洞黑色数字。

言格说这是警察怀疑宋依的原因之一。但因太蹊跷，所以之前没提。

他希望从唐裳的妹妹唐羽那里了解吴哲的背景，联系他的家人。甄意也想去查查。

杨姿问："听说宋依追加代理费了，之前说你的那些人快气死了。"

甄意倒大方："等这案子结了，给你买花花衣服，乖。"她在镜子里对杨姿亲亲。

杨姿配合地嘟嘟嘴："最近顺利吗？新闻说要打刑事案。越来越多的人怀疑宋依。"

"新闻里宋依在干吗呢？"甄意对着镜子涂鲜艳的口红，声音模糊。

"淡定地在中心城区拍戏呢，看上去挺人正不怕影子斜的。"

"嗯哼。"是甄意建议宋依继续淡定工作的，说这叫士气。

杨姿揪头发："有小道消息说她不是表面的单纯，说她介绍唐裳做外围，和林子翼有牵扯不清的包养关系。"

甄意没听，手伸进衣服里抓胸，费力地揉了半天，叹气："塑形内衣都挤不出沟来。"转眼盯着杨姿的胸，像狗盯着包子，"阿姿，给我点儿肉吧。"

杨姿扑哧笑，打量甄意。

黑白色紧身套裙，利落优雅的职场盘发，黑色英伦小帽。她私下不修边幅，可每每梳妆完毕就像打磨过的钻石，精致璀璨；又像顶级门店橱窗里的假人。

杨姿暗羡甄意天生对时尚的敏锐嗅觉。这种书本不教的内容，她不知该去哪里学。

"意，你今天打扮得太超过，要去勾引谁？"

甄意心一跳，笑："没，我一直都低级二缺又庸俗。"话这么说，心弦却微颤。

她把自己打扮得连头发丝儿都是精致的，立在路边等言格接她。汽车停靠路边，他绅士到了习惯里，下车给她开门，却并没因她今天格外漂亮而多看她一秒。或者，他都没注意她的不同。她不知道，在他的印象里，她一向都是花花绿绿，蓬蓬生机的。

他不欣赏，甄意也半分不泄气，穿给自己看心情也好啊。什么女为悦己者容，应该是女为悦己而容。她要让自己每天漂漂亮亮地过。

唐羽住在民工村，当初因为打官司要钱，卖了按揭房搬到这里。居住条件一落千丈。到边缘地带，车就进不去了。言格和甄意步行前往。道路狭窄，旧楼房挤成一团，半空中晾衣绳把天空切割成不规则的小块，挂着一串串晾晒衣物，女人胸衣男人裤衩迎风飘扬。

推着油炸食品的早餐车经过，甄意斜身让道，轻轻碰了言格一下。

目不斜视的他垂眸看她一眼，她今天的确耀眼，四周是嘈杂的贫民窟早晨，她却蹬着高跟鞋走在T台上，光芒万丈。让他莫名想起一幅画，破败的废墟中，精致的芭蕾女郎亭亭而立。

他不是瞎子，并非看不懂。

她撞见他注视的目光，咧嘴笑了，眉飞色舞地调戏："美吧？"

他神态安然："你工作时都穿成这样？"

"言医生，你是在夸我吗？"她不答反问，笑容更大。

"你是在调情吗？"

"想得美。"甄意扬起眉梢，抬着下巴走到前面去了。

言格云淡风轻，眼里却闪过细微的柔和。

"谢谢你让我跟过来。"甄意时不时回头，"你约唐羽了解吴哲的家庭背景做登记，她才配合。要是我说来调查，她一定避而不见。她性格激烈，和唐裳不像。"说完，停了一秒，声音低下去，"有些地方其实也像。"

言格跟在她身后："律师事务所通常会有心理咨询师？"

"嗯，我们老板就是，他很专业。"

"你咨询过吗？"

"我好得很，干吗要咨询。"她似乎很抵触。

言格不问了。

很快找到唐羽的住处，在一栋七楼高的小产权房里，每层分割出数不清的小房间。楼道里全是炊烟味。唐羽的房间是一室，电饭锅、简易衣柜和床都挤在一起。真不知道那300万用去哪儿了。唐羽只约了言格，所以看见甄意很意外。

她九点半上班，没时间寒暄。言格拿着表格向她打听吴哲的家庭情况，父母住处、联系方式。

“怎么还住这里？”甄意故作随意地问。

唐羽脸色不好：“唐裳用命换来的钱，是给我享受的？”

甄意四处看。房间很小，东西很多，却一点儿不乱，收拾得很整齐。窗台上养了几盆花，开得灿烂。床底塞着玩偶，床头摆着和唐裳的合照。墙上贴满各种照片，她和形形色色的男女勾肩搭背。这不奇怪，她在K城一家健身房当教练。

“我记得你的工作是隔日，晚上十点半下班。挺累的。”甄意语气看似无意。

“嗯。”

“今天是双号。唔，案发那天星期六也是双号。你十点半下班，两小时车程外的林子翼在十一点死去。”背后没有声音，甄意都不用回头，“看来那天你请假了，不在健身房。”

唐羽冷声：“我生病了一直在家休息，邻居会有人看见我。”

“你应该是傍晚请假，那时在这里看到你的人不能做不在场证明。”甄意盯着照片墙看了很久，两根手指夹住一张照片，慢慢转身，“我见过这个男人，Ecstasy会所的店长，索磊。”

照片上身着紧身运动衣的两人搭着肩，立在跑步机旁。“学员，有什么稀奇的？”

“的确不稀奇。”甄意把照片粘回墙上，学员里不乏和唐羽肢体接触更亲密的。

“我们都已经得到赔偿了，还杀他干什么？”

“我记得你说那些钱全给父母养老，现在看，你的确这么行动着，像交代后事。”

“警方都没问我，你怀疑什么？”唐羽彻底黑脸，“有这么多闲情来调查我，不如多操心你的委托人宋依，还没开庭，网络就开始攻击她，你不该多花心思替她摆脱困境？万一宋依受不了风言也……”她越说越火大，近乎斥责，“作为律师，你保护好你的委托人了吗？还是她们不堪重负自杀了你也不会有多难过？”

甄意没不自在。只是在言格面前被人骂，有些尴尬。

言格收好表格，对唐羽说：“没问题了，谢谢。”语气平淡得仿佛没听见两个女人的针锋相对。唐羽客气下来：“不用。吴哲也是我朋友。但他被送进精神病院，我并不知道。”

甄意和言格下了楼。

近九点，民工村一派热闹景象。小商小贩挤满巷子，没人管的孩子上蹿下跳。有几个追追赶赶从甄意脚边一溜烟飞过，她踩着高跟鞋走在砖板路上，摇晃了一下。

下一秒，手腕就给人握住，温热的掌心，非常有力。

可她还是撞向他，额头从他的衣领擦过，一瞬间，心跳到嗓子眼。她凝着呼吸，抬头看他，目光茫然。

他依旧克己，瞬间松开她的手，可他指尖细腻微凉的触感却刻在甄意的手腕，心似乎梗在脖子里落不下来了。她红着脸做深呼吸。

两人闷不吭声地走了一会儿，他问："在想什么？刚才，你看上去很开心。"

"哦，我发现唐羽撒谎了。"

言格从他的专业角度看出了异样，但他知道甄意有她的角度："比如？"

甄意昂起头，自信道："她被我惹爆后说了一大段话斥责我。人一急就容易脱口而出。她说话的语气像不像她确定宋依不是凶手？可她怎么确定？那晚，她一定去过 Ecstasy。"

"她的语气的确有问题。"言格中规中矩道，"可以理解为她不希望宋依出事，却不能理解为她确定宋依不是凶手。你引申太多。"

"是你太古板了。"甄意自言自语，又道，"她和店长索磊是情侣。"

"何以见得？"

"照片里，店长左手戴了情侣款护腕。"

"可照片里唐羽没戴。"

"她是没戴，她把它绑在袖珍花盆上了。"

言格不语，没想到她能注意到这种细节。

甄意扬起下巴："男朋友有什么好隐瞒？无非是不想让人把她和案发现场联系在一起。"

"牵强。"他不客气地评价，"有些人就不喜欢对外公开。"

"你以为都像你呀！"说完才发觉嘴快，甄意轻轻瞥一眼他俊秀的侧脸，不起波澜。和其他人打交道太久，她差点忘了，他不会介意。他太淡然，原本什么都不介意。

不用担心惹到他，或印象打折扣，或暗生龃龉，这也算是和他相交意料之外的好处了。

甄意重拾话题："好吧，就算我说的论据不足，还有一点呢。"

他走在一旁，微微颔首，一副愿闻其详的姿态。

"记不记得，她说警察没来找过她。为什么？一定是因为现场的人都没注意到她，而那几个烂监控器也没捕捉到。"

"所以？"

"是店长对场地的熟悉和便利使她躲过了。"她激动地宣告。

"也有可能是她真的没去，她也不喜欢说男友的事。"他清晰地提出另一种可能。

"啊，这么说也没错。但我还有一点可以证明。"她很努力。

"哦，大开眼界。"他说。

"什么？"她还没提出下一个论点呢。

"你是个蹩脚的侦探小说家。"

"哈？"

"你让我看到了强词夺理的终极艺术。"他毫不吝啬地"夸赞"。

"你血口喷人。"她义愤。

"你胡说八道。"他淡淡回应。

"……"

言格侧眸看她一眼："你假设她去过案发现场，然后找证据线索来支持你的论断。像做实验一样，方法是对的。可刚才你列举的证据只在'她去过案发现场'这点成立的情况下才成立。用这些论据去证明你开头的假设，你觉得呢？"

甄意哑口无言，这一番科学的论证叫她词穷。以前就是这样，她呱啦呱啦说一通，他听也没听，一句话就把她变成无理的那个。

她脸发烫，臊得慌，却也庆幸。庆幸有个足够清醒的人洞悉她的错处，敲一敲她的脑袋，不至于让她把这危险错误的方法发展成思维定势。她的确该反省。凭着律师同事们没有的刑侦敏锐嗅觉和小聪明在工作中顺风顺水太久，她忘乎所以了。很危险！

甄意深深吸了一口气，红着脸抬头："谢谢你，言格。"

她这么说，他反而闭嘴了，紧紧抿着，再也不发一言，插着兜继续走路。

甄意跟着他，说："但实际上，我这种不科学的方法在现实中经常用到，很多时候还效果卓著，这该怎么解释呢？"她不经意间声音轻软下来，是在思考，在疑惑，而非挑衅。

"我知道。"他嗓音清隽而温沉，"很多时候已经有蛛丝马迹，你才会开始第一步的怀疑和设想。概率五五分，有失败就当然有成功。而且在客观证据不足时，有一部分人的直觉和经验真的能起到作用。我不知道你是怎么感觉的，但依我判断，唐羽的确撒谎了。她和这个案子有牵连。"

"你真这么想？"

"嗯，我刚才说那些，不过是希望用这种'不科学'方法时，要随时提醒自己看清楚。记住还有另外50%的失败。即使成功，结果正确也不代表过程合理。"

甄意低下头，在心中默念。她正是因为获得了很多正确的结果，才错误地认为过程都合理。这是多么危险的想法。"我会记得的。"她轻声说。

他依旧没回应，不知听也没听。

巷子里狭窄而拥挤，没走几步，见到一排成人用品店。甄意想到案子，对言格说：

"你站在这儿等我，我进去买点东西。"

言格看一眼店门口夸张的招贴画和大字报，各种姿势加各种大长久粗。他目光还算淡定，落在甄意身上。后者非常坦然，一扭头，雄赳赳气昂昂走进店里，留他立在门口接受路人审视的目光。半分钟后，甄意出来了，很遗憾："没有我想要的，有待扩大经营。"

言格不予置评，以为她消停了，没想到她一家店一家店地串，走过一个街区，下个街区再来。甄意见路人看他们的眼光奇怪了，问言格："我没让你觉得不舒服吧？"

"没有。"他寡淡道，根本不在意别人的目光。

甄意使坏："哦，那就是让你觉得舒服了。"

"……"言格果断不开口了。

又经过一家成人店，甄意再度把言格撂在又大又粗又长又持久的字样前，跑了进去。

店里非常狭窄，脏兮兮的货架上摆着各类计生情趣用具，不一而足。

"咦，甄律师来了？"老板十分热情，甄意给民工村一起交通肇事逃逸案打过官司，不少人都认识她。"来调查案子？我一定知无不言。"

甄意咧嘴笑："不，来买东西。"

老板的表情微妙，虽然干这行，但仍对"性"戴着有色眼镜。

甄意一点儿不羞："反正都要用么，让大超市赚钱，不如支持零售小商贩。"

老板喜笑颜开："要点儿什么？"

甄意神秘兮兮往外看了一眼，弯腰凑近老板，小声说："唐羽前几天买的那个，她说很好用，推荐给我。"

老板蹙眉，不说话。甄意盯着他的表情，渐渐灰心。或许这家店和之前无数家一样，会说："是打官司那个唐裳的妹妹吗？她从不来我们这儿。"而她会立刻改口："唐宇，一个男的。"人家更不认识，她便铩羽而归。

但，回忆几秒后，老板小声："你等等，我去拿。"

甄意顿时满血复活，等东西到手，她看到上边的标签，心都差点儿跳出来。天助我也！

老板往店外望，看见笔直立在路边的言格，好奇："甄律师的男朋友？"

甄意转转眼珠，用一种得之我幸失之我命的伤感表情摇了摇头。

老板自以为知晓内幕，奉承："甄律师这么漂亮，想俘获男人的心，完全不需要这个。"

甄意想起言格对她的视而不见，坏点子又来了。她挺胸昂头，狡黠又傲然地一笑："我是很美，但他阳痿。"

甄意再次来到 Ecstasy。这一片到了白天非常荒凉破败。夜里灿烂的建筑物没了夜里霓虹的彩光，像是被拆掉血肉，只剩枯旧的或钢筋或塑料的骨头。

街上冷冷清清，一个人也没有。里边黑黢黢的，开灯也阴冷。

甄意穿着会所的员工服，一路上，寥寥几个为晚上开业做准备的服务员都没注意。甄意摸索一圈，找到行政办公室，正是下午，没人值班。

她翻箱倒柜。既然推理和实验一样，她就要来找最客观的证据。来之前，她用她的分析说服了司瑰。此刻，司瑰在街区外等着。

很快甄意找到了想要的，正认真翻看，身后传来索磊的声音："你在这儿干什么？"

甄意没理，飞速翻阅拍照。

"我说话你没听到吗？不在前边清点货物，在这儿偷懒！"

甄意转过身去。索磊愣了："是你……怎么穿着我们店的工作服？"

"做个实验。"甄意说，"Ecstasy 常有临时酒水促销员，所以员工看见穿工作服的陌生人也不会注意。"

他没上次客气："甄律师，你这么做很不恰当。"

"我有事情想再次请教，能喝杯酒再说吗？"甄意提议，她手机藏在背后，另一端连着司瑰的录音器。没有证据，只能套话逼迫嫌疑人认罪。

店长并没怀疑，转身带她去内厅的吧台。

没开几盏灯，吧里阴森森的。甄意坐上高脚凳，偷偷看一眼手机，刚才拍的资料已经发出。抬起头，店长在混酒。身后桌椅昏暗，甄意漫不经心地问："在酒吧里给别人的酒下药，成功率多大？"

索磊正往酒里混合碎冰，头也不抬："看对方的防备心。"

"有道理。"她点头，"要是林子翼，酒吧里遇到的女子给他下药，有点难。"

他没理，剧烈摇晃着调酒杯。

"不过，要是酒保给他的酒本身就不对劲，那几率就大了……"

"你想说什么？"他抬眸。

"你应该清楚。"甄意直视他，隔着一束蓝色的圆筒吊灯光，她身后是无边的黑暗，只有她的脸格外白皙，轮廓分明，"我看过你们的登记表和签到簿，每个卖酒的临时工会待至少三天，但案发那天的卖酒妹只在当天出现过。身份证号码是……"

"她干得不好，做一天就走了，有问题吗？"他不慌不忙，把调好的酒倒进鸡尾酒杯，一层一层，姹紫嫣红，“血色玛丽。”

“听上去很巧，会不会更巧的是，临时工档案里唯独缺她的身份证复印件。或者警方去查这个身份证号，要么不存在，要么不对应？”

索磊把杯子推到她面前，蓝色灯光下，透明的酒水变成紫色的渐进：“是我们工作疏忽，以后会规正的。”

“有没有可能，那天在酒吧穿着工作服没有引起任何客人注意，也没‘出现’在摄像头里的人是唐羽。”甄意揪着酒杯中的樱桃梗把玩，“啊，如果是你的女朋友唐羽，那就不能说是疏忽了，而是……蓄意。”

酒吧里很安静，只有他们两人。

一束圆锥的灯光从她头顶打下去，衬得睫毛格外长，投了一片阴影在她眼瞳，幽深得比她身后的黑色还深。他盯着她看了半晌：“你想象力不错。”

“是吗？”甄意握着手机，“我倒认为虽然店员不会注意唐羽，但如果警察拿着她的照片过来，说她是唐裳的妹妹，到时你能确保员工们没一个对她有印象？”

他始终扑克脸：“你到底想说什么？”

“想说的很多啊。有件事我很奇怪：一个娱乐场所的案发房间，闲杂人等的指纹鞋印皮屑和毛发一点儿都没有。是服务人员业务做得好，打扫得干净？”

“我们的清洁人员非常专业。”他道。

“如果让痕检员搜其他的房间，也会这么干净？”甄意晃着酒杯，透明的液体在灯光不同的角度下，颜色变幻。店长没有立刻反驳。

甄意心知肚明：“索磊，案发房间的清洁弄到这种程度，很可能地毯什么的都换掉了。没有内部人员的帮助能做到？”

吧台对面的男人无所谓地笑笑，拿抹布擦调酒用具：“房间的装饰配备旧了，换全新的。”

“哦，房间新置换的东西有购买记录和进货单吗？换了一整套，这么大的工作量，是哪些员工参与的？”甄意问。

他不回答，手顿了一下。这律师的问题滴水不漏！

甄意：“凶器也很奇怪不是吗？”

“哪里奇怪？”

“这不是冲动杀人，而是蓄谋。计划杀人却不准备凶器，把杀人的成功率押在酒吧的配备水果刀上？杀手好粗心，还是他知道案发现场一定有可供杀人的工具。”

店长沉默，用干布把玻璃杯擦得没一点水滴：“看来，不要小看律师。”

“是不要小看我。”她问，“你承认我说的都对了？”

他不置可否，盯住她的酒：“你还喝吗？”

“我相信你不会动手脚，”她举起杯，“但谨慎总归是好的。”

他也不气，接过她的酒杯一饮而尽：“你这些都跟警察说了？”

甄意不答，判断他的表情：“凶手想泄愤，所以不会让他意识不清，否则折磨和宫刑就失了意义。死者也无法在意识不清的情况下不引人注意地上楼。所以林子翼酒里的药不是蒙汗类，而是情欲类。在他欲火焚身而勃起的情况下阉了他……真是很有创意呢！”

她的语气和选词让人发怵。他把玻璃杯摆好，出奇地平静，听她继续推理。

“这种药你比唐羽更容易拿到，更无迹可寻。可药是唐羽买的，说明一开始你们没商量，只是唐羽的计谋。毕竟你对林子翼没有强烈的杀人动机。我猜，你是案发后帮助唐羽清理现场。如果是那样，我提议你和我一起去找唐羽，自首可以轻判。如果她同意配合，我愿意帮她打官司。”

“好吧。我无话可说，跟你走。”他摊摊手，一副接受现实了的样子。

路边的车内，司瑰转头看唐羽。

“都听到了吧。”她摇了一下手机，“我现在没有执行公务，如果你坦白，可以算自首。这也是为什么甄意让你跟我来，而非把你关在警署等着。”

唐羽惊愕得瞪大眼睛，气急败坏：“他撒谎。我什么也没干，什么也不知道！我买药是准备和他用的，我根本没想到那天会碰到林子翼。”

碰到？司瑰一惊。计划杀人总得要被害者在场吧？等等，店长和唐羽，难道不是店长更了解林子翼去酒吧的时间规律吗？

司瑰顿时一身冷汗，跳下车就往路的尽头冲去。

……

“给我打个电话吧，找不到手机了。”索磊弯身在柜台下四处找。

甄意关了和司瑰的通话，拨他的号码。手机铃响。

“找到了。”他把手机揣进兜，“走吧。”他关了吧台上的一串吊灯，酒吧瞬间陷入黑暗。

甄意轻轻一吓，立刻打开手机灯，可狭窄的光束里，吧台那边空空如也，只有高低不一的酒瓶。她头皮发麻，忽听身后声音很低：“还不走吗？”

她慌得回头，心怦怦乱跳，尴尬地笑笑：“没想到白天也那么黑。”

“因为墙壁厚，没有窗户。”他说，在这种氛围里听着莫名诡异。

走出会所的小酒吧，是一道很长的走廊，同样没有开灯，幽深得紧。

“我来的时候，这里有服务员。”甄意看着走廊上空空的服务台。

“下白班了，他们晚上再来。”

索磊锁上小酒吧的门，问：“能问问最先让你怀疑到唐羽的是什么吗？”

甄意刚才忘了提这一点：“吴哲。”

“吴哲？”

“嗯。吴哲梦见和案发现场相似的场景，警察认为他看了《惊魂尖叫》，我认为是唐羽托人送他入院，她意外发现 Ecstasy 和电影里的场景重合，早计划在这里杀林子翼，事先暗示吴哲，他才一直做梦。唐羽这么做是想转移注意，因为警察会第一时间怀疑吴哲……”

甄意陡然停住，睁着眼睛望着前方的黑暗，一动不动：“不对，唐羽她不会想要陷害吴哲。”她听见自己的声音很扭曲，很虚。很多事情还解释不清，可她蓦然只有一种感觉……

寒气从脚底往上蔓延。

身后的黑暗中，男人声音很低：“哦，那该是怎样呢？”

甄意嘴唇抖了一下，发不出声：“杀害林子翼的不是唐羽，而是……你。”

司瑰穿过空旷的街区，飞也似的跑去路的尽头，门上好几把锁，只锁了一道。她退后几步，一脚把门踹开。会所里黑黢黢的，只有几盏晦暗的小灯，一个人也没有。

突然，“啊！”黑暗深处传来甄意的尖叫。

司瑰立刻跑去，绕过一条又一条长廊，前面的脚步声越来越清晰，即将迎面撞上。司瑰看不太清，黑暗中一脚飞去，那人反应极快，一脚拦下，把她踢到一边。

这……不是在警署学的格斗吗？

一秒钟的沉默后。“甄？”“死鬼？”

下一秒，“你怎么在这儿？”“你跑进来干什么？”

“我找你啊。”“我追人啊。”“你先说。”“你先说。”

甄意扑哧笑，打开手机手电筒，朝她脸上晃：“没用的警察，不在外面堵着嫌疑人，往里面瞎蹿什么。好了，人跑了。都怪你。”

司瑰翻白眼：“进来给你收尸。”

“又翻白眼，有本事你把我翻到太平洋切！”

司瑰一看：“甄，你额头上出血了！”

“小事。”甄意摸摸额头，“嘶”一声，“撞到眉骨了，索磊那小子力气真大！”

“好歹是个男的，别总把自己当汉子行不行？”司瑰无语，“跟你说了别说太多，别把他逼急。万一他心狠手辣，把你杀了我看你找谁哭去。”

甄意知道她担心，笑了：“谁知他那么精明，什么也不说。我不是想多套点儿话吗？”

这是司瑰第一次带头负责的案子，甄意希望她圆满完成。司瑰也明白，两人心知肚明，什么也不说了。快到门口，司瑰猛地拍脑袋："糟了，唐羽肯定跑了。"

"白痴！"

两人拿出当年拼体能的激情，百米冲刺跑完一整条街，出乎意料的是唐羽乖乖坐在车上，一动不动，眼神呆滞。司瑰带唐羽回去录笔录，甄意则去医院处理伤口。

路上她接到了宋依助理的电话，她拍戏吊威压伤了腿，手术成功，但要找律师和剧组谈赔偿。甄意无语，真不明白她说的话宋依听进了几句，说几百遍了她是刑事律师。

她联系了杨姿去了解情况。

甄意淡定地顶着一脸的血去医院，吸引无数目光。

眉骨受伤就是这样，看着血流成河地吓人，其实一点事没有。

医院大厅里人头攒动，她向来不注意陌生人，却一眼看到一个熟悉的身影，在古板的医院里，那样自成一景。

言格。不是医生装扮，穿着休闲的运动装，看上去比以往温柔亲近许多。

"言格！"当然是她先注意到他，风一般卷过去，蹦到他面前，一脸血地冲他笑眯眯。

言格有些怔愣："……"她总是能在最意想不到的时候从天而降。

"好巧，好有缘，居然能在这里遇到。"

"你被人打了。"他说。

甄意无语，中学时代她好动又好玩，皮外伤是常事，他每次都会淡定地下结论："你又被人打了。"她有那么怂吗？

"我是见义勇为。"甄意冲他挥拳头，挥完赶紧拿纸捂住眉毛，避免血势扩散。

言格看她几秒，见她的纸巾全被鲜血浸湿，从兜里掏出手帕递给她。

"谢了！"她一手夺过来，在他手心抓出一丝血渍。

言格盯着手心，愣愣几秒，不太自在，很想把手帕要回来擦干净，但她已经飞快捂住眉。

让一个整理强迫症患者住进垃圾堆里是什么感觉？此刻洁癖重症者言格的心情应该相差无几。手心的血迹像挠痒痒的狗尾巴草，浑身不舒服。他想转身去洗手，可留甄意在这儿好像不太恰当。他干巴巴地问："你要去看医生了吧。那我们再见。"

甄意瞪着无辜的黑眼睛："我来挂号，但忘记带钱了，准备回去拿呢，我好可怜。"

言格："……那再见。"他微微颔首。

她表明了惨状，他居然犹豫，犹豫之后居然说再见？

甄意一把抓住他，不能接受："言格，你要把我留在这儿让我流血而亡？"

“你现在在医院，不会死。”他好心又理智地帮她分析，一垂眼，看见她的爪子在他白色的衣袖上留了又一个印子。

狗尾巴草变成了一百根。嗯，忍，是不可能的。他要回家换衣服。

言格抿抿唇，说：“甄意，再见！”

那态度在甄意看来，简直堪比毅然决然。甄意咬牙：“言格，你不要后悔！”

言格想了想，甄意的口袋里露出挂号单一角，口袋鼓鼓的装着钱，且她的表情也不对。她又骗他，他不觉得自己有什么可后悔的。

“再见。”他转身离开。可走了没几步，整个医院的人都看向他，指指点点，像要戳他的脊梁骨。因为，身后传来一声撕心裂肺的哭喊：“老公，你怎么能打了我就不管我了？”

“……”

然后……有人扑通一声晕倒在地上。

其实，从很小的时候，言格就认为，最适合甄意的职业，应该是演员。

安静的医疗室里，

言格坐在高脚凳上，俊颜干净，不生气也不温和，按部就班地用棉签为甄意清理额头上的伤口。

甄意开开心心坐在床上晃荡着脚丫，想起言格在众人的目光里，不得不把她从地上抱起来一路上楼的情景，她心花怒放。

“言格，我好喜欢你抱我时你身上的味道。闻着就让人想入——”她的调戏语还没说完，“嗷！”她猛地往后一缩，怒目瞪他，“那么用力干什么，痛啊！”

“噢，抱歉。”他凉淡地道歉，一点儿不真心。椅子一转，去拿药水。

甄意瘪瘪嘴，知道他没生气。要是生气，他才不会借医生同僚的医疗室，亲自给她处理伤口呢。“对了，你来医院干什么？生病了吗？”甄意问。

“看人。”他简短道，不愿多说。

她从来不懂见好就收，伸手抓抓他的运动服：“你的衣服摸着好舒服，好……”

他回头，就见她的爪子在他衣服上蹂躏，摸狗一样摸他。

他抬眸，甄意立刻缩回手，嘿嘿笑，一副死皮赖脸便宜不占白不占的样子。

言格无声地靠近她，给她眉脚抹药水。或许有一点儿痛，他才碰到她，她就轻轻地缩了一下，长长的眼睫毛扑扑地眨巴眨巴。她的脸近在他唇边，清盈，柔软，像乳白色的瓷。安静时，便有脆弱的美。

他不动声色地挪开目光，尽量轻缓地替她处理伤口。

甄意乖乖坐了没几秒，发觉他离自己太近了。那漂亮的脸在她眼前放大，薄薄的男人的嘴唇就在她脸颊边，他的鼻息呼在她脸上，痒痒的，很亲密。

气味，从来都是蛊惑人心的。

在他面前，她向来直接，更爱反咬一口："言格，你是在引诱我，让我亲你吗？"

他垂眸看她，手指稍一用力。她猛地往回缩："嗷！"

她深深吸了口气，眼神无比委屈，含着水雾："言格，你干吗对我这么坏？"

"真的很疼啊！"她几乎带了哭腔。见她像要哭了，言格有些措手不及，眉骨处比较敏感，他的确不该这样。

静了几秒，他才重新给她涂药，这次，他想道歉似的，弯下腰，不太自然地轻轻给她呼气，很轻，很柔。好……暧昧。

甄意的心一下子软成了春水。这个男人真是好骗，闪闪泪花就让他乖乖的了。

处理完毕，甄意眼睛上方紫了一大片。

言格看了几秒，知道她有多介意自己的外形，便道："过两三天就好了，不会留疤。"

甄意掏出镜子一看，瞪大眼睛，说出的话却是："哇，这个药水颜色好漂亮！"

"……"言格闭了嘴，好像任何时候安慰她都是没必要的。她比很多人都乐观，天生的乐观。

他莫名想起有一年她从楼梯上摔下去，伤了膝盖。卫生员给她涂紫药水时，她忍得眼泪汪汪，最后忍不住，痛得鬼哭鬼叫，嗷嗷狼嚎，地板都要给她跺穿。

可后来，她泪眼朦胧望着膝盖，愣愣几秒，指着伤口就哈哈开怀起来："哇，好漂亮。"她一边抹眼泪，一边笑不停，"哇，言格你看，这个紫色好漂亮！"

她一直是那种受了伤痛哭着也会笑着说紫色真漂亮的女孩。

甄意走到宋依的病房门口，听见里边有人说话，语气不像在医院，而是法庭：

"葛先生，你说被告是妓女，你们的性行为是事先预料的，而非强迫？"

"是。"

"预料的具体时间是何时？"

"那天。"

"案发那天？"

"是。"

"何地？"

"路边。"

"哪条路边？"

"崇、崇明路。"

“崇明路哪段？”

“三、三边公园旁。”

“那个治安很乱的公园？”

“是。”

“你确定。”

“我确定，当时她身旁有很多站街的。她看上去比较高级，我们摇下车窗问她，她说她不是站街，是模特，要价高。”

“回忆得这么清楚，你说的肯定是真话。”

“是真话。”

“很好，葛先生，你应该知道三边公园那里有治安摄像头，没有捕捉到你们的身影。”

“我、我记错了。不，不是。是……”

“你没记错，是撒谎。你知道做当庭撒谎的后果吗？”

“我……”

“当然，首先我要承认，三边公园没有摄像头……”

甄意敲门，里面的谈话声戛然而止。“请进。”

推门进去，房里只有宋依一人，拿着剧本对台词，一人分饰两角？

“住院期间还工作？”甄意看一眼她腿上的石膏绷带。

宋依不冷不热的：“闲不下来。”

“怎么不要助理帮忙对台词？”

“不专业，不喜欢。”她看她，“你被人打了？”

甄意懒得解释，岔开话题：“对了，案情出现转机，Ecstasy的店长在逃，嫌疑最大。”

宋依没什么兴趣：“我们的合作要结束了？”

“差不多。另外，谈赔偿的话，我同事杨姿更专业。”甄意抬起手腕看表，“她应该到了。”

宋依忽然说：“你很不喜欢我这个委托人吧？”

甄意微愣，沉淀下来：“说实话，没有不喜欢，但也没有喜欢。”

宋依静静收回目光：“我想看电影，抽屉里有碟片，帮我放一下。”是最近大热的宋依主演的《心爱的骨头》。

甄意：“影评人说你在这部电影里的演技出神入化，演员都看自己演的电影吗？”

“哦，我想看看，其他演员是怎么被我衬成渣的。”

“……”你这样，你家粉丝知道吗?

电影开头她在麦田里走，戴着很土的草帽，穿着农民式的大衬衫，光着脚，哼着歌儿。

说不出的美，让人一下子回到夏天。甄意瞬间就喜欢，说：“帮我签名吧，我姐姐很喜欢你。”

“想要签名就直说。”宋依不屑。

“真是我姐姐。”

“你姐姐不会叫甄心吧。”

“……还真是。”

她接过甄意的本子，默不吭声唰唰签名上去。

甄意接过来一看：甄意，不要喜欢我，因为我不会爱你。“……”

这时电影里出现香艳场景，少女和少年在草地里调情。气氛微妙，宋依一点儿不尴尬。

“甄律师，你知道吗？”她突然说，“故事里总把性描写得很美妙。我觉得很假。我总是很痛苦。这种时候女人其实很难受。”

“……”她们有那么熟吗?

不过，既然她说很痛苦，“可以自己解决的，告诉你……”甄意说着，凑近她耳边嘀咕。

宋依听着，惊讶地睁大眼睛。甄意说完了，正襟危坐：“速度快，可掌控，不怕得病，不用假意取悦男人，各种好处。”

宋依呆了半秒：“这样都不用谈恋爱了。”

甄意耸耸肩：“是嘛。交个男朋友，不如养条狗。”

病房外传来杨姿的声音：“安瑶，你怎么在这儿？”一瞬间，甄意有如衣服里钻了毛毛虫，中学校花成绩优秀的安瑶？传说中爱慕言格的安瑶？男生趋之若鹜却从不把他们放在眼里只对言格微笑的安瑶?

甄意记得，那时她酸溜溜地在言格身边咬牙：“她看见你就笑，一定是她觉得你长得很好笑。”（有人这么贬自己男朋友？）

言格在看书，头也不抬：“甄意，你在吃醋吗？”

甄意嘴都气歪：“吃你的头！我为什么要吃醋？”

“你没她漂亮。”

甄意当场爆炸，火箭一样冲到操场上各种手舞足蹈加鬼嚎鬼叫。

往事不堪回首。

安瑶和杨姿一起进了病房，安瑶对甄意笑笑算是招呼，甄意没想到多年后遇到情敌时，自己顶着青紫的眉毛。

安瑶俯身给宋依检查："还疼吗？"

"有一点儿。"

……

甄意只知安瑶学医，倒不知她这么早做了外科医生。她不说话，安瑶天生清冷，也不寒暄，倒是杨姿活络气氛。"瑶学姐，你好厉害，是提前完成学业吧，听说学医好难。"

"有兴趣就不难。"安瑶连笑容都是微微的，"据我所知，同校里不少学医。"

"言格，我记得那个怪怪的言格学长出国学医了。"

"也算吧。"安瑶向来话不多。

一句"也算"，甄意听出她很了解言格的近况，不仅是近况。难道言格来医院是……

心里莫名不太气顺。

"学姐还是那么漂亮，穿了白大褂更漂亮，男病人肯定觉得生病不辛苦。很多人追吧。"

"不是，有男朋友了。"安瑶为人凉淡，语气也凉。

杨姿诧异："真的？他做什么的？"

"他比较低调，我就不说了，总之很好。"安瑶简短地答。

"可听你这么说感觉更好奇……"

"杨律师是来这儿叙旧的吗？"宋依不耐烦地打断，语气不善，病房里瞬间冷场。

宋依不看杨姿只看甄意："你糊弄我的吧，推荐的律师这么不专业。"

杨姿一下脸通红："抱歉。"

甄意不爽，冲宋依拧眉："我推荐杨姿是因为她不仅专业，而且脾气好；不像我，见不得你阴晴不定又高调，自以为是又不顾他人感受的烂脾气，动不动就想甩摊子不干了。"

病房里空气结冰。杨姿看着甄意，感激又自责。

宋依古怪地盯着甄意几秒，竟不发脾气了。安瑶检查完便出去，杨姿也离开。

宋依等房间空了，才说："你不喜欢安医生。"

甄意大方承认："不算不喜欢，就是做不成好朋友的类型。"

"我刚才帮你说话，你还骂我。不识好人心。"

"杨姿是我朋友，她自尊心强，没面子的事会在心里磨很久。"

"有趣。"宋依抬抬眉，"你是习惯保护人的性格，保护欲泛滥。"

甄意懒得回话：“没事我走了。”

宋依暂停影碟机，喊她：“安医生的男朋友一定和你有关系。”

甄意心中已有不祥预感，却不想说：“稀奇，我们什么时候说这么‘朋友’的话题了？”

宋依听出讽刺，也不生气：“安医生说她男朋友时，杨姿看了你好几眼。”

甄意心中微凉。

“是你们俩共同喜欢过的男人。当年你赢了这么完美的女人，应该暗自得意，有优越感。”

甄意无语地回头，大拇指指自己：“错，老娘才是最完美的。”

甄意在冰激凌店里等司瑰，索磊出逃了，但她还是想打听一下进展。

杨姿边吃冰激凌边玩手机。最近微博有个男人追她，长得不错，还很有钱。她刷着微博，嘀咕：“嗯，属相不冲突，星座也匹配。”

甄意凑过去看一眼：“原来是处男座。”

“处男座？”杨姿奇怪，“射手座叫处男座？”

“射……手……”

杨姿一头黑线，甄意哈哈大笑。

杨姿白她，无意瞥向另一角的卡地亚门店，愣了愣：“意，那是不是安瑶学姐？”她贴住玻璃，“学姐眼光高，高富帅都只是基本线，她看上的一定是最好的。隔太远，看不清。”

甄意扭头，心忽然就凉了半截。那个身影她再熟悉不过。

满世界璀璨的白光里，她再次看见言格，身形高挑，背脊挺直，安静地立在柜台前。

安瑶还是那么有气质，坐在高脚凳上挑饰品，时不时仰头冲他淡笑说话。

他微微颔着头，很有耐心的样子。

甄意不无失落：时隔多年，他们还是在一起了。她吞着冰冷的冰激凌，好奇他们是怎么相处的，会不会像以前她和他的相处模式？

会不会他还是那么冷淡，所以在外清高的安瑶也得像她一样主动贴着他？还是反过来，他宠着她？甄意把冻水果咬得嘎吱响：他要是敢这么没出息，她恨不得揍死他。

她暗自叹气，她就是这么恶俗，恶毒地希望他长残了，不要这么风雅气质俱佳地陪在别人身边。她也知道是攀比心作祟，自我鄙视地长叹一口气：“冰激凌好冷，不想吃了。”

和杨姿出去，走了反方向的路，意兴阑珊地逛了一会商场，司瑰打电话说到了。

甄意下楼去找她，乘上扶梯，低头一看，觉得今天是撞邪了。

扶梯下，安瑶戴着墨镜和薄围巾，看不清脸，却散发着绝对是美女的气质。而言格和安瑶一起在上行扶梯上。

言格见了甄意，目光很淡很淡，水一样从她脸上划过，不做停留，落到别地去了。

杨姿愣了，凑近甄意："天，我没看错吧，安瑶学姐的男朋友是言格？那是言格吧？他是妖精吗，怎么越长越好看了？"

甄意："要不你去问问？"

杨姿暗叹失言。言格是甄意的前男友啊。

扶梯向上向下，三人越来越近。就在那瞬间，侧后方传来尖叫："抓小偷！"

上行扶梯的尽头，女孩惊慌失措地叫嚷，一个男子往下狂奔，梯上的人鸡飞狗跳。

下行扶梯这边，甄意反应最快，探身一把抓住小偷的手，男子用力打开。

甄意喊："拦住他！"而言格立在小偷逃窜路线上，面无表情，只留了个背影。

甄意无语地翻白眼，期望言格抓小偷，她是脑子进水了。

眼看小偷要畅通无阻地逃走，甄意忽然跃起，跳上扶手，死死抓住他的衣袖。

两根扶手一上一下，小偷往下挣脱，混乱中她重心不稳，从电梯扶手上摔了下去。

言格听到声音回头时，甄意已落地不稳，在她的初恋和前情敌面前，近距离高清 360° 无死角，动静很大地滚下扶梯。

扶梯下端的司瑰终止了这场闹剧，拧着小偷走了，临行前说："抱歉，甄，你自己先去医院。"

甄意肩膀扭到，痛得抽冷气。想想刚才飞跃扶梯滚落楼梯的情形，丢脸多过英勇。又痛又羞之际，白色的裤脚映入眼帘，一尘不染，头顶却传来安瑶轻盈的声线："哪里不舒服，要不要叫救护车？"

"耳朵不舒服。"甄意心情糟糕，谁和她说话都是撞枪口。

安瑶脸色不变，兀自漂亮地站着，不去扶她。言格则平静俯视着。

甄意也不管现在自己多劣势，手臂太疼，她得坐地上缓一会儿。半晌，她刚要起身，言格正好蹲下来。

她感到头顶有男人的气息逼近，蓦地一抬头，两人的脸咫尺之近，差点迎头撞上他的脸。她可以看清楚他的睫毛，一根根乌黑长长的，比女孩还漂亮。

甄意一惊，为躲避他，再度狼狈地跌回地上，屁股痛得开了花，手臂更是疼得钻心。

甄意狠狠吸气，仰头却轻松笑："幸好没撞上你的嘴，不然要说我故意亲你了。"

言格没理她的怪腔怪调，平淡道："你手臂脱臼了，别乱动。"

"你说脱就脱……"这话不对。

"啊！"甄意呼痛。半秒前，言格蹲下来，一根食指戳了戳她的手臂。

甄意瞪眼："言格，你故意虐待我？"

"这太轻了，算不上虐待。"

甄意愣了一秒，揣测他这话什么意思，还没想明白，他忽然靠过来，气息掠过她额前的碎发；她猛地往后缩，警惕地看着他。怎么回事？剧情发展不对啊。

安瑶弯下腰提醒："要是脱臼了，送医院吧。"说得她不是医生一样。

"不用。"言格看着甄意，一手抓住她的手臂，声音轻描淡写，却很好听，"如果刚才碰上你的嘴唇，那才是故意的。"

即使当初恋爱，克己自持到极致的他也没说过如此"大尺度"的话。

甄意愣愣的："你不会是，在调情吧？"

"你想得美。"

甄意头大，声音变小："喂，在你女朋友面前和我打情骂俏合适吗？"

言格身形微顿，眼神有些奇怪，有些迷茫，似乎不理解她的话，但也没解释，而是继续靠近。

甄意眼睁睁看他俊秀的脸一点点靠近放大，她嗓子干燥起来，不知道自己对他是否还有感情，可就冲这张脸，蹭蹭嘴唇也不亏。他白皙的脸越来越近，她也越发紧张，他盯着她，手却扶住她的肩膀，握住她的胳膊，突然发力往上一托。

骨头咯地一下复位，甄意的惨叫声响彻商场大厅："啊！"

路人纷纷侧目，甄意跳起来，顾及着形象咬牙低声："你凭什么乱给我接骨头！接坏了你负责？"

言格表情凉淡："我是医生。"

"治神经病的！"甄意强忍着没咆哮。

"刚才治了你。"

"……"

甄意气急败坏，手臂上撕裂般的痛感消失了，只剩酸麻和不可置信，他什么时候学坏了，居然会用美男计！

安瑶踩着高跟鞋，连抱着手倾身弯腰的姿势都很美："别乱动，小心手臂又脱掉。"

甄意当没听见，发誓和安瑶有一拼，几秒钟内理好头发衣装，重新变得光彩熠熠，表情高贵冷艳，仿佛刚才翻滚脱臼又惨叫的人不是她。

言格平淡看她一眼，不予置评。

她从来都是这样，拥抱后第一件事是检查发型乱了没；半夜去超市都要打扮得跟明星微服似的；假如她被人推下高楼，坠落时最关心也绝对是衣服乱了没。

杨姿立在一旁，摸不清头绪，这三人什么关系啊！来不及问甄意，宋依的助理打来电话让她去谈案子。她只得先离去。

言格无声地看了甄意一会儿，刚要说什么，安瑶上前，轻声提醒："家里还有事……"

家里？甄意只觉心头挨了一箭，穿透了，还漏风。

"再见！"她不顾礼貌地打断，转身留给他们一个特美的背影。任何时候，她都要做那个先离开的人。

她头也不回，一直走出大门，却见司瑰不知什么时候回来了，立在门边，抱着手十分邪恶地笑着。

"笑你妹！"

"啧啧，前男友吧？还跟我说长残了，甄酸葡萄，你行啊！"司瑰一脸幸灾乐祸。

"闭上你的狗嘴！"

司瑰哈哈笑，回头看言格和安瑶的背影，换了平日和一帮男人们瞎混时的调调："我操！他这种大神居然陪女朋友逛街，不对，他居然有女朋友？"

甄意懒得理她。司瑰追着："怎样？你们当年发展到哪种地步，上床没？"

"……"甄意眼神像刀。

"看我干吗？你看不见他的身材啊，要是上床，绝对是你赚了。"司瑰说，"再想想你不要脸的性格，是你脱了衣服往他身上扑的对不对？"

甄意微笑："阿司，我真为有你这样的好朋友而骄傲。"

"不用谢。"司瑰很乐呵，搂住她的腰，在她身上乱摸，"亲爱的，说说你当年是怎么拿下他的？"

当年啊，当年的事很简单，她对他围追堵截，一天十二小时缠着，连男厕所都不放过。她做了太多疯狂的事，全校同学甚至老师都开始打赌：甄意能不能追到言格。

从初中部追到高中部。整整三年。

那一天，他第N遍说："不要烦我。"她第N遍回答："那你做我男朋友啊！"

那一天，他认真思考了很久，说："好，约法三章。"

1. 不许不经过他的允许碰他；作为交换，他放学后，陪她去操场玩；

2. 不许时刻跟着他；作为交换，他每天陪她在学校吃午饭、午休，另外附加一小时；

3. 不许以唱歌、画报、广播、服装、涂鸦、传单、跳舞等任何形式在公共场合向他表达喜欢；作为交换，当别人问起，他会说她是他的女朋友。

"有些遗憾呢！"说到这里，甄意落寞地微笑，"不能像当年那么倒追他了。迟了。"

司瑰听完，长时间张大嘴巴："甄意你，天，没想到你有这么大的勇气，这么不要脸。"

"……"甄意一脚把她踹飞。闹完之后，又有些感叹，道，"因为喜欢，就觉得很值。哪里会考虑那么多。现在想想，一点儿不后悔，也不觉得丢脸，反而很开心。那段时光其实很珍贵。"

司瑰没问为什么分开，只说："现在呢，会不会再追？"

"不会了。"甄意回答很肯定。她从来就不爱和女人抢东西。

司瑰只当她对他是时过境迁，感叹："最后一个问题。"

"什么？"

"你们有没有上床？"

"……"甄意幽幽地白她一眼。

其实在一起后做了很多事。只不过，拉手和拥抱都是她趁他不备突然袭击的，初吻是她骗来的，还有那次，燥热的夏天，她逼着他躲进狭窄黑暗又闷热的衣柜里。

甄意挑挑眉："总之，不管他和谁在一起，他绝对会想起我。"

"喊，又开始你宇宙超级无敌爆棚地自恋了。"

"说得像你第一天认识我似的。"甄意昂头，"自恋这个词就是为我发明的。"

不知不觉，很多往事浮现心头。有段时间，言格总是随身带着巧克力，她以为他很喜欢，居然不讲理地嫉妒。她拦住他的去路，在他面前蹦蹦蹦："你那么喜欢巧克力，为什么不吃我呢？我很好吃啊。"

"你……"他拧着眉，抿抿唇，说，"我真想捂住我的眼睛。"

那时还没有"不忍直视"这个词。

"我帮你捂吧。"她兴冲冲跳起来，拿嘴去亲他漂亮的眼睛。

还想着，司瑰站起来，往她后面招手："尹检控官，这儿！"

甄意回神，尹检控官，难道是？

回头就见年轻男子一身便装，不像在法庭上西装笔挺，褪去了凌厉，显得散漫随意。他原是国内数一数二的大律师，因为才华出众，屡屡被检方聘请打官司，后来转为检控官。加之他英俊相貌，气质卓绝，很多女律师把他视为男神。

男神家很有钱，毕业就开事务所当老板，他并非绣花马桶败家子，反是励志有为绩优股。专注事业，无暇顾及私生活，短短几年跻身大律师，后来摆脱律师这趟浑水，做了检控官。

“尹铎学长！”她起身弯腰。

是的。他们出自一所中学。中学里等级分明，低年级的向高年级打招呼，必须弯腰。那时甄意才不管，挺着身板直呼名字；现在反而讲礼貌了，是因为真心佩服。

说起来，没遇着言格时，甄意还垂涎过他的美色。

尹铎站定，低头看她：“甄意。”声音很醇，似乎以说话为生的人，嗓音都好听。

他上高二时，学校被一个初一女生弄得鸡飞狗跳，跳了三年。刚升学的女孩狂追初二的小学长，渐渐，全城尽知。

而他中学时代的最后两年，总会看到一个花花绿绿的小女生，像花蝴蝶，像布谷鸟，一会儿跳舞，一会儿弹吉他。不知哪儿想出那么多花招。

有次他匆匆进校，她迎面冲上来递给他一张传单，冲他咧嘴笑，灿烂得像向阳花，他一愣，她转身又去给别人发了。传单上画着可爱的卡通画，一个巫婆和两个Q版小孩儿，一行歪歪扭扭彩色字：训导主任不准我谈恋爱，请大家投票支持甄意和言格！ Hulala！

说得像她已经追到手了似的。

上大学后，他偶尔打电话给学弟学妹，总不经意问：“那个叫甄意的小女生怎么样了？”

“还追着呢！上星期她把教学楼墙壁上画满涂鸦，描绘她和言格的幸福生活，同学们全拿手机去拍，外校的都逃课跑来。哈哈，好热闹，她被训导主任骂得狗血淋头，一整天不上课在教学楼外刷白漆。太可爱了。”

他哭笑不得。不知不觉，大家提起她便开怀，无聊苦闷的中学时光，有这么一个人，即使不是为你，也给你带去了多姿多彩。

……

而长大后，两人还有缘共事。上次唐裳案，他是控方的检控官，两人合作滴水不漏。

这次林子翼被杀案，他同样是检控官，和甄意在对立面。

甄意先开口：“真遗憾，原以为能和学长同庭较量，好像没机会了。”

她自信又独立，面对最好的检控官先生都不输气质，永远把难题当挑战，大胆地去期待去迎战。这样的女孩，追一个男生，怎么会用上三年？

尹铎道：“不过，事情好像还没结束。”

“没结束？”甄意奇怪，看司瑰。

“一波三折。本来索磊有重大嫌疑，警方实施追捕的文件都下来了。结果他来警署了。”

“自首？”

“不，他说逃走是因为害怕，想去找唐羽，后来担心警方怀疑，才来解释。他对凶杀案一无所知。”

“这种话你们也信？”

“没办法。唐羽的供词无法给索磊定罪。”尹铎谈起工作就敛了笑容，看上去英俊沉然。

甄意：“唐羽的证词没用？”

“她说去 Ecstasy 是拿低档酒充高档卖。情药是和索磊助兴的。至于案发现场，她没去过，也不知是不是索磊杀的。”司瑰揉额头，“索磊跑了还好，起码疑犯在逃有借口；他回来才恼火。死的是林子翼，上级快把我们逼疯了。”

尹铎低沉道：“我们调查过索磊和林子翼的关系圈，没有交集。就是说虽然索磊逃跑很可疑，但从理论上讲他没有杀人动机。”

甄意惊诧：“我质问他时，他为什么不反驳？”

“他说以为是唐羽，怕说错话给她招麻烦。”

这时甄意电话响，宋依约她去签合约。

路上越想越不对劲：这案子太诡异。每个嫌疑人都有不对，可总因其他嫌疑人的中途插入而转移嫌疑，就像一个圈。

警察一直盯着 Ecstasy，他们不可能把沾血的地毯之类扔出去，一定是洗掉。但血迹洗了也能检测出，可为什么痕检员没找到？

她一愣，忽然想到什么，立刻给司瑰发短信：31 号可能不是案发房间。

宋依的公寓在一处高档住宅区，装潢精致。

甄意职业病地四处看，客厅整洁，没有不对劲的地方。墙上挂了幅奇怪的黑白现代画，像一个黑色人影，睁大眼睛惊恐地尖叫着。乍一看，骇人，也……眼熟。

宋依一人在家，穿着紧身的红色运动衫，很漂亮。

甄意：“这么早就拆石膏，没关系吗？”

“我会小心。你先坐，我去倒茶。”她出乎意料地客气。

茶几上放着剧本，甄意随手翻开，台词似曾相识，却怎么都想不起来。

回看剧本的封面，她找到前几天在医院看到的剧本，不是讲律师的，里面也没有那天她在病房门口听到的对话。

宋依端上茶水，拿了合同：“抱歉，让你又跑来。”

她友好的态度让甄意不太习惯：“没，刚好有事找你。”

“什么事？”

“想当面问。宋依，你真的看到凶手了吗？”

“为什么这么问？”

“先回答我。”

她腾地起身，俯视她：“你又要怀疑我？”

“我只是认为在林子翼死前，你就知道他会死。你和凶手一定有联系。”

宋依没了友好：“凭什么这么说？”

“理论上说第一嫌疑人是吴哲，可他精神出了状况，看过你演的《惊魂尖叫》；你出现在监视器里，窗帘上有你的头发，可你通过了测谎，且杀人动机间接；你说凶手是女的，医院说送吴哲入院的是女的，这把我们引向唐羽，可她无法计算死者的出现时间，也无法独自完成凶杀，矛头转向索磊；但没人看见索磊杀人，且他根本没有杀人动机。一环扣一环，就像有人把我们带进了一个精心设计的圈子。每个人都有嫌疑，每个人却都有逃脱的出口。宋依，你很聪明，你不仅不肯供出凶手，事实上你在干扰案件，在保护凶手。如果是这样，我不会帮你！”

“我没有。”宋依冷脸，漠了半晌，极其幼稚地把好吃的全部收起来，“不欢迎你了，你走。”

“哦……”甄意推测，“今天你是把我当朋友的。”

宋依脸色一僵：“没有。”

甄意起身，见地板上鲜红的血迹一大摊蔓延开，宋依的脚踝上鲜血淋漓。她惊住：“你感觉不到痛吗？你腿上的伤口裂开了。走，去医院。”

宋依厌恶地推开她：“不用你装好心，我有助理。你怀疑我，让警察来抓我啊！”

她知道她犟，决定先出去给助理打电话，走了几步回头：“宋依，你和唐裳的关系真如外界说的水火不容？”

宋依立在窗边的光线里，看不清表情，似乎冷笑：“甄意，你想说我是凶手吧？”

甄意不答，指指客厅那惊悚的画：“我见过。吴哲画的吧？宋依，你保护凶手，或者你是凶手，无论哪一种，都是为了唐裳。”

宋依从阳光里走过来，漂亮的脸回归阴暗，刹那间变得凶狠，速度极快抓住她往外推：“滚！”

甄意被她推搡出门，宋依拦在门缝里，紧紧盯着她，难过，失望，转瞬即逝，回归冷寂：“甄意，你说让我对你绝对坦诚，我做到了。可你相信了吗？呵，你让我成了笑话。”

甄意来不及张口，门砰地关上。她立在门外，心情憋闷得像沉进了深海。

甄意再度来到精神病院，是下午。

病人们在午休，院子里安安静静的。蓝天白云，草地流水，角落里柳枝摇摆。

草地上刚洒过水，空气清新，甄意深吸一口气，忽然觉得住在这里其实很安逸。走过小坡，小桥上有个白色病号服的身影，还有一个男性护士。

单独放风？

病人看上去很放松，仰着头闭着眼睛，唇角含笑地沐浴阳光；护士则比较谨慎拘谨。

甄意走上小木桥，病人仍闭眼望着天，阳光洒在他高高的鼻梁上，清秀干净。他一身宽大的白色病号服，白皙的脸在太阳下几乎透明。

她见过。上次和言格谈话的那位。近距离一看，真漂亮。

病人忽然睁开眼睛，隔一秒，目光就落到她的脸上，很静。甄意先是吓了一跳，她没和精神病人近距离接触过，因而惶恐。随即迎上他的目光，她的心一颤，像被什么擂了一下，那是一双多深邃的眼睛啊！平静，无波澜，底下却像藏了暗流。

只是一瞬，他冲她淡淡微笑，说："Hi！"

甄意心一怦，回应："Hi！"她脚步不停，反而加快。他目光追着，待她离他越来越近，他望着树梢的绿色，说："春天快结束了。时间过得真快，你说呢？"

甄意笑："不是时间快，是我们在变。"

病人微微眯眼，饶有兴致的样子，问："这些天，你觉得很累吧？"

甄意愣了一秒，摇头："没有。"

他意味不明，再问："你叫什么名字？"

甄意微讶，没答，不知该停还是该走。一旁的护士感觉到不对，上前一步，摘下耳塞，冷眼看着病人："你是不允许和别人说话的。"

病人微笑，乖觉地点了点头，闭上嘴。

甄意纳闷。护士上前，和声说："抱歉，这位病人病情严重，不能和别人交谈，希望你配合。"

甄意点点头，匆匆看那病人一眼，继续前行。却见护士重新戴上耳塞，是不想被病人搭讪吗？奇怪，他看上去一点儿不像有病。

走进楼内，护士领她去见言格。

弯过走廊，她透过玻璃往里望，言格一身白衣，站在桌前指着纸张说着什么，一群医生围在旁边。同样是穿着白大褂，偏偏他格外出尘。

她看了一会儿，提醒自己他是别人的男朋友，赶紧别过头去。

没过一会，里边的会议散了。护士们也从值班室出来，说神经病们要起床了。甄意听得出，在这里神经病像一种爱称。

甄意歪头看玻璃窗对面，睡眼惺忪的病人们穿着宽松的白衣服，揉着眼睛排着队，哼哼唧唧地跟护士们去活动室。一个一个，她觉得特可爱。

视线被白色的衣角阻拦，她缓缓抬眸，迎上言格淡静的眉眼，他问："手好了吗？"

甄意思考后才知他在问脱臼的事："没那么娇气。"

"脱臼和娇气有关系？"

"……"甄意无语，"我来是想调查吴哲的事。"

"他怎么了？"言格转身往前走。

"你……"甄意恶狠狠剜他的背影，她明明在电话里说清楚了的。

她憋着气跟随他的脚步，再说一遍："法证人员在36号房检验出大片的鲁米诺反应，虽然暂时无法鉴定血迹成分，但他们已重新在36号房取证。案发房间很可能是36号，而不是31号。"

"嗯。"他在前边走着，头也不回，"和吴哲的关系是？"

"死者陈尸31号房，警察第一个走访的嫌疑人吴哲描述了和31号房相同的场景，变相误导了警方。警方才没去想是现场出了错。"

"那你认为吴哲在案子中的作用是？"

"至少知情。"甄意嘟哝，"原本很简单的杀人案，可清场、移尸、目击，很多环节把它变得格外复杂。每个人都有嫌疑，却都没有足够的证据。"

"那你试试复杂问题简单化。"他说，"四个嫌疑人谁在中心位置，就从谁入手。"

"你说宋依？可她不配合。还好她通过了测谎，不然她保护不了别人，反倒被害死。"

他侧眸看她一眼："测谎结果只可做参考，不一定准确。尤其不适合精神状况不稳定的人。"

"但我认为那天宋依的表现挺准的。"甄意又说，"吴哲现在的情况……"

话音没落，有病人走上来，盯着言格，眼神愣直："言医生，我最近又做梦了。真奇怪，这些天一直没在梦里杀人了。"

"做了什么梦？"言格停下，低声询问。

"我梦见捡了很多金子，然后就去游泳。"病人执着地盯着他，"言医生，这个梦是什么意思？我是不是出问题了？"

言格没答，反问："游泳吃力吗？"

"不吃力啊。"

"带着金子怎么会不吃力呢？"

"我还给金子的主人了。"病人说完，有些慌张，"我居然没拿金子打爆他的头，我是不是好了？"

言格点点头，说：“拾金不昧，值得表扬。”

那病人如释重负地舒一口气，孩子般欣喜地跑开。

甄意莫名其妙，小声问：“他怎么了？”

“知道被害妄想症吗？”

“嗯。”

“他相反。”

“……”

“有迫害妄想症会总想着怎么把身边的人弄死。”

“那岂不是很危险？”甄意忽然感觉精神病院没有表面那么风平浪静。

“还好。”他似乎不愿多说。

甄意也不深问，回归之前的话题：“吴哲他最近表现怎么样？”

“正常。”

“他好了？”

“正常地表现着 PTSD 的所有症状。”

“……”

“呃，你上次说他有可能误读别人的意思，对身边的人造成威胁。”

“没有，他被隔离了，等症状稳定。”

“怎么稳定呢？”

“治疗。”言格侧头看她，“问得这么详细，你想当医生？”

“只是好奇而已。”她瘪瘪嘴，想起上次吴哲偷偷藏药，不免担忧，“病人不配合治疗怎么办？”

“很多人都不会配合，比如把药藏起来。”

“你知道他们会藏药？”甄意诧异。

“很难知道吗？”他说，“所以很多时候给他们的不是药，是维生素片。”

“……”甄意无语，莫名觉得精神病医生和病人之间的较量好萌。

“给维生素片是想给他们提高身体素质吗？”

“不是，因为药太贵。浪费了可惜。”

“……”这是救死扶伤的医生该说的话吗？

“那你怎么让不听话的病人吃药呢？”甄意还是好奇。

言格步履慢了一点，想了想，说：“不告诉你。”

“告诉了会违反规定吗？”

“不是。”

“那为什么？”

"只是不想告诉你。"

"……"

甄意真不想和他讲了，隔了一会儿才说："吴哲有没有可能装病？"

"给他检查过，是真病。"

"那他逃出医院又偷偷回来的几率多大？"

"0.1%。"

"那就是没可能了。"她自言自语。

"凡事都不是绝对的。"他善意提醒。

"……"甄意闭嘴。你如此散发着讲了等于没讲的气质，你女朋友知道吗？

见到吴哲，他还是在画画，这次是独自坐在他的小房间里。地上墙上都是画纸，和上次不同，这次是明媚的水彩，里面只有一样风景：唐裳。

头像、半身、全身、侧面、奔跑、静坐……数不清，全散落在房间。

吴哲一下安静画画，一下又抓狂地挠头，神经质地碎碎念："怎么还不回来呢？小裳，怎么还不回来呢……"

甄意瘆得慌。

言格打开门，回头见她稍稍忐忑的眼神。他静静看着，有些想拍拍她的肩膀，试了一下，可手上像挂着千钧的巨石，手指动了动，手臂却怎么也抬不起来。

他最终把手放回兜里，说："他不会伤害你。我在外面守着，不用怕。"他不经意低了声线，轻缓醇醇。

甄意一愣，心突突直蹿，低着头进去。

这次吴哲又认出她来："甄律师你来了，再等等，小裳过一会儿才回来。"

"好。"地上到处是画，甄意没地落脚，且站在一世界的唐裳画像里，有些吓人。她背后隐隐发凉。"吴哲。"

"嗯？"

"上次你画的那些画呢？"

"上次我没画画。"

"你……"甄意本想说你画了，怕刺激他，换了个方式，"哦，是我记错了吗？我好像看到很多黑色的连环画。"

"那不是我画的。"

甄意微微一激："谁画的？"

"小裳画的。"

怦怦跳的心又平息下去，唐裳会画画？甄意记得那些画虽然只有黑白色，但绘画质量相当高，不是新手或业余。"我能看看吗？"

“在柜子里。”

甄意去找，可柜子里没有画，只有他的衣物和平板。她想起那部电影《惊魂尖叫》，经过吴哲允许后打开平板。播放器上还有电影简介。

看到电影海报时，她愣了：两个女人的侧脸，面对面注视着对方，一个浓妆艳抹，一个清丽脱俗，不知为何，乍一看竟有些相像。演员：宋依、唐裳。

仔细想想两人都是模特出身，身材很相似。

电影简介：暴雨夜，美丽清纯的女学生（唐裳饰）开车抛锚，跟着树林里的光找到一栋山间别墅，开门的是一个身形佝偻的老太婆。别墅处处诡异，女学生夜里睡觉，感觉有人动她的脸，她猛然惊醒，屋顶上多了面镜子。镜子里她的脸浓妆艳抹（宋依饰），再不像原来的她。她惊恐万分，而此时厚重的木门上，有人在轻敲……

甄意问吴哲：“你喜欢这个？”

“嗯，这是小裳第一次做演员。她表现得真好。”

“是吗？”甄意怀疑，宋依是主角，唐裳只有开头一小点戏份。

“是的。”吴哲很骄傲，“这部戏是她一人撑起来的。”

甄意脚板心开始发凉，脑子忽然回荡起宋依的声音“想做画家”，她指着海报上那个浓妆艳抹的脸，缓缓问：“吴哲，她是谁？”

吴哲抬头：“她是小裳。”

……

汽车飞快奔驰，甄意一手握方向盘，一手攥着电话，耳边只有机器女声：“对不起，您呼叫的用户已转入来电提醒……”

在医院听到吴哲把宋依错认成唐裳时，甄意脊背都凉透。她冲去医院，可一遍一遍，宋依的电话再也打不通。逃走了吗？

“宋依，”她强忍着胸腔的愤怒给她留言，“如果你不想被全国通缉，就立刻给我回来！不然我会告发你，我一定会告发你。”

怒气冲冲要挂电话，想起什么又补充一句：“你回来，我会帮你打官司。你回来！”

挂了电话，窗外是呼呼的风声。

甄意并没有立刻给司瑰打电话反映情况，不知为什么，她暂时不想让警方知道宋依失去联系。失联对即将上刑事法庭的人，后果会非常严重。

为什么她认为宋依会联系她？她能感觉到这些天宋依慢慢在改变，只是她怎么能一再骗她？她怎么能通过测谎？怎么敢愤怒地对她说她已经完全坦诚？

她在她面前，不管犯贱还是倾诉，都那么真！她是怎么做到……

耳旁响起言格的声音“尤其不适合精神状况不稳定的人”，甄意脑中忽然划过一个诡异的想法，记忆中有些碎片慢慢聚集，她手心渐渐出汗。

宋依家的剧本为什么那么熟悉？

“XXX，我来埋单吧！”（高雅）

“见过你的厉害，我很相信你，XXX。你说，这次的事很快就能解决？”（公式化）

“当然，我不是怀疑你。你一直都和反对我们的人对抗，让我们很感动……”（虚伪）

“你来干吗？……想好方案了？我现在没时间，过两个小时再谈……”（不屑）

“不专业，不喜欢。”（淡漠）

“你很不喜欢我吧？”（恹恹）

“以为和你合作愉快呢，你糊弄我的吧，推荐的XX这么不专业。”（趾高气扬）

“你先坐，我去倒茶。”（客气）

“真抱歉，让你又跑来。”（歉疚地笑）

太多太多……

她说的每一句话都摘自她演过的剧本，不同的剧本。

而那天甄意在病房外听见的对话，仔细一想，把名字和街道改掉，正是她几个月前法庭盘问林子翼的话！她一人分饰两角，惟妙惟肖。

甄意背后冷汗直冒，难道，她面对的不止一个宋依？

电话响了，正是宋依。

她立刻接起，那边很不客气：“甄意你有毛病啊，告发我什么？我是偷你钱了还是睡你男人了？”

甄意一下噎住，认识宋依以来，每见一次，她的性格波动和语言起伏都那么剧烈，她早该有所察觉。“你在哪儿？”

“拍戏啊。”她哼一声，“不然哪有钱给你这黑心律师？”

“宋依，”甄意放慢车速，深深吸一口气，“那些黑漆漆的连环画是你画的吧？别否认！我问吴哲了。”

“连环画？”

“对，画的内容是一个女孩虐杀并阉了四个男的。那女孩挺像唐裳，但也像你。”

“我没画过，你胡说什么？”她否认，又思索了一下，“是唐裳画的吧？”

“或许你不记得了，”甄意努力微笑，想说什么，嗓子忽然发酸，“宋依，你生病了。”

“你才有病！甄意你嗑药了吧？”她那边有摄影机器运作的声音，还有导演副导演的叫嚷。

“宋依你好好想想，你们家客厅的黑白画是吴哲画的吗？是你自己。我搜了你的资料，粉丝说你多才多艺，看你以前的画。黑白、抽象、阴暗……宋依，这是你的风格。”

那边不说话了，隔了好一会儿，语气转为淡定：“你又想说什么？”

甄意忽然无所适从，咬咬牙：“宋依，你以为你看到的凶手是唐裳对不对？唐裳死了。那是你自己。宋依，那里有你的头发。”

“不是说了栽赃陷害吗？”

甄意闭了闭眼：“吴哲，唐羽，索磊，他们都不会陷害你。因为凶手就是你。”

“你越说我越不懂了。我在西北广场拍戏，你过来当面说吧。”她挂了电话。

“喂！”甄意扔下电话，加快车速往那边赶，临近几个街区，手机再度响起，是司瑰，大意是警察去抓宋依了。甄意大惊：“为什么？”

“从36号房墙壁上的喷溅型血迹分析，凶手身高186 cm以上，比死者高至少16 cm。唐羽、索磊和吴哲的身高都达不到。”

“宋依身高178 cm。”甄意心都凉了，“她那天穿了9 cm的高跟鞋。”

“是。当然，也有极小的可能是，一个不在我们嫌疑范围的高大男人杀了他。但现在甄意，你要开始为你的委托人辩护了。”

“我知道，谢谢。”甄意挂了电话，给宋依拨过去，正在通话中。一挂断，宋依的电话就打来。

甄意接起，反而冷静下来：“宋依，你听好了。如果警察比我先到，你一句话也不要说，不管问什么，你都不要开口，我马上就过来了。等我。”

那边安静了，半秒后，高跟鞋的声音在空空的走廊响起。

“甄意，你真好。”她笑笑，“你说即使是押上你的道德也会为我打官司，原来是真的。很多人只是说说，但你会做到。”

甄意沉默了。宋依的声音、语速、语音、语调完全变成了另外一个人；甄意很熟悉的一个人——唐裳。她怎么能模仿得那么像?

“但，我不需要你为我辩护。”她说。

“为什么？”

“我杀了人啊，你们不是常说，杀人偿命吗？”她如此轻松的一句话，竟叫甄意的胸口压了千钧的重石。

前面是步行街，甄意胡乱停了车，抓着包飞奔进人流，耳边宋依声音又变了，轻叹：

“你为唐裳辩护的时候，我都看到了。足够了，甄意。我不需要你再为我这样做，也不希望把你卷进更深的泥潭里。林子翼背景太强，你以后离我远点儿。”

“我们早就绑在一起了！”甄意咬牙切齿，恨不得骂她，“宋依你必须听我的，我马上就来了，你什么也不能和警察说。什么也不能说。”

“可我现在很想说出来。”那边风声很大，衬得她的声音格外平静，

“杀人计划很简单。那天是我第一次去 Ecstasy，但我早从朋友的照片里看过它的内部，知道可以利用 31 号房。是我派人把吴哲送进精神病院，也是我买通别人在林子翼的酒里下药骗他上楼。他这蠢货真容易上当。Ecstasy 楼上包厢刚刚翻新过，没对外开放，所以不会有人上去，很安全，方便我慢慢享受折磨他的过程。移尸后，我把案发房间换上我买的地毯，把弄脏的从窗户扔出去，开车带走，一了百了了。”她很平静，像交代后事。

甄意听见电话那头风声太大，已有不祥的预感，竭尽全力地奔跑，喊：“宋依你现在在哪儿？在哪儿！”

可宋依听不进她的话，喃喃自语：“你知道为什么我演技好吗？因为我能把剧本里的角色吸收进来，成为我的一部分，这样才不会孤单害怕。唐裳和我很好。对媒体说不和，是炒作。唐裳没有死，她和我活在一起。我们以为林子翼他们一定会进监狱。可他们诬告唐裳炒作，而黑心肝的网友也成群地唾骂唐裳。他们脱罪了。可我们不会善罢甘休，要杀了他……”

甄意听着这一连串诡异的话，不觉害怕，反而心酸：这么多年，她就是这样自己抱着自己，自己和自己谈心诉苦，就这么走过来的。

下一秒，宋依又变了声音，变成唐裳，轻笑：

“为了杀他，我每天花十个小时运动，走访他的生活规律。哈哈，我一直记得把他绑在床上的情景。他以为马上有温情，我却拿出刀。他想喊救命，但嘴被他的内裤堵住。我把他折磨够了，才松了绑。他以为他可以逃走，但我还是割了他的喉咙。”

声音再度变回宋依：“当年负责我案子的警察说现场证据不足，既然如此，我清理了现场所有的痕迹。知道为什么窗帘上会留下头发吗？我觉得妈妈和唐裳在外面，我希望给她们看到，就拉了窗帘。”

甄意的心突然沉闷得喘不过气。

“甄意，你说对了。唐裳和我的关系并不像媒体说的那样，我们很好。不对，应该是我爱她。我很爱她。”她呼吸急促，语带悲愤，因为激烈的情绪，她声音颤抖起来，“可林子翼他们那群禽兽！恶心的男人。他不该死吗？”

她长长吸一口气，努力控制自己：“甄律师，你说，为什么男人要如此欺凌侮辱女人，为什么他们要像禽兽一样？为什么女人如此容易被毁灭？”

甄意嗓子疼得说不出话来，电话那头，风很大。她跑得肺都快炸了，却不肯停，

额头冒汗，心却发凉：“宋依你在哪儿？你在楼顶是不是？”

宋依静了一秒：“我不想坐牢。”

甄意几乎疯掉：“浑蛋。你生病了！宋依，你生病了！”

“你不会坐牢。”甄意的腿要跑断，却不停地跑，“我保证你不会坐牢。你病了，你需要治病！”

“甄意，我不是故意骗你，只是有些时候，我真的不知道发生了什么。我没有杀人，我没有骗你，你不要生气。”这是另一个宋依在说话。

“我知道，我知道你没骗我。你只是生病了。宋依，你下来，我带你去看医生，你下来啊！”甄意声音哽咽，又急又悲，快要哭了。

可宋依没听，“如果当年，我遇到像你一样的律师，遇到司瑰那样的警察；如果当年，谁能给我一个公正的宣判，甄意，”她说，“我的心就不会一直陷在地狱。”

甄意心痛得要裂开，她跑上广场，一眼看见宋依在对面写字楼楼顶，而楼下，拍摄的剧组还不知情。

“你知道吗，那天我是故意经过监视器的，我对着镜头说了句话：你们来抓我啊！”宋依说，“我是真的，真的希望警方能抓到我，至少证明，警方其实抓得到凶手；至少证明，变成凶手时，我有被审判的权利。”

甄意的眼睛湿了。

剧烈的长时间的奔跑让她全身冒汗，声嘶力竭：“宋依，我们不是朋友吗？你不能这样！”

那边，静默了一秒。甄意疯了一般冲去，撞到卖气球的人，彩色的心腾空而起，她的心疼得像要爆炸，她听见自己的声音扭曲而哽咽，像疯子般歇斯底里：

“你们这群浑蛋！浑蛋！唐裳，还有你！她和我约好见面，我等到的却是网上她自杀的消息。而你呢！”她又凶又狠，干哑而撕扯着嗓音，“宋依，你要在我面前跳楼吗？宋依，你敢！”她一字一句恶狠狠道，“你敢！宋依！你要是敢跳，我永远不会原谅你！永远不会！”

那边依旧静默。剧烈运动下，甄意的视线花了，隔着十几米，她望见头顶那个影子一动不动，她用力握紧电话：“宋依，你等一下，我马上上来。”

她飞奔过去。“甄意，我……”宋依轻声说了一句话，那边有风在吹。

甄意因奔跑而几近爆炸的心跳忽然静止了一秒。

刚好跑过鸽子群，广场上的白鸽像礼花般绽放。听筒里，宋依说了句很美的话。甄意停了呼吸声，时间似乎静止了。

可就在那瞬间，她被拉回现实，听见无数人“啊”“啊”“啊”地尖叫。

她僵硬抬头，只见某个影子极速坠落。

肉体砸在水泥地上的声音，惊悚又清脆。

甄意止了脚步，奔跑的热气蒸腾上来，湿漉漉地裹住她的身体，沉闷，憋气，恶心，她的脸上身上全是热汗，心底却冰凉得像在南极的冰原。

耳朵里轰鸣一片，什么也听不到，只有一遍一遍回响着宋依说的最后一句话。

隔着一条街，她看见她鲜血淋漓，剧组的人疯一般涌上去，尖叫，呼喊，围观的粉丝捂着嘴，满面泪痕地往中心挤。

很多人在慌张，哭泣。但，世界变成了凝固的死寂，空气中有什么东西浓得化不开，像血，滞在胸口堵着。

甄意静静的，她的手心，通话时间还在计时，在流动。手机那边，却只有苍茫呜咽的风声了。时间已逝，她的耳边只剩空茫的宁静，是歇斯底里后的失声。

前一刻尚在恐慌、惨痛；后一刻，便终结。

来不及，说很多话……

她僵硬着，不知站了多久，有人摇摇她的肩膀，是司瑰。

甄意忽然间回过神来，面无表情，捋了捋散乱的头发，沉稳地说："我没事。"转身要走，司瑰拉住她："这怎么回事……"

"和宋依有关的，"甄意回头，"再多问一句，朋友就没得做了。"

她这一瞬间眼神冷静而冰凉，表情陌生得可怕，像另外一个人。

司瑰一惊，不问了，担忧："你还好……"

甄意打开她的手。广场上，所有人从四面八方往这边跑，在汇集。只有她一个人，寂静地离开。

一次，也没有回头。

宋依死后第七天，下了雨，细细绵绵的。

是头七。她坠楼的地方还画着她的人形，周围摆满了粉丝们送来的鲜花，沾满了雨水。

傍晚，风吹着花瓣撒落一地，铺满整条街。

甄意戴着墨镜，小脸苍白，看不清表情。她弯腰，三次，放一束鲜艳欲滴的红玫瑰在花丛中。雨丝飘飘，殷红饱满的玫瑰花瓣像谁年轻美丽的脸，挂着晶莹的泪水。

"头七之日，魂归故里，做最后的告别。"身后有人轻轻说着，是唐羽。

甄意没应，墨镜下，她似乎连嘴唇都有些白。

花丛中摆着宋依的照片，那里，她淡淡地微笑着，很美。

雨似乎大了一点儿，却没人打伞。风一吹，花瓣纷纷扬扬。

"唐羽，"甄意缓缓开口，目光凝在花丛中，"以后好好生活，不要做坏事，不要辜负了宋依。”

唐羽扭头，细细的雨丝沾染了甄意的细发，像细小的水晶，那戴着墨镜的侧脸在细雨中显得那么萧索。唐羽讶异她的话，但并不完全吃惊：“你知道了？”

“有人说，比起爱，人更容易因憎恨而团结，因有共同的敌人而凝聚。”

唐羽不作声，甄意也良久无语，最终淡淡道：“索磊很爱你。以后好好过吧，不要辜负宋依对你的保护。”她说完，转身离开。

唐羽回身：“甄律师会说出去吗？”

甄意身形微顿：“我没那么有正义，而且，我收了她的钱。”她声音很虚，黑色的衣角很快消失在雨幕中的人群。

雨，似乎越下越大了。

渐渐，雨水打湿唐羽的睫毛，落进她的眼睛里，又涩又疼。有温热的液体在脸上流淌，已不知是雨还是泪。

还能好好地活下去吗？

她看着玻璃镜框后宋依的容颜，哭泣：还能好好地活下去吗？

曾经，她们过得多知足而幸福啊！

那一年，唐羽跟着唐裳和吴哲坐上火车，怀着满腔的热情和无限的希望，壮志豪情地说要扎稳脚跟，把父母接到大城市来。就是在那节车厢，他们遇到了宋依，没有铺位，也没有行李，只背个包，谨慎地躲避乘务员的突然袭击。

有一次，两头都来了乘务员，她没处可躲，竟钻去唐裳的床底，那下面多脏啊，唐裳惊呆。那晚，唐裳把自己的床让了她一半，两个陌生的女孩一夜无话地挤在一处。而唐裳永远不会想到，那次小小的善意，在很久之后得来不惜生命的回报。

在K城，四个年轻人各自拼搏，努力生活，相互鼓励，相互扶持。他们从不埋怨，非常知足，挤在出租屋里吃一顿火锅就觉得生活真美好。

其实一直以来，唐羽都不太喜欢宋依，觉得她太冷，目中无人。可她的冷艳让她很快在模特圈中走出独特的风格，偶然的一次触电大荧幕，她的表演使主演黯然失色，一角成名。媒体称她的演技“只有天赋可以解释”。

转型后，她事业发展有如坐火箭，这时她和唐裳的友谊出现裂痕。有次索磊请她们去酒吧玩，唐羽无意听到唐裳的朋友们说宋依忘恩负义。唐羽替唐裳不值。

她很久之后才知道，那不过是同行嫉妒的风言风语，宋依和唐裳虽不解释，私下却很好。

唐羽知道后奇怪：“既然关系好，那你还跟人说宋依最近这部戏没演好？”

唐裳：“正因为夸她的人太多，才要有人泼冷水，让她再接再厉不要骄傲。”

“话这么说没错，可传到她耳朵里，会心存芥蒂吧。”

唐裳爽朗地笑："真正的朋友会信任，不用解释就明白。"

唐羽心里暗自觉得唐裳太天真，宋依那冷面女不记恨才怪。可噩梦降临时，她才发现宋依不是她想的那样。

那个噩梦，那么长，只要她想起，就痛得撕心裂肺，无法呼吸。

她只知唐裳被一个有钱人死缠，却没料到到了逼得唐裳决定和吴哲扔下这里的事业空手离开的地步。她很难过，唐裳是她最亲的姐姐。一辈子的亲姐妹第一次要分开，她很不舍，可她的事业和男友都在这里，无法放弃。她尊重唐裳的决定，眼泪汪汪送他们上了出租车。

再一次接到姐姐的电话，是医院打来的。

她提心吊胆地赶去，悬着的心摔得粉碎。因为没人付钱，唐裳和吴哲双眼紧闭，死人般晾在大厅里。唐裳浑身是血，惨不忍睹，可怜她衣不蔽体，也没人给她遮一下。

唐羽痛得心在滴血，疯子般冲护士医生咆哮大骂。

心寒的还在后面。后来唐裳醒了，身体里像有什么死了，又似乎有种说不清的东西在支撑。她一滴眼泪没流，强硬得可怕。他们决定报警，可警察以各种理由阻拦，不抓林子翼却把唐裳严厉审查无数遍，言语中羞辱与鄙夷不断。

更糟糕的是医院不肯开受伤证明。律师事务所也闭门不接。

他们头一次意识到什么叫黑暗。有时，无法申冤，比冤情本身，更叫人崩溃。

这是骆驼背上的最后一根稻草。以前乐观善良自立自信的姐姐再也不见。她躲在被子里哭，任何人靠近都能让她歇斯底里。吴哲让她静了下来，她们找到律师甄意。她愿意替她们打官司，她做得非常棒：搜集线索，查找证据，游说证人，盘问被告，做得很好。

可媒体开始没日没夜地采访，打着所谓独家新闻抨击黑暗的旗号，罔顾受害者痛苦，对唐家隐私大加挖掘，大肆渲染。

甄意说：他们不是正义的新闻工作者，是以啃噬受害人痛苦为生的毒虫。

每被骚扰一次，伤口就再一次被撕得鲜血淋漓。

甄意二十四小时陪着唐裳，没收手机，不许她和媒体接触，说她不需要回答任何人的问题。唐羽知道，甄意每天要应付很多事还要给唐裳打气，其实很累。可她是个神奇的女子，那种情况下还能大口吃肉，说身体好才能坚持下去。

那些日子过得紧张充满压力，但也拥有小小的一丝希望。她们牢牢抓着那一道光的缝隙，一点一点把它撕开。

第一次庭审后，胜利在望。可有一天，不知是水军使然，还是网友烦腻了旷日持久的报道，迫切需要新鲜东西，一部分人不再抨击林子翼，转而挖掘"唐裳的真实一面"，以"内幕人"的身份揭发唐裳如何用尽手段上位，如何勾引官富子弟玩SM。

这些人或许生活中总是被忽略，很享受在网络上被人瞩目的虚伪优越感。

唐羽气得呕血，要告网上造谣的人，唐裳却格外平静，冷淡得像什么都没发生。

第二次庭审前，被告找到几位证人，唐裳的做外围的模特“朋友”，检控官和甄意已想好怎么盘问她们，但对方律师也会从“自愿”这个角度攻击唐裳。甄意要先给她模拟。约好了，可她再没出现。

唐羽赶到医院时，唐裳面目全非，碎了。那么高的楼，她跳下去了。

吴哲浑身都是唐裳的血，抱着她支离破碎的身体，喃喃自语，拼布娃娃一样，医生怎么拉都拉不开；唐羽在走廊里呕吐，胃酸都呕了出来，眼泪疯狂地流。

几天后，甄意收到对方律师的邀约，她拒绝，想继续给唐裳打官司，可唐羽反对，她要钱。两人激烈地吵了一架，最终甄意屈服。

拿到钱给父母后，唐羽心中的仇恨没半点消弭，而在唐裳的墓前，宋依的一句“你选择拿钱，我选择偿命”，让两人团结起来。

宋依是个很聪明的杀手。唐裳死的一刻，她就决定杀林子翼，并周密计划。

她说，吴哲作为唐裳男友，会第一个被怀疑，所以用她电影里的31号房间干扰吴哲的思维，让人以为他去过现场。唐羽担心吴哲，但宋依说吴哲进了精神病院出不来，无法杀人，不会有危险。他有病，即使警察想嫁祸也无法判刑。

宋依这一步很厉害，愚弄了警察，害他们花好多时间研究吴哲是不是装病，是不是逃脱了精神病院。她把警察耍得团团转。

宋依说，她不会去Ecstasy踩点，以便减轻嫌疑，需要唐羽的帮忙。Ecstasy里的情况都是唐羽告诉她的。索磊事先不知情。

案发那天，唐羽装扮成服务生给林子翼的酒里下了药。服务生端的酒他不会怀疑。她勾引他让他去楼上等。紧接着宋依上楼。宋依说有话对警察说，所以故意从监视器下走过去。

至于唐羽，她不只想协助宋依，更想参与其中亲手报仇。

宋依上楼后，唐羽溜到会所后门，爬上消防梯，准备从安全门进入，她从索磊家偷了钥匙。她知道安全门的监视器每星期一才开，把录像复制改日期就变成一周七天的备份。

钥匙才进孔，被人抓住。原来，索磊看到唐羽装扮的服务生和林子翼调情，就觉得不对，又见她偷偷摸摸爬消防梯，很快猜到。

“小羽你要干什么？”他去夺她的钥匙，却被她粗暴地打开。

“还要问？当然杀了他！”

“小羽！”他急切地拦住，“就算你杀了他，唐裳也活不过来了。”

“是啊，活不过来。”她凉凉地笑，“这话就能消灭仇恨，那死去的人是不是没意义了？索磊，知道唐裳遭遇那种折磨的时候，我就恨不得宰了林子翼这个畜生。你说会有人处置他，让我别冲动。好，我听你的，我等。”

她点点头，眼睛满是泪水，在黑夜中悲哀得刺眼：“我等来什么？唐裳死了，林子翼无罪。网上谣言满天飞，她都死了，还有人说她是高级妓女想上位。”

“我……”她扶住门，恶心得反胃呕吐，“只要想到唐裳受到的屈辱，只是报纸上提一句，我都痛苦得想死。”

楼上夜风悲鸣，吹着她的长发张牙舞爪：“很多事我不想去想，偏偏缠在脑子里。他们把吴哲绑着，让他看着的时候，她心里多惨痛悲哀。畜生，竟然让吴哲看着，畜生！”

她惨叫，死盯着他：“你说，唐裳跳楼时，她在想什么？她怎么能从51层的楼上跳下来！”

索磊眼睛湿了，用力搂住失控的她：“小羽，为杀这种人把自己搭进去，不值得。”

“索磊……”她极力忍着，哽咽难言，一张口，泪如雨下，“不是你的姐姐，你不会心疼。”

“自己的姐姐，只有自己会心疼啊！”她紧紧揪着胸口，像要把心抠出来，“人们嘲笑过了，怜悯过了，看过戏了，就忘了。可只有我记得，只有我记得！这种疼，林子翼他们活着一天，就与日俱增！疼得你们这些旁观者再怎么设身处地，再怎么怜悯悲伤，都无法感同身受！”

“问题很简单，不是你死，就是我亡。”她的泪痕被风吹干，眼神怨毒而狠烈，“没有什么值不值，只有他死，什么未来前途，都没有意义。我只想给我姐姐一个公道。”

她用力拧锁，拉开安全门。就见林子翼浑身赤裸从36号房跑出来，身上全是刀伤，非常吓人，他佝偻着腰，双腿间鲜血直流，一步一步，竭力想往走廊口逃。

宋依换了唐羽为她准备的服务生工作服，表情冷酷阴狠地看着。

林子翼想跑，却被唐羽冷着脸一脚踢进31号房里。她去找刀要亲手杀他，可宋依先一步上去扯住他的头发，一刀割开了他的喉咙。她说：“唐裳不会希望你成为杀人犯。”

两人抽走了走廊的地毯，把林子翼扔在床上，绑成最屈辱的姿势，唐羽气不过，割断他的手脚动脉，放血染红了床单才离开。

宋依去换衣服，唐羽走到索磊面前，笑了笑：“我是宋依的同谋，你要告发，随便你。”说完去清理36号房的血迹。索磊上前拦住她：“你下去吧，我来。你今天的位置在吧台，离开太久，会有人怀疑。”

唐羽愣住，泪雾再度弥漫。

索磊无奈地叹气："我说过，为了这样的人渣，谁搭进去都不值，更何况是你。"

如今林子翼死了，所有激烈的仇恨和悲怨统统随风消散，剩下的只有对唐裳和宋依的思恋，悲伤的思念。此刻，立在宋依的照片前，唐羽感到庆幸，庆幸索磊拦住了她，庆幸宋依拯救了她。庆幸她没有搭进去，没有被这个持续近半年的黑色漩涡吸进去。

手中的百合花沾满雨水，更加漂亮，她俯身把花束放在宋依的花丛里，轻轻承诺："宋依，谢谢你。我会好好地活。"

话音未落，一阵风吹过，七彩的花瓣迎风飞舞，像谁在回应，像谁在告别。

是谁说，头七之日，魂归故里，从此安息……

一瞬间，她潸然泪下。

只是，谁会知道，宋依最后在电话里对甄意轻轻地说了句："我喜欢你，我……"

谁会知道，她想说的"爱"字还没出口，身后与心里仿佛有股不可阻拦的巨大力量……

谁又会知道，失重的一刻，她很想哭：对不起，甄意，很抱歉在你面前坠楼；很抱歉给你的心灵留下阴影；很抱歉，我已没有机会解释……

第二卷　爱非其道

“意，我代理宋依的赔偿案，钱该交给谁？”杨姿趴在甄意办公桌上问。

“发公告。如果没亲人，就捐出去。”

“好。”杨姿说完，小心试探，“意，你还好吧？”

“很好啊，”甄意头也不抬，“为什么这么问？”

“老大给你换了好几个案子……”

“因为最近，委托人总投诉我。”

“你有没有想过为什么？”

“想过，”甄意抬头，“他们有病！”

杨姿轻轻咬唇，不说话了。这时，助理律师江江敲门，有些胆怯：“意姐，老大找。”

卞谦的办公室一排落地窗，满是阳光。甄意无心欣赏，坐下后应付性地冲他笑笑。

卞谦年轻有为，样貌英俊，本身不学法律，是心理医生，关系广懂管理，把律师事务所发展得风生水起，已成为不少名校高才生的梦想求职地。

甄意上大学时，他就经常在爷爷家出入，从学校到毕业，任何难事他都替甄意解决，两人好得比兄妹还亲。事务所里，他总护着她，什么好的案子都给她。

他说话也不绕弯：“小意，事务所里只有你没向我申请过心理咨询。”

“我不需要，”甄意飞快说，想了想，一副“你有毛病吧”的样子看他，“什么意思？说宋依的死让我心里有阴影了？好笑，她想死就死，和我有半毛钱关系？自杀的人那么多，每个都给我留阴影，我有那么感情丰富吗？”

卞谦微微敛瞳：“其实唐裳案后，你就应该多休息一段时间。”

“不需要，我很好。”

“是吗？”他依旧温和，“小意，昨天江江被你说哭了，怎么回事？”

“没，我只不过表扬她努力，搜集了很多案件信息。”

“哦？你的原话好像是：‘江江，我真佩服你，能在一天内搜刮出这么多垃圾来。’是这样吧？”

甄意挪开目光：“我就这么刻薄，这是我的风格。”

“小意，两个星期，你被五个委托人投诉。”

“抱歉，我专业素质不够硬。”

“我倒不这么认为。能不能问一下，性骚扰案的朱先生和他女朋友在办公室等你，你进去后见他女朋友坐在他腿上，你说了什么？”

甄意抿了抿嘴唇：“说什么，‘又是一个有椅子不坐非要蹭大腿的’。不是事实吗？”

“你不觉得这话里有不好的暗示？”

“没有。”甄意反咬一口，铮铮道，“他想那么多说明他本身就不是好东西。他就长了一张性骚扰的脸……”

“OK，先不臆测朱先生的好坏，”卞谦抬手，“交通肇事逃逸的张先生呢？他起初不肯描述撞车的细节，你是怎么说的？”

甄意吸着脸颊，不作声。

“怎么？不好意思说了？”

甄意低下头，又看向窗外，语速很快：“我说，‘你现在不开口，等着进监狱后让人给你的下面开口吗？’咳。”

卞谦看她：“张先生说，你后面还补充了一句。是什么？”

甄意瘪嘴，不说。

“张先生说他当时很震惊，结果你说：‘别这么惊讶地看着我，就是你理解的那个意思，鸡鱼菊，呵屋啊花。’张先生说你的话给他造成巨大的精神伤害，而且，”卞谦斟酌了一下，“他说他绝对不是受。”

“精神损失？”甄意不可思议，“一个心理素质强大到能肇事逃逸的人，居然被我一句话伤害？另外，他要是进了监狱，绝对万人受加万年受。”

卞谦摸着耳朵，叹气：“还有李区长的儿子，他想上厕所，你竟然叫他‘憋住’？”

甄意不耐烦地吐出一口气：“那小子以为给钱就可以，什么事都要律师挡，一问三不答，一分钟三次厕所。什么态度？”

“这么说也的确有你的理由，”卞谦点头，摸着下巴，“但他说憋不住时，你说了什么？”

甄意挑了挑眉，丝毫不知错：“是他先挑衅我的，你是没看到他说‘憋不住’时欠扁的表情。”

“再怎么你也不能说‘憋不住我给你打个结’啊。”

甄意斜着眼看桌子，闷不吭声。

“他当场被你吓尿了！”

“哥，你多久没上网了，‘吓尿’是语气词。”

“我知道，可那孩子是真的尿……”

甄意暴躁，忍无可忍地跳起来：“孩子？三次留级，十七岁还上高二的家伙都懂得猥亵女生了，还是孩子？”

一片安静。

她愣了半晌，缓缓坐回去。

卞谦：“现在意识到自己情况不对了吗？”

甄意别过头：“没。我昨天没睡好，脾气有点急躁。”

“小意，我给你一个月的带薪休假，好好调整一下，不想找专业的，至少找个你信赖的人，把心里的事说出来。”

“我不需要，我真的很好。我现在要的是工作。”

“唐裳案结束后，我就该给你放假的。”卞谦身子前倾，带着些许命令，“这个休假是强制的。你不能拒绝。这一个月，我不会安排任何事情给你。”

甄意忍着气，腾地起身走了。

“不用谢！”卞谦对她招手，看她赌气离开，无奈地笑着摇了摇头。

淡淡青草香，阵阵凉微风，老人疗养院里一派祥和。

甄意坐在活动大厅的落地窗旁，陪病人下棋。精神病院下面有个老年疗养院。甄意每天早上带爷爷过来，去医院工作，晚上顺路带他回家。

说来她已经是经过培训的义工。这是她第六天服务，心里平静又鲜活，像窗外阳光跳跃的草地。

比起施，她是得的那一方。

和可爱的康复期精神病人相处，远离尘嚣恶意，只有最单纯的心，她的心情慢慢好了。

陪病人下完棋，甄意去整理病房，走着走着转错弯，不经意到了一处安静的走廊上。尽头，阳光洒在窗台，不知名的黄色小花开得正艳。微风吹过，一小簇一小簇挤挤攘攘。

甄意忍不住去看窗外的风景，经过一个纱帘翻飞的房间。房间明亮宽敞，装饰非常温馨，有人睡在宽大柔软的躺椅上，身上连接着各种白色的线。白衣的言格立在一旁，拿笔记录着仪器上的数据。

这些天甄意第一次看到言格。她记得要和他保持距离，来之前特意打听过，他大多数时间在研究所，而非在医院。

现在……甄意一愣，刚才她脑袋放空，走错方向，好像从一个禁止通过的门穿过。这块地方应该是研究所。得赶紧在言格没发现之前返回。

可，迟了。

言格抬头，看见了她，镜片后他的眼神很淡，从他这里看，她此刻的表情又傻又呆滞，像不小心闯进人类木屋的小浣熊。躺椅上的人起来了，和言格对话几句，开门离开。

甄意硬着头皮立在原地，没一会儿，言格也出来，没问她怎么来的，只说："义工做得还习惯吗？"

"嗯，很好。"她不知道，他有天去医院那边，经过活动室，看见她穿着义工的护士服，带着病人们跳幼稚的舞蹈，像幼儿园老师。

甄意努力找话题，指指屋里的仪器："刚才在干什么？"

"记录几种精神药物配合使用后的作用。"

他没说药名，不然她该晕了："算是实验吗？"

"嗯。"

甄意一惊一乍："在人身上试验？"

言格目光落到她脸上："奇怪吗？任何给人用的药，最后都会在人身上试验。"

甄意缩缩脖子："可谁会同意接受实验啊？"

"志愿者。"

"好伟大，为科学献身。"甄意心里油然生出崇高的敬意。

"会给钱的。"

"……"她一口气没上来。

"除了药物，其他非药物的疗法也会找人实验吗？"

"是这样。"

"那我也想当志愿者。"甄意自告奋勇。

"是想看医生，但不想给钱吧。"言格不客气地戳穿。

"……"她嘿嘿笑，提议，"大不了以后你打官司，我不收你钱好了。"

"暂时没有杀人的计划。"

"……"好冷。

"打离婚官司……"

"暂时没有结婚的计划。"

安瑶呢？甄意疑惑，但毕竟是人家的私事，她不想探寻。

言格拿着文件夹，走在前边："如果你想试的话，推荐你休克疗法。"

"电击疗法吗？"甄意拧眉，不满意地瘪嘴，"言格你想虐待我？"

他似乎弯了一下唇角，没答。

甄意细细一想，觉得自己或许有偏见，又说："是不是我说错了，这种疗法很好？"

"不好。"

"可好像很多医生在用。"

"病人会非常痛苦。"他说，"你不能当病人没有感觉。"

甄意心头微微一颤，有些感动，有些温暖。"还有什么非药物疗法呢？"

"有很多已成体系的物理疗法、心理疗法，暗示、脱敏……另外，虽然适用范围有限，但催眠疗法很不错。"

她想起那次在商场他对她小小的催眠："那个要学很久吧。"

"嗯。"他已走到他的专用休息室，把门推开一条缝，又回头，"甄意，你需要和谁说说话吗？"他眼眸澄澈，嗓音清和，"你可以把我当朋友，医生，随你。"

甄意的心稍稍一绊，他都知道。朋友……吗？

她微微一笑："医生模式吧。"

甄意靠在宽松柔软的睡椅里，神思朦胧。落地窗开了，纱帘轻飞，外面是绵延的草地。樱花开到尾声，风一吹，花瓣轻盈坠落，撒满台阶和地板，落到她的脚边。

"这一刻的感觉是什么？"言格坐在旁边的椅子里，陪她望着窗外的蓝天。

"很放松。"她闭了闭眼，又睁开。

"是哪一种放松？"

"像，累惨了之后，终于可以休息了。"她长长呼出一口气。

"身体累吗？"

"不，心里很累，累得……累得想哭。"她极力稳住声音。

言格侧头看她，她看着天上的白云，表情凝滞。他轻声问："有什么事让你无法释怀吗？"

是什么事呢？好像是遥远的小学时代。火灾后，妈妈虽然重伤，但幸存，躺在病床上。那天小小的甄意可以下地行走了，她坐在病床边，有些害怕地看着妈妈，她的腿断了一截，很可怕。妈妈嘶哑着说："小意乖，看看医院门口有没有卖荔枝的，妈妈想吃荔枝。"

"哦。"她从凳子上滑下来，左手挂着石膏，笨笨地走到窗边，踮着脚往外望。深城的街道绿树成荫，那么漂亮。啊，她看见卖水果的了。

"有哩！"唔，她也想吃。

"去给妈妈买一点儿来。"

"哦。"她拿了钱，下楼去买荔枝。

一小袋，水嫩嫩的。她拎着袋子，一边走一边抠痒。左手的石膏好痒啊，挠挠，再挠挠。她想先吃一个，可一只手剥不了，快点跑回去找妈妈。

突如其来，四周有人尖叫，什么东西从楼上飞下来，砰的一声，沉闷无比。她低头一看，妈妈的眼珠摔出来了。下一秒，附近的大人冲过来捂住她的眼睛，把她抱开。

还是先走好啊，留下的往往最痛苦。

言格问："觉得妈妈的死和你有关吗？"

"我不听话，也不可爱，妈妈不喜欢我。不然，她应该舍不得跳楼。"

"不是，甄意。"他说，"人在孩童时期，想问题以自我为中心。不管发生什么事，都会从自己身上找原因，认为发生的事情必须有解释，一旦解释不了，就是自己造成的。可事情其实不是这样。"

那个经历无疑给甄意留下了不好的暗示：只要不幸发生，便往自己身上拉责任。

"不是吗？可这次……"甄意艰难开口，可酸涩苦痛的情绪堵住嗓子里，让她窒息。

她深深蹙眉，一闭眼："如果我没拆穿，宋依她或许不会自杀！"

言格无声望着远方，直到身边的人呼吸又恢复平稳，才道："这世上有很多事情不是我们能控制的。你尽力做到最好，就足够。至于结果，不要去责怪任何人，包括你自己。甄意，你要知道，这不是你的错。"他的声音那样柔和，对他的咨询者。

她听了他的话，眉心慢慢展开，隐约平息了一些。渐渐，她睁开眼睛，望着窗外的樱花树发呆。

她疲惫道："不知道是不是我做得不够好，但我真的尽力。只有我知道一路走来受到多少威胁阻碍，看到多少阴暗。我总告诉自己，这是我的职业，至少我能和那股势力对抗。即使不做警察，我也要做一个好律师。一直以来我都这么想，但这次我为真正的凶手辩护，想替她脱罪。现在回想，觉得茫然，好像有什么被颠覆。同情她，想救她，又无法无视她是凶手的事实。"

言格听完，问：“你一直都这样介意凶手是谁吗？”

“原本警察出身，职业病吧。”

“可你现在的职业是律师。”

她歪头看他。他眼神清澈，像黑曜石，她复而望天：“是。我是矛盾体，想拼命维护我的委托人，但潜意识里还是希望他不是凶手。”

他道：“甄意，你这样做律师，以后会很痛苦。”

甄意微微一愣，他在关心她，此刻，他是医生，还是朋友？

“如果是你呢，如果你的委托人有罪，你不会有心理负担吗？”

“不会。”

“那是你性格使然。”她瘪嘴。

“这和性格无关，甄意。”他放缓语速，侧头看她，“我不同意你说的每一个字，但我誓死捍卫你表达自己想法的权力。”

甄意心一震：“伏尔泰？”

早些年，言格就喜欢哲学了。甄意爱屋及乌，跟着他泡图书馆，马马虎虎记住了几句。

“记性不错。”他唇角一动，却不是笑容，“如果你愿意，记住一句话，‘约束律师这个职业的，不是律师的道德，而是制度。’你或许会轻松些。”

甄意一下子说不出话来。心口像被什么柔柔的东西撞了一下，温暖又安宁。

她不知道他怎么会有这种能力，短短几句话就说进她心里。

润物无声的理解，这种事，这种人，并不是每个人都能遇到。

只是，好可惜。为什么后来没有在一起？为什么就松开他的手了？

甄意心口发酸，泪雾弥漫上眼睛。她不动声色地轻吸一口气，再度闭眼。这次，真的有些困了。言格见她良久不说话，回头一看，此时，她已睡颜宁静，呼吸浅浅。

从没见过她这样安静的样子，他低眸，长时间静静地凝望她。

多年不见，她的容颜没怎么改变，眉毛弯弯，睫毛长长，皮肤很白，像透明的瓷，从不会脸红。脖子上肌肤细腻如玉，莫名给人一种温凉的触感。

风从窗外飞进来，清凉又温暖。地板上撒满了细小的花瓣，几步之外是蓝天，风在树梢，鸟在叫……

迷蒙中，甄意感觉有谁给她盖了一条薄毯。她知道是言格。

言格，记忆里那个话少却很会倾听的男孩子。

这些年，越长大越发现周围的人只沉醉于吐露自身，却不倾听别人的讲述；越长大越发现社会推崇演讲与口才，却不知倾听为何物；越长大越发现，他的难得。

不像甄意遇到的很多人，说起自己的事，滔滔不绝口若悬河，听别人讲述，三心二意恹恹欲睡。是不像。

窗外传来遥远的风声，蒙眬中，她神思飘回中学时代，他们在一起后的一天下午。在那之前，她一直以为，她围在他身边的叽叽喳喳，他从没听过。其实不是……

是夏天，蓝天干净得没有一丝云彩，太阳前所未有的大，空气闷热。

体育课，言格独自在操场角落练习现代箭术，甄意不感兴趣，坐在地上揪草。

一开始，她对他手中精致又高级的弓很稀奇，闹着说想学。

他教她识瞄准器、箭座、弓震吸收器、中央安定器，一一解释作用。

他安静地解释，她活泼地打断。

言格始终有耐心，告诉她如何瞄准，如何放箭。可他并没有像电视里那样从背后抱住教她。连她手臂不直，他也只是拿支箭把她的手抬起来。数次脱靶还换不来他的手把手示范，甄意彻底失去兴趣。

她做事向来三心二意；而他并非自己喜欢就希望全世界都接受并喜欢的性格，不强求。

那天，他照例安静而认真地调弓射箭，她却因为郁闷的遭遇一直坐在草地上嘀咕。说她前天晚上在楼道里摔了一跤，害她世界级的美腿留下价值百万的伤疤，以后不能做腿模；又说教育要从娃娃抓起，小孩子整天打闹砸坏楼道的灯，父母也不赔偿，对公共安全不负责；还说政府要旧城区改造，害他们那块治安渐差……

风在树梢飘，树叶唰唰的，偶尔落下来掉在她头上。

她坐在阳光斑驳的草地，愤愤地控诉了一节课。

他不知听也没听，身姿挺拔地练习，专心致志地瞄准红心，射击。没回应，也没打断她的自言自语。

放学后，他难得提出送她回家，一直到她家楼下。那是旧工厂里很灰很丑的一栋楼，她住在最高的五层。平常中午不回家，说楼上热得像蒸笼，热气密集让人无法呼吸。

走到楼前，她抬头望他，脸蛋红扑扑的："楼道很脏，不用送我上去了。"

言格说："我本来就没这个打算。"

这样的话，甄意从来不会生气。

"那再见！"她笑容大大的，冲他招招手，一溜烟跑进楼道不见了。

她像百米冲刺，一口气跑上五楼，衣服汗湿贴在身上也不顾。冲进屋，书包都不扔就跑到窗边往外张望。

如果能看到言格挺拔安静的背影，在落日余晖的林荫小道上缓缓远去，她会开心得像吃了冰激凌。

可院子里空空荡荡的，霞光在晃荡，却没有他的影子。

怎么会？她急了。

五层楼她用时不过十五秒，跑得心脏都快衰竭。她不甘心，神经质地冲出门去。姑姑和表姐一脸狐疑地看她来去如风。

老式的楼梯间里，扶手锈迹斑斑，台阶垃圾遍布。窗口很小，太阳还没下山，楼梯间就开始昏暗。

往楼下望，只见一条条黑黢黢的扶手，某层楼一个微白的影子。甄意一愣，蹑手蹑脚走下去。一点一点，她弯过楼梯，就看见，言格踩在住户的煤球堆上，仰着头，够着手换灯泡。

他身子修长，舒展得像一支箭，白衬衫背后有点汗湿。

楼道很黑，墙上灰扑扑的，全是油烟和涂鸦，只有窗口微弱的霞光穿透他细碎的短发。

他仰着头，双手拧灯泡，天花板很脏，灰尘簌簌地坠。突然，他飞快低头，有飞屑掉进眼睛里了。条件反射去揉，却只是拿手背抵住了鼻梁。手指已经脏了。

他闭着眼睛，静止一秒后，用力摇摇头，不动了。

甄意立在十几级的楼梯上，屏着呼吸。

昏暗中有哪家炒菜时油锅吱吱的吵闹，空气里弥漫着酸豆角炒肉的香味。

终于，言格再度抬头，拧了一下。一刹那，乳白色的灯光从他手中倾泻而下，白纱般将他笼罩进虚幻的梦境里。手一松，圆锥形的灯光发散开去，柔软地铺满整个楼道。

甄意听见，她的胸膛，心怦怦跳动的声音。

言格一跃，从高高的煤堆上跳下来，一抬头见甄意立在楼梯上，一脸感动地看着他，眼神里写着要以身相许。

灯光从他头顶落下，衬得他的脸格外白皙，眼眸也格外清黑，脸色格外的……尴尬。

“你听到我说话啦？”她欣喜道。

“我又不是聋子。”他别扭着头，“你嘀嘀咕咕了一节课。”

“啊，我好啰唆。”甄意吐吐舌头。

“嗯，说话毫无逻辑，抓不住重点。”练习射箭时，他就纳闷了：这么简单的事，她怎么能滔滔不绝说出一篇演讲来？

不过，除了觉得“世界级的美腿”有待商榷，他还是瞬间抓住了她的意思，“给你概括一下：有人砸坏了楼梯间的灯，没人维修，你在黑暗中摔倒了。”

一句话概括她一下午的嘀咕。

甄意：“……还，真是。”不管怎样，她开心死了，几步从楼梯上蹦下去，踩在最后一级，缩短和他的身高差，轻轻一踮脚，双臂缠住他的脖子：“言格，你对我真好，我喜欢死你了。”

她小狗一样在他脖子上蹭。

言格浑身不舒服，寒毛都要竖起来，要是平时他早把她揪起来甩开，可偏偏手上全是灰，脏死了，他骨子里无法这样不礼貌地碰人。

不舒服不舒服！可他也不能后退躲避，不能把她从台阶上拉下来。

他见识过她超凡的黏人能力，她绝对会死不松手，双脚悬空，吊死鬼一样挂在他的脖子上，甩都甩不掉。

他无奈地在心底叹气，默默决定，等她一松手，就发挥自己的速度优势，立刻跑。

哎，他真是服了她了。

甄意醒来时，身上盖着毯子，纱帘在飞，风里有花香。言格已经不在。

她叠好毯了，不到处乱跑，乖乖顺原路回去。

才回到精神病院，就见小柯对她招手：“甄小姐，帮个忙。”

小柯负责给精神病人做体检。其他人都体检完，剩下棘手的美美。甄意对美美印象深刻，那个说要和“小柯医生睡觉”的漂亮女人。小柯刚检查，美美就配合地解开上衣，抓着小柯的手往自己胸上摸。小柯吓得赶紧跑出来，其他病人都好奇地凑在门边张望。

有个自认为自己是动物园长的病人提问：“美美，你要人帮你挤奶吗？”

另一个病人很配合地搬出“挤奶机器”，在空气中接上电源，启动按钮。其他人盯着他手中虚拟的“挤奶机”看得全神贯注，还时不时讨论机械技术。

甄意：“……”

美美跑出来拉小柯：“小柯医生快来给我检查，我心口疼哩，疼死了。”

或许她以前古装片看多了，架势像百花楼的姑娘。白胳膊粉香肩，七手八脚往小柯身上绕，小柯哪里见得了这个，耳朵根儿烧成了透明的红色。甄意帮忙把美美从小柯身上解下来，送回检查室。

甄意和几个护士帮忙按手脚，小柯红着脸重新检查，可他稍微一碰，美美就挺着胸乱扭，“啊啊”地哼哼吟吟。小柯羞得脖子红了，甩手冲出门，说什么也不肯再进去。

检查搞不成了，护士把病人们牵回去。甄意看见有个女病人恶狠狠地瞪着美美，看到甄意，又凶巴巴瞪她，好像全世界和她有仇。

小柯解释：“那是栀子，被害妄想症，看谁都以为要抢她的东西。”

甄意好奇，刚要问，小柯的对讲机响起来："B3 区出现骚乱，B3 区出现骚乱，A 区放风取消，B2、B1 区关闭，医护者……"

"怎么了？"

"一定是那个姚锋惹事了。"小柯往 B 区赶。

杨姿的第一个刑事案委托人姚锋？也是个给新闻界打鸡血的人物，只可惜撞上林子翼的两个案子，关注度没那么高。要放在平时，他会震惊全国：

K 大博士，性格孤僻，与同学发生口角，上课时带着刀和硫酸去泄愤，四人死亡，三人重伤，另有人不同程度的轻伤。定罪很容易，判刑却很难，他疑似有精神病。

甄意奇怪，精神病犯人有专门的收容所啊。忽又想起杨姿曾向她打听，问她有没有办法提前得知姚锋的精神鉴定结果。他是被送来做鉴定的。

甄意跟着小柯飞跑，可半路看见那天在小桥上遇到的病人，一身白衣立在走廊边，眼睛明亮，冲她微笑着。

甄意不自觉停住脚步，鬼使神差地问："你怎么站在这儿，没有护士照顾你？"她记得护士说他病情很重。

"我很好，不需要照顾。"他笑了，很灿烂，声音也清醇，说，"我给你讲个故事好不好？"

甄意望一眼小柯消失的方向，有些犹豫。

她不知她此刻的样子落在他眼里，像游乐园因贪恋万花筒而和父母走丢的小孩儿，他微微笑了："不会很长。"

他不等她回答，开始讲述——

……在南方一座城市，有一个女孩，她喜欢比她高一年级的男生。有一天晚上，他们一起回家，男孩安静地走路，女孩像小鸟儿一样围着他转，叽叽喳喳地说话，乐呵呵的……

甄意吃惊。他继续——

……那个夏夜，星光很好，道路两旁树枝茂密，遮住乳白的路灯光，一路上光影斑驳，半明半暗。女孩忽然抬头，望见灿烂的星空，她拉住男孩，声音快乐得像铃铛，说："我请你看星星啊！"

她跑去宽宽的马路中央，一下子躺在地上。

男孩说："有车过来，会把你压瘪。"

可她不起来，躺在马路上舒服地伸伸腰，慵懒得像一只猫："这条路很少有车经过，城市里有这样安静的路，不是很难得吗？你快躺下看星星啊，从我这里看，夜空真的好美。"

她望着天空微笑。

男孩没有仰望星空，他立得笔直，俯视脚边的女孩。

他相信她的话。

因为那一刻，她的笑脸真的好美，她黑湛湛的眼睛里倒映着天空中的繁星，一闪一闪，美好得不可方物。

他从来不会做这样疯狂的事，可鬼使神差般，他躺在了城市的马路中央，她的身边。

路面残留有白天太阳照过的余温，还有淡淡的柏油味，一点点透过衬衫，渗入肌肤。温热，但有夜里的清风。

躺在路中央的感觉如此新鲜，安逸宁静的感觉如此强烈，

他望着天，视野边缘是静谧的绿树，中央一大片墨蓝色的天，像柔软的天鹅绒，繁星璀璨如细碎的钻石，美得惊心动魄，让人无法呼吸。

他心里安静得没了一丝声音。

忽然，身旁的女孩一翻身，趴在他身上。黑夜里，她的脸清丽白皙，眼睛深邃而深情，对男孩说了十个字。……

故事讲到这儿，病人微笑，温柔地问："亲爱的姑娘，你知道那女孩说了哪十个字吗？"

甄意不知不觉中呼吸加快，一动不动盯着他，有些害怕，不可置信。她想逃，可动不了。

这时，小柯跑回来了："甄小姐，你怎么在这儿？"他看见厉佑，脸色骤变，对甄意道，"你先去吧，我把这个病人送走。"甄意仿佛被救，立刻转身跑了。

赶到B3区，那里看似很乱，却井然有序，精神病人没剩几个了，正在疏散。

姚锋抡着椅子砸人，几个工作人员和便衣都不好靠近，他情绪激动，表情扭曲，可怕极了。便衣喊话："姚锋，你逃不掉的，不管你怎么抵抗，我们都会把你抓起来。"

姚锋没听警察的话，眼睛睁得像铜铃，神经质地喃喃自语："鬼，鬼，你们都是鬼。你的长舌头，你，"他手指哆嗦，一个个地指，"你的爪子，你们都是魔鬼，不要抓我。不要抓我！啊！"他再度失控，抓着椅子疯狂地乱抡。

有个警察怒了，冲姚锋呵斥："医生已经诊断你没有病，不要装了！杀人的时候就该想到有今天，想通过装精神病脱罪，门都没有！"

甄意顿觉闻所未闻，他居然装疯？可他现在这样子，看着真像有病的疯子。

她四处寻觅，很快望见言格的身影，他双手插在白大褂的兜里，淡漠地围观。或许在专业人士眼里，此刻姚锋的表演只是徒劳的挣扎。

但，既然能活，谁又想死呢？

姚锋继续自言自语，表情越发惊悚："你们是地狱派来的魔鬼，我要消灭你们。"

警察忍无可忍，拿起电话："姚锋诊断结果为精神正常，所有言行全是装疯，他不配合抓捕，第一精神病院请求支援。妈的，亏他连呕吐物和垃圾都吃得下去。把我们全骗了！"

他怒气冲冲，声音很大。

姚锋听了，像落水的人抓最后一根救命稻草，激烈地指着言格，狂喊："我疯了，我真的疯了。我真的有神经病，是医生医术不精！是他草菅人命，我真的疯了，我真的有病。"

"……"这下，连甄意都知道，他真的没病了。

另一个怀疑言格诊断结果的警察瞬间变脸，差点儿没骂娘。

"我有病，我真的有病。"姚锋狂喊。一瞬间，他成了疯子，抓起椅子乱砸乱打，就近的医生护士四处躲避。可他忽然方向一转，朝甄意这边扑过来。

甄意寒毛倒竖，发觉自己站在了出口处，姚锋想逃走！

她一动不动，回想着三脚猫的格斗招式，眼见他渐渐逼近，她双手紧握成拳。

可就在那一瞬，身旁陡生一股力量，她被谁扯开。

心弦一颤。下一秒，她撞进言格怀里，熟悉又陌生的温暖扑面而来，将她包裹。她呼吸不畅，瞪大眼睛看着他近在咫尺的脸，心好似猛地停跳。

可还没反应过来，姚锋的椅子便砸到他的背上。

惊人的一声重响，力量之大，言格没站稳，抱着甄意扑倒在地。

甄意被他重重压在身下，全身的鸡皮疙瘩都竖起来。

她缩在他怀里，鼻尖亲昵地贴着他的下颌，呼吸里全是他清淡的男性味道，她莫名晕眩，居然感觉不到痛，稀里糊涂地发蒙：他整个儿压在她身上啊！

身体的触觉如此微妙，她的心都要跳出来。

可下一刻，越过他的肩膀，她看见姚锋再一次狠狠抡起椅子，砸向言格的后脑。

所有的粉红泡泡在一瞬间炸裂，她惊恐至极，浑身发凉。

"不要！"甄意尖叫，本能般翻身将他压到身下。

很多时候，人在关键时刻的第一反应都无法用逻辑解释。

甄意在那瞬间脑子空白，反扑过去，双手紧紧搂住他的头，全身紧绷，像只鸵鸟。其实自己吓得要死。

她太用力，像往他心里闯，他的头磕了一下地面。

毫无预兆的，有些回忆一股脑儿地在言格眼前浮现，他安静走路，她围着他蹦蹦跳跳，她突发奇想跑去大马路中央躺下看星星，他也躺下，夜空很美，视野里出现她的脸庞……

回忆如幻灯片在他眼前快进，电光火石间，画面忽然定格，和多年后的此刻重叠。

此刻，她死死护着他，身体僵直，瑟瑟发抖。

那年，她趴在他的胸口，身后是亘古而璀璨的星空，她眼里含着太多的深情，轻轻地，说了十个字：

“言格。

说你爱我，

骗我也行。”

而他，一言不发。

“不要！”甄意的尖叫声似乎还在言格耳边回响。他没料到甄意会护着他。

眼见那把椅子砸下来，这么多年，他再次体会到那种情绪，害怕，恐惧。他翻身抱住甄意滚去一旁。

椅子在地上砸裂，姚锋痛呼一声。甄意纳闷，从言格怀里探出头一看，姚锋倒在地上，众人扑上去扭住疯狂挣扎的他。一旁，美美拿着一把椅子，瞪着姚锋，生气地撅嘴：

“哼，言医生和我们是一国的！”

另一边，栀子的目光恶狠狠地剜向甄意，呼叫：“徐医生，这个新来的又抢我男人，你管不管啊！”

甄意还被言格压在地上。“你没事吧？”她真吓坏了，刚才那一椅子抡的，力道太大。

“没。”他要起身，却感到一股阻力，甄意搂着他的腰……这个姿势……

他低头看一眼；甄意一愣，触电般赶紧松手。言格站起来，整理被她揪得皱巴巴的衣服。

“背后的骨头有没有断？”她探着头，左看右看。

“断了把你的赔给我吗？”他问，没什么表情。

“……”她推测他是在开玩笑？可她没有玩笑的心思，默默揪着衣角，小声说：“赔就赔。”

言格微微怔愣，却也没说什么。

他们这低低私语的模样被周遭的医生护士看在眼里，加之刚才言格的奋不顾身，大家都有揣测。毕竟，虽然言医生专业素质好，但帮助和保护的心思嘛，是绝对没有的。

做研究，他可以加班熬夜；但眼看哪个同事要摔倒让他扶一下，没可能。

甄意也诧异，照理说他和安瑶在一起，怎么会对她做如此亲密的动作。难道是她误会？

“言格，你……”她刚要问，后边警察走上来：“言医生，能不能陪我们去警署为姚锋的状况录一下证明？”

“好。”言格微微颔首，随即看向甄意，“你刚才要说什么？”

“你先忙吧，没什么大事。”

言格和警察走了。甄意继续去做义工，可某一瞬，回想起刚才的事，心莫名一揪。危急时刻，潜意识里的本能占据了主导。

啊，糟了，她还喜欢着他！

傍晚，甄意驱车送爷爷去了表姐家，明天爷爷七十大寿，表姐崔菲和表姐夫戚行远要给爷爷做寿。戚行远那边长辈都已仙逝；而崔菲这边只剩妈妈（甄意的姑妈）和爷爷。

上年纪的老人只一个，商人又重排场，不给老人做寿实在不像话。

崔菲住南城区的别墅群，绿树成荫，小桥流水，环境好得不像话。甄意叹：“这才是人住的地方！”

爷爷不乐意：“意儿这话不对，难不成你不住这儿，就是小狗？切不可妄自菲薄。”

甄意乐了：“是。爷爷那小木楼才是神仙住的地儿。”

崔菲家辉煌不一一赘述。家中主人不多，用人不少，偌大的房子也不显空落。崔菲比甄意大七八岁，今年三十多；戚行远五十好几，和崔菲妈妈一般年纪。

在崔菲之前，戚行远有一儿一女一私生女，都已长大成人，比崔菲小不了几岁。

但他最宝贝的是崔菲给他生的女儿戚红豆，今年九岁，上小学。

甄意和司瑰杨姿约好吃晚饭，而戚行远要去接上绘画课的女儿。两人一同出门，各自开车。甄意没想到戚行远会亲自接戚红豆下课，但也不完全意外。戚行远是某互联网产业巨头的老总，身价近百亿。已过创业阶段才开始享受生活，享受亲情爱情。崔菲和戚红豆无疑是幸福的。

崔菲有时在电话里和甄意说，遇到一个历经沧桑，懂得和女人相处的成熟且有财富的男人，并恰好在他生命的重点由事业转到爱情和亲情的时期遇上，对女人来说，是多么幸运又幸福的事。

甄意对这番话不置可否。这样的男人是由很多之前的女人调教出来的，最后一个女人不用费心思调教，捡现成就行。

如果是她，她倒愿意做那个把青涩少年调教成好男人的实力派女人。这倒不是她多甘于奉献，而是她喜爱挑战。

崔菲笑：小意，如果你奉献青春，调教好男人，结果是为他人做嫁衣裳，你该追悔莫及。

甄意不以为意：爱情不是生活的全部。我不是为了男人活。他要跟别人跑了，我转身找更好的。世上不是只有一种幸福，也不是只有一种男人。我最不要做的便是哀怨的女人。

崔菲便叹气：小意，愿你爱的人不负你。

崔菲当然幸福。甄意上初中时住姑妈家，那时崔菲大学将毕业，被戚行远疯狂追求。金钱堆砌的浪漫，让她无法招架。甄意作为崔菲的亲属，没少附带地收到各种异国高档美食服装和首饰。等甄意上高中，崔菲结婚了。直到现在，生活爱情皆美满。

可甄意偶尔会想起那个夏天，她和言格被迫躲在衣柜里。外面，卧室门正对着的餐桌上，崔菲和一个年轻男人挥汗如雨。那是她的同龄人，年轻，有力量。

那时，甄意意识到，崔菲想要的不仅是中年男人的财富和体贴，还有年轻男人的身体激情和疯狂。

甄意没和任何人提过这件事，她想，那应该是崔菲的一次放纵。毕竟，崔菲比谁都清楚，什么才是她最想要的。

甄意在警署门口带上司瑰，后者上车便问："杨姿说你修行去了？一个月不上班，爽吧？"

"爽死，"甄意慢条斯理道，"惬意得心花怒放，天天合不拢腿。"

司瑰哈哈大笑："甄，欢迎回来，想死你了。"

甄意笑笑，专心开车。

"K 大姚锋杀人案。我听清江区的同僚说今天要结案。之前都以为姚锋精神有问题，没想到是装的，骗了好多警察。"

"我在精神病院看到他被抓。他有胆子杀人，没胆子承担，装疯卖傻，"甄意鄙视，"真是一个不坦率的人。"

司瑰也觉得无语："还好有言老师做鉴定，他装疯骗得了众人，却骗不了专业。想当初媒体挖他的成长经历，绘声绘色把他写成被现实逼疯的社会教育悲剧，现在，打脸了。"

甄意但笑不语。

"不过杨姿倒霉了，这个案子没给她带来任何好处。"

"好处？"甄意奇怪这个措辞。

"那天我在法院遇到她，她的意思是姚锋案本该有很大的社会关注度，但不逢时。原本能替精神病争取权益，没想他是装的。"

甄意不知如何评价。车停在路边，两人步行去对面的法院，才到门口就见院子里乱成一团。早已散庭，可原被告双方的父母亲属都聚在院子里揪扯厮打，哭骂声不绝于耳。

甄意见杨姿被推出人群，跑去扶她。杨姿眼睛红红的，像要哭："我说让姚锋的父母从后面走，他们偏不肯。"

甄意回头，只一眼，心就像被狠狠撞了。

人群中不难分辨。姚锋的父母头发花白，衣着穷苦，一张脸黑枯干涩，是岁月辛苦劳作的沟壑。他们身形佝偻，老泪纵横，扑通几声双双跪在地上给受害者父母们磕头。贴在地上的手掌，黑黄，历经沧桑。

"对不起，是我们没把娃娃教好。是我们的罪孽……"父母的额头撞在水泥地面，沉闷而惊心。

甄意飞快别过头，泪水盈满眼眶。身后的人都在哭，受害者的亲属们悲痛欲绝。

突然一声清脆的耳光打在苍老的脸上，司瑰尖叫："姚锋都判罚了，你怎么还打人？"

"他们该打！"打人的男人怒吼，隔一秒扭头看杨姿，一手揪住她的衣领，几乎把她提起来，"还有你这黑心肝的，居然给畜生打官司。"

甄意和司瑰上去抓住那人的手狠狠一拧，把杨姿救下来。

"你们是谁，帮凶？"男子怒火冲冲。

司瑰比他声音更大："你是哪个受害者的父母？"

男子脸色一变，支吾起来："我、我侄女的脚受了伤！"

司瑰冷冷道："你倒是有资格代表受害者打人了？明明是有理的一方，偏干无理的事。姚锋杀人，判刑了；你打人呢？想被拘留吗？还威胁律师！"

男子被唬到，不吭声了。姚锋的父母还跪在地上痛哭："是我们该打……"一时间，天地间仿佛只剩了苍老而悲凉的哭声。

那天甄意她们晚餐吃得潦草，气氛多少沉重。三人回了甄意的公寓，挤在一张床上睡觉聊天。

杨姿心疼老人家，说姚锋不是东西，可父母又有什么错呢。儿子也是他们含辛茹苦培养的，如今落得这种结果，这对纯朴农民何尝不是遭受灭顶之灾？她三番四次眼泪汪汪，不住在被子上蹭眼泪。

甄意精神也不好，叹气："山区的父母得花多少心血把姚锋培育成材。可怜啊，而受害者哪个不是父母心尖的宝贝？他们的发泄又怎能说不对？惨剧啊。”

杨姿捂着眼睛，颤声：“姚锋的父母来K城时借债凑了十万，想补偿给受害人。他们都不要，怕轻判。社会上很多爱心人士捐了钱给受害者，大几百万呢。法院也没提金钱赔偿。幸好，不然凭姚锋父母一年几千的收入，该怎么还？”

甄意默默听着，没说什么，心里闷得难受，翻了个身望着窗外的月亮。灰蒙蒙的，像放久了没吃的汤圆。杨姿初涉刑事，怕还不知道只要牵扯到赔偿，凡事都有变数，即使时间过去很久。像这种判刑前不要赔偿只要重罚，判刑后却反悔撕破脸面找死刑者家属要赔偿的，并不少见。

她翻个身，问司瑰：“你刚才怎么看出那人不是受害者亲属？”

“经验。往往闹得最凶的不是最伤心的直接亲属，而是七大姑八大叔的旁人。”

甄意讽刺地笑：“平日里是被忽略的对象，有了发言和做代表的机会，当然得出来吵，越大声就越有理。”

杨姿：“这些事接触越多，情绪越悲观。意，我真不知道唐裳和宋依的案子，你怎么扛过来的？”

甄意没脸没皮样：“没别的，铁石心肠脸皮厚。”

杨姿被逗了，凑过去拧她：“心肠硬不硬摸不到，脸皮够厚。”

司瑰推搡：“谁说心肠硬摸不到，我来摸摸。”

“杨姿胸大，摸她啊！”甄意裹紧睡袍，往床边缩，“别别别，离我远点儿。你们这样让我想起看过的一个女同A片。福利真高，还是3P！”

“……”悲伤的气氛全给破坏了。

三人打打闹闹，安静下来又絮絮叨叨，像过去一样说心事，零零碎碎，直到凌晨才迷迷糊糊睡着。

第二天是爷爷的生日，甄意起得早，出门前，杨姿起来了，唤她。

彼时甄意正在穿鞋，杨姿靠在门廊边，冷不丁问：“意，你真的没有提前得知姚锋的精神状况？”

“没啊，怎么了？”

“我以为以你和言格的关系，会有信息便利。”

甄意愣了一秒，之前杨姿拜托过她去打探，但她太了解言格的个性，病人的事，他丁点儿不会透露。杨姿低声：“我不是请你帮我问过吗？”

甄意拨弄着鞋子：“不好问。毕竟，我和他现在不是很熟。”

杨姿不作声，隔了几秒，轻叹：“是我自己运气不好啦。早知道姚锋是装的，我就不会接这个官司，搞得大家都以为他装疯是我指使的。”

“不要太在意别人的看法。”

“也是。”杨姿笑笑，眼见甄意要出门，又唤住，“甄意？”

“嗯？”

“我们是好朋友，你成名律师了，记得要拉我一把。”

“我知道。”

兰亭区，戚氏度假村酒店。寿宴大厅人头攒动，目测好几百桌。甄教授学生遍天下，戚行远的关系网更不用说，来的都是有头有脸的人物。

甄意看见三个不算陌生的人：戚勤勤、戚勉和齐妙。前两位是戚行远前任老婆所生，后一位是私生女，不随父姓。三人都坐外边，可见在父亲心中的地位。

去到里边的小宴厅。九岁的戚红豆坐在父亲怀里享受所有的目光。甄意不禁想起崔菲的男人理论，如今她和戚红豆幸福了，可戚勤勤他们残缺的成长该谁埋单？

大家围着戚行远聊时事聊经济聊商业，真正的主角甄教授倒无人问津，除了卞谦。

他的同僚到了这把年纪，出于德高望重的身份，只会来函，不会赴会；对他的学生而言，垂垂老矣的教授和商界巨头，孰轻孰重，自有分辨。

甄意也不生气，爷爷现在精神状况时好时坏，这些凡夫俗子少招惹她家的老神仙，她巴不得呢。

爷爷站在自助餐台边，一手握着小盘子，一手捏着小叉子，认真端详台子上的甜点，纠结地判断，好久才下定决心，夹起一块黑森林。

甄意拍他的手，训导：“趁我不在又偷吃甜食，该打！”说着，瞪一旁的卞谦：“哥，他贪吃你也不拦着！”

卞谦帮爷爷说话：“只偶尔吃一点，不要紧的。”

爷爷一见她，眉眼便舒展开，嘿嘿笑着，一歪头，碰碰甄意的脑袋：“予之，莫怪，我身体无恙。”甄意微愣，予之是奶奶的名字。

爷爷的病情重了，那天甄意挽他散步，他老枯而皱巴巴的手轻抚她的手背，温柔道：“予之，你尚若年轻时美好，我却老了。”

甄意想，过了这次宴会，以后还是不要带爷爷乱跑了。

至于甜点，也罢，这场精明人士的宴会于爷爷来说，最喜爱的不过是糕点师精心准备的蛋糕。

她把爷爷喜欢的都挑了几小块，拿黄油刀切两半，和爷爷对坐着分吃。卞谦不爱甜食，坐一旁看着。爷爷开心，边吃着，还偷偷从桌底踢她的脚，像老顽童。

甄意便想起中学的很长一段时间，她和言格便是这样。

言格答应做她男朋友后，每天陪她吃午餐。中午总有人给他送饭。长方形的食盒，上上下下七八层。开胃菜，凉菜，汤菜，肉食果蔬，外加甜点，他吃饭都按着严格的顺序一道道来，绝不挑食。酸甜苦辣咸，全安安静静地吃下去，不反感也不欣赏，不排斥也不享受。

甄意则不同，筷子刀叉在他的食盒里到处乱戳，左一个右一个，毫无顺序，一点儿不消停："哇，好好吃，给你做饭的是世界级大厨吗？"

"萝卜居然能做成这种味道，我第一次愿意吃萝卜。"

"嗷，呸，苦瓜好苦，言格你居然吃苦瓜！"

无数个一同吃饭的中午，他虽不回应她的一惊一乍，但也从没说过诸如"你话真多""吃饭别说话""再说话不给你吃了"之类的警告；他虽然自己吃饭顺序严谨，但没要求她"你不该这样""你应该先吃什么再吃什么"。

他说他吃不完，倒了也浪费，才准许她蹭食。现在想想，他从来不是浪费粮食的人，早因为她备了双人份。误会的时候也有：她没胃口，或怕他吃不饱，就吃得少；多余的，他必然全部吃掉，吃撑让胃难受了好几次。

小厅忽然安静下来，甄意收回思绪。

门开了，服务员恭敬地弯着腰。甄意意外看见安瑶进了对面的厅，着一件非常漂亮的中国风礼服，十分惊艳，可只有一个背影，那边的门关了。

而这边出现言格，一身墨色西装，领口的设计却像中山装，款式独特，复古矜贵。配上他出众的相貌，竟给人满室生辉之感。

对他的到来，甄意并不惊讶，可接下来的一连串事让她费解。

言格甫一出现，戚行远就撂下围绕身边的所有人，飞快起身，扣起西装扣，快步走到言格面前，用一种近乎卑躬的姿态朝他伸手："你能来，是我们的荣幸。"

其他人和甄意一样不明就里，面面相觑，不知这个年轻人是个什么人物。

言格和他握了手，并未多话，直接来爷爷和甄意这边，解开一粒西装扣，端端坐下，向爷爷祝寿。甄爷爷孩子气地笑。

整个屋子的目光聚集在此，言格恍若未见。

虽然谁都不知道他什么来头，但谁都看得出他不简单，且他的面子全留给老头子，而非众星捧月的戚行远。

"这是家里送来的礼单。"他温温地说着，从怀中拿出一张赭红色的三折礼卡，古色古香，镂空刻着古画古词。

甄意隐约看到小篆字体，极其精致，一边写"经世还谙事，阅人如阅川"，另一边写"莫道桑榆晚，微霞尚满天"。

三折卡打开，里边一张极薄的檀香木箔，小楷字工工整整写着礼品。

就在所有人更好奇时，几人恭恭敬敬却毫不卑躬地捧着礼物进来。

第一份是天然琥珀黑石镇纸，稀有罕见的透明白琥珀，似有淡黄渐深的杂色，可最妙便是这杂色凝聚成一幅云海日出图。一丝不多一丝不少，恰到好处。白琥珀嵌在黑石之上，硬柔两相宜，十分高贵。

第二份是一套翡翠茶杯，天然去雕琢。成色绿得像要出水，阴阴幽幽。看一眼便觉心尖凉丝丝。这种上上品，光一个都价值不菲，更何况一套十二只。

厅里之人，几乎大气不敢出。

第三份上来，是一尊三头六臂玉佛，佛面安详温柔，金色底座早已泛绿，痕迹斑驳。是座古佛。

在场都是见过大世面的，可全都惊诧万分。小厅里落针可闻，气氛甚至有些紧张，个个皆惶然，如坐针毡。哪有人这么送礼的？

甄意瞠目结舌，突然发现，她或许从来没有认识言格。

甄意立在洗手台边冲手，心情说不出的阴郁。她在生气，却不知生谁的气。

中学时，她从不知言格的家庭和底细，居然也从没问过。那时只知道黏在他身边就开心，现在却觉得当初连起码的坦诚都没有获得。

怪胎！活该一个人孤独终老。

一抬头，从镜子里看见安瑶走了进来。甄意的心滞了一秒。安瑶今天太漂亮了。那一身白色青花丝绸裙，简约汉风设计，不是市面上可买之物。

安瑶浅浅一笑，算是招呼。好学生和坏学生之间从来难有交集。

古风礼服实在惊艳，甄意忍不住多看几眼，安瑶见了，微笑：“他家规矩太多。衣服都不能自己挑，好在我也喜欢。”甄意不语，言家只怕不是豪门两字能形容。

她不知该怎么接话，看洗手台的水哗啦啦地冲，安瑶细细的苍白的手在水下一遍遍揉搓，她说：“安瑶，你的手洗好几遍了。”

“职业病，总觉得不干净。”

“哦，很多外科医生都有洁癖。”

“不只外科，像言格，也有很重的洁癖。”

甄意的心像被揪了一下，很酸。

安瑶关了水龙头晾手，忽然说：“甄意，给我做伴娘好吗？”

甄意实话实说：“别人吧。我觉得尴尬。”

安瑶也不强求。两人再无话，各自离去。

婚讯。甄意心在发麻。

她记得中学的升旗仪式，每次会让一个学生上台以“梦想”为题发表一篇演讲。有天轮到甄意，她穿着校服，戴着红领巾（入团太迟）站在主席台上，在初中部高中部几千名老师学生的面前，举着拳头，对着话筒道：

“我的梦想只有一句，长大了，嫁给初中部二年1班的言格！”

全校哄笑。

“甄意，加油！”她认真给自己打气，昂着头走下台。

训导处从此取消了梦想演讲，顺带罚她扫了一个月的操场。

分离八年，她再没爱过他人，哪怕是一点点的喜欢。她以为，他也不会。

甄意一次又一次长长地呼气，胸中浑浊凝滞的感觉却怎么都挥之不去，像被人打了一巴掌没还手似的，憋闷死了。

这种想发泄的感觉，呵，她真是很多年没体会了。也不是每个人都能欺负到她头上。

绕过拐角，就见给她心情拢上阴霾的男人也在走廊上，西装笔挺，俊颜白皙。

甄意目不斜视，一点点和他走近，然后，擦肩而过。心莫名落下，像松了一口气，释然又失落。

身后，言格停了下来，侧身看她：“甄意？”

“有事？”波澜不惊，不像平时的嬉皮笑脸。

言格默然，这话把他问住了，他仿佛也不知为何唤她。“甄意，你在生气吗？”

“是！”她才不要装没事，“为什么不告诉我？”

“……你没问。”

“你……”甄意说出一个字，鼻子就酸掉。

言格静静看她。走廊的灯光下，她的脸格外莹白，典型的南方女孩，肌肤很细腻，和多年前她无数次把脸凑近要他亲的时候一样，脆弱，娇柔。她气得眼睛都红了，像强忍着不哭。

这叫他意外，他倒是不知道他的背景问题能把她气成这样。

他迈开长腿，往她身边近了一步。“我并非故意隐瞒你。”他听见自己在解释。

甄意气极反笑：“你的私事不愿拿出来说，不算隐瞒。况且我也没问你。你还是以前那样，我不问，你便什么也不会让我知道。那时……”后面的话说不出口了。

她心尖发凉，像起了风。

那时候，应该觉得委屈，可她不觉得；现在，没资格委屈了，她却想哭。

言格一时也无话。甄意从没和他说过这些，可此刻他忽然发觉，或许以前她是难过的，因为他的冷淡和古怪，她过得心伤而辛苦。所以她才……

只是那时他不希望给她太大的压力，更不希望她也变成模子里刻出来的人。

而甄意心里失望到疼痛。以前，她只以为他不喜欢她；现在，他快要结婚了却不告诉她？

是，她没问。可她明明不想招惹他了，他为什么要在姚锋袭击时保护她？不要说救人，以他的性格即使看见抢劫杀人都不会管。他难道不知道给她一丝丝甜头她就会飞蛾扑火烧死都甘心吗？一句绅士礼貌的提醒“我要结婚了”就那么难？

“如果你还有什么想知道的，我都可以和你说。”他低头看她，眉目深沉，“不过，我这人很单调，好像也没有别的值得挖掘的事。”

“没什么想知道的。”她转身走，又顿住，“言医生，我认为以你现在的身份，我们保持陌生人的距离比较好。”她头一次没顾及他的感受，飞快离开。

下去停车场，遇到卞谦。卞谦见她沮丧的模样，有些担心，说什么也要送她回家。

一路上，甄意望着车窗外的夜景不说话。以往，她都是欢乐闹腾的。

卞谦认真开着车，时不时看她几眼，找话问：“爷爷不回家了？”

“嗯。”她声音低低的，“表姐说怕爷爷累，让他今晚就在度假村休息。”

卞谦“哦”了一下，思虑片刻，问：“是这个男人吧？”

甄意身子一僵，不满地瘪嘴，负气：“学心理学的都是浑蛋。”一直都是这样，她什么心思都被他看得清清楚楚。

卞谦稍稍无奈地一笑，这个小妹妹的脾气，他摸得一清二楚。

八年来，她从大学生变成警察变成律师，卞谦看着她长大。他朋友圈里的优质男人们不少，很多曾透过他向她抛出橄榄枝，她都一一回绝。他知道，她表面大大咧咧无所顾忌，其实心里一直有人。

“我们小意的眼光很好，是个很不错的男人。”卞谦不是自恋的人，但也有自负，清楚自己资质很好，可看到言格时，他不得不承认，那人从内至外低调的优秀，让人印象深刻。

“只是，我觉得，小意喜欢他，会喜欢得很委屈吧。”

一句话差点儿叫甄意泪下，她咬着唇，盯着窗外，死不作声。

甄意心情不佳地出了电梯，开锁进门，家里竟亮着灯，还有饭菜的香味。这两样东西真是抚慰人心，她忽然没那么伤了。走到厨房，司瑰和杨姿拿电磁炉煮火锅，吃得酣畅淋漓。

司瑰先看见甄意，见她表情不太好，赶紧站起来，举手认错：

“甄，我们一早就该走，可你家实在太好住，在浴缸泡了一上午。冰箱里好吃的又太多，后来看见火锅底料，又嘴馋，结果蹭了一天。别赶我，吃完这顿，马上消失。”

甄意绷着脸，过去餐桌坐下，看一眼锅里香喷喷的菜。两人立马殷勤地端碗找筷子，全捧到她面前。

她接过来，从锅里捞出香菇羊肉塞嘴里，神色阴郁地吃着。司瑰和杨姿忐忑不安地观望。

甄意嚼完了，咽下了，板着脸问："浴缸里泡一上午，你们两个搅基么？"

两人愣一秒，扑上去打她："浑蛋家伙，以为你生气了。"

甄意缩在椅子上躲痒痒，哈哈大笑。

回家看到朋友在，还有喷香的火锅麻辣烫等着她，她心里不知多温暖。

"吃麻辣烫怎么能不喝可乐白酒？"甄意拿了钢化玻璃杯，半杯白酒半杯可乐混合。

杨姿忙给自己倒满可乐："别指望我，我喝不了白的。你中学就可乐白酒，这习惯能不能改改。司瑰，上大学你怎么受得了她的？"

司瑰诧异，盯着甄意杯中琥珀色的泡泡液体："我从没见过甄意喝酒。"

"戒了。今天特殊，破例。"甄意笑笑，一仰头，整杯酒就下去了。喝完不带脸红，手背往嘴上一抹，操起筷子捞菜，又倒上可乐和酒，边吃边喝，脚蹲在椅子上简直梁山好汉。

司瑰一脸惊悚："甄，你没事儿吧？"

"什么事？"甄意嚼着虾丸，奇怪道。

杨姿慢吞吞吸可乐："司瑰，没事儿，她中学就这样。"

"是吗？"司瑰半信半疑，觉得哪儿不对。

甄意一直大口吃吃喝喝，像从牢里放出来的饿死鬼。

"甄，你慢点儿，吃得太凶了会呛到。"

话音未落，甄意抓着桌沿，剧烈咳嗽起来。杨姿赶紧给她倒水，司瑰拍她肩膀。

甄意拿纸巾捂着嘴，辣椒呛进气管，火辣的疼。她咳得猛烈，满脸通红，像要把肺咳出来。咳到最后，眼泪下来了。

司瑰没见过甄意流泪，吓住："怎么了？"

她手指抹去眼泪，轻轻道："被欺负了。"说完，平平静静，重新拿起筷子，夹起更大堆的食物往嘴里送，仿佛心里的空洞只有食物能填满。

司瑰和杨姿不知所措，只能看着甄意不停地把辣乎乎的食物往胃里塞。吃着吃着，再度有晶莹的液体砸进碗里，一滴一滴如断了线的珠子。

司瑰要疯掉："到底怎么了，甄意你说啊！谁欺负你了，我去给你报仇！"

她团团转，把短发抓成鸡窝，急得胡思乱想："你该不会是被强奸了吧？"

甄意扑哧一声笑出来，仰起头，眼里全是泪花，一边笑一边哭："我倒希望被他强奸了，可他看不上我。哈哈，好好笑。"眼泪往外涌，她笑不出来了，彻头彻尾地看不起自己。

"甄意你真他妈的下贱！"她一抬手，狠狠一耳光扇在自己脸上，脸红得几乎滴血。

清脆的巴掌声在餐厅里回响，司瑰和杨姿全被吓到，司瑰崩溃："你抽什么风，到底怎么了？"

甄意拿手捂住眼睛，颤颤地吸了一口气："什么也没有发生。只是，我喜欢上一个人，可他不喜欢我。我想追他，可他要结婚了。很简单。"

眼泪泉一般从她指缝涌出，她嘴唇剧烈颤抖，呼吸也凌乱。"真是没用啊，又栽在他身上了。"她肩膀猛烈抖着，头低得很深很深，轻轻颤声，"怎么办？我又喜欢上他了，可他还是不喜欢我，该怎么办？"

眼泪疯了般流淌，她双手捂住口鼻，哭得身子前后摇晃，一句句重复地念：

"怎么办？那么那么那么那么那么那么喜欢他，该怎么办？他还是不喜欢我，怎么办？天哪，该怎么办？"

我的梦想只有一句，长大了，嫁给初中部二年1班的言格。

可是，他要娶别人了，我该怎么办？

在酒精的作用下，甄意昏昏沉沉睡去，梦里回到很多年前。夏天过后的校园，整齐的教室，朗朗的读书声……

那是高中时期的运动会，体育委员苦口婆心地跪求女生们踊跃参与，结果当然是——体育委员都要哭了，在讲台上蹦蹦跶跶地宣传"报名送香吻"，被众人轰下台。

女生们向来对运动会敬而远之。一来，拼搏这个词放在女生身上，淑女不足；二来，女生脸皮薄，输了面子上过不去；三来，女生天生属于拉拉队，穿着短裙拿着彩球给男生加油，这才是最美的风景。

甄意显然没想到以上三条，一口气报了N项，跳高、跳远、100米、200米400米、800米，还有铅球和铁饼！

那天，她拿着报名表等在言格班级外，托着腮歪着脑袋看他上课。

一教室的烟灰色校服，只有言格是干净的白衬衫，背脊修挺，真好看，连头发丝儿随风轻轻晃动的弧度都好看。她可以就这样看他的背影，看一天都不腻。

他们班老师领教过她更疯狂的行为，觉得她幽灵一样挂在窗外是相当低调了，自然不会赶她。她无聊了还会和教室后排的男生们说说话。一来二往，成了好朋友。

还没下课，他们班在计算黑板上的物理题。甄意趴在窗边，探着脖子看窗边的一个男生计算，看得认真，觉得他算错了，伸出右手竖着大拇指给他做示范：“你把安培定律弄反啦。”

安静的教室里，好几人循声看过来。

老师笑了，问：“甄意，你知道安培定律？”甄意所在的13班，是年级公认的最差班，老师几乎不上课了。且她还是低一年级的学妹，照理说应该没学到。

甄意昂起头，特自豪：“当然，是言格告诉我的。他说的话，我从来不会忘记。”

言格头也不抬，写着作业，但，白皙的耳朵微微红了。

老师又笑：“那你要好好向言格同学学习。”

“好的，向我的言格小老师学习！”她精神抖擞地敬了个军礼，班上哄堂大笑。

和以往一样，下课铃一响，只要言格不积极地立刻起身，她就会在窗边吹口哨。然后，言格非常淡定一点儿不脸红地在老师同学的集体注视中走出教室。

根据约定，他的下课时间属于她。

甄意冲过去，报名表递到他面前晃：“看看看，我厉害吧。”

言格看一眼密密麻麻的项目，问：“这么多，你忙得过来？”

“别小看我。我精力那么充沛，简直没地方用。”

“那倒是。”他走到栏杆边站着，说。他们学校靠近海湾，可以远眺大大的海洋。

她时刻跟在他周围，常常会一下子蹦上栏杆，总给他一种她会飞出去跳楼的惊讶感。

她上半身悬空，长发在风里飞扬，笑：“得第一名会有奖品哦，到时我当礼物送给你，会不会很有意义？”

言格稍稍怔愣，看她几秒，沉默了一会儿，说：“我不需要礼物。”

“你懂不懂规矩？女朋友送的礼物不能拒收！”甄意呲他。

“哦，那随便你。”

他看着真乖，她真想跳下来箍住他的脖子，可那时，安瑶走了过来：“言格，体育委员让我问你，要不要参加接力赛？”

言格摇头。她从栏杆上跳下来，故意撞他的手臂，然后趁机贴在他身上：“你真不积极。”

“你好多话。”

甄意吐吐舌头。

等到运动会那天，甄意轻轻松松拿了一连串第一，上领奖台是一跃老高地蹦上去。她拿着花束在最高的位置上又跳又扭，表演各种奇怪的舞蹈像个机器人。围观的同学们全快乐地大笑。

言格只是静静地站在人群里，望着她，眸光深深。

等到最后跑 800 米，甄意把外套脱下塞到言格怀里。她真喜欢这个动作，好像这就是男朋友的标志。所以，她分明不热，却特意穿着外套，来来回回脱好几次，塞到他怀里，又从他手中接过。那感觉美妙到不行。

等待的时候，她看到初中组的女生冲过终点，一下子冲进一个男生怀里，周围的学生们全在起哄。

甄意看得眼睛都直了，转头看言格；言格被她灼灼的小动物求抱抱的眼神看得不自在，默默往后退了一步。既然他那么不自觉——

“你过会儿也要这样接我！”

“不要。”

“除了不要，你还会说什么？”甄意跺脚。

言格抿了抿唇，说：“我反对。”

“……”甄意暴躁，“反对无效。”

“复议。”

“驳回！”甄意像只会咬人的兔子。言格于是不说话了。

临上场前，甄意踮起脚，竖着食指往下戳戳他的肩膀，非常没底气地威胁：“你要是不接我，我就，就……哼，我边跑边想，看我怎么收拾你！”

她简直把 800 当百米冲刺，风卷残云一般掠过操场，看台上的人全惊呆了。体育委员热血沸腾，赶紧写稿子递到主席台上的广播站。甄意风一般扫回终点，打破学校的记录！

13 班的拉拉队沸腾了。

可她跑过终点的那一刻，伤心得无以复加，喘着气，脸颊发红全是汗水，话都说不出，哇地就哭起来。

言格没有等着她扑到他怀里，连人都不见了。

一见她哭，班长仰天大吼：“甄意打破纪录，激动得哭起来了！”全班欢呼，普天同庆！甄意哭得更伤心。

这时，广播台传来体育委员打了鸡血般的吼叫：

“秋高气爽，万里无云，随着比赛的一声枪响，我们高中部一年 13 班的甄意像离弦的箭，像翱翔的海燕，像奔驰的猎豹！”

奔驰的猎豹……猎豹……猎豹……在操场上空回响，甄意哭得声嘶力竭。

广播里，体育委员愈发慷慨激昂：“甄意，不要为我哭泣！你是所有男生心目中，集短跑长跑铅球铁饼于一身的体育健将！”

甄意抹着眼泪，哭得更惨，你才是健将！你全班都是健将！

泪眼朦胧中，却见言格不知什么时候站在她面前，手里拿着一瓶水，有些费解地看着她。

他像是一路跑来的，呼吸不太稳："你怎么跑那么快？我去给你买瓶水……"

甄意一听，委屈得号啕："还不是因为你！我跑那么快还不是怕你等不及就走了。早知道这样，我就跑最后一名。"她越说越伤心越懊恼，呜呜直哭，眼泪哗哗的怎么都止不住。

言格愣了愣，走过去，拿手指蹭蹭她脸上的泪水："好了好了，这有什么好哭的呢？"他居然主动摸她的脸！甄意干脆哭得更凶。

言格又上前一步，把她拢到怀里，摸摸她的头发，轻声哄："好了，好了，这样不哭了，行不行？"

一旁的同学们瞪大眼睛，女生都窃窃私语，男生们全起哄，平常都是甄意死拽着言格，哪里见过他主动？

甄意抓住千载难逢的机会，更不饶人："呜……我腿都快跑断了，都是你，你过会儿要背我回去！"

"……"

"哇！！！"

"好吧……"

她变本加厉，死死搂住他的腰，眼泪全往他衬衣上蹭。一边蹭，一边叽叽咕咕提出一串一串的要求。

即使同学们在闹，他也没松开她，站在人群中，低头，下巴挨着她动来动去的脑瓜，神情自然，被众人目光聚焦，始终没有一句反驳的言辞。

那天，她开心得要成仙！

可梦里，她埋头在言格的怀里，侧一下头，余光隐约看到安瑶站在人群中，眼神奇怪。

是她潜意识里不喜欢安瑶？甄意不知道。她只知道校花安瑶和言格同班，言格班的男生都提醒甄意："你小心哦。"

甄意不满："难道我不好么？"

男生们会笑："我们都喜欢你啦，但安瑶多漂亮啊！"话没说完，被甄意一顿暴揍。

甄意心里怪怪的，跑去找言格："你要是抛弃我，和别的女人好，我就把你先奸后杀。"

言格在看书，理都不理她。

再到后来，安瑶喜欢言格的信息传遍学校，杨姿也提醒甄意："意，有安瑶学姐那么完美的情敌，我都替你提心吊胆。"

甄意心里酸酸的，但她觉得，言格才不会喜欢安瑶呢。可仔细一想，言格好像也没多喜欢她呀？

或许这就是一直以来的现实吧。是她一厢情愿，自欺欺人，以为把他小心翼翼捂着，他就会变得温暖。可是……

甄意睁眼醒来，枕头上全是眼泪，月光很好，水银般洒满卧室。她头痛欲裂，手机铃声有一阵没一阵地闹腾。

抓起来一看，刚好零点，是崔菲打来的。

甄意眯着眼睛接电话，嗓音干涩：“喂？”

崔菲声音很低，很沉重：“小意，你马上来度假村别墅一趟。出大事了。”

甄意的头重得像灌了铅：“明天我再……”

“死人了！”

甄意顿时酒醒了大半。

白天，爷爷的寿宴在戚氏开发的度假村酒店里举行。度假村里别墅成群，其中一栋是戚家家庭成员私人度假的别墅，平时无人居住。甄意赶到时，别墅里没有用人。

戚行远、崔菲和姑妈坐在沙发上，脸色阴沉，如临大敌。

“爷爷呢？”这是甄意最关心的。

“外公还有红豆早回房了，我没让他们知道。”

甄意稍稍落了口气。崔菲眼睛红红的，看了戚行远一眼，单独把甄意领上二楼。

到了走廊尽头，推开房门，甄意狠狠一怔。

一个五六岁的小女孩倒在血泊里，脸色惨白，眼睛大睁，已经没了任何动静。

“马上报警。”

“不行！”崔菲一把夺过她的手机，“甄意，我叫你来，不是让你报警的！”

甄意光火：“那你大半夜找我干什么？难不成让我帮你毁尸灭迹？”

崔菲不回答，沉着看着她，表情冷静得几乎冷酷。意思再明显不过。

“你疯了吧！”甄意气极反笑，转身就走，“绝不可能！”

崔菲猛地拦到她面前，近乎命令：“甄意，你必须帮我处理这个小女孩的尸体。”

“凭什么？”她简直不可理喻。

“小意……”崔菲才开口，眼中就浮起泪雾，“因为小女孩……”她哽咽着，低头捂住眼睛，“是外公杀的。”

甄意呆在原地，望着地上没有生机的小女孩，不敢相信自己的耳朵。

“不可能！”甄意摇头，非常冷酷，“爷爷不会杀人，更不会杀这样一个小女孩。”

“这是事实，”崔菲颓废地靠在墙上，很痛苦，“我不知道小女孩是怎么溜进别墅的，但今天家里有烦心的事，我要和行远商量，没时间照看外公，就留外公在小客厅吃蛋糕。半路听到小孩的尖叫和哭闹，上来一看，蛋糕撒了一地，外公掐着她的脖子，打她的头。我把她抢下来，可她已经没气。外公跟没事人一样捡地上的蛋糕，他还说……”崔菲捂住嘴，哭起来，“他说那个小女孩是坏孩子，抢他的蛋糕。他把地上的蛋糕全抓起来放在口袋，说是，要带回去给小意儿吃。”

甄意鼻子发酸，别过头去，声音扭曲：“不论如何，先报警。等警方来处理，如果小女孩真是爷爷失手……”她说不出“打死”这样的词，爷爷一直都是儒雅可爱的老头子，“爷爷老了，生病了，没有民事能力，他们会送他去疗养院。我会经常去陪他。”

“甄意，你有没有想过后果？”崔菲不敢相信她的话，抓住她的肩膀，“法律会放过他，道德呢？小女孩的家人会紧揪着，媒体会大肆报道：K大老教授杀死五岁女童！大家不会管他有老年痴呆。或许有阴谋论说他是装的。甄意，你想过这些没有？”

甄意抓住自己的头，痛得要裂开，她左右为难，望望地上那无辜死去的小女孩，又想想爷爷，茫然，惶恐，像要被撕裂：“她怎么办？这个小孩，她的家人怎么办？”

“人都死了，干什么都活不过来了！”

“可他们应该得到真相和补偿。”

“你闭嘴！为家人牺牲你一点儿道德和良心怎么了？会让你死吗！”崔菲怒斥，激动之下眼眶全红了，“你想过这件事对外公名誉造成的影响没？你让他的同事和学生怎么看他？你让公众怎么看你，怎么看我，怎么看这个家里的人！”

甄意陌生人般看着崔菲：“你担心这件事曝光出去影响戚家的形象吧？”

“是。”崔菲脸色坚毅而狠烈，“只要是维护家人，干什么我都愿意。甄意，你想想，外公他有痴呆，他不知道自己杀了人。你要让警察调查他吗？等外公清醒时，你让他知道他手上沾了一个小女孩的鲜血？外公他受得了吗？你让外公怎么活？只是让你隐瞒，有那么难吗？就为了满足你那点可怜的正义感，你要让家人生不如死吗？”

这话刀子一样在甄意心口剜，她张了张口，却说不出话来，泪水在眼眶里直打转。

崔菲把手机砸回她手里：“要报警你就报吧，让所有人都来逼问外公好了，就当外公他这些年白疼你这个宝贝孙女儿了！”

甄意手臂僵直，良久：“我想先看看爷爷。”

爷爷得老年痴呆后，也患上了失眠的毛病。推开房门，爷爷坐在台灯下看童话书，安徒生的《红舞鞋》。甄意轻轻走过去，到他面前蹲下，仰着头，含泪微笑："爷爷？"

灯光下，老人家一头银发，看上去那样和蔼可亲。他的中山装外套上粘了血迹，已经干了，看着十分刺眼。

爷爷摘下老花镜，凑近她，看清楚自己的孙女儿了，笑逐颜开："我们意儿回来啦。"

他捉起甄意的手拉她到一旁，小孩儿述说秘密一般，挨着甄意悄悄说："爷爷给你准备了好吃的。你再不来，要被别人抢走了。"

老人伸手从外套口袋里抓出一把豆腐渣般的蛋糕，水果、奶油、蛋糕、果酱全糅在一起，一团稀糟。老人的手像干枯的树皮，颤巍巍捧着一团蛋糕，如捧着世间珍馐，满心欢喜地递到心爱的小孙女面前，布满皱纹的眼睛里盛满了深深的爱意。

一瞬间，甄意的心像被千万把利刃穿过。

"爷爷！"她伏在老人的腿上，眼泪再也忍不住，开闸般涌出。

老人犹不知，另一只手爱抚地摸她的头："意儿乖，意儿乖……"

甄意几近情绪崩溃，再也承受不住，一个人冲去洗手间。

她飞快锁上门，无头苍蝇一样抓着头发走来走去，怎么办？怎么办？她一定可以想出更好的办法。她逼迫自己拼命去想，可脑子里一片空白，什么都想不出来。

难道，她只能把那个小女孩处理掉？不行！

她狠狠捶自己的头，脑袋嗡嗡一片，痛得像有人撕扯着她的神经。一抬头望见镜子，她的脸格外惊悚可怖，像杀人犯的嘴脸。

不行！她不能这么做。

她哆嗦着掏出手机，通信记录一个个往下翻，有谁值得她全身心的信任？有谁可以帮她解决目前的困境？有谁可以告诉她该怎么做？

卞谦哥哥！她抓起手机打过去，一秒，两秒，他接电话了。"小意？"平缓而随和的声音。"哥……"她才开口，就哽咽起来。

他稍稍紧张："怎么了？"

"哥……我表姐说爷爷杀人了，可我不信，你快来帮帮我……呜呜……"她抱着腿，蹲在地上颤抖。

卞谦不可置信，而那边信号很不好，伴随着猛烈的轮胎打滑的声音，"我现……刚刚……过关去深城。"他冷冽道，"你在哪儿，先别乱动，我马上过……"

"我在表姐家的……"信号断了。

甄意听见他声音时的安稳感立刻烟消云散，听筒里的安静让她再度陷入恐惧的深渊。慌得再打过去，这次只有女人礼貌的声音："对不起，您拨打的电话暂时不在服务区……”

希望又一次破灭，她呆掉。老天，到底该怎么办？

通讯录唰唰往下，她蜷在地上，眼泪都出来了。近一千个手机号，没有一个能让她拨出去。她握着一世界的陌生人，恐惧，孤独，泪水疯狂地流淌。

怎么办？谁来告诉她怎么办？不能给杨姿和司瑰打电话，朋友闺密再亲也不会帮你犯罪。

她颤抖着吸了一下鼻子，泪眼朦胧，胡乱抹去脸上的泪水。她手上全是眼泪，手机湿漉漉的，打到言格的办公室。

虽然不应该，可该死的，现在她只相信他。

嘟……嘟……嘟……一声一声，敲着她空落落的心。

言格，接电话！求你了，接电话！

她抱成一团缩在地上，哆嗦着咬着手指，一直在等，眼泪吧嗒吧嗒地下落，可始终无人接听。她多想听听他的声音，让他告诉她怎么做！

可是，只有办公室的电话，她居然没有他的手机号。

她抱着头，深深的，泪流满面。一瞬间，绝望悲哀的情绪像黑夜的大海，阴冷地将她吞没。除了八年前那次，她从没像此刻这般无助。这个世界上，只有她孤单一人。

忽然，她想到了姐姐，便止了眼泪。她拿袖子擦干脸颊，拨通了姐姐的电话。

甄意再次回到案发的房间，已把自己整理好，面无表情地拿手机拍现场照片。

崔菲警惕地拦住：“你要干什么？”

“留存。”甄意出乎意料的冷静，“如果最终我们被警方发现了，就把现场照片交出去，存档。”

崔菲一听，有些心慌：“我们会被发现吗？”

“如果你都听我的，不会。”大学里专攻犯罪的她，从未想过，她的刑侦能力会用在这上面。

崔菲点头：“我相信你。现在我们该怎么办？”

甄意再次看了小女孩一眼，是个可爱水灵的姑娘，穿着雪白的公主蓬蓬裙，挂着粉红小皮包，扎了羊角小辫，头上血迹斑斑，是连续击打多次的结果。

她内心全是负罪感，瞥一眼就立刻把头别开：“表姐，你怎么补偿她的家人？”

“她的父亲在戚氏上班，行远准备给他升职，预计在几年内给他隐性加400万。”崔菲气色不好，灯光让她的脸看着发黄，“甄意，如果走法律，他们得不到那么多赔偿，杀人凶手因为老年痴呆也无法偿命，无法让家人得到心理满足。所以，从某种程度上说，现在我们的选择是最好的，是双赢。”

“双赢？谁赢了？”甄意竟笑了起来，目光如刀。

“那你说该怎么办，能怪谁？”

“你要把爷爷留下时，我说他病情不好，要有人盯着他，你怎么答应的？崔菲，如果是红豆，你会把她扔在一边没人照看吗？”

“是我的疏忽。可是甄意，已经到这种地步，能不能先不要内讧。算我求你了！”

甄意冷冷别过头去，隔了一会儿，重拾话题：“你认识她的父母，那知道她叫什么吗？”

“艾小樱。”

“她怎么到别墅里来的？”

“不知道。她的父母参加了今天的寿宴，她或许中途无聊从酒店跑出来到这栋房子里。也不知她是躲猫猫还是什么，整晚我都不知道她在这儿。”

“她的父母肯定报警了。”甄意说，“度假村有摄像头吗？”

“没有。”

“知不知道她是从哪里进来的？”

“这种细节有关系吗？”

“关系大了。她从哪里进来，决定了会不会有目击证人。”

“目击证人？”崔菲惊得一抖。

甄意观察艾小樱的鞋子，上边有一点泥巴和草屑。随后，她带着崔菲检查地板上的痕迹，最后推断艾小樱应该是从小狗门洞里钻进来的。

外边是大片的灌木丛，边缘篱笆的另一边是宴会酒店后门的围墙，那里有一个洞，养着很多花草。她应该是在草丛里玩，渐渐爬过来。

“如果是这样，应该不会有人看到她进了这里。”甄意望一眼夜里黑暗的灌木丛，原路返回。

“是吗？”崔菲舒了口气，仍后怕地握着手，“然后呢，我们该做什么？开车把她运到很远的地方去吗？”

“如果是那样，你很快会被抓。”

“为什么？”

“可以从艾小樱的尸体上看出很多东西。她的身份，她去过的地方，她的遭遇，她死亡的方式……很多很多。”

“那该怎么办？”

“你这里有没有到处都可以买到的，没有任何特别标识的布料？”

“用来做什么？”

“你看，”甄意指小樱，“她的衣服上有青草绿叶和泥土，对比分析的话，一定和别墅附近的土壤青草成分一致。”

“这么厉害？”崔菲头皮发麻，背后都是冷汗，“所以要把她的衣服换掉？”

“嗯。”甄意面无表情，“如果换别的衣服，比如红豆小时候的衣物，据我所知价格不菲，可以轻易查到购买记录；即使不是名牌衣物，一件衣服也能说明太多的问题。布料危险系数低一些。”

崔菲后怕：“那，不用东西包着她，可以吗？”

甄意扭头看她，眼神有点儿阴：“崔菲，你自己是个妈妈。你要让这个小女孩光着身子曝尸荒野？”

崔菲羞愧地低下头，小声地确认：“那就裹着她吧，如果能做到安全。”

甄意没说话。其实这很危险，脱掉衣服会让警察知道凶手有反侦查能力，包裹着尸体则说明凶手有怜悯和忏悔之心。

她现在脑子很乱，不知警方能不能看出更多，也不知她的这个决定会不会引火烧身。

崔菲见甄意不说话，以为她生气了，忙道：“那就把这孩子包着吧。我前段时间带红豆去游泳，临时买过浴巾，因为当一次性用，所以买的最便宜的促销货。”

“那条浴巾用过？”

“没。红豆不喜欢，另买了。不过，”崔菲犹豫起来，“回来的时候，红豆手臂受伤，用浴巾包过。”

“那就不能用了。警方会把它的每一丝纤维都分析干净。”

“这样啊，等一下，我记得是两条捆绑销售的，另一条还没拆封，我去找。”崔菲不自觉舒了口气，“这样就好了吗？”

甄意听言，看她，眼中有奇怪的冷笑：“这才刚开始，接下来才是一场大战。”

森白的灯光照在小厅里，身着公主裙的小女孩毫无声息，甄意和崔菲相对站在门边，两张脸上都没了一开始的波动情绪，像戴着面具的没有表情的脸。

只是刚开始吗？可崔菲已经觉得疲惫：“好。那接下来呢？”

“让表姐夫和姑妈都过来吧。”甄意冷淡道，“我会告诉你们具体该怎么做？”

崔菲很快下楼。

四周安静下来，甄意面无表情地立在门边，一秒，又一秒，神色渐渐松动。

她抬起眼眸，四周没人了。回头望一眼屋子里的小女孩，忽然间情绪复杂，竟想作呕。她拉上房门，独自站在走廊里，靠着墙壁深呼吸，觉得恶心，鄙视自己。

酒精让她的脑子昏昏沉沉，她头痛得无法正常思考。不论如何，为了爷爷，她没有退路。如果有因果报应，就报在她身上好了！

姚锋装精神病的风波还没过，如果大家说爷爷是装的，更有甚者，如果有好事媒体恶意揣度，说老人猥亵儿童……她想都不敢想。

要不，留几个漏洞，让警察最终抓到他们？

不一会儿，楼梯上传来脚步声。姑妈和戚行远都跟着崔菲上楼来。

姑妈眼泪汪汪，一见甄意便紧紧握住她的手："好意儿，你能为爷爷做这些，姑妈谢谢你。"甄意不作声，默默抽回手。

四人去案发房间对面的小客厅，甄意不耽搁，直接问："我对这附近不熟悉，你们知道什么比较隐蔽的地方吗？她被发现得越迟，对你们越有利。"

崔菲和姑妈齐齐看着戚行远。戚行远低着头，眉心深深皱着，看得出非常痛苦煎熬，他很久才无奈地叹气："向西十公里有一处湿地公园，人很少。"

"湿地公园吗？"甄意思索。

崔菲插嘴："湿地泥潭多，去的人少，她不容易被发现。"

"好，就这里。"甄意故意说说，但，隔了几秒，她的脸便阴沉了下去，像变了个人，摇了摇头，坚定道："不行。"

"为什么？"

"怎么把小女孩送过去？自行车，摩托车，还是汽车？"甄意冷笑，"会留下车辙。因为去的人少，警方更容易采集和排查。虽然可能她很久后才被发现，可如果很快被发现呢？在车辙没有消失前。"

崔菲怔了一下，拿纸巾擦擦额头的冷汗。这才意识到正如甄意所说，一切只是开始，处理尸体哪有那么简单？

"再选一个地方吧。"甄意忽然虚弱起来，说。

戚行远扶住额头："向南五公里是南中山，是很多家庭还有公司团体组织员工登山的地方，但晚上没什么人。"

甄意点点头："野营爱好者呢？"

戚行远没想到这点，道："我们国家，好像喜欢露营的不多。"

"可也不能排除。"

崔菲："会被看见吗？那怎么办呢？这也不行那也不行。"

"打扮成野营者或登山客去，如果遇到人，就待在山上；如果没有，立刻回来。"

崔菲疑惑："抱着孩子去吗？"

甄意摇头："把小孩装在行李箱或背包里，打扮成野营者，不会引人怀疑。记住，到时候行李箱和背包都不能留在现场。"

"这我知道。"

“除此之外，选箱包的时候要注意，越简单越好，表面不要有线头和饰品之类的零碎物，可能会被树枝刮住留在抛尸现场；箱子里也不要有，不然会蹭到小孩的身上。所以，最好用塑料袋把孩子包住放进箱子，到时把塑料袋回收。”甄意说完，补充一句，“记得戴手套，另外，不要刮坏塑料袋。”

崔菲牢牢记在心里，连连点头：“我现在就赶紧去。放心，我会把孩子身上的痕迹清理干净的。我去放水给她清洗……”

甄意打断：“不能用香皂、沐浴液、洗发露，什么都不要用。”

崔菲一愣，再度记下：“好。洗完后用浴巾包住，再用塑料袋，箱包，就出发。”

“好。”甄意说。

崔菲起身，又回头：“没有别的了吧？”

甄意微微抿唇，垂下眼睛，轻声道：“没有了。”眼见大家要去行动，甄意忽而幽幽抬起了眼眸，格外冷酷，“等一下，还没有完。”她盯着虚空，“还有最重要的一件事。”

“什么事？”

“艾小樱头上的伤痕，是用镇纸砸出来的。”她说，“寿宴上言格送的那个稀世的镇纸。这块镇纸，今天很多人都看到了。因为太稀有，或许还有人拍照放在网上。”

偌大的客厅里死一般的静，灯光辉煌，几人的脸色惨白得像鬼。

崔菲轻声：“这，有什么关系呢？”

“法证人员可以根据她头上的伤痕大小、角度、凹陷度推断出凶器的棱角，大致重量。”甄意看她，眼神静得像黑洞，带着一股子诡异的冷，“所以，你明白我的意思吗？”

仿佛空穴生阴风。

崔菲瘫软在沙发上，只觉毛骨悚然：“你的意思是要重新……”她捂住嘴，想呕，“重新把她的头砸烂吗？”

甄意眼神空洞，仿佛没有魂魄。

戚行远听言，痛苦得脸都扭曲了。但，所有人都没了别的选择。

崔菲说：“行远上山后，用山上的石块处理吧。不多说了，我们行动。”

甄意不肯参与，另外三人分工。崔菲清理艾小樱，姑妈准备箱包，戚行远找车子和装备。

不到半个小时，戚行远独自开车出门了。

崔菲立在夜幕中，望着丈夫远去，长久地望着。单薄的身影里带了很多不明的情绪，彷徨、不安、忐忑、悲哀。崔菲站了一会儿，回屋和她的妈妈一起上楼清理房间。

甄意一人坐在楼下的客厅。她只做参谋，不参与任何实际操作。

客厅空旷下来，只剩她一个，防备渐渐消散，目光也渐渐聚焦，又变得迷茫。

她呆滞地靠在沙发里，恶心得想吐。头昏昏沉沉的，眼睛也肿得难受。她累得虚脱，眯着眼休息一会儿。蒙眬中，仿佛看见艾小樱头被砸碎了，血肉模糊地站在她面前，伸着手要抓她。

她猛地惊醒，心跳剧烈而疼痛，慌慌张张四处看，客厅里还是只有她一人。时钟已指向凌晨两点半，这时，院子里传来车响。甄意赶紧坐好，以为戚行远回来了，开门进来的却是戚勉。她别过头去，心情糟糕，不想和他打招呼。

戚勉泡吧回来，见甄意在，有些诧异。毕竟，这里一般没人，他昨天临时回K城，不想住酒店才来的。他自以为了解，轻浮地打招呼："小姨，这么晚还在你姐夫的私人别墅里，来约炮的？"

他眼神很轻佻。当年，年轻的崔菲当小三，嫁给和她爸差不多年纪的戚行远。后者的几个儿女都看不起，自然认为小三的表妹也正经不到哪里去。

甄意紧闭着嘴，不屑理会。

戚勉更起劲："听说你也是个喜欢玩的人物。我爸老了，有什么好玩的？和同龄人才好玩，我朋友还没走远，一起玩'双龙戏珠'好不好？"他以为甄意听不懂荤话。

甄意抬起眼皮，扫一眼他的裤裆，说："玩之前，先让我看看你的'双珠戏龙'吧。"

戚勉一副刮目相看的表情。

甄意又改口："错了，不是龙，只怕是蚯蚓。呵，没兴趣了。"说着，大拇指和食指圈成一个极细的圈，嚣张地挥一下。

戚勉脸上红一阵白一阵。甄意凉凉道："我出来混的时候，菊花还只是一种植物呢！"

崔菲和姑妈下楼了，看见戚勉，双双愣住。戚勉奇怪："你们怎么也在这儿？"

话音才落，屋外再度响起汽车声。这次，是戚行远回来了。

崔菲心惊，立刻去迎，可戚行远已经进门。崔菲抢在玄关把他堵住，他手里还拿着野营装备和箱包！姑妈也赶上去拿身体挡视线。

谁都没说话，气氛古怪而微妙，不动声色地紧张着。

"爸？"戚勉好奇地探头，这时，身后传来另一个疑惑的声音："爸，小妈，这么晚了挤在一起做什么？"门口的三人大惊。

齐妙捧着玻璃杯，疑惑地站在楼梯旁："戚勉怎么也来了？"

崔菲差点儿魂飞魄散，努力挤出笑容：“齐妙，你什么时候来的？”

齐妙笑得殷勤，看上去很喜欢这个比自己大不了几岁的小妈：“我今天上午回K城，不想住酒店，就住在度假村了。”

崔菲笑：“怎么不回家呢？这里偏僻，又没用人，照顾着不方便。”

“我可以回家吗？”齐妙惊喜，可见以前她这私生女不允许回戚家南城区的家。

崔菲笑笑不答，问最关心的问题：“你，一直在这儿？”

“嗯。我晚餐时酒喝多了，散席就过来，一直睡到刚才。”齐妙说。

看样子，似乎二楼的凶杀案没有吵醒她。

戚勉皱着眉，看戚行远：“爸，你怎么凌晨跑来这儿？”

齐妙听了，目光也渐渐落在崔菲和戚行远的腿边，变得探寻：“你们拿箱子干什么？而且爸你穿得好奇怪，像非主流。”

崔菲脑子转得极快：“我和你爸吵架了，我猜他会来这儿住，就来等着，想说说好话。”

齐妙似乎没怀疑，戚行远脸色很难看，的确像吵过架；戚勉则意味深长扫视甄意，仿佛她是引发夫妻间争吵的罪魁祸首。他不像齐妙讨好崔菲，阴阳怪气说了句：“别吵得离婚了。”然后毫无兴趣地上楼。

齐妙见厅里一阵低气压，说了晚安上去了。

崔菲额头上虚汗直冒，戚行远立刻跑去保姆房换衣服。

姑妈长长呼出一口气，双脚发软，摸着墙壁瘫到沙发上：“吓死我了。”

甄意悠悠来了句：“现在就怕成这样，警察来的时候怎么办？”

崔菲她们才松懈的神经再度紧绷，两人四周看看，把甄意拉到角落，压低声音：“警察会找来？都按你说的做了，怎么还会被警察发现？”

甄意抬起眼皮：“小樱是在度假村走丢的，这是戚氏的地盘。警方当然会先找你们问这里的结构和地形，方便找人。”

“哦，这样啊。”

“如果警察来问，千万不要说‘小女孩真可怜，凶手真可恶’之类的话。”甄意扶着墙，有些头晕。

“为什么？”

“没发现尸体前是失踪状态。你怎么知道她死了，而不是走丢？”她疲惫得腿发软，说得公式化，“对警方来说，一开始的重点会往丢失拐卖等方向走。”

崔菲庆幸地点头：“是。记住了。类似的话都不能说。我会告诉行远的。”

“关于度假村的事，警察怎么问，你们怎么答就是了。警察第一次拜访，应该不会有问题。”

“第一次？”崔菲瞪着甄意，“还有第二次，第三次？”

“一般来说警察只会来一次，你们表现好一点，下次就可以推给经理和员工去应付。如果孩子一直没找到，会变成悬案。”甄意压抑住心头的不适，说，“但孩子的尸身找到后，性质就不一样。”

“会怀疑我们吗？”崔菲焦急地问。

“山里很难找痕迹，且案发现场和抛尸现场不一致，会加大侦查难度。”她面无表情道，“我是说万一，如果警察以凶杀案的性质来走访，要做好心理准备。”

“好的。”

“其他的事看情况再商量。”甄意揉了揉额头，累得几乎虚脱，口干舌燥，只想回家。

可抬起头，她的心猛地一震。

门廊旁站着一个长相不太好的小女孩，穿着粉红色的睡裙，散着头发，眼神迷茫而惺忪地看着她。因为是孩子，靠近的时候被大花瓶挡着，她们都没看到。

崔菲回头见了，惊得跳起来，惊慌失措地跑去：“红豆，你什么时候来的？”她一把抱起女儿上楼去。姑妈埋头在手掌中，焦急地叹气：“让孩子听到了，可怎么是好？”

甄意靠在墙上，无力地闭上眼睛。天衣无缝，从来就没有这个词。

K大的夏夜，一片静谧。凌晨四点，万籁俱寂。只有微弱的路灯光从茂盛的法国梧桐里洒落下来。甄意头脑昏昏沉沉，腿脚无力像踩着棉花，深一脚浅一脚地往爷爷的小楼走。酒精仍旧充斥着头脑，心里难受得无以复加。

她似乎犯了大错，可记不清究竟发生了什么。

只记得有一瞬，她曾想审问崔菲。可后来事情的走向完全转变。奇怪，为什么今晚发生的事变成碎片？断断续续的，有些记忆成了空白。

她摸出电话拨通110，接通时，她又不知该说什么，今晚到底发生了什么？她现在应该回去再调查一番。

转身要走，却见K大里最有名的千年古树。这里的学生叫它相思树。

上中学时，老师们说言格一定可以考取K大。甄意说：“言格，如果你去了K大，我就去K城理工，挨在一起，还不那么难考。我们就在一个城市啦。”

她还说：“言格，K大里有一棵超级超级老的树，叫相思树，等我们去了，就在大家都睡着的时候，躺在树下数叶子好不好？就我们两个。”

相思树，怎么会叫这么伤感的名字？她绕过小巷，朝它走过去。

那是一棵多大的树啊！树干快有桌子粗，树叶茂密，郁郁葱葱，树冠遮住浩瀚的星空，树叶紧簇，没有一丝声响。在夜里，安静得叫人心宁。

甄意走过去，抬手抚摸它沧桑的树干，粗糙而清凉，她绕着它走，眼前发晕，怎么越来越醉了？视野慢慢旋转，渐渐，她看到一个出类拔萃的身影，手插兜立在树边，稍稍仰头看着树冠上的叶子。

他感觉到她的注视，目光渐渐落下，微微怔愣。

甄意呆呆看他，在夜里，他俊颜白皙，愈发好看了。

“好像真的醉得不轻了。”她喃咕着揉揉额头，继续前行，脚却被树根绊住，猛地前倾。

一双手及时扶住，她摔进熟悉而牢靠的怀抱里，脸颊在他下巴上不轻不重地磕了一下。这亲昵的感觉怎么如此真实？

“甄意，是我，言格。”

她抬头，眼神笔直，迎视他的目光。当然是他，这样温和透彻的眼睛，当然是他。

他确认她站稳了，才轻缓而克己地松开她。

她像在做梦，不受控制地怔怔上前一步，双臂钻进他的薄风衣里，缓缓地，牢牢地，圈住他的腰身。她的头轻轻靠进他的胸膛，喃喃地，学他说的话：

“言格，是我，甄意。不要推开我。”

她不知道，她忽然的靠近与拥抱，很轻，却像是撞进了他的心底。

他，从来都不会想推开她。言格，从来都不会想推开甄意。

“言格，”甄意收紧手臂，脸颊轻蹭他的胸膛，语气轻得像纱，“我给你打电话了。可你一直不接，我就打给姐姐了。”

言格的心蓦地一凛，知道出事了。

夜风吹过树梢，茂密的树叶簌簌作响，有一两片坠下来，落在言格的黑发上。他缓慢地抬手，一点一点，艰难却终于轻轻搂住她的腰。

此刻，夜深，人静。他低头靠近她，她阖着眼睛，呼吸很沉。

“甄意？”

“嗯？”她稍稍动了一下，意识不清。

“你喝酒了？”

“嗯。”

“你给我打过电话？”

“是。”她睁开眼睛，目光上移，落在他脸上，有些哀伤，“可你没有理我。”

他眸光变深，几不可察地蹙了眉：“你后来打给了谁？”

“我姐姐。”

“哦，好像从没听你提过。”他用一种聊天的语气，“她叫什么名字？”

“甄心。”

“她和你说什么了？”

“她说让我保护爷爷，还说凭我的能力，一定可以隐瞒。”

“你怎么说？”

“我想报警，但姐姐骂我，说小时候是她保护我的，我不能不保护家里人。”甄意吸了一下鼻子，“她说她再也不想理我了。”

“她让你隐瞒什么？”

“隐瞒……”她低头抵住他的胸膛，痛苦而小声地说，“我头好痛。”她一只手抽回来，用力敲自己的头，“不清楚。”

“那就不要想了。”他的手伸入她的发间，握住她的脑袋，下颌抵住她的鬓角，紧紧制住了她，他声线低沉，“甄意，不要想了。”

“不对啊……怎么会想不起来？”她挣扎。

“不要想了。甄意，你只听到我的声音，其他的都不要想；只听我说……”他贴在她耳边，头一次不经允许对人进行催眠。

渐渐，她不再乱动，平息下来，拳头也缓缓松开，顺着他的胸口，无力地滑落下去。

“甄意，你听我说，甄意。”

“……嗯？”她气若游丝。

“以后，有什么事情想问甄心的时候，先问我。先找言格。我保证，绝对不会再接不到电话。”他呼吸微颤，竭力稳住，“甄意，记得，先找言格。”

“……”

“答应我，不要找甄心，先找言格。”是他失策了。虽然很难敞开心扉，但也不该对她如此疏远，以致造成今天的局面。

“好。”她乖巧而虚弱地应声，慢慢，整个人顺着他往下滑，言格拦手把她捞住，重新收回怀里。一时用力，她猛地被带回来，嘴唇从他脸颊边擦过，一路滑过脖颈，最终落在锁骨上停住。呼吸均匀微热。言格仿佛触了电，静止几秒，脸有些发烫。不着痕迹地稳住了呼吸，才重新把她抱好。

她柔软得像一捧纱，盈在他怀中。安静而白皙的容颜在月光下静美如画。

“对不起，甄意。”他箍住她的头，一遍遍重复，“对不起，我应该主动给你电话，对不起。”他闭了闭眼，在心底对自己说，以后一定要关心她，一定。

他脱下外衣，裹住她，抱着她平躺到草地上。迟来的反催眠，会有作用吗？

他头一次心乱如麻，低头俯视她，望见她宁谧的睡颜，却又平静下来。

其实，对她的脸，记忆始终清晰，甚至记得她的任何一个表情；其实，拥有那样超凡的记忆力，甚至还记得和她接吻的感觉。

言格低头揉了揉眉心。一贯淡宁不惊，却在八年之后重见她的那一刻乱了思绪；与她有关的一切记忆都活色生香起来。他居然淡定地拐着弯儿接近甄教授，偏偏那几个月她太忙，他拜访小楼第十一次，才遇到她。打电话过去，一声“喂”，他就认出她的声音，而她，似乎不记得他了。

放下电话后的整整三十分钟，他的思绪都在空茫和颠簸间切换，无法停止。最终去了那栋小楼。坐在书房里，看她衣衫不整地跳下来，毛手毛脚地拿他的风衣扑水，安慰爷爷时声音轻快得像风铃，他轻轻关了门。

后来她抱着风衣追去他身后，八年之远，近在咫尺，他却连回头看她一眼的勇气都没有。

此刻，她就躺在他身边，和那年躺在马路中央看星星的那个女孩一样，美丽，娇柔。

言格低头，一点点接近她的唇，隔着一毫米的距离，气息交融，却没有落下。只轻轻地说：“甄意，好好睡觉。我会尽力。”

他平躺下来，望着微茫的星空和茂密的相思树。

好安静啊。他记得，她说要一起数这棵树上的叶子。

他白皙的脸庞平静而清隽，看着树冠，轻描淡写。最多的一次，数到12221。她刚才出现时，数到3745。

今天很巧，在这里相遇。其实，也不算巧合。每过一段时间，他都会在“大家都睡着的时候，躺在树下数叶子”。就他一个……

今年的雨水出乎意料地多。

甄意站在精神疗养院的落地窗旁，呆呆地望着。雨水冲刷草地，一片清冽的绿色。开败的樱花打落在台阶，零零碎碎。今天病人们不能放风，估计一个个又不满地抗议了，不知道护士该怎么哄他们。

她脑子里空空的，什么想法也没有，隐隐觉得做了错事，可记忆十分模糊。今早醒来发现卞谦的N个未接来电，打电话过去，卞谦紧张死了。甄意却不敢告诉他，只说先要来看心理医生。

身后有轻缓的推门声，她吓了一跳。回头，是言格进来了。“小柯说你找我？”

她“嗯”一声，再没言语。今早在爷爷的小楼里醒来，一个人，她依稀记得昨晚见过他，也不知她有没有无意间说什么。

她闭嘴不答的工夫，他安静而耐心地等候着。

他一眼就看出她情况很不好。开门进来的瞬间，她回头，表情茫然又恐慌，像深度受惊的病人。几个小时不见，她眼圈很深，眼窝深陷，嘴唇上还起了泡泡，从头到脚，都没精打采，像只蔫掉的茄子。

她低头站在他面前，肩膀垮着。昨晚安置好她后，他就离开了。没有等她醒来，怕她受惊；今天上午工作稍稍心神不宁，担心她的状况，好在，她来了。

他心里温和地叹了口气，不知甄意昨晚的状态出现过几次，但他以后必须加倍关注她。尽管对他来说可能有些困难，但他会竭力尝试。“发生什么事了？”

一听他这般温和的嗓音，她就想哭。她头低得更低，死死忍着，声音细得像蚊子：“我只是想见你。”

言格稍稍怔愣。

一秒的安静那样漫长，甄意在心里苦涩地笑，“我只是想见你”真是个有歧义的句子，好在她聪明，还可以巧妙地补充：“我只是想见你，言医生。”

他不动声色：“是有事想向我咨询？”

“嗯。”为何此时的感觉如此颓废。明明就是想见他，却不能光明正大地说真话。并非她没了年少的勇气，而是他已不是年少的他。面对别人的未婚夫，她不敢逾矩。昨晚不清醒的拥抱叫她深深自责，觉得自己像偷情一样面目可憎。

而在表姐家的事，太多太多她想不起来，必须借助心理医生的帮忙，别的医生，她信不过。她对自己说，她如此信赖他，不过是信赖他身为医生的专业和保密。

风从窗外吹进来，她的心微微发凉。自觉走到躺椅边，睡上去。

一瞬间，身体和心灵都好累。她两眼无神望着淡蓝色的房顶，喃喃道：“我昨晚做了一个噩梦。”他轻轻拉来椅子，坐下：“什么样的梦？”

“我……”她压抑着心中的痛苦，狠狠蹙着眉心，“有一个小女孩站在森林里，头都烂了。她看着我，眼洞很黑，不停地问，”她深深吸了一口气，泪雾弥漫，“问：‘你为什么把我扔进山里呢？老鼠咬我，好痛，你看我的手。’……”甄意呜咽，悲伤又可怜，“她抬起手臂，被老鼠野狗啃得只剩一截白骨。”

“这样的梦持续了多久？”

“只在昨晚。”

“昨晚发生了什么事？为什么梦里的小女孩会质问你把她扔进山里？”

“因为……”甄意拿手背遮住眼睛，嘴唇苍白，剧烈颤动，才开口，眼泪就落下来，“因为我可能真的这么做了。”泪水成河，默默流淌。

她遮着眼睛不敢看他，她如此罪恶，如此丑陋，不知他会用怎样的眼神看待她。她不敢去想，内心是那样羞愧，卑微，她自己都嫌弃自己。

可言格并没批判，甚至没有评价，嗓音依旧平淡而清和：“发生什么事，让你这样做？”

他的问题真宽容，不问她为什么做，而是问什么事驱使她去做。甄意愈发心酸，呜呜哭起来。他没劝，也没打扰，安静地坐在一旁，包容地等待。

窗外的雨淅淅沥沥地下，风吹进来，带着雨水的凉意。言格起身拿了毯子，给她盖上。她滚进毯子里，埋着脸继续呜呜。她把自己的脸哭成一只大花猫，终于哭够，才羞愧地拿开手，惨兮兮地看他。他一身白衣，安然坐着。俊颜清隽，眉目和淡，黑湛湛的眼睛温和清淡，不带苛责。

"我就知道，可以和你说。"她哽咽，胡乱抹眼泪。

言格眼眸深了一度，没作声。

她真的没怎么变。笑，就哈哈开怀，笑声朗朗传十里；哭，就哇哇大哭，可怜委屈又揪心；孩子般直来直去，还是那颗赤诚之心。他见她不哭了，递给她一张手帕。

她像是哭累了，呆呆的反应不过来，黑白分明的眼睛水汪汪地看着他，有点儿蒙。她少有这般无辜又犯傻的眼神，他的心莫名像被她一根手指轻轻戳了一下。

想着要对她好，他抬起手帕，给她擦花脸。

手很轻，手帕很柔软，她再度发蒙，心脏在胸腔里突突地跳，紧张地咽了咽嗓子："言格，你为什么忽然对我这么好？"言格不答，见她回过神来了，把手帕放在她手心。

她接过来自己擦眼泪，渐渐开口，讲她醉酒后接到崔菲的电话，可说到关键部分，她就讲不出来了，只记得给言格打过电话，之后的事情很模糊。

甄意一边说，一边惴惴不安。她心里已经压着千万斤的重石，如果言格有哪怕一点儿的惋惜、不认可、否定或不适，哪怕一点儿，都会刺痛她，把本就悔恨的她推入更深的地狱。

可自始至终，他没有。他只问："和我打电话之后的事情，记不起来了？"

"嗯。"

"那你记得当时的感觉吗？"

甄意努力回想："好像，声嘶力竭，在挣扎。"

"为什么而挣扎？"

"崔菲，戚行远，姑妈，还有她，在商量把艾小樱扔掉，我不肯，可他们都不理我。"

"她是谁？"

"我记不得，好像有第四个人。她一直在对我下命令，我不听，她就自作主张对其他人发号施令。我在说什么？"甄意揉额头，"天啊，我当时是有多醉？"

言格沉默不语，隔了一秒，再问："你参与了吗？"

"我一开始准备先顺着表姐稳住她，把她们支开后去调查现场，因为我怀疑真相。我看到小樱头上的伤是你送的镇纸打的，我没提醒他们，等以后警察发现，可以查出来做关键证据。我准备跟着姑妈去清理现场，检查有什么不对。但不知为什么，我并没有这样做。我记不住了。”

他静静听完，心想，她如果不记得，对她其实是好的。

“言格，”她轻轻地说，“我真不知道昨天怎么了？我记得看见尸体之后的心情，震惊，怀疑，想着计划，可不知道为什么，我打完电话后，就什么都记不得了。”

“打电话之前呢，能不能描述一下艾小樱的伤口？”

甄意红着眼睛，努力回想，艾小樱头上很多砸出来的伤痕，凌乱不堪深浅不一，深的地方非常深。整个脖子都是红的，有规则不一的掐痕，像掐了很多次。

言格听了她的描述，说：“听上去，凶手可能会有攻击型的人格障碍。”

“为什么这么说？”

“杀死一个小女孩，不需要如此多的暴力。”他平淡道。

“我就知道，我当时有一丝怀疑，爷爷不会杀人。”甄意屏住气，就听言格接下来说：“你爷爷在没有患阿尔茨海默病前，其实也有轻度的人格障碍。”

“什么意思？”

“你爷爷社交能力非常低，对除哲学以外的任何事物都处于回避状态，遇事退缩，做事被动，本质上，他胆小温顺。而除了极少的情况，个体的人格是稳定的。”

甄意心凝住：“所以？”

“如果说甄教授失手或是一时生气推一下，小孩撞到哪里，死了，有可能；可如果说他以你描述的方式打死小孩，不太可能。”

甄意脑中轰鸣，狠狠捂住头：“是啊，就该是这样。可我当时在干什么？明明怀疑过，怎么回事？”

言格握住她的手：“甄意，别想了。”他的手太过温热，她愣住，抬头看他，疑惑不解。

“我的意思是，你醉酒了，记忆是急不来的，或许以后会渐渐想起。”

“是吗？”可她很着急，想起之前警官对宋依的提议，“浅度催眠可以帮人想起特定场景的细节吗？”

“是。”言格抬眸，“你想尝试？”

甄意用力点头。

落地窗和窗帘早已拉上，细雨声关在屋外，微茫而遥远。

甄意躺在摇椅里，闭着眼，放松安逸，思绪像风中的轻纱。四周很暗，也很静，只有言格好听的声线，平而缓，像温柔冷静的领路人，带着她一点点回去记忆某处的那个地方。

她走到别墅二楼走廊尽头的房间，推开门。

“你看见了什么？”他问。

“艾小樱非常显眼地躺在地上，白裙子，红皮鞋，睁着没有光彩的黑眼睛。”

她当时不敢多看一眼，此刻画面却定格。

“她是什么样子的？”

甄意闭着眼，描述：“……头发有些卷，扎成两个辫子，绑着白色的蝴蝶结。头发因血液结块凝固到一起，穿着白色的……不对，等一下，”她看回去，“小樱的蝴蝶结，不对。”

“哪里不对？”

“两个蝴蝶结的系法不一样！”

孩子的母亲给她绑好蝴蝶结后，有谁重新绑过另一个，为什么？

言格见她呼吸急促起来，伸手去握住她微凉的拳头，甄意顿感手上一暖，触碰到心底，耳畔传来他平实的声音：“不要乱想，先看看别的地方。”

她平息下来，看四周：“地毯上有很多血迹，茶几腿沙发腿上也有血滴，形状和分布都非常规则。”照理说，不该是这样。该死，她第一眼就注意过，为什么后来记忆混乱？

她情绪再度起伏，可他温暖的手掌稍稍用力，握着她，像握住了她的心。

甄意的注意再度挪到小樱的身上：“公主裙的蕾丝带上粘着青草叶子，鞋子上有微量的泥土，她挎了红色的儿童小坤包，包包开着，里面有蕾丝小裙子、项链、耳环和王冠……”

还有……甄意眉心深深蹙起，第一次看得不仔细，可她打完电话回来后，多看了几眼，明明看清楚了什么，怎么记不起来？

言格知道到尽头了，有些记忆不属于她了。

“甄意。”他猛地起身，抓住她的肩膀，非常用力，非常紧张，“甄意，不要看了，睁开眼睛，看着我。”

甄意缓缓睁眼，看住他，安安静静。

言格的心莫名一凉，手指轻轻地，松开了她的肩膀。

甄意从浅度催眠中醒来，落进一双清黑的眸子里；言格离她很近，眉目清俊，带着一丝慌张。记忆里，他似乎还从未有过这种眼神。

“怎么了？”她问。言格愣一秒，瞬间恢复镇定。或许，还没到那么严重的地步。

他坐回一旁的凳子上，目光却没移开，深邃而专注。

甄意以为这是他认真做事时的眼神，即使知道，也很难不为此心动。

她捋了捋头发，小声说：“我记起了很多事，谢谢。”一低眸，看见他右手背上有一道浅浅的红痕，是她刚才抓的。她别过目光去。

“对了，还有一件事。”甄意从包里掏出一张打印的照片，这是她今早从新闻网上找到的，“艾小樱的父亲，我好像在哪儿见过，可想不起来。不过我记得当时你应该在场。”

言格一眼就认出，隔了好几秒才抬眸，神色不明：“和你表姐一起的那个。”

甄意没反应过来：“一起的哪个？”

言格低头看着手中的病历，神情微妙：“偷情的那个。”

甄意脑子一炸，想起来了。那个炎热的下午，她和他躲在柜子里，她身上热乎乎的，注意力全在他身上，连表姐偷情这样的爆炸新闻都没心思管，更没心思看那男人的长相。

言格合上病历，淡淡问：“还是想不起来？”

“想起来了。”甄意低头。她想起的不只这些，有表姐和那个男人做的事，有她和言格在狭窄的衣柜里做的事，还有那个夏天午后的味道，炎热，桑树，太阳，知了，竹叶沙沙，皮肤，汗水，蒸腾……此刻想起，还真是尴尬。

言格倒没什么异样，起身拉开纱帘，把落地窗划开一条缝。风带着大片草地的清香吹进来。甄意坐起来，目光跟着他转。他伫立窗边，风吹着白色的衣角微微摆动，良久，他回头，想说什么，闹钟却响了，丁零零的清脆。

他走到桌边，长指摁下闹钟，说：“我有点儿事，不介意的话，等我十分钟。”

甄意点点头，目送他离开。他一走，她安宁的心境瞬间混乱：小樱的父亲是当年和崔菲偷情的人？比起这个，另一件事更强势地占据了她的头脑，她呆坐在躺椅上，有些脸红，遂起身走到窗边吹风。

雨小了，成了雨丝，一点点飘飞。她盯着窗外的草地，深深吸气，想岔开思绪，可不知为何无法控制思维，那年的记忆铺天盖地席卷而来。

那是多美好的一个夏天啊！

读中学的时候，她中午不回家，因为家在楼顶层，实在太热。可那天中午，她的果汁泼在了裙子上，红红的真难看，像来月经。言格陪她回去，原打算在楼下等，可甄意说：“家里没人，上去喝杯酸梅汤吧。”

上去后，言格发现甄意并没夸张，他们家用蒸笼形容完全不过分。一进屋，他就感觉像被一层湿热而黏腻的气息包围，全身裹上保鲜膜，透不过气。

但他心里静得出奇，没有因此烦躁。甄意给他倒了冰镇酸梅汤，拿了冰冻荔枝，硬邦邦的，冻得皮都裂开了，一粒粒躺在盘子里，咧着嘴冲言格笑。

言格不吃，默默移开目光。

甄意剥了一颗塞进嘴里，被冰冻的荔枝肉刺激得缩脖子。她牙齿咯吱咯吱，把冰渣渣咬得沙沙响，喉咙里发出一连串奇奇怪怪的声音，口齿不清地感叹：“太冰爽啦！”

言格静静看她好久，再度默默移开目光。

甄意剥了另一颗，捧到他面前，白嘟嘟、冰脆脆的果肉冒着冷气：“很好吃呐，你尝尝。”

他不吃。她把果肉凑到他唇边：“尝尝嘛！”

冰冻荔枝的冷气沁到他皮肤上，凉丝丝的，他没兴趣地看一眼，别过头去了。

“我的手都要冻麻了。”她夸张地嚷。

他回头，从她手心拿起荔枝放进盘子里，说：“我会吃的，你快去换衣服吧，你现在看着像一面日本国旗。”

甄意低头看看连衣裙上的果汁印，蹿回房去，一路还嘀咕：“真不喜欢穿裙子，偏偏星期一要穿校裙。要是穿着裤子，腿一张，果汁就倒在地上啦。今天我习惯性地以为穿着裤子，结果腿一张，全接住了……”

言格：“……”

他喝完酸梅汤，把杯子洗干净放好，盯着那个胖嘟嘟的肥荔枝看了一眼，还是放进了嘴里。冰脆的果肉混着清甜的果汁流进喉咙，意想不到的沁凉。

他把剩余的荔枝放回冰箱，果盘冲洗后放好，然后去找甄意。走到她房间门口，却愣了。

她的卧室没房门，而她正背对着他换衣服，脱得光溜溜的，少女的躯体新鲜而柔嫩，腰肢很细，双腿修长，像一件艺术品；她正在穿小小的内裤，扭了扭，蹦一下，臀部又小又翘，弹弹的。

言格瞬间闪到一旁，十五六岁的少年，耳朵根烧成了灰。

很快，甄意走出来，见了他，奇怪：“你耳朵怎么红了，是不是太热？”

言格闷不吭声，摇摇头，又点一下头，自己也搞不清了，拔腿往外走。

才迈步，有人开了门。下一秒，一男一女抱在一起沿着墙壁滚进门廊。

甄意眼尖，隔着镂空的柜子，看见已婚的崔菲双腿箍在一个年轻男人的腰上，手在那人身上乱摸，嘴巴也啃在一起。不是她老公戚行远。

甄意吓一跳，扯着言格把他拖进房。可房里没有能躲的地方，她想也不想拉开衣柜门。

言格愣了一秒，看一眼衣柜里甄意的裤子裙子内衣裤，脸颊耳朵烧成透明，摇摇头，不肯躲进去。房外，那两人亲吻和撞在墙壁上的声音由远及近，甄意急了，低声命令：“进去！”

言格再次摇头，脸红红，却分外淡定，宁死不屈的表情，做了个口型：不！

甄意咬牙："你想让他们知道我们撞见了偷情吗？"

言格蹙眉，无奈地弯下腰，把自己折进甄意的衣柜里，脸旁就挂着她的内衣裤……

甄意跟着躲进去，关上柜门。

外面，男人和女人奇怪而热烈的声响越来越大。

甄意好奇，透过缝隙往外看。

甄意耳热心跳，只看一眼就缩回来，差点撞上言格。一看，他脸全红了。

衣柜很小，言格个子太高，长腿曲在里边。甄意钻进来时没注意，一屁股坐在他两腿间，这暧昧的姿势让言格尴尬极了，偏偏又动不了。

夏天的午后，老式居民楼顶层的衣柜里，空气每一刻都在升温，像泡在一锅煮沸的粥里，流动，黏腻，焦灼。

热度无处不在，挥之不去。仿佛每一处毛孔都在尽情地出汗。

甄意刚换上的连衣裙，此刻已紧紧贴在身上。

昏暗的衣柜里，呼吸声渐渐沉重，尽在彼此脸颊边。更要命的是，外面的餐桌吱吱呀呀摇晃起来。甄意脸红红，觉得像被蚊子叮了，发痒，还热得难受，忍不住偷偷看言格一眼。

他静静坐着，垂着眼眸，表情很干净。只不过，额头上也冒出了细细密密的汗珠。

他的衬衣贴在身上，细细的纯黑色领带还是那么矜贵高雅，带着蛊惑的距离感。

甄意头脑发涨，想破坏，遂小声问："系着领带不会热吗？"说着手已伸过去解。

言格像是一尊静止的雕塑突然复活，他猛地握住她的手腕，眼眸清黑而幽深，在制止。

他的手心很烫，甄意感觉到自己的脉搏在他指尖突突直蹿，好烫，可同时，好刺激。

忽然，她手腕一动，挣开他，飞快一拉，把他的领带扯了下来。

言格去夺，甄意手一背，藏在身后。他上过她的当，才不会因为夺东西而把她圈进怀里。

言格索性不抢了，默不吭声地重新靠在柜子内壁，别过头去不看她。没过几秒，忽然感到一阵透心的凉意，在这炎热的木柜里，简直像冰块一样沁心。言格回头，甄意在给他吹风。

她离他那么近，小小的嘴巴嘟嘟地圈成圆形，红红的腮帮子一鼓一瘪，吹出一丝丝清凉的风。他看见成串的水珠从她细腻白皙的脖子上流下去，隐入胸口不见了。

言格头一次感觉，热能让人如此难受。他望着她近在咫尺的脸颊，不知自己在想什么，但下一秒，他低下了头，凑近她，轻轻往她洁白的脖子上吹风。

甄意浑身抖了一下，太凉快了，前所未有的畅快席卷全身。两人都不作声，隔着极近的距离，轻轻地为对方吹气。

衣柜外，女人痛快地哼哼，尖叫着说起很多陌生而大胆的句子，一个字一个字刺激着他们的神经。衣柜里，满满地充斥着暧昧的味道。

甄意不知言格是种什么感觉，可她热得浑身发烧，心尖像爬满了千万只火蚁，痒得要死却无处挠。十五六岁的年纪，少年的生命是如此好奇。

狭窄的滚烫的柜子里，少年和少女的肌肤比空气还滚烫，无声，神秘。

狭小衣柜里的热空气瞬间凝固，让人无法呼吸。

甄意黑色的眼睛湿漉漉的，直勾勾看着他，羞怯而又虔诚。她的胸口，汗珠滑过，痒痒的。

“甄意，你想做什么？”

“言格，我想，让你永远记住我。”

……

甄意想着那件遥远的事，蓦地浑身一抖，鸡皮疙瘩全竖起来。夏天衣柜里令人窒息的热度仿佛穿透时空来到现在，分明是下雨天，她却热得难受。

推开落地窗，风吹进来，她一个激灵，命令自己不要再想。

为了分心，她给卞谦打了个电话。卞谦很快接起，像是等了很久，问：“小意，到底是怎么一回事？”

“现在真不好说。”她抱歉极了，“我想保护爷爷，我不记得发生了什么，也请你不要担心，不要问我，等我理清楚头绪了，第一时间告诉你，好吗？”

卞谦听她这么说，也不好多问，只说：“好，我不打扰你，但如果遇到什么困难，记得我一定会无条件帮你。”

甄意眼睛湿了，点点头：“我知道。”

放下电话，她深吸一口气，在房间里四处看。这是言格的休息室。刚才她躺的地方是他平时休息的床。这种待遇……她算是他的特殊病人吧。房间整洁干净，没有多余的东西。

她百无聊赖，无意间拉开一个抽屉，一下子愣住。那里面躺着一堆钥匙扣。她不可置信。

那年，她累死自己，在运动会上拿了七个第一，她无比骄傲地对言格说：“厉害吧，七份礼物哦。”

言格：“既然都是一样的，我拿一个就行。”

甄意瞪他：“不准！”

“……好吧。”

她兴冲冲拿着奖状跑去领奖，结果体育老师搬出七大袋雕牌洗衣粉。

甄意傻了眼，悲痛欲绝："这个怎么能做奖品？！"

体育老师说："别急，还有呢。"

于是抱出七桶洗洁精，七捆卫生纸，七块香皂，七瓶洗发露……全是住校生才需要的。

甄意要死要活，差点儿拿刀砍人，她哪有脸送言格洗衣粉洗洁精和卫生纸？

就在她即将暴躁要揍老师的时候，言格慢条斯理地说："这个可以。"

甄意定睛一看，卫生纸下边压着七个钥匙扣，扣坠上印着周杰伦版的洗剪吹。做工粗糙，要多劣质有多劣质。

她备受打击，简直快哭了，没想言格把那七个钥匙扣一个不剩地放进口袋，平淡地说："正好我家钥匙多。"

甄意当年没想过，钥匙再多，一个扣子也足够。她都觉得丢脸，哀痛地说："你可以把它们扔掉。"

而现在，七个钥匙扣串成一串，静静地躺在抽屉里。上面挂了大小不一几把钥匙：他一直在用。她想不通这么丑的东西，他为什么还留着，一直带在身上。

门把手缓缓转动，甄意回神，关好抽屉转身站好。

下一秒，言格出现在门口。身形修长的白大褂，分明和离开的时候没有不同，此刻落在她眼里，却牵动了她的心。这一瞬，她恍惚地想，如果能回去，回到过去，该有多好？

言格关上门，抬眸问她："还想哭吗？"

本来不想的，一句话却让她的心微微痛了。她摇了摇头。

"这是我的手机号。"他走上前来，递给她一张纸条，清隽的字迹，写了两个号码，"第一个是工作号，第二个是私人的。"

甄意不知道他是不是对她说打不通他电话那事介怀。她存了号码，准备告别。

"等一下。"言格说，"甄意，如果这个案子，你有什么需要我帮忙的，尽管说。"

她不知道他怎么忽然如此关心她。

"我今晚想重回案发现场，你能和我一起吗？"

"可以。"

"谢谢。"她走一步，又回头，"你不鄙视我吗？虽然我不记得，但我很清楚我没有阻止表姐他们，还旁观了全过程，中途似乎，"她揉太阳穴，"还指点了。"原本想借着假帮忙的机会找出真相；可她似乎只假帮忙了，没有找真相，结果变成了真帮忙。这是甄意对昨晚发生事情的理解。

言格听之任之，简单地解释："甄意，你醉了酒，意识不清。我认为这不是你的错。”

甄意心里一震，压在胸口的重石就这样被他一句话粉碎。鼻子再度发酸，但终究忍了下去。“谢谢。”她准备离开，走到门口，心却像被他抽屉里的七个钥匙扣攫住，她紧紧握着门把手，“言格？”

“嗯？”

心里，真的好遗憾。

“当初，我们为什么会分手？”

“……”

“言格，你把我一个人留在那个鬼地方，没回去救我，也没再出现。”

“……对不起，我的错。”他说。

夜深了，度假村酒店后的这栋别墅里没有一丝光亮。甄意蹲在地上，手探进门口的地毯下摸啊摸。陪她前来的言格低声：“你干什么？”她终于摸到，抽出来给他看，一把钥匙。

“我叫崔菲这么做的。我告诉她，万一警方查出这里是案发地，可以推脱说戚家人不常来这儿，钥匙放在地毯下，谁都可以进来。但我有私心，如果当时找不到足够的线索，可以重回现场调查。”

言格不说话了。其实那晚，尽管疲惫，尽管醉酒，尽管震惊，但甄意的潜意识里有很明确冷静的处理方式。如果甄意有他的手机号码，如果他接到甄意的电话，或许，情形会完全不同。是他害了她。

关上门，别墅里死一般寂静，月光从窗外洒进来，半明半暗，有些吓人。

甄意小心地打开手电筒，潜上二楼，穿过走廊，找到案发房间。推门进去，艾小樱陈尸的地方早已清扫干净。言格问：“除了尸体不在，这里和案发那晚有什么不同？”

甄意摇头。言格和她都推测爷爷不是凶手，但没证据，这次来就是想试着找一下。

两人分头行动，细细查看房间的每个角落，但崔菲和姑妈的清扫工作很到位，都被清干净了。房间太黑，手机的光束有限，两人找得辛苦，没进展。

甄意坐到地毯上，揉揉发痛的眼睛，叹气：“迟了。”

言格到她身边站定：“你没有帮忙清理？”

“嗯。”

“如果只凭她们两个，清理工作一定会有遗漏。”

“要不，我们报警吧，让警察来找。”

"你呢？"

甄意一愣，低下头："虽然我一开始是假意支招，准备调查真相，但事实是我给她们支招了却没调查和阻止。这种情况应该算参与。我……"她完全不记得设计了一场天衣无缝的抛尸。

"你该记住以后别喝醉了。"他轻描淡写，停止了她的自责。

"那现在……"

"先不要报警。"言格说。现在报警，甄意不记得那晚的细节，她会被牵扯进去，但崔菲一家全会置身事外。

甄意冷静下来："我明白，我甚至不知道他们把小樱扔到哪儿了。没有证据，我们先自己找吗？"

"嗯。"

甄意回想那晚第一次看到案发现场时的感觉，沉着分析："爷爷一直在小厅里吃蛋糕，如果爷爷不是凶手，可能这里不是案发现场。这就解释了茶几腿和地板上规律的血迹，不像意外溅上去的，像洒上去的。"

言格听言，蹲下来查看沙发和茶几腿，都擦干净了。但……他抬起茶几，抠了一下茶几脚底，抠出了凝固的血迹。

甄意跪到他身边，拿手电筒照，那粉末分外鲜红。不是血。

光束的边缘，甄意的脸安静下去："果然被崔菲耍了。"

两人走出去。走廊墙壁上挂着画，黑暗中带了诡异的色彩，仿佛每个画框里都装着看不见的世界。昏暗中，地毯吸收了脚步声，偌大的别墅里没有一点动静。

甄意下意识抱紧自己。要不是言格在身边，真有些吓人。

言格见她把自己搂成一团，迟疑片刻，问："冷吗？"

"哦，没有。在想问题。"她眉心自始至终都拧着，没有半刻舒展。

"想什么？"

"很明显，是崔菲把孩子从别的地方挪来的；考虑到远距离移尸风险太大，且崔菲性格谨慎，连抛尸都想把我牵扯进来，所以案发地最有可能在别墅的某个角落。该从哪里找？"

她认真的时候，会习惯性地蹙眉，黑暗中更显莹白的小脸看上去严谨而不容接近。

言格看她好几秒，才缓缓收回目光，道："真正的案发现场肯定被清理过，要找到会很困难。不如先从嫌疑人入手。"

"嫌疑人吗？当晚有崔菲、戚行远、姑妈，还有齐妙。如果从杀人动机……"她刚好绕过拐角，手电的光打在墙壁上，一张扭曲而惊悚的人脸！

甄意狠狠一吓，差点尖叫，一下子抓住言格的手臂。惨白的光束照在对面的墙壁，只是一幅画。她的心怦怦打鼓一样，发觉自己贴在言格身上，觉得不妥，又赶紧松开他。见把他的衬衫都揪皱了，还拿爪子顺了顺。

言格低头看她一眼，真吓惨了，脸有些发白。他没被吓到，倒是她忽然如受惊小动物一般抱住他的手臂往他跟前缩，让他有些心跳不稳。

墙上挂着一幅诡异而恐怖的画：一个女孩站在漂亮的走廊里，面对着一扇房门，门半开，另一个女孩站在门口和她对视；房间里没开灯，走廊的灯光在房间投下一条光，看得到房间里很漂亮精致，但灯光两旁的阴暗之处，那房间像个垃圾堆，摆满各种尸体，和光路上的灿烂形成鲜明对比。

甄意心里发毛："真无法理解艺术家的思维。"

"不难理解啊。"言格看着那幅画，寻常道，"这可以是外在和内在，外在表现人模人样，内在阴暗邪恶；可以是意识和潜意识，意识层面光明磊落，潜意识层面晦涩可怖；还可以是……"

甄意一头黑线。他见甄意一脸无语，缓缓闭了嘴。

甄意咕哝："哼，果然是神经病医生，只有你能理解变态的艺术。"

言格抿抿唇："其实是精神……"

甄意目光斜过来。

"嗯，随便吧。"他说。

甄意在心里却忍不住想笑。明明大事当头，这一刻却没来由地轻松。

这时，身后传来幽幽的脚步声。甄意心发凉，和言格对视一眼，大半夜的谁在这里？

言格微微蹙眉，伸手准备把她拉到自己身旁，可甄意打开他的手，言格一怔，甄意的第一反应居然是保护他。甄意飞快回身用强光照，准备把来人踢下楼。

"小意，是我。"

"你怎么在这里？"甄意一手拍开墙上的开关，脸色不善地打量崔菲。

"这话应该是我问你。"

"我来调查艾小樱的死因，你来了更好，不用摸黑了。"甄意语气冷邦邦的。

"死因？我不是和你说过吗，外公他……"

"你给我闭嘴！"

崔菲愕然："你吃错药了。"

"和你在一个屋檐下住好多年，我却不认识你了。"甄意表情冷酷得吓人，"不管艾小樱和你有什么关系，不管你做了什么见不得人的事。但利用爷爷背黑锅，你良心被猪啃了？"

崔菲脸色不变："小意，你无法接受，但事实就是这样。"

甄意抬起手心的红色粉末："血迹干了会发黑，这些'血'是戚红豆画画的颜料吧。用你女儿的东西布置现场，你这妈妈当得真好！"

崔菲摇头："红豆不会固定在一个位置画画，颜料掉在现场并不奇怪。"

"是吗？"甄意佩服地点点头，"那艾小樱的父亲呢，你很熟？"

"不认识。"

演技真好。"他叫艾程，和你发生过性关系的人，你怎么会不记得？"

"什么？"

"表姐，我读中学时撞见过你和他偷腥，那时红豆才一两岁。"

崔菲扯扯嘴角："你认错了。我没……"

"在家里的餐桌上。"甄意打断，"我没看错，而你也不会忘记。因为很明显，那天你们俩都超常发挥了。"

言格眸光微动，抿了抿唇。

"你……"崔菲没料到多年前给妹妹演过一场成人电影，脖子红了，无法抵赖，"你有没有和……"

"没对任何人说过一个字。"她不会笨到说言格也在场。

崔菲并不轻松。被揪到污点，她浑身不安："谢谢你替我保密。"

甄意不理会："崔菲，说实话。"

回到正题，崔菲又摇头："那是很多年前的事，我和他早没有关系。甄意，艾小樱是外公杀的。"

这时，一旁的言格开口了："崔女士，我听甄意讲过这件事，能问你几个问题吗？"

"……嗯，可以。"

"你听见楼上有响动？"

"是，我……"

"什么响动？"他打断。

"小孩的叫声。"

"你立刻上楼了？"

"是。"

"看见爷爷掐着艾小樱的脖子？"

"是。"

"于是你赶紧把爷爷拉开？"

"是。"

"艾小樱头上有很多伤痕？"

"是。"

"你听到声音就立刻上楼了？"

"……是。"犹豫。

"艾小樱头上遭受了多次击打，然后被掐，你冲上楼的时候，她已经断气，请问，你是从哪里听到了她的叫声？"

"……"崔菲额头冒汗，面色发白。

言格长指摁了一下随身携带的录音笔："当然，我问你这些问题不是为了帮你串口供。"

甄意屏住呼吸，缓缓松一口气，看着言格俊逸的侧脸，微微咬唇：该死，好想把他占为己有！

言格平静地看着崔菲，语气疏离："崔女士，案发的时候，你和你先生在一起？"

"是。"崔菲很肯定，紧张地摁了一下额头。

"在哪里，干什么？"

"在客厅商量事情。"飞快回答。

"谁可以为你们证明？"

"就只有我们两个。"崔菲自以为回答缜密。

"嗯，很好。"

言格点了一下头，云淡风轻地推出结论，"三种情况：一，你们两个是共犯；二，你们一个犯罪另一个维护；三，是屋里剩下的人。"

崔菲的脸愈发苍白，她什么关键信息也没说，怎么就被分析得无处可躲了："这……"

她的表情逃不过言格的眼睛，他很快下结论，语气确定："我说对了。"

平静之下的凌厉叫崔菲猝不及防。

言格："你母亲当时在哪里？"

崔菲闭了闭眼，知道他的厉害，不肯回答了："我不是你们的犯人，你们再问什么，我都不会再说了。"

甄意开口："你当然可以不回答。但如果把你关在警署高压四十八小时，你还能这么嘴硬？"她上前一步逼近她，笑里带着狠，"我们去警署，两个都去。比比看谁先开口好不好？"

"你……"崔菲惊愕。

言格又慢条斯理道："崔女士，甄意在受你欺骗且头脑不清醒的情况下帮你处理艾小樱，如果是爷爷发病，他完全无刑事责任能力，不存在共犯，且她自首会量轻。但你不同，除去破坏证据，你至少窝藏协助罪犯，至多，不必我说了。”

崔菲简直要给他们俩逼疯，一个清淡无害地分析，一个不顾一切地威胁，她快坚持不下去。狡辩也是无用，垂下头：“别说了，我告诉你们吧，是齐妙。”

齐妙?

言格不说话了，看向甄意，意思是后边的交给她。甄意明显不信：“她为什么杀艾小樱？”

“我怎么知道？”崔菲咬牙切齿，“齐妙没家教，性格暴躁又酗酒，艾小樱也是个牙尖嘴利不饶人的骄纵孩子，谁知道她们两个发生了什么？”

“她杀人，你掺和什么？”

“我……”崔菲看一眼言格手中的录音笔，言格关上，她才小声道，“我和艾程还保持着关系。”

“所以？”

“那天寿宴，我和他在洗手间。齐妙看见了，以此威胁我，我不帮她，她就会告诉她爸。”

“寿宴那天你和艾程在……”

“甄意你是不知道，行远他，在那方面不能满足……”

“够了，不用说你有多欲壑难填，”甄意打断她。

言格沉默半晌，问：“戚行远先生为什么帮忙？”

“是。如果是齐妙，他一定不会管她；但我……我骗他说是我杀的，他就没办法了。”

“……”甄意无语。

言格淡淡问：“你怎么和他解释你杀人的原因？”

这人问话真是穷追不舍，句句关键啊！崔菲头皮发炸：“怎么解释？还不就乱编，一哭二闹让他相信就是了。”她闭嘴，不肯多说了。

言格静静看她，也不问了。

甄意：“随后，你们就一起计划怎么抛尸是吗？”

“是。”

“因为对我不放心，所以我来前你们转移了现场，把小樱搬到会客厅，用画画的颜料调出血的颜色，再叫我过来？”

“我没办法。不论藏尸还是面对警察盘问，我都没法做到不留漏洞，只能找你。”

“浑蛋！”甄意上前一步，差点儿没忍住扇她耳光，“所以你就想把我拖下水，让我生不如死吗？”

“对不起，只有用外公才能把你牵扯进来。你就当帮我的忙吧，求你了。”

甄意目光洞悉，脸色愈发冰冷：“不对，不止如此。崔菲，你设计爷爷，不仅是为了让我帮你，更是栽赃。”她出奇地冷静，“如果抛尸出现问题，警察顺藤摸瓜找来，如果终有一天隐瞒不住，爷爷就成了你的替罪羊。这才是你的双保险。崔菲，你给我打电话前就移尸，为如何脱罪做了第一层设计。连我都不信，不让我知道第一现场在哪儿。你真是滴水不漏。”

“对不起，我别无选择。如果让行远知道我出轨，我就什么都没了。甄意，现在不是说这个的时候。警察一小时前在南中山林发现了女孩尸体。”崔菲抓住甄意，“身份确定需要时间，但肯定是艾小樱。警察来查怎么办？我们该早作准备。”

“我们？”甄意仿佛听了笑话，“谁跟你是我们？”

“万一警察挖出秘密牵连外公，你也不管吗？”

“不会牵连爷爷。如果你敢，我会挑明你和艾程的奸情，戚行远和你杀掉艾小樱，比爷爷杀掉她，更让人信服。”

“你威胁我？”崔菲不可置信。

“对。我就是在威胁你。”甄意彻底冷脸，“崔菲，你给我听好了。如果你敢把爷爷牵扯进去，即使只是对他的名誉造成哪怕一点点伤害，我发誓会毁了你至今为止的幸福人生！”

崔菲瞠目结舌，震惊了十几秒，仍不肯放手：“甄意，你想脱身吗？你已经参与抛尸了！”

“我没有！”甄意心里不确定，表面却斩钉截铁，“证据呢？我是替你运尸体了，还是替你清理尸体清理现场了？奉劝你不要随便栽赃一个律师。”

崔菲气急：“但你教我了！”

甄意一愣，记忆很模糊，究竟教了多少？

崔菲见甄意冷面不语，反而先乱了阵脚，甄意教他们怎么处理，但从头到尾都没亲自参与：“小意，你别这样，我是迫不得已。我也不想，你知道我生活得多不容易……”

甄意无动于衷地打断：“崔菲，每个人都有自己的苦衷，每个人都活得不容易，但不是每个人都做这种猪狗不如的事。齐妙我管不了，但抛尸这件事我给你两天时间考虑，如果你不和我去自首，我就自己去，顺带举报你。”

“你！”崔菲惊愕，还要辩解，电话响起。

甄意不等她，转身看言格：“我们走吧。”

言格和她一起下楼，轻声问：“决定了？”

甄意低下脑袋，有点沮丧：“虽然记不太清，但我好像参与了。总得承担责任吧。”

言格“嗯”一声：“戚家会请律师，死不承认，全推到你身上。而且现在证据都湮灭了。”

“……”甄意苦瓜脸，“言格，你别打击我好不好？”

“我只是陈述最有可能发生的事。”他把录音笔递给她，“喏，把这个交给警察，至少让你爷爷和这件事撇清关系，确定崔菲和戚行远有嫌疑；顺带证明他们一开始陷害爷爷，以此要挟你。”

他似乎并不怎么关心案情，只是关心……只是想为她争取最大的利益。

他已经做到。

“谢谢。”甄意接过白色录音笔，还能感受到上边残存的他手心的温度，很暖。

“言格？”

“嗯？”

“你相信崔菲说的话吗？”

“不信。”

“哪里不信？”

“她说艾小樱是个牙尖嘴利不饶人的骄纵孩子，这话说得像她和艾小樱当面对峙过。”

甄意蹙眉：“会不会看见崔菲和艾程偷情的不是齐妙，而是艾小樱？”

“我问她问题，她已经开始抵触；而你问，她也把谎言和真相糅杂在一起，干扰判断。”

甄意叹气：“不是在警署。她不配合，我们也无法深问。现实中即使人证物证俱在，也常常会出现多人符合的情况。”

还说着，身后的崔菲十万火急：“红豆她怎么了？……好好的怎么会从楼梯上滚下来？……戚行远我早说过你的……”后面的话咽了下去，她挂了手机，追上甄意和言格，急道：“你们开车没，能不能送我去医院？”

医院走廊里的气氛很……活泼。戚行远和崔菲在诊断室内，戚勤勤、戚勉和齐妙在外面。这三人就大姐戚勤勤正常，戚勉和齐妙都是蛀虫。才一天不见，戚勉左手绑了绷带，齐妙则换了一头十分丑陋的短发，两人斗嘴斗得十分惨烈。

甄意大致听了一些，一直不和的两人在健身房相遇，因专用跑步机的事起争执。戚勉说想用哑铃砸死她，两人大吵一架。后来齐妙做引体向上，头发被一旁的器械绞住，健身房很空，没有客人，连服务员都没。

齐妙挂在单杠上痛苦地保持姿势，戚勉吓唬齐妙，说要打开旁边的器械开关，把她吊上去绞死。齐妙当然求他，结果，戚勉居然找来剪子，把齐妙的头发齐根剪掉。奇丑无比……

齐妙气得发狂，拿健身房的器材把戚勉左手砸骨折。

甄意无语，这两个二十来岁的人是有多幼稚！两人到现在还在吵。

戚勉："你够狠，知道爸爸准备淡出商界，什么都没你的份，发狂了？齐妙，告诉你妈，像她那样主动送上门想怀了孩子骗钱的陪酒女一抓一大把。国家口号都说了，知识改变命运，不是大肚子改变命运。你看看，你长了二十多年，赔本生意。"

齐妙气得呕血："你还想我打断你的腿吗？"

"那我会找人把你卖到天上人间去。你'误伤'我的手，爸爸不会说什么。可别那么阴暗，发狂也别冲小孩子。和当年不一样。你害我害我姐，爸爸不会有反应；要是碰红豆，他会整死你。"

甄意看一眼戚勤勤，后者跟没听见似的。印象中，戚行远的长女一直冷静稳重，当年，她和胞弟一起被父亲打包送出国。戚勉游戏人生。她却靠自己的能力辗转多家知名企业，最终回到戚氏做高管。

齐妙冷笑："不是我推的，我没碰红豆，是她自己走路不稳。再说爸爸那么偏心红豆，你们不嫉妒？"

"跟一个小屁孩吃什么醋？爸爸分给我和我姐的钱足够享受一辈子。不像你，嫁妆都没，还得跟在小三崔菲后边喊妈。讨好也没用，戚家不接受私生女。你只是陪酒女生出来骗钱的筹码。"

甄意稍稍抬眉。

齐妙面红耳赤，眼见要爆发，戚勤勤平淡开口："阿勉，和女生吵什么？没风度。"戚勉是听姐姐话的，立刻收敛。但无疑，戚勤勤的那句"女生"用词微妙，她骨子里根本把齐妙当陌生人。

甄意漠着脸坐一旁。来 K 城这些年，她和戚家相交甚浅。豪门是非多，保持距离比较好。这段时间靠近一些，果然狗血一盆接一盆。

戚勉无聊了，四处看，见到甄意，调笑起来："小姨。"

甄意凉淡地扫他一眼，抬手，拇指食指圈成一个极细的圈，做了个口型：蚯蚓。

戚勉一怔，斗不赢她，扭过头去了。

甄意做完这动作，却有些迷糊，案发那晚，她是不是对戚勉做过同样的动作？

言格察觉到她的异样，低下头："怎么了？"

"哦，我……"

话语被一道温柔的声音打断，是医生的嘱咐："戚先生戚太太放心，红豆只是受了皮外伤，敷药就会好。"这声音是，安瑶？

齐妙一见红豆就迎上去："红豆乖，还疼不疼？"

红豆很怕她，小脸一扭，埋进爸爸的怀里。红豆个子不算小了，还被爸爸抱。

齐妙不悦地蹙眉："红豆，你为什么怕我？我……"

"别说话了！"戚行远打断，"以后你来K城就住酒店，别再回我们家。"

齐妙脸直抽搐，强忍着。他抱着红豆离开，崔菲跟在后边，回身看一眼三个"孩子"，居然十分温柔："齐妙，我会劝你爸，等他气消了，我打电话给你。"

齐妙争辩："小妈，我根本没……"戚勤勤拉一下她的手臂，示意她闭嘴。

安瑶招呼完戚家人，一扭头看见甄意，还有她身边的言格，微愣，笑容清浅："这么晚了，你怎么会在这里？"

甄意见她只望着言格，不是问自己，便没吭声。但，一秒，又一秒，走廊里一片安静，言格没理。甄意察觉到不对，疑惑扭头，他平平静静的，跟没听见安瑶说话一样。

安瑶在甄意的注视下，有些尴尬，轻声："言格？"

这下，他侧过头了："有事？"

安瑶返身要进诊疗室："你能过来一下吗？"

甄意的心微微一磕。失落，羞愧。

他只是把她当需要帮助的咨询者；她却不经意沉迷。和他一起返回现场调查，那样默契无间，那样平静惬意。现在还不肯自拔，她一定是失去理智了。

说什么想把他占为己有的疯话，他根本就不是她的。

安医生加夜班，她的未婚夫会送她回家吗？这样体贴，真不像他这个浑蛋。

甄意心中发酸，装不经意的样子，低下头。余光里，身边的人影起身，走了。

她的心一点一点下沉，然后听见关门的声音。心，彻底凉透。缓缓抬起头来，她一人坐在夜深无人的医院走廊里，好安静啊。

甄意不知此刻心里是种怎样的感觉，做着深呼吸，独自起身离开。转过走廊，经过洗手池，洗手。

深夜的医院，静悄悄的，有淡淡消毒水的味道。这味道，她最近才开始喜欢，因为会想到他非常干净而白皙的医生的手。

情绪一落千丈，她关上水龙头，立在纸白色的灯光下，心痛如麻，轻轻叹息："言格，我还是那么喜欢你，怎么办呢？"

这样的倾诉，没有人听。

她想哭又想笑，安静一秒，最终选择了笑。她笑自己这样好二，转身却猛地吓了一跳。言格立在拐角处，无声地看着她这个方向。

她魂都差点儿吓出来，定睛一看，却觉哪里不对。年轻男子身形酷似言格，相貌都有九分相似，但不是一人。他的表情看上去更空，眼眸很深，带着稍稍的戒备和警惕，并没有看她，而是她身后。

他原本要走过来，可看见甄意就停住了，拧着眉心艰难地思考着，仿佛他要拿什么东西但甄意是个障碍物挡住了他的去路。

甄意回头看，没什么异样。

他终于做了决定，沮丧的样子，一声不吭转回去了。自始至终没和甄意有目光交流。

甄意觉得诡异，突然想到什么，立马追去核实。见他进了安瑶的办公室，她跑去敲门，不等回音就推门进去。言格和他都在里面，安瑶正收拾东西准备下班。

言格稍稍困惑，不知甄意怎会忽然闯出来；另一个"言"低头在玩魔方，手指白皙修长，弹钢琴一般飞舞，他完全沉浸在自己的世界里，仿佛不知刚才闯进了人。

面前两个男人长得真像啊，甄意心跳如鼓，快从耳朵里蹦出来："言格，我都不知道你有兄弟。"

她冲进来就为说这句话，着实古怪。但言格早习惯了她无厘头的行事作风，并不介意，平淡地介绍："甄意，言栩；言栩，甄意。"

言栩听见言格叫他，立刻抬头望，眼神像孩子般纯粹。言格轻轻朝甄意的方向偏了一下头，示意他。他的目光才渐渐才挪去看甄意，变得空空的，极其短暂又垂下眼眸去了，仿佛甄意是某种看了会眼睛疼的东西。

安瑶没想到言格会把甄意介绍给言栩认识。以他对言栩的过度保护，这是从来没有过的事。她隐隐觉得，不管是以前还是现在，甄意在言格心中的位置，远比他表现的要深刻。所以，只怕他的伤也比他表现的要深。

"言栩你好！"甄意大方地打招呼，"你和言格长得真像。"言栩没听见似的，专心致志玩魔方。甄意不介意，心情大好，抬头冲言格嘿嘿地笑。她伸手进裤兜，左摸摸右摸摸，下一秒，言格的手机滴滴叫了一下。

拿出来一看，是甄意发的："他才是安瑶的男朋友吗？^_^点头或摇头。"

一个"才"字说明很多问题，言格转眸看她，真心佩服她的想象力。她居然以为他会和别的女人在一起？

但终究，他配合地点了点头，于是，甄意脸上的笑容一点一点，无声地放大。

她眼底眉梢全是笑意，越来越灿烂，咧嘴笑出了白白的牙齿。弯弯的眼睛只望着他笑，只对他一人。

言格的心里，忽然就没了声音。

安瑶："言格，你和言栩去停车场等我吧。我找点儿东西，甄意你帮我一下。"

言格他们先走了，甄意心情依旧好："要我帮什么？"

"伴娘的事想好了吗？"

“好啊。”

“你不觉得尴尬了？”

“我之前以为你男朋友是言格。”

安瑶问：“你还喜欢言格吗？”

“嗯。”她大方承认。

安瑶拿上包出门，走几步又问：“你还会追他吗？”

“会。”

安瑶再次无话。直到上电梯，她忽然开口：“甄意，不要打扰言格了，好吗？”

甄意莫名其妙，败了兴：“关你什么事？”

“你从他身上得到的快乐已经足够。今年回深城，学弟学妹们都在讲你的故事。坏女生把深城男神追到手。你一直是传奇。”

甄意觉得不可理喻：“这些虚幻的东西和我有关系？我和谁在一起，只是因为喜欢，不是因为别人羡慕。我谈恋爱不为给别人看。很多女人分不清喜欢的是光环还是人，但我不是这样。”

安瑶稍愣，她发现误解了甄意对言格的感情，她原以为有杂质。可既然喜欢，当初为什么把他伤那么惨？“你太随性，喜欢就疯狂地追，丝毫不顾他的感受，用尽手段强迫他和你在一起，你不觉得过分？认真想想，你适合他吗，和他相配吗？”

甄意不作声。这话句句刺痛她的神经。

电梯镜里，她的脸变得冷漠，电梯即将到底层，她猛地捶下紧急制停，电梯瞬间停住，红色的灯光一闪一闪，诡异而阴森。甄意回头，光映在脸上，吓人，安瑶不禁后退一步。相对的镜子里，红光与人影无限重叠。

“不好意思，我就是这样自私的女人，不会考虑为谁好，只会为我自己。如果我不喜欢谁，金钱名誉地位一切都无法留住我；可如果我喜欢谁，一切都别想阻拦我。包括我喜欢的那个人他自己。”

“我的事，你少管！”陡然间的戾气叫安瑶心惊。

转身摁键，昏暗发红的电梯重回光亮，她恢复淡定，仿佛刚才什么也没发生。

她穿着高跟鞋，柔软地弯腰凑近壁镜，微微张口，中指摸下嘴唇上的唇彩，动作相当妩媚。指肚从颧骨抹上去，在眼角绕了个弯儿。唇彩清柔的光衬得她眼睛又黑又亮，满满的风情。甄意抹了好几下，满意了，才慢悠悠直起身，道：“知道他还没主，瞬间就想调情了。”

安瑶面色平静。她知道甄意不喜欢她，她亦如此。她只是不希望言栩的哥哥受伤，更不希望因为他受伤而让言栩不开心。

地下停车场，司机和言栩都上车了，玻璃黑漆漆的看不清。

唯独言格插兜站在车边，甄意认为他是等着和她告别，兴冲冲跑去他跟前站好，仰着头，笑得跟向日葵一样。

言格稍不自然地挪开目光，微微颔首："再见。"

刚要转身，甄意戳戳他的手臂，笑眯眯的："你过来，我有话和你说。"

言格跟她走去一边，大概猜到了。自他收到那条短信并点头，甄意从头发丝儿到高跟鞋尖的气场都变了。每个眼神每个笑容，所有细微的肢体语言都在说一句话：他被她盯上了。

性质和十二年前的那次一样。

"刚才我发的短信，问题还没问完。"

"嗯。"言格波澜不惊。

"你有女朋友吗？"甄意一点儿不羞，像少年时张扬，直直对视他的目光，毫不闪躲。

言格没回答。她倒是把他看得死死的，下一秒，咧嘴笑："就是没有了。"

他仿佛已有预感，知道她会说十二年前那句话：我做你女朋友好不好？

可接下来，她不知想到什么，笑容稍稍收敛，张了张口，脸上露出一丝迟疑，转瞬即逝，继续笑："嗯，我很开心。"没有了。

这短暂的变化落在他眼里，其实不无失落。但他也不知该说什么才好。

两人沉默无言地对视几秒，她想了想，终究还是不舍，慢慢踮起脚，仰头凑近他。

他双手插兜，笔直立着，并没有闪躲。

一寸一寸贴近，他发间的香味让她神思恍惚一瞬，她的唇几乎贴上他的耳朵，嗓音很轻，像羽毛："言格，等我一下，先不要和别人在一起，好不好？"

言格低眸看她，一瞬不眨，也不吭声。她近在他耳边，鼻息温暖轻柔，掠过他的脖子。黑白分明的眼睛盯着他，语气像在商量，表情却在高傲地命令。

她从来都是这样，那些年死缠烂打地追他，嘴上说"好不好啦，求求你了"，但其实没有哪怕一丝卑微，就像他天生欠她的债，她是从他身上讨要她应得的。

"答应我，好不好？"她微微张口，在他耳朵尖上轻轻一抿。

她担心他会推她，飞快闪回来。但他不会，表情淡静，其实心底起了波澜。

"就这么定啦。"她超满意他的反应，笑靥如花面对着他，念念不舍地一步，两步后退，袅袅转身，走一步又转回身，"约定了哦。"

言格在原地站了好几秒，才走回车旁。才坐进去，言栩抬头，唤他："哥！"

"嗯？"

"我喜欢她。"

"谢谢。"车内很暗，言格的侧脸已看不清。

安瑶默然不语。

她明白言栩在对言格表示支持，而言格那句谢谢算是表态。她有点儿疑惑，她以为言栩和言家其他人一样对“甄意”二字讳莫如深。难道是她想错?

汽车缓缓开动，言格刚要合上眼闭目养神，车开过停车场的倒车镜，圆滚滚的凸面镜里，小小的甄意在车后追。“停车。”他命令。司机踩了刹车。

言格摁下车窗，甄意一溜烟跑来，身子探进去，一把死死捉住他的衣袖。副驾驶上有人回头看，言格眼神制止。

甄意跑得上气不接下气，劈头就问：“喂，我们刚才没约好呢！你别为了躲我跑去美国毛里求斯埃塞俄比亚之类的地方。这可不行，绝对不行。”

“你穿着高跟鞋百米冲刺就为了说这句话？”他是个精神科医生，但偏偏很多时候搞不懂她脑袋里装着什么。

“呃，你是担心我扭到脚吗？”她很感动。

“……我的意思是不是可以打电话吗？”他们的确来自不同的星球。

“……”甄意对自己无语，“别岔开话题，你可不准躲我。”

“你又不是瘟疫，我躲你干什么？”

甄意的手稍微松开，想了想，又紧紧揪住：“你可说话算话，要是敢玩失踪，我就炸了你们精神病院，把美美栀子他们全放出来。”

言格：“作为律师，说这种话合适吗？”

甄意瘪瘪嘴，彻底松开他，见他衣袖起皱了，又笑眯眯拿爪子给他摸平。言格垂眼看着，没动，也没阻止。等她摸够了，他清淡地问：“这么晚了，没开车来吗？”

甄意一听，难道他要送她？如此良机，当然要撒谎：“没开。”她头摇得跟拨浪鼓似的，表情相当诚实。

言格一眼看穿，说：“嗯，那去打车吧。”隔了半晌，还疑似关心，“注意安全。”

甄意：“……”

浑蛋啊！甄意站直了身子，恨恨地俯视他，在心里磨牙：臭小子诶，等你成了我男朋友，看我怎么收拾你！暖手搓脚捶肩揉背代步坐垫，一夜十三次叫你精尽人亡！

但“臭小子”头都不抬，没看到她咬牙切齿的表情。

甄意毫不介意，弯下腰，冲窗户里摆手，笑得可甜了，像迎宾小姐：“言格，再见；言栩，再见。”

言格稍稍颔首：“再见，甄意。”而言栩低头不理，带着拒人千里之外的漠然。

甄意刚要转身离开，旁边车喇叭响，一辆白色路虎。

车窗摇下来，驾驶座上的尹检控官面容俊朗，抬起头，微微一笑，露出雪白的牙齿："甄律师没开车吗？我送你。"

末了，意味深长加一句："夜深了，让你一个女孩子独自回家，叫人不放心啊。"

法庭上陈词逻辑清晰，审问鞭辟入里的尹检控官，到了庭外，愈发看着外形俊朗，赏心悦目，微笑也愈发帅气。

甄意被他迷人的笑容闪到，想起有次和杨姿旁听他的法庭辩论，实在太精彩，她久久无法自拔，开玩笑地说："要是能跟他学习，潜规则我也愿意。"

杨姿无语："学习是假，潜规则是真吧。"

而此刻，偶像从天而降，主动提出送她回家？甄意条件反射地微微鞠躬："前辈！"

她的恭谦和诚恳落在言格眼中有些陌生，他眸光凉淡，不经意移到尹铎身上。

后者没看他，专注望着甄意，调侃："我有那么老吗？"

"哈哈。"甄意朗笑，"对了，我前段时间给你发过一份庭审策划书，想请教来着。"

"看到了。印象深刻。"尹铎笑容加深，露出酒窝，"只不过找我的人太多，一一回应，我会忙死。"男人的自信和高傲展露无遗，但，他说话一波三折，"不过回去的路上我们可以讨论看看。上车吧。"

如此良机，甄意当仁不让，兴冲冲跑去副驾驶，开车门时才想起什么，回头看，言格的车窗玻璃摇上去了，车已启动，渐渐驶远。

甄意坐上车，想起什么，一下发窘："呃，不好意思，其实我有车。"

"你没有。"尹铎说。

"诶？我的车就在医院门口。"

"不在。"

"啊？"

"你的车停在消防通道上，被人拖走了。"

"那里有消防标识吗？"

"有，被树荫遮住了。"他很确定。

"……"甄意无语，看一眼手表，"报警叫人拖我的车，大半夜的谁这么有公共道德？"

"我。"他笑容放大，"谢谢表扬。"

"……"甄意印象中他温柔儒雅，没这么蔫儿坏，而且这里面似乎有另一层微妙。

"为什么？"

"给你一个光明正大的面对面向我请教的机会，你难道不该感谢我？"

“……”把“意图不轨创造机会”说得这么冠冕堂皇又自恋，不是她的绝技吗？

甄意简直遇到人生对手了。

仔细一想，有些尴尬，不知尹铎在想什么。

但一路上，尹铎只是和她讨论职业相关的事。甄意想，他叫人把她的车拖走多半是出于检控官的职业病。她笑自己自恋，随即抛到脑后。

到了公寓楼下，甄意对他招手再见说谢谢，尹铎来了句：“有点儿口渴，能去你家借杯水么？”这话说得真叫人无法拒绝。

“……”甄意笑道，“那边有便利店，我去给你买瓶水。”

“唉！”尹铎无奈地叹气，“其实是，人有三急。”

“……”究竟是她误解，还是他思维敏捷得无孔不入？

乘电梯去，一路都没有人，尹铎寻常地问：“这栋楼入住率高吧？”

“嗯，挺高的。现在太晚，所以看上去没人。”

“那就好，安全。”

一句话叫甄意心一暖，不动声色呼一口气。尹学长这种男人，如果对谁上心，只怕很难招架。

他望着上移的数字，缓缓问：“这么晚了，言格怎么不送你回家？”

“呃，他不是我男朋友。”

“哦，抱歉。”话这么说，唇角却微微弯起。

开门进屋，家里有人，杨姿在厨房煮面，屋子里香喷喷的。她租住的地方远，偶尔加班赶不上地铁，甄意给了她一把钥匙。

“意，过来吃宵……”杨姿回头看见尹铎，愣了愣，甄意这么晚了带优质男人回家？

甄意：“吃宵？拜托把话说完整，听着真淫荡。”

杨姿：“……”尹铎：“……”究竟谁淫荡？

杨姿忍不住多看尹铎几眼，心情难以平复，她们的偶像尹检控官！中学的传奇学长！

眼见尹铎去洗手间，杨姿把甄意拉到一旁，小声问：“是不是打扰了你们，要不我现在走？”

“没，他来借洗手间。”

“你们怎么会在一起？”

“偶然遇到。”甄意看她，“阿姿，你不用先回房吗？”

杨姿刚洗完澡，湿发披肩，穿着夏天的睡衣，下面只遮到腿根，上面胸口风光呼之欲出，且她没穿内衣，丝绸柔滑，隐约两个点。

“啊，怎么？”杨姿仿佛不明白。

甄意没来得及指她的衣服，尹铎出来了，目光绕开杨姿，看甄意：“谢谢，先走了。”

“嗯。”甄意送他到门口，折身回来，见杨姿脸色落寞，奇怪：“怎么了？”

“没事，”她笑笑，关心道，“意，你要注意保护自己哦。”

“什么？”

“这种事，女生会比较吃亏的。”

甄意黑线：“你以为我常带男人回家一夜情？”

“没！只是你看到漂亮男人就恨不得扑上去，我怕你见到美色把持不住。”

“哪有？”甄意皱眉，“我只和你们一起时表现夸张，不会不知分寸。我的不知分寸只会对言格一个人。”

她语气不开心，杨姿不免紧张：“是我玩笑，不过，言格你也不能想了吧。”

一听言格，甄意又笑开，“他和安瑶没关系，过段时间，我会追他。”

“又追？你现在二十多岁，不是十几岁的小女孩。女生这样追人，男生不会珍惜的。”

甄意摇头：“有的男人是这样，但言格不是。言格他不会表达，也不会说好听的话，但我说的话做的事，他心底都知道，都记得。我很确定。只因是他，我才敢义无反顾，因为我的追逐不会被奚落，不会被嘲笑，不会被轻视，也不会被拿来做谈资……”她说了一半，摆摆手，“算了，你们都不明白，只有我知道。”

杨姿的确不明白，便不多说，转问：“休息一个月，准备上班了吧？”

甄意听言，支吾一声，还有两天，她要等着带崔菲去自首。上班，只怕不能。

想到这儿，她独自回房，走上阳台。望着寂静的黑夜和城市灿烂的夜景，她在风中用力吸一口气，鼓起勇气，给卞谦打电话。

“哥，我把事情处理清楚了，所以来向你坦白。”她闭了闭眼，下定决心，把这件事完完整整告诉他了。说完，她如释重负：“我决定，要和表姐去自首。”

卞谦那边很久都没说话，最终，自责道：“抱歉，那天在关口，电话通讯不好，后来怎么都联系不上你。如果我能……”

“别这么说。”甄意不希望他和言格一样愧疚，“是我自己处理不当。说来奇怪，我不记得那时发生的事情，怎么都想不起来。”

“可能是刺激之下短暂的记忆缺失。”

“或许，”甄意道，“如果执照被扣押，我就不能继续工作了。”说到这，她有些难过。

卞谦却温和宽慰：“没事，你好好表现，法官会从轻处理。我认识律政司和律师公会的好些人，需要疏通的地方，我帮你。”

甄意感动得无言：“你真好。”

他轻笑一声：“我的律师事务所就你最有前途，你可不能砸我的牌子。”

这天，精神研究所实验室跟着言格学习的研究生们都很好奇，有个女的从天而降，一直围着他们淡漠如水不染尘埃的男神仙转。言格倒没受影响，淡定自若干自己的事，偶尔搭理她几句，多半置若罔闻。

研究生们开始骚动，但因为言格的个性，谁都不敢在他面前探寻，也不敢问甄意。

甄意的想法很简单，崔菲说明天去自首。这么一来，好日子也没了，当然要趁最后的一天时光和言格一起。

此刻，言格正在记录猴子进行药物治疗后的精神反应。甄意则托腮坐在旁边看。

和之前一样，她兴致勃勃地观赏，他专心致志地做事，一室安静。偶尔有猴子吱吱叫，倒也清闲安逸。

她看久了，觉得他长得真好，怎么看都好看。一时忍不住，借着最后的轻松心情调戏，开口：“言格，如果你是一只包子，我真想把你吃掉。”

“……”典型的甄意语录：意思明显，直言不讳，不遮不掩，就是要让他直截了当地明白她的意思，丝毫不给误解的余地。

言格背对着她，头也不回：“抱歉，我不是包子。”

“这不妨碍我还是想把你吃掉。”甄意十分厚颜无耻，“在我眼里，你就是只包子，而我是小狗！”

言格：“……”这样杀敌一千自损一万的事，还只有她干得出来。

小狗兴致高昂：“唔，包子是什么馅儿的呢？豆沙包，奶黄包，叉烧包……能不能让我看看里面？”她的调情简直露骨。

言格早习惯。和以往一样，不管暗示明示，他都淡定地不理；倒是笼子里几只猴子好奇地张望。甄意瘪瘪嘴，继续趴在桌子上看他。

隔了十几秒，言格问：“想吃包子，是肚子饿了？”

她一下来了精神：“你和我一起去？”

他轻轻“嗯”了一声。说不一起，她也会跟着。

出了门，言格问：“明天准备和崔菲去警署？”

“嗯。”甄意看上去并不伤感。

“如果她不去，你会举报？”

“是。但那会很麻烦。没有证据，我被拖下水，可她或许安然无恙。好在给她时间，她终于做出正确决定。”甄意深吸一口气，“现在是最好的结果，一来她自首，比我举报好；二来，不用担心证据。她要是极力否认，案子就难调查了。”

言格低眸凝视她坚定决然的侧脸，想起那晚在医院停车场，她想说什么却只说“我很开心”时的伤感和犹豫。和这件事不无关系。

转过走廊，迎面走来小柯，礼貌地打招呼：“言老师，甄小姐。”

言格微微颔首，甄意点点头，擦肩而过，走了一会儿，回头叫住：“小柯。”

“等我一下，”甄意叮嘱言格，小跑到小柯身边，警惕地看了言格一眼，小声地说，“小柯，你们大家以后都要叫我师母。”

小柯讶异地看向言格，后者面色平静，像是默认。绯闻终于坐实，得到独家消息的小柯开心地点头，负责任地承诺：“好。”

“到时，我请所有人吃糖。”甄意微笑。过了明天，她有一段时间不能来这儿，先给言格打个标签，让那些漂亮的女研究生们望而却步。她转身，知道小柯看着，特意走到言格身边，揪住他的衣袖，温柔道：“走吧。”

言格一看她的表情就知道不对，想不出她又搞什么鬼。但他并没多好奇，也没有试图挣脱她的爪子，因为她绝对会整条手臂缠上来。

走了没几步，甄意手机响了，电话里卞谦声音很平静，有些紧绷：“甄意，有个委托人点名要你打官司，给的委托费是宋依案的十倍。”

“这么多？”甄意惊诧，但想起自身的事，准备拒绝，“老大，我……”

“我知道你准备自首，但这个案子可以帮你搞清楚你爷爷的事，”卞谦说完，似有隐忧，问，“从今早到现在，你还没看新闻吧？”

“没，怎么了？”

“决定前，你先看一段视频。链接发你手机上了。”

甄意松开言格的袖口，打开免提，点开链接。今早发布的视频，到现在已有上百万点击。

闭路电视，黑白图像没声音。电梯出现故障，轿厢卡在楼层中间，三分之二的高度埋在墙里，另有三分之一接触外界。

电梯里有个女人，试图爬出去，可电梯下沉太深，没垫脚物，几番努力都没用。

外面泼进透明的液体，女人浑身湿透，指着外面疑似叫嚷咒骂。没过一会儿，外面再度泼进透明液体，女人几乎癫狂。

甄意心惊肉跳，已有不好预感：“是恶作剧吧？”

“很不幸。”卞谦说，“死的人你认识，戚氏私生女，齐妙。”

一瞬间，脑子像被谁撕扯了一下，甄意莫名晕眩，手开始发抖。

视频里，女人飞快躲开电梯门，缩去角落。与此同时，一团火焰落进电梯，轿厢内瞬间一片火海。烈火熊熊，火形的人影在狭窄的空间里扭曲乱窜。

甄意脸色惨白，双腿发软，胸口像压了千钧巨石，喘不过气。多年前的记忆，洪水猛兽般涌上来将她包裹，她快窒息。

啪，手机摔到地上。

下一秒，她看见了言格，他紧握着她的手，眼神坚定，在说什么。可耳边太吵，轰鸣一片，她听不清。言格似乎在叫她深呼吸，她很努力，可她无法呼吸！

满世界都是燃烧灰烬的味道，火光冲天，年轻的生命在惨叫，她被遗忘在最后的角落，心里只有一个声音，悲哀，绝望：你们为什么不来救我？

“甄意，看着我的眼睛，深呼吸。甄意……”言格紧紧握着她的手臂，可她颤抖如秋风中的落叶，小脸煞白，满眼惊恐。在看到那段视频的时候，他就想阻止，可已来不及。

无论他怎么唤她，她都听不见了。

她浑身僵硬，无法做出任何反应，像是陷入最深的梦魇，那惊惧如见了地狱的眼神让人心痛。

可终有一瞬，她眼中的水光，缓缓地散开了。眼神变得安静而镇定，波澜不惊，非常陌生。“言格。”冷淡，傲然，不是甄意的声音，“你回来了。”

他的心猛地一沉，握着她的手却没有松开，凝视着她，唤了声：“甄意，看着我，我是言格。”她的目光瞬间呆滞，渐渐，晶莹的眼泪弥漫眼眶，水光一漾一漾，无声地，寂静地，揪人心。

“言格，”她虚弱而委屈地喃喃，“你回来了？”

他的心蓦地一痛，失而复得般把她收入怀中。

片刻前，他再一次擅自使用催眠术，让她晕倒在他怀里……

十六岁前，甄意遭遇过两次火灾，第一次，她以为爸爸妈妈会救她，但救她的，是姐姐；第二次，她以为言格会救她，但救她的，还是姐姐。

有次妈妈做饭，中途遇到学生有事，撂下家里就走。小甄意肚子饿，爬上灶台翻东西，不小心打翻汤锅，她被开水烫伤，摔在地上哇哇大哭，丝毫不知火已熄灭，煤气却正嘶嘶外泄。

但那次，奇迹般没起火。

有一对把人家孩子当自家养，自家当狗养的父母，甄意的童年等于自娱自乐。

长大一点，她在妈妈班上读书，小小的个子坐最后一排。她太调皮捣蛋，总溜去操场玩，妈妈用绳子把她的脚拴在桌子上，下课才解开。可妈妈下课总和学生谈心，忘了她。

她坐在后门口，眼巴巴望着玩闹的同学们。有几次要尿尿，憋得满脸通红，憋不住弄得一教室的味道，受尽嘲笑。第一次大火就在那时，午休，孩子们全趴在桌上睡觉，不知怎么起了火。

中午，整个学校在沉睡。甄意热醒来时，火势已控制不住。孩子们纷纷醒来，哭喊一片。甄意隔门近，想跑，可脚绑在桌上。她力气小，脚踝磨出了血，也拖不动连排的桌子。

孩子们能跑的往外狂奔，被火势拦住的凄厉大哭，喊老师喊妈妈。

他们的妈妈没有来，甄意的妈妈来了，还有爸爸。

他们一遍遍冲进火场救孩子，却没看见后门的甄意。她伸着小手，撕心裂肺地哭喊："爸爸，妈妈，我在这里，我在这里呀！"

其实她的位置很安全，近门，离火远，其他孩子的生命更紧急。可她只是孩子，不懂比较分析，她害怕。

但他们没看见她，或许以为她像平时一样溜去操场玩了。他们救出十七个孩子，爸爸成了"烈士"，妈妈重残自杀；电视报纸歌功颂德，号召广大教师职工学习这对教师夫妇鞠躬尽瘁死而后已舍小家为大家的崇高精神。获救学生的父母带着孩子在灵前痛哭磕头，记者追问跪在灵前披麻戴孝的小甄意："有这样英雄的爸爸妈妈，你骄傲吗？"

……

她真的很怕火。可高中时，她又遇到一次。那时，甄意高二将近尾声，高三的言格临近毕业。高三学生们争分夺秒地学习，言格一如往常，下课的时间全陪她。甄意毫不担心，言格学习那么好，轻轻松松可以考K大哩！

她开始爱学习，和他一起的时间，都让他教她解题。等他上大学了，她的高三得好好学习才能不空虚，才能考去离他最近的大学，在一个大学城里。

高三的学长学姐各奔东西，她这留下的高二生比他们还伤感。每天趴在他们班的窗台上，看他们撕书折纸飞机，她难过死了。

言格走了，她会想死他的。

那个暑假，不知是不是和她同样怀念，言格每天都陪她，漫无目的地坐公交轧马路。偌大的深城，他们走遍大街小巷山林海湾。他没有参与班级的任何同学聚会，一次也没。

有天傍晚，甄意吃着冰激凌，攥着言格的手在路边走，偶然遇到言格班上的同学。大家都热情，说有聚会邀请言格去，说聚会那么多次言格一次也没出现。

言格不为所动；但几个和甄意熟识的男生撺掇："甄意，一起玩儿嘛，以后我们上大学，不容易见到了！"甄意看言格，眼神期盼。他同意了。

KTV 里很吵，言格安静地坐在角落，很多女生邀请，他都拒绝；甄意也不唱歌，乖乖地坐在言格身边，让他给她剥荔枝吃。他剥荔枝的姿势真干净，不像她，总弄得手上全是汁水。

中途，他出去接电话。她坐在原地，旁边几个女生恭喜安瑶，大意是她要去美国名校西北大学读书，很厉害。安瑶察觉到甄意的目光，关心地问她之后的打算。

甄意说，她想好好读完高三，然后考去 K 城，和言格在一个城市。

几个女生交换目光。“怎么了？”

女生眼神怜悯，笑：“言格要去哈佛，你不知道？”

甄意的心一下凉透。其他人也是惋惜可怜的模样。

早该知道，对她来说已经遥不可及的 K 大根本就留不住他。

甄意不知道自己是怎么出去的，一个人偷偷躲在洗手间里抹眼泪，外面歌曲混杂，她的心荒凉无声。蹲在隔间里哭了不知多久，忽然听到整栋楼尖锐凄厉的火警，她惊得停了哭泣，想跑出去，门却拉不开了。

很久很久，没人知道她在那个角落，也没人来找她。

和她一起进 KTV 的人，在火灾爆发时，没一个想起她。言格，也没有来。

……

甄意缓缓睁开眼睛，言格坐在她身旁，眉眼清秀，注视着她。

此刻看到他，恍如隔世。

那天，她困在烟雾火焰中，恐慌，绝望，可他没有出现。第二天，第三天，之后的很多天，都再没有出现。就这样不辞而别，连一句分手都没有。

她不明白。

分明前一秒，少年把胖嘟嘟的荔枝放在她手心，拿着手机出门时还回头看她；后一秒，就是八年后疏离的背影，说已不记得她。

甄意不知自己怎么昏迷的，只知痛苦万分，无法自拔，却在一瞬间得到解脱，陷入安宁的梦境。她坐起身，揉揉太阳穴，把所有的情绪收进心里，没事般笑笑：“这几天熬夜，居然累晕掉，真丢脸。”

“是吗？”

甄意“嗯”一声，面对他，头一次无话可说，四处看看：“有人打我电话吗？”手机不在身边。

“有。”他从白大褂口袋里摸出手机递给她，“静音了。”

“谢谢。”她滑开，卞谦的未接来电，崔菲的一条短信：“不去了。”她反悔不自首了。

“言格，我想多要一点时间，想接这个官司，当最后一次。或许不对，但我觉得这件事一定和艾小樱的死有关。等这件事结束，我一定去警署。”

“嗯。”

甄意起身：“那我……出去打电话了。”

言格点头，目送她离开。

下午的阳光洒进来，他的侧脸笼进光线里，几乎透明。刚才让她睡着，其实很险。

把昏迷的她抱进休息室，他忽然有很多事想问她，他知道在这种时候，她说的都会是真话。可时间一分一秒地流逝，他凝视着沉睡的她，足足一刻钟，却最终什么也没问。

他不确定在她的脑袋里，那段记忆是否清晰。

说来奇怪，十二年前，她闯进他的生活，家里人把她的细枝末节调查得清清楚楚，但他不肯看，也不想看；八年前，他们分开后，他才开始关注她的过去。

重逢那天，他撒谎了，其实从来就没忘记过。

甄意走上走廊，给卞谦回电话。想想卞谦口中的巨额委托费，甄意已有猜想：“嫌疑人是戚勉？”

“他已经被捕。”

看来证据确凿。“好，我先给他办取保候审。”

“你决定了？”卞谦不觉意外，可情绪上矛盾，“我知道你会答应，但有些担心，小意，你要想清楚。这案子非常恶劣，惨无人道。之前你代表唐裳，公众站在你这边；后来宋依杀害林子翼，但大家同情她，影迷怀念她。可这次……”

甄意吸一口气，名声对她已是最后的光辉：“我明白。这个凶手太残忍，不管有任何理由都不值得同情。”

“如果戚勉不是凶手，很好；如果他是，不管你能力如何，以后你在律师这一行都很难做下去。”

本来就做不下去了啊！但，只要当律师一天，就……甄意想着言格的话：“制约我的不该是道德，而是制度。即使他是凶手，也有说话的权利。”

收了电话，回头。言格站在门边，刚才的话，他都听到。“决定了？”

“嗯。”甄意爽朗道，“医生不能挑病人，律师也不能挑委托人。”

“说得真伟大。”他语气中竟有一丝不经意的柔和。

“你不是这样？难道你会见死不救？”

“看心情。”他淡淡道，完全没心理包袱。

“心情？”她差点笑，“你还有心情？”

言格看她："是的，我也有心情，只不过没什么起伏。"

"和我在一起，你心情好吗？"她真是无孔不入。

言格不答。其实，认识她之后，才知道，什么叫心情。他另起话题："如果需要帮忙，可以找我。"

甄意狐疑："言格，你最近对我……怎么这么好？"她瘪嘴，"无事献殷勤，非奸即盗。"

"说得好像你不喜欢似的。"言格说。

甄意一听，咧嘴笑："那我叫你跟着我，行吗？"见言格疑似要拒绝，"你可以帮我判断警察当事人有没有撒谎！"

"你把我当行走的测谎机器吗？"言格不客气地问，嗓音却低醇。

行走的机器？"言格，你这么说，会让我觉得被你挑逗了……"

究竟是谁挑逗谁？言格干脆不理她。

他终究陪着她去警署。

警方的证据非常充分，比甄意想的棘手。他们遇到了来配合调查的戚家人。

甄意问戚行远："我想知道你能承受的最坏的情形是什么？"

戚行远脸色不好，努力克制着情绪："阿勉不会做这种事。我付那么高的律师费，意思就是不论如何，都不接受谋杀罪。"

"我会尽力。"

崔菲在一旁淡定地看着，戚行远一走，她带甄意到一边："杀死艾小樱的凶手齐妙死了，没必要自首了。"又道，"不能接受谋杀罪。那等于坐实了纵火杀人，对戚氏的名声是重创。"

甄意像吞了苍蝇一样恶心。崔菲又意味深长道："甄意，付钱的是行远，你是给他办事。"

甄意隐隐觉得不对。戚家在收买她？

司瑰带甄意和言格去聆讯室旁观戚家人的陈述，才进去，门被推开。

"甄意！"是尹铎，穿了件休闲衬衫，大方又不失轻松，"真有缘，要做对手了。"

检控官是他。甄意兴奋道："非常期待。"

言格听出她话语中的期盼和激动，目光挪过来，她眼睛在闪光，脸颊像被光彩点亮，带着与生俱来的自信，看上去鲜艳而明媚。却是望着尹铎。

莫名……不太气顺……他稍稍蹙眉，一定是狭小的空间里站了太多的人，太挤，让他不自在。嗯，是这样。所以，多余的人应该出去。

他平静地看一眼那个多余的人，后者笑得温柔，对甄意说："我也非常期待。"

“甄意，如果遇到什么难题，可以向我请教。”

“谢……”

“但我不会给你开导。”

“……”甄意无语，“学长拿我开玩笑吗？”

“没。”尹铎笑起来，“说真的，要是觉得压力大，怕输，可以和我谈。”

“哦，好……”

“但我不会手下留情。”

“……”甄意又气又笑，反而乐了。

司瑰见他们“相谈甚欢”，趁机看言格，他站在一旁，表情不显山不露水。怎么看怎么不在乎。司瑰想起那晚甄意失控大哭，替她心疼。

甄意停了聊天，走去言格身边，看他静默不语，做口型：“吃醋了？”

他眼神不太明白。

她反而有些刺痛，瘪嘴：“刚才。”

“没。”非常简短。

“……”甄意没话说了。

第一个接受问询的是戚行远，表情悲苦。据他说，那天戚氏旗下某边缘公司召开产品发布会，不需他出场。他一直在公司。他反复表示戚勉不会杀人，说到激动处，几次哽咽。

警察问起戚勉平日的个性，他说他脾气暴躁易怒，常常和人打架。

接下来是崔菲，她那天在二楼的发布会大厅应酬，很多人都看到了她。

崔菲态度较随意，毕竟艾小樱尸体被发现后至今没线索，现在连齐妙也死了。

她对戚勉的评价很差，连死者也踩，说：“齐妙比戚勉更恶劣。”

最后的戚勤勤很冷静，说她一直在大厅，没去过客房；又说爸爸准备把那家公司分出来给齐妙。警察问会不会戚勉嫉妒齐妙得了公司。

“那公司只是零头，从现场寥寥无几的新闻人就可以看出前景惨淡。”她始终面无表情，只在说起戚勉时稍有松动，“我弟弟收留了三只流浪狗，养得很好，这样的人，不会把人活活烧死。”

……

从隔间出来，甄意隐隐觉得哪儿不太对，忽听戚勤勤叫她：“甄律师！”“嗯？”

走到一边，她低了声音：“我想以戚勉的名义给你付钱。”

“可我已经收了你爸的钱……你是不是知道什么？”

这时，不知哪儿跑出一个小女孩，撞到戚行远的腿，他蹲下来给小女孩擦花脸。

戚勤勤远远看着，淡淡道："他很喜欢小女孩。"

甄意以为没听清："什么？"

戚勤勤不说了："我见不到阿勉，麻烦你多关心他。如果他衣服脏了，请给他买干净的。"

"好。"

甄意回去言格身边，咕哝："他们一家人都怪怪的。"

"因为都在隐瞒和说谎。"彼时，他们走出了大厅。

"你看出来啦？"

"嗯……"话没说完，他接了个电话，临时有事要先走。

司瑰无意回头，见甄意站在大门口，雕塑一样执着地望着。

外面飘着细丝丝的雨。言格快步走下石阶，去停车场开车。

甄意站在台阶上，目光始终追着他，那个眼神，不悲不伤，安静的，悄悄的，欢喜着，雨丝飘在她脸上头发上，她犹不觉，兀自守望。

司瑰在她身边站定："你这样望着他，他从不知道，也从不回头。何必呢？"她心疼，"甄，算了吧。或许他不是你的那杯茶。"

甄意摇摇头。不能算了。

虽然她也搞不清为什么那么迷恋他，但她只爱他，十二年。

"甄，喜欢他的感觉是什么？"

"安全。"

"安全？"

"嗯。我不知道为什么喜欢他，但我希望他爱上我。我很努力，希望他爱上我。因为我知道他是那种爱上谁便永远不会离开她的人。如果他爱上我，就再也不会离开我。我很确定。"

"可这样多辛苦啊！"

"不辛苦。"甄意微笑，"因为，你刚才说错了。"

"错了？"

"嗯。"甄意望着细雨中那修挺的背影，"我不觉得辛苦，因为他一直都知道我留在原地看他，而且他每次都会回头，每一次。"

话音未落，司瑰的心一滞，因为：

细雨纷飞，走到车门前的那个男人，回头了……

虽然已看不清表情，但他的确看着甄意的方向，没错，静止了两三秒。

再看甄意，她凝望着他，就那样，纯粹专一，平静安宁地，幸福了。

她不悲不伤，伫立守望，而他，报她一次回首。

司瑰从此记住了那一刻甄意脸上的笑容，幸福，满足，痴虔。

还有那一刻，甄意骄傲而温软的声音：

“每一次。”

其实有件事，甄意不会记起，言格也早已忘记。他们都不知道，彼此的第一次相遇不是十二年前的街边，而是更远的十七年前。

小学的那场火灾，医院混乱一片，孩子和家长的哭声不绝于耳。

小甄意没有哭，她躺在担架上，很安静。因为不哭，医护人员都忘记她了，把她遗留在角落。她脸上身上都是血污，想爬去找医生，可动不了。衣服破了，小孩子平坦的胸部和腹部全露在外面，又冷又痛。

一波波的记者在摄影，实时报道火灾惨状。

她愣愣的，盯着摄影机，很羞愧。小手用力抓，可衣服撕裂了，遮也遮不上。

有人认出她是英雄老师的女儿，更多的闪光灯对准她，歌颂伟大的老师舍己女救人，问她想不想爸爸妈妈，骄不骄傲？

她懵懂又惶恐，什么都不知道，只知道自己几乎没穿衣服，窘迫得想钻地洞。

那时，有个小男孩走过来，把他小小的海军款风衣盖在她身上，她瞬间被包裹起来，只露出脏兮兮的头。

那是个很漂亮的小男孩儿，脸庞干净俊秀，眼睛像天上的星星。他没有笑，也没有说话，甚至没做停留，转身走了。

只一瞥，她都来不及记住他的脸。

是没有记住啊。

可五年后，她路见不平拔出棒球棍打退一伙小混混，一转头，看见一个如清风般漂亮的少年。那一瞬，莫名其妙的，毫无预兆的，不可解释的，她对他一见钟情。

想和他在一起，一辈子。

甄意坐在车后，闲适地和言格打电话。上次在警署，他说戚家人都不对劲。甄意有同感。

言格在工作，那边隐约听得见小鸟或老鼠的吱吱叫，他的嗓音透过电话，平而缓，很好听：“先是戚行远，他很悲伤，说不相信戚勉杀人，可很快他又客观冷静地说戚勉个性暴躁，在警察没问的情况下，主动说他常常打架。”

甄意：“对。崔菲明显不想让戚勉活，戚行远则做得比较隐晦。他表面想帮戚勉，其实不是。齐妙死了，他们都不悲伤，是不是齐妙知道艾小樱死亡的真相？”

“你很肯定，还问我做什么？”

甄意咧嘴一笑："对了，戚勤勤说到一个细节，她爸准备把那家公司给齐妙，可上次在医院，戚勉说他爸不会给齐妙一分钱。我怀疑他们想收买齐妙。"

"嗯。"

甄意脑子里想起戚勤勤的话。"言格？"

"嗯？"

"你对戚勤勤印象怎样？"

"什么意思？"

"我觉得戚勤勤知道什么，却不说。"

言格评价："她是个很聪明的人，非常理性。"

"为什么？"

"她不说废话。问讯时她每句话都有意义，比如她说戚行远想把公司给齐妙。且她也不会感性地说不相信戚勉杀人，而是举了小狗的例子。"

的确，甄意当时听到这句话心头一软。"她为什么不说出来，分明很关心戚勉。"甄意蹙眉，"她还说了句奇怪的话。"

"什么话？"

"她说戚行远很喜欢小女孩。"

电话那边，没声音了。过了好一会儿："你能弄到证据吗？"

"呃，不能。"甄意咬咬唇，明白他的意思，小声道，"知道啦，我不会分心的，先把戚勉管好。"她这样小声小气商量顺从的语气，他那边又没声音了。

隔了好一会儿，才古板地说："没事先挂了。"

不算宽敞的会面室内，一张长方形桌子，戚勉双脚铐在椅子上，精神颓废，下巴冒出青青的胡楂，落魄极了。对面，甄意稳稳当当坐着；江江和杨姿作为她的助理律师和记录员分坐两旁。

体验了几天阶下囚的日子，戚勉极度愤怒，一开口便诸多不满："为什么是你做我的律师？崔菲叫你来害我的。"幼稚又自我中心。

甄意双手叠放在桌上，身子微微前倾："我混到今天是一步步努力打下来的，牺牲我现在的位置去害你，你照过镜子吗？"

她毫不掩饰语气中的奚落，戚勉梗了脖子："好，我不怀疑你的专业素养，现在给我办取保候审。"他颐指气使，不耐烦地挣一下脚链。

甄意目光平淡，说出的话像新闻："电梯放火烧人，情节极其严重，影响极其恶劣，你嫌疑非常大，且有出逃的资源和能力，抱歉，在判刑之前，你会……"

"一直关在这里？"戚勉炮仗一样跳起来，"那你说什么屁话！要你来有屁用！”

甄意扬了扬眉，挑衅道：“在终身监禁、监狱和惩教所之间，你会看到我的屁话有什么屁用！”戚勉静止几秒，在想她说的话是什么意思。

旁边的杨姿心虚，律师要和委托人合作呀，甄意不怕委托人投诉换律师？她偷看江江，江江耸耸肩，一副她就是这么跩我完全没办法的表情。

戚勉明白了，瞬间崩溃，咆哮：“他妈的你都给我定刑了还辩护个屁！告诉你，我没杀人，齐妙不是我烧死的。你说的什么终身监禁坐牢，我都不能接受！”

甄意不去判断他的话是真是假，言归正传：“既然不能接受，就把事情的经过原原本本告诉我。我保证从你说的事实里帮你争取最大的利益。”

不知是她话中的承诺，还是她真诚的语气，片刻前暴躁的戚勉安静了下来。

杨姿不自觉多看甄意一眼，她的侧脸相当专注，因为专注，白皙的脸颊上仿佛笼了一层光，让人挪不开眼。杨姿感叹，戚勉不配合，可甄意的言行让他的心理坐了过山车，此刻他的防备应该松懈。

果然，戚勉低下了头，无奈：“那天我本来不想去，可崔菲说我爸让我去。骗子！我爸自己都没到场。三流公司的发布会很无聊，我待不下去就上楼。到房门口听见齐妙在叫，她被困在员工电梯，我笑她几句就走了。过了几分钟，我觉得还是要去救她。可这次去，里面全是火，齐妙成了火球。我害怕就跑了。”

甄意听完，没问细节，说：“这是警察给你做的笔录，我看过了。说实话，我不信。戚勉，你抬起头来，看我的眼睛。”

戚勉肩膀颤了一下，缓缓抬头，直视甄意。年轻女孩的眼睛黑白分明，像一汪无波的水，装了太多深不可测的东西，戚勉咽了下嗓子，听甄意说：“你刚才说的都是真的？看着我的眼睛回答。”

“是真……”戚勉头点到半路，只听腾的一声，甄意站起来，头也不回地出去。

戚勉张皇失措。杨姿和江江对看一眼，也跟出去。

甄意抱着手立在门外，透过门板上的玻璃观察戚勉，脸色阴晴不定：“他还是不肯说真话。”

杨姿担忧：“甄意，他在掩饰。证据板上钉钉，他还不配合，你小心别被他拖下水。这案子影响恶劣，你替凶手辩护会被人骂死！”

她可以想象开庭后，跟着甄意走到哪儿被记者追问辱骂到哪儿的画面。真不明白甄意已有大好的基础又何必蹚浑水，人对名声与关注的渴望太强，即使是反面的关注度也在所不惜？

甄意跟没听见她说话似的，低头看一眼手表，五分钟过去了，心理施压已足够。

“别抱怨了，开始干活吧。”

甄意中途跑出去，戚勉本就忐忑，他一个人锁在屋子里，等了好久她才来，他快逼疯，抓狂地问：“你到底有没有把握救我出去？”

甄意款款坐下，不徐不疾：“是个难题。”

戚勉一捶桌子：“那你来干什么？”

看守推开另一扇门，吼：“老实点！”

戚勉哪被人这样训过，极尽憋屈地坐回去。

甄意观察他脸上的表情，奚落：“又想出去，又对我撒谎。戚勉，你脑子里装的全是毛线？现在这世上唯一可以帮你的就是我，你还跟我内讧。”她从江江手中抽出一张打印纸递到他面前，细白的手指在上面狠戳几下，“睁大眼睛看清楚，网友投票，98%的人呼吁废除终身监禁，判你死刑；另外2%选择其他，认为把你活活烧死比较恰当。”

戚勉盯着纸，脸色惨白。

“现在你在舆论风口浪尖上，法官大人说会依法办理不受舆论的影响。你信吗？”

戚勉手指抓着桌沿发抖，终于松口：“我没救了，人证物证都在。”

“先诚实地告诉我那天发生的事，由我来判断你有救没救。”甄意说。

杨姿发现，她总在不经意间气势十足。

戚勉还是为难纠结，甄意放缓语气：“戚勉，不管你说什么，我们都不会说出去，我们签了保密协定。”戚勉眉心深蹙，嘴唇颤抖，就是开不了口。

沉默的状态持续了几分钟。甄意看手表，头一分钟内，戚勉的心理防线会渐渐脆弱，达到低谷；可经过这段时间他还不开口，说明防线再度筑起，短时间内不会开口了。

甄意判断清楚后，不再等他：“你不说，我来问。首先说一下你的杀人动机。”

“手机录音。”她示意杨姿，后者摁录音笔，里面传出戚勉阴冷的声音：“齐妙我警告你，你再敢害我，我就杀了你！”

戚勉挣了一下：“这是气话！”

“抱歉，这会成为法庭证据。判定犯罪事实时，关键的杀人动机，你有了。”甄意递给他一张纸，在“杀人动机”那一项画了个勾。画完也不管戚勉的眼神，看向江江，江江打开文件夹，念道：“痕检员在电梯门地板上发现了你的指纹脚印。”

戚勉：“我看到火跑过去，被吓到，又跑开。”

甄意：“不好意思，我的助手没说明白。证据显示脚印有两个往返，非常符合杀人凶手返回去看现场的心理习惯。恭喜你，关键的物证也有了。”甄意探身在“物证”一项画了勾。画完居然打了个响指：“江江，继续。”

“第一位酒店员工于下午3点看到你从电梯间跑出去。闭路电视显示往电梯里泼易燃液体的时间是下午2点59分10秒。起火时间是3点02分38秒。3点04分左右，第二位证人看见你拿着打火机跑出来。”江江长期跟着甄意做事，不知不觉学会了她冷酷又飞速的语气，“警方找到了易燃油漆桶，里面有残余的汽油和油漆混合物，嫌疑人指纹；另外警方在嫌疑人房间找到视频中出现一角的zippo打火机。在嫌疑人家里找到监控器一角出现的深色运动鞋。”

甄意干脆把纸拉过来，一连串地画勾：“人证，凶器，犯罪工具全部齐了。”

这一串动作让戚勉面如死灰。甄意把纸推到他面前：“戚勉，你为什么杀齐妙？”

戚勉瞪着眼睛，刚要说话，甄意抬手拦住：“警方已调查清楚，你和齐妙一直不和。小时候，她妈勾引你爸，经常闹事。你把她和她妈视为破坏你们家庭的罪人。积怨太深。前段时间你们在健身房争执，你剪了她的头发，她打断你的手。”

到这一瞬，戚勉反倒冷静下来，不像之前暴躁张狂，脸色变得冷峻，下意识地咬唇。

甄意从他的肢体语言判断，他意识到事情的严峻性，在思索，他会决定配合。她的语调也平静下来，安抚：“戚勉，刚才我说，告诉我真相，我替你争取最大的利益。意思是我可以为你争取任何一个律师能替你争取到的最大利益。你想不想要？”

杨姿讶异，甄意这话几乎等于说“我是所有律师里最好的”，她不知她哪里来的自信和霸气。而戚勉显然被她自信的话和语气震慑，他信服了。

戚勉在哽咽，仿佛每说一个字都极其艰难：“甄律师，我知道我这次死定了。”

甄意摇头：“不要说这样丧气的话。”

“我是去了两次。那些物证人证都是真的。我完了。因为第一次我的确提着桶去了，全部泼在电梯里。但是……”他张了张口，目光闪烁，起了水雾。

甄意没问，等着他。

“但……”他头一低，眼泪砸下去，“我泼的，是水。”

“戚勉这种情况真让我头疼。”甄意一身义工护士装，端着餐盘跟在言格身旁。

她一上午都围着他讲述她的工作近况，而他一上午都在做实验，心无旁骛地不理会她的叽叽咕咕。

“如果他一开始想杀齐妙，泼了易燃液体没点火，犯罪中止了，却为他人的谋杀提供了便利，这种案例很少见，很难打，却很有挑战；如果他泼的是水，可中途离开后有人泼了易燃液体，他回来点火吓唬齐妙，却真点着，这是过失。”甄意边讲边拆他的午餐食盒，顿了一下，插个话题，“言格，这样和你吃午餐，感觉像回到了中学。”

言格不作声，拿纸巾擦拭刚洗的筷子。

甄意继续：“只可惜不是我刚才说的这两种情况。证据表明戚勉泼了油漆和汽油的混合物，点了火，是谋杀，且性质极其恶劣。”

言格端一小碗青瓜汤在她盘子上，叮嘱：“慢点。”

她点头，慢吞吞跟在他身边走向座位，嘴上还不停。

其实从中学第一面见到她，言格就认为，她有点儿话痨。

“戚勉说他泼的是水，没点火。但目前没有证据支撑他。真头疼。怎么从现有的证据里找出纰漏呢？”她语气像探索频道主持人，“你说？”

言格拿勺子搅汤，漫不经心：“说什么？”

“我说了这么多，你没想说的吗？”

“嗯。”他手中的勺子停下来，抬眸看她，“为什么小柯他们私下叫你师母？”

“你也听到啦？”她一副“好巧哦我也是刚知道”的样子。

“我不是聋子。”

“或许他们觉得我们挺般配。”甄意无辜地眨眼。

“……”言格低头喝汤。

隔几秒，甄意忍不住：“你是不是生气了？”

“没有。”他平静道，“你说什么，对我都不会有影响。”

“……”要换作别的女的，该暗自神伤了。但甄意特欢喜，眼神璀璨，得寸进尺：“真的？那我可不可以说我们同居了住在一起马上要奉子成婚？”

“……”言格倒不至于呛到，无声地看她。她那激动的小眼神一闪一闪，简直像灯泡。奉子成婚？亏她想得出来。

“如果哪天搞清楚你脑袋的构造，我可以拿诺贝尔生理学或医学奖。”言格说。

“好啊，你多研究研究，我配合你。”

“这样说对你有什么好处？”

“等有时间了，我要追你啊。这样说可以打退其他女人，没人和我竞争。”

竞争？言格怀疑。没人能和她竞争，她做的那些事，一般女孩连一件都做不到。

“你的潜在竞争对手是？”

“你实验室里那么多女研究生女博士，”甄意瘪嘴，是介意的，“年龄相仿，还打着师生恋的禁忌，还有你！”她眼神鄙视，“穿着干净的白大褂，这是制服诱惑。要是我，绝对会幻想在实验台上和你滚床单！”

“……”言格沉默一秒，淡静道，“不是所有人都像你。”

甄意：“呃，是说我太疯癫，不顾颜面？”

言格："嗯，不会再有人像你这般执着。"

"没有女学生给你暗示和明示？"甄意像检查丈夫衣服上香水味儿的管家婆。

"没有。"他确定。其实有，只是他收不到信号。不会上心，不会理解，也不会往那方面去想，更不会记在心上。久而久之，女孩们就放弃了。毕竟，像甄意这样的有几个？

甄意分析良久，倒能理解："或许大家以为你是同性恋。"

"……"

甄意见他不理，揪着眉，来了句："言格，你不会是同性恋的。因为你的身体对我有反应。"

"……"言格垂着眸，手中的筷子顿了一下。

"因为和我恋爱过，你对女人失望才变成同性恋？不能啊，那我太失败了。"她深蹙眉心，转瞬便舒展，"你放心，我会对你负责。你家肯定要你传宗接代，我可以做你的挡箭牌，我要求不高，一周四次爱爱就行，其他时候我自己解决。"

"……"言格攥着筷子，"甄意，你羞不羞？"

"就是这句！"她嘻嘻哈哈地笑，看那表情就知道她故意说那番话惹他。

言格默默不说了。甄意歪头看他，他睫毛好长，黑黑密密的，鼻梁高高，嘴里含着食物会习惯性极轻地抿一下唇。从中学时就是这样，一直没变。

一瞬间，她有些怀念那段时光；她抱着吉他，在初中部二年1班的门口唱："你问我爱你有多深，我爱你想结婚……"

言格坐在教室里看书，恍若未闻；全校的学生都挤在栏杆边看热闹。

甄意想起过去，抄起筷子在他的盘子里戳菜吃，明明两人菜品一样。

言格没阻止，任由她。

研究生医生护士也在午餐，言医生带着小护士，本来就够引人注目，还亲密地分吃，简直太吸引眼球。言格和以往一样不在乎周围人的眼光。

可甄意嘚瑟，一面鄙夷自己虚伪，一面特享受，全身的肢体语言都在宣告：言格是我的是我的，看好了看好了，谁也不准抢不准抢。

甄意从桌下踢他："戚勉的案子跟你说了那么多，怎么一点儿反应没有。哼，之前谁温柔地对我说'亲爱的甄意，需要帮忙就尽管找我'现在呢，一句话不说。"

言格抬眸，他的原话应该不是这样。"我认为到目前为止，你应付得过来。你和我说那么多不过想说明案子的难度。这样，等你想出解决方法时，我就会觉得：啊，甄意好厉害。"

甄意被看穿，咬着牙齿瞪他："动不动就把人看透，你这该死的男人还真是无趣。"她趴在桌子，"我怀疑凶手另有其人，但不能百分百确定，也无法肯定戚勉没说谎。”

“不管怎样，你都准备站在他那边。因为你是他的律师。”他真清楚她的心理。

“是。”她咧嘴笑，信心满满，“虽然目前证据对他不利，但我准备好挑战了。”说完，握拳，目光灼灼看着他。

“……”这种求鼓励求安慰的眼神，他见过无数次。他知道她每次露出这种眼神时，想从他口中听到的话。

言格沉默良久，躲不过她的眼神，遂浅浅地无奈道：“嗯，亲爱的甄意同学，加油。”

“是！”甄意笑眯眯，“我要去案发酒店，你陪我一起吧。”她眼中的期盼不容拒绝。

“下午倒是有时间，”他话说一半，掏出手机发短信。能让他解释行程的……言栩？

收拾完一切，上电梯离开，言格问：“觉得艾小樱的死和齐妙的死有联系？”

“嗯。戚家很诡异，不管戚勉是不是凶手，我都想弄清楚这两件事的关系。”

话太坚决，言格不经意低眸。因为做义工，她今天没化妆，比平时的“律师”面孔要青涩，干净又清秀，看着很舒服。

她是娃娃脸，很多时候要化妆提高年纪，增加职场可信度，褪了妆容，眼神乌乌的，笔直又柔软，和以往直愣愣看他的眼神一样，胆大，懵懂。

女孩微抿着唇，目光似乎落在很远的地方，沉思着，带着暗暗的较劲。

记忆中，她做事总是三分钟热度，不管干什么，注意力都不太集中，总分心，像故事里一下捡西瓜一下丢芝麻的小动物。

但，从没想过她对他如此执着，十二年，念念不忘。

甄意不经意扭头，撞见他凝视的眼神，愣一秒，随即咧嘴笑：“又看我！”

言格倒不尴尬，不急不忙挪开。

“别不好意思，”她背着手，歪头凑近，“我就是你的，想干什么，直接说。”

“……”言格不理她。她自得其乐地咯咯笑，笑了一会儿才说正事：“想问你来着，我觉得这次烧死人，手段太凶残。一般人即使是报复杀人，会如此暴戾吗？”

“看情况。”言格扶着电梯门，让她先出去。

“好像分尸泼硫酸之类的不少。”

“分尸是完全不同的概念。”言格走出电梯。

甄意试着分析：“分尸虽然二度羞辱死者，但多数情况是为了藏尸而不得已，是吗？”

言格“嗯”一声：“即使有愤怒，人与人的报复方式也不一样。同样是和室友发生口角，同样是心理脆弱，情感畸形，马某选择拿刀捅死人，姚锋却泼硫酸。”

“所以，姚锋比马某更残忍？”

“可以这么讲。比如这次烧活人，听上去像什么？”

“像恐怖分子才会做的事。”甄意起了鸡皮疙瘩，下意识搓手臂。

“正常人通常不会这样杀人，即使有深仇大恨，也少有人选择如此残暴的方式复仇。因为一般人或多或少有共情能力。”

“共情能力？”甄意觉得陌生。

言格解释：“人会怜悯弱小同情苦难，是因为人有感受和理解他人情感的能力。”

“有的人格外残忍，是因为他们缺少共情能力？”

“嗯，共情缺陷常常会和反社会型人格障碍联系在一起。”

甄意蹙眉想了一会儿：“上次我描述艾小樱的死状，你说凶手有攻击型人格障碍，这次你的意见呢？”

“我刚才已经说了。”他简短道。

共情缺陷，暴力，攻击，反社会？戚勉是这样吗？她不确定。

但，和言格这样无障碍地思想交流，交换思维，碰撞想法，她真开心，像燥热的时候吹了清风。她仰头看他俊逸的容颜，心情大好，笑出白白的牙齿。

言格：“……”她总是时不时露出这样狐狸瞅鸡崽般的笑容和眼神。

但今天，他一反常态，问：“笑什么？”

“和你谈话真愉快。”她说，“言格，我们如此合拍，不在一起，天理难容。”

任何时候，不管讨论任何问题，她都能毫无压力、对接无缝地转到这个话题上。

而一到这种话题，他又无话了。

甄意眼睛弯弯，笑得那样豁然无忧：“没关系，言格。你不要有压力，是我喜欢你，我努力就好了。”

我努力就好了。有几个女人能强大到说出这句话。

医院外有车等着。上去后，言栩也在。甄意诧异，言格发短信不是取消和言栩的见面，而是叫他来。

“言栩！”她和他打招呼，他照例跟没听见似的，玩平板；甄意望一眼，不是在玩游戏，而是用天文软件计算星星参数，手中是深邃的星空。“好神奇。”她赞叹。

言栩还是不理。

甄意在精神病医院混那么久，猜得到言栩有严重的自闭症，不是他不理她，而是他真的感觉不到她。看不见，听不见，感受不到。他完全沉浸在自己单纯的世界里。

言格不上班时，生活很简单：陪言栩。所以他才会和安瑶出现在商场、寿宴。这些时候言栩都在，只不过甄意没看到。

甄意看言格，他却看弟弟。她瘪嘴，暗骂他“弟控”，骂完心却软了。

午后的阳光轻快又慵懒，透过黑色玻璃，薄薄柔柔的一层洒在他脸上，在他深邃的眼底投下暗影。因为光线，他五官看上去愈发立体，眼窝的阴影也更深。

他看言栩的眼神，虽然还是平静，但带了一丝和顺与包容，带着亲情，认真，专注。

甄意的心软得一塌糊涂。他只会对他的家人露出这样的一面吧，如果她成了他的家人，他也会这样看她吧。

言格，我好想成为你的家人，好想，好想。

她深深望着他，含着她的小小愿望，心底又晴朗又哀伤。

这世上，让她喜欢让她上心的东西，没几样；这世上，值得她拼尽一切追逐的人，只有那么一个。

言格察觉到什么，缓缓回头，便撞见甄意的眼神，笔直而又温柔，执着而又虔诚。

他愣了愣，仿佛心被什么撞了一下。“看什么？”他嗓音清雅，低低地问。

她唇角牵起，笑容纯真，像奢望着糖果的孩子，说：“好羡慕。”

听起来无厘头，言格却懂了，一时间竟无话可说。

就这样，一路安静去到目的地。

江江和杨姿在酒店等候，见到甄意和一对美男子出现，惊异了。杨姿更诧异，甄意又追到言格了？“嗨，言格。”她热情地打招呼。

言格目光挪过来，思考了一秒，微微颔首：“你好。”他对她没印象。

杨姿略感沮丧，好歹学生时代，她是他女友的闺密。

江江神经粗，看几秒美男后，立刻望向偶像：“意姐，确定无罪辩护？检方证据确凿，难度是不是太大？”甄意笑：“不是看有多难，而是看我们有多努力。”

一行人先去失火的员工电梯，位于楼层角落。一场火烧过，井道、厅门、沉没的轿厢黑黢黢的，内壁黏着几处残渣，怕是齐妙的躯体烧得贴住。

不知是不是心理原因，空气中似乎有人体烧煳的腥味。杨姿作呕，捂嘴跑去洗手间。

甄意拧着眉，很恶心。神思晃了一下，眼前出现火光。她扶住额头，有点晕，下一秒，被一双温热而有力的手握住。蒙蒙抬头，撞见言格沉静的眉眼，他握着她的手臂，声音低缓：“甄意。”

她不受控制地看他的眼睛，澄澈明净，很深邃；心莫名安宁下来，渐渐回过神：“嗯？”

“后退一点。电梯附近可能残留有毒气体。”他说谎也泰然自若，找了个很好的理由。

“哦。”她听话地远离。

齐妙为什么要乘角落里的员工电梯？是谁叫她来的？要隐秘地做什么？

这边是死胡同，除了楼梯间，没有客房，十几米开外，走廊拐了个弯儿，那边是客房和值班台。戚勉就是从那跑出去，分别被两位服务员看到。第一个看他慌张进了房间；第二个看到他握着打火机跑进房间。

电梯正对楼梯间，门旁摆着“装修中”的牌子。推开，楼道内很浓的甲醛味。

一早拿到现场平面图时，她问过戚勉，看见齐妙着火，为什么不从楼梯间跑。戚勉说楼道在装修写着“油漆未干”。离着火的电梯太近，油漆易燃，他不敢。

甄意准备去看客房走廊，扭头见言栩聚精会神地观察电梯，探头进井道里上上下下地看。

他懂这个？甄意刚要问，言格先一步：“怎么了？”

这才意识到，她说话言栩不会理。言格这个小举动叫她心里一暖。

“直流门机系统，低端，劣质。”言栩漠漠评价，手在Pad上划几下，星座消失，出来一块画布。很快，一张复杂却有序的电路图跃然平板上，“JKM吸合，电流穿过电机转子DM，开门电阻RKM……”他详细地解释此类电梯的电路原理，开门关门时的速度变化。

甄意云里雾里，言格却非常认真。一个认真讲述，一个侧耳倾听，简直亲密无间小伙伴。

“轿厢门开却无法关闭，因为终端限位坏了，状态断开。”说到这，言栩摇头，“言格，这种电梯太粗糙，不精细，我不喜欢。”一个清除，刚才平板上画的东西全删了。随即切换页面，继续埋头研究星系。

甄意：“……”她以为刚才他分析电梯是帮忙来着，原来纯粹是个喜欢机械的怪咖。

她没忍住：“言栩，电梯卡在这是意外还是人为呢？”言栩没听见，干自己的事。

甄意等了几秒，求助地看言格，后者问：“电梯为什么卡在这里？”

“最简单的情况是电梯故障。”言栩头也不抬，边做数学计算，边分心回答，“如果人为，首先轿厢里的人摁了急停开关，动手扒开轿厢门。不管故障还是人为，厅门是外面的人用三角钥匙打开的，因为轿厢下沉太多，里面的人没法施力。”

证物里没有三角钥匙。甄意指着轿厢顶上烧裂的开口：“那是什么？”

“安全窗。”言格说。

没有可挖掘的了。甄意绕过拐角，从客房走廊去值班台，站在那里回望拐角，不远不近，视线很好。两个证人就是从这里看见戚勉的。

值班台配置简单而标准，但没人守着。甄意看一眼电脑屏幕，任务栏上是暴风影音，主机上插着耳机线，她拍了张照片。

一行人离开，走到门口，甄意：“今天先到这儿吧。”江江点头，杨姿犹豫：“意，你不和我们一起走？”

“不了，还有事。”

言格和言栩已经上车。杨姿望着那黑色低调的劳斯莱斯，轻声问：“你和言格是不是……”

“哈哈，我要谈恋爱了。”甄意笑容恣意，眼睛弯弯。

“尹检控官呢？”

“我和他本就没什么。”甄意快步跳下台阶，头也不回摆摆手，小跑小跳地离开。

车内，言栩低着头，专心致志做自己的事。光线昏暗，言格神色不明：“言栩。”

“嗯？”

“如果你回应甄意，我会很开心。”语气平淡，不带责备，“毕竟，你以后会经常见到她。”

言栩静默几秒钟，才缓缓抬头，看着哥哥，目光像孩子般纯净，很乖地承诺：“我会尽力。”言格抿唇，点了一下头。

下一秒，甄意拉开门上车，空间瞬间活跃。她几乎是跳着进来，一屁股坐在座椅上，车晃了一下。

言栩坐在另一头都受到了波及，手一震，平板上的图画多出一条粗粗的黑线。他从来不知道没发动的车会晃，以为地震了，愣愣地反应了好几秒，才蒙蒙地扭头看甄意。

言格也看甄意。她因为激动，眼睛闪着光，灿烂得仿佛能把世界照亮。

她快乐地炫耀：“哈哈，这个官司我搞定了。”

言格听了，微微蹙眉，刚才在酒店，并没有特别的证据：“你确定凶手了？”

“怎么可能？”甄意瞪眼，“这么短时间，我又不是福尔摩斯。”

“你说……”

“我确定戚勉可以脱罪，你说是不是搞定官司了。”

言格明白了，证据是一回事，定罪是另一回事：“发现可以攻击证人和证物的施力点了。”

如果证人和证物出现污点，即使是真，也将无法采用。

“嗯。”甄意昂起头，见言格认真等她继续，咧嘴笑，“想知道吧，上庭的时候，你去旁听吧。”

“要看有没有时间。”

“哼！”甄意撇嘴，探头看言栩，“言栩，你去吗？我很厉害的。”

言栩低着头，起初没理她，隔了足足十秒，到甄意都放弃了，他才抬头，木木地说：“你会穿那件衬衫吗？”

“衬衫？”甄意不懂，目光求助言格。

“他说那天你在医院穿的衬衫，白色的，上面有很多黑色的几何图形。”言格轻声说，“他对数学图形很痴迷。”

“……”甄意恍然大悟，想起那夜在医院走廊遇见，他盯着她，纠结又不肯靠近的眼神。

原来是个对图形敏感的家伙。她莫名脑补出一个Q版的小言栩，跺着脚在内心咆哮：嗷嗷，我要图形，我要图形，可我不要靠近人类，不要靠近人类……

甄意解释：“法庭上不能那样穿。”

“噢，真遗憾。”言栩说，“那我不去了。”

“……”甄意无语，可他是言格的弟弟，一定要搞好关系，她“孜孜不倦”地套近乎。看到车上的魔方，拿起来玩：“言栩，你很喜欢魔方哦。”

言栩又隔了几秒，才让自己听到她的话。他在心里默默计算了她说话的时间间隔，发觉自己被她点名的频率太高了，比言格还高。但他答应了言格要回应她，他希望言格开心，于是，他很努力地说：“我会二十九种还原魔方的方法。”

甄意好奇：“真的？”

“但我一种都不会告诉你。”他认真地说实话。

“……”你这么萌贱，你哥知道吗？

她扭头看言格。言格：“……”

他很努力了，真的。

戚勉纵火残杀案第一次开庭，公开庭审。各路媒体和群众把法院门口挤得水泄不通。

甄意进去时，人潮涌动：“在事实证据已定的情况下，甄律师要为罪犯做无罪辩护？”

“甄律师把死者放在什么位置？”“甄律师作为嫌疑人的律师，是否知道真相？”

“请问你是相信嫌疑人的清白，还是明知他杀人却替他脱罪？”

甄意戴着墨镜，面无表情，在保安的帮助下往里走。有人大骂贱人和其他，激动得像齐妙是他女儿，是他老婆。甄意充耳不闻，江江跟甄意太久，早习惯；杨姿很少遇到这种情况，羞得脸红。

庭审在一号庭，在门外等候时，江江忽然问甄意："意姐，你相信戚勉吗？"

"不知道，但我只能按相信的方式来做，算是迫不得已。"甄意实话实说，经过宋依之后，她再无法相信委托人，但这是她的职业。

身后传来尹铎清朗有力的声音："甄意，需要我给你加油打气吗？"

"尹检控官。"甄意回头，稍稍颔首。即将同庭对抗，她改了口，不叫前辈。

他笑容明朗："无罪辩护。你很有勇气，挑战高难度，我很欣赏。"

甄意笑："不是有勇气，而是如果打赢这场官司，我会成为和当年尹检控官那样著名的大律师。好机会当然不放过。"话说得功利，其实在给自己打气，这很有可能是她这辈子最后一次以律师的身份上庭。

上午九点，准时开庭。

检控官辩护人入庭，法庭上很安静。甄意目光扫向旁听席，一眼看到言格和言栩，他们本就个子高，坐相还格外端正笔直，在人群里愈发出众。

言栩像是走错地方的孩子，别人都看庭上，只有他一人低着头，坐在哥哥身旁，心无旁骛地玩着魔方。甄意进来时，他看了她一眼，发现她衣服上没图形后，没兴趣地低下头去了。

言格平静看着甄意的方向，这叫她心里多了丝力量。

全体起立，法官、审判员入庭。当庭报告各项准备工作和人员到庭情况后，法官宣布开庭，戚勉被带上被告席。法官按流程对戚勉进行询问，随即介绍审判员陪审团构成，申明当事人、辩护人、检控官的权利和义务后，检控官尹铎宣读起诉书。

很快，正式进入控辩环节。尹检控官对戚勉进行审问。

甄意目不转睛，心跳有些快。她知道尹铎的厉害，头一次站在对立面，不知谁胜谁负。

尹铎："戚勉，你对起诉书中的指控有异议吗？"

"有。"戚勉略显激动，刚要辩解说我没杀人，耳边却响起甄意的话：有一说一，不问不答，宁可少说，不可多答。即使形势看上去很不利，也千万不可多说。人一情急，就会说错话。她还说：你好好控制自己，其余的交给我！

戚勉克制地闭了嘴。

尹铎知道戚勉性子急，原准备他一说我没杀人，他就冒着误导的风险说"我没问你心虚什么"让他着急方寸大乱。可并没出现这种情况。

下一个："齐妙是你杀的？"

"不是。"

“换种方式，齐妙是你点火烧死的吗？”

这个问题甄意给戚勉训练过，他当时很不屑，反问：“这两个问题有区别吗？”甄意淡定道：“如果你觉得你的目的是纵火，齐妙只是附带伤害，区别就大了。”

所以，此刻戚勉没给尹铎说话的机会，简短答：“不是。”

“你是否在案发时段去过现场？”

“是。”

“去了几次？”

“两次。”

“第一次去干什么？”

“听见齐妙呼救，我去看。”

“描述一下当时的情况。”

“电梯沉下去，她上不来，让我救她。”戚勉当时奚落齐妙，和她吵架了，但甄意不让他提，说检控官会揪住不放，给陪审员营造他怒火之下冲动杀人的印象。

“你没有救？”

“一开始没那么想。”

“为什么？因为你恨她，想要她死？”

戚勉尚未回答，甄意提出抗议：“反对，言语误导！”

“反对有效。检控官，请拿出相关证据。”法官说。

尹铎点头，申请播放录音，音频中，戚勉咬牙切齿：“齐妙我警告你，你再敢害我，我就杀了你！”语气太过凶狠，庭上有人窃窃私语。

“肃静！”检控官，请继续提问。”

“戚勉，这段话是你说的吗？”

“是。”他不自在地耸了一下肩膀。

“你想杀齐妙？”

“不想。”他克制着不多说。

“那你为什么说这段话？”

“气话。”

“看见齐妙掉进电梯里，你往她身上泼了油漆和汽油等易燃液体？”

“没有。”

尹铎没多讶异，因为戚勉的口供上没承认泼易燃液体。

他拿出监视器截图：“监视器拍到嫌疑人的鞋子，和你家的深色运动鞋吻合。我们能理解成，出现在监视器里，往电梯下泼东西的是你吧？”

“是。”

"那我再问一遍，你往齐妙身上泼了易燃液体吗？"

"没有。"

"那你泼了什么？"

"水。"

"水？"这完全出乎尹铎意外。

"水，我当时泼的是水。"

全场哗然。

尹铎言语空白几秒："你为什么泼水？"

"如你们之前听到的，我和齐妙不和，看见她掉进电梯里，我想教训她让她出丑，就往她身上泼水了。"这的确比争个嘴就放火烧人更让人信服。

尹铎没问他：为什么后来会被点燃。因为他知道，戚勉一定会按甄意交代的回答：这是警方应该调查的，你们不能因为找不到犯人就把罪名扣在我身上。他问："你第二次去干什么？"

"我认为捉弄够了，应该把她救出来。"

"你去救她，结果呢？"

"她那里着火了，很吓人。我害怕，就跑了。"

"不是你点的火？"

"不是。"

"你为什么没有报警？"

"我害怕，没想到。"戚勉一开始对甄意说"人肯定死了，报警找消防也没用"，这个回答被甄意否决。她说：你这么想没错，但这么说就是找死。

"戚勉，证人看见你拿着打火机跑出来，你怎么解释？"

"我没有。"

"你的意思是证人撒谎？"

"总之我没有。"

尹铎沉吟片刻，目光如鹰盯着戚勉，最终却一笑了之："我的问题先问到这儿。"

戚勉如释重负地呼了一口气，甄意却轻松不起来，她知道尹铎还没发力。

接下来甄意问戚勉，她努力给在场的人提出了另一种可能：戚勉泼的是水，但有第三个人趁戚勉离开时，倒了油漆和汽油。而尹铎对证人的盘问，又给人营造出证人诚实可信，证据确凿的印象。大家的判断在两边倒。

甄意没理会偶尔旁听席上的窃窃私语，精神高度集中，时间一分一秒地流逝，法庭控辩进行得有条不紊，暗流涌动。很快到她盘问证人。

第一个是酒店员工小张，尹铎提问时，她声称在换班前看见戚勉从拐角出来。

甄意：“为什么你对戚勉印象深刻？”

“因为拐角那边没客房，楼梯间也在装修，不会有人从那边过来。”

甄意微笑：“戚勉刚好出来，你刚好看见，我可以理解为你很称职，一直关注着客房走廊里的情况。”

小张受到称赞，放松下来：“我们要时刻关注客人有什么需求。”

甄意点头，笑容微微收敛：“三点整，你看见戚勉从拐角走回房间，那他之前从房间走去拐角的时候，你看到了没？”

“这……”小张稍稍应付不来，“我、我看到了。”

“但你的口供里，没向警察提到这一点。”

“我以为不重要。”

“好，你看到戚勉往拐角那边走的时候，你为什么不提醒他那边没路可去？”

“这……”小张无法回答，尹铎提出抗议：“反对，问题无关。”

法官点头：“辩护人，请陈述你问题的相关性。”

甄意让江江呈上员工手册和照片：“手册里提到，员工应向客人提示警示标志，如不可吸烟，如机房重地，又比如……”她拿起酒店拐角的照片，“墙上的员工电梯及楼梯间标识。那天，楼梯间在装修。”

法官驳回尹铎：“反对无效。”

甄意转头看小张，后者低头。“你一开始说，因为不会有人从拐角过来，你才对戚勉印象深刻。可你看到客人从拐角过去，为什么不提醒？”

小张慌乱，呼吸急促起来，忙道：“我记错了，我没看见他走过去，只看到他走出来。”

甄意步步紧逼：“记错了？可能你全都记错了，你没看到他走出来？”

尹铎：“反对，无关推论！”

法官：“反对有效。”

影响陪审员就足够了。

甄意换个问题：“请问，看到戚勉从那边出来后，你有没有过去看？”

“去哪儿？”

“去戚勉的房间附近，去那个拐角看看情况？”

“没，没啊。”小张摸不着头脑。

“确定没有？”甄意刻意重复。

“没有，没什么特别的事。”小张心慌。

甄意又点了一下头：“你记得看到戚勉的具体时间？”

“是。下午三点。”

“为什么那么准确？”

“因为是我换班的时间。”

“监视器里显示戚勉泼东西进电梯的时间是下午两点五十九分十秒。所以，和他泼完东西后离开的时间很吻合。”

“是。我就是那个时候看到他的。”

“哦，”甄意唇角一弯，这个笑容叫小张如坐针毡，她不懂这个律师分明看上去平易可亲却为何总在突然间攻势凌厉。

而她的下一个问题差点儿叫她魂飞魄散：“戚勉泼水之后，你难道没听到齐妙的尖叫？”

小张瞪大眼睛。

甄意陡然变脸，语速飞快：“我看过你的证词，你没有提到这点。如果你当时看到戚勉过来，你怎么会没听到齐妙在呼叫？怎么会没有过去查看？张小姐，你真的看到了吗？还是说你听到了却没有过去营救？那你的失职可大了……”

“反对……”尹铎才开口，可甄意不等法官判断，愈发疾言厉色：“其实你根本没看到也没听到，因为你提前交班，但害怕被主管追究，所以不得不说你看到我的当事人从拐角走出来了。”

……小张脸色惨白，无法开口。

甄意急促的发问还在大厅里激烈地回响，庭上鸦雀无声。

杨姿坐在一旁，直觉自己鸡皮疙瘩都出来了。

“控方反对无效。”法官推了一下眼镜，斜眼看甄意，“请辩护人遵守法庭规矩。”

“是。”甄意颔首，“我对一号证人的问题问完了。”

“我……”小张急得脸通红，可甄意已断送了她发言的机会，她被引导员引离证人席。

甄意要的就是这种效果，不需要小张的辩解，让陪审员怀疑她在撒谎，就足够。

第二位证人是小王，她在3点03分左右看见戚勉惊惶失措从拐角跑回房间，不久后又匆匆忙忙地从房间出来，离开酒店。

甄意语气随意，像在聊天，仿佛刚才那个嚣张凶狠的女人不是她：“你录证词，说在3点03分左右看见戚勉。”

“是。”

“为什么时间如此精确？”

“因为我3点05分上岗，但我提前了一两分钟，刚好看见戚勉从拐角跑出来。”

“之后，你过去检查情况，发现起火，然后你报了警。”

“是。”

“证词中说，你还看见戚勉从房间里慌张地跑出来离开酒店？”

“是。”

甄意平和地继续：“请陈述一下这三件事的时间顺序。检查情况，看见戚勉从拐角跑出进了房间，看见戚勉从房间跑出离开酒店。”

小王毫不费力地回答：“看见他跑进房间又跑出来，然后我去检查情况。”

甄意似乎无意地问：“为什么你不是在他跑进房间的时候过去检查，而是等他离开的时候才去检查？”

“我……”小王愣了一下，反应极快，“他进房间后，马上就出来了。”

“嗯，你是在3点03分的时候看见他跑进房间的。”

“是。”小王奇怪她怎么问重复的问题。

“很快，戚勉跑出房间，慌慌张张地下客用电梯离开。”

“是。”

“然后，你去检查情况，并报警。”

“是。”小王刚才回答过，无法改答案。

甄意走到桌边，拿起一张纸，递到小王面前：“这是员工电梯和客用电梯的图像，3点2分28秒，员工电梯起火，3点10分11秒，戚勉从客用电梯下去。中间时差八分之久。可据你描述，你是看着他跑进跑出的。”

“我……”小王眯眼看清上面的图像，哑口无言，争辩，“不是，我……”

甄意抬手打住：“110电话记录显示，你是3点13分报的警，我可不可以认为，你其实是在3点10分才看见戚勉跑出来，并非发生火灾的3点03分左右。”她语气不经意间凶了起来。

“不是。”小王被她唬住，乱了阵脚，“不是，我在上岗的时候看到戚勉跑进房间了。我的确看到他跑进跑出了。只不过我没有以为时间过得那么长。”

“八分钟的时间不是很长。你在干什么？齐妙在火里，起初会惨叫，为什么你没听到？”

小王头上渗出了汗，不作声。

甄意逼问：“王小姐，请回答我的问题，你当时在干什么？”

法庭上所有人的目光都聚焦过来，似乎都在逼问。

小王脸色惨白，头低了下去。

甄意的声音一度度拔高：“八分钟时间飞逝，听不到外面的声音，你在干什么？”

她重新抽出一张照片，放到投影仪上：“这是你们值班台的照片，电脑任务栏上有视频播放器，主机上连着耳机。请问，当值时看电影是你们的常态吗？当时你在看电影，太入迷所以没有及时起身去一看究竟吗？”

她严厉的质问还在法庭里每个人的耳朵旁震颤，现场一瞬间落针可闻，却又在一瞬间嘈杂纷纷。

“……”小王坐立不安，“我真的看见戚勉从……”

“王小姐，回答我的问题就行，不用做引申。”甄意严厉打断她，也打断了法庭上的窃窃私语。刹那间一片寂静，空气绷起了弦。

小王闭了嘴，不作声。

“王小姐，请回答我的问题！”甄意几乎咄咄逼人，双手抓住了小王面前的证人席，“你当时，是不是戴着耳机在看电影！”

“反对！言语误导！”尹铎起身。

法官道：“反对无效，证人请正面回答被告律师的问题。”

“不……”小王才开口，甄意大声提醒，“技术人员可以分析出你的电脑在什么时间做了什么，王小姐，你想做伪证？”

小王没法撒谎，羞愧地低下头：“是。”

现场一片哗然，甄意趁势追问：“我可不可以认为你其实没有看到戚勉？”

“不，我看到了！”小王急了，“虽然我没及时过去，但我真的看到他从拐角跑出来！”

尹铎：“反对，无关推论！”

法官看向甄意：“反对有效，请辩护人提出更有根据的问题。”

“是。”甄意瞬间礼貌下来，重新问问题，“你看见戚勉拿着打火机？”

“是。”小王坐直了，很确定，急切道，“我在3点03分和3点10分见到戚勉，没有说谎。正因为我在看电视，才知道确切的时间……”

“我说过回答问题就行，不要引申。”甄意观察她的神色，知道她说了真话，在这方面已没有多的可以挖掘，问得越多，反而会让审判员确信：她虽然有撒谎，但在这方面说了实话。她语气太凶，小王默默往椅子里缩了缩。

“你看到戚勉拿着打火机？”

“是。”

“描述一下。”

“金属的，长方形。”

甄意点头：“你在酒店服务，会不会偶尔看到客人用打火机？”

“会。”

“进出你们酒店的客人通常用哪种打火机？”

“都是比较高档的。”

甄意微笑：“大部分是金属的，长方形。”

小王愣了一下，声音低下去："……是。"

"有没有可能，你没看到打火机，但惯性思维，你以为你看到了。"

"不是。"小王尖锐道。

"反对！"

甄意沉默了一下，换问题："王小姐，刚才我给你看证据的时候，你几度眯眼，请问，你是否有轻度的近视？"

"是。"小王垂了一下眼睛。

甄意看在眼里，一目了然："你在近距离看电影的同时，去看远距离的戚勉，你能看清他手中的打火机吗？"

不等小王回答，尹铎抗议："反对！"

几乎同时，甄意转身看向法官，鞠躬："我对第二个证人的问题问完了。"

旁听席里爆发出纷纷议论。"肃静！"

小王担忧地离庭。

甄意回位时，看一眼尹铎，他并不着急，对她竖了竖大拇指，自在掌握的样子。

旁听席上，言格依旧不感兴趣也不烦腻的模样；言栩低头捣鼓他的魔方，甄意看见他几秒把魔方复原，又几秒把它捣乱，像个机器人，自娱自乐，一点儿不无聊。

"……"

接下来盘问鉴定员，在这个案子里，就是法证人员。

盘问这类人比证人简单，因为他们只会陈述事实。这次代表官方做鉴定的是一位姓陈警官。"陈警官，目前得出的控告我当事人的物证有脚印、油漆桶上的指纹、打火机上的指纹，对吗？"

"对。"

"对脚印及油漆桶上的指纹，我当事人刚才已经给出他的解释。请问，警官在地板上有没有发现其他人的脚印呢？"

"有酒店的工作鞋之类，我们排除过。"

甄意挑重点："所以，脚印不是只有我当事人的？"

"是。"

"案发现场的油漆桶呢，上面只有我委托人的指纹吗？"

"是。"

"请问你们检查过，那个桶是否曾装过水呢？"

"这倒没有。"

"上面只有我当事人的指纹，这表示绝对只有我的当事人拿过桶吗？"甄意强调"绝对"二字。

陈警官思索半刻："严格意义上，不能。"

"为什么？"甄意明知故问。

"因为别人如果戴手套，就不会留下指纹。"这种话借官方之口说出，效果会更好。

甄意很满意，问："我可不可以假设，如果我的当事人拿油漆桶泼了水，有人戴着手套拿桶泼了油漆和汽油的混合物，也会留下这种让人以为我的当事人泼了易燃液体的情形？"

"可以这么说。"

"至于打火机上的指纹，那本来就是我当事人的打火机，这其实不能用做证据吧？"

"是。"

"还有电梯井道，由于电梯下沉，轿厢顶部可以轻易爬上去。轿厢里的易燃漆都烧干了，可以判断它究竟是泼进去的，还是倒进去的吗？"

"倒进去？"鉴定人疑惑。

"如果我的当事人泼的是水，他走后，有人爬上轿厢，打开安全窗，从上面沿着墙壁倒易燃物进去，并躲过监控，能排除这种可能吗？"

"不能。"

甄意微笑，递上一张照片："图中显示，三角锁处于非复位状态，我可不可以理解为，厅门是外部人员用钥匙打开的？"

"可以。"

"请问你们有没有找到那把三角钥匙？"

"没有。"

"所以有没有可能，是第三人打开了厅门，而非我的当事人？"

"有。"

甄意款款回头，看法官："我的问题问完了。"

法庭上再度有人窃窃私语，陪审员们也相互交换着眼神。甄意在心里舒了一口气，她知道，她能做的已经达到最好。

中途短暂休庭。甄意看见被告席上戚勉如释重负，感激却又别扭地看着她。甄意做了个"坚持住"的口型，收回目光。

旁听席上，听众在小声交流着想法，毕竟，刚才辩护人的一番言论把控方的人证物证攻击得支离破碎，着实太精彩。

甄意回头看，大家交头接耳，只有言格，目光清然，似乎在看她。他始终端端坐着，格外遵守法庭规矩，尊重法庭尊严。

她忽然心情大好，发了条短信过去："厉害吧！高端吧！印象深刻吧！"

他原坐得背脊笔直，下一秒，缓缓低头，从口袋里拿出静音的手机，看了一眼，又抬眸看她，泰然自若地又坐直了。

他没理她。

甄意哼一声，又发了条短信过去："赢了官司请我吃饭。"

十几米外，言格再度低头看了一眼，依旧没什么反应。但很快，短信回来了，一个字：

"好。"

甄意满意地握紧手机，很好，今晚算是第一次约会喽！

这时，尹铎走了过来，说："甄律师擦边球打得很好。"

甄意摇头："不，我在陈述事实，控方用如此经不住推敲的证据就想给人定罪，这才是打擦边球。"

"希望你过会儿还能有底气。"他笑容满满招了招手，转身走了。

杨姿立刻问："意，尹检控官看上去有翻盘的把握啊，怎么回事？"

刚才甄意的辩论非常精彩，可不能像空中楼阁塌掉。她怕出庭的时候还被记者们骂。

甄意不作声，判断尹铎是虚张声势，还是哪里有漏洞她没有察觉？

她得立刻回忆筛查。就听江江仿佛心有灵犀，说："意姐，证人名单、证物列表都完整了，没有新的东西；刚才你盘问的时候，我记录并检查了你的语言，我方没有疏漏。"

"好。"她拧拧她的脸，"江江，不愧是我带出来的。"

江江吐舌头："请意姐以后别对我那么毒舌。"

"我这是为你好。"她笑。话这么说，心还是疑惑，尹铎今天没怎么表现，这不像他。

旁听席上，言栩抬眸望了一眼，低下头去，继续玩连环："言格？"

"嗯？"

"你介意吗？"

"介意什么？"

"那个穿西装的。"

"……嗯……有点儿……"

"那……加油。"言栩说。

"……"

再度开庭，各方问话完毕，程序上只剩尹铎对戚勉的再次问话。戚勉这次没了第一次紧张，可甄意心里反而没那么轻松。

“你泼水是为了教训齐妙？”

“是。”

“有没有证据？”

“证据？”

“证明你泼的是水的证据？”

“油漆桶里应该有水。”

“这不够充分。”尹铎摇头，话语却十分温和，“比如，你有没有在宾馆房间外哪里洒了水？走廊地板？你的鞋子上，衣服上，不小心打湿了？”

甄意隐隐有不好的预感，刚要提出反对，可戚勉莫名其妙地回答了：“没有啊。”

“嗯。”尹铎很平静，不露声色，问，“案发当天你穿的那件衬衫有几件？”

戚勉一愣，支吾起来：“一、一件。”

“很不凑巧，这是 D&G 的新款，我恰好查了一下，你买了两件。店员说你有买双份的习惯。”

“不是，我送朋友了。”

尹铎说话平和得仿佛让人如沐春风：“送给谁了，我们联系核实一下。”

戚勉脸色发白。

甄意恨铁不成钢，她交代过他，不要当庭撒谎。因为检控官一定会逼问出来，而这给陪审员的印象将非常恶劣！

“反对。无关问题！”甄意抗议。

法官：“反对有效，控方律师请尽快陈述问题的必要性。”

尹铎转身，声音洪亮：“我们怀疑被告在案发后换了衬衫，因为他的衬衫上留有关键证据！”

“反对！”

“控方律师，请提供证据！”

尹铎呈上一件衣服，衬衣的袖口已经固化，附加一段视频，视频可以看到酒店的外墙壁。

“被告在房间内独处了八分钟，这让我非常挂心。我想，他会不会在换衣服？”

甄意脚微微打战，该死，她疏漏了这一点。

尹铎继续：“我去过戚勉房间，从他的窗户看到了路口的交通摄像头，我去交通局查阅，意外发现那天摄像头捕捉到了酒店几个房间的图像，左上角的这个刚好是戚勉的房……”

“反对！”甄意腾地站起来，“这份证据尹检控官没有提前申报，也没有出现在证据清单中，我质疑这份证据的有效性和合法性！”

尹铎不等法官宣布，立刻争辩：“由于时间和程序问题，我们刚刚才拿到这份资料。”

法官和陪审员商议了一会，说：“我们先看，再决定是否采用。”

视频里并没有值得挖掘的内容，案发那天下午 3 点 05 秒的时候，戚勉冲到窗边拉上了窗帘，没了。

尹铎的话却引人遐想：“这是在戚勉的鞋子出现在电梯视频往里面泼液体的五十五秒之后，我怀疑戚勉换了衣服，于是我们一直在环卫公司做调查，终于在距案发地直线距离十公里外的清江区某垃圾场找到这件衬衫，和当天戚勉穿的一样，袖口的油漆和汽油比例与证物油漆桶里的完全吻合。请问，”他目光锐利，盯着戚勉，“你该如何解释？”

情势陡转直下，法庭上骤然安静，所有人屏气盯着。更不可置信的是，尹铎居然为了一件衬衣，翻遍 K 城的垃圾场。

甄意的心一点点下沉，死死盯着脸色惨白又发红的戚勉，她不知道是不是被他骗了。又或者，崔菲戚行远殚精竭虑地栽赃陷害。

但，她还是选择相信。可如果不是，那她今天在庭上为他辩解的一切，都将成为律师史上最大的笑话。

戚勉没有回答，而尹铎瞬间气势如虹，话语严厉，几近训斥：“其实你倒了一整桶易燃漆，是你杀了齐妙……”

甄意：“反对！”

尹铎：“戚勉，是你在撒谎！”

戚勉：“我没有！”

三个声音同时爆发，急切而愤怒，现场气氛像要爆裂。

“肃静！”法官猛敲法槌，“请遵守法庭纪律！”

瞬间死一般的寂静，空气仿佛战争之后，没有声音，却硝烟弥漫，危机四伏。

尹铎和甄意都没说话。法官开口了，谁先辩解谁就是撞枪口。

可戚勉冲动又害怕，早已气爆：“我没有！是你们栽赃，是你们陷害。是控方栽赃陷害我。”

甄意脸色阴沉，恨不得堵上那白痴的嘴，她交代过无数次，法官是代表官方的，这种话是绝对不能在法庭上说的，不然……

“嫌疑人藐视法庭，带下去，离庭羁押教育！”法官脸色铁青，再度敲响法槌。

戚勉被押下去还要大喊，却猛然撞见甄意禁止的眼神，闭嘴了。

法官不客气地看向甄意，训斥：“甄律师，以后请务必教会你的当事人，何为法庭规矩与礼仪！”

旁听席上鸦雀无声，目光齐齐射向她。甄意脸红得要滴血，鞠了个躬：“是。”

她知道言格在后面看着，她不敢回头，又羞又惭，从未像此刻这般羞辱。

而她目光空茫，撞见尹铎犹豫而不忍的眼神，她莫名感觉，尹铎还会给她致命一击。而就在今天，她做律师的最后一场战役，会就这样，功亏一篑。

果然，戚勉再度被带上法庭时，尹铎面容严肃，提出了最后一个证人：戚行远。

戚勉忐忑万分，不明白戚行远怎么会成为控方证人。

甄意立刻反对，可尹铎坚持说这位关键证人是在历经“亲情与道德的挣扎”之后，最后一秒才同意出庭做证。而法官和审判员商议后，再次站在了尹铎一方。

尹铎询问戚行远：“你之前不愿意出庭做证，为什么？”

“因为他是我的儿子。”戚行远面露痛苦。

“你现在为什么决定要出庭做证？”

“因为他做的事是大错，我这样包庇他，让他以后继续犯错，那会是我的罪恶。”他低着头，极度悲伤。

法庭上寂静一片，所有人都有预感；戚勉也预感到他要说什么，惊愕地瞪着眼睛，不能言语。

尹铎：“你之前说你那天不在那家酒店。”

“其实我在。”

“为什么撒谎？”

“因为我不想做证。”

“你认为，你可以做什么证？”

“人证。”

“人证？”尹铎问，“你看到什么了？”

“我没看酒店标识，走了楼梯间，我，”他捂住眼睛，声音颤抖，“我看见阿勉用打火机点燃一张纸，扔进了电梯间……”

全场哗然。

戚勉猛地震住，惊愕，惶恐，绝望，更有一种孩子般被遗弃的伤悲和愤怒。

“你说谎！”他猛地站起来，嘶哑而凄厉地吼，“戚行远！你他妈的王八蛋！我操你祖宗！”

他双眼通红，脸庞扭曲，几乎想扑去证人席，法庭顿时一片混乱嘈杂，几个法警冲上去扭住戚勉，把他摁在地上，法庭里戚勉的绝望而愤懑的嘶吼压过了所有人的议论声：“戚行远！我操你祖宗！我操你全家！”

他情绪太激烈，法警控制不住，拿出电棍狠狠打他，他蜷在地上，抽筋颤抖，骂不出来了，陡然放声大哭，悲痛惨绝："不！爸，你不能这样送我去死，不能这样！我是你的儿子，我是你儿子啊！"法警制服他，把他带了下去。

法庭全然混乱，法官敲了几次法槌，才让大家肃静。

庭上闹成这样，法官脸色极差。甄意迎着法官恶劣的目光，站起身，表情毅然决然，缓缓道："我方对控方提供的新证人及证据的合理性、合法性以及真实性提出质疑。"

她在所有人的目光中站得笔直，依旧要为戚勉争取最后的利益。

法庭再度陷入诡异的安静。杨姿捂住额头，甄意太傻了，如此证据确凿，她还这样撑着，这是在为自己身上打上"为凶手辩护执迷不悔"的标签啊。全国人民都看到了，她是找死吗？

江江咬着唇，望着甄意的背影，那样瘦弱却笔直，像个战士，她有点儿想哭。

旁听席上，言栩也没玩魔方了，寂静地看着甄意，半晌，扭头看言格，愣了，他从言格波澜不惊的眼眸里看出了一种很少见的情绪：心疼。

……

法庭审理结束，法官和审判员退庭，由陪审团进行评议。不久后，甄意和尹铎共同被传唤到法官办公室。

才进去，尹铎就被法官一通臭骂："你这些证据哪儿来的，为什么不提前报备？"

尹铎："真的是前一秒才找到，在全城的垃圾里找一件衣服是大海捞针。至于戚行远，我的助手也刚刚才劝服他。之前他不肯出庭，才没列到证人和证据单里。"

甄意无声听着，她知道，她被戚行远卖了。

法官懒得看他，锐利地看向甄意："你呢？戚勉说他泼的是水，是不是你教的？"

甄意摇头："我没有！我不知情，现在也不能确定他倒的就是易燃……"

"我不管你和你的当事人是怎么回事，也不管你有没有撒谎！"法官打断，"甄律师，你可以为当事人争取权益，可以打擦边球，还可以钻法律的空子，但不能违法，不能曲解事实帮助罪人撒谎，否则你的律师执照会被吊销！这几年你冲得很厉害，但别得意忘形没了底线。你要记住，冲得越高，你会摔得越惨。"

甄意像被打了耳光，脸红得渗血，一直红到耳朵根。

她没辩解，法官已望向尹铎："不惜一切，不放过一切，拼命找细节找证据，很好，请继续保持你的认真；但请注意你的方法，下次在庭上，我不想看到你的意外证据。"

尹铎点头："是。"

"检控官把新证据交送警方调查鉴定，辩护人继续准备辩护。"法官站起来，"两个星期后，二次开庭，有没有异议？"

"没有。"

"没有。"

众人回到法庭。

"全体起立！"唰唰的起立声。

法官宣布："对被告人戚勉放火烧人案一审一次开庭结束，陪审团充分考虑检控官被告人及辩护人的意见，进行认真的评议，由于控方证据合理性不足，决定于X月X日于南城区人民法院二次开庭。"

法槌落。

退庭后，甄意一出门就被媒体围堵："是甄律师教戚勉撒谎吗？"

"甄律师的行为是否违反了法律？"

"请问你为何从正义化身变成杀人犯包庇者？"

江江护着甄意，艰难地甩开媒体；媒体、保安、工作人员全部挤在一起，水泄不通。混乱中，有双手抓住了甄意。

言格其实很讨厌人多的地方，尤其像此刻，挤在嘈杂的人群堆里。

"甄意！"他紧紧抓着她的手，不肯松开，周围的人拼命地推搡拥挤，她回过头来，脸色阴沉如暴风雨，陌生，阴狠。

言格心一沉，愈发用力握紧她的手，可她反手一推，他的手心，空了。

人潮汹涌，她转身就消失不见。

羁押室内。

戚勉坐在角落，绝望，呆滞，没精打采。门一响，开了。

甄意进来，他立刻跳起，想扑上去问戚行远怎么回事，可看见她阴森得像鬼一样的表情，他莫名吓得一个机灵，想起他的撒谎害惨了她。

他惶然又不安，不敢看甄意，眼神到处飘。

甄意声音很冷，像从地狱里飘出来："请你们回避三十秒，我有事要和我的当事人谈！"

两位法警站去门外，关上门。

戚勉浑身僵直。

甄意静止一秒后，一步一步走向他，高跟鞋的脚步声踏在他心上，一股危险的气息逼近，他紧张得无法呼吸。

她已靠近，戚勉一抬头就看见她冰刀一般的眼神，陌生，暴怒，阴冷，恐怖。

他慌得一缩，立刻低下头，可，甄意一把揪住他的头发，把他的脑袋扯起来，动作粗暴得让戚勉以为自己的头皮会被她撕裂。他背脊发凉，大气不敢出。

甄意揪扯着他的头，嘴角抽搐了一下，一字一句几乎是从牙齿缝里蹦出来：“戚勉，我先警告你，你再敢对我撒谎，我就把这个案子的委托费捐出去，然后！让你！去死！”

戚勉头一次被一个女人吓得不敢开口，浑身颤抖。

“你听明白了吗？”

戚勉点一下头，头发被扯得剧痛。

“很好。”她冷笑，“我问你最后一次，你往齐妙身上泼的究竟是水，还是，易燃液？”

戚勉眼神恐惧，盯着她，不敢回答。可她的眼神像巨大的铁块，逼迫着他，压得他喘不过气来，最终他被压垮，嘴唇剧烈颤抖，吐出一句：“易、易燃……”

啪的一声巨响，狠狠一巴掌扇在他脸上。“王八蛋！”

那一声惊心！

戚勉被打得唇裂出血，眼冒金星。

法警冲进去，就见甄意把戚勉踢得脸色惨白，捂着腹部在地上打滚……

夏天到了，院子里的樱花树早没了花儿的影子，抽出绿绿的树叶。芭蕉树绿油油，金银花树翠嫩嫩，一层层渐进的绿色铺满小院。

甄意坐在藤椅上，恹恹地望着窗外。自上次的事故后，爷爷住去精神疗养院，学校深处的小楼成了她一人的避风港。

木棱支开窗户，窗台上几盆小小的向阳花，明黄色。风一吹，一小簇一小簇挤挤攘攘。

甄意没什么兴趣，心情阴郁得像乌云密布的雨天，和窗外的阳光灿烂一比，还真是好笑。

老式电话丁零零地响，她累得不想动，撑着自己，抓过电话：“哪位？”

她听见自己的声音气若游丝。

“甄意。”言格的嗓音低低的，透过听筒，似乎比平时温润清和。

她嗓子像堵住了，说不出话来。明明那天说好去吃饭的，可她输了，所以逃走了。手机关机，消失。她知道，不然会被事务所、委托人、记者打爆。

她不知道言格怎么会知道自己躲在这里，可，当你消失无踪时，世上有个人总能知道你在哪儿，这种感觉还真是……让人想落泪。

她握着电话听筒，愣愣的，不发声。

言格说：“我在门口，可以开门让我进来吗？”

听筒和窗外同时传来院子木门吱呀推开的声音，重叠起来。

“好。”她声音很弱，放下电话，去开门。

屋外，言格收了手机，走上台阶，木门便拉开。甄意的脸出现在他面前，苍白，无力。她穿着拖鞋，身高比平时落了一小截，连衣裙睡衣，薄薄的，衬得她瘦瘦小小一个，站都站不直的样子。

她开了门，看都不看他，转身进去，爬到藤椅上躺好，也不和他说话。

言格扫一眼屋内，脏衣服堆满沙发，外卖盒子、包装纸挤满茶几，水渍、食品污渍散落各处。

他走去她身边，她眼神笔直望着窗外。“心情不好吗？”

“为什么心情不好？”她眼珠转过来，不友好地盯着他。

“案子出问题，戚勉骗你，戚行远坑你，媒体都说你是坏律师。”他倒直言不讳。

“你想把我活活气死吗？”甄意差点儿跳起来，无奈体力不支，重新倒回去，胸口起伏，“我会因为这种事心情不好？你小看我。”她别过头去，“因为你的话，我现在心情不好了。”

言格手插兜，抬下巴指指客厅：“这不像是一个心情好的人的生活状态。”目光又落到她苍白得有些憔悴的脸上，“你看上去也不像心情好。”

“那是因为……”甄意无奈地闭了闭眼，“我拉肚子了。”

“……”言格微微侧眸，缓慢地重复，“拉肚子？”

“吃什么拉什么，我能精神好吗？”甄意有气无力，“我现在连水都不敢喝。”

“……”看得出来，她嘴唇干裂了。

“怎么不去医院？”

“不要！”她捂着肚子，难受地哼哼，“撑一撑就好了，以前就是这样。我只要去医院打针或是吃药，好了就会便秘。拉肚子是排毒，我喜欢。”

“……”言格真搞不懂女人的脑子里装着什么，为了所谓的好看能忍受如此痛苦，“几天了？”

“才一整天。”

“才？”他目光研判。

“看什么看？我不想便秘，这是我的自由！”

“甄意，”他耐心解释，“你这样会造成身体脱水，电解质紊乱……”

甄意夸张地抠抠耳朵，头一别：“说得像我会听一样。”

“……”言格不说话了，看她几秒，转身离开。甄意以为他要走，连忙回头，却见他进了厨房。很快，听到水流声，米粒蹦跶声，细细的，很温柔，没有锅碗瓢盆碰撞的声音，他进厨房也像是不食烟火的。

“我不需要吃东西，吃了也会拉肚子。”甄意扬声喊。那边没理。

甄意也不管他，歪头躺下。

阳光透过樱花树叶照下来，暖暖的；空气里有淡淡的金银花香，柔柔的；耳边是男人在厨房里的声音，温温的。她忽然有些困了。肚子空空的，还在叫唤，她却睡意来袭。

迷迷糊糊中，似乎闻到米饭的香味，睡了不知多久，有谁轻轻碰她一下。

睁开眼睛，言格一手端着碗，一手扶住她的肩膀："起来吃点东西。"

甄意揉揉眼睛，是粥，便难过地咕哝："真的不能吃，吃了还是会拉出来。"一边说，一边趁机蹭蹭他裸露在外边的手臂的肌肤，好舒服。

"吃粥不会有问题，听医生的话。"他坚持，声音却温软。

"真的？"

"嗯，虽然现在说会影响你的胃口，但大米能促进排泄物的固态形成。"他尽量选委婉的词。

甄意接过烫烫的瓷碗，一点儿不觉得倒胃口，反而很有食欲。一碗粥冒着热气，天然香喷喷，煮得十分浓稠，黏黏的，仿佛水和米都融合了，颜色也很好看，玉白玉白，晶莹剔透，拿勺子舀起一勺，沉甸甸的。甄意不知道自家能把粥熬成这样，以为是粥店的绝活。

呼呼吹散热气，放进嘴里，口感黏稠，有点儿咸味，非常鲜。

她知道他肯定放了盐，因为不久前他说拉肚子会造成电解质紊乱。

"以前上中学的时候，姑妈要我煮粥，我每次煮的，米粒是米粒，水是水，只能称之为稀饭。"她扭头看言格。

他卷着袖子，在收拾客厅，脏衣服放进衣篓，垃圾收进塑料袋打包。一边认真打扫，一边回答她："那是你不够耐心。"

"耐心？"甄意大口嗷呜喝粥，"这算是熬粥的秘诀？"

"没什么秘诀，就是一直守着。"

一直守着？

甄意看一眼挂钟，竟过去一个小时！他熬了一个多小时。

她的确没有耐心，煮粥很麻烦，盖盖子，米汤会汩出来，不盖盖子，水很快就煮干。只有站在一旁，一遍遍地加水，一圈圈地拿勺子搅，才煮得出来。

她想着他立在灶台边，一个小时，清秀的脸始终干净平淡，没有丝毫不耐，心里忽然就熨烫起来，温暖又感动，像是泡进了温温的泉水里。

言格把衣服放进洗衣机，拿了抹布出来擦茶几，又拿拖把准备拖地。

甄意不太好意思："放着吧，我过会儿自己来。"

言格抬头："不是，这里太脏了，给我感觉不舒服。"

“……”有清洁癖的言医生，她最喜欢了。

她吃了大大一碗粥，胃里舒服了好多。

等把一切清扫干净，言格把一楼的木窗户都打开，屋里一下子明快敞亮。

他才坐下，居然也看那个放在小几上的碗不顺眼，默默拎去洗掉。

再回到客厅，坐去甄意身边的椅子上。两个人都望着窗外的绿色不作声，隔了好久，言格无意间回头看她，她不知在想什么，眼神空寞，望着窗外发呆，脸色安静而轻柔。

她侧身躺着，睡裙很薄，贴在腿上，两截小腿露在外边，细藕一般，匀称修长。

她的有些话真像魔咒，一直在他耳边晃。他又想起多年前她在他身旁的嘀咕“我世界级的美腿呀！”

言格克己地收回目光，缓缓开口：“戚勉的事，心里还是介意吧？”

甄意看向他：“你相信不是我教戚勉撒谎的？”

外表那么逞强，心里果然还是介意。言格一目了然，道：“我知道你是什么样的人。”

平淡的一句话，却让甄意鼻子发酸。

“你知道就好了，别的我也不在意。”她倔强地说。那天最难过最丢脸的，不过是他在旁听席看着，本想让他看看她最意气风发最好的一面，却让他看见了她的无措、狼狈和惨不忍睹。

她从未如此屈辱，站在法庭上，恨不得钻地洞。现在想起当时的窘迫，她都羞得脸红。

言格看她脸色哀哀，不太习惯地安抚：“甄意，不要难过了，心情好一点。”

甄意狐疑看他，简直受宠若惊，不相信这种话出自他的口中，他以前从没安慰过她。

她扭过身子去看他，其实他打电话来的那一刻，她就已经心情大好。

她腿伸过去，脚丫勾他的腿：“想要我开心吗？和我睡觉啊，和我睡了，我就开心了。”

“……”言格说，“还有心情开玩笑，看来心情不错。”

“哼！”甄意嘴一瘪，身子又拧过去了。

这种时候，他不知该说什么。

夏天的午后，房子里格外安静，客厅里还残留着淡淡的米粥香。

甄意侧身躺在大大的木藤摇椅里，固执地睁着眼睛，不知为何，心情阴晴不定，轻轻吸了一口气，寂寞地说：“你一直都不哄我。是你女朋友的时候，就不哄；现在不是，你更不哄。每次，都要我自己哄自己。”

这话说着真哀伤，可她心里一点儿不悲哀，也不难过，反而很平静。

她望着窗外树叶上热烈的阳光，怔怔出神。

夏天的风吹进来，她的大摇椅竖了起来，她以为是幻觉，可很快，摇椅大幅度地晃荡，言格躺在她身边，和她一起挤着躺下睡觉。

躺椅空间有点儿小，两人的身体紧紧重叠在一起，她甚至可以感觉到他胸膛规律的起伏。她缩在他身旁，被他高大的身躯整个儿罩住，心跳全乱。太亲密了。他从未这样过。

她惶然地抬头看他，张着口，却说不出话。

“这样算是和你睡觉吗？你会开心吗？”他嗓音清平。说完，他懒懒地合上眼睛，似乎真准备要睡了。睡颜隽永沉静，叫她挪不开目光。

他似乎感受到什么，睁眼看她，蓦地，就有些怔愣。他从未见过她这样的表情，一瞬不眨，懵懂，甚至呆傻，脸红红的，居然是害羞。

其实她对他做过更亲密的举动，但每次都是她主动，所以她不能害羞无措；仿佛这次，因为他的主动，她做了回正常的女生。

他忽然有些抱歉，抱歉他总是忘了，她其实是个女孩子。

她最终反应过来，垂着眸，骄矜地瘪嘴：“不开心！你这个只会玩文字游戏的家伙。”

“哼，我要全套的福利。”她翻了个身，搂住他的身体，脑袋也往他肩膀上挤，找了个舒服的角度枕住，“你不准推我，不然我就爬到你身上让你甩都甩不下来。”

说得像她没黏过而他没见识过似的……他真的没有推她。

和她一起躺在藤椅里，慢慢地摇，感觉其实很好。

甄意的神思晃来晃去，散漫又懒惰。

她说：“我那天被法官训了。”

“为什么？”

“虽然是戚勉骗我，但我没有足够的甄别能力。”她微微脸红，错误让她脸红，可她也要努力自救。

“我不对，是我想出风头，花那么多心思在花哨的辩论和口才上，却没有脚踏实地地去做背面功夫，忽略了基础调查。尹铎的确是大律师，值得我学习。”她如此虚心，倒让他意外。

比起失败，更要从中找教训，也难怪成长得如此快。

只不过，不要提尹铎。

他微微蹙眉：“犯错，早比迟好。”

“嗯。”

凉风习习，清新的香味溢了进来，分不清是金银花还是他身上的味道。

她渐渐想睡了，喃喃着说：“戚勉的事，我有些失望。”

“嗯？”他稍稍低了头，她的鼻息暖暖的轻轻的，从他脖子上喷进胸膛，很痒。一低头一睁眼，便看见她慵懒而白皙的睡颜，歪在他肩头。

她小小软软的身体紧挨着他，他的心跳有些不在节拍。静静凝视她半晌，他终于安然合上眼。

她合着眼：“即使有金钱交易，即使有保密协定，他还是不相信我。人要相信一个人，怎么就这么难？”

“你说不全信委托人的话，但其实偏向于相信他们。”

“是，我太感情用事，应该吃一堑长一智。”她咬咬唇，往他身边靠了靠。

摇椅慢慢摇，耳畔还有他有力的心跳声，甄意内心安逸而宁静：还好她相信他，还好他值得她信任。比起不被人信任，她以为，没有可信任的人，更可悲。

他在她身旁安睡，却似乎感应到她的想法，缓缓地唤她：“甄意。”

“嗯？”

“那天你给我打电话，我没接到，我很抱歉。”

“嗯。”

世界安安静静的，风在树梢，阳光很好。

他说：“感谢你那样信任我。”那样可托付生命般的信任，何其珍贵。

“不用谢。”她闭着眼睛，蜷缩在他怀里，眼角有泪花，唇角有微笑。

摇椅仍在轻轻地摇，这样相拥睡去，多好。

能和他一起睡觉，她心里，一世安宁。

开庭前夕，甄意央言格陪她上街，说是要买必须有男人陪着才能买到的东西——男装。

言格的作用——衣架子。言栩的作用……尚待挖掘。

甄意站在高一级的台阶上，背着扶梯运行方向：“戚勉坚持说他泼的油漆，他不知道里面混了汽油，也没点火。”

言格抬眸：“你认为，戚勉是预备杀人中途停止，还是只泼了易燃液体，无意间给别人提供了便利？”

“是不是都不重要，”甄意弯弯唇角，“因为我会继续无罪辩护。”

“无罪？”

“嗯，之前戚行远出律师费，一次开庭后，他想终止合同。但戚勤勤私下给我钱，让我救她弟弟。”她笑逐颜开，一副守财奴的模样，“超多超多的钱。我要发财了。

当然给他打无罪辩护。”

言格默然。他早料到甄意会继续帮戚勉，因为戚勉和她一样，是被亲人抛弃的孩子。她真没必要在他面前装贪财，因为，他其实比她想象的，更懂她。

商场里音乐声悠扬，扶梯缓缓向上。天光落在她脸上，白皙而轻盈，衬得湛湛的眸子格外执着。真是一个很罩的女孩啊！言格想。

“我猜，戚勉说他泼油漆是想让她难堪，没想杀她，而你信了。”

“对，我信。这次是客观相信。”甄意认真起来，“他撒谎说泼水，是因为齐妙被他泼的易燃液烧死，他害怕。我还觉得他撒谎是有人教的。但不管怎样，他原本只想让齐妙出丑，泼油漆正是常用的羞辱手段。只不过刚好油漆易燃，还有人混了汽油。”

“这只是倾向与可能，”言格问，“客观的证据呢？”

“打火机！警方在戚勉客房的垃圾桶里找到打火机，认为是凶器。戚勉衣服上粘了油漆，他想得到开车把衬衫扔掉，却把打火机扔在酒店？”

“甄意，”言格提醒，“你需要决定性的证据。”

“有，算是尹铎送我的意外收获。”甄意咧嘴笑，朝他勾勾食指，语气不经意娇俏，“想知道吗？靠近点，我给你讲悄悄话。”如此明显的挑逗……

言格没那么好奇，也没那么感兴趣；但看着她脸上灿烂开心的笑容，他还是配合地微微倾身，贴近她。

甄意超满意，欺身凑近，在他耳边轻轻嘀咕。言格听言，并不讶异，和他想的一样：

“是，戚勉的确不是凶手。”

甄意立在台阶上，平齐地贴在言格耳边对他低语。扶梯上到尽头，阶梯下降，她的高度缓缓下落，嘴唇不经意地，蜻蜓点水般，从他耳边滑落……两人都微微僵住，没了动静。

阶梯缓缓落，她微张的柔软的唇，摩挲过他微凉的脸颊，一路轻滑，落在他细实的脖颈间，往下……划向他温热的胸膛。

心弦轻颤。

她的身子被他高挑的身影罩住，宽阔的视线全被挡开。狭窄空间里都是他的味道，清新，刺激。她神思恍惚。忘了扶梯已到尽头，忘了抬脚。

鞋跟一卡，她惊醒，踉跄着后退，要失重时，言格揽住她的腰，将她收了回来，她猛地撞进他怀里。

心跳如鼓。

舍不得放开了。她贴在他胸膛，揪住他的衣衫，恋恋地不肯松手。

两人还站在扶梯口，后边的言栩低头玩着 N 连环，随着扶梯上来一下子撞在言格背后，甄意还没站稳，差点儿被撞开；言格条件反射，更用力地箍紧她。

好紧……甄意觉得自己要流鼻血。

隔了好几秒，言栩解开手中的环，才蒙蒙地抬头：嗯，刚才发生踩踏事故了？

又过几秒，要不要报警？再过几秒，思维加速：报警电话是 110，转化成二进制是 1101110 三进制是 11002 四进制是 1232 五进制是 420 六进制是 302……三十六进制是 32……电光火石间想完一连串数字后，卡壳了……用哪个进制打电话？

拧眉纠结很多秒，唔，不用了，没有发生踩踏事故……

低头，继续玩。

言格有些怔愣，松开甄意，平静地挪开目光，另起话题："刚才来的路上，你说要和我讲推理。"

"就会破坏气氛，无趣的家伙！"甄意白他，很不舍地松开他的衣袖，好好抱啊。

但她很快开心起来，她喜欢和他讨论各自的专业问题。

她不是医生，也不是科学家，但听他说起和精神神经心理病理有关的一切，她恰好都很有兴趣；他不是律师，也不是警察，但每当她说起和推理盘问测谎审判有关的一切，他也能冷静地提出观点。各自有各自的领域，各自也能理解对方，并有涉猎，这种感觉太美妙。

商场里香味淡淡，音乐悠扬。

"这几天虽然忙着戚勉的事，但也很关心凶手是谁。首先，作案动机，锁定戚家人：齐妙的生活圈子不在 K 城，短时间不足结仇；近年 K 城没发生过类似的恶劣案件，也不是反社会连环杀人犯随机选择。"

言格垂眸看她，她认真而专业的样子很美好。

"其次，作案手法，齐妙为什么坐员工电梯。有人约她，角落走廊没有监视器也没有服务员值班，是交易的最好场所。"

"交易？"

"对。齐妙很可能不是杀死艾小樱的凶手，相反，她发现了什么，以此威胁。巧的是那晚戚勉也在，结果，他被栽赃。楼梯间的油漆早干了，但上面写了油漆未干的字样，是逼着戚勉无法从楼梯间逃走，只能走走廊被人看见。再加上垃圾桶里的打火机，真凶想陷害他。"

言格："所以，不是戚勤勤。"

"对。他们两姐弟关系很好，弟弟只听姐姐的话，姐姐也只关心弟弟。如果戚勤勤杀齐妙，不会栽赃戚勉。所以，只有崔菲和戚行远。"

"那你现在怎么办？"言格问。崔菲毕竟是她表姐，她是被姑妈和表姐带大的。

甄意吸一口气："先把戚勉救出来，然后自首。"言格点头，若有所思。

甄意不想气氛尴尬，四处看，探头往他身后："言栩，别走丢了哦！"

良久，被点名的言栩疑惑地拧眉：我为什么要走丢？

……

和言格言栩一起逛商场感觉很奇异。身边走着两个在外人看来长得一模一样的带着孤僻冷淡气质的美男子，甄意在众人的目光中，嘚瑟心爆棚，一路喜滋滋。

买衣服时，她倒没故意刁难使坏，认真对比好几家店，最终看中一套设计活泼明朗的西装："言格，试试这个。"

"我？"

"对，他和你身材差不多。"

他？和他身形差不多的，他最近倒是见过一个，和甄律师的职业还很相配。

"不要。"他似乎抵触。

"啊？"

"我不想试。"声音也冷清。

甄意纳闷，刚才还好好的。那就不试吧，反正不是本人来，总有误差。她拿着西装在他面前比画，隔着一手臂的距离认真观看："唔，他比你身体好一些，但也穿得下；肤色没你白，但也刚好。"

言格抿唇：嗯，说他身体不强壮，说他肤色不健康。

甄意买了西装，挑了衬衫，出门时说："再买几条男士内裤。"

"我不去了。"言格平静地说，转头走另一个方向。言栩寸步不离跟上。

甄意赶紧拉住两个里面带头的那个。见她的手紧攥着他袖口，言格情绪像被抚了抚，转眸看她。

甄意问："为什么不去，研究所临时有事？"他不作声。

没料到甄意当他默认，她本就不那么计较，一个人去买也行，大方落落地说："那你快点儿去。不过，先告诉我男人的内裤是均码还是分尺寸大小？"

"都有。"他稍稍用力，挣开她的手。

"哦。"甄意转身走，还欢乐地冲他挥手，"你快走吧。"

"……"言格伫立。

言栩在他身旁，低头玩着连环，帮他画外音："嗯，我想追上去。"

"……"言格沉默几秒，最终还是跟着甄意去，走一会儿，若有似无地问，"买给谁？"

"戚勉啊！"

"戚勉？"这倒出乎他意料。

“希望他看上去不要那么落魄。希望他看着有尊严一些。”

他刚才都干了些什么？言格：“庭审不穿看守服？”

“申请特许了。”甄意说，“至于内裤，是他姐托我顺带买的。”

“……”言格抬手摁了摁眉心。

“诶？累了吗？”甄意拧眉。

“嗯。”他含糊道。

“那我快点。”

买完东西，甄意要去看守所看戚勉，言格说陪她一起。

甄意关心：“可你不是觉得累吗，而且研究所还有事情，要不你先回去？”

“……”

言栩抬头看言格：哥哥说过，撒谎是会被揭穿的。果然……

“不要紧，顺路。”言格说得稀疏平常。言栩低头：竟然一而再再而三地撒谎，鄙视。

甄意刚要上车，望见路对面有巧克力店，眼睛一下闪亮起来：“巧克力能缓解疲劳，补充能量。你等我！”言格来不及说什么，她就飞也似的跑出去。

可，余光里出现了不好的东西，他心底发凉，风一般奔过去，因为——

正在那时，仿佛等候多时，一辆大卡车横空出世，加速朝甄意撞过去。

“甄意！”

崔菲坐在旁听席上，神色从容地看着被告席上的戚勉。法官和审判员都到庭了，甄意却没出现。

法官问：“甄律师呢，她不懂法庭纪律吗？”

杨姿看江江，江江起身：“法官，甄律师她出车祸了。如果她能赶来，一定会来。”

法官道：“法庭有法庭的规则，她好好休息，不用来了。”

崔菲微微弯起唇角，眼中闪过一丝寒光，她不会来了。

“全体起立。”崔菲微笑起身，等待宣布开庭，到那时，谁都不能进来。

“请等一下！”甄意的声音？崔菲惊愕回头。甄意冲进来，手臂上缠着绷带，跑得上气不接下气。

众人议论纷纷；法官警告地看她。

崔菲仍不可置信，有人坐来身边，是言格。坐下时，袖口上移，手腕处露出一截绷带，洁白得刺眼。崔菲大致明白了，没料到会把言格牵扯其中，试探着问：“你和小意在一起了？”

言格没看她，手指比到唇边，做了个嘘声的手势，目光始终在甄意身上。

庭审过程起初波澜不起，上次出庭的酒店员工可信度不高，取消证人身份；二次开庭，甄意申请了一位新证人，小柯医生。这来自于言格的建议。

“柯医生，可以向大家介绍一下你的身份吗？”

“第一精神研究所，精神与犯罪学研究员。”

“精神与犯罪学研究，是什么意思？”

“研究部分有精神障碍的人与犯罪的关系。”

“精神障碍患者和普通人犯罪有什么不同？”

“精神障碍患者犯罪有特定的规律可循，由于现代社会很多人都有不同程度的精神疾病，所以不太好区分。但有些重度的疾病类型会比较凸出。”

“能举个例子吗？”

“比如反社会型人格障碍。”

“公众都说这次的电梯纵火案，凶手相当残忍无情，手段令人发指，你从专业的视角能看出什么？”

“凶手麻木无情，很可能没有共情能力，应该属于反社会人格。这种人存在，对社会的危险极大。”

“嗯。”甄意点头，“十天前，我向法庭提出申请，请你们为我的当事人做鉴定，请问结果是什么？”

“戚勉先生并非反社会人格障碍。”

“所以你认为戚勉先生不太可能是凶手？”甄意强调了最后三个字。

“对。”

众人开始思虑，不是戚勉？

甄意拿起一份薄膜包裹的纸张：“这是K城第一精神研究所的精神鉴定书。”审判助理呈上去法官与审判员。

她的目的很简单，鉴定类的证据很难反驳。她想牵引大家的想法，虽然同时冒着被攻击的危险，她也在所不惜，因为她更想……

甄意坐下，尹铎开始提问：

“柯医生，刚才甄律师问你，戚勉先生不太可能是凶手？”他强调了“不太可能”四个字。

“对。”

“不太可能？”特地挑出来。

“对。”

“所以，不能绝对。”

“是。”

尹铎：“如果我问你，你能否肯定戚勉先生不是凶手，你会如何回答？”

“我不能肯定。”小柯医生十分诚实，“只是说，有很大可能不是。”

尹铎继续：“柯医生认为，反社会型人格障碍的人做出纵火烧人的举动，这完全在合理范围内？”

“是。”

“如果反推，纵火烧人就一定是反社会型人格障碍的人所为，这样推理，是经不住推敲的。”这是一个常常被人忽略的习惯性逻辑错误。

小柯思虑片刻，回答：“对，是这样。”

江江和杨姿交换眼神，甄意却很沉着。

“我很欣赏你的诚实。”尹铎微笑，不徐不疾地说，“反社会人格障碍会毫无心理负担地对陌生人做出残忍的举动？”

“是。”

“但戚勉和齐妙之间有仇恨，所以即使他不具备反社会人格，也会在仇恨的驱使下，做出这种事。”

“对此，我不确定。”

“为什么不确定？”

“仇恨会驱使人杀人，捅、掐、撞击都有可能，但火烧的残忍程度非常高，我不认为一个正常人在仇恨下会做这种事。”

这是经过甄意润色之后的话，尹铎听得出来。

“但你也不能百分百确定？”

“是。”

“所以，如果戚勉真的做出了这种事，那他残忍的程度非常骇人。”借力打力，厉害！

甄意起身抗议：“反对。检控官用未经证明的结果进行推论，再用这个推论反过来影响结果。”高压环境下，对逻辑依旧如此敏感，也只有律师的脑子了。

旁听席上鸦雀无声，全被智力的较量吸引入迷。江江杨姿也轻轻颤抖，为这激烈的气氛。

“反对有效。”

尹铎颔头：“我的问题问完了。”

接下来，戚行远再次出庭做证，尹铎先盘问，他和初审时表现无异，大义灭亲的含泪证词太具震撼力和说服力，再度让众人心中的判断倒戈。

戚勉西装笔挺，安静无声，没有上次的情绪激动，始终面无表情。看守所里近一个月暗无天日的恐惧煎熬，他消瘦得可怕，再不是当初那个敢调戏甄意的公子哥儿，但因为收拾得干净，还有漂亮男人的影子。

到甄意盘问。上次戚行远的临时出庭叫她措手不及，这次，不会再狼狈不堪。

甄意问："请陈述你和我当事人的关系？"

"父子。"

"在你看来，父亲这个角色的意思是？"甄意的问题叫戚行远发愣，戚勉的目光也转过来。

"父亲就是生养他的，有血缘关系的。"他解释。

"真官方，我以为你的回答会更有感情。"

"我……"

"你在回答尹检控官的问题时说，你很爱你的儿子，正因如此才不能看他犯错。你经历了感情挣扎，一开始想隐瞒，但后来理智战胜情感，在最后一秒出庭做证。没错吧？"

"对。"

"总结就是，你非常关心爱护你的儿子，但只能忍痛揭发。"重点在后半句。

"是。"

"可据我所知你并不关心他，在他的成长过程中也没给予任何爱护。"重点回到前半句。

"我……不。"

"我的当事人告诉我，在他幼时，你对他疏于管教，少有关心，连他生病住院一个月，你也不管不顾，更别说开家长会和谈心。对吗？"

戚行远脸色微变。

尹铎："反对，无关问题。"

法官："辩护人，请直入主题。"

"好。"甄意提高音量，"你和我的当事人父子关系相当恶劣，你做证不是因为爱，而是因为恨。"

"不是！"戚行远怒斥，愤怒地捶桌，多的话却说不出来。

"戚先生，我说到你的伤处了？这是法庭，请控制你的情绪。"她笑容款款，反咬一口。

旁听席议论浅浅。

"刚才柯医生说，点火的人很可能具有反社会人格障碍，请问戚家有这类人吗？有你刚好要保护的人吗？比如你的妻子，比如'连自己亲儿子都不爱'的你自己？"

一点一点剥开，像玩弄老鼠的猫儿。

“你胡说八道！”戚行远面红耳赤，差点儿从证人席上跳起来。

“反对！”

“反对有效。”

甄意不深问了。没关系，目的已经达到。

她要的只是在公众面前说出这句话：连自己亲生儿子都不爱！

一旦戚勉免除嫌疑，大家必然会开始怀疑戚行远这个亲生父亲为何要做伪证。到时，甄意的这个问题就会成为切入点，把怀疑转到戚行远和崔菲头上。

她继续：“戚先生，你看见戚勉用右手打的火？”

“对。”

“不是左手？”

“不是，他左手受伤，那天还绑着绷带。”

“所以，你看见他用右手点火？”甄意重复。

“对。那时已来不及，因为是我儿子，所以我没第一时间报警。是我的错。”戚行远悲叹，“是我害了……”

甄意打断：“你确定？”

“是。”他很确定，“阿勉用右手点燃一团纸，然后把纸扔到电梯里去。”

“能描述戚勉右手的状况吗？”问题很奇怪。

戚行远警惕起来，思索半晌，却想不出所以然，问：“什么状况？”

“描述一下你看到的他的右手。”

“我、我没注意。”

“你没看到？”甄意偷换概念，刺激他。

戚行远果然上当：“看到了。很平常，没什么特别。”

“是吗？但尹检控官找到的衬衣显示，右手一整只袖子上都是油漆和汽油。那时，你没看到他的袖子湿漉漉地贴在手臂上？”

一旁尹铎突然明白过来，是他疏忽了，或者，他被她打败了。

他找到的证据，却成了甄意击败他的切入点！

“你是说这个。我看到了。”戚行远道，“他的袖子全湿了，手也是湿的。是他泼的，是他点的火。”

甄意蹙眉，认真：“你确定？能重复一遍？”

“我记得很清楚。”戚行远又重说了一遍证词。

甄意一脸严谨：“戚先生，你知道做伪证的后果吧？”

她这么紧张，戚行远反而更确定：“我知道，我没说谎，我保证为我的话承担法律责任。”

一番话慷慨激昂，让人信服。但，静默中，甄意唇角的笑容渐渐放大。

戚行远莫名心慌，一瞬间，甄意的笑容消失得无影无踪，凛然呵斥："你撒谎！"

她大步走到证人席前，抓住桌沿，居高临下，气势逼人：

"戚先生，请你回答我，戚勉手上沾满了易燃液体，他点打火机的时候，为什么没烧到他自己的手？他手拿着点燃的纸张扔进电梯，火焰为什么没蔓延到他整只手臂上？！"

"戚行远，你做伪证！"

戚行远惊愕。一瞬间的死寂后，法庭里爆发出汹涌的议论声。

甄意抬手指他，疾言厉色地攻击：

"戚行远，你冤枉你的儿子，让他去送死！为什么？因为你知道真凶是谁！因为你想保护真凶，不惜牺牲你的亲儿子！虎毒不食子，你禽兽不如！"

"说！真凶是谁？能让你用儿子来换的凶手是谁？是不是你……"

"你血口喷人，胡说八道！我没有！"戚行远暴怒，可他的反驳太过无力，只能单薄而粗暴地咆哮。

"肃静！"法官猛敲法槌，让法警把他制服："戚先生，你有什么可辩解的？"

戚行远瘫软在证人席上，表情呆滞，自知大势已去。

"戚先生，你涉嫌做伪证，隐瞒真相，请于庭审结束后配合警方进一步调查。"

360 度大反转。法庭上一片喧哗。短暂休庭，相关人员退庭。

法官照例把甄意和尹铎叫去，这次，尹铎被一通训斥。

"是我的疏忽。"尹铎承认错误，"我没注意这个细节，多亏甄律师，不然会冤枉无辜。"

法官依然不饶人："即使没这个细节，以你的能力，你看不出戚行远撒谎？"

尹铎脸红："对不起，是我心急。戚行远他很聪明，一直到最后一刻才肯上庭，我没时间……"

法官不看他，扭头："甄律师，你做得很好。"

"谢谢！"

尹铎沉默半晌，又道："可我们并不知道，如果凶手没点火，戚勉会不会点火。"

"尹检控官的意思是犯罪中止？"甄意扬眉，才不管他是前辈，铿锵道，"我不接受。我的证人柯医生已证明，即使非第三人点火，戚勉点火的可能性很低。"

"不管怎样，戚勉为凶手创造了条件。"尹铎说。

"不是。"甄意态度坚决，"他不知道油漆里混了汽油。泼油漆这个行为本身并不像泼汽油一样具有主观危险性，我坚持无罪释放。"

尹铎寸步不让："不乏另一种可能：戚勉知情，和人共谋。"

“这是控告戚勉杀人，尹检控官如果怀疑，请另外找出凶手，再重新提出公诉，状告我的当事人是共犯。”她争锋相对，语气倔强得半步不退。

良久的沉默后，尹铎扬起头，长长叹了一口气：“小师妹啊，服了你了。”

这个称呼让甄意微愣。

法官道：“我知道了。陪审团会继续讨论，你们先去等结果。”

“全体起立！”“……戚勉无罪，当庭释放。”旁听席上人声鼎沸，有人喝彩，有人质疑。

崔菲在听到宣判的那一刻，心掉进深谷。甄意太狠，不仅帮了戚勉，还在庭上把凶手线索引向戚家，说他们反社会。戚勉的无罪释放意味着他们家的苦难要开始了。

她拎包起身。现在必须立刻找戚行远和律师，商量怎么办。

“能占用你十秒钟时间吗？”清凉寡淡的男声在身旁响起。

她看他：“什么事？”

言格手落进裤兜，起身，风淡云清地说：“你记住，也顺带转告戚行远，如果再打甄意的主意，意图伤害她，或她身边的人，她的爷爷，她的朋友，我会让你们一无所有。”

他神色淡然，嗓音清隽：

“一无所有，意思是我会让你们失去一切。这里说的‘一切’，包括但不仅限于名誉、地位、财富、性命。”

崔菲愕然，对面的男人依旧平淡，说完了，礼貌而克己地微微颔首，背脊修挺地离开。

连威胁人都是淡静的，家教与涵养俱在。

崔菲陡觉寒从脚底生。

法庭上一片喧哗，镁光灯闪动。言格逆着人潮往里走，始终看着庭中央那个女孩子，她手上还缠着绷带，孩子一样和她的助理抱在一起蹦蹦跳跳庆祝，笑容像阳光般灿烂。

可，被释放的戚勉朝她跑过去，一把将毫无准备的她扯过去抱在怀里。这……他抿了抿唇。

她挣开，和戚勉笑嘻嘻说着什么。戚勉走了。又来一个男人，尹检控官。他一靠近就揉了揉甄意的头发。这……甄意摸头，两人愉快地交谈着，然后，尹铎低头凑近甄意……从言格这个角度看，在吻她？而她没有拒绝？

这……

听到无罪释放的宣判，甄意激动地跳起来和江江杨姿拥抱庆贺。

“甄律师，谢谢你！”戚勉从后面冲过来，一把将她扭过去抱进怀里。

甄意瞬间推开他，不客气地一巴掌拍他的头：“臭小子，趁机吃我豆腐。”

戚勉揉着头，笑容竟腼腆。他身后有个妆容精致的女子，浅浅微笑着。

“去吧，你姐姐来接你了。”

戚勉回头看一眼远处的戚勤勤，又扭头：“甄意，关于泼水，我不是故意要骗你。”

甄意心知肚明，点头：“知道。”

戚勉看着她笑，越看竟越拘束无措：“甄意……”

气氛微妙。江江和杨姿左顾右看。

甄意警惕：“你干吗？我不谈姐弟恋。小一个月都不行。”

戚勉一愣，脸微红，情场得意的公子哥，讷讷地“哦”一下，蹩脚地解释：“我只是想再说声谢谢，你真自恋。”

甄意哈哈笑：“原来是我会错意。”

会错意啊！戚勉尴尬笑笑，转身离开。

“戚勉。”甄意唤他。他心一颤，回头。

甄意没了嬉闹的表情：“戚勉，如果我是你，我会好好生活，不会幼稚地伤害自己来获取父母的关注，因为这世上真正能依靠的只有自己。我更不会用堕落来报复父母，因为这种较量，受害最深的还是自己。记住，别用你的人生和任何人赌气。伤了你，而别人其实没那么在意你。也不要再让你姐姐为你收拾残局了。”

这并不是戚勉期望听到的挽留词，却字字敲进他的心窝。

这一刻，原想追追小律师的心思彻底烟消云散。他的金钱，他的地位，他的帅气外表，那些追女孩最可靠的手段，在她面前，将会一文不值。

忽然之间，就后悔了。

为什么之前的人生没有好好经营，努力奋斗？为什么没让自己拥有别人夺不去的品质，比如涵养，比如眼界，比如很多……

所以，才会在遇到一个真正优秀的人时，只能懊悔，其实配不上。

“谢谢，我记住了。”他深刻而感念地注视她，转身离开。

尹铎过来。“甄意，我算是被你打败了。”他前辈鼓励似的拍一下她的头。

江江后退一步做背景，这不是桃花是什么？

甄意摸头发：“尹检控官真是不客气。”

“不叫我尹学长了？”他笑。

"还在法庭。"甄意"哼"地表达不满，"我的委托人是无辜的，你却想让他受罚。"

"适度的处罚是必须的，居然往陷在电梯里的人身上倒油漆？"尹铎道，"不能错放一个危险分子。"

他稍稍倾身，靠近她："再说你都赢了我，还要训斥我吗？我真可怜。"语气里隐约带着淡淡的纵容。江江戳甄意后背，提醒她桃花来了。

甄意抽她的手，以她的脑回路，她会不知道？她才是调情的始祖。但这不是她想要的桃花。

刚要说什么，一声淡淡的"甄意。"

江江仰天：一个比一个好看，跟着意姐有肉吃嗷——

甄意一惊，目光瞬间飘移："你怎么来了？"货车撞来时，他为救她，受了伤。

她小跑去言格身边，左看右看，竟无意识围着他绕了个圈，小狗似的。

"你怎么来了，怎么不多休息？"她没意识到自己的重复。

一瞬间，言格心里便平复了。"你不是说，不希望我错过你的辩护吗？"稀疏的语气。要是平常，他只会说两个字"没事"，也不知道此刻为何说出来，像在声明什么。

尹铎怎会听不出来，他看过来，四目相对，那是双极其安静而清澈无波的眸子。

半秒后，言格微微颔首，算是招呼，清淡，不易接近，隐隐透着一股居高临下的压力。

尹铎心知肚明，那是男人的骄傲与宣告。嗯，有挑战，很好。他亦点头回礼，继而看向甄意，温柔微笑："再见，小师妹。"那句"小师妹"里包含的情愫简直光天化日。

一股电流从甄意背后蹿上来。

江江搓鸡皮疙瘩，两男争一女暗中较劲的戏码如此让人狼血沸腾。

杨姿不太激动，想起和甄意一起崇拜尹铎发花痴的日子。现在她有了言格，连检控官都看不上，而检控官竟记得低他四个学年的甄意。一直如此，不管她和甄意走到哪里，校友都不会记得漂亮的她，而会一眼认出"疯狂"的甄意。

尹铎走后，言格问甄意："他为什么叫你小师妹？"

"他是中学的尹铎学长啊。比你高三个年级，是你之前的传奇校草呢。"

言格对他所有的同学都没印象。但"校草"，她不也说他是"校草"吗？

为什么"校草"有两棵？

"你对花花草草的东西真有兴趣。"他最终说。

话音才落，卞谦过来鼓励甄意，他的手那么光明正大地在甄意肩上拍了几下；而这次和尹铎不一样，甄意甚至没有尴尬或拘谨。

言格不由得打量卞谦几下。他们两人的相处非常和谐自然，带着说不清的熟悉和亲昵，不是男女之间的欢爱，好似兄妹之间的亲情。这个人，他在甄教授的寿宴上也见过。

他后来得知，他不在的这八年，甄意的生活里有一个不可缺少的男人，叫卞谦。不是男女朋友，更似家庭一份子。

想到他在她生命里空白的这八年，是卞谦无微不至地照顾她，让她信任依赖，言格不知心里是感谢，还是另一份相反的情绪。

走出法庭，守候的记者涌上采访，和以往不同，甄意停住脚步。

镁光灯闪烁。"甄律师，大家都看到你的精彩表现。请问，这是命悬一线的拯救无辜，还是打了漂亮的擦边球，帮罪犯脱罪？"有人刁钻提问。

甄意微笑："证据确凿，有智商的人都看得出来。"

"……"

"初审时尹检控官临时召集新证人新证据让你措手不及，复审中你却用他的证人证据反攻，对于诉讼界标杆式的尹检控官，你有什么想说的吗？"有人期待甄后辈的谦虚膜拜。

甄意："谢谢帮忙！"

"……"

"你指出戚行远做伪证是为了保护真正的凶手，更暗指凶手线索，能说出那人是谁吗？"有人期待挖出真相。

甄意："我可不想收到诽谤投诉。"

"……"哪个记者说想采访律师？

甄意见崔菲从人群外围走过，笑："我只是无责任推理，戚行远和他的妻子最接近事实真相。大家不妨去问问她。"扬声，"戚太太——"

记者们全掉头，一窝蜂围堵过去："请问戚行远为什么做伪证害亲生儿子？""他为了保护谁？""是你，还是他自己？"

崔菲板脸不答，只管要逃，可寸步难行。她回头咒怨地怒瞪甄意，却见她幽凉地扬起半边嘴角，傲慢，不屑一顾，比起中指……

杨姿："意，那是你表姐表姐夫，这样不好吧？"有一个富豪亲戚是多好的事。

江江瞪眼："啥？意姐是豪门亲戚？"

甄意耸肩："谁喜欢送谁。"

司瑰从人群里出来，抱一大束花，笑容大开："甄，恭喜。"

甄意："你怎么知道我一定会赢？"

“原本买来当安慰奖的。”

“滚！”

“司警官，我们意姐可厉害了，你没来旁听真可惜。”江江挽着甄意炫耀。

“看了，电视网上到处都是，啧啧啧，这丫头从此跻身名律师之流了。”司瑰拧甄意的脸。后者笑笑，有些落寞：名律师么……近在咫尺，一碰就碎了。

卞谦在一旁，瞥见她脸上落寞的神色，拍拍她的肩膀。甄意一抬头，就望见他信任而鼓励的目光。她明白他的意思，微笑地点点头。

司瑰的目光也不由自主地挪到卞谦身上。大学里，她经常看见他。他总请甄意吃饭，帮她做这做那，却一直维持在哥哥对妹妹的礼数上。那时宿舍的人都羡慕甄意有这么个哥哥。她毕业工作后忙碌了些，很少再见到卞谦，如今看来，优质男人一枚啊。

虽然是盛夏，度假村却没什么人，戚行远被调查，这里的生意一落千丈。甄意穿过茂密的灌木丛去别墅，崔菲在等她。警察在搜查戚家在清江区的别墅，度假村这儿倒没人打扰。

崔菲看上去不好不坏，妆容依旧精致，面无表情。

甄意一直有个问题：“戚行远怎么能狠心让戚勉被终身监禁？”

崔菲挑了唇角，轻蔑：“你以为父爱母爱是无私的，所以能随意挥霍？不。亲情比爱情友情牢靠，是因为有日积月累的培养，但它也经不起日复一日的消耗。戚勉已经把父爱榨干。从小不听话，青春期叛逆，成年后变本加厉。和父亲的关系太恶劣，到一起就吵。这样的儿子，在父亲心中只有一个空壳。”

所以牺牲他。

甄意不知戚行远发自肺腑说这些话是哪种情形，但由崔菲说出，格外讽刺。

“是。戚行远牺牲关怀前一任儿女的时间，牺牲和他们交谈的耐性，牺牲倾听的心情，牺牲亲情换来庞大的商业帝国和金钱财富，全让你和红豆享受。”

崔菲脸色一僵，笑笑：“怪谁？这都是命。”

甄意打住，说正题：“现在警方在调查戚行远和齐妙死亡的关系，但没人提艾小樱，她不能成为悬案。蓄谋烧死齐妙，你们两个都有份。我不能让你在这儿逍遥。”

“我不知情。”崔菲抱着手，冷笑，“我会请律师打官司。行远不会有事，我更不会，因为倒油漆和汽油的是戚勉。你怎么不说戚勉和我们是一伙？”

“不，这早在你们意料之中，也是你和戚行远的精心所在。”面对从小一起长大的表姐，甄意心已麻木发冷，“齐妙和戚勉关系很差，最近急剧恶化，你在背后挑拨做了不少贡献。那天酒店 3 到 7 层的房间被戚氏包了，戚勉房间在 3 层最里面拐角。只有他听见齐妙的呼救，为什么？因为3楼的住客都是发布会的VIP贵宾，不能半路溜走，会一直在会场。而你一面约齐妙上电梯，一面告诉戚勉，戚行远把这家公司给齐妙了。他气得离场。这时撞见齐妙，两人必然对骂，刚好电梯旁又放着你准备的油漆桶。”

“理论上可行，但把杀人的成功率押在这上面，未免变数太大，你觉得我会做这种事？”崔菲不屑。

甄意笑容寂寥：“正是你，只有你才会这么做。你太谨慎，太有耐心，为了一次完美犯罪，可以等很久。一次不成第二次，二次不成第三次，一直实验，直到完美的机会出现。”

“什么？”

“你之前试验过，但没成功。戚勉和齐妙在健身房争执，是因为你给了同样的健身卡把他们凑到一块儿。从小到大他们每次见面都出事，那次也不意外。那天，戚勉可以把齐妙吊上去当器械故障绞死。或者他坐视不管，你出现制造意外。但他选择把齐妙的头发齐根剪掉。这幼稚却无害的决定让齐妙多活了几天，却害惨戚勉自己。”

崔菲的脸抽搐一下。的确，一次次设计，想让戚勉杀齐妙，可他根本没这心思，总不动手。直到这次，绝佳的设计，却被甄意破坏。

“你来就和我讲这些？”

“我带你去自首。”

“自首？”她觉得可笑。

“对。”

“我说不，你能把我怎样？”

“报警。”

“报什么警？行远现在已经被调查。”

“他被调查，是因为齐妙。但我说的是艾小樱。”

崔菲冷笑：“艾小樱的事，你也脱不了干系！”

“我知道。今天来就是和你一起下地狱的。”甄意拿出身份证、护照、律师执照，往桌上一拍，带着让警察调查禁行顺带吊销执照的狠劲，完全豁出去，“你，戚行远，姑妈，我，一个也别想逃。”

这样计算，吃亏的还是崔菲：“甄意你疯了，让世界说你大义灭亲表扬歌颂你吗？你还有几个亲人，要让我们全玩完？”

甄意冷眼看她，从未觉得她如此丑陋。“崔菲，这辈子我从未为我做过的任何事后悔，唯一一件，我记不太清，应该是帮你处理了艾小樱。既然没有后悔药，那就只能补救。”

崔菲冷静的表情瞬间被撕裂：“忘恩负义的白眼狼！甄意，谁把你养大？谁把你从孤儿院接回来？现在你要把我妈牵扯进去。你简直是畜生！”

甄意气极反笑：“如果不是看在姑妈和你的恩情上，我会直接报警，而不是劝你自首！至于姑妈，不是我把她牵扯进去，是你。如果你自首，我可以把姑妈参与的事瞒过去。另外，把我从孤儿院接出来的是爷爷。”

“你怎么说得出这种话？”崔菲肺炸，和律师耍嘴皮子捞不到一点儿好处。讲理讲不过，说情她也软硬不吃。崔菲气得面目扭曲，绝望之下，扑通一声跪在地上：“甄意，我不能出事，不然红豆就没有爸爸妈妈了。我错了，保证以后不再犯。你就放过我吧，求你了。”

“我不相信你的保证，你想让戚勉死。”甄意低头看她，异常清醒，“还想让我死。”

“不。”她瞪大眼睛，眼泪全涌出来，“你不能这样，我们是亲人啊。甄意，你记不记得小时候，姐姐和你多亲。你上小学，我每天牵你接你回家；你不想走路，是姐姐背你。我妈工作忙，你的家长会是我去的。你穿的衣服吃的零食，都是我兼职赚钱给你买的。你不记得了，你都不记得了？”她抱住她，大哭，“小意，你不能逼姐姐去死啊！”

甄意面无表情，眼眶却浮起泪雾。记得，她都记得。所以她的心才痛得渗血。姐姐，因为你，我无时无刻不在自责，我这一辈子都背着伤害艾小樱的污点；你害惨我了。

正因如此，她以后的人生，也会格外坚定，再不迷茫。

良久，甄意深吸一口气，眨去眼泪：“正是因为我记得你是我表姐，才来劝你自首。能轻判，我会帮你争取。”

崔菲的哭声瞬间凝滞，缓缓抬头，脸上满是泪水，绝望，怨恨，盯着甄意，不相信她的决绝无情。她一把推开她，腾地起身，冷酷而憎恶：“我会去，但请你收起你的假好心和虚伪！”

“谢谢。”甄意脸上没了任何表情，“艾小樱究竟是谁杀的？”

“戚行远。”

“你为什么帮他清理尸体？”

“我当然不想帮他。”崔菲冷笑，“可他要是出事，我一切都没了。呵，我和戚行远貌合神离，我有我的情人，他有他的消遣。但如果我掌握他的秘密，就有更多的谈判资本。”

“戚行远至于对艾小樱下那么重的手？”

“不是跟你说了，他有他的消遣吗？”崔菲奇怪地笑。

一个五十几岁的男人对一个六岁的小女孩……好恶心。甄意脸色难看，无话可说。

崔菲去洗手间准备，甄意坐在沙发上，客厅空空的，她脑子里似乎有什么闪了一下……

她捂住额头，努力回想案发当晚的事。依稀觉得记忆里有点儿什么，感觉哪儿不太对。怎么想不起来？

甄意和崔菲走出度假村，意外发现言格的车停在路边。他立在车旁，淡然等待。崔菲想起他在法庭对她的警告，止不住有些慌，别过头去。

“你怎么来了？”

“带你去个地方。”他低头看她，阳光在他发梢跳跃。

“现在？”甄意稍稍意外，“我要去警署。”

“不会耽误你多长时间。”他坚持。

“可……”她犹豫地看了崔菲一眼。她不相信崔菲，好不容易说服她自首，万一她……

言格明了她的心思，道：“不会让她逃跑。”

路边还有一辆车，车上下来几个西装革履身形强壮的男子。甄意记得和他重逢那天，他车上就有这些人。崔菲气急：“你们凭什么限制我的自由？”

言格当她是空气，不看也不理，退后一步拉开车门，对甄意道：“上车。”

……

车上，甄意有点儿伤感，歪着头看他。中午的阳光很好，落在他俊秀的脸上，白皙透彻。

“看什么？”他瞥一眼后视镜，语调很轻。“哦。”她收回目光。

“……”言格轻咳一下，“你可以继续看。”

“……”心情似乎好了点。他不动声色，她却被撩拨了心弦，真是古怪。“言格，我们现在去哪里？”

“有一条路，和深城很像，或许你会喜欢。”

她要自首了，他却带她去看路？甄意纳闷：“什么路？”

“有很多大树。”

是啊，她一直喜欢有大树的路，树冠茂密，最好遮住天空；路很宽，却人迹罕至，在城市喧嚣中仿佛一块宁静的绿洲。深城有很多这样的路，可隔着一个海湾的K城，很少见。

树没那么大，路也没那么宽。

去看路？

时至盛夏，K城难得万里晴空，天蓝得叫人心醉。宽阔的绿荫道上，安安静静，马路中央横着一辆白色汽车。长长的公路像一条绿色隧道，阳光一丝丝从树叶间流泻而下，宛如光之梦境。

风吹过，树影摇动，阳光斑驳。

言格和甄意并排躺在路中央，闭着眼睛，享受零星的阳光。中午的路面竟不热，凉丝丝的。

“车停在路中央，不怕罚款？”甄意问。

“那就罚吧。”言格答。

“……”

“言格，我喜欢这条路。”她望着天空中的绿叶蓝天，心情莫名好起来，很安详。

“我也喜欢。”他缓缓睁开眼睛，天上的叶子被阳光照成透明的嫩绿。

“甄意。”

“嗯？”

“这八年你在做什么？”相遇这么久，他第一次问。

“你走后，我上高三啦。没有玩，天天在好好学习呢，后来提前申请录取到K城公安大学；上大学也很乖，天天泡图书馆。这时人家都去玩了。我和他们是反的。”

甄意轻松几句话概括：“因为一直在学习，好像就没有什么可以拿出来特别说的事了。你呢？”

“和你差不多。”他说得简短。

“听说……”这个词真微妙，“你在美国学医？”

“嗯。”

“难怪看不上K大呢。”她侧过身子，微笑，“有没有很多美女追你？”她似乎总关心这个话题。

他没答，转眸看她：“你呢？”

“一个也没有。”

他摇头：“不信。”

“真的，我是女的，美女怎么会追我呢？哈哈哈！”

“……”看来心情是不错了。

她笑咯咯重新躺回去，刚好风吹落叶，一枚树叶坠落她面前，她白皙的手腕一抬，接住。

他寂静地看着她细细的手腕在风中招摇，等她笑完，问：“为什么上公安？”

甄意垂下眼眸，拧着树叶梗，轻轻搓，树叶簌簌地转："我想，当警察可以把你找出来么……"

他"哦"了一声，不知该说什么。

世界，很安静。

甄意想起往事，义愤起来："本来做得好好的，年考心理测试不合格，要把我转去做文职，气死我了。干脆辞职。不知道是哪个神经病设计的测试题。我明明好得很。"

言格静默。

"哦对了，你为什么做精神科医生？"

言格怔了怔，说什么？说：因为我想和你在一起。他没答："你呢，做律师是因为很喜欢吗？"

"很喜欢。"甄意说着，脸上轻松的笑容暗淡下去，"但，我不够格。虽然我记不清，可知法犯法，我玷污了我的大学。"

大地平坦，天空高远。

甄意深吸一口气，缓缓道："律师应该酷酷的，我不适合。对对手阵营的人可以很厉害，可以残忍地挖掘他们的谎言；可对委托人，我总感情用事。对宋依如此，对戚勉也是如此。宋依说我保护欲很强，是，我总想保护他们，总不够理智冷静；总是在不知不觉中用感情来判断委托人是否诚实，而非用专业。这其实危险而错误。宋依和戚勉对我撒谎，害得我很惨，这都不是他们的错。怪我，没有理智地拆穿他们的谎言，更怪我没有画清关系，没有认清律师和委托人之间的短暂利益关系。"

他的心稍稍撼动，倒是没料到她能自我剖析得如此透彻。"甄意，我对你刮目相看。"

平实而清醇的嗓音，简简单单的字句，却叫甄意嗓子发酸，片刻前侃侃而谈的人此刻一句话也说不出。"比起很多同行，你好太多。"言格说，"甄意，除去你说的那些不足，你是一个很有人情味的律师。这样的律师很少见。你很难得。"

她躺在地上，莫名轻轻地颤抖，不知为何激动而震颤，却是好的。

"不知你记不记得，"他嗓音很轻，听着温和而清澈，"有两种东西，我们愈是时常反复地思索，就愈是给心灵灌注了时时翻新，有加无减的赞叹和敬畏……"

"头上的星空，和心中的道德法则。"甄意微笑着接话。康德的墓碑铭文。那些年跟他泡图书馆看哲学，她无聊时背过一些。

于是，化作了此刻的心有灵犀和天衣无缝的心灵交流，真好啊。

路面依旧坚硬而清凉，天空依旧湛蓝而高远，她望着天，胸腔暗暗涌动着激烈的情绪，忐忑，却平静；害怕，却温暖。

她要开始新的人生；而他低调却厚重的鼓励，会叫她一直勇敢，一路安宁。

清江区公安局门口，白色汽车在路边停留。

“决定好了吗？”言格扭头，看副驾驶上的甄意。

“嗯。”到了最后一刻，她有些惶然，难过，手指不断摩挲着执照，“早知道失去的这天会这么舍不得，当初就不该犯错。真的……好舍不得。”

她歪头，脸颊贴在上边不舍地轻蹭，像孩子不肯放弃她的玩具，说着说着，眼泪汪汪。

“辞职后半路学法律，二十四小时当四十八小时用，一本本地背书，一场场地看庭审。接第一个案子时，记了整整一个笔记本，每天只睡三个小时……”她哽咽，再也说不下去，“没了，都没了。”

“现在在想什么？”

“很迷茫，很害怕，很彷徨。”

“为什么而迷茫，为什么而害怕，为什么而彷徨？”

她垂眸，眼泪一颗颗砸下：“再不能做律师，不知道以后该怎么办。”

他扭头：“如果是甄意你，这有什么好哭的？”

她怔松地抬头：“什么？”

“我一直觉得，像甄意这样热情专注而有生命力的女孩，不管做什么，都比别人做得精彩。”淡静的语气，带着不容忽视的肯定，“所以，如果是甄意你，有什么可迷茫，有什么可害怕，有什么可彷徨？”

甄意瞬间止了眼泪，得到他如此高的肯定，她心间涌过阵阵的暖意和无尽的力量。

是，未来很迷茫，可也很有挑战不是吗？

她是甄意，永远生机勃勃乐观向上的甄意，只要对一件事情上心就能倾注百倍热情和努力的甄意。这样的她，就算从今天开始一无所有，她也能从头再来，她也能再次精彩！

忧虑不安的眼睛渐渐变得坦然：“谢谢你，言格。”她长叹一口气，“艾小樱的事情，终于可以放下。其实，这么一想，是最好的。”

她推开车门，落下一只脚，又回头：“我走啦！”

他“嗯”一声，隔了半秒，道：“甄意同学，加油。”

艾小樱被杀案，警方始终没进展，却因甄意带着崔菲来自首，取得重大突破。

甄意罪轻，未参与杀人，为保护直系亲属而受骗，未直接参与抛尸；现在带崔菲来，提出直接的证据，有立功情节。她当天就出了警署，但被告知一星期后去法院受审。

至于崔菲，她虽然对艾小樱案自首，但警方怀疑她参与到齐妙案中。戚家的律师申请取保候审，把她带出了警署。戚行远则没那么好过。之前是接受调查，可因崔菲的口供，他被捕关进看守所，不得申请取保。

被捕时，他正在戚氏开董事会。一小时后，戚行远恋童虐童、烧女害儿的新闻席卷新闻媒体。

同时，关于甄意的报道一瞬间从漫山遍野的“最有价值名律师”变成铺天盖地的“处理幼女尸体的帮凶”。电话打爆，全是媒体要采访。

甄意经过言格的开导，心态好得不得了，关了手机，窝在家里吃零食看动漫，不亦乐乎。

到了晚上，杨姿来，见甄意良好的状态，诧异：“还担心你状态不好呢。”

“好得很。”甄意在看《海贼王》，哈哈大笑。

杨姿坐下：“甄，老大说你准备辞职？”

“嗯。”她看上去一点儿不难过。

杨姿也不知说什么好，岔开话题：“还记得姚锋吗？”

“怎么了？”想起那对可怜的父母，甄意停下视频。

“受害者家属之前说不要姚锋爸妈的钱，只要判重刑，现在又全找上姚锋父母要赔偿。”

甄意揉了揉眉心，无话可说。

杨姿笑笑：“你看，当律师也没那么好，全是些阴暗消极的东西。”

已经夜里十一点多，甄意打开手机：“找司瑰一起出去吃消夜吧。”

才开机，铃声就响了，不是记者是姑妈。甄意心一滞，忐忑地接起：“狼心狗肺的东西！我白把你养那么大，你非要把姐姐害死吗？艾小樱是我杀的，我去死，你放过他们……”

甄意低头，咬着唇，无话可说。

被骂了十几分钟，挂掉电话，她的头沉重得要炸开，轻轻对杨姿道：“改天吧，我现在有点儿别的事。”杨姿想留下陪她，可见她脸色奇怪，冷漠得陌生，也就走了。

甄意钻进被窝睡觉，脑子里轰鸣一片，一团乱，不可抑制地想起艾小樱死亡那晚的事。怎么会记不起来？在警署也是，崔菲说了好多她没有印象的事。

她拼命捶自己的头，记忆猛地闪了一下。那天浅度催眠，被言格打断，她记得艾小樱背着小挎包，里面有袖珍的塑料小梳子，小高跟鞋，还有小衣服……这些都是，娃娃用的……

现场却没有……芭比娃娃！

她猛地从床上坐起来给司瑰打电话，说出她的猜想："阿司，崔菲和戚行远都没提到艾小樱的芭比娃娃，他们在撒谎。现在必须去搜查他们家。"

"凌晨哪里来搜查令？"

"崔菲取保候审了，如果她今晚和真正的凶手商量，消灭证据，我们就永远不知道真相。"

夜黑了。甄意和司瑰偷偷溜进度假村。到了黑漆漆的别墅门口，甄意拦住司瑰："你在门口等着。"

"为什么？"

"你是警察，私闯民宅，万一被发现，你想受处分啊？"

司瑰心里一暖，但："我怕你一个人出事。"

"黑灯瞎火的出什么事？你在外边也好，如果有人来，你可以提醒我。"

甄意偷偷溜进去，里面一个人也没有。

客厅昏暗而空落，她并不害怕，只难受，难受得想发泄。艾小樱的芭比娃娃可能就在别墅的某个角落。她缓缓从客厅走过，裤脚不小心勾着茶几的抽屉环一拉，她弯腰去合抽屉，却莫名心口发凉。

夜色昏暗，抽屉里放着一幅画。灯光缓缓挪上去，画的左下角是电梯，轿厢内火焰红如花，一个人影在火焰中起舞，火光透过电梯门把外面的走廊照亮。那束光把画面切割成两半，光很细，光亮的走廊上摆着花瓶等静物，而两边的灰暗里堆着无数死人，奇形怪状，摆着诡异的姿势。

甄意蓦然想起和言格来的那晚，在走廊上看到的画，心里浮起一种惊悚的猜想。

她上楼跑去那幅相似的惊悚画跟前，摘它下来，没想后面有道把手。甄意试着一拧，身后沉闷的机器声，回头，墙上的木雕装饰是一道门。

面前出现一道弯曲的楼梯，走下去是酒窖，存着五颜六色的洋酒。一排一排的木架上堆满了玻璃瓶，并没异样。难道是自己想多了？

灯光昏暗，酒瓶上反射着冷光，阴森森的。

甄意在酒架间走动，正要折身而返，余光却瞟到某个酒罐里有杂质。是最后一排酒架。

缓缓走去，被遮挡的视线渐渐开放，她猛地倒抽冷气。那排透明的玻璃罐里，用酒泡着各种奇怪的东西，红手帕，绿领巾……她赶紧拿手机拍下来，一转头吓得魂飞魄散。有个酒瓶里泡着一个芭比娃娃，被戳掉眼睛，脸上划得稀糟，令人毛骨悚然。

甄意转身就走，撞见大堆大堆的画作，全部装裱，风格极度诡异。

她一幅幅翻看，冷气渐渐席卷全身。都是相同的风格。

比如有一幅，右上角是繁华的车水马龙，阳光透过空空的井盖照进窨井，井里坐着一个花裙子的小女孩。井道里，阳光两旁的阴影中是大片的下水道世界，里面堆满垃圾、废弃物，和数不清的尸体。

崔菲，戚行远，你们演戏演得好精彩！

还要继续翻看，她忽然感觉阴森森的，脊背发凉，全身的鸡皮疙瘩都起来了。

甄意缓缓回头，一个小女孩穿着血红色的裙子，站在高高的木头台阶上，眼神空洞地看着她。小女孩站在入口处，走廊的灯光灿烂地投进来，和酒窖的阴暗形成鲜明对比。

甄意莫名想起这个系列的画作。

戚红豆脸色白得吓人，九岁的孩子表情空得像死神，有一道阴影从她头顶晃过，渐渐靠近。她站在高处，抬手往墙上一摁，酒架机械地运动起来，摔在地上，酒精流淌，剧烈的玻璃罐爆裂声一个接一个……

戚红豆没有任何语气地说："妈妈，她知道了。烧死她吧。"

酒罐接二连三坠落，玻璃爆炸，震耳欲聋。高度数的洋酒哗啦啦地奔流，狭窄的空间里弥漫着浓郁的酒精味，刺鼻呛人。

甄意什么都明白了，是戚红豆。不仅是杀害，她把五岁的艾小樱打得头破血流又活活掐死，言格说的反社会人格障碍就是她。崔菲和戚行远为了保护女儿，嫁祸给爷爷。齐妙知道真相，所以烧死她。

至于戚勉，他那晚出现在度假村别墅，如果他察觉到不对，不保险。只有戚勉做了替死鬼，这件事才会终结。戚行远知道真相，却要害他的儿子。

龌龊！肮脏！甄意恶心得要吐。

玻璃罐成批地砸裂，酒精洗刷着地板。她想冲上楼梯，戚红豆已点燃打火机，蓝色的火苗在她手上跳动。甄意不动了，摸出手机摁刚设定的快捷键给司瑰，没有信号。

她隐隐慌张，把画框推倒横放，爬上去不让身上沾到酒。高浓度的伏特加，烧到最后会剩下一部分的水。可到那时酒窖的木制结构早就点燃。

她看见立在红豆身后的崔菲："你要杀我？"

"你知道得太多。"崔菲表情和红豆如出一辙，多一分怨恨，"刚才你不也想逼我去死？"

"红豆心理有问题，你为什么不规束她？逃得了一次，逃得了一辈子？她还是孩子，不会坐牢。你该带她去看医生。"

崔菲斩钉截铁：“我不会把红豆交出去，也不会让外界给她打上魔女的标签，一辈子被人唾骂看不起。活在别人的指责里会让人生不如死！我的女儿不能过这样的生活。甄意，我和你最大的区别是我愿意为了至亲灭了所有人。”

甄意和崔菲无法沟通。说理的希望破灭，恐惧渐渐来袭，想说“就算杀了我，也会有别人怀疑你”。但终究忍住，不想司瑰江江和杨姿也意外死亡，还有……言格。

一想起他，她的心就像被狠狠扯了一下，伤得无以复加，想放声大哭。要死去了，再也见不到言格了？

他现在在干什么？准备睡觉还是立在落地灯前安静地看书？想起他低头安然的模样，她痛得不能呼吸。不想死。

想和他结婚，想和他睡觉，还想和他生小孩子……

“崔菲，”甄意竭力稳住呼吸，却忍不住哽咽，“你不能杀我，不能。不要杀我。”一开口，眼泪全涌出来。她想言格，她不想死。

崔菲没作声，也没动静，低下眼睛。戚红豆神情漠然：“或许烧不死呢。”手一抛。

金属打火机叮咚掉下，蓝色的火苗一闪，水波般散开。

甄意惊地一缩，心瞬间被恐惧攫住，没了知觉。

酒窖门关上了。火起初温柔，像拔火罐的酒火，美丽，不锋利，小小矮矮的，浅蓝色的火苗随波漂荡。可很快，木质酒架着了，火焰如藤蔓爬上去舔舐天花板。

甄意跪坐在玻璃框上，恐惧像一双手捂住她的口鼻，她抱紧头，不停地发抖，泪水在眼眶里打转。想跑，可双脚动不了，谁把她的脚绑住了，谁在凄厉地哭：“妈妈，救救我。我在这里，我在这里呀！”

酒架垮塌，地动山摇，更多的酒罐砸落，噼里啪啦泼出更大片的火花。

脚下画框和玻璃摇晃，骤然塌陷碎裂，碎片划过她的腿，鲜血直流，她却感觉不到疼痛。

她只是抱着头，瑟瑟发抖。烟雾弥漫，呛得她眼睛睁不开，不停地落眼泪，她却渐渐没了表情。会窒息而死？

她目光空茫，喃喃地问：“姐姐，你怎么还不来救……”

“甄意！”言格的声音？

甄意的眼睛瞬间聚焦，猛地抬头。酒窖里火光冲天，烟火迷雾。

“啊！”她痛得尖叫，低头一看，腿上全是玻璃片和鲜血。什么时候伤到的？

“甄意！”

“言格！”她才开口就吸入浓烟，空气烤得发烫，她剧烈咳嗽，“言格！我在这里，我在这里呀！”

话音未落，言格拉开酒窖的门，望见底下烈火熊熊浓烟滚滚，似乎愣了一下，随即转身不见了。

……甄意目瞪口呆，脑子瞬间空白，不敢相信自己的眼睛。那就是言格，可他跑了？

心坠入前所未有的深渊，咬着牙，眼泪夺眶而出："言格，你他妈的王八蛋！"

音才落，言格再度出现，这次他浑身湿透，手里拿着什么，跃下楼梯。酒架在身后垮塌，他从火幕里扑过来，用一张湿浴巾裹住她，包婴儿一般连头也裹住。在火热的空气中凉丝丝的。

他将她收入怀里，高大的身躯把她整个罩住。他身上全是湿的，凉透了。

甄意一把抱住他，哇地大哭，却骤然安心。

烧焦的木架噼里啪啦地炸裂，甄意一惊，踮脚抬头，越过他的肩膀去看，才一眼，言格摁住她的头，把她压回胸膛。"唔……"她的嘴堵在他胸口，发不出声音。他抱她太紧。

他拍拍她的肩，嗓音有点儿哑："别怕。"天生不太会哄人，听上去生涩而笨拙。

甄意一愣，鼻子发酸，温暖如潮水把她包围。喜欢他那么久，那么久，值了。

言格用浴巾捂住她的鼻子，自己也低头捂住口鼻，两人的脸颊只隔着湿润的一层布。

不知是不是因为火场的高温，他的身体烫得吓人，脸颊发红。呼在她耳边的鼻息，即使隔着湿毛巾，也能感觉到异样的温度。

她刚要问什么，他开口了，声音透过毛巾不太清晰："你刚才说我什么来着，嗯？"

甄意："……现在是问这个的时候吗，该怎么出去？"

"好像出不去了。"他略显遗憾，"看来，要烤成人肉干。"

甄意："……"你到底来干吗？刚要发作，却听有沙石下落的声响。

外边有人往酒窖里倒泥土。警察？不对，警察该用灭火器……是……

甄意猛地抬头："我就知道你有办法。"说完，又埋头到他怀里，蹭了蹭，那小声音，那小眼神简直崇拜暧昧到露骨，满眼星星，写着以身相许。

言格："……"

外面的人很快用院子里的泥土铺出一条路。

酒窖里烟雾弥漫，言格扶住甄意往外走。甄意被烤得浑身发热，头脑发晕，眼睛熏得张不开，只一个劲儿偎在他身边，跟着他坚定而稳妥的脚步。

身旁忽然一声爆裂。甄意扭头，见木头烧裂开，裹着火焰，朝她砸过来。

她来不及考虑就被猛地推开。余光里，灭火的人全一脸惊愕地盯着她身后，迅速冲了过去。她哪里猜不到，恐慌地回头。言格半跪在地上，衣衫左手臂上烧出一个大洞，那架子早被其他人踢去一边。

甄意肉跳，冲过去："我看看！"

"有什么好看的。"他身子一侧，右手拎着她的浴巾，绕个圈把她裹紧，手搭上她的肩膀，固定住，"走吧。"话没完，剧烈地咳嗽了几声。

出了酒窖，下楼到客厅。几个男人肃穆地立着，不远处听到警笛响，司瑰立在沙发旁盯着崔菲，见甄意出来赶紧来查看。

崔菲面色惨白坐在沙发上，看到花脸又狼狈的甄意，抬不起头；倒是戚红豆，极其安静而平静。她打扮得像公主，鞋子是爱马仕，裙子是D&G，连发带都是香奈儿。只是，她的哥哥姐姐甚至齐妙都长相出众，唯独她长得……像戚行远老了精子质量下降。

甄意不由得再度打量戚红豆，头一次觉得她非常令人不舒服，额头扁平，颌骨巨大，颊骨同耸，脸似乎左右不均，眼睛略斜，头型也奇怪。甄意莫名忽然想起她看过的一个词：天生犯罪人。

……

出了门，甄意问："你怎么知道我在这里，你早知道是戚红豆？"

"对。"言格声音很低，步履缓慢，压在她肩上的力度也加重。

"那不早说，非等我快烤熟才从天而降……"她又开始话痨。

"甄意……"他气若游丝地唤她一声，甄意肩头一沉，脚发软，差点儿摔倒。片刻前，他头一低，所有的重量都压在她身上。甄意惊地扭头，他的头垂在她肩上，双眼紧闭，脸色惨白。

"言格！"甄意飞快转身抱住，可力气不够，他整个儿沉下去，把她压弯，"言格，你怎么了？别吓我啊！"

之前卡车撞来时，他为了救她，受的伤不轻，却没告诉她……

甄意坐在病床边忏悔，守着言格的那些人里有个对甄意格外不善，他说，言格本来被车蹭了，伤得不轻，非要跑去旁听。庭审后听说她要去自首，又去陪着。

好不容易折腾够了，天黑了，人都到医院了。担心有激动的公众因为新闻伤害甄意，叫人盯着，结果盯她的人说她开车往度假村去，于是……

病床上的言格，脸色苍白如纸。昏睡着，眉目沉寂，没有一丝痛苦之色。他一直都是这样，连病痛中也是清静的。

甄意伏在床边，手指搭在他手心，轻轻画圈。他掌心纹路分明，爱情线没有分叉，一路到底，很长很长。她描摹那条线，嘀咕："明明那么在乎我，为什么要保持距离呢？"

言格醒时，就觉手心痒痒的像虫子在爬，又像羽毛在挠。目光落到身侧，看见甄意的脑袋背对着他，趴着对他的手心吹气说话。

她真是个话痨，心情不错时，一张嘴就停不下来。比如此刻，她就心情不错：“……他们说不准，但我觉得很准啊。你手上爱情线那么长，说明你是长情的人，我也是，比一比。”

她把他的手抚平，小小的手挨住他的掌边，慢慢合上，紧紧摁住，贴合。

她探头看：“诶？你的比我的还长，怎么可能？哦，因为你的手比我大……唔，还是说这条线不代表爱情，而是代表小丁丁？哈哈。”

“……”他病成这样，她居然心情很好。

她摁住他的手，拿手指一段一段丈量，他不明白。她停下来，自言自语：“笨，干吗要量，又不是没看过有多长。”

有种未经考量的说法：男人手掌的长度与那里成正比。

“……”这种毫无科学依据的说法她也信？言格适时动了一下手指。

“你醒啦？”甄意吓一跳，像受惊的小熊。他漠漠的：“没，回光返照。”

还有心情说反话，看来好了。甄意耷拉下头，坦陈错误：“对不起，害你为我冒险，我错了，请你原谅。”话说得像背书般诚恳，其实没点儿歉意，说到一半便咧嘴笑，“你把我怎么样都可以。”

“听上去还是你赚了。”他看得出她此刻很开心，嘴角始终四十五度上扬，眼底眉梢的笑意收都收不住。言格些许恍然，原来这样她就会开心。他倒不觉得冲进火场救她是多值得称颂的事，但她竟开心成这样，笑得真傻。

手还被她握着，言格轻轻抽了一下，没动静。“怎么不松手？”

“我在和你的手说话呢。”她摸摸他的手，像给动物顺毛。

“我在这里，和它说什么话。”他搞不懂她的思维。

“对你说话你都不听啊，手连着心，这样你就会听进心里去。”甄意寻常说着，一点不难过。

言格默然。他哪里没听，分明每句都听进心里去了。如果她现在提问，哪年哪月哪日什么时候她对他说了什么话，他不用思考就能精确地回答。

甄意摸着他的手玩，心毫无预兆地一动，低头在他手心印下一吻。鼻息喷在他手心，湿润，潮热。他没动，也没收回手。

手指动了动，想碰碰她的脸。太久，太久，他还记得她脸颊的触感，轻柔的，滑腻的。

很想，去触碰。

敲门声打断。三下。“是言栩。”他说。

下一秒，言栩和安瑶一起进来。甄意打招呼：“嗨，言栩。”

言栩原本选择性地只看言格，突然凭空被甄意点名，跟受了惊吓的小狗似的猛地站住，黑眼睛直直愣愣看着甄意，处理了几秒，木木地回应："哦，甄意。"

甄意不为难他，看过去："安瑶。"

"嗯。"安瑶笑得很淡，不亲近也不疏远。

病房寂静下来。言格不爱说话，言栩自闭，安瑶也不说。

甄意却自在，一边在言格手心画圈圈，一边问："手臂上烧伤还痛吗？"

"不痛。"

"真的？"她在绷带上戳了戳。

"……"

一旁言栩默语：这下会痛了吧。

"医生有没有说会不会留疤？"她关切。

"留不留都没关系。"

"怎么会没有？"她瞪眼，"留疤了不好看。"

"哦。"他觉得，不好看也没关系。

甄意笑："不要紧，不好看我也喜欢。"

"……"他想，她真是百转千回，自相矛盾。

没话说了，甄意便托着腮盯着他的纱布看，缓缓地摇头晃脑，好久都不无聊。想到什么，她眼珠一转，坏点子又来了："唔，好像戳出血了。"

"嗯。"

"疼吗？"她居然又戳了戳。

"还好。"

"我轻点。"她抿唇笑。

"……"

"怎么不出声，不舒服吗？"她脸上笑容放大。

"……"

安瑶转头看窗外，没想甄意竟不动声色地和言格说了一段听上去如此匪夷所思还性暗示意味极其微妙的话。言栩……他没听懂。

言格早就感觉到她在搞鬼，抬眸，她笑得可灿烂。

"甄意你……"他耳朵微红，不说了。

甄意笑出了声，从包里拿出玫红色马克笔，把他的手臂抱过来，在纱布上写字。

言格一愣，要挣脱，甄意收紧手臂，紧紧箍住："动什么？就写一句话，乖，不疼不疼。"说着装模作样地给他呼呼。

言格脸红。是不疼，可他的手臂被她埋在胸脯里，软软滑滑的触感，像凝脂，像丝绸，缠在他手臂上挥之不去。

他脸发热，挣一下，结果，陷得更深了……

他僵直，一动不动。

甄意在绷带上写字，他只看见自己的手抵在她的胸膛，肉肉都被他压得凹陷。

热度弥漫上来，他耳朵发烧，立刻移开目光。一抬头，见言栩愣愣的，默默的，扭过头去，表情在说非礼勿视。

"言格（心）甄意。"甄意写完，放开他，"诶，你脸怎么红了？"

"有点儿热。"他立刻说。

"那开空调吧。"甄意扭头，"言栩。"

言栩坐在茶几边，木木抬头，目光四处扫，看向安瑶："如笙，遥控器在你旁边。"

如笙？甄意奇怪，安瑶改名字了？

甄意没多想，问正事："言格，你知道龙勃罗梭的天生犯罪人理论吧？"

言格一眼看出她的想法："你想说戚红豆。"

"嗯，她就是你说的那个反社会人格。"

"不是。"

"不是？"甄意不解。

"按照心理学家的经典说法，一个人成年后才会形成人格，所以我们不会把未成年人称为反社会人格。"他平静地说着，因为严谨权威而莫名性感，"而是说，品行障碍。"

"那，她是有品行障碍。她没有共情能力也不会被规则和情感束缚吧？"甄意习惯性拧眉，"可她这么小，哪来那么阴暗的心理。刚才我看她就想到龙勃罗梭的天生犯罪人，她有差不多的古怪的长相。所以想她会不会也是。"

"你相信这个理论？"言格反问，"相信犯罪存在于基因里会遗传？"

"不太相信。可我查了好多案例，发现有些杀人犯的孩子的确会……"她不说了，说出来像歧视。言格揉一下眉毛，清淡道："龙勃罗梭后来修正了他的观点，认为除了先天原因，还有后天因素，就此形成犯罪原因综合论。"

甄意知错了，脸微红，不好意思地耸耸肩："我完全被'看长相就认出罪犯'这样的新奇观点吸引，没记住别的。"

"新奇的观点本身容易吸引注意，说来，龙勃罗梭的观点对人性本善是相当大的冲击。"言格道，"至于我，不认为人性本善，也不认为人性本恶；所以，家庭学校和社会才格外重要。"

"噢，我知道啦。"她吐吐舌头，打开电视，想挑欢乐的节目给言格看，却意外看到一条新闻——崔菲涉嫌纵火伤人被捕；警察在戚家和戚行远电脑内发现大量幼女视频和照片，据戚行远坦白，齐妙发现他恋童，以此威胁索要戚氏 20% 的股份，招致杀身之祸。

至今，未提艾小樱。

崔菲，戚行远，果然厉害。为隐藏戚红豆杀死艾小樱的真相，先利用爷爷的病情把甄意牵扯进去；在甄意怀疑并获取录音后，栽赃爷爷不成，转而陷害知道真相的齐妙；再利用戚勉和齐妙的不和，一次次挑拨，直到良机出现精确下手。他们甚至想过撞死甄意。

一旦罪行败露，立刻坦陈错误。至于戚行远的幼女视频和照片，究竟是他真的变态恋童，还是费尽心机提前准备，等着万一艾小樱的事暴露，他有充足的杀人动机为戚红豆顶罪？

酒窖里浸泡的“纪念品”究竟是戚红豆一人所有，还是她和戚行远的共同收藏？

该死，怎样才能揭露真相？

甄意在医院里守了言格一整天，傍晚陪言格吃完饭，接到司瑰的电话，几个朋友约出去聚聚。甄意便告了别。走到电梯口，听见安瑶叫她：“甄意。”

“嗯？”甄意回头，“言格有事？”她想不出安瑶会有话和她说。

安瑶摇头，表情很淡：“我有几句话想和你说。”

甄意莫名尴尬。中学时代全校盛传安瑶暗恋言格，但甄意并不讨厌她。因为她从没追求过，没表示也不解释。甄意总觉她性格很淡，不会亲近，貌似也不会使坏。

但那天电梯里她的话叫甄意介怀。可甄意最近和言格挺好，安瑶没作梗。且甄意看得出只要言栩在，安瑶的注意力就全在他身上。

安瑶垂了垂眸，个性清高惯了，不太自然：“那天电梯里的话我收回，向你道歉。如果你和言格在一起了，我真心祝福你。”她其实不在意她不关心的人，也不愿钩心斗角，可前段时间像走火入魔，好在不迟。

她把言格当亲人，八年前，言家所有人对甄意怀了怨恨，希望言格可以和其他任何女人在一起，只要不是把他伤得惨不忍睹的甄意。但显然他们缘分太深，不是任何人能阻止的。

“甄意。”她不太习惯笑容，连认错都是平静有度的，“开始我的确不希望你和言格一起，但像你说的，这不关我事。毕竟，言格开心最重要。我应该告诉你，自你出现后，言格他每天都开心。当然，我看不出，是言栩感觉到的。”

她表情波澜不惊，语调淡淡没有起伏，也做不出痛心疾首或伤感自责的样子，但甄意还是感动了。“安瑶，谢谢你和我说这些，我……”

“不要说谢，还有一件事。”安瑶拧眉，有点艰难。刚要开口，旁边有病人经过：

“安医生，你今天上班啊，护士说你休息呢。我家孩子的伤口……”

安瑶今天的确休息，但一听病人的叙述，便蹙眉认真听起来。她扭头看甄意，没什么表情：“下次我找你吧。”

甄意点头，转身上了电梯。

茶室里很安静，挂几道竹帘，帘子上画了水彩仕女图，古风的木制镂空窗口吊几盏琉璃灯，光线暧昧而温馨。赭红色的木桌上，玻璃茶壶里煮着水果茶，色彩鲜艳，水果块上下翻舞，清甜的果香幽幽弥漫。

甄意很久没和朋友们聚了，可心里惦记着艾小樱，玩得并不尽兴，一直懒散地在一旁拨弄煮茶的酒精灯。司瑰知道她自首，原打算让她缓缓心情，看来效果不好。思索半晌，往木窗外望：“哎哎哎，你们看，那男人帅不帅？”

片刻前蔫蔫的甄意立即坐直了身板，跟闻见骨头香的小狗似的：“哪里？”

外边真有一枚帅哥经过。“哇，不错哦。”“身材也正。”

三人趴在窗边发春，甄意扭头：“阿姿，你没兴趣？”

“没，最近和微信上一个人聊。他超帅的。”

“我看看。”

三只脑袋凑过去：“好帅！”“好 man！”

“好嫩！”甄意说。

“嫩？”目光齐齐聚焦。甄意：“嗯，你问他多大。”

杨姿后知后觉地问，对方在线，回：十九。

三只脑袋边摇边散开。司瑰：“才十九？太小。三年一代沟，都两代沟了。”

江江：“男人心理年龄比女人小，阿姿，有得你当妈的。”

甄意：“我觉得挺好的。”

目光齐刷刷聚焦：“你不是最受不了姐弟？”

甄意：“不是问多大吗？”

“是啊。”

“是说那里多大啊。”

“哪里？”

“当然是小丁丁。十九是厘米。”甄意拍杨姿肩膀，“阿姿，如果是厘米，年龄就不是问题。”“……”

“就你邪恶。”司瑰踢她，又不经意问，“哎，你卞谦哥有女朋友了没？”

这一问，杨姿反而抬头看过来。

“没啊。”甄意贼笑，“你看上他啦？读大学的时候就该追啊。卞谦超好。书读得好人又聪明，干什么什么行，你看他，不学律师，却把律师事务所管理得有声有色。”

甄意说起卞谦的优点来，滔滔不绝：“人脉广但不来事，也不和那些乌七八糟的男人同流合污。私生活干净，超好。”她越说越激动，“现在你一说，觉得你们好相配。”

江江也附和：“司瑰，把我们卞老大拿下吧。我们事务所好多美女喜欢他，可他一点不多情，和女同事之间没半点暧昧。”

杨姿玩着手机，心里有点儿酸。

司瑰问：“他喜欢什么样的女孩？”

甄意：“主动的，你去追他。”

司瑰狐疑：“乱扯吧你。”

“他那种优秀的男人多半自负，要女人主动追才行。你要喜欢就追，不喜欢就让别人追走呗。”

司瑰白她一眼。杨姿蹙眉，她认为女人主动追男人太掉价。可听甄意怂恿司瑰追卞谦，她又不太舒服，觉得自己的备选项被人盯上，又懊恼自己没动作。

甄意笑闹完，转问：“对了，崔菲和戚行远就像新闻上说的那样了？”

司瑰：“戚行远恋童，也补充了芭比娃娃的事。说他准备不轨，但艾小樱反应激烈，他失手把她杀了；至于酒窖，崔菲说是她点的火。”戚红豆被撇得干干净净。

司瑰问：“受审的事，你想好了没？”

“尹检控官的学弟会帮我打官司。”

杨姿问：“甄意，尹学长对你挺好的，他是不是喜欢你？”

“哪有？不过是学长学妹。”甄意拿叉子戳杯子里的荔枝，“再说，全世界都知道我喜欢言格，他傻呀。”

杨姿瞪大眼睛：“你开始追言格了？”

“还没，但他肯定是我的。”

“你不介意？”

“介意什么？”

“八年前，他招呼不打就从KTV消失，再没出现，一句分手都没有。”杨姿皱眉，“那段时间你像个疯子天天跑去街上找他，跟没了魂一样，一个同学一个同学地抓着问言格去哪里了。你不记得了？”

司瑰和江江默不作声，没想甄意会有这样伤痛的过往。

甄意脸上的笑容稍稍消退，垂眸半刻，摇摇头：“不介意。”

“怎么可能不介意，女生怎么能容忍男生的这种行为？”

“言格不是你说的那种人。”甄意笃定道，“他一定有他的原因，等他觉得合适的时候，他会解释。我只要等着就好。我相信他。”

“就怕你等来的又是他的不告而别和消失八年！”

甄意眼中闪过刺痛。司瑰皱眉，踹了杨姿一脚。

甄意默然几秒后，摇头：“那也没关系。他太特别，所以没关系。哪怕他每次和我在一起一年，不告而别八年，也没关系。我会更加珍惜在一起的时间。”

“甄意，你……”

“你们都说我痴情，说他无情，不是的，他对我的好只有我自己知道；他有多好有多值得，只有我知道。我心里很清楚。”甄意安静下来，语气稍硬，“所以，这种话，以后要是再说一遍，我会生气。”

茶室里烟雾缭绕，茶水汩汩，一阵诡异的安静。

司瑰的手机铃声打破尴尬，她拿到一旁接，半刻后面容严峻地快步过来：“又出事了。”

“……引发公众热议，视频中校服女孩对年幼女孩实施殴打。后者掉入没有井盖的窨井。她努力往外爬，但打人的女孩用脚踩踏踢踹数十下！年幼女孩最终消失在下水道。警方证实这正是半月前在护城河发现的一年级女孩娟娟的尸体……死因是溺毙，警方曾推断她雨天意外坠落窨井……娟娟重伤坠落窨井，恰逢当晚下暴雨……”

车上安静无声，气氛沉闷。

视频里，小女孩对比她更年幼的趴在窨井边苦苦挣扎的小女孩一次次拿脚踢踹，谁也想不到一个小女孩会做出如此残忍的事。

甄意的心却不会轻易起伏了，因为，视频里打人的女孩是戚红豆。艾小樱不是她的第一个受害者。

江江握着手机视频，眼都红了，气得好几次骂人，言辞越来越激烈：“网上都说她是魔女。戚行远那种恋童癖养出的女儿也是杀人犯！有人阴谋论说艾小樱或许不是戚行远杀的，或许父女母女合谋。一家子变态！”

杨姿翻看网上公布的戚红豆照片：“这丫头一看就是杀人犯的脸。司瑰，是不是有种说法是天生犯罪人？”甄意听言，抬起眼眸。

司瑰开着车，脸色很差。她见过很多杀人案，可像今天这样的挑战了她的极限。

“是，”她声音微颤，强自压抑着愤怒，“天生犯罪人天生有心理缺陷，不守规则也没有情感。”

甄意不发表观点，网络和公众的观点无出这几种，但她只记得言格的话。

每个人激动过后，又静下去。江江像耗尽了力气，颓废地埋进座位，闷声道：“说再多都没用，没办法治她。因为根本没有针对这种情况的法律。”

“想起以前看过的一句话，”甄意说，“没有是非观念的孩子是这个地球上最可怕的生物，他们有好奇心、行动力、破坏力以及《未成年人保护法》。”

车上所有人都知道，所以，所有人都愈发无力，悲哀。

“你们不觉得奇怪吗？”甄意异常冷静，道，“小娟娟一个月前死亡，半个月前被发现，这段视频不是道路摄像头，是相机或手机拍摄，那人为什么不及时公布而等到现在才公开？又为什么那人没有救小娟娟，而是让她慢慢死在窨井里？”

很快到了戚行远真正的家，清江区的高级别墅。保安不放杨姿和江江进去，她俩留在外面。崔菲和戚行远都在看守所，只有保姆和戚勤勤在家，林警官过来调查情况，司瑰来配合，仅此而已。

出乎意料的是，言格也在，坐在沙发上，和戚红豆聊天。

甄意进来，他也没分心，始终看着戚红豆，表情干净而平和，不带任何正面或负面的情感，相当客观。

红豆穿得像个高贵的小公主，表情很镇定，应该说是麻木。

甄意又忍不住打量她，一直觉得红豆没另几个哥哥姐姐好看，仅此而已。想想早几年，更小的时候，她长得并没有现在这么古怪。五六岁时打扮起来也可爱，即使现在，甚至寿宴上，她开心时脸上有表情时，也不会像此刻这么可怕。

她轮廓很明显，不太东方，所以孩子们说她难看；但如果她不是这样死神般的表情，换作孩童的稚嫩，或许就……

她说：“这次做梦没有梦见人，只有一只蝴蝶。”

“蝴蝶。”言格重复她的话。

“对，蝴蝶。楼梯间里没有灯，应急出口的幽绿色淡光亮着，很暗，又不是绝对的黑暗。我在楼梯间里往上奔跑，气喘吁吁，它在我身后追赶。”

“花丛中的那种？”

“起初是。”戚红豆拿手指笔画，“它是黑底彩纹的，扑着翅膀，越长越大，我每跑一层它就变大一点。它的躯干很细很短，只有我上身高，翅膀比消防门还宽。触角很粗，一直挠我。它的黑底彩纹很漂亮，放大变成无数眼睛和嘴巴。我跑到楼顶，可通往天台的门被锁死了。”

几个用人交换着眼色，觉得这孩子太可怕。

言格静静听完，淡静地点一下头，示意她继续。

“它扑上来，六条腿抱住我的身体，长长的嘴像绳子一样缠住我的脖子，它的躯干上全是绒毛，软得像稀。有昆虫的臭味。”

戚红豆表情空茫，吸了一下鼻子，像在嗅什么。这个动作叫在场的大人们毛骨悚然，恶心，脊背发凉。

“它用巨大的翅膀裹住我，一层层像作茧。噢，它的翅膀上全是磷粉，渗进我的皮肤，想把我毒死。它以为用嘴把我勒死了，它的长嘴叫吸食器，一圈圈松开我的脖子，钻进我的嘴里。”

她模拟着张一下口，表情惊悚，像此刻有只巨大的蝴蝶把她包裹，看得出她一点儿不害怕。可其他人脸都白了。

言格平静地问：“你害怕吗？”

“害怕？”她摇头，“猎人怎么会害怕猎物？”

众人都不懂。

言格问：“你吃了它？”

“嗯，它的吸食器钻进我的胃里，头抵在我嘴边，可这是我的圈套，我胃里有毒，蝴蝶动不了了。我咬住它的头，差点咬断，它立刻松开六条腿和翅膀，拼命扑腾。翅膀上它的眼睛全挤在一起，很惊悚。我可不会松口，一口一口咬得更多，一点一点把它吞进去。包括他翅膀上的眼睛。吃饱后，我打开整栋楼梯间的灯，开门去天台上睡觉了。”她说完，满意地说，“明白了吗？”

“嗯。”言格声音里透不出任何情绪。

林警官疑惑：“什么意思？”

戚红豆抬眸：“我是肉食动物，我会捕杀弱者，这是自然界的法则。兔子吃草，狼吃兔子，你能说兔子不对说狼犯罪吗？”

一句话，叫在场的大人们哑口无言。诧异，不解，震惊。这个孩子身体里住着恶魔，住着怎样扭曲的灵魂？

甄意忽然发觉，沟通，是非常艰难而奢侈的事。

戚红豆说完，言格有十几秒没说话，浓眉下，一双长而深邃的眼睛似乎装了很多东西，却又异常清澈，注视着戚红豆。不对，她梦里的蝴蝶，应该还有另一层意思。

林警官问：“为什么杀他们？”

戚红豆眼神极其空洞瘆人，不予回答。

言格问：“你怎么挑猎物？”

“天意。”戚红豆答。众人不解，言格却明白，意思就是随机选择看心情。

但他还是问：“娟娟和艾小樱，她们的什么言语或行为让你生气？”

戚红豆稍稍皱眉，又平复下去：“没有。我自己生气，而她们出现了，这就是天意，她们的出现就是给我解气的。”自然坦荡毫不歉疚的语气叫在场的人恨不得几巴掌挥她。

言格依旧平静清和："什么事情让你生气？"

"爸爸和妈妈。"这个回答倒叫众人一愣。

"他们怎么让你生气？我们先说你和娟娟打架的那天好吗？"言格的用词始终宽容，之前不说"为什么杀她们"，现在也不说"你把娟娟推下窨井"。

甄意望着他认真而不带批判，甚至温和而鼓励的侧脸，莫名走神，觉得异常性感。如果他做了爸爸，一定会把孩子教育得非常好。心跳不稳。她想让他做她孩子的爸爸。

客厅里很安静，戚红豆说："爸爸和妈妈没有去接我放学，我很生气。"

甄意想起网友对她的谩骂"骄纵的恶魔女"，她也觉得不可理喻，这样就能让她痛打路过的小娟娟并把她踩进下水道？

"平时他们都是一起接你放学？"

"不是。总是爸爸，有时候是妈妈。"戚红豆说，"他们都不来，就有问题。"

"什么问题？"

"他们肯定在吵架，骂人，打架。"

"他们两个？"

戚红豆面无表情："大人很可笑，总以为在孩子面前装没事小孩就不知道。可小孩感觉得到，什么都知道。他们的动作语言表情，孩子都懂，他们却以为我们不懂。我偷偷看过。看见他们扯头发撕衣服，对骂。"

所有人都静默了。

"这种时候你会生气？"言格问。

戚红豆点头，仍然没表情。

"那天爸爸妈妈没去接你，你认为他们去打架了？"

"一定是这样。"她很肯定。

言格沉吟半晌，缓缓问："他们让谁去接你？"

司瑰和甄意对视一眼，讶异。她们在看到视频的那一刻，和所有的公众一样愤怒震惊并声讨魔女的恶劣行径，却没想过她为什么这么做，更没想过当时她的监护人在哪儿！

"司机，"戚红豆抬起头，"还有……大姐姐。"

夜晚的别墅里，主人、用人、警察、外人，各怀心思，客厅里静谧无声。墙壁上挂着仿梵高的向日葵，灿烂的黄色。

戚勤勤立在沙发背后，表情淡定。一身职场套裙，头发绾成精致的发髻，利落得没有一丝多余的头发。听到戚红豆的话，她淡然承认："那天是我接红豆放学。"

司瑰："你为什么没看护好红豆？"

"我去给她买冰激凌了。"简单的理由，却无懈可击。

言格问戚红豆："艾小樱呢，你为什么和她打架？"

"我不喜欢芭比娃娃。"同样匪夷所思的理由。有用人皱眉：因为不喜欢娃娃就拿镇纸击打娃娃主人的脑袋并掐死？

言格问："看见芭比娃娃也会让你生气？"

"是的。很生气。"

"为什么呢？"

"看见漂亮的东西会让我生气，因为我长得很难看。"她语调没有起伏，分明只有九岁，声音却一点儿不稚嫩，说的话也格外现实。

甄意的心不太舒服，听一个九岁的孩子这样直白地说出口，有些残忍。司瑰也安静下来，不知是不是气消了。

"谁告诉你的？"

"学校的同学都说我丑，取了很多外号，还为我编了儿歌。"她不悲也不伤，却叫大人们心里堵了起来。或许，他们原本有很多愤怒和质疑，此刻，却无从说起。

甄意眼睛有点湿，她知道同龄人的眼神和话语会把人压死，她经历过。那一次……只是不知言格还记不记得。是谁说过，学校是等级制度最森严的地方，每个孩子心里都有一把现实的标尺，谁好看谁难看，谁成绩好谁成绩差，谁强壮谁有缺陷……

有时候，孩子们的势利和敏锐，叫他们现实得分外残忍。

言格温和道："只是这样吗？因为生气，所以打她。为什么打她之后，还要箍她的脖子呢？"

戚红豆脸颊动了动，却不回答。而言格凝视她半晌，在想什么，但也不准备问了。

……

林警官和司瑰并没待多久，戚勤勤和戚家律师对戚红豆行为的解释是：小孩子之间的打架，没有预见性；且小娟娟是暴雨淹死，不是直接由戚红豆导致；至于艾小樱，同样是打架，而戚行远承认恋童杀人。没有证据证明这和红豆有关。

每个人心里都清楚，他们拿这个小魔女没办法。

言格给戚勤勤留了张医院的名片，建议她送红豆接受康复治疗。

出了门，甄意翻看手机新闻，走在最后边：

"刚才听了你和红豆的谈话，有些难过。她可恨，但可恨的不仅是她，崔菲和戚行远难逃其责。说得宽泛些，散播恶意的陌生人和学生呢，你甚至没法责怪他们。大人都很难想象自己传出去的负能量和恶意会对他人造成怎样的蝴蝶效应，更何况嘴快无心的孩子？可大家除了谩骂就是诅咒。”她看着手机，有些烦闷，下台阶没注意，脚下不稳，突然失重往前倾。

他敏捷地将她捞回来。

她的心骤降又骤升，咚咚乱跳。猛地撞进他怀里，条件反射地抓扶，小熊抱树枝一样把他抱住，抱了还不松手，脑袋在他肩膀上蹭蹭。

言格：“……”似乎又回到那一沾手就甩不开的年代。

他倒不会烦腻。只是她的胸又紧紧贴在他手臂上，软绵绵的，以前她的胸部分明比较袖珍，最近怎么回事。

夜风轻抚，她发间的香味在他唇边萦绕，他不太自在，轻轻把她揪开，扶着她的肩膀让她站直。甄意笑眯眯，已经占了便宜，很满意了，继续看手机。

“有什么好看的。”他长指拿过手机，一划，装进她口袋，“大家都太相信眼睛，不相信脑袋。”

“什么？”这个说法倒新奇。

“看到的言论和视觉证据太直观，以为直观就等于全面，不去想为什么。”言格抬头望前方，风吹起他额前的碎发，露出饱满而白皙的前额。

“像唐裳和戚行远，大家以为直观等于真实，不去想有没有可能是假的。像戚红豆，大家以为直观等于全面，不去想埋在表象底下的原因是什么。公众只会追随，怕被边缘化，却没有勇气怀疑，没有智慧探索。所以我说他们太相信眼睛，不相信脑袋。”

甄意内心涤荡，不自禁深吸一口气。原本脑中的想法模糊不清，不知从何说起，他却有条有理，不徐不疾，把她想的都理清，清晰而清楚地表达。

这样默契的感觉叫她心中的烦躁消退了很多，问：“你觉得戚红豆应该受到什么处罚？”

“这不是我的职责。”言格平静道，“在我眼里，她是个病人，仅此而已。”

她真佩服他坦达专注的性格。

“一个孩子如果在幼时没被善待，你又怎么能指望她长大了善待这个社会？”

“是啊。”她抬眸，他内心总是平和，所以说出的话才总是克己而宽容。她低头，微微笑了：“言格，你真好。”

夜里的清风从树梢落下来，微凉。树影摇曳，路灯的光随着风晃来晃去。灯光拉出两道斜斜长长的影子，温柔地重叠在一起。

他没回应这句话，看着地上的“她”，心想，也并不是每个不被善待的孩子都会阴暗，报复社会。所以，她才格外珍贵，格外美好。

他继续：“如果一个家里孩子生了病，那整个家庭都是病入膏肓。”

甄意想起刚才他和戚红豆聊天的模样，感由心生："言格，你一定会是个好爸爸。"

言格微愣，表情微妙，没回应。

甄意揪着手指，嘀咕："言格？"

"……嗯？"他稍稍犹疑，隐隐觉得没好话。

"其实我基因挺好的。真的。"她扬起头，笑得像向阳花，"乐观开朗，活泼可爱，美丽性感，热情善良……我要是当你家小孩的妈妈，你赚翻了。"

是他赚了没错，但："小孩会有一些厚脸皮吧。"他说，"甄意，你一口气说这么多形容词，羞不羞？"

"真实永远不会不恰当。"她俏皮地歪头，拿那天在小楼里喝茶聊天时他的话回敬。

那么久的事了，现在想起，似乎茶香都从记忆里飘了过来。他不说了，继续前行，夜幕中，唇角极轻地弯了一下。

走到别墅院子门口，言格停下来："你先去吧，我等你。"

"你怎么知道我要返回？"

"没有为什么，就是知道。"这话叫他淡淡低沉的嗓音说出来，含义真微妙。

路灯朦胧，微风轻盈。甄意轻轻道："等我哦，我马上出来。"

返身回别墅，门还没关。用人和戚红豆都不在了，只剩戚勤勤靠在沙发旁，手里拿着卡片，撕碎了扔进垃圾桶。是言格给她的医院地址和联系方式。

她回头见了甄意，漂亮却淡漠的脸上，风波不起。

"为什么撕掉？红豆需要治疗。"

"戚行远把公司和红豆交给我照顾。她需不需要治疗，我说了算。"她把父亲称为"戚行远"，官方，正式，疏远。

甄意停了半晌，终于问："戚勤勤，这一切都是你策划的吧？"

"策划什么？"她坐到沙发上，一双丹凤的眸子斜睨她，娇艳却冰凉。

"小娟娟和艾小樱的死，和你脱不了关系。"

"哦？"

"你恨戚红豆，想除掉齐妙，让戚行远身败名裂，让崔菲坐牢。"说出这些话，甄意脊背发凉，无法想象一个如此年轻的女子会处心积虑做出这些。

"你很厉害，了解家里每个人的性格，知道什么能惹怒红豆，知道崔菲太在乎势力和脸面，会一错再错把事情弄得更糟，同时她非常在乎红豆；戚行远也是，能为红豆豁出一切。

"寿宴那天小孩很多，为什么艾小樱发现好玩的小树林不叫朋友一起？是你把她骗来的。为什么选择艾小樱？因为她长得漂亮性格刁蛮，容易惹怒红豆；更因为她身份特殊，崔菲不会报警，怕曾经的奸情曝光。

“我猜，戚行远退休想把财产的大头给红豆，这刺激了你。或许你一开始只想除掉崔菲、红豆和齐妙。至于戚行远，你有些犹豫。但他做伪证陷害戚勉，你对他彻底失望甚至憎恨。他时刻准备瞒不住的时候为戚红豆顶罪，你暗示他动机不足，让他把恋童的证据编造好。不然他这么精明谨慎的商人，怎么可能把恋童的猥琐证据留在办公室电脑里和家里？”

“你一直喜欢天马行空地想象吗？”

“不。有人一开始就拍下戚红豆把娟娟踢下窨井的视频，时隔一个月才发布，刚好卡在媒体曝光戚行远恋童变态的时刻。如果提前发布，他就没法替红豆顶罪，你也无法毁掉他。

“你太了解家里的人，猜出崔菲不断挑拨想借戚勉之手杀死齐妙时，你没阻止。因为你知道你弟弟心地单纯柔软，再暴躁也绝不会杀人。”

“巧合。”戚勤勤淡淡道，“阿勉差点儿出事，我就算害所有人也不会害他。”

“你是不会害他。外人看来证据确凿，以你的聪明却很清楚不足判罪。是你告诉他做伪证，让他说泼的是水。你为他准备了一模一样的衣服，他逃走时让他换掉。一个去酒店开短会的人提前准备一套衣服，不奇怪吗？就像他提前预知要弄脏衣服。”

“这是商场的礼仪与谨慎，不管去哪儿都要带一套备用，以免遭遇突发状况。”

甄意道：“是，来自商场的是你，而非戚勉。只不过你没想到戚行远会睁眼说瞎话。在旁听席上看见他指证戚勉，你对他的亲情彻底消失。”

戚勤勤有几秒没说话，抬眸看她，镇定道：“说了这么多，证据呢？”

“不会有证据，因为你根本没参与。无意的几句话，不经意的暗示。说者无心，听者有意，就这样让他们照做。”甄意佩服，更加心寒，“崔菲和戚行远都失去自由，能照顾红豆的只有你，他们甚至不会对警察说你知情。你太缜密了。”

戚勤勤八风不动，面对揭发，不否认也不承认。

甄意很明白，不承认是因为她太谨慎不留证据；不否认则是因为她不屑说谎，并极度自信即使甄意知道真相，也无法把她怎么样。一个女人聪明到这种地步，甄意不知该形容她为强大，还是可怕。

“你为什么这么做？这是你整个家啊。”

“我的家早没了。”她殷红的唇角动了动，闪过一丝极淡的悲凉。这么久，唯一一次透露情感，是在提到“家”的时候。“人家都说，父母是孩子的后盾。现在看来，果然是。”戚勤勤自嘲似的冷笑，“只不过，他也是阿勉的爸爸，却背后捅他一刀。”

甄意原想说什么，看见她眼睛里的寂寥，话就咽了下去。

言格和她讨论过，戚勉一生的叛逆很好解释，想得到父亲的关注。如果孩童时期得到的爱不够，不管他长多大，即使白发苍苍，心中也一直有缺口。

直到现在，他还是没长大的孩子，还想得到父亲的信任和保护，可他彻底被父亲抛弃。戚勤勤也一样，再怎么成功，心里也有个永远无法弥补的洞口。风一吹，凉透。

“戚行远做证后，我求他让他放过戚勉，但是，”她笑了笑，眼红得渗血，“他真疼红豆，疼得听别人说她不好，他都不舍。我们阿勉呢？”

甄意明白，她在说戚勉，也在说她自己。

“他很过分。不错过红豆的每一次家长会每一堂画画课，她去少年宫跳舞，他守一下午。可我小时候肺结核住院一个月，他忙着产品上市，一次没看；阿勉从学校楼梯上摔下，他叫司机处理。更别说他在外面受了气就回家里发火，吵得凶了就打妈妈打我，打阿勉；可他疼红豆疼得，用人让她不开心，他会让他们跪地求饶。真不公平。”

她唇角浮起一丝悲哀的笑：“我这么大了，还和一个九岁的毛头小孩争父爱，丢不丢人。”

“我们才是跟他一起吃苦的那个家。妈妈攒钱给他创业，全家省吃俭用陪他辛苦。我妈把她的青春她的一切，她的命都给他。可崔菲除了坐享其成，干了什么？她势利，贪财，爱富。除了红豆，她连娘家人都害。崔菲这些年没行为不检，和艾程早没往来。年轻时偷情一两次，后来倒和我爸真心相爱。知道为什么吗？知道红豆看到他们吵架打架是在干什么？他们有虐待受虐的奇特癖好。

“很好，他们天生一对，为了宝贝女儿什么事都干得出来，谁都能伤害。这场戏他们演得真精彩。崔菲给自己扣上偷情的帽子，戚行远说自己恋童。我不在乎，可他想把我妈奉献一生的企业给红豆。绝不可能。

“他无情，所以红豆遭报应。原本老天只要红豆和崔菲成为凶手，他却要害我妈唯一的儿子，换他们一家幸福。所以，他也遭报应。那么爱现在的家，就变成替死鬼好了。”

甄意觉得悲凉：“戚勤勤，当你五十多岁的父亲为了有充足的杀人动机，听你的话搜集各种恋童的东西往自己头上扣的时候，你心里究竟是解恨还是疼得滴血？”

戚勤勤微笑，优雅异常，和她摧人心扉的话语有种诡异的违和。

“活该。他的心是铁石做的，只有红豆敲得开。去求他放过戚勉的那天，我哭得比孩子还狼狈。可他说不是崔菲和红豆的问题，是时间不对。年轻时想创业，没时间考虑家庭。原以为家人永不分离，即使伤害也能原谅。可日复一日的疏忽让亲情的隔阂越来越大。家人怪他忙碌，他怪家人不体贴，越来越找不到乐趣。红豆是他失败家庭的重新开始，是他从头开始做一个好父亲的机会。”

戚勤勤抬眸望着屋顶，白光在她眼睛里闪烁，刺心：“从某种意义上说，我们只是他的试验品。失败了，就抛弃。”

甄意：“应该不是这……”

“是。他去看守所看戚勉时说，父爱母爱是有私的，家庭的伤害是相互的，如果一个孩子的成长给他造成太多痛苦，他也会失望。父子间的沟壑太深，他很难弥补。

“是啊，沟壑太深，小恩小惠已经填不满。所以他干脆转身，当那条沟不存在，当沟壑对面的我们不存在。”

“你知道阿勉怎么说吗？”戚勤勤面色平静，嗓音却隐隐发颤，“他说……如果我做了父亲，我不会以事业为借口牺牲家庭，我会好好爱我的孩子，好好爱他的妈妈，我会参加他的每一次家长会，看他做的每一份手工，生病了喂他吃药，伤心了给他安慰。我一定会先付出，而不是先责备孩子不懂事没带给我欢愉，因为，他只是个孩子。”

“那天，阿勉哭得好惨，他求戚行远，他不想终身监禁，可戚行远不会让任何人摧毁他苦心孤诣得来的第二次做父亲的机会。”

甄意别过头去，泪盈于睫。

世上所有的感情都是这样，谁在乎谁就输。不是逻辑题，符合规律就能结果；也不是等价交换，你的付出有没有意义，全看人家在不在意。

戚勤勤轻轻道：“你以为，他对红豆的父爱很纯粹？”

“不。很自私。”她冷静而毒辣，“他爱的不是红豆，是他自己，是他心里赋予红豆的一个幻影。他一辈子钩心斗角算计猜测，一辈子忙名利没感情，老了才能喘口气。红豆是他迟来的施与，迟来的亲情。不怪他，他说得对，是我和阿勉生不逢时，和父亲互相憎恨。彼此相忘，反而是解脱。”

甄意从她的话里听不出讽刺，只有嫉妒。“红豆还小，她不治病，以后会变成什么样子你知道吗？”

“我知道啊。”戚勤勤眼里闪过一丝诡谲。

甄意心底凉飕飕，冷意席卷全身。面前的女子容貌精致，表情不起波澜，那张脸少有表情，像戴着一张精美的面具。甄意觉得阴风阵阵，汗毛倒竖。

门外一声吱呀，她一惊，慌地回头。

“姐，上季度的财政报表我看……”戚勉从玄关走来，望见甄意，愣了一秒，随即笑容绽开，“甄意，你怎么在？”

她缓过神，戚勉一夜间变了很多，穿着正式的西装，拎着公文包，片刻前面容成熟而认真，这一刻轻松起来。他开始改变了。

“有没有吃晚饭？”

甄意讷讷地点头。

“怎么脸色不太好？”戚勉弯下腰，歪头看她。漂亮的脸近距离放大，甄意稍稍退后一步：“没什么。”

“阿勉。”戚勤勤唤他，声音褪去冷漠，很温和，“洗澡了吃消夜，我给你煮了海鲜粥。”

“好。”戚勉笑，又看甄意，“留下吃消夜吧。”

甄意勉强弯弯唇角，戚勉这才上楼。望见他消失，甄意说：“我先走了。”

戚勤勤跟她走到门口，若有似无地说：“经过这件事，阿勉脱胎换骨，变好了。很值得。”

甄意再度背脊发凉，连戚勉置之死地而后生，在绝望被弃之后改头换面，戚勤勤都计算好了。这个女人……纵使甄意一贯口齿伶俐，到了此刻，什么都说不出。

戚勤勤立在门边：“甄意，我就送你到这儿。”她站在光与黑夜的边缘，很美的一张脸，一半白皙，一半黑暗。

她微微笑了，甄意认识她那么久，她唯一一次真心的笑容，很浅：“甄意，我和我的家人以后会很幸福，而伤害过我的人，他们的痛苦，会持续一生一世。”

她退后一步，淡笑着关上门。

砰的一声砸在甄意心上，她蓦地浑身一颤。

她没犯法，也没犯罪，却把所有人推入深渊。纵使甄意见识过多少高智商犯罪，也没见过她这样的。什么事也没干，却让戚家天翻地覆，敌人下场惨烈，弟弟改过自新。

不知为什么，她并不厌恶戚勤勤：一个心疼妈妈的女儿，一个渴望父爱的女儿，一个嫉妒继妹的姐姐，一个保护弟弟的姐姐。

姐姐的角色总是这样，隐忍，包容，飞速地成熟，默默背负一切，把阳光留给弟弟妹妹。

似乎，她也有这样一个姐姐。

第三卷　栩栩如生

“苏爷爷——求您了，把衣服换掉好不好？”甄意一身义工护士装，抱着干净的病号服，追着一个邋遢老头。她今天的任务是给疗养院1区的二十个老人换干净衣服，可第一个就让她磨了半个多小时。

言格翻看着病历，绕过走廊，无意地一抬头，看见小护士甄意几乎崩溃，腰杆儿弯得像饱受狂风摧残的小树苗，追着一个脏兮兮的老头在哭求：“爷爷，求求你了，把衣服换掉吧，您都臭啦！”

老头子精神抖擞地往前走：“谁说的，我是烤玉米，香喷喷着呢！”

甄意差点儿没扭成一坨缩在地上：“爷爷，求您了，您换衣服，我跳舞给您看好不好？”

“不好。企鹅跳的舞一点都不好看！”爷爷撅嘴，老短腿扑腾扑腾跑。

在他眼里，她居然是只企鹅？照不出彩色照片的企鹅？甄意扭着脸仰天长啸，仰到一半，看见言格一身白衣，身形颀长，侧身立在走廊上，手里还拿着病历夹，表情莫测。

丢脸的事怎么全让他撞见？

甄意赶紧调整鬼脸，温柔地哈腰：“言医生早。”

小柯跟在言格后边，心中感叹：师母好可爱。

言格问：“不肯换衣服？”

“嗯。”甄意连忙点头，哀求地看着言格，做口型：帮帮忙吧。

言格转身走过来，到那老头面前，温和道："爷爷为什么不配合小护士呢？她工作也很辛苦啊。"

甄意微微一愣，有些不好意思。

老头子鼓嘴，背着手："我不想换。哼！"

言格说："可换了新衣服，才会讨奶奶们的喜欢。"

老头子的眼睛一下子亮起来："真的？"

甄意："……"

言格从她身边走过，病历本敲一下她的肩膀。声音却清凉："记得跳舞给我看。"

"……"甄意风中凌乱，她没听错？

小柯跟在后面，忽然想起刚才工作时，言格说："你过来测一下这里面的激素含量……对了，一个男人在什么情况下会称呼一个女人为'小师妹'？……"小柯不明白。

……

直到下午，甄意才换掉所有老人的衣服，把脏衣服抱去洗衣房，任务也就完成了。

走去换衣间的路上，经过一间玻璃房子，里面坐着个白衣人，甄意记得他叫厉佑。

想起上次的遭遇，她的步伐慢下来。一抬头，心一磕。他不知什么时候回头了，注视着她，浓眉星眸，目光笔直而幽深，像一口井。

甄意莫名觉得这个男人是危险的，可不知为何，他仿佛有种致命的吸引力，与生俱来。

这次，她依旧没逃过，鬼使神差地靠近。

隔着玻璃和铁栏，她站定，谨慎又好奇地看他。

对视几秒，他温煦地笑了："女孩，你孤独吗？"声音隔着玻璃，有种奇怪的不真实。

甄意思索一会儿，摇摇头。

"撒谎。"他宽容地责备，"你孤立无援的时候，没人在你身边，没人能让你交付信任。"

甄意不回答。厉佑抬起手，伸向她："相信我，让我听听你的烦恼。"他把手覆在玻璃上，十指修长，手心白皙。

甄意拧眉，轻声问："你是说，精神？"

"聪明。"他笑容放大。

"我不需要。"甄意说，"我不相信这种东西。"

厉佑不介意，努了努嘴，道：“你怎么解释我知道你记忆中的事，尤其是那些让你受伤的事？”

甄意脸色微僵，固执地摇头：“我没有受伤。”

“可我看见你的记忆很痛苦。”他的手指在玻璃上缓缓一握，仿佛捧着她粉白色的脸，“说你爱我，骗我也行。可他连骗你都不情愿。”

“你怎么会知道这些？”

“言格告诉我的。”

“不可能。”她生气了。

“有一瞬，你的确怀疑他，气他在别人面前说出这件事羞辱你。”

“没有！”

“甄意，我知道你脑袋里在想什么。”

他怎么知道她的名字？甄意后退一步，警惕起来。

厉佑笑得温柔，配上他绝佳的容貌，看上去那样与世无害，且他说出的话让人好奇：“说点儿别的吧，和我聊聊，我太闷了。”

“说什么？”

“我认为肉体是精神的载体，而精神和思维是独立的，你同意我的观念吗？”

甄意点一下头。

“你知道物理上的共振原理吧？”

甄意知道，中学时言格给她讲的：“两个振动频率相同的物体，一个振动时会引发另一个振动。同样，对于一个振动频率可变的物质，当它的频率接近另一个物质的振动频率时，也会引起共振。”

厉佑微笑：“人的思维电波就是这样的物质，频率相同时能引起共鸣。就像人能从音乐书籍电影等作品里找到共鸣，能引起共鸣的作品因人而异。这么说，不难理解吧？”

“不难。”相反，她完全被他奇怪的理论吸引。

“如果我说的话，我创造的作品能让你产生共鸣，这其实是因为我们的思维在某一点上频率相近。”

“这么说好像也没错。”甄意，“可这和你知道我的记忆有什么关系？”

“我说了，人的思维电波频率是不断变化的，所以通常人与人之间能共鸣的只是一个点，最多会有一条线，极少的情况会出现一个面。但是，”厉佑盯住她，他知道她全神贯注在听，“当两个人的思维频率任何时候都同步时，任何时候都能共鸣，这种共鸣是立体的，四维的。除了情感，声音，还有影像。就比如有时看到一个陌生人，你会觉得似曾相识，仿佛能看出他的过去和生活。这种经历很多人都有，取决于频率的相似度。”

她愣住。

“甄意，我比任何人都理解你的心情。”阳光洒在他眼底，像平静的迷人的湖面，她莫名挪不开目光。“把手伸过来。”他声音好听得像催眠，漂亮修长的手指抚在玻璃上，“过来，感受一下，你难道不想试一试？”

“试什么？”

“试试一眼看出我的过去。”

隔着玻璃碰他的手就能看到他说的？甄意手指动了动，有些心慌，这时有人叫她：“甄护士。”回头一看，是负责管理义工的小兰护士。

“我先走了。”甄意落荒而逃，跑几步又回头看，厉佑立在玻璃房子里，阳光照在他的白衣服上，有些虚幻。

他闭了闭眼，又睁开眼睛，缓缓地说：“跳下去吧。”

甄意走过去，小兰护士问：“你没和他说话吧？”

“没。”院里规定不能和他说话，原因很扯：他是邪教分子。

甄意没多问，毕竟，在讲究制度的地方，好奇者都是不受欢迎的。还不如去问言格。

她换掉义工护士服，去了研究所。

甄意探头往工作室内望，言格立在实验台前，背身对她，低着头在做什么。还是白大褂，还是那么好看，高挑清瘦，她看多少回都不厌。真想像少年时，蹦起来扑上去，箍住他的脖子不松手。

咚咚敲门。他没动静。她知道他的习惯，放轻步子走进去。

工作室里没病人，却有只鹦鹉，歪着头蹲在桌子上。头顶的羽毛洁白如雪，可身上光秃秃的，没剩几根毛了。小家伙好可怜，垂头丧气的，非常忧伤。

甄意看看鹦鹉，又看看言格：“你居然虐待小动物？变态！”

言格正拿文件夹记录东西，头也不抬：“知道鸟类身上有多少细菌吗？”

“哈？”

“意思是我不会愚蠢到去拔它的毛。”他从白纸里抬起眼眸，睫毛细细密密的，“它有抑郁症。”

“啊？”甄意闻所未闻，“它会得抑郁症？”

“它为什么不能？”言格道，“很多受过伤害，失去伴侣，孤独太久的动物都会得抑郁症。”

“好神奇。”甄意歪头看小鹦鹉光秃秃的肚皮，“它自虐吗？”

"嗯。"

"那你还站着干什么？快把它治好啊！"

"我和它认识不到一个小时。"

"哦。"甄意缩缩脖子。

话音没落，小鹦鹉别过头去，难过地小声嘀咕："Ai and S.A. Sitting in the tree, K-I-S-S-I-N-G."儿歌改编，伦敦口音，像个委屈的小孩儿。好萌！

"好可爱，我好喜欢它。"甄意摸摸它的头，可小家伙不理她，一下子把头埋进翅膀里去了。

小鹦鹉歪着头一动不动，隔几秒，抬起头来，张开嘴啄身上的毛，小脑袋嘟嘟啄几下，白色的鸟毛绕着它飞舞，飘雪花似的。仅剩的几根都快被它拔掉。

甄意看着心疼，想摸它又不知从何下手，急得求助言格："你快帮帮忙呀，它快把自己的毛揪光了。"

言格侧眸看一眼，拿了个橡皮小夹子把它的嘴夹上……

"……"小鹦鹉无辜地看着他，嘴巴动不了，又哀伤地垂下头去。

甄意凑近小鹦鹉，它的眼珠黑溜溜的像小黑豆，没精打采的，看上去可忧愁了。

她心都化掉："它叫什么名字？"

"Isaac!"

"英文名？"

"嗯。"

"它的主人不要它了？"

"也不是。"言格说，"女主人不在了，男主人没时间照顾它。"

"所以它孤独一只？好难过，它真念旧情。"又抬头，"不像有些人。"

言格当没听见。

甄意揪起桌上的白羽毛，玩了一会儿，问："那个叫厉佑的，大家为什么说他搞邪教？"

这下，言格抬起头来了："你和他说过话。"肯定的语气。

甄意见他严肃起来，忙道："没。就是医院里的人总说不要靠近他，可你上次还和他聊天，有些好奇。"

言格低下头去了，却不回答她的问题。

甄意不放弃，跑去他对面，跳坐到桌子上："他为什么被关在医院里？"

"知道精神科医生怎么治疗幻想症群和分裂症群病人吗？"言格说，"药物、物理、自然、催眠、心理疗法。但这个世界上，有一部分医生做的和我们相反。"

"相反意思是……"

“他们通过药物和各种疗法让健康人或轻度症状者患病。”

“他们能做到吗？”

“为什么不能？医学越发达，对某种病的病理和治疗研究得越透彻，逆向的施力和破坏就越有可能。”

“还真危险。可这种事不是他能独立完成的吧？”

“嗯。他是一个跨国地下医疗协会的成员，警察只抓到了他。”

听上去很机密的样子，甄意也不多问，转而小声道：“听司瑰说，戚行远和崔菲都会被判终身监禁。”

“嗯。”

“言格？”

“嗯？”

“戚红豆长大会变成怎样？”

“残忍的连环杀人犯。”

“在不治疗的情况下？”

言格从记录本里抬起眼眸：“说实话，即使治疗，也会非常困难持久，必须有人时刻疏导。不然稍有松懈，他们就很容易被触发。”

甄意：“我原以为精神病治不好，来这儿后发现其实可以康复。但经过戚红豆的事，发现要分种类。有的病种可以治好，有些只能抑制缓和，没有根治的可能吧？”

言格的手指顿住，眼眸缓缓垂下去，不动声色：“嗯，有些病种目前的确无法根治。可以说是精神病里的癌症。”

“真可怜。”甄意叹。

言格抿抿唇：“是有些可怜。”

“我是说医生真可怜。”

言格一愣。

甄意解释：“身体得癌症的人，至少有自救的斗争意识。可精神得癌症的人，只能靠医生单方面的付出，要想不复发就需要医生一辈子守护，无微不至。稍有松懈，病人复发，他的努力就前功尽弃。你说，这样的医生是不是很可怜？”

言格默然。

“言格，有这样耐心又宽容的医生吗？”

他的眼眸温和下去：“要看病人是谁。”

“诶？”甄意不懂。想要问，手机铃响，接起电话，是司瑰打来的：崔菲在看守所内坠楼身亡。

……

甄意和言格赶去医院时，护工推着车，白布下映出人形，姑妈趴在上边哭得撕心裂肺："我的孩子，我的孩子啊！"

戚勤勤面无表情牵着红豆立在一旁；红豆没哭也没闹，空洞地盯着白布，一言不发。

甄意怔怔地立在走廊里，脑子空白一片。崔菲，表姐，死了？

是，她们两姐妹越走越远，再不会像童年那么亲密无间；是，她们这段时间互相憎恨，崔菲恨不得她去死，她也坚定地想把崔菲送进监狱，可……

现在她真的死了。跳楼？自杀？是她逼死的？

甄意鼻子痛，眼睛痛，心也痛。眼前模糊起来，她稳着自己，一步一步走过去；走到白布前，轻轻掀开。崔菲鲜血淋漓毫无生气的脸，在她的泪水里灿灿地闪耀。

表姐，真的没了。

"姐……"甄意哽咽，推推她的肩膀，"姐……"

"滚开！"姑妈狠狠一耳光甩在她脸上，"都是你害的！"

甄意眼前发黑，脑子轰地炸开，耳朵疼得像被人撕裂下来，她没站稳，一个趔趄差点儿摔倒，却被言格扶住。

姑妈气极生悲，还要打她，言格把她摁进怀里，侧身挡住，脖子立刻被抠出一条血痕。

戚勉上前把姑妈拉住。

姑妈满面泪痕，咆哮："白眼狼！恩将仇报的东西，当初就该把你留在孤儿院让你自生自灭让你死！我是瞎了眼把你养这么大……"

甄意靠在言格怀里，一动不动，没有任何反应，心痛得失去知觉，耳朵却被他温热的手掌捂住。她忽然就想哭。

言格低头，见她发丝凌乱，脸颊鲜红，眼眶含着泪，表情却讷讷的，他的心绪无端波动起来。虽然和一个四五十岁的女人理论实在不妥，但……

"女士，"他平淡开口，语气克制甚至礼貌，但隐约的锐利叫人紧张，"当您的女儿为了私利，栽赃陷害把您养育大的得了老年痴呆症的父亲时，您想过您父亲对您的恩情吗？"

一句话叫姑妈噎住。难道，这是报应？

言格表情不太好，但还是克己地对她微微颔首示意，带着甄意离开。

走去楼梯间，他才松开她。她还是木木的，表情空茫，脸上的血红像化开似的，红到了脖颈耳朵根儿。良久，她抬眸看他，他极轻地抿着唇，眼眸微垂，深邃而沉暗，隐忍着什么。

他生气了。

“我没事。”她说。

他表情还是不好，不自禁抬手，想碰碰她的脸，却又怕她疼，终究是晾在半空中。

“甄意，不要多想。每个人都有自己的意志，都有自己的选择。她选择活还是死，与你无关。”

甄意的心蓦地一磕，疼痛那么久，又觉得温暖起来。

“我知道啦。”她努力笑笑，“而且，我觉得，表姐她不会自杀的。”

下午三点的阳光有些倦怠，甄意立在路边的梧桐树下等言格。崔菲的自杀案虽然不合情，但也没疑点。警察以自杀结案。

甄意心情不怎么好，等待法庭审判的间隙顺带找工作。

某位爱哲学的绅士（神经病）说：“如果你偏执地厌恶某件事，就了解它，成为它的一部分。”于是甄意应聘了K城电视台的编导助理，没想一举命中，即将加入她曾最排斥的记者一行。

今天拿到offer，她想起好久没运动，想去打棒球，便说车坏了让言格送她。

某人只听声音就知道她在撒谎，但答应了。

等待的时候手机响了。是安瑶，想和她见面，她最近要参与几台手术，只今天下午有时间。可甄意已经有约，只好约在下星期。

三点差三分。甄意弯下腰，凑近别人车边的小镜子整理头发。不做律师，她一夜间年轻。不化妆，没有着装要求，T恤，糖果短裤，棒球帽，束马尾，简单清爽像大学生。

还在照镜子，听见一声鸣笛。言格来啦！她欢喜地直起身，回头。

不是。

车窗摇下来，尹铎笑容很大：“去哪儿高就了？”

“做记者啦。”甄意笑着套近乎，“学长以后接受采访，先联系我吧。号码没变。”

“你这记者太轻松，都不用和我搞好关系。”

“我们关系还不好么？”甄意特殷勤，笑得像朵花儿。她是娃娃脸，不化妆穿着简单，就退回学生时代；和中学里差不了多少。

他依稀想起，高二那年上体育课，走在操场上，忽然感觉有什么跟在他身后，踉踉跄跄，窸窸窣窣，像只动物。他停下，回头。

跑步的女孩一下撞进他怀里，热气腾腾的。

她摇晃着要倒掉。他赶紧去扶，握住一段纤细柔腻的手腕，热乎乎，湿漉漉，满是汗水。

那年，她特矮小，额头只到他胸口。

她讷讷地仰头，跑得累蒙掉了，表情呆呆的，眼睛黑白分明，水灵灵像蓄着蒙蒙的雾气。

他愣了愣。她嘴唇干裂，张张口，想说谢谢说不出，便咧嘴给他一个大大的笑容，挣开他，摆摆手，扶着腰杆继续跑步。

女孩的T恤短裙花花绿绿，画满涂鸦，写着彩色的“甄意”“言格”，画满桃心。随着她的步伐，短裙摆随风飘舞飞扬。

“她跑什么？”

“她追初中部那个不会说话的言格，捣乱上课，老师罚跑10圈。”

“10圈？”4000米。高中部男生体育测试也只跑1000米。

十二年，小师妹长这么大了。

尹铎笑容收敛，语气认真：“甄意，你做的事，我很佩服。”

“做记者有什么好佩服的？”

“自首的事。”

“更不该了，是改错么。”

“不。如果是我，怕舍不得现在拥有的一切。所以佩服你。”

甄意被夸得不好意思。

尹铎刚要告别，后视镜内一辆白色的车缓缓靠近，他冲甄意招招手。“我办公室电话，还有邮箱。”他从碎物盒里拿出名片，甄意弯下腰，探身到窗口接。

言格停下车。视线里，甄意俯着身，手臂搭在尹铎车窗边，笑容灿烂。她穿得像夏天，腰肢很细，光露的双腿笔直而修长。他垂下眼眸。

尹铎笑笑：“走了。需要帮忙记得找我。”

甄意挥手告别，把名片插入屁股兜里，一转身，几米远处停着辆白色的车，隔着车窗玻璃，看不太清神色，只觉那边安安静静的，无声。

刚才就该想到，他的个性哪里会鸣笛？让她准备的笑容白白送给了尹铎。

甄意S形地靠去他车边，敲敲车窗。玻璃落下来，他神色如常。

她不满：“来多久了？你这人真是，就会不出声，嘴巴长了干吗的？”

他寂静地端坐着，阳光透过玻璃，洒在他峰度完美的鼻翼上。

她伏低身子，趴在窗前调戏：“嘴巴长了是来亲亲的嘛？”

他侧眸，见她歪着头坏笑，马尾扫在细细的肩膀上，有几簇就着阳光跳跃，明晃晃的。她轻咬一边的唇，涂了果冻色的唇彩，看上去轻软嘟嘟。她最擅调情。

言格目光凝在她脸上，手却不动声色地拉开门，轻轻一推。甄意脚步一退，头不轻不重地磕在车上沿。“痛死啦。”她捂着头，夸张地叫嚷。

“噢，抱歉。”他客气地推门下车，身子一下拔高了俯瞰她，神色不定，气场也隐隐不对。甄意退后一步，嘿嘿笑："骗你的，不疼。"

"我也这么想。"他动了下嘴角，迈开长腿走到另一边，拉开副驾驶门，"上车。"

"诶。"甄意一溜烟绕过他蹿上去，一路上，怎么回味怎么觉得他今天有点儿骄矜。

他面色沉定，某一刻，问："怎么会遇到尹检控官？"

"他路过。"甄意不觉有异，"记者是个需要人脉的行当，过段时间单独做采访，以前的关系网都可以用到。"

他的注意力被"单独"二字吸引："单独采访尹检控官。"

"嗯。尹学长人挺好，也肯帮忙。"甄意托着腮，"唔，杨姿每次暧昧的男人都不靠谱，要是有个像学长的人就好了。"她自得其乐，越说越来劲，"美颜多金，青年才俊，公事上原则性强，寸步不让；私事上幽默风趣，温柔细心。这样的男人，让人难以抗拒。"

言格抿着嘴唇，眼眸微暗，长指紧握着方向盘，几不可察地深吸一口气，但，莫名还是气不太顺。

她列举的那些优点，他不了解，自然不会反驳。但，"学长。"他语调平缓，隐约透着张力，"我也比你高一级，你怎么整天言格言格地叫嚷，没大没小。"

甄意讶住，他今天怎么了？

一回想，她从一开始就没叫过他学长……

"不是一开始喊习惯了么。你介意啊？"想想他古板又古怪的性格，没准真挺在意称呼。

"不介意。"他倒是说了实话，隔几秒，客观地陈述事实，"小柯说，武侠小说里，没人和小师妹在一起了的。"说完，心情莫名顺畅。

甄意揣摩半刻，惊讶地瞪大眼睛："言格，你该不会是吃醋了吧？"

某人脸一僵："没有。"

"吃醋了吃醋了，你就是吃醋了。"甄意太欢乐，像中了头奖哈哈大笑，真想搂住他狂蹭脸蛋不松手，考虑到他在开车，只能忘乎所以蹬了鞋，勾搭去他腿上。

言格默着脸，不理她。

她更来劲，脚趾勾勾他的腿："不要吃醋嘛，你又不是不知道，我最喜欢你。只喜欢你。"

类似的话他听过无数遍，和每一次一样，他心绪微乱。偏偏表面波澜不惊。

甄意瘪嘴，毫不气馁，脚趾往他大腿内侧勾，特灵活，抓抓又蹭蹭。她脚趾微凉，他肌肤微烫，隔着薄薄一层夏日衣衫，其中的想象意味暧昧而旖旎。

“甄意。”他嗓音清冽，带了点禁止的意思。

可她恃宠而骄，吃准了他，哪里会怕？脚趾更挑衅地往深了抓抓，妩媚地恬不知耻地说：“咦，你觉得不舒服吗？”

这个问题怎么回答都不会对。

前方，宽阔的道路上蹦出一个花皮球，路边小孩奔跑起来，言格立刻刹车。

甄意的脚一下子撞进言格的腿间。

好……趾尖的触觉无法用言语形容……甄意热血沸腾。嗷！

车厢内温度微妙地升高。

言格白皙的脸上泛起极淡的粉红色，要命的是依然镇定，扭头静然看她：“还不把脚拿开？”

甄意脸蛋红扑扑，眼睛亮闪闪，耳朵凑过去装没听见：“啊？你说什么？要帮我穿鞋？”

简直厚颜无耻。

马尾挥到他脖子上，动来动去像小松鼠的毛，柔软而有弹性，挠得他有点痒。近在唇边，她的耳朵小小如玉，午后的阳光从玻璃洒进来，把她脖颈处的肌肤照得通透。

他的心静悄悄的。

甄意只等了几秒就转回头，发梢从他面前拂过。她开玩笑的，让他这重洁癖碰她的鞋子和脚丫，不是要他的命？

准备找鞋子，他却握住她的脚踝，掌心熨烫。他俯身捡起她踢落的帆布鞋，不紧不慢地解开鞋带，大手握着她的小脚丫，轻缓地穿进去。

甄意心弦乱颤。

微炫的午后阳光下，他低眉的样子清秀静宁，给她拉好鞋带，顾虑着她过会儿要跑动，偏紧但依然舒适；利落地打结，见带子太长担心她绊跤，又系了一道。

如是，穿好第二只。

街道上安安静静。车厢内静谧无声。她觉得，脚踝在他掌心发热，细细地蔓延到心尖。

他这样克己有度，从容平和的样子，她见过很多次。

她总做出格的事，总提无礼的要求，他每每如此，像拿她没办法，又像不介意，更像……纵容。

或许，其实，她愿意疯，他愿意宠。

是啊。他的好，只有她知道。不开心，他会背她；开心，他会陪她。她那么多奇奇怪怪的想法，那么多异想天开地犯傻，他从不拒绝，一直包容。

她已觉得很足够。

给她穿好鞋，他把她的脚微折了放下去，一倾身，她的手臂就缠上来箍住他的脖子。

他身形顿住，不动了。操作台隔得近，他动她便会挣，结果磕到她自己。

她挨在他耳边，娇俏又柔软："不要吃醋嘛，你难道不知道我只喜欢你。"

她自说自话的功夫越来越好了。

他默然半刻，轻声道："我知道。"

甄意反倒微微一愣，不知为何，厚脸皮的她为这句话，脸红了。

……

下了车，甄意问："你只看么，要不要我教你打棒球？"

他摇头。

"没兴趣？其他也行啊。"

网球乒乓篮球排球，她各种在行。上学时代，课间和体育课就是她的天堂。他还记得她在操场上蹦来跑去的样子，勃勃生机。

"言格，你要多运动。"甄意已然开始扭腰热身，"像你这样，小心得老年痴呆症。"

"像你这样，小心得老年多动症。"他说。

"哈？"甄意扑哧一声哈哈笑，"言格你太可爱了。"她笑得捂住肚子，直不起身。

他看她像一株风中的小树苗摇摇摆摆，不太理解，并不觉得哪里好笑，但不妨碍他喜欢看她笑得张牙舞爪的样子。

"言格，你真的需要运动，如果这些你都不喜欢……唔，你应该找一个女朋友。"她指着自己，眉飞色舞，"床上运动，我给你当教练。"

"……"他脸微红，抿抿唇，"甄意，你羞不羞？"

"呀！原来你听得懂我在说什么呀？"她背着手，歪头凑到他跟前望他，调皮而精灵。

"……"

安瑶下了班去停车场取车。下午没事，没约到甄意，可以回去陪言栩。如果开车快一点儿，还能亲自给他做晚餐。摁下钥匙，白色法拉利闪了闪，言家送她的订婚礼物。

对她来说，太招摇。

她还是喜欢自己的小本田。可言栩妈妈说车要给她放坏，这才隔段时间开一次。一辆车引得医院里流言蜚语，好在她不在意。

打开车门，身后有人叫她：“安瑶。”中学校友，不知怎会在这遇见。这些年她躲得最厉害的就是中学同学。

“是你啊。”安瑶抿一下唇，温和却淡漠，没要寒暄的意思。

“嗯。”同学也不热情，看一眼她的车，“你未婚夫家出手真阔绰。”安瑶没多骄傲，这不是她在乎的。

“好像姓言？”那人问，“言格和甄意又走到一起了？”

“会在一起。”安瑶说。

“要是他们知道了你做的事，怎么办？”

“什么？”

“八年前你在KTV对甄意说言格不去K城要出国。可听秦老师说，言格申请了延迟一年，甄意读高三，他会留在深城陪她。”

“我也是后来才知道。”安瑶说实话。

那人见她坦然平静，冷笑一声：“起火时大家都以为甄意去找言格了，可她困在洗手间。后来失火，言格回来找甄意，大家说她气走了。火警响起，班长问起甄意，是你最先说她气走了的。”

安瑶“嗯”一声，这正是她想对甄意坦白的。她没有求证甄意的位置就妄自下定论。

“当时和班长玩暧昧的杨姿坐在你身边，她把甄意的包包和手机踢到沙发下去了。甄意走的话，会不带包？你没看见杨姿的小动作？”

安瑶一愣：“我没看见。”

“谁信啊，”对方露出真面目，“希望你给我点好处。”

“呵。”安瑶轻笑，“不好意思，这些事我已准备向甄意坦白。”

那人吃惊。

“没有确定她的位置就怀着恶意说她已经走了。这是我一生做过最让自己不耻的事，”少年时一次鬼迷心窍成了一生的精神污点，“我会向甄意坦白，请她原谅。我一时歪念想让他们有误会。但言格走后，我立刻去找她了。”

“可甄意已被别人救走。”同学刻薄地中伤，“没人知道你试着去救过她，只要我说出去，大家都会知道你心肠歹毒，想杀甄意。”

“我没有。”她依旧坦达。

“我要你做的事对你来说是举手之劳。”那人气急败坏地提出要求。

安瑶决然地摇头：“我不会受你威胁。你要说就说，相不相信是他们的事。”

她转身要走，那人却不依不饶：“坦荡荡了？看来你忘了你曾是个小偷。”

安瑶脚步一滞，握着钥匙的手微微发抖，漂亮的脸蛋渐渐苍白。羞耻弥漫心头。

小时她孤苦无依，无法生存，糊涂地偷东西。小学五年级时偷班上一个女同学的钱，女同学以为是她同桌偷的，又吵又骂，同桌有心脏病，突然就发病了。

她再不敢偷东西，从此又悔又痛。这些年，她每个月都偷偷给那个同学的家人寄钱。

她以为这种事不会有人知道。

"如果你的未婚夫知道你曾是个侥幸的罪犯，他还会爱你吗？"

"但不论如何，我不会再做任何配不上言栩的事。别想威胁，我不会帮你。钱，名，利，我都不在乎。因为我现在太骄傲，瞧不起。"

一星期后甄意受审，罚款，社会服务令三个月，并停止律师执业。期满后，需重新申请拿回律师执照。

判决下来，甄意走出法院，失落，但也轻松。

外边阳光灿烂。

言格立在大理石阶梯旁等她；司瑰也在，抱一大束花，拘谨地和言格保持两三米的距离，望着天空数飞鸟。她受不住言格寡淡的气场。

一见甄意，她立刻解脱："恭喜我最爱的小女人从此摆脱律师这个最混淆是非最颠倒黑白的行业，重回清白人间！鼓掌。"

一行人稀里哗啦拍手，江江搞了个花环给她戴上。甄意无语："恶不恶俗？我在服刑呢。能不能严肃点儿？"

司瑰："你的痛苦就是我们的欢乐嘛。"甄意一脚把她踹开。

言格的目光始终凝在甄意身上，随着她由远及近，等她在面前站定，问："还好吧？"

"很好。"她耸肩，笑，"跟戚勉打官司的钱给艾小樱家了。小樱的爸妈开始不肯要，说该崔菲补偿，我说这就是崔菲的钱。"她踮了踮脚，深吸一口气，"无债一身轻啊。"

司瑰："甄，去泡吧吧，禁欲一年多，该放松放松。"

禁欲……甄意斜她，她最近用词怎么那么奇葩？

"甄，去吧，不想泡吧，KTV 火锅压马路，什么都成。"

"意，去吧去吧。"杨姿推她。甄意不吱声，偷偷望言格一眼，还是想和他一起："算了，下次。"

杨姿和江江看出蹊跷，交换眼色。司瑰大着胆子上前："言老师，你也一起吧。"

"不了，你们去。"和一大群陌生人一起，在外面吃饭，这两样他都无法容忍。

甄意有些失落，她最近情绪不错，可今天把所有和律师有关的一切打包收起，难免心凉。她不想热闹和大餐，只想和他一起。即使不说话也好。

言格话没说完，望向甄意："她们去，你陪我。"

甄意的心咚地一敲，像坐了过山车。他如此直白地表达，叫她在朋友们面前微微脸红。

司瑰若有似无撞一下甄意的腰："重色轻友！"

"谢谢夸奖。"

"一鼓作气拿下，回来分享经验。"司瑰暗示地拧甄意的腰，笑完，目光落在英俊的卞谦身上。她警察当惯了，看人眼神都不打弯儿，自上而下，落落大方把卞谦扫一遍，慢悠悠地笑："甄，你家卞谦哥哥越来越年轻帅气了。"

众女默默后退，这挑姑娘的语气，太明显。

卞谦微颔首，还礼似的："司警官好久不见，越来越漂亮了。"

司瑰笑："久别重逢，没带礼物，请你喝茶吧。"

"司警官说的喝茶是哪种喝茶？"

"请你去品茗轩喝茶呀。"司瑰一副关爱子民和煦状，"如果你不愿意，去警署喝也行。"

众女黑线，这算不算利用职务之便胁迫美男子失足？

卞谦笑开，渐渐收不住，和她交换电话。司瑰适时来了句："军民鱼水一家亲嘛！"

鱼……水……一家亲……甄意抚额，长江后浪推前浪，一浪更比一浪……浪……

江江嘀咕："意姐，司警官都从你这儿出师了，以后多传授我秘诀。"

"……"

各自离开。

甄意走到言格身边，拿脚底蹭地板，假娇羞："你让我陪你干什么？"身体语言在说：陪你上床好不好啊？

言格："你不是说戚勉的官司赢了，请你吃饭吗？"啊，他还记得。

目的地是一家五星级酒店。停车时，甄意满眼桃花，春心荡漾，在言格身边娇羞乱扭，跃跃欲试："言格，我们要开房咩？"

"你要是不想回去，可以住这儿。"

"你呢？"

"我想回去。"

甄意柔情似水的目光一秒钟变仇视，心尖在咆哮：来这儿吃饭，只吃饭？神经病医生果然不是白当的。

想想头顶上无数个房间无数张大床大浴缸，无法和他滚床单的失望和愤恨全写在脸上。

闷不吭声走一会儿，甄意明白，他不信餐馆的卫生状况，才来这儿吃饭。可恶，害她白白误会。又想，他好像不能吃辣。

甄意笑眯眯，凑上去："言格，我们吃中餐好不好？"

"好。"他没意见。虽然一看她的笑容，就知道她应该又在搞鬼。

入座后，他把菜单交给甄意。她毫不客气，点了辣子鸡、麻辣烤鱼、辣白菜、水煮青菜烩，在饮食习惯那里勾了个"特辣"。

言格坐在对面，不明白她点个菜怎么那么开心，能不住地抿嘴偷笑。

甄意点完，眼珠一转，唔，他也不会喝酒。

如此良机，她差点仰天爆笑，强忍着脸都快扭曲，又默默在饮品里勾了两瓶可乐，两瓶白酒。

"不用报菜单，快上菜。"甄意把电子菜单塞给服务员。心里，花儿在怒放。

……

中餐厅古色古香，灯光幽暗；假山流水，丝竹悠扬。桌上点着蜡烛瓷熏香，时不时烟丝袅袅。

甄意托着腮，笑得甜甜的："来这儿吃饭感觉像约会哦！"

约会？言格静然注视她，或许是灯光，她看上去那样温柔，偏偏酒窝浅浅，总是活泼；唇角弯弯，总是俏皮。

如果不是她的心，只是这样黑目湛湛，肌肤盈盈，她便是普通的静美；可因为这副皮相下她的心，她的样貌才如此明媚生动，生机盎然，像一束光，让他八年来每每想起，既痛彻心扉，又除却巫山不曾悔。

他平静地挪开目光，拿起杯子慢慢喝水。隔了很久，说："好好休息，以后不要再熬夜。"

"熬夜？你怎么知道？"甄意奇怪。

言格不作声。她眼睛下有很淡的黑眼圈，看他的眼神也直直呆呆的，像一只梦游的动物。

熏香淡淡。

甄意揉揉眼睛："前段时间一直找工作面试么，记者挺适合我的。可以接触好多，和我以前学的算沾边。"

言格透过玻璃杯看她，稍稍分心，不经意说："你过去肯定是个好警察。"

"喊，K城最美警花！"她最会往自己脸上贴金，给点儿颜色就开染坊。

"没做了会遗憾吗？"

“还好。”她提起精神，歪头问他，“你呢？现在的职业是当初想做的吗？”

“不是。”其实，当年对哲学和数学稍微感兴趣。

她讶异，像听到惊天秘密：“诶？你不喜欢现在的工作和研究？”

“也不是。不喜欢，但也不讨厌。”他疏松地说，不遗憾也不感叹。

“可你说学这个要花很多年的时间。如果不喜欢，那该多无聊？”

他清淡道：“让自己用心去做，也能很擅长，就这样接受了。”

“哦，好多人的工作也都是这样的啦。”明知他不需要，甄意还是下意识宽慰他，说完自己却愣住，“等一下，你，”心口好似针刺，“你对我就是这样吗？”

言格微愣，却见一瞬间，她的眼睛似乎红了，逞强地看着他，仿佛伤感自嘲，却转瞬即逝。

她恢复笑容，看上去不在乎：“你对我就是这样吗？不喜欢，但也不讨厌，勉强接受，就那样将就了？”

“甄意……”

“我知道。”她不敢听他的回答，打断，“你现在也不讨厌吧？那你能不能再次接受，再次将就，和我在一起呢？”

她心都麻木了，不知道以怎样一种心情说出这句话，可她还微笑着，期盼又憧憬。

暧昧的灯光对面，言格眸色如水，来不及说什么，服务员挡在两人之间，声音温柔：“您好，上菜了。”

甄意深吸一口气，收拾心情看菜肴。从很久以前，从很小很小，她的情绪便可以360度大旋转。“哇！好好吃的样子。”她看着食物，两眼放光。

言格眸光莫测，终于缓缓从她脸上挪开，落在几大碗红油油的食物上。他静默。

甄意见他盯着食物不作声，挥拳头，瞪眼睛：“敢浪费我的菜，小心我揍瘪你。”

“我没这么说。”他拿起筷子，斟酌几秒，终于挑一个看上去不那么辣的水煮青菜。

甄意暗暗摇头：年轻人，没经验啊！这是最辣的好么？

果然，言格吃了第一口，筷子便顿住，接下来和吃毒药一样无比艰难地咽下去。

对他来说的确太辣，他吞进去后似乎蒙了一下，闷不吭声，微微张嘴，静静地深呼吸，克制而忍耐。

甄意的心情，简直太解恨。她操起筷子大快朵颐，一面痛快地说好好吃太地道，一面特阴险地给他夹菜。她清楚他的习惯，无法容忍碗里剩着菜。

不会浪费粮食的言医生，她最喜欢。

言格辣蒙了，面对甄意的疯狂夹菜，愣愣看了十几秒都没反应过来。等说“我不要了”把碗抱回来时，已经满满的了。

甄意吃得全身舒爽，言格却有如受刑，不一会儿，脸红到了耳朵根，每多吃一口，需要停下来默默深呼吸的次数就越多。

甄意眼见他辣到几乎不能说话，倒了两杯可乐混白酒，推一杯到他面前：“喏，喝这个，喝了就不辣了。”

他眼神有些呆滞，摇摇头，想说什么，一张口，又辣得说不出来。

她明白他的意思，道：“这酒被可乐稀释了，跟水一样。你不喝，想被辣死吗？”

她把玻璃杯塞进他手里。

言格拿起喝一口，可乐冰凉，白酒火热，辣意瞬间削减。这下，每吃一口菜，他都得喝好几口可乐白酒。

甄意笑得像狐狸。可一顿吃完，言格冷静下来，端端坐着，没事人一样。喝了酒，反而恢复一贯的淡然。

甄意顿感沮丧，立在洗手台边吐漱口水，斜眼看他平静地洗手洗脸漱口。她暴躁得想踹他。

出餐厅，他步伐也稳妥。

走到大堂，甄意还不死心，商量的语气：“喝酒了不能开车，我们就在这儿住吧。”

言格点了一下头：“嗯，好。我想睡觉了。”语气出乎意料的温和有度。

一句话暴露问题。

“……”甄意中彩票一样看着他。

他说完后，又点了一下头，想了几秒，还点了一下头。每一次都适度而绅士。

那表情太纯真，她想立刻把他扑倒！

甄意喜滋滋拉他登记，前台小姐只怕是新来的，一时口误说了句“需要叫床服务吗？”

甄意笑笑：“不用叫早，叫床服务我来就行。”前台一下脸红。

前几秒她还规规矩矩，进电梯就缠住言格的手，出电梯时抱住他的腰。言格虽然站得很直，可脑子里已不清醒，一路任由她。

直到开房门前，他还能礼貌而矜贵地问：“你住隔壁吗？”

甄意跟着他进屋，撒谎：“嗯嗯，现在还早么，我进来坐坐。”话音未落，人就扑上去，双臂搂住他的脖子，脚一勾把门踢上，高跟鞋踢飞，拥着他往卧室里扑。

言格撑着自己都勉强，哪里架得住她？连连后退，一下被她压倒在床上。

醉酒的人无论如何撑着自己，可只要一倒下，就醒不来了。言格前一秒还试图把她从自己脖子上解下来，后一秒便沉沉地合上眼睛。他这个人，连醉酒都是安安静静的。

他闭着眼睛，很安静，呼吸也浅，手掌无力地挨在她腿边。

她伏在他身旁，瘪嘴："我要把你脱光了和我摆姿势，拍照片威胁你！哼！"说完，自己忍不住笑。

原本只想捉弄他解气，没想真把他弄醉了。她趴在他胸膛，忍不住去抚摸他的脸，棱角分明却异常柔软，温暖的鼻息从她指缝中呼过，好痒……

唔，要不……大学里偷偷看过好多日本"教育"片，可从没真正实践过。

做那种事，感觉真有那么好？

想起恋爱那会儿和他之间的亲密，太醉心，要是到了那一步，估计要飞天……嗷，好想要。要不要现在试一试？

她凑上去，借着月光看他，半明半暗中，他眉目如画，俊逸的脸庞白皙如玉，沉然睡着，看上去竟有些柔弱。

"唉，"她瘪嘴，"怎么会那么喜欢你？"话没说完，心就疼了。

她轻轻蹭他的鼻子，碰碰他的嘴唇，像小狗忐忑不安地嗅它的心爱。

或许因为醉酒，他的唇异常柔软熨烫，烫进她的心底，烫得她内心深处直发颤。她轻轻地一遍遍吻他，吻他的睫毛，他的眼睛，他的鼻子，他的嘴唇，虔诚如信徒。

她的舌头温柔地撬开他的唇。他嘴里还有淡淡的酒味，和记忆中他青涩纯净的味道不太一样。陌生又性感，很刺激。她的身体渐渐升温，好似血液沸腾。只是一个吻，却叫她上瘾，她还想要更多啊！

她意乱情迷，胡乱解开他的衬衫，手臂钻进去抱住他的身体，贪婪地抚摸。他的身体如此滚烫，她那样迷恋，心跳全然紊乱，她听见自己的呼吸渐渐急促。

或许她也醉了，热得喘不过气来，嗓子里烟熏火燎，只有他才能解渴。

她脱了衣服，拿他的手搂在自己光露的腰上，又去解他的裤子。

刚拉开，言格皱了眉，翻了个身，一下子把她掀下来侧身拢在怀里。甄意莫名一吓，缩在他怀里一动不动。

他仍皱着眉，睡眠不稳又难受的样子，隔了几秒，睫毛动了动，忽然睁开了。

甄意高度紧张，他醒了？

他眼睛微红，目光却清澈，非常的纯净，一瞬不眨地看了她几秒，又缓缓合上。

甄意躺在他怀里，温暖得嗓子泛酸。因为，半刻前，他轻轻往她身边靠了靠，歪头抵住了她的头，这才安然睡去。

她靠近他，环住他的腰身，贴着他的胸膛听他的心跳声，那样蓬勃有力。

她轻轻开口，微笑着，眼睛里闪过微微的水光："言格，你不喜欢我，但也不讨厌我吧？"

"言格，我们在一起吧？"

"你不挂心，那就我来主动，好不好？"她的手缓缓往他腰际滑下去，抚摸着他滚烫而紧实的肌肤，慢慢向那里靠近。

当年，他们其实睡在一起过，仅此而已。什么都做了，就差最后一步。

她的心剧烈地搏动着，头脑都不清醒，忽然疯狂地只想和他……

"言格，你不要一个人，好不好？那样多孤单啊。要不，我们在一起吧！有人说，恋爱要双方共同付出才会幸福。言格，没关系，你没那么喜欢我，我就双倍地爱你好了；你的喜欢那么少，我就多爱一些，多付出一些好了。我不介意。你谁都不喜欢，谁都不感兴趣，就和我在一起吧。因为不会有人像我这样爱你。"

她含着泪轻轻蹙眉，就这样醉死吧："以前，不管我做什么，你都不会生气。这次，你也不要生气。"

她的手，往下。

"我就是喜欢你，就是想和你在一起，言格，你不要怪我。"

怪，又能怎样呢？她瘪瘪嘴：她不是不负责任的女人。

甄意收回手，轻推言格，让他重新平躺回去。

她翻身趴在他身上，轻轻吻他："言格？"她抚摸他的脸，一次又一次唤他，"言格？"

他被她吵醒，缓缓睁开眼睛，黑色的眼瞳像水洗过的黑玉，纯粹澄净，看着她，那里面只有她小小的影子，很唯一，很干净。

一瞬间，甄意的心都软成了一摊水，莫名的又伤感又欣喜。她贴过去，轻轻吻他的唇，柔软温热的他的唇。他还是蒙蒙的，没有抗拒，眼神仍是明净。

"言格？"

"嗯？"

"你知道我是谁吗？"

"……"他静静看着她，没说话，她的心开始疼痛，可是——

"甄意。"他声线温柔低沉得不像话，缓缓合上眼眸，"你是甄意。"

他喃喃像述说一个梦境，安宁地睡过去了。

甄意心里温暖得一塌糊涂。借着酒劲，她坐起身，把他的裤子扒了下来。月光清亮，她看见那里也在熟睡着，非常安静。

她心慌手抖，生涩又笨拙。她重新睡倒，露着身体和他抱在一起，亲吻，抚摸。

她心在发抖。

正当甄意撅着屁股一脸愁苦地比较着各种可行方法的时候，言格的手动了一下，抓住她的脚踝。她一惊，差点儿一屁股坐下去。抬头看他，他侧着头，浓浓的眉，长长的睫毛，高高的鼻梁，睡颜依然安详。

她愣愣的，想起他片刻前梦呓般地唤她“甄意”。

思绪忽然回到多少年前的那个夏天，工厂住宿楼顶层闷热的衣柜里，少年时代的她和他，同样的懵懂青涩，同样对禁忌有着致命的好奇和探索。

她渴望而煎熬，他痛苦而焦灼，只有一样东西能让他们解脱，让彼此快乐。

可在她即将坐上去时，他忽然托住她。他忍耐得全身都是汗水，水滴汇集成河，从他黑黑的湿发上淌下。

他嗓音干涩而嘶哑：“甄意，不能这样。”

“为什么？”

“如果，我只是说如果，因为各种原因我们以后没在一起，比如我死了。我不会介意这种事，可如果你以后的那位他介意，你该怎么办？”

“可我不介意。”甄意鼓着嘴，隔了半晌，扑上去搂住他的脖子，两人汗答答地抱在一起，她欢欢喜喜的，“言格，你是要和我结婚吗？你要和我结婚吗？我答应啦，我们结婚吧。”

所以，尽管后来越来越亲密，做了很多事，却从没到那一步。

……

一时间，忽然酒醒了。甄意跪在他身上，脸发烫，有些羞愧。

她赶紧下来，跑去洗手间拿冷水洗脸，一会儿骂自己酒醉乱性，一会儿骂自己鬼迷心窍，觉得自己简直又好哭又好笑。一如往常，她选择了笑。

她把自己清理好了，给总台打电话：“要两杯蜂蜜柠檬水，谢谢。”

言格胃里难受得厉害，燃烧般火辣辣地煎熬，头脑也昏昏沉沉仿佛灌了铅，难受的感觉像抽丝般漫长。浑浑噩噩中，他听见有个声音在叫他：“言格！言格！”

他认得她的声音。

她说话一直都是这样，总是喜欢言格言格地叫，和他说每一句话，开头都要搭上他的名字：“哇，言格，这个巧克力好好吃哇！都给我吃掉吗？”

“言格你看呀！我的眼睛今天变成三眼皮了，哈哈！是不是很美？”

“言格，你好厉害，你怎么记得住圆周率后两万个数字？”

“言格，陪我去嘛，拳击赛很好看的，可以看到有选手‘梆’地被打出鼻血。”

“言格！”

“言格？”

“言格——”

……

“言格，我不喜欢你了！你好无趣，这么无趣还活着干什么？和你在一起，我都变得无趣。和你在一起，我变成了一个我自己都不喜欢的人。看什么看？放手……放手！

我不喜欢你了！不！喜！欢！了！听不懂吗？”

他痛苦地翻了一下身，挣扎着拉住她，要醒来，睁开眼睛，却见她的脸庞近在咫尺，紧张而安静地看着他。

“言格，你知道我是谁吗？”她问。

“……甄意。”他答。他怎么会不知道她是谁？

甄意，你是甄意啊。

分别八年，我不回想你的笑脸，不回忆你的呼唤；我再不回学校，也不走我们走过的路；我不跟人谈你，也不愿别人跟我谈你。就连做梦，你也不来。是我没让你开心，是我，不值得你记得。

有一个梦里，终于回到校园，终于看见你，心就落下了：看，甄意还在，我就知道。

你太灿烂，靠在教室的窗户边，像一道虚幻的光，看不清脸。我不敢唤："甄意"，可你不记得我了，歪着头，似乎在笑，说："你是谁？"

……

他闭上眼睛，沉沉睡去。

中途醒来，万籁俱寂，月光如水。

甄意侧身缩在他身旁，睡着了。他盖着被子，她却睡在被子上边，裹一张毛毯，像襁褓里的婴儿，只露出头。半明半暗的月光中，她睡颜宁静，安然，有些柔弱，肌肤在黑暗中愈发莹白，毯子上的绒毛就着她均匀的呼吸，有一阵没一阵地摆动。

言格从被子里伸出手，一根指头触碰到毛毯的边角，轻轻勾住，合上了眼。

早起后，甄意倒没什么异常，两人各自洗漱完毕。走出房门，她吓一跳，门口齐齐立着两排男人，西装笔挺，面无表情。带头的那位面相硬朗，看甄意的眼神依旧不善。

甄意愣一下，无意识地往言格身前挡，昂着头比来人更恶凶凶地回瞪。这一瞪，那人反而无措，看向言格，被他眼神制止，快速收回目光。

甄意觉得其中有个面熟，这才反应过来，窘迫极了。刚要挪开，手被言格牢牢握住。

他拉着她，步伐稍快带到电梯口，叮一声，门开。

里边，一位面容优雅气质绝佳的贵妇人抬头，稍稍睁大眼睛，没怎么看言格，眼神很快落在甄意脸上，微眯，变得探寻，又下滑落在言格握着甄意的手上，不动声色地平息下去。

言格拉着甄意进电梯。

观光电梯一层层下落。某一瞬间，言格才意识到手心有一团软软柔柔的东西，静默半刻，缓缓把她松开。

甄意悄悄打量那位贵妇人，觉得她美貌非凡。一身水墨烟雨画的裙子，像从古风图里走出来，头发绾了髻，别一根琥珀簪子。国色天香。

她察觉到甄意的目光，眼神挪过来，沉利，不易靠近。

甄意一愣，妇人漂亮的桃花眼已转向言格，平静地问：“你昨晚一直在这儿？”

言格淡淡反问：“你的任务是追踪我？”

甄意费解，难道言格什么时间出现在哪里都有人在盯着？这么大的人至于吗？

难怪那群人眼神凶恶，肯定以为她把他 XXOO 了。奇怪，有心思在外面守一整夜，居然没冲进去把她活抓。估计是她没闹出动静，没真的叫床服务。

“言栩担心你出事了，一晚上没睡觉。”

“我没事，你转告他。”

甄意一诧，这该不会是……瞬间，她拿出最美的笑容，自动自发地带上言家准儿媳的觉悟，要和未来婆婆套近乎，言格拉起她的手，不等她说“伯母好”，就出了电梯。

……

甄意坐上副驾驶，想问刚才的事，可看言格脸色不太对，似乎母子关系不融洽，想说的话就咽了回去。她纠结地拧眉望天，她是言家的准儿媳，言格却破坏她和婆婆搞好关系的良机。这男人没点儿觉悟。

言格开着车，半路问：“那次在医院遇到，你眉骨受伤是怎么回事？”

那么久远的事，他怎么突然问起？“不是跟你说了见义勇为吗？”

“是自找苦吃吧。”

“干吗这么说？”

“一个人跑去无人的酒吧质问嫌疑人，这种事值得褒奖吗？”他语调平平，说出的话带着不露痕迹的微责，“在电梯上拉往下猛冲的逃命之徒，值得鼓励吗？”

甄意顶嘴：“难道放着坏人不管。不对，你怎么知道我眉骨受伤的原因？”

言格有一瞬间措手不及，瞬间遮掩过去，淡淡道：“做事要量力而行。”

“哼！像你这种人，肯定不会见义勇为。”

“是，我不会。”

他这样坦诚直率，甄意反而说不出话来：他连他自己的事都不见得上心，更何况别人。

安静几秒，又听言格道：“安全带。”

“哦！”甄意回神，立刻系上，心中浮起一丝暖意。拉的时候，发现卡扣崭新，没点儿痕迹，乐呵起来，“没人坐过你的副驾驶？”

言格明白了她在开心什么。一点点事情她都可以开心很久。

一路上，她仿佛全身都在笑。一边在抖脚，脑袋晃来晃去，嘚瑟半天发现没音乐，她探身翻他的车载 CD 盒子：“你平时爱听什么音乐？”

哗地拉开，空空如也。

“……哦，不爱听啊。”不知为何心凉丝丝的，疼。

他不听音乐，不唱歌，不打球，不下棋，没有任何兴趣爱好，连学习和射击，仿佛也不是出自本意，从来没有多享受，也没有多欢愉。

仿佛这世上没有任何一件事情能让他开心，甚至也没有任何一件事情能让他不开心。

这样的他，她很心疼。

她缓缓推上盖子。车厢里安安静静，她听见自己声音很轻：“言格，你知道开心是什么感觉吗？你，开心过吗？”

无人回答。

她扭头，他清秀的侧脸在晨曦中那样美好，眼睛深邃，鼻梁挺拔，却寂静。

“言格，我想让你开心。人生那么长，要活那么多年，一个人，不寂寞吗？每天这样，一个人开车去医院，一个人开车回家，没人和你说真心话，你也不让任何人走进你的心，不孤单吗？”

她望向窗外，微笑：“你这样，我会心疼。所以，无论如何，我也不会放手。”

言格，我多希望你开心，多希望给你带去快乐欢愉，所以，无论如何，我也会一直追逐下去。

我自倾情，你且随意。没关系，我不会生气。

车厢回归静谧。

言格的侧脸已融化在金色的阳光中，再也看不清。

言格，你知道开心是什么感觉吗？他知道啊。

比如那一次，是在炎热的夏天。啊，又是夏天。

深城的夏天，怎会那么漫长？

甄意以她一贯的方式从天而降，蹦到他面前，背着手，歪着脑袋：“言格，我发明了钻石水果，你要不要吃？”

他摇头：“不要。”

“为什么不要？”她鼓着嘴，一把将他的手臂扯过去挽住，“水晶闪闪的钻石里包裹着五颜六色的水果，多好看呐！好看的就一定好吃。”

他不感兴趣，却不妨碍他挑错：“究竟是水晶还是钻石呢？而且，很多好看的东西其实有毒。”

她暴躁：“不管要不要，都是要！”

他不紧不慢：“那你问我干什么？”

甄意把言格拉去家里，端出来一盘冻水果，草莓、桑葚、奇异果、芒果，色彩缤纷，罩上一层薄薄的冰。看着真像大颗的钻石嵌着水果。

甄意拉了把椅子，把他摁坐下：“言格，你想不想做游戏啊？”

“不想。”他诚实地说。

“不行！”

“……”

她眨眨眼睛，笑眯眯：“我们玩猜水果的游戏吧。”

她盯着他，他知道该自己说话了，木木地配合：“哦，猜水果的游戏，怎么玩？”

“把眼睛蒙上，我喂你吃水果，你猜是哪种。”

“……好弱智……”他简直无法配合下去。

“不管，反正我要玩。”她不由分说，拿黑布条蒙住他的眼睛。

很快，她递一块水果到他嘴边。黑暗中，他感觉到冰水果散发着沁人的凉意，他听见甄意快乐的声音：“言格，这是什么味道？”

他张口，含进嘴里，薄冰化开，清甜的汁液盈满口腔。

“奇异果。”

很快，“言格，这是什么味道？”

“山竹。”他没想过水果能这样美味。

再一次，“言格，这是什么味道？”冰凉的冷气萦绕唇边。

他蒙着眼睛，缓缓张口，可她没有把水果送进他嘴里，取而代之的是一种触感极其温热而柔软的东西，钻进他嘴里……

心跳骤停，全身紧绷。

她的鼻息熨烫而急促，喷在他脸上，痒得不可救药。

她跨坐到他腿上，隔着黑布抚摸他的眼睛，笑声娇俏又跋扈：“言格，这是什么味道？”

说完低头，再一个令人窒息的深吻。

这么多年过去了，每每看到奇异果，他都会想起她的吻里夏天的、清新的、酸酸甜甜的味道。刻骨铭心。

初吻，深吻，是什么味道？夏天里奇异果和山竹的味道。

去到医院，意外见到戚勤勤，黑色的女式西装衬得她脸色格外白，细眉之下长长的丹凤眼里没有任何情绪。戚红豆穿一套白色的米老鼠运动服，小小一个挨在她腿边，也没表情。

戚勤勤来送红豆入院，也不知她为什么忽然改变想法。办了手续，她没什么可交代的，把戚红豆交给护士，就准备离开。

一直木然的戚红豆忽然回神，跑过去，小手抓住戚勤勤的裤腿，声音有点急，有点怕，可表情还是僵硬："大姐姐，你会来接我的吧？"

戚红豆惊恐的眼神，让人心酸。

戚勤勤没回头，背影细细的，声音不似以往冷漠，说："会的。"说完抚开她的手，红豆伫立几秒，又上前抓住，手慌慌地抖，脸上还是没表情，嘴角抽了抽："大姐姐，你不要忘记我，一定要记得回来接我。"

"好。"她头也不回，红豆便呆滞守望。

没走多远，她又快步返回，牵起红豆的手，走到言格身边，问："可以让她住在家里，然后每天送她过来治疗吗？"

"可以。"

"好。麻烦医生先给她检查，我在这儿等着……过会儿和她一起回家。"

甄意收到K城电视台的录用offer时，给言格发了条短信。她心情大好，早早洗漱上床，明天要精神抖擞去上班。躺在床上，准备睡去，可言格没回信息。突然烦闷起来。

她才不需要他。切！蒙上被子睡觉，某一刻，腾地从床上蹦起，又发一条："言格你手断了吗，回条短信会死吗？"

呼，心情好多了。睡觉。

一分钟后电话响。铃声是她娇滴滴的声音：

"甄意，你男人电话，快来接哟——"

言格。

甄意一个激灵蹦起来，那边他嗓音极淡："我在你家楼下。"

"啊？"她溜下床，以光速套上棉布裙子，踩着人字拖哒哒跑出去。

夏天的夜色很好。

言格微颔着头，立在车边，碎发遮眼，透着淡定从容的气质。听见脚步声，抬起头来。

她一溜烟冲到他面前，却在他心一紧以为她会撞到他身上时，猛地刹车，站定。

他眸子又黑又静，随意地睫羽一垂，把她尽收眼底。

普通的棉布长裙，像回去单纯可爱的学生年代。不染尘埃，清汤挂面。她头发有些湿，黑白分明的眼睛，活泼又好奇地看着他，嘴唇轻轻抿着，唇角带着掩饰不住的小欢喜。

夜色把她的脸衬得像稀有绝美的玉，一捧就会细碎。

她欢快的声音把他的思绪拉回："怎么这时候过来？"

"你明天新工作上班，送点就职礼物。"他递给她一个粉色的盒子，小小的，缎带系着，包装精致。

"不过是打杂，说什么就职？"她瘪瘪嘴，心里却甜蜜。

"可以现在拆开吗？"

"嗯。"

白色的名片夹，简约大方。她欢喜道："好漂亮，不过，重回最底层，不会有名片啦！"

"以后会有的。"言格说，"不管做什么工作，甄意都可以做得很好。"

甄意微微一愣，原来是来送鼓励的，心瞬间柔软下来，舒心又惬意。

"谢谢啦。"她笑呵呵说完，一时竟没别的话可说。或许太开心太放松，只看着他就好，脑子里也搜刮不出话题来。

他也安然，就这样无所顾忌地看她，看她笑靥如花，看她风吹细发，就这样淡定自若，丝毫不尴尬，面对面相互看了几十秒。

夜风沉醉，鸟儿振翅。

甄意问："吃过晚饭了吗？"

"吃过了。"

"……"甄意说："啊，我准备请你吃消夜。上楼去好不好？"

又撒谎。他细细看她："嗯，不用了，谢谢。"

甄意知道骗不过，又殷勤道："这么晚了，开车回去多累啊，不如去我家借宿。我的床很柔软呢。"我也很柔软呢。

他了然："嗯，不用了，谢谢。"

甄意没好气："那再见。"

"好。"他礼貌地点头。

甄意腹诽：好你妹！然后，两人都没动静。甄意语气别扭："走啊你，怎么还不走？"

他不太自在，抿抿唇，说："看你进去，我再走。"

啊……这样……她低低地"哦"一声，很窝心，转身慢吞吞离开。心里，幸福满溢。

把玩着名片夹，发现里面有张名片，抽出一看，檀香木箔，刻了两个墨蓝色的字，他的字迹，清隽沉然：甄意。

背面一行，“彩虹也说她不可思议”。

彼时，她已走进大厅，回头望，他还立在车边，清姿卓然。他在守望，等她回头。

真好。

K 城电视台社会新闻部的人对甄意并不陌生，她曾数度是他们的采访对象。

此番是来陈默手下做记者，非常厉害的栏目编导。陈默性格鬼怪，见面第一句话是：“能就你这几个月的管制生活做一档节目吗？题目叫悔不当初。”

甄意：“……”

上午熟悉业务，下午就被派去找器官捐赠素材。目的地：第三医院。第一个联系人是安瑶。她很配合。但这几天工作太忙，只能边走边说，大致介绍器官捐赠和移植现状。

她人淡漠，说话平静没起伏，不知是不是医生的耐心安宁，听着莫名舒服。

甄意想，自闭的言栩喜欢她，一定有她的好处。

安瑶忙得脚不沾地，常有病人护士打扰，甄意不耽搁，很快离开。联系人还有三个，被奇妙的命运联系到一起。

徐俏，二十五岁，女，急性白血病，等待合适的干细胞，几率二十万分之一；

淮生，二十六岁，男，尿毒症，等待肾源，合适配型比率不低，但供求比万分之一。

许茜，二十五岁，女，先天性心脏病。

“那天护士推我去草地上散步，风很大，吹掉了假发。有个男孩经过，帮我捡起来拿到水边洗。他叫我美女。哈哈。”徐俏坐在窗边，和甄意讲起旧事，脸因疾病而苍白，笑意却格外纯净，“以前也有人叫我美女，可光头后就没了。假发湿了，他给我纱巾，波西米亚风，包在头上漂亮极了。当然啦，漂亮极了是他说的。我可不好意思。”

“就这么认识了？”甄意问。

“嗯。就这么认识了。”徐俏拖着腮，含笑，“护士说他叫淮生，尿毒症，靠肾透析维持生命。我说他长得真帅，护士说幸好你没在他透析前看到，那时他是肿的。哈哈。”

她笑声爽朗，甄意也忍俊不禁。

“第二次见面，他送我彩色的假发。你看，天蓝色戴着可漂亮了。”她指自己的头。

甄意刚给她照过相。徐俏皮肤极白，一头淡蓝色的头发，像漫画里的异国少女。

“还有别的颜色？”

“粉色绿色都有，我最喜欢白色。”徐俏拿出白色换上，一瞬间变成雪国仙女。

“真漂亮！”甄意感叹。

“是啊。”徐俏爬到床上坐好，“淮生送我白色时，说……”

安静。

“说什么？”

她浅浅的微笑柔弱得像冬日的阳光：“他说，徐俏，等你老了，一头银发，你还是那么美。”

甄意一下子说不出，迟来的悲伤弥漫心头。“甄意。”她声轻如纱，“我真的……好想变老啊！”

她笑着，大大的眼睛含了泪水，一闪一闪：“好多人想永远年轻，我不想，更不想以这种方式永远年轻。我说，十几岁的女孩青涩，二十几岁的娇艳，三十几岁的性感，四十几岁的魅惑，五十几岁的优雅，六十几岁的平和，七十几岁的从容，八十几岁的豁达。我想接受自然的轨迹，体验每一种时刻的美好，不徐，也不急。我想一天一天变老，那会是多幸福。”

甄意微笑：“不能赞同更多。”

徐俏眨眨眼睛，风干泪水，又开朗地笑：“哈，说不定哪天就找到合适的配型了。”

“我过会也试一下，看能不能帮你。”

“谢谢。真希望奇迹出现。治疗用了家里好多钱，如果等不到就这么……我爸妈得亏死。生一场病就是倾家荡产。”徐俏的声音再度低下去，“治疗费太高，原本打算不治。怕哪天死去，爸妈没了女儿，还得还债，可……”只要哪怕万分之一的希望，哪怕负债累累，父母又怎会放弃孩子？

甄意：“这种情况，怎么会做器官捐赠的决定？”

“将心比心。”她说得轻松，“病痛治疗太痛苦。如果终有一天，我的父母竹篮打水一场空，希望别人的父母不要像我们一样绝望。”

甄意觉得此刻没有语言能描绘她波澜壮阔的心境。

“施与是福。死了还可以救人，多好。”徐俏说，“你要采访许茜吧，她是我闺密，也签了器官捐赠书，她的肾刚好和淮生匹配。”

“淮生知道了怎么说？”

“没怎么说，”徐俏努努嘴，“许茜还很健康，治得好。淮生说他可以慢慢等，希望许茜健康出院。”

“你们三个心地都好。”

徐俏爬起来："你要去看淮生吗？一起吧。我也想看看他。"

……

去到透析病房，气氛沉寂。几十平方米的病房内放着几排仪器，躺满病人，似乎在沉睡，又似乎只是没力气反抗。每人脸上都写着痛苦，空气里流淌着煎熬的气息，只有机器空洞的声响，混杂着消毒水的味道，仿佛能嗅到生与死的边缘铺天盖地的绝望，苦痛和挣扎。

两人换了鞋子外套，轻手轻脚进去。徐俏一眼看到淮生。

是个长相清秀的男孩，睡颜安宁，可眉宇间带着极淡的痛苦，容颜干枯发灰，看着叫人心疼。他身上插着管子，浑浊的血液抽出来，在机器里解析分离，又重新灌回体内。

仪器上红色的数字缓缓上升。徐俏说他每次透析要从体内抽出 3 公斤多废液，现在才到 1.3 升，他还要在机器上躺两三个小时。每星期两次。

徐俏覆上他苍灰色的手，轻声说："只有生病的人才能体会这有多痛苦，健康人体会到时，一切都太迟。这里很多人都有钱，可有时，疾病不是钱能豁免的。"

她们轻声细语间，淮生的手动了一下，下一秒，他睁开眼睛。

"对不起。是不是吵醒你了？"

"没。正觉得无聊。"淮生笑起来很好看，"俏俏，你今天的头发真漂亮，像我小时候爱吃的水蜜桃棒棒糖。"徐俏摸着才换的头发，回报他一个开心的笑颜。

和徐俏一样对生命乐观而憧憬的男孩。甄意心中感叹。看着他们紧握在一起的手，她不想打扰，能在生命最脆弱的时候遇到一束光，互相扶持着走过人生的晦暗，算是上天的馈赠。

她走出病房，意外撞见认识的人：淮如，淮生的姐姐。竟是甄意高中的学姐。

淮如见到甄意也挺意外："你不是做名律师了吗？"

甄意摆手，爽快道："没看新闻么，臭名昭著了。"

淮如忙说抱歉，听说是来采访的，她很配合。甄意一一记录，抬头见淮如立在病房门口，凝望里边的淮生和徐俏，那眼神太过无奈悲伤。

"他们两个挺配。"这一刻，甄意挺佩服陈默。新闻里白血病肾衰竭太多，受众都麻木。可徐俏和淮生这一对悲运却乐观的情侣，情感冲击太强烈。

"是啊。"淮如说，"我和淮生是孤儿，从小相依为命，我太想救他，可惜我和他不匹配。他们真幸福。如果淮生能找到合适的肾，俏俏也找到合适的骨髓，在一起，多好。"

身后忽地传来阴凉的声音："病人家属都很无耻。"

甄意回头；淮如蹙眉："许茜？"

女孩像西域美女，小麦色皮肤，轮廓明显。她是富二代，徐俏的闺密，前段时间突发心绞痛，查出有心脏病。

她不客气地说：“这病房里每个人都期望换肾，说白了就是期待世上某个无辜的人立刻死去，把他的肾拿过来。是不是很龌龊？”

甄意诧异半秒，摇头：“生的希望，是另一个人的死亡，很真实，很无奈。可虽然讽刺，谁能说期待换肾的想法不对？”

许茜目光挪过来，傲慢地打量。

甄意：“既然你这么认为，为什么还签器官捐赠书？”

“你管我？”她哼一声，走了。

甄意自然不管她，只是想起她刚才看里面的眼神，太微妙。她并未过多揣度，就见杨姿提着果篮过来。两人最近见面机会剧减，在这见到，都惊讶。

杨姿指指淮如：“我和她们一起长大。对了，你找到工作了？”

淮如替她回答：“知名编导陈默的助手呢。”

“那好好干。”杨姿唏嘘。甄意跳槽太顺利，还以为她会消沉一阵。这世上似乎总有这么一种女人，什么事到她面前都是顺利坦途。

聊了几句，甄意告别：“我去验骨髓，先走啦。”

淮如望着她的背影，忽然想起了中学。

每个深中出来的学生，都记得那个神奇的下午。

言格上初二，体育课和初一13班重叠。上课集合时，班上同学忽然骚动起来，他没反应，直到听到一个铃铛般清脆的女声：“言格！二年1班的言格！我是甄意，我喜欢你！”

他漠漠地循声看去，有个女孩穿着花花绿绿的裙子，白T恤上彩笔涂鸦，写着“甄意（心）言格”。她蹦蹦跳跳，欢乐地扭腰扭屁股，印着他们名字的T恤和短裙像蝴蝶在飞。

同学们乐了，哈哈大笑，还有人鼓掌。

体育老师气死，拎着甄意的耳朵把她提到言格面前：“道歉！”

言格安静地看她，她跳着脚，龇牙咧嘴地做鬼脸，却一点儿不难看。

“为什么要道歉，我说的是真话呀。”她理直气壮，被揪着耳朵，还转头看言格，笑眯眯的，“嗨，亲爱的言格，你生气了吗？”

他并没有。

体育老师和她讲不通，说：“罚跑操场10圈。”

10圈=4000米。同学们倒抽冷气，她却神采奕奕，眼睛发亮，激动地问：“老师，跑10圈就可以追言格了咩？”

众人：“……”

她跑了10圈，教学楼的窗户旁挤满脑袋，各个年级的同学都在看……

那时，围观的人里有几个会想到，多少个4000米都拦不住她；又有谁会想到，这场马拉松跑了三年，而他们真的在一起了。

星期五傍晚，江江请甄意泡吧，其实是有意协助司瑰勾搭卞谦。

当红娘这事儿，甄意双手双脚赞同。司瑰做警察，平日能见到的“正常”男人少，甄意都替她担心找不到男友，现在下定决心追卞谦，她当然支持。

甄意超满意卞谦，受到他诸多照顾不说，当年她从警署辞职遭遇职场挫败，是他建议她学习法律，帮她重获信心。巧的是他创业开律师事务所，刚好给甄意一个去处。

她成长成今天的样子，他功劳不少。这么好的男人还性情温和私生活干净，和司瑰再相配不过。

甄意接到电话时，正向言格了解医院的器官捐赠人群，放下电话，随口问：“晚上想和我去泡吧吗？”

他不咸不淡地“嗯”一声。

甄意没料到他会答应，反倒瞪大眼睛：“去酒吧哦。”

他淡淡抬眸：“我耳朵没问题。”

事实证明，带言格去酒吧是极度错误的。彩灯闪烁，舞曲暧昧，男男女女各自high。

言格安然坐在最角落，面前放着一杯水，看上去分外淡定，丝毫不觉他静止的气场和喧闹的酒吧不搭。

甄意在一旁喝鸡尾酒，和朋友们聊天。聊着聊着，目光挪到杨姿胸前，她今天穿特少，一件薄薄的低胸吊带，沟壑深深。

杨姿的胸没吸引同行男士的注意，倒是甄意直勾勾盯着。她道：“看什么？看你自己。”

“我的不好看。”甄意瘪嘴，“最近好忙，害我绞尽乳汁，胸越来越小。”她想到什么，又笑眯眯起来，“不要紧，等我和言格在一起，他每天揉揉我，就会越来越大啦。”

众人：“……”言格自若在喝水，早对甄意的重口免疫。

甄意得意地歪头，一转眼看见四个熟悉的身影：淮如、淮生、徐俏、许茜。她诧异，淮生出现还好理解，但徐俏身体很虚弱，许茜则还在住院。

她立刻给徐俏和许茜的医生打电话，徐俏的医生说谢谢；许茜的医生安瑶则立刻赶来。

Ecstasy 酒吧改造后加了西式游戏。舞池中央有头巨大的红色假牛。

人坐上去，酒保按下开关，牛如活了般窜动，前后左右上上下下摇晃，牛上的人紧抓牛绳，狗一样趴着，很快哐当被牛甩下。一片嘘声。

下一个挑战的，是许茜。甄意起身，她有心脏病能玩这个？

淮生和徐俏都担心地看着，许茜上去后，牛再度疯狂甩，她扭动着身体，做了几个漂亮的驯牛动作，引起一片欢呼。

看上去没什么问题。但后来她乱了节奏，也被甩下去。

惋惜声起。她回头看淮生他们，又羞又气，狠狠踢了牛一脚。

江江道："酒吧有游戏，谁能在牛身上待一首舞曲的时间就得奖，iPad mini，好想要。可我肯定一秒被甩下来。"

"我去。"甄意说。不管在哪儿，她都是负责赢奖品的那个。

言格抬头："你要比赛？"

"怎么？"

"不要摔下来。"

"小看我？"甄意大拇指一擦鼻尖，"不许闭眼睛，看你准女朋友是怎么驯牛的。"

甄意下楼，跑到牛身边，夸张地抱住它亲吻它的鼻子，人群爆发出一阵欢乐的笑声。

她扬起手腕，对 DJ 打了个响指，音乐声起。在一拍一拍的节奏中，她双手绕过头顶，纤细修长的身体围着牛儿旋转，腰肢摆动，跳起性感的摇摆舞，白衬衫铅笔裤高跟鞋，细细的身体像水波似的，灵活而灵动。

她跳到场边，后仰着身子，纤纤手指一捞，从酒保手中夺过牛仔帽，戴在头上，顿时男孩儿般英气逼人。

仍随着音乐节奏随意地扭摆身体，性感，婀娜，酷。

她摇摆到牛儿跟前，抓住衬衫下摆轻轻一拉，掀起一半打个漂亮的结，露出平坦而性感的小腹，衬着臀部的线条愈发挺翘。

她跨上去，牛儿很快颠簸摇晃。可斗牛女郎游刃有余，一手平抬牵牛绳，一手扬起甩"牛鞭"，借力打力，腰肢随着节奏随意扭摆，英姿飒爽地驯牛。喝彩声一阵高过一阵，现场气氛达到高点。

杨姿看着场地中央集所有目光于一身的甄意，奇怪大家怎会喜欢这样的"搔首弄姿”。

和中学时一样，甄意是十足的坏女孩。她心里微酸，她不会跳这样的舞，没有那一颦一笑就性感帅气的气场，也没有将所有目光收入掌中的自信。

是谁说，如果有机会，每个女人都想做一次坏女人。

杨姿很快打消这念头，扭头见言格正静静看着牛背上快乐玩耍的甄意。酒吧的灯光暧昧而热烈，他的侧脸却清淡安宁，眼眸很深，有一丝难以察觉的隽永。

酒吧的气氛一度度高涨，压在杨姿胸口让她闷得慌。她一直无法理解，为什么甄意这样疯疯癫癫的人总对男人有致命的吸引力，让他们挪不开目光。

她蓦地想起高一那年去南冲秋游，大家走上一条几百米长的木板吊桥，男生们调皮捣蛋，剧烈地摇晃长桥，秋千一样荡得老高。

女生们吓得抓着链子尖叫，甄意上去几脚把闹事的男同学踹进浅水湾里。男生们鬼叫鬼骂，却没一个真正讨厌她。

也是那次，他们撑着竹竿划竹排，浅水湾里芦苇花开得像云朵，像棉花糖。

同学们打水仗，欢笑声此起彼伏。

她向来淑静，在最外延慢慢划，没有参与。言格也是，认认真真划竹排，像做一项实验。

她想去和学长打招呼时，甄意从水塘外围一溜烟跨过无数个竹排，蹦到言格的竹筏上，跳起从背后箍住他的脖子，把他笔直的腰杆都折弯。

竹排剧烈晃荡，言格差点掉进水里。他脸上很干净，并没有不开心的情绪，把甄意从他背后揪下来，让她站好，对她说着什么。甄意嘻嘻笑，乖乖背手，规规矩矩点点头，像受训的孩子。可下一秒，她冲言格瘪嘴，委屈得很，可怜兮兮地往后退，一脚“不小心”扎进水里。

言格扔下竹篙，条件反射地跑去拉她。

咚的一声巨响，像塘里投了炸弹，水花四溅，把言格从头到脚淋湿。

溪水沿着头发从少年清秀的脸庞滑落，他还保持着要拉她的姿势，站在竹排上，愣愣的，不可置信。

水里，甄意指着发愣的言格，哈哈大笑：“好傻，又被骗了。哈哈！”

清澈的潭水齐甄意的胸口，她站在水里，阳光在周围闪烁，像碎玻璃。她笑哈哈:“言格，下来玩啊，很凉快的。”

言格当然不下去。

可其他男孩子全一个个嗷嗷叫着在竹筏上起跑，摆各种奇葩姿势跳水，溅水花，一群群像赶鸭子，像下饺子，后来连女生都参与进来。大家全跳进水里打水仗。

言格不下去，捡起长篙要划走。

甄意大声嚷："谁帮我把言格弄下水啊！"

话音未落，众人应和："我！我！……"同学们从四面八方游过来摇他的竹筏。甄意过去，抓住言格的脚，狠狠一拉，一下子把他拽得掉进水里。

言格浑身湿透，甄意却再次蹿到他背上，小狗一样蹭他湿漉漉的黑发，咯咯直笑。

那时，她简直像只猴子，只要给她机会箍着言格，就死不松手，五匹马都别想把她拉下来。

那次的秋游，在南冲玩了两天一夜。在那之后，他们就成了男女朋友。

……

杨姿回过神，眼前疯狂的斗牛已被帅气的女郎驯服。一曲终了，甄意吹了个清亮的口哨，扬起手腕一甩，牛仔帽飞入人群，一阵哄抢。

她利落地从牛背上跳下来，一路拍着大家伸出的手掌，在大家欢乐的喊声中跑上台阶。

言格正站在那里，目光淡淡，追随着她渐渐靠近。

她笑吟吟看着他，迎上去。到他跟前站定，歪着头，语气暧昧："好看吗？"

他垂着眼眸，看她因运动和兴奋而光彩照人的脸庞，气息不稳。她又往前一步，贴在他身上，仰起头："性感吗？"

他依是不语，却极轻地点了一下头。

她慢慢踮起脚尖，衬衣和他的衣衫微微地摩擦，向上。她几乎贴到他唇边："你，不想吻我吗？"昏暗的灯光下，她的眼睛亮晶晶的，像住着星星。

他不动声色地调整呼吸，这次，却不敢点头了。

"我当你默认了。"她轻轻说着，手不自觉爬上他的脖子，箍住。

指尖触摸着他的发根，痒痒地扎进心里；她踮着脚，隔着暧昧的灯光与音乐，仰望他，一点一点凑近他的唇。她感觉得到，他似乎紧绷起来，他浅浅的鼻息撩过她的唇。

她依稀记得他唇齿间的味道，青涩的，清澈的，男性的……身体深处不禁打了个寒战。

她像醉了，朦胧中刚要闭上眼睛，重力来袭，她被一双有力的手摁回地面。

言格握着她的肩膀，表情克制。他什么也没说，和她擦肩而过。

甄意怔了一秒，心突然空了一块，回身去追，一把拽住他的袖口。他回头，她一张口，嗓子就疼了，悲伤如潮水将她包裹，她是多么张扬，多么任性，可她不相信接下来要说的话，会那么卑微："言格，你不喜欢我这样吧，是不是？"

时光仿佛回到八年前与他分别的前夕，做自己喜欢和他喜欢的，她在这两者之间彷徨纠结，把自己折磨得痛苦不堪，几乎发疯。她微微笑着，声音却发颤：“我今天晚上做的一切，你都不喜欢，是不是？”

言格有些怔愣，侧过身来，轻轻摇了摇头：“没有。”

说完，见她委屈的模样，他不禁迁就地低头靠近：“甄意，我认为，你这样子就很好。这就是你，别人都学不来做不到的你。什么都不用担心，什么都不用改变，做你自己，就很好。”

甄意脑子一蒙，不太相信这话是他说的。一直以来，她以为他对她很无语，以为他很辛苦地默默忍受她一系列奇怪的疯狂的举动。

“我没有要走，你不要误会。”他耐心地解释，温热的手掌轻轻覆上袖口上她的手，握了握，才缓缓拂开，指另一个方向，“安瑶那边出了点事儿。”

甄意一愣，回头看。那边，许茜不耐烦地把安瑶推得撞到墙上，走进人群。

甄意收拾心情，和言格过去找安瑶，还没到她身边，酒吧里忽然爆发出惶遽的尖叫声。

拨开人群跑去，许茜倒在地上，捂着肚子呕吐，抽搐，痉挛，像正被抽筋扒皮的蛇，大口大口的鲜血从她嘴里涌出。她惊恐地瞪大眼睛，双手捂住嘴，可血液不断从她指尖溢出。

甄意惊呆，以为这只会在电视里看见，以为人不会这样流血。

酒吧里尖叫不断。司瑰第一时间打了120。“救护车马上到。”

“拿毛毯和冷水袋过来。”安瑶蹲下去，把许茜扭曲的身体掰过来放平，拨开她的嘴观察口腔，回头看甄意，“把她的下肢抬高。”甄意赶紧照做，发现许茜的腿在发抖。

安瑶接过毯子裹住许茜，把冷水袋敷在她左腹上部，扶着她的头偏向一侧，怕她呕出的血液堵住气管。

周围人一片混乱，只有她沉着冷静，说出的话缓慢而有力：“许茜，不要紧张，抓住我的手，对。没事，没事的。”

这里离医院近，救护车不到两分钟赶到。医护人员把许茜抬上担架，安瑶跟着快步离开，边走边急速道：“呕血量500cc左右，鲜红色偏暗，混有血块；带酒精气味，没有食物；病人暂时神志清醒；脉搏、血压下降；体温降低，甲床发灰，皮肤……”

酒吧的人仍在惊慌中，甄意跟在后边，轻叹：“安瑶好厉害。”

“嗯。”言格清淡地说，“许茜没救了。”

安瑶和主刀的刘医生一身手术服从抢救室出来。她摘下口罩，脸颊一片潮红一片苍白，全是汗水。刘医生和守候在外的许茜父母说了什么。许茜的母亲霎时瘫在地上，悲怆大哭："医生，求求你，救救我女儿，不能放弃啊，求求你……"

安瑶脸色灰白，无力地靠在墙上，嘴唇动了动，却说不出一个字。

甄意在一旁，心里很难受。

淮如也在，以一种虔诚甚至痴狂的目光盯着抢救室；淮生和徐俏紧握着手，表情悲伤而忐忑，惶遽而茫然。

几位器官移植专家提着工具箱准备进入抢救室，其中一位和许茜的父母轻声说什么。

许茜妈妈一下扑上去抓住专家，尖锐地哭喊："不行，不准碰。谁也不准碰我女儿！她最爱漂亮，不准你们把她挖得支离破碎！"

专家们顿住，这种到了关键时刻家属反悔的事，他们遇过很多次，虽然遗憾，但也无可奈何。可对淮如他们，是晴天霹雳。淮生少年时罹患尿毒症，至今有将近七八年的透析历史，生命已开始干枯。

这一次错过，很可能就是死亡。

淮生脸色灰白，沉默而无声地立着，背影萧索；徐俏慌张地看看许茜妈妈，又看看淮生，悲伤而惊恐。

淮如抓住许茜父母的手，泪水在眼眶里打转，浑身都在颤："叔叔阿姨，你们不能这样，不能啊。我们淮生他……"她哽咽着，眼泪全砸下来，"许茜签了器官捐赠书，她答应了的！你们也签字了的呀。求你们别这样。现在反悔我们淮生怎么办？他那么年轻，以后可怎么办？"

许茜妈妈沉浸在女儿骤死的伤痛里，悲痛欲绝地尖叫："别和我说这些！签字也不行！我不会让他们把我女儿的器官挖出来，绝不可能！"

淮如惊呆，脸上写满绝望，扑通一声跪下，大哭："叔叔阿姨，别，求求你们别。淮生真的快撑不下去了，再没有肾，他会死的。"

她泪如雨下，慌地俯身给许茜父母磕头；一下一下往地板上砸。

淮生也哭了，上前拉她："姐，你起来。我不要了，我还可以等。我真不要了。"

专家们面色沉重，于心不忍，却无计可施。时间一分一秒过去，他们交流一下，返身离开。

淮如还在磕头，望见专家离去，惊恐地扑来，拦着他们不松手，撕心裂肺地哭："不能走，救救我们家淮生，求求你们！"

专家叹气："病人已经死亡，不经家属同意，我们也无法处理。等错过最佳时间，器官缺血太久，就不能用来移植。即使后来再取出，也无法用……"

淮如如同遭受灭顶之灾，脸色瞬间空茫死寂，如一尊雕塑。

淮生抱着她抽泣："姐，别难过，我们会等到的，一定会等到的。"

徐俏则悲伤地抱着淮生，满脸泪水，忽然，她的鼻子涌出大量的鲜血，她手捧着自己的血，脸色惨白，晕倒在地。

这一次，她没有抢救过来。

安瑶一身白大褂，拿白布给办公室做清洁。真是漂亮的医生，像画中出来的江南美人，婉约清丽。简单的白衣，头发束成低马尾，这样都好看。

甄意立在她办公桌旁，稍稍担忧。许茜死后，安瑶在卫生间呕吐很久，甄意进去，听见她很低的哭泣。

她想起好几次见她巡房时提醒病人注意花粉；见小孩的腕带松了，一言不发地系上；见地上有水渍，提醒病人注意，提醒护工擦掉。

“安瑶，这不是你的错。”甄意开口，发现安慰十分蹩脚。

安瑶擦拭着书架，淡淡道：“我做不了医生了。”

甄意一怔：“这么严重？”

“有什么比人命更严重？”安瑶轻轻反问。

甄意语塞。

安瑶立在窗边，手掌抬到半空中，外科医生的手，纤细修长，被天光照得透明，拨动一下，蝉翼般轻盈灵活。

“十二年。从立志做外科医生起，不接触球类，不学乐器，就为保护它。以后再不需这么小心翼翼。有人说，外科医生不可能救活每个病人。第一次死了人会深受打击，习惯就好。”她缓缓说着，孤独而清高，“可我，永远习惯不了。”

甄意不知如何安慰，默然半晌，转话题：“听说徐俏的肾也和淮生匹配。”

“如果是我，死了却能救心爱的人，我会很幸福。”安瑶说。

甄意微微动容，垂眸见办公桌上一个相框，是言栩。

他坐在古色古香的庭院里，低着头，阳光微醺，绿树成荫，侧脸格外迷人。太过美好，看得出照相的人多爱他。她努力安慰：“休息一段时间也好。听言格说，你和言栩婚期近了，要回深城了吧？”

提起言栩，安瑶回头，脸上闪过极淡的温柔：“嗯，再过一个月就回深城。你也去吗？”

“当然。”甄意很自觉，“我是准言家人。言格要是敢把我留下，我把他揍瘪。”

安瑶极淡地弯一下唇角：“他是拿你没办法呢。”想起高考结束后的夏天，有次和同学一起在咖啡屋，看见街上的他们。绿树茂密，宽阔的街道上空无一人。

甄意一身白色T恤网球裙，光着脚在路中央的黄线上走路，快乐地吃冰激凌。言格走在她身旁，提着她的球鞋。某一刻，她把冰激凌递到言格嘴边，他别过头去，不吃。

她倒退着走，说了什么。

他停下，勉勉强强弯下身子去吃她手中的冰激凌，没想她手一推，冰激凌全推到他嘴上。

他愣愣地没动静，她却欢快地蹦起来勾住他的脖子，硬是把他折弯了身子，她小鸡啄米一样啄他嘴边的冰激凌。

她吻得忘情，整个人往后仰。

他怕她摔倒，双手扶着她的腰，没功夫把她从脖子上揪下来。

谁喜欢谁，谁就拿谁没办法。

……

“甄意，我有事要道歉。”

“什么？”

她把八年前言格返回 KTV 的事告诉她。

“很鄙视我吧。”安瑶脸微红，“我也不明白那时怎么会有那样的恶意，还好你没事。”

甄意愣了一会儿，很快豁达地摆手：“没事啦！你能说出来，已经很了不起。既然言格回去找过我，为什么后来消失不见？”

安瑶微愣，她不知道，还是不记得。可言栩妈妈分明说是甄意害的。不管怎样，如果甄意不知道发生什么，应该问言格。她这个旁观者不要妄自评论。“他突发事故，不是很好的回忆。我想，如果他准备好肯定会告诉你，你不要生他的气。”

“我是甄意，怎么会生言格的气。”甄意道，“我原也等着他准备好了和我解释。我不希望从别人口中听到，只希望由他告诉我。”

安瑶道：“你果然是值得他喜欢的。”

“你也值得言栩喜欢啊。”

安瑶一愣，极浅地弯弯唇角：“言栩他，很好。”

甄意很少见安瑶笑，不禁感叹：“安瑶，我头一次感到，你很爱言栩。”

“嗯。很爱。只不过我不善表达，不喜热闹。喜欢谁也是私密的，不想和别人分享，不会贴去社交网络。也不像你，让全世界都知道。别误会，我不是说你不好，只是每个人的表达方式不一样。”

“我哪里会误会。”

安瑶倒了杯水给她，自己捧一杯，和她一起靠在桌子上聊起来。“认识言栩，我才头一次有想好好爱人的心情。即使一开始以为他是聋哑人，还有妄想症。”

“怎么会？”

“那时在美国，医院实习。他戴着黑色的口罩，露出漂亮却清冷的眉毛眼睛，不说话，我以为他是哑巴。我戴上听诊器，他却惊恐地往后躲。我说你躲什么呀，结果把他逼到墙上无处可退。手摁去他的胸口，听他的心跳咚咚咚咚特别快，像小鹿。我吓一跳，怎么有人在安静状态下心跳这么快？”因为回忆，她杏子般的眼睛愈发漂亮夺目，“抬头一看，他全身都紧绷着贴住墙，耳朵红透了，垂着眼睛，非常害羞。只是检查心跳，他就不好意思成那样。也不知为什么，当时就有点心动。他身体没问题，走的时候我有些失落，笑自己有毛病，对一个长相都没看到的人动心。”

安瑶天性安静，连笑容都淡雅细腻，像一丝捉不到的雾。“第二天，第三天，很多天。他又来了。还是戴着口罩一声不吭。我以为他有妄想症，每次都强调他没病。以为他听不到，专门学了手语。每天听一次他的心跳，每次他都紧张脸红。后来，他每次离开都留一个小礼物在桌上，包装精致，有时是块巧克力，有时是朵小雏菊，还有小贝壳，鹦鹉羽毛……”

“我的天。”甄意热血沸腾，不敢想象，“是言栩？好浪漫！”

“嗯。”安瑶点头，“后来才知道，他在小时候见过我。但我不记得。三个月里他一句话没说。后来看到他的脸，我有些惊讶。但甄意，那时我早忘了言格。之前对他的暗恋是懵懂的向往。KTV 的事后，我用很长的时间审视自己。对他的爱慕并没让我变得更好，反而让我偏执。这样的喜欢对我不好。

“对言栩才是真正的爱。这也是为什么我不和校友联系。我太爱言栩，不希望别人看到他，自以为是地说他是言格的替代品。才不是。他是我的真爱，爱到别人这样想他，我都会心疼。任何和过去有关的人出现，我都会排斥。至于言格，他中学时代对我没印象，反而因为言栩才认识我，倒不尴尬。”

甄意看得出她的豁然，挺佩服。可想想平时看到言栩和安瑶，似乎没交流，便问：“和孤独症的人交往，是不是很辛苦？”

“不辛苦。他很好，只是很容易紧张害羞，即使是亲人，他也非常拘谨窘迫；可只有我们时，就挺好。两个人安安静静的，偶尔说几句话，就很开心。我能把自己照顾好，不需要他哄我。”她的声音微凉低缓，平日话少，说起言栩，却停不下来，

“因为我知道，不是他不想哄，而是对他来说，真的很困难。他在生病，没有安全感。平常的接触，甚至只是言语的亲昵，他都做不到。向他表达感情和亲近，或是提及任何和建立稳定关系有关的话语，他都会害怕恐惧。可他接纳了我。我很肯定我是他的唯一，所以没有形式，也没关系。”

甄意感叹：“安瑶，你们两个真好。”

“爱情有很多种类，找到最适合自己最舒服的，就好了。”

这时，护士敲门：“安医生，院长找。”

“嗯。”安瑶收了笑容，放下水杯，从抽屉里抽出一份报告，甄意瞥见题目里有“许茜”“死亡”“事故”“责任”的字样。

甄意警惕起来：“安瑶，你是要去接受调查？”

“死了人当然要调查。”她又恢复了平淡，“喝完水，离开时记得锁门。”

甄意“哦”一声。出门时，安瑶回头看她：“甄意，孤独症孪生患病的概率，高达60%。”

甄意蓦地一愣，像被狠狠击中后脑。耳边莫名回响起刚才安瑶描述言栩的话：“对他来说，真的很困难；向他表达感情和亲近，他会恐惧。他在生病。”

她心不在焉把杯子洗干净放好，再度听见有人敲门。是林警官。“安瑶在吗？”

“开会，好像因为许茜的事。”

“刚好，我也为这事来。”

“怎么了？”甄意隐隐感觉不对。

“有人写匿名信说安瑶故意杀害许茜，我们来调查情况。”

不论院方还是警方，都没从安瑶这里调查出任何疑点。

首先是杀人动机：她和许茜没有恩怨情仇；她工资高，开着法拉利似乎背景显赫低调，不致收人钱财；她记录良好，从小到大都是优秀学生，在美国学习和实习期间被老师医生形容为医术精湛，医德清白。

其次是杀人手法：病历上记录得很清楚，治疗方法和用药由科室医生达成共识，和病人沟通顺畅，病人完全理解且配合；许茜自己溜出医院泡吧，喝酒引发胃出血，这并非安瑶能控制。

最终，警方调查不了了之，认为匿名信是医院里嫉妒安瑶的人所写。

医院也护着安瑶，甚至没以医疗事故定性，说病人不遵医嘱，不爱惜生命，导致自身毁灭。

许茜父母清楚女儿骄纵刁蛮的个性，也没闹事，接受了院方的说法。

安瑶是第三医院建院五十多年来心胸外科最年轻有前途的助理医生，不少同僚认为她极具天赋。甄意和安瑶聊过，安瑶淡然如水，说：“学医近八年，原准备在美国继续实习四年留在那儿，因为言栩才回来。这么多年我没有任何业余生活，不玩乐不旅行，只有医学。八年里学了别人十六年二十年的东西，这是天赋？”

而此刻，她坐在电脑前打辞职报告。

就这样放弃过去的一切，甄意不太理解，又有些理解。等一个月后自己刑满，真敢问心无愧地拿回律师执照？

言栩立在窗台边，盯着一盆绿萝出神。言格目光扫视安瑶的书架，忽然开口："能看一下许茜的病历吗？"

安瑶从屏幕面前抬起头来，脸上映着电脑的白光："那是病人的隐私。"

"有道理。"他说，"现在许茜最在乎隐私。"

"……"

言格拿下病历，翻开扫了几眼，平常地念道："冠脉造影确认病情，先天性心脏病，心梗，脑梗，冠状动脉硬化。主刀医生建议支架手术；助理医生也就是你，反对，认为手术使用的药物会引起出血，病人心脏前壁梗栓，易供血不足心梗死亡。"

甄意听得很困难。

"是。"安瑶答，"我是主治医生，其他科室医生也同意保守药物治疗，使用溶栓药物。"

"据我所知，主刀的刘医生水平高超，做支架手术把握很大，这也是你的强项。"

并不宽敞的办公室内，空气开始凝固。

"病人不想开刀，目前也不需要。我们和她交流后，她自主选择保守治疗。"

"溶栓药物作用于全身，可能引发其他部位出血。刚好许茜有胃溃疡，并没完全治愈。加上酒精刺激，造成胃部大出血。"言格合上病历，看着安瑶问，"作为主治医生，你不知道许茜有胃溃疡没治好？"

语气平淡，但话里每个字都意味深长。气氛已降到冰点。

甄意听懂了。安瑶运气不算好，但也不差。如果许茜没在这个当口喝酒，而是慢慢出现危险，安瑶最少逃不掉医疗事故。因为，如果许茜没有不在乎自己，没有喝酒，她依然会慢性出血而死。

空气已冷冻结冰，甄意作为旁观者，尴尬困窘得不敢呼吸。言栩仍背对他们，盯着窗台上的绿萝出神。

安瑶咬唇，隔了一两秒，说："许茜得过胃溃疡，但她没有就医，可能是自己买药吃，所以病历本上没记录。我问过她有没有胃病，她说没有。"

言格并未打住，浓眉下长长的眼眸微微眯起，研判道："开这种药应该首先想到检查胃溃疡。"

"是。"安瑶蹙眉，语气却平静，"许茜不肯做胃镜，嫌太痛苦；也不肯做钡餐，嫌不舒服。她说她没得过胃病。我坚持让她做钡餐。但钡餐的准确率并非百分之百，疏漏掉细微的症状也是正常的。"

言格缓缓点一下头，看似漫不经意地说："专业的医生能从病人的口腔、脸色看出病人是否患有胃溃疡。"他语气淡静，才缓和的空气瞬间绷起无数的弦。

这两人各自平淡却隐隐争锋相对的气氛，太压迫人。甄意有种感觉，任何人都别想逃过言格的审问。最适合他的哪里是精神病医生，而是审讯员。

先败下阵来的是安瑶。她扶住眉心，努力撑着自己，手指在抖："对不起，是我疏忽。"

这句话没有赢得他的放过。"别的医生会疏忽，但安瑶，你会疏忽吗？"言格盯着她的眼睛。

他的意思很明显。

安瑶惊住，抬起头不可置信地看他一秒，又紧张地看看言栩，很快再度低下头，肩膀颓然垮塌下去，道："我这几天被一点私事搅得心神不宁，对不起……"越说声音越低，"是我疏忽，钡餐检查没问题后，就当最终结果了。我没想过再度确认。是我失责。"她拿手摁住眼睛，极力克制，可嘴唇一直颤抖。

"言格。"言栩转过身来，很轻地唤他一声，想说什么。可不用说出口，言格就了然。

言格看他一眼，又平静地看向安瑶："人都会犯错，必须谨记教训，但也不要沉溺自责。"

话语简短清冷，已是莫大的鼓励。

安瑶肩膀抖了一下，更深地捂住头，看不清情绪，甄意觉得她可能哭了。言格眸光清浅，闪过来看甄意一眼，拔脚出门，示意她也出去。

甄意跟着他上走廊。刚才言格不动声色的凌厉质问让她的心七上八下。安瑶是故意杀人吗？言格后来改口是出自真心还是为了言栩？

好想问啊。可想想他云淡风轻质问安瑶的架势，真有点儿吓人。她低头，一下一下地鼓腮帮子。

"你是青蛙吗？"他语气寡淡，不知何时，眼神挪过来了。

"……"

他无声看她一会儿，说："安瑶和这件事没关系。"

"诶？"他是她肚子里的蛔虫？"既然她和这事没关系，你还把她逼问哭。"

言格脸色一僵："我哪里把她弄哭？她不是因为我的安慰，感动哭的？"

甄意头上三条黑线：你脑回路如此不正常，你弟弟知道吗？

"你把逻辑顺序弄反了。"言格正色道，"并非我发现她和这事没关系却逼问她；而是通过问她，发现她和这件事没关系。"

甄意疑惑："在我看来，你问的那些话让安瑶有了嫌疑。"

"我怀疑她，她有嫌疑；这两者能画等号？"

甄意微微脸红，的确逻辑不对："你怎么判断她没撒谎？"

"表情和肢体语言。"

“愿闻其详。”她背着手歪着头，兴致勃勃。

她感兴趣的眼神叫他心情不错，表情却还是疏淡：“普通人在受质疑时会轻微紧张，语言凌乱；但安瑶本身是个逻辑严谨，淡漠的人，所以一开始她表现得平静有序，无可厚非。”

“唔。”甄意心虚地点头。看侦探小说里总说镇定且条例清晰的人往往是事先做足准备，她还因此稍稍怀疑安瑶。现在想想，微窘。

“我问她怎么确定许茜没有胃溃疡时，她低头摸眉骨，眉心紧蹙，羞愧且痛苦。手也在抖，她一直在自责。”言格不徐不疾，“我说，专业的医生能通过口腔观察时，她眼睛不受控制地往下看，嘴一直在抿，有想拿手捂住的趋势，这是深切的羞愧。我挑明了怀疑她。她惊愕，瞳孔放大，愤怒。可随即转化成隐忍的羞惭。”

“等一下，”甄意听得入迷，打断，“即刻就变换表情，难道不是伪装？”

言格垂下眼睫，瞧她，神色微妙：“和你想的相反，真正震惊的表情相当短暂，即使看上去保持着，其实微表情已经和第一秒不一样，多数会变得空茫、呆滞。”

“哦，这样。”甄意更心虚，在他面前装惊讶装了成千上万遍……全被看穿了么。

“我说最后一句话时，语气强调‘不要沉溺自责’，她听到‘自责’，肩膀紧绷，又放松下去。因为我说中她的心思，她觉得刺痛却在潜意识里稍稍宽慰。”

“言格，你好厉害。”她看着他俊逸的侧脸，赞叹，真心觉得他从容分析的模样太帅气太性感。

言格撞见她星星般的眼神，一贯淡然的人微微不太自在，挪开眼神去。“看客观证据，病历上记录，安瑶坚持给许茜做钡餐。这是事实。钡餐的精准度不是她能控制的。这也是事实。所以，目前我偏向相信她。”

“为什么是偏向？”

“任何事都没有绝对。总会留有微小的其他可能。”他自然而然地说。

她拿他较真的性格没办法，可她也较真起来：“那你举一个微小的可能给我听听？”

“如果许茜可杀可不杀呢？”言格看她，“查出胃溃疡，就给她换疗法，让她活命；没查出，就用正确却危险的疗法杀死她。”

甄意一怔，这样的随意轻率，比蓄谋杀人还恐怖：“言格，你别这么说。我觉得安瑶不像是把人命当儿戏的人。”

“是不像。”言格淡淡评价。

“你刚才不是看她的表情判断吗？”甄意努力帮安瑶说好话，万一她真这样，言栩该多可怜。

“常人很难掩饰微表情，即使掩饰一种，也会牵一发而动全身。所以我相信她。

可就像我说的，凡事没有绝对。”

甄意不作声了，究竟是怎样，也只有安瑶自己心里清楚。

她沉默一会儿，忽然笑了：“言格？”

“嗯？”

“你有没有觉得我们两个很搭？”

“……”果然，任何时候她都能转移到这个话题。他无声看她，眼神在问：请论证。

她解读无压力，跑到他前面去，背着手，随着他的前进一小步一小步倒退，笑容大大的：“刚才啊，你说我听，我问你答。你的世界我愿意听，我的疑惑你愿意解。谁也不无聊，谁也不枯燥，难道不是很搭？”

他不作声。这个问题，他早发现了。她和他，很契合，很完满。

甄意见他没反应，不满意：“你说，是不是呀？说呀！”他抿抿唇，极轻地点了一下头。

她笑容再度放大，眉梢眼底全是遮不住的笑意。昂着头，嘚瑟地后退走。

走几步，想起什么，小声问：“我有时对你撒谎，你是不是总能看出来？”

“有时候？”言格稍稍抬眉，觉得她的用词有待商榷，“是经常吧。”

一下子，她脸上火辣辣的，想起她各种睁眼说瞎话就为诱拐他的时刻，好丢脸，让她钻地洞吧。

他侧眸，见她低头转回去和他并排走了，脸红红的，像只缓缓挪动的小番茄，不禁心又微微动了一下。他抬起头望着前方，低醇道：“不好意思什么，我又不介意。”

你爱撒谎，我爱配合，就是了。

甄意的心跳莫名就漏了一拍，仿佛空气中的消毒水味都变清新了。脸上的红色渐渐消退，一个愿打，一个愿挨，有什么丢脸？

到了拐角，言格道：“去看看那天的当事人吧。”

……

到淮生的病房，意外发现言栩和安瑶早就在那里。安瑶背靠墙壁，精神不好地侧着头，望着窗外的树木出神；言栩立在她身旁，遮住她半边身影。他正和床上的淮生说话。那双手插兜，英挺出尘的样子，和言格如出一辙。

甄意稍讶。言栩在陌生人面前从来都是回避疏离的姿态，交谈是要他的命。可此刻他站了出来，为他身后的女人。

淮生在为肾移植手术做最后的准备，但他神色恹恹，非常悲伤，虽然得到珍贵的肾脏，可那是徐俏的。

淮如蹙眉坐在病床前，不乐意这几人的到访，很排斥："有什么等淮生做完手术再说。他现在身体很虚弱。"

言栩没听见，浓眉之下黑色的眼睛清澈，深邃，只盯着淮生："你有个女朋友？"

"是。"

"她的梦想是什么？"听上去很无厘头。

"……跳舞。"淮生眸色悲伤。

言栩点了一下头，他和言格一样，天生音质很醇，很好听，却没有起伏：

"死者的主治医生是我的未婚妻，她是一位非常优秀的心外科医生，目前只是主刀的助理，但一定会成长为主刀医生，救很多的人，这是她的梦想。可现在因为死者，她再也不敢拿手术刀。"

他这话说得像例行公事，很生硬，不带一星半点的情感。但安瑶扭过头来，看着他的背影，眼睛湿了。

甄意蓦然感动。

见过言栩和安瑶很多次，两人从没在外人面前牵过手，甚至不怎么说话，她不知他们私下的相处模式。以为安瑶和她一样，爱得辛苦。可其实不是。安瑶值得言栩喜欢，言栩同样值得安瑶喜欢。

对言栩来说，看一个人的眼睛，和他说话，听他回答，是艰难而惶恐的事。可他愿意为了安瑶这样做。

甄意转念又想到言格。他也是这样。因为她，他现在已经可以做到像正常人。虽然在正常人眼里，他还是很不正常。

刚才那一段是言栩这辈子和陌生人说的最长的一段话，他不太适应，垂下眼睛，停顿一下，又努力抬起来，看着淮生："你能理解吗？"

淮生点头，不顾淮如的劝阻，决定回答问题。他也问："你能理解我失去爱人的悲伤吧？"

言栩沉默良久，很诚实地说："不能。因为我的爱人没有死。"

"……"甄意轻轻摸了摸鼻子。

言栩不觉自己的话不对，问正题："死者那晚为什么逃出医院和你们一起去酒吧？"

"我们没让茜茜去，她非要跟着。那天是我和俏俏想去。俏俏身体越来越差，很多想做的事都没做……"淮生说到此处，哽咽得发不出声。

病房里悲伤弥漫，只有言栩脸色刻板，不动容，除了是个长相极其秀美的男人，没有一点儿表情。他只揪他的关心点："这不是你第一次带她溜出去？"

"对。"淮生因为病痛，脸色苍白，"她怕以后没机会，让我隔一段时间陪她做一件……”

言栩不关心，打断：“死者是你女朋友的闺密？”

“是。”

“死者在住院，你为什么带她出去？”

甄意听到半路，觉得不对，才发现言栩不用人名，全用身份代称。

淮生还未开口，淮如见他太累，替他回答：“许茜爱热闹，很疯很贪玩，听我们要去酒吧，吵着要去。她说身体很好，是父母大惊小怪强迫她住院。我们就没在意。她一直都是大小姐脾气，我们都习惯了，她想干的事，谁都阻止不了。”

甄意插嘴问：“之前淮生和徐俏出去，许茜也会吵着跟去？”

淮如一愣，迟疑的工夫，淮生回答：“是。她和俏俏很亲，到哪儿都跟着。”

言栩继续：“那晚她怎么会喝酒？”

“她玩了斗牛表演，下来后就有很多人给她送酒。”

言栩皱眉不解。甄意解释：“酒吧里男人对女人印象不错，就会送酒，许茜在斗牛上表现得好，自然吸引注意。”

言格听言，稍稍走神：他没给她买酒。

淮如帮腔：“许茜是富家女，性子倔。她非要喝，我拦都拦不住，还要淮生劝她。但……”

言栩木木的，问题几乎私密缝合：“她为什么玩斗牛？她有心脏病，你们为什么不阻止？”

淮生道：“她脾气太大，拦不住。”

言栩低眉细想，听见言格淡淡研判的声线传来：“她当时在发脾气？”

甄意微愣，觉得他真是敏锐得连犄角旮旯都不放过。

“嗯。”

“为什么？”

“她本就爱赌气。前一刻还好好的，立马就变脸。”

“谁惹她了？”

“没有。”

言格停顿半刻，换个说法：“你说她前一刻还好好的。”

“对。”

“她情绪变化前，谁在和她说话，说了什么？”

淮生眉毛拧成一团，疑惑：“没什么特别。”

“你觉得不特别。”他的逻辑严谨得可以让人崩溃，“就是的确有人说了什么。”

“我姐说俏俏跳舞好看，平衡力好，如果不是生病，能在斗牛上待整首歌的时间。”

淮如辩解：“俏俏是学跳舞的。”

言格没停：“然后？”

“茜茜说她也很厉害。我们都没说什么。”淮生抓额头，有点抓狂，“真没人说什么。”

甄意却明白了，正是因为大家什么也不说，挫伤了许茜的虚荣和自尊。

出了病房，甄意和安瑶交换目光：这两兄弟简短却天衣无缝的询问让她们心里有了猜想。

可没想，言格对言栩说：“淮如有点紧张，淮生并没说谎，死者喝酒很可能是自愿。”

“啊？”甄意诧异，“我觉得是淮如的阴谋。安瑶，对吧？”

安瑶点头。

“为什么？”

甄意道：“许茜爱和徐俏攀比，听他们说徐俏好，虚荣心作祟，想证明自己厉害。她可能喜欢淮生才三番四次跟着他们。别的男人送酒，淮生劝她别喝，她反而更要喝。”

安瑶赞同：“她或许不知严重性，觉得把自己弄伤，会让男人心疼。”

言格和言栩抿着唇，很费解的样子。言格：“为什么女人会有这种奇怪的想法？”

甄意：“……”亏得他问问题可以把人逼得崩溃，在人情世故上却一窍不通！

她刚要说什么，忽然感觉前边拐角有人神神秘秘地往这儿看，很古怪，像偷窥。言格瞥见她的眼神，也看过去，但那影子闪开了。

甄意只当是无聊的人。

安瑶不觉，说：“我是许茜的主治医生，在相处中能感觉到许茜喜欢淮生。淮如肯定知道，或许还知道许茜的病情，所以兵不血刃地让许茜……”

言栩蹙眉：“她为什么这么做？”

安瑶和甄意交换眼神，低声说：“许茜的肾。”

“许茜的肾和淮生匹配，可她的病治得好，淮如或许心急了。”甄意觉得沉重，求助言格，“刚才你没从她的表情看出什么？”

“她有些紧张，还很抵触。”言格一贯的客观。

甄意“哦”一声，问：“那我们怎么搞清楚真相？”

“为什么要搞清楚？”典型的言格式回答。不关己事，干己事，他都漠不关心。

安瑶轻叹一口气：“就算淮如真的故意，也没证据。许茜这样的性格，太容易被人利用。”

话没说完，她扭头。片刻前，言栩碰了碰她的手背，又放回口袋里，木然地说：“如笙，我饿了。”隔一秒，“如笙，你饿吗？”

安瑶唇角极浅地弯一下，语气不经意就温和：“我们去吃饭吧。”

甄意立刻举手：“我和言格上次吃了一次川菜，超好吃。”

言格：“……”

甄意瞪眼：“你有意见？”

“没……”言格说。

甄意探头看：“言栩呢？”你对川菜有意见吗。

言栩站在安瑶身边，十秒后，才默默地抬眸：“我在这里。”

“……”

隔了几秒，轻轻的语气：“你看不到我吗？”

“……”不是问你这个啊……算了，都没差。

电视台工作的日子忙忙碌碌，轮休时，甄意抽闲去精神医院做义工。中途收到提示短信，还有一个月，她的社会服务令就结束了，到时可以拿回律师执照。

要做回律师吗？她还没想明白。如今对她来说，做记者难，做律师难，做精神病院的义工，最难。

“皇上，西红柿很好吃的。你就吃一点吧，吃了有益健康。”甄意凄风苦雨地趴在桌边，劝病人“皇上”吃菜。医院的餐饮分量和比例都是配置好的，为防病人主观或客观绝食，每顿饭都不能剩。

协助病人吃饭的小护士甄意得和神经病们斗智斗勇。

比如上周，她给一个自称豆芽的病人盛饭，豆芽静坐抗议：“我会光合作用，为什么要吃东西？”他端端正正坐在椅子上，昂着头，“你把我的花盆搬到太阳底下，我就饱啦。”

甄意望着蹲在椅子“花盆”上的叫作豆芽的一米八的大块头，一头黑线。

“亲爱的小园丁，快把我搬出去呀。”他催促。

甄意安静几秒，说了句自己都不可思议的话：“豆芽菜，你还没发芽，我先给你施肥浇水，过几天再把你搬到太阳下好不好？”

豆芽凝眉想想，叹气：“对不起，是我太心急了。”甄意赶紧把“肥料”和水端给他：“要吃得饱饱的哦！”

现在，皇上不肯吃西红柿，原因很简单：“西红柿和鸡蛋彼此深爱，坚决不能分开。我要等鸡蛋来了再吃。”

甄意软磨硬泡近二十分钟，别的病人离开餐厅了，皇上还正襟危坐。

甄意肚子饿得咕咕叫，凄苦极了：“皇上，今天鸡蛋不会来了，你先吃西红柿好不好？还要上朝呢！”

“上过了。”皇上一点不含糊。

甄意仰天长叹，忽听耳边有人平淡道：“今天西红柿和鸡蛋吵架，鸡蛋吵不过，气跑了。”

是言格。神经病患者的福音来了！

甄意如蒙大赦，深深望他，眼神像星星般璀璨。言格：“……”他背脊修挺，风淡云清伫立一旁；她蹲在地上，手臂扒拉餐桌，像讨食的小乞丐。“你好冷，鸡蛋吵不过西红柿，网上几百年就有了。”

“几百年前没有网络。”他较真了，又从容道，“这个段子最开始是从精神病院传出去的。”

“真的？”她觉得新奇。

“……假的。”他说，“你真好骗。”

“……”她瘪嘴，坐回去，见他没走，安然自若地立着。“干吗？”

“没事。”他坐下，隔一个走廊。

“你，在等我吗？”

“哦，我只是喜欢这把椅子。”

“……”说反话的家伙，他竟等她一起午餐。坐姿挺拔笔直，依稀看得到当年的影子，她无数次趴在他教室窗台上凝望的影子。俊逸宁静，没有半点浮躁和不耐，兀自安然。

说等她，就一心一意地等候。不玩手机，不办公事，不看书，不聊天，就这么全身心地纯粹等待。

皇上吃完午餐，问甄意：“明天，奚先生和洪小姐会一起出现在我的餐盘里吗？”

甄意头顶一串问号。

言格解围：“会的。”

皇上满意地走了：“谢谢言太医。”

甄意强忍着笑：“言太医，奚先生和洪小姐是谁？”

面对她的调侃，他无声瞥她一眼，道：“西红柿炒鸡蛋。”

“为什么？”

“他说西红柿和鸡蛋是一对。奚先生和洪小姐成亲后，洪小姐叫奚洪氏。”

“……”甄意抚额：言医生，你能再冷一点吗？如此奇特的思维模式，果然只有神经病医生能理解。“窦先生和牛小姐成亲，牛小姐岂不是叫窦牛氏？”说完噗地一笑。

言格淡然地举例：“嗯，如果言先生和甄小姐成亲，甄小姐就是言甄氏。”

甄意稍稍发蒙，一股热度从心底蒸腾而上，从脖颈涌上脸颊，发热。

言格不知情，仿佛他说的是一句极为常见又常理的话。可这话魔咒一般刻进甄意的脑子，每个字每个标点符号都好听。

言甄氏……多好听。

成亲！

成为他最亲近的人，他的心思只说给她听，他的情感只对她表达，他的枕边只留给她安眠……甄意呼吸困难，心跳像打雷，心底在呐喊：言医生，我想和你成亲！

言格低头见她几秒钟脸红如苹果，纳闷：“甄意，你过敏了？”

“……”甄意无语，果然是医生才会说的话。

“没，有点儿热。”

言格点一下头，安然地说：“甄意，心静自然凉。”

“……”甄意一头黑线：“是，法师。”

吃完午饭，言格工作，甄意看书。每次她工作轮休，都会泡在他身边。

干净的工作室里，他立在长桌这边，记录数据；她坐在另一端，埋头翻书，写写画画。

偶尔，她会抬头，看看他清姿卓绝的样子；偶尔，他会低眸，看她安然专注的模样。

时光，于是变得宁静安详。

她那样认真，言格不禁想起那些年，他查看和她有关的一切信息，有张报纸《人民教师连续半月加班为学生补习》。

他挖出了背后的故事：甄意三岁，感冒发烧无爸妈照顾，奶奶搞不清状况，拖延病情，整整十天，她差点儿烧坏脑子。医生说，这孩子以后可能注意力不集中，学习很差。

她注意力的确不集中。上课从不听讲，屁股上安了陀螺般转来转去讲小话。讲小话也不集中，分明和这同学讲得热闹，下一秒立刻撂下探头参与另一个。和他说话也是，一分钟换十几个话题，有的甚至只讲一半。

那时他在图书馆看书，她有模有样地陪着，不到一分钟，便窸窸窣窣，像只不安又无聊的小动物。一本书看一会儿拿去换，来来去去换 N 遍。

言格倒不受影响，周围的同学被打扰，向甄意投去异样的目光。她每次都笑嘻嘻地吐舌头，抬手点鬓角做抱歉的手势。

次数多了，他会声音极低地唤她："甄意。"

"诶？"她无聊死了，听了他的声音，立刻欢喜地凑过来。

"坐下，不许动。"他语调平淡，甄意却听出了命令，"我不叫你起来，不许起来。也不许发出声音。"

"是。"她蔫蔫地坐下，没一会儿，屁股就扭来扭去，摆各种姿势，像椅子上有虫咬她。

有次，他看完书，她哭丧着脸，非常纠结地扭在椅子上，像拧麻花。

他愣了愣："你生病了？"

一听他的声音，她宛如解放，哭号："嗷，你终于说话了。我要尿尿。"

所有人从书里抬头看她步伐奇怪一溜烟跑开，剩言格一言不发给她收拾书包。

注意力那么不集中，对他的注意却从未消减。校门口，操场上，哪怕他只是从她视线的边缘地带路过，她也能瞬间发现，然后撂下她正在做的任何事，百米冲刺飞奔去他身边。

同学们都笑她身上装了言格探测器。

有次她被罚扫操场，一个人抓着大扫帚在草地上飞飞武打，树叶草叶漫天飞，玩得不亦乐乎。某一刻突然停下，像感应到什么似的回头一看。

"言格！"她欢欢喜喜，嗓音嘹亮。鸟群从树梢惊飞，她提着大扫帚在草地上飞奔，像宫崎骏动画里送宅急便的小魔女。从此又多了个绰号。

现在想起，他不太明白，也一直不懂，她为什么会那么喜欢他。

至于，他为什么那么喜欢她？很简单，他的世界里，只有她。

还想着，电话丁零零响。她离电话近，言格头也不抬："接一下。"

甄意心咚咚的，很有成就感加归属感地接起，尽量礼貌温柔："喂？"

那边却没声音，不说话，也不挂断。唔，应该是言栩。

他手上没空，甄意把电话捧到他耳边。因为将就她的高度，他微微侧头，碎发在她指尖摩挲，是柔软的。她心一磕。这个姿势在她看来，有种错觉，像他歪头将脸埋在她手心。很亲昵，让人心动。

言格听着电话，"嗯"一声，眸子转过来，看住甄意，黑湛湛的，很深。

甄意再度莫名心颤颤。在说她的事么？

电话讲完，言格说："安瑶的礼服到了，她没朋友，言栩希望你帮她看看。"

安瑶的公寓布置得清洁简单，白领风格，没半点少女情怀。不大的客厅里摆着几排木制衣架，挂满数十套精致的汉风礼服；茶几上铺满木盒，装着琳琅满目的首饰珠翠。

满室生辉。

甄意没见过把古风和现代艺术结合得如此完美的礼服，惊叹："结婚穿这些？比西方婚纱漂亮多了。我以为会穿旗袍。"

"言家是汉族，所以依循汉风。"设计师温柔道。

安瑶向设计师致谢："特地从深城过来，辛苦了。"

"应该的。还有半个月，如果不合适不喜欢，手工上还有时间修改重做。"

各个设计绝美，做工精细，哪里会有不喜欢。甄意："这么多全要穿？"

"嗯。婚礼仪式太多。这是祭祖时穿的。"安瑶指一件红色正统冕服，宽裙广袖，裙摆用黑金色双线绣花开锦绣，华丽低调。袖口黑色绣纹章，甲骨文的日月字样。甄意见过几次，是言家族徽。

"这件见宾客时穿。"不似前一件层层叠叠，形似对襟襦裙，现代而简约，粉色对襟，白色长裙，裙摆蜿蜒向上盛开青色藤蔓鹅黄小花儿。腰带领口等细节处一一精致。

祭天，祭神，拜父母，拜鬼，敬宾，祭月……仪式繁复，不一而足。

除了祭祖的冕服是正统古服，其余只是存留袄裙襦裙等汉服遗风，设计融合现代感，不至累赘，件件惊艳。

甄意羡慕死了。一件件细看，后瞥见一条白色齐胸襦裙，真丝飘逸，垂感盈盈，窗外风一吹，如烟波浩渺，飘逸出尘。

"这什么时候穿，好清纯性感。"

安瑶不答，脸却微微红了。设计师轻笑："婚礼结束后，回房穿。"

原来是洞房。

甄意转转眼珠，唔，好想穿这个去勾引言格。不穿内衣，就这一件若隐若现，贴在他身上让他脸红。

安瑶一一试过，每试一套都换一套发髻发饰，包括耳环手链镯子项链。翡翠珍珠珐琅珊瑚琥珀玉石水晶玛瑙什么材质都有，或高贵华丽，或清新脱俗。

她每每出来都忐忑，而甄意每每以一种惊呆的眼神看她，只会重复："太漂亮了。"

十几套造型花了一下午，安瑶累倒在沙发上，甄意久久难从美景中回神，不停地摇头晃脑："安瑶，你真漂亮。太漂亮了。"

安瑶只是淡笑。甄意问："安瑶，你会有婚前恐惧症吗？"

"没有。我很幸福。想快点结婚，越快越好。"

"这种话听上去好像我的风格，不像你。"

安瑶笑了："那是因为我和他真的很好。如果和他在一起一辈子，我只会很期待，一点儿都不怕。”

一说到言栩，她的话就多了。“言栩他好单纯的。有次去爬山，我说不要带吃的，山上有很多猴子。他很惊悚地看着我，纠结好半天，问：你要吃山上的猴子吗？”

讲起趣事，安瑶忍不住拿手背轻碰鼻尖。

甄意笑得直不起腰：“萌死了。他真的好可爱！”

“真的，超可爱。有次情人节，路过的男人都拿着玫瑰。言栩一声不吭郁闷一晚上，分别时拧巴地问我：‘为什么别人都有玫瑰花，我却没有？’”

甄意惊奇地瞪眼：“这种事我和言格也遇到过。”

“难怪。”安瑶觉得好巧，“后来言栩和言格说，原来情人节男人手里的花是送给女人的，不是女人送的。言格答：我早就知道了。是从你这儿知道的？”

甄意哈哈大笑：“他们两兄弟是心有灵犀还是怎样？”

他们是心有灵犀。安瑶笑容微敛，想起言栩妈妈说，言栩不上学，接受家庭教育。

那年的那天，他坐在庭院里计算机械力学题目。某一刻，他握笔的手忽然开始颤抖，笔砸落桌面。他狠狠抓着桌沿，疼得脸色苍白，望着北方的天空，表情空茫而荒凉，说：

“言格出事了。”

甄意不觉安瑶脸色有异，想了想，来了坏心思，推推她的腰：“你们结婚后，那个怎么办？”

“哪个？”安瑶迷茫。

甄意也不隐晦，直接道：“上床啊。”

安瑶一愣，别过头，支吾：“没到那时候，我怎么知道？”

“不知道我教你啊。”甄意一屁股挪去她身边，热情地支招，“告诉你，幸福一定要掌握在自己手里，像他们这种死不开窍的，一定要主动上位，绝不手软，唔，也不能腿软……”

安瑶：“……”

甄意一整个星期都精神亢奋，婚礼即将进行，她可以去言家看看究竟是怎样的家族。且作为言栩和安瑶的准大嫂，她要多多照顾和帮忙。

甄意去向陈默申请假期，陈默准了，但让她放假前再完成一项工作。她签了一份保密协议，和摄影师易洋一起跟着警署去做新闻记录。

警署和电视台法制频道常有合作，甄意并不奇怪。她很有兴趣，接到通知时兴奋地问：“为什么是我，因为我有相关的专业背景吗？”

陈默斜她一眼：“因为没人想去。”

“……”

警署那边的联络人是司瑰。甄意和易洋了解初步情况后，和警察一起观看他们提取的案发医院录像。

育婴室内，小婴儿躺在各自的摇篮里，或蹬脚或睡觉。半路，出现一个长头发宽衣衫的疑似女人，抱起其中一个婴儿飞快离开。育婴室里小宝宝们丝毫不知刚才发生了什么。

甄意想，偷婴儿这种事，虽不常见但也不少见。警署里已形成一套科学规范的破案方法。估计这次记者的作用就是记录警察们的英明神武。

但很快出现下一个监控录像。

高个子看不清脸的疑似女人抱着婴儿在医院里行走，有位医生开门上走廊，正好撞见她。医生看见她手里的孩子，试图接近婴儿。一瞬间，那人手里亮出来一把刀，箍住医生的脖子把她拖走。

那个医生是安瑶。她和一个婴儿一起被绑架了。

甄意到医院时，育婴室外面拉起警戒线，围观者好奇地张望。警察全聚在一起商讨对策。

言格也在，双手插兜立在走廊里，隔着玻璃，看着育婴室里咿咿呀呀的小豆丁们。他在和周围的警察说话，甄意只看得到他利落的眉梢，长长的睫毛，鼻梁高挺，下颌线条完美。

侧脸也英气逼人。

他分明是认真而专注的，话说到一半却无端停下，仿佛感应到什么，回眸朝她这边看来。面色还带着片刻前工作时的清冷严肃，黑眸湛湛，清凛而不可靠近。

甄意没见过他这样生疏的表情，莫名一僵。可转瞬即逝，他看见了她，眼神就缓和下去，脸色也是。短暂地看一秒，扭回头去了。

几个法证人员进进出出。有位女警在安慰悲伤的婴儿父母。婴儿妈妈哭诉，他们和任何人没有交恶，实在不会有人偷走孩子来报复他们；且他们是工薪阶层，不是富裕人家。

林警官见了司瑰，和她说情况：“从监视器里看，嫌犯长发宽衣，女人打扮。但法证员根据育婴室和安医生办公室门口的脚印分析，嫌犯是男人，左脚受过伤，身高在 175 cm 到 180 cm 间。”

“男人？”司瑰讶异，从犯罪概率上来说，偷婴儿的绝大多数是女人。

“对。可能他有异装癖，也可能只是伪装。但偷婴嫌犯大多为女人，我们不能排除他精神有问题。”

甄意恍然大悟。所以研究精神与犯罪的言老师也来了。

她走去言格身后，不穿高跟鞋了，就发现他背影很高。他语速微快，字字清晰：

“他受过高等教育，长相无害，清秀帅气，但不会和人有眼神交流，会重复而偏执地做某一件事；他没有工作，是无业游民，但家境良好，父母健在，与他同住；他有一个年龄相仿的姐姐或妹妹，或亲近的堂姐妹。

“他有个喜欢的女孩，是性伴侣，却不是女友。那位女孩在这家医院堕过胎，或意外流产。很可能已经死了。请重点调查妇科病人。他在这家医院看过病，或住过院，现已康复。请重点排查骨外科病人。我想，你们会在两小时内得到嫌疑人名字。”

他一番话说完，现场安静了一瞬，这就找到了？

甄意听得神乎其神，情不自禁问：“为什么？”周围的目光刷刷地投过来，有位甄意没见过的陌生面孔冲她微笑：“小姑娘，这是犯罪心理学研究。”

司瑰在她耳边解释：“归国的犯罪心理专家，季阳。”

甄意对这个犯罪心理专家季阳毫无兴趣，专注地看言格背影。

言格回头，长而明亮的眼睛看住她，平静而耐心地解释：“嫌犯扮成女人，说明他准备充分计划周密，自我保护意识强。在医院偷婴儿，下手容易，可整条犯罪链越往后风险越大，如何把婴儿抱出医院，如何离开如何安置都是问题。这位嫌犯胆大心细，敢冒风险，教育程度不低。”

甄意蹙眉，隐隐有些不赞同。

言格一眼看穿了她的表情，稍敛眉心，但并未停下：“他有妄想症，但不是异装癖，准备的假发和女性服装，从头到脚非常协调，没有视觉冲击和违和感；服装搭配与品味不差，可能是女性亲属的；衣服是名牌，家境很好。”

甄意没注意到这点，眼睛稍稍睁大，赞同而惊讶。

她的表情和心理，他尽收眼底：“至于我说他相貌清秀，因为他一路并未引起旁人目光，扮女装也没有给人突兀和粗犷的异样感。”他停了一秒，道，“长得好看的人通常不容易给人留下坏印象，也不容易让人起疑。”

甄意点头：“这倒是。”说完，咧嘴笑了，小声道，“我第一眼见你就知道你是好人。”

言格微微不在自在，浅浅地清一下嗓子，说：

“他妄想症比较严重，无法正常生活工作，可他并不邋遢落魄，也非形销骨立，他的家人把他照顾得很好；他顺利进入医院，作案并离开，没有迷失方向，看得出他了解这个医院。我不认为他事先踩过点，因为陌生且人多的地方会让他不安。加之他走路重心偏右，左脚可能是新伤，而第三医院是贵族医院，我认为他在此处就医的可能性很大。他偷婴是最近受了刺激，失去了孩子。我说那个女孩死了，因为两点：一、他带走安瑶，说明不会立刻抱着婴儿去见那女孩；二、他至今没有打电话要求我们联系那个女孩。”

大家心服口服。林警官和另一组的几个警官道：“言医生，你说的这些和刚才季老师跟我说的一模一样，看来抓到这个人把握很大。”

言格这才看向季阳，是一个眉毛浓黑眼睛狭长的英俊男人。季阳点头：“我和你想的一样。没想到国内也有如此厉害的犯罪心理研究者，佩服。”

言格敛眉，纠正道：“我并不是你理解的犯罪心理研究者，只是精神科医生。我只研究精神病人的心理。”

甄意低头冥想着，眉心越蹙越深。她为难极了，不想在众人面前驳他的面子，且这个什么犯罪心理专家季阳也支持他的观点，他肯定是对的。

可万一他错了，那不是毁他清名。该不该说？

言格收回目光，眸光清淡笼在她脸上，看出她的纠结和心理斗争，明知故问：“怎么了？”

甄意咬牙，提出质疑：“有可能这个男人没有精神病，他是拐卖婴儿的罪犯，又或者他在绑架，勒索钱财。”

这话一出，身旁的警察们纷纷投来目光，却全是一种大人看小孩玩笑的感觉。

甄意莫名其妙。

言格点点头，说：“甄小姐考虑得很对。”他声线磁又偏软，说什么甄小姐……甄意无端窘迫。

他转而问：“林警官，你觉得呢？”

甄意曾在警署工作，和林警官是熟人，他倒不会因为她的发言觉得怪异，道：“甄意，你说的这些刚才言老师说过了。他认为可能性低，但并没排除这两个可能。警署已派人拉网搜查出城的交通要道。如果是拐卖儿童，安医生的状况就非常危险。”

甄意明白。如果嫌犯的目标是婴儿，安瑶作为障碍，会被杀；活命的情况是疑犯同时还拐卖妇女，那安瑶会被卖入深山，永无天日。想到这儿，甄意的心沉闷得透不过气来。

可言格说：“拐卖儿童的可能性很低，他们通常会让女性成员来偷婴儿，且他们不会穿着纪梵希女装来偷婴儿。”

啊，她没有观察到这种细节。心稍稍落下：“绑架的可能也低吗？”

司瑰道：“七小时了，婴儿的父母还没接到绑匪的电话。”

七小时。如果是索钱类绑匪，早该打电话提要求。他这七个小时在干什么？是不是安瑶给他造成了麻烦，是不是他把安瑶……她不敢想。

“也有绑匪会故意拖延时间，给受害家庭施加心理压力……”甄意说不下去了，这种情况的确存在，但很蹩脚，“索钱类绑匪通常只要钱，会要求家属不准报警。可他选择在医院偷孩子，是昭告警察。即使他觉得偷婴儿比较容易，他也会在警察出动前联系父母要钱，不会这样杳无音讯。”

一番分析下来，甄意不得不佩服言格说得很对。想起刚才的质疑，她脸发烫，他那样思维缜密的人，她在担心什么。还怕他出错丢脸，是自己丢脸了吧。

她立在众人的目光里，脸红彤彤的发光。在言格看来，像小太阳。

言格眸光闪了闪，似乎想说什么，但欲言又止，最终只剩一个意味深长的眼神。

甄意看不懂。

季阳道：“请放心。买卖，勒索，寻仇，这些情况我们都考虑到了，正一一排除。”

甄意松了口气,言格又道：“比起这些情况,这个案子还有另一种较高的可能性。”

“什么可能？”

“嫌犯对医院不满，要发泄怒火引发关注。所以他选择从最弱的婴儿下手，顺路挟持一位女医生。这个可能比买卖勒索和寻仇的概率都大，我已经转告警方，他们也在排查。”

他真是缜密到叫人五体投地。

甄意一瞬不眨地盯着他，觉得他这样细腻从容又精确凌厉的姿态太性感！

同时，季阳用严肃沉稳的声音对警察说：“排查这些可能性的同时，我们认为最大的可能性是刚才说的，嫌犯有妄想症，失去重要的人触发了他的病情。从临床角度看，孩子是稳定关系的象征，这是嫌犯缺乏并渴望的。他很孤独，无法建立两性关系,他认为这个孩子是他自己的,想通过这个孩子重建家庭和一段稳定的关系。”

甄意微微瘪嘴，临床角度？明明是言格说的。

林警官问：“绑架常用的关键四十八小时七十二小时在这里会不适用？而且嫌犯伤害孩子的可能性不大？”

“对。虽然嫌犯可能不会照顾婴儿，但安医生可以。相比以前的绑架犯，这次的人质安全在前期会比较高。”

“为什么是前期？”

季阳停了一会，言格接话道：“如果嫌犯妄想破灭，发现这个孩子不是自己的……”

每个人心里都凉飕飕的。

言格微微颔首：“请各位警官一定要在嫌犯的心理崩溃前救出两位人质。”

很轻的一颔首，却带着不动声色的人格魅力。甄意在他的低头里，看到了信任、谦逊，与托付的力量。不知为何，她心底骄傲，其实是很好的男人啊。

她早就知道。

警察们各路人员忙忙碌碌。甄意蹲在角落做笔记，和易洋商量角度和选材，忙了一会儿，去洗手间洗手。刚好撞见司瑰。

司瑰边往手上抹洗手液，边小声道："刚才你身边跟着摄影师，一直没好问。"

"问什么？"

"言家什么背景？"

"啊？"甄意困惑。

"上头的上头的上头的人说，不把安瑶毫发无损地救回来，署长就可以请辞了。所以才把宝贵的犯罪心理专家季阳大神都请来。"司瑰纳闷，"关键是大家也说不清上头到底什么来头，言家神神秘秘。"

甄意支吾道："或许安瑶背景强。"

"哪有？上次许茜案就调查清楚了，她是孤儿，没亲没故。不过她够拼命，去国外读书拿的最高奖学金。"

甄意听了，更难受："阿司，你们一定要把安瑶救出来。不到一个星期她就要结婚了。"说完她离开了。司瑰准备出去，洗手间的门再度推开，进来杨姿。"你怎么在这儿？"

"有点儿案子。"

杨姿说："我来找朋友。司瑰，我朋友今天上午不见，她弟弟一直没联系上，急死了。"

"多久了？"

"七八个小时吧。"

"或许是办事了，这么短的时间不足以立案。"

"或许吧。"杨姿叹了口气，又问，"我刚看见甄意了，她最近过得好吧。"

"她么，干什么都不会差啦。"司瑰笑。

"嗯，她一直都运气很好。"

司瑰听着不太舒服："运气好？"

"是啊。"杨姿温和道，"什么难事到她面前都变得顺利。中学疯玩五年，成绩全年级垫底，高三努力一年就考上大学。不是法律本科出身，可多少法律高才生不如她，江江 K 大毕业都给她打工。卞老大尹检控官都帮她。犯了罪但保住执照，还找到一个好男友。家世背景不说，还是中学男神。老天真眷顾，当然啦，都是事务所同事说的，还好甄意不在那里，不然要生气。"

她语气平和又乖巧，可司瑰没忍住，道：“我不认为她运气好。而且，听到这些话，她也不会生气。”

“你觉得她运气不好？”

“不关运气。我不知道高中的她什么样子，因为她从来不提，可大学四年，她是我们系最努力的，周末节假日全泡在图书馆；她是半路学法律，可她读研时天天凌晨才睡清晨就起，你和我都看见了。她厉害是因为比很多人都努力拼命。别人，比如你上网美容看剧物色恋爱对象时，她只干了一件事，学习。不要说卞谦把好案子给她。唐裳的案子，你们事务所没一个人敢接，怕林家报复；戚勉案，你们都怀疑他是杀人犯甄意要身败名裂。自己没勇气没胆量做的事，别人做了成功了，就是运气好？杨姿，如果唐裳戚勉一开始先找的你，你敢接吗？”

杨姿尴尬地笑笑：“这些话又不是我说的。”

“那好，转告那些同事们。甄意认罪后把戚勉案赚的钱一分不剩给了艾小樱的父母。几百万。要是你，要是他们，舍得主动拿出来?

“至于她和言格，我只知道她从大学到现在没和任何男生搞暧昧，你和她是高中同学应该比我清楚。很多女人没她执着，没她勇敢，见她追到好男人，就酸酸地笑她厚脸皮，追来的男人不靠谱；可这男人顶尖优秀，于是说她运气好。我觉得人还是别说运气这样可笑的事。天天等着男人暧昧还不停被勾搭，这才叫运气。”

杨姿脸红：“司瑰，你在说我吗？”

“我说那些诋毁我朋友的人。杨姿，或许你说的这些是别人说的，可你这样，我分不清你只是没主见，还是赞同‘别人’的话。”

甄意回去育婴室那边，言格和几位警官的谈话刚巧到尾声，大家都散了。甄意问了一直没来得及问的问题：“言栩他还好吗？”

“不好。”回答很直接。甄意便不知下句该说什么了，斟酌半天，道：“警察会抓到绑架犯吧？”

“会锁定嫌犯。”他说，“警方根据道路监控摸出了嫌犯车辆的行驶轨迹，往南中山林方向去了。可他们弃了车，是被偷的二手车，找不到有用信息。”

甄意明白：“即使找出嫌疑人信息，也很难查出他们的位置。”

言格没作声。

林警官过来，说警方已根据他说的条件锁定十名嫌疑人，有五个能联系上且有不在场证明。剩余五个联系不上，已开始调查。

甄意叹：“好快！”

“还不够。”言格脸色不甚明朗。对绑架案说，每分每秒都至关重要。更何况还有脆弱的新生婴儿。他沉思半刻，径自往前走。

“去哪儿？”

“安瑶的办公室。”

甄意跟在他身后。安瑶失踪，言栩备受煎熬，言格也一定难受。这种时候，她不知该如何安慰。

望着他插在口袋里的手，她心弦微动，上前去他身边，手缓缓钻进他的裤兜，抚顺他的手掌，十指交叉，柔柔地握紧。

他的心稍一凝滞，便觉手心挤进一团柔软。她并没像中学常做的那样，手臂缠上去，整个儿树袋熊一样挂在他手臂。仅仅只是温暖地握着他的手。

言格微愣，记忆有些恍惚，侧眸过去，她抿唇笑着，很暖，还有一点点理直气壮。

“言格，别担心。安瑶是好人，不会出事。”

言格不吭声，露出难忍之色，犹疑几秒，终于说：“甄意。”

“嗯？”

“一个人是好人，和她会不会出事没有逻辑联系。”

“……”他真的需要安慰么？

她突发奇想：“言格，如果是我被绑架，你会着急难过吗？”

他的手指微微僵了一下，简短地说：“会。”这世上，能让他紧张的人，没有几个。

她满足地笑了，朝他身边靠近一点，有些骄傲：“我就知道。”

隔会儿又问：“你刚才形容疑犯，说‘他很孤独，无法建立两性关系。’”

“嗯。”

“言格，”她歪头望他，“你孤独吗？”

他垂一下眼眸，静默不答。

孤独这个词，他并不太懂。或者说，认识她之前，不孤独；认识她之后，孤独了。

熨烫而逼仄的裤兜里，暖意融融。某一刻，她松开他的手，他心一落，可她并没有抽回，小手一绕，拍拍他的手背，温顺柔缓地摸摸：

“言格，别怕，我会一直陪着你呐。这样你就不会一直孤独了。”

言格还是没作声，嗓子很紧张，呼吸也困难。

甄意再度握住他的手，心底一点不痛，只心疼他。

自从听了安瑶的话，她明白了：追他的那三年，他一直在默默努力。从一开始的没有任何反应，看不见她听不见她；到后来的看得见她听得见她；再到后来的看得见和她有关的人与事，听得见与她有关的人与事；直到最后看得见别人听得见别人。

他一直在努力靠近她，用力进入她的生活。只是她现在才知道他的辛苦。他本应该和言栩一样，可因为她，他变成了现在的言格。

言格，不论以前，还是现在，我的好多举动都让你害怕惶恐是不是？可你一直都放任我，其实，你是真的喜欢我的吧。

足够了。即使你一辈子不会说出“我爱你”，也没关系了。

言格，不怕。

不怕啊，言格，我会一直陪着你。

绕过走廊，言格停住脚步，盯着对面的心胸外科，若有所思。

“怎么了？”

言格指一下右手边的电梯间和楼梯间：“嫌犯从这里下楼就行，为什么要大老远穿过挂号室候诊厅，跑去尽头的心胸外科，从那边的楼梯间下去？”

甄意思索一会儿：“要不要看看第二段视频监控，看有没有什么特殊？”

言格一愣：“有第二段视频？”

“你没看到吗？”

言格立刻折身返回，找司瑰看了安瑶办公室门口的视频监控。

他眉心渐渐蹙起：“嫌疑人一直在躲避走廊上其他路人。看见安瑶时却停下来。安瑶开门出来的瞬间，这个人的身体语言是，停！”

司瑰暂停视频。甄意凑过去，瞬时瞪大了眼睛。

画面上，门开的一瞬，抱着婴儿的男人并不准备侧身往左前方的楼梯间下去，而是侧向右方，安瑶的办公室门。

甄意愣住：“他的目标是安瑶！”

视频继续。安瑶看到他的一刻，双手成掌推状安抚，想去接触他手中的婴儿，然后嫌犯控制了她。

言格拧眉，下结论：“不仅如此，安瑶和他认识。”

甄意不解，想问。正巧林警官和季阳迎面走来，言格说：“季先生，我们之前的推断要重新修正。”

季阳来不及回答，林警官先说：“可我们已经锁定嫌疑人了。”

他把刚拿到的资料递给他：

“季老师，言老师，你们太厉害了。你们说的情况，医院有人完全符合。嫌疑人叫肖岩，前几天扭到脚来外科检查。他毕业四年赋闲在家，家里很有钱。没女朋友，但一直追求一个叫许茜的病人。许茜半年前在这家医院堕了孩子，十几天前死在这里。”

许茜？

“我们联系了肖岩的家人和朋友，他昨天参加同学聚会，无意间听人说半年前许茜怀孕瞒着他堕掉孩子。他昨晚就消失了。他的外貌特征性格特点和两位说的一模一样。他有一个姐姐。现在他们全家都联系不上他。我们已开始搜索。”

甄意愣住，这怎么回事？

言格拧眉，问：“能否调查到他和安瑶医生的关系？第二段视频显示嫌犯是冲安瑶来的。”

司瑰紧张起来：“如果是这样，婴儿就是嫌犯用来要挟安瑶的工具。一旦得到安瑶，他会扔了婴儿。那婴儿就……”死定了。

言格摇头：“不会，他没必要为了胁迫安瑶偷一个婴儿过来。”

季阳道：“我之前看过第二段视频。所以对罪犯画像时我的观点比你说的多一条：嫌犯和安瑶认识。安瑶是许茜的主治医生，肖岩很可能因为许茜认识安瑶。”

言格并不赞同：“我们一开始分析，嫌犯抱走婴儿是为了构建稳定的关系。如果他以为抱走的是他和许茜的孩子，他后来为什么要抓走安瑶？”

甄意：“有没有可能他偷婴儿是需要孩子和一段稳定的关系。而他找安瑶是他把许茜的死怪罪到安瑶身上，想寻仇。这次绑架犯罪其实分为两段。”

季阳道：“有两种可能。一是你说的复仇，他把安瑶当成杀害许茜的凶手。”

言格再度摇头：“不对。”

“哪里不对？”

言格指视频：“他遇到安瑶时，并没展现出敌意和攻势，他看了一眼怀里的婴儿。安瑶伸手要碰婴儿时，他也没有立即表现抵触，他对安瑶没有敌意。”

甄意愣住：“的确是这样。”

季阳非常淡定，仿佛在意料之中：“这就是我说的第二种可能：移情。他把安瑶当成许茜。这样的事，我在国外遇见过。”

搬经验说话，言格沉默了。他并非这方面的专家，所以自认没有足够的发言权。

甄意还有疑问：“有没有可能嫌犯是安瑶的爱慕者，到了妄想的地步，想利用婴儿和她建立一个家庭？”

“不排除。”

甄意反应很快：“如果是这种，肖岩就不符合描述。”

一个案子存在的可能性太多太多。

季阳道：“但目前来说，我认为移情的可能性比较大。至于嫌犯是不是安瑶的爱慕者，我们在医院内调查。”

正说着，负责调度的副队长快步走过来：“已经锁定犯罪嫌疑人肖岩的位置，但我们的人拿着嫌犯在闭路电视中的女人装扮影像四处访问目击者，发现了一个新情况。”

“什么情况？”

“目击者说，有个女人在地下停车场看见安医生和她打招呼，结果被嫌犯扯上车，目击者以为他们认识，没有在意。”

季阳皱眉：“附带伤害。这么说现在嫌犯手中的人质是两个女人一个婴儿。”

“对。那女人是这家医院的病人家属，叫淮如。”

天黑了。

山脚的空地上停着数十辆警车公务车，一道道斑驳的光线里，细小的虫子成群结队地飞舞，像灯柱里飘着雪花。

警方搜索到了嫌疑人肖岩的踪迹，他下午打过一次电话，讯号显示在南中山区，此后手机关闭。警方加派人手连夜搜索，可山脉连绵，山间有几十处度假村富人别墅区，更别说数不清的小旅馆农家乐租住地。

甄意坐在车上喝水啃面包，过会儿她要跟司瑰他们进山，今晚得熬通宵。

言格拧开车上的水，漫不经心地喝着。长而黑的眼睛微微眯起，像在看车灯里飞舞的虫子，又像在看更远的地方。从医院出来后，他就有心事。

甄意咽着干面包，怕他静坐无聊，从他车上找出一张碟片，塞进车上的笔记本里播放。

她啃着面包，爬到哪儿面包屑就掉到哪儿。地毯上操作台上笔记本键盘上，大大小小，一粒一粒。

他目光追着她跑，无声看着，并没提醒。

是一部很久的电影，叫《美丽心灵的永恒阳光》。暗夜狭窄的车厢里，渐渐弥漫起轻扬的音乐和絮絮的说话声。外边兵荒马乱，这方天地里惬意温馨。

言格原本凝望着黑夜，听了声音，眼神挪过去。甄意边看电影，边把嘴里塞满面包，边咕哝：“今天又看到淮生，好可怜，做好手术，姐姐却被绑架。”

言格想，她从来都感情丰富，陌生人的凄惨能叫她念叨挂心很久。

甄意见他没回应：“你怎么不说话？”

“说什么？”

“我们不该想办法帮这些人吗？”

“要我捐肾给他们吗？”

“……”这人的思维……甄意梗住。是啊，很多时候，个体的痛苦是孤独的，是他人不可帮助或纾解的。帮助，只是一个冠冕堂皇的姿势。

笔记本屏幕上，温斯莱特柔美地笑着。

言格看一会儿电影，见她不说话，扭头："怎么了？"

"言格，如果我得了白血病，快死了。你会不会一直陪着我，直到我死？"

"会。"

"言格，你真好。"

"这不能说明我有多好，大部分人都会这么选择。"

"怎么会？"

"怎么不会？"他理智地分析，"反正活不了多久，一直陪着也陪不了多久。"

"……"这人怎么这么……实诚？

甄意一头倒进椅子里，不想和他说话了。

隔几秒，有东西轻轻碰她的手臂，低头一看，言格递来一张名片：诺一慈善基金会，名誉理事长，言道。"我伯父。匹配的肾源和干细胞难找，但治疗费，你可以帮需要的人申请。"

"言格，你好伟大。"

言格脸微红，他没有某个对苦难者始终挂心，时刻想寻求帮助的小记者伟大。

"这些不是我的。如果要比较，我不及那些靠拾荒捐助他人奉献自己所有财富的乞丐。"

这男人较真又沉实的个性还真是……好喜欢。

"我可以直接给你伯父打电话么？"

"你说是甄意就行。"

"他知道我？"

言格微愣，搪塞过去："吃东西时别说话，会噎住。"

"哦。"她点点头，乖乖看电影去了。

视频里，温斯莱特和金凯瑞在恋爱，温言软语，絮絮叨叨。

言格抬起眼眸，从后视镜里看她。她已经吃完面包，正歪头看电影。车内顶灯的光雪白雪白，打在她脸上，透明得有些虚幻，有些苍白。小脸上满是认真，但掩饰不住疲惫。

"甄意。"

正巧，那一瞬，她张开嘴巴，啊呼呼打了个哈欠，听见被点名，捂着嘴蒙蒙地望着他，眼睛水汪汪湿漉漉的，像只刚被吵醒的小动物："啊？"

心莫名一软。"最近过得怎么样？"他眼眸深深，浮起极淡的柔和，"是不是很忙？你看上去有些累。"

"电视台节奏太快。"甄意脱了鞋子，把身子扭过来，找了个舒服的姿势，斜靠在椅子上望他，"你呢，最近工作怎么样？"

“平淡。”

“那个叫厉佑的精神病人呢？”

他转眸：“怎会想到问他？”

“想他被关在医院里会不会做坏事……啊……呜……”她又打了一个哈欠，泪光闪闪，蒙了几秒。完了眼中还含着朦朦的水雾，歪头，呆呆茫然地看言格。丝毫不知，她这眼中水波闪闪一脸懵懂傻里傻气的样子，让人乱了心跳。

他移开目光，道：“这么累，睡一会儿吧。”

“你和我一起睡？”她蜷缩在椅子上，慵懒得像只猫。

言格没作声。

“那就不要。”甄意嘟嘴，懒懒地闭上眼睛，“难得你主动请我看电影，我才不要错过。”

“是你自己找的，我哪有请你看电影？”

甄意犟嘴：“不管，电影是你的，车是你的。在这里看电影，比电影院浪漫多了。”

外边黑夜朦胧，这里灯光温馨，像是漂浮大海里的一片小舟，其实很好。

“真不睡会儿？我觉得你精神不太好。”

她咧嘴笑：“如果你让我摸摸，我精神就好啦。”

“……”

她并没让自己睡着。车厢里只有他们两人，坐在黑夜里看电影，感觉再好不过。

电影讲一个男人爱一个女人，爱得太痛苦，便找科学家帮他消除记忆，当和她之间的记忆一点点浮现并流逝，他才发现恋爱中的苦与痛其实和欢与爱一样弥足珍贵，可记忆删除的程序一旦启动，就不可逆转。

她感触良多，忍不住问：“言格，这种清除记忆的科学家，会不会真的存在？”

“你觉得呢？”

“我相信，你说，厉佑他们会不会制造这种药物？”

他没有回应。

“言格你说，男主角怎么会选择删除记忆？人就是为了记忆而活着的啊！”

这句话他是同意的。即使那段时间过得再痛苦，一想她就疼得深入肺腑，他也从没想过删除和她有关的记忆，一刻也不曾想过。

夜色朦胧，车厢像一只小小温馨的灯笼，飘在黑暗里。副驾驶上的人嘀嘀咕咕，声音渐小，她是累了。某一刻，听见她翻动一下，不动了。他微微侧头，她已合上眼睛，昏昏欲睡。

“言格？”她不太清醒地唤他，嗓音柔软。

“嗯？”他低低地应。

“我爱你，不计代价。”她梦呓般喃喃，“我不会选择忘记你，言格。忘记你，就等于忘记我自己。”

车厢内静谧无声，他心底亦是如此。

她低声细语，将要睡着。突然，有人敲她这边车窗，咚咚，她一下惊醒，跳起来。又惊又恐地左看右看，虽然很快平复下来，可胸口剧烈起伏，一副受惊过度的样子。

言格眼眸略沉，脸色不太好地打量外边的人，车窗落下来，是易洋：“甄意，准备一下，过十分钟要开工了。”

“好。”她的心还在胸腔里剧烈跳动，来不及平复，赶紧从包里抓梳子梳头。他看见她肿肿的眼睛，心里有点儿刺痛。可这是她选择的工作，他无法干预。

她却几秒钟调整好状态，一歪头，就冲他笑，还是那个仿佛铁打的女孩。

她声音轻快：“和你看电影很开心，不过我要走了哦，还不说吗？”

他微愣：“说什么？”

“你有心事。”甄意拿橡皮筋箍头发，语气肯定，“你觉得肖岩不是嫌犯，对不对？”

他垂下眼眸，没想过会被她看穿心思：“只是隐隐的直觉，没有可支持的客观证据。目前的客观证据全指向他。主观也是。”

“既然客观证据都指向他，不就是他吗？”她低着头嗡嗡，拉了一道皮筋，长长的黑发在她手里跳来跳去。

“可我还是感觉不对。”言格白皙的脸颊微微泛红，尴尬而自惭，“我的错。不该那么快下定论。如果只有第一段视频，我依旧会坚持我之前的分析；可……”

“你不要自责。”甄意安慰他，“和你交接的警官失误，没告诉你第二段视频的存在。可后来你很快弥补了啊。再说，那个叫季阳的犯罪心理学家，他一开始就看了第二段视频，可他得出了和你一样的结果。或许你只是因为自责而怀疑，或许肖岩就是真正的嫌犯。季阳不是说了吗？移情。”

“对他的专业我不好说什么，”言格扭头看她，“但许茜的长相和身形与安瑶没有半点相似，甚至差别明显。即使移情，他也应该找和许茜有相似的女人。更何况许茜死在安瑶的手术台上。即便是妄想，他也很难把对许茜的感情移到安瑶身上。”

甄意愣住。如果肖岩是嫌犯，这点说不通。

可如果嫌犯和许茜没有关联，纯粹是爱慕安瑶才产生妄想，又为何要抱个婴儿？

这种情况，他应该清楚他和安瑶没有实质关系，又怎么会抱着不属于安瑶的婴儿去和她构建和谐家庭？到底哪里有问题？

言格抬手，摁了摁眉心：“嫌犯的目的不是单独的孩子，不是单独的安瑶，而是她们两个。但我目前找不出让一个过去和安瑶没有情感交集的男人同时绑架婴儿和安瑶的原因。”

甄意：“你认为不论如何，绑架这两者的原因放在肖岩身上是矛盾的。所以嫌犯另有其人？”

“嗯，除非……”他抬起头，“婴儿和安瑶身上有什么我们不知道的别的性质。”

甄意觉得，经他这么一说，逻辑上才算紧密。“我听了婴儿父母的证词，他们很普通，也没有仇人，主要还是在安瑶。要不你打电话问问言栩。或许……”

“甄意！”易洋站在一辆公务车前叫她。

“我先走了。”甄意赶紧推门下车，回头甜甜地笑，“言格，知道吗，因为你刚才说的话，我觉得你更有魅力。”

而她不知道，她的笑容叫他的心情和顺下来，像夏风吹过。

“我相信你一定会想出哪里不对，快给言栩打电话吧。如果是言格，一定会得出正确的答案。”她身子刚要斜出去，想到什么，又坐回来。

“言格，那天在酒吧，如果没被打断，你会让我吻你吗？”她歪着头，目光灼灼。

言格一愣，已预感到什么，不受控制地止住呼吸，就见她势在必得地咧嘴笑了，像只小豹子，一下子扑到他面前。他条件反射地后仰，可座椅抵住后脑。

她的唇撞上来，柔软，濡湿，狠狠吮了一口，短暂却深刻。他浑身僵硬，看见头顶柔和的灯光把她的脸照得透明，乌黑的睫毛扑闪着，上边有细碎的光在跳跃。

末了，她的舌尖撬开他的唇，在他唇齿间撩了一圈，带着水果面包的香味。他头皮发麻。

她满意了，松开他，近距离看着他渐渐潮红起来的脸，得意地笑了。“唔，还是我的。”她说。

他的眼睛黑黑的，湿湿的，异常清亮，里面有她的脑袋，只她一个。真叫她留恋，可她还是要走了。

“这下精神大振啦——”她俏皮地眨眨眼睛，钻下车，跑进了黑夜。

他望着她跑远的瘦弱身影，心还在胸腔里剧烈颤簸。他推门下车，唤她：“甄意！”

“嗯？”她回头。

那一瞬，他感觉有很多话想说，可全堆在胸口挤成一团，说不出口。

她站在几道车灯的光束里，仿佛被横七竖八的光线切割成了几道，变得虚幻，已看不清表情。可他知道，她看着他的时候，总是微笑的，即使她知道很多时候他看不到。

“注意安全。”他说。

“嗯哪！”她欢快地应答，跳起来冲他招招手，薄薄的白T恤被夜风吹得鼓鼓的。

她转身跑了，回头好几次，终于消失在夜幕里。

车沿着小路行驶近一小时，渐入深山。

天光漫漫，树林凄凄，月亮被厚厚的云层遮盖，世界一片黑暗，只有车前两束远光灯照映着颠簸坎坷的山路。

开车的林警官叹气：“南中山的路也该修了。”

司瑰道：“游客都在另一个山头，这里没景也没游人，谁投钱修路？”

甄意贴在玻璃边，望着窗户外黑漆漆的山林，瘆得慌。想缓解情绪，便挪过来和司瑰聊天：“诶，你和卞谦怎么样了？”

“挺好的。”司瑰脸上带了一丝浅浅的笑容，“快拿下了，我觉得他开始喜欢我了。”

甄意替她开心：“那就好。你们两个都是对我超重要的人，要好好的哦。”

“知道。”司瑰往她身边靠了靠，说，“卞谦人真的很好，贴心又绅士，好有教养，还包容我。”

甄意听了，觉得这种感觉正像她和言格。

“每次看到这样的男人，我都好奇是怎样的父母把他们养成这样。”司瑰轻笑，“希望能走到见他父母的那一天。”

听了这话，甄意便知司瑰有多认真。

卞谦的家庭，甄意知道一些，他家很有钱，却有不幸的事。也正因如此，他优雅的品质才格外珍贵。

开到半路，车子忽然熄了火。黑夜和车灯都静止了。

林警官重启车子，可它跟老头子似的，咳咳几声颤抖几下，没动静了。林警官无奈：“司瑰，你来试试。”

两人围着车捣鼓，易洋无聊，声音颤抖起来：“深山老林，我……来……了……来讲鬼故事……”

林警官和司瑰心理素质硬，跟没听见似的。甄意脸发白。

易洋大为受挫，重新阴森森道：“那我们讲凶手劫杀驴友埋尸深林……”

司瑰抬头：“哪里？带我去看。”

易洋：“……”

甄意呵呵几下，瘪起嘴，外边黑乎乎的，夜空都看不见城市的灯光了，她不敢听，却又不好意思说害怕。想着想着，有点儿想尿尿了……

忍！可怎么越忍越憋不住？刚才吃干面包不该喝那么多水。

甄意小声："司瑰，你陪我去一下厕所好不好？"

"哦。"司瑰推门要下车。

"等一下。"林警官阻止，"我陪她去。"

甄意脸红："不用了，司瑰陪我去就……"

"让林警官陪你去吧。"司瑰说。

甄意懂了。一来不能让两个女生去，男士陪着更安全；二来不能让易洋同去，警察都留在车里。

甄意红着脸跟在林警官身后往林里走，问："林警官，你认为肖岩是嫌疑人吗？"

"嗯。我觉得季老师说得很有道理。虽然我不太懂。"林警官摸摸脑袋，不好意思，"我是军队转业，特佩服你们读过大学，说什么都头头是道，不像我，不会说，只会闷头干。"

"哪有，我们没你的实战经验嘛。"

才走十几米，面前拦着一条小溪，视野开阔极了。甄意尴尬死了："算了，回去吧。"

"我往上游走十几米，背着身子。"他挠挠脑袋，很困窘，"甄意你放心，我不会偷看。"

眼见他走远，甄意想着溪水潺潺，他也听不到声音，赶紧蹲下尿尿。一边羞红着脸，一边数鹅卵石，一边左顾右盼。举目之处，只有黑森森的树，回头已看不见汽车的灯光。

甄意很快提裤子站起来，却看见前边那高高的人影，矮了一截。

她吓得魂飞魄散，定睛一看，林警官蹲着一动不动。风在吹，树林哗哗作响，仿佛无数的影子在跑动。前方，后方，全都是。

甄意吓坏了，飞快朝他跑去："林涵！"那年，她进警署就是由他带的。

林涵正蹲在溪边，回过头来："干吗这么叫我，没大没小。"

"我不是有点儿怕么。好了，我们走吧。"甄意转身，踩着溪边的鹅卵石，脚下一滑，摔倒在地，手摁进一团黏糊糊的东西里。

甄意鸡皮疙瘩全起来，低头一看，差点尖叫，溪石上全是血，顺着溪水静静流淌。她手上，脚底石缝里，是血淋淋的血肉组织。一堆一堆，就着隐约的天光，鲜红的，触目惊心。

林涵警惕起来："还有温度！"他立刻起身，眼神锐利四处看。

月光被云层遮住，黑夜更黑了，深林某处有一道手机的灯光刺穿夜幕。

"他在那里！"林涵踩踏着石头，越过小溪跑去对面。甄意不敢独自回去，跟着他跑："林警官！"

她踉踉跄跄踏过小溪，跑去对面的森林，用最大的力气跟着他的步伐。树林里黑漆漆的，她竭力睁大眼睛，不敢闭眼，怕看不清林涵的方向。可他跑得太快，影子很快模糊在一根根伫立的树丛里。

“林涵！”

“林警官！”

黑夜渐渐安静，四周只有她急促的呼吸和跑步声。脚底厚厚的落叶层细碎地断裂，风一吹，满世界的树叶都在沙沙响，仿佛在唱奏鸣曲。她心惊肉跳，冷汗直流，四处看，所有的树都在抖，像是跑动的影子。

她心跳仿佛停了，往林涵最后消失的方向拼命跑。终于，她看见了他，这次，他高高的身影，依旧矮了半截。

他靠在一棵树下，一动不动。

“林涵！”她跑去蹲下，紧紧抓住他的胳膊。可这次，他没有说话。

夜色太黑，她看不清他的表情。她再度摸到某种温热而黏稠的液体。她惊得魂魄快出窍：“林涵，不要睡过去，保持清醒！”她摸索着试探他的鼻息，还有气。

哆哆嗦嗦想检查他的出血处，用衣服给他包扎。身后却响起脚步声，细碎的，窸窣的，走在满是落叶的地上，清脆而温腻。

甄意浑身紧绷起来。

那一瞬，月亮从云层里钻出来，把森林笼罩在一片乳白的薄纱里。月光缓缓从林涵脸上流过，他紧闭着眼，满脸血污。

而他脸上出现一道影子，一个人扬起一把类似斧子的东西。

她心跳骤停。

言格把车开到一处安静的小路旁，给言栩打电话。打完电话。他落下玻璃，熄了火，靠在座椅里出神。

夜晚很安静，树林蓊蓊郁郁的，风吹过，空气像泉水般清冽。

今天满月，偶有厚厚的云层，阴晴不定。总的来说，月色非常好，像一层水银。

他不太会欣赏，不像某人，见到月光皎洁都会兴奋地大叫，又蹦又跳。

奇怪，此刻想得最多的不是案子，而是她肿肿的眼睛和不停打哈欠的样子。恍惚间，挡风玻璃上飘过去一粒光，细微的，一闪，又一闪。缓缓飞，渐渐隐匿在树林里。

很多年没见过萤火虫了。

记得高二开学，他们班去南冲秋游。甄意狗皮膏药一样黏去，他到哪儿她跟到哪儿。夜里，他不想参加篝火晚会，一人先回房。

他坐在灯下看书，听见木门口窸窸窣窣，有什么东西一下一下在拨动木门。

刺猬？

他放下书，推门去看。

门后的她蹲在地上撅着屁股，貌似在找什么，他一推门，“哎呀！”她磕到头，捂着脑门一屁股坐倒在地，火星样的东西飞溅在她腿上，“嗷——”她瞬间弹跳而起，双腿乱蹦手乱抖，“好烫好烫！”

“……”他扶着门，静默地看她一秒之内无数个动作，不知她在搞什么鬼。

“呀，言格，你出来啦。”她笑眯眯的，风尘仆仆。小脸上全是汗，跟谁泼了她一脸水似的，鼻子额头上黑乎乎的像抓了煤灰。眼角边还有一颗极细的小石子。脏兮兮的。

“没出来。我在梦游。”他又说反话。

她咯咯笑，举起胳膊擦汗水，脸上又一条黑乎乎的线。

他看见她手里的打火机，木木地问：“你想烧房子吗？”隔了半秒，“能不能让我收拾东西先出来？”

“我怎么舍得烧你？”她不满地叫嚷，把手里的东西递给他看，“我怕蚊子咬你，想给你熏蚊香。”

她汗湿的手，白白一截，像藕段，上面有好几个红点点。

“可这蚊香好难点，我吹了半天，地上的灰全到我脸上，好不容易燃了，你一推，我手一抖……”她委屈起来，埋怨他，“又熄了。”

她耷拉着头，很沮丧。夏天的夜里还很燥热，她脖子上汗珠缓缓流淌。

他的表情还是不关己事，可心里莫名其妙地磕绊了一下，很陌生的感觉，无法描绘，好像有点儿难受，又好像不是。

风一吹，就没了。

他房里怎么会有蚊子？可生平第一次，他撒谎了，从她濡湿汗热的手心拿过蚊香和打火机，漫不经心地说：“谢谢。我刚好需要。”

“真的？”她抬头，眼睛亮灿灿的，瞬间来了精神，“我就知道蚊子会吵得你睡不着。”一边说一边跳来跳去，躲避腿边的蚊子。

他瞥她一眼：“蚊子多，还穿那么短。”

“凉快啊！”

他把火苗握在手中很久，点燃，烟雾熏得他眼睛有点儿痛，这或许能解释她泪汪汪红彤彤的双眼。

他支好蚊香，她才满意，又赶紧从鼓鼓的口袋里抓出一大捧桂圆给他，献宝似的：“那边有好多野生的桂圆树，我爬上去摘的，给你吃。”

他不作声，那些才不是野生的，是人家果园里的。

见他没反应，她赶紧说："我尝过啦，很多汁很甜。天气热么，吃点水果。"

他伸出一只手，她小心翼翼把一捧都放在他手心，怕掉了，一个个摆好堆成金字塔。她表情很满足，渐渐又变得恋恋不舍："我走啦。"

"嗯。"他点头，手心的桂圆果还带着她的体温。

附近的灌木丛里蛐蛐儿在叫，青蛙在闹，欢腾的夏夜啊。

她却不后退，很不舍的样子，一只脚在地上蹭蹭，挪了挪，又挪回来，小声又期许地商量："言格，我们去看萤火虫好不好呐？"

"他们说海湾里有萤火虫，可那里黑乎乎的，草长得比人还高，我不敢去啊。"她边说边不停地抓手臂，那里被蚊子咬了一串串红包。

"有你不敢做的事哦？"他说。

"当然有啦，我长得这么漂亮性感，遇到色狼怎么办？"

"……"他转身进屋去了。

她讷讷的，垂头丧气离开。没走几步，听见他的脚步声。回头，他手里拿着驱蚊水，说："把手伸出来。"

她一时半会儿竟反应不过来。他走去她身边蹲下，沿着她的手臂一路往下喷喷雾。痒灼难忍的皮肤瞬间清凉舒爽。喷完手臂，往她腿上喷，前前后后，连穿着人字拖的脚丫子都不放过，她的心忍不住战栗，兴奋又舒服，想大叫。

他站起身，想了想，又转一圈，把她的脖子衣服上全喷了。

甄意一动不动，觉得他面无表情的样子，像清洁型机器人。她目光灼灼，有点呆，又有些欣喜，从头到脚都泡在一层清淡凉快的香气水雾里。

他对她这样好，她心里鼓鼓地冒着粉红泡泡，晕晕乎乎，却还惦记着萤火虫，执着地问："言格，我们去看萤火虫好不好呐？"

他们去了。海边的确像她说的，凄草遮天，比人还高。

海风很大，吹着草叶唰唰，和着浪涛拍岸的声音，和月光一起轻舞摇摆。

密密的草丛里，一闪一闪，无数的萤火虫飞出来，像夜空的繁星。漂亮得叫人无法呼吸。

她站在他身边，小手忽然钻进他掌心，缓缓地，十指相扣。

那一瞬，似乎风停了，月光温柔，萤火虫的光像缓缓流淌的清溪。

她踮起脚，歪着头，靠去他肩上："言格，我们在一起好不好？"

他记得，那一天是他们认识整整三年。

一天不多，一天不少。

夏天的夜里，有一瞬，海浪停了，草丛里的虫儿也止了叫嚷。

他说："好。"

近来的车灯有些刺眼，言格从回忆中抽出思绪。一辆熟悉的车停靠路边，言栩从后座下来，上了他的车。他脸上没有任何表情。可言格感觉得到，他内心十分痛苦焦灼。

"嫌犯是针对安瑶来的，我想知道她有什么特别的地方会吸引嫌犯，尤其是平常人都不知道的隐私。"

言栩垂了一下睫毛。

言格一眼看穿："那就是有了。"

"我认为和这件事没关系。"言栩说。

"你先告诉我，我判断有没有关系。"

"你先说你推测的，我再说对不对。"言栩很坚持。他会保护安瑶的秘密。

"哥。"言栩唤他。

"嗯？"言格微愣，他们相差不过二十分钟，他向来直接叫他"言格"。

"拜托你一件事。"

"你说。"

"不要分析我。"

言格扭头看他，无声几秒，终究对他让步："嗯。我推测，她是否有过别的恋情，或者怀过孕？"

"家里人都把她彻头彻尾调查了，如果有，会同意结婚吗？"言栩问，"比如甄意，多年前她只是接近你，家里就把她表姐男朋友的前妻怎么死的都弄清楚。"

言格默了半晌，道："我也觉得可能性不大。嫌犯有妄想，最近这段时间，单恋或跟踪她的人也没有吗？"

言栩摇头："家里有专门的人看顾她。"

开车往山脚的联络驻地去，言格说："既然没引起注意，应该是安瑶的病人。你仔细回想，安瑶近一两个月有没有提过特别的人，说过特别的话？"

一路都没话。回到驻地，言格停下车，忽听言栩说："我应该让看着她的专人进医院守着。"

"言栩，这不是你的错。"

"是。"他执着道，像说不通的孩子。

"我不知道这算不算安慰，但从目前嫌犯的行为看，她不会有生命危险。"

言栩隔了很久，开口："言格。"

"什么？"

“如果今天被绑架的是甄意，你就会发现，这句话没用。”

言格心一滞，有一瞬莫名不能呼吸，毫无理由地就担心起甄意来。下意识看一眼手表，甄意离开五十分钟了。和警察在一起，不会有事。正想着，手机滴滴一下，正是他想念之人的短信。

“言格，他们居然在讲鬼故事，啊，好害怕，嘤嘤嘤～等我回来你要抱抱我～嗷呜呜～”典型的甄意式短信，一堆撒娇的语气词，光看文字就能想象到她说这话时的语气和表情，还有她扭来扭去站不直的小身板。

他的心安宁下来，打了一个“好”，刚准备发送，决定再打一句“注意安全”，还来不及……

身边言栩开口：“只有一句。”

“什么？”

“有天安瑶说，她遇到一个男人，让她想起和我最初见面的时候。”言栩说完，又低下头去，“或许，她想表达那个男人不爱说话。”

“不对。”

一瞬间，言格明白了，他立刻下车，走去总指挥陈队长的车前，不等敲玻璃，直接拉开车门，沉肃道：“陈队，立刻通知山里的人撤回来。肖岩不是绑匪，真正的绑匪可能极度凶残。他没有目标，但每个人都是他的目标。如果他真在山里，如果进山的人只是把他当绑匪处理，掉以轻心，后果会非常严重。”

陈队听了他的话，皱起眉心：“可A分队已经抓到肖岩，正在带他过来的路上。队员在嫌犯的别墅内发现他和两名少女淫乱，虽然尚未发现其他人质，但他仍有可能是绑走安医生和婴儿的……”

“不是他。”言格打断，“他或许本身是个罪犯，但这次不是他，请立刻提醒队员注意可疑人物。”

还说着，车灯闪烁，有车开过来，A队回来了。

几位警官拧着肖岩下车，后者咆哮：“我给了钱的，是你情我愿。什么医生护士，我没看见，别想冤枉我。”

季阳在他身边，和他说了什么。肖岩瞪大眼睛，气得笑起来：“放屁，我早就不喜欢许茜了，一根指头没碰过。她怀了谁的野种畸形怪在我头上？”

警察扭着他离开。

季阳走过来，对陈队说：“我现在回去审他。”

“陈警官。”言格声音很低，一字一句，在夜里格外清晰，“真正的嫌犯是一个见到人就想把他的心脏活活挖出来的家伙。这样重要的信息，你不准备提醒你的下属们吗？”

季阳和陈队同时开口：“你说什么？！”

“嫌犯找安瑶不是因为爱恋她，而是因为她是心外科医生。嫌犯有妄想症，他觉得自己的心脏有问题会死，他想活命，想把健康人的心拿出来换给他。他抓走那个新生儿是因为他认为孩子的心最纯净。安瑶为了救孩子一定会说婴儿的心脏太小，无法满足大人的身体需求。我不确定他是否在这座山里，可如果在，他孤注一掷的时候听到这种消息，你认为他不会对你的队员们下手？”

言栩说，安瑶提过一个男人，让她想到和言栩初见的时候。

因为……这个男人不停地找安瑶检查，觉得他的心有问题。他时刻观察安瑶的动态，最终绑走他的心脏（婴儿）和医生。

季阳瞬间明白，可陈队无法理解：

“言医生，我办案二十几年，从没见过你说的这种人。这种理由匪夷所思，你根本没有证据。这些骇人听闻的话如果传出去，会给公众造成恐慌和骚乱……”

话音未落，车内的联络台嘈杂作响，传来女警急促慌张的声音：“E 队请求支援，一名警察一名记者失踪，发现破碎不明生物组织，方位……”

言格握着车门的手忽然就松开了。

他认识这个声音，是和甄意一起的那个女警。他脑子转得飞快，四人出行，不会留下两位女性，所以失踪的那个记者是……

甄意。

他松开车门，缓缓直起身，将手插进兜里，放好。

有一瞬间，他努力克制着思绪，很小心地揣摩甄意发那段短信时的语气和表情，

“言格，他们居然在讲鬼故事，啊，好害怕，嘤嘤嘤～等我回来你要抱抱我～嗷呜呜～”短信里的她是扭来扭去的。

而现在，有人会把她的心挖出来。周围的人开始忙碌了，联系着具体的位置，部署着什么。

他一动没动，不动声色地稳定着心跳，让它不要一落千丈，可，他站在辉煌的车灯、闪烁的警车和来往的人群里，像站在冰雪覆盖寸草不生的荒原。

甄意醒来时，头痛欲裂。昏过去的前一秒，她的头被重重一击，疼得像时刻在经历震荡。模糊中，她听见一个男人温柔的声音：“醒醒，快醒醒。”她捂着剧痛的头，睁开眼睛，发现自己趴在一张长长的摆着烛台的长餐桌上。

她在长桌的这一端，一个面容清秀的男人在另一端，隔着烛火，手里拿着刀叉，笑容款款，舒了一口气：“你终于醒了，我好担心，怕你会死。死了就没用了。”

甄意想起身，可头中晕眩，她扶住额头四处看，房间很诡异，只有蜡烛和炉火，

没有电灯，也没有窗子。她不安：“林涵呢？”

“你是说那个看上去很优秀的男人吗？”男人和顺道，“别担心，他会好好的。”

这个男人长相可称之为面善，唯独眼神奇怪，隔着好几个烛台，却比烛火还热烈，直勾勾盯着她。她心中有一瞬祈祷是他救了他们。可，这种可能性微乎其微，她莫名想起言格说的妄想症。

她毛骨悚然，再度打量四下。这是个大客厅，欧式风格，因为没有电灯，只有烛光，看上去黑乎乎阴沉沉的。

仔细看，墙壁上有几扇窗户，窗外黑漆漆的不透光，但今天是满月！窗户都封死了？是假的？

“我想见见我的朋友，可以吗？”她声音有点抖。

“嗯，先等我把最后的晚餐吃完。”他手中的刀叉切割着盘中之物，猩红色的一小块，蘸了芥末，放进嘴里缓缓咀嚼，咽下去。他似乎得到极大的满足，捂着左胸，长长地叹了一口气：“舒服多了。等我好了，就再也不用吃这些东西。”

“你也吃点儿吧。”他起身，端着盘子走到她面前，放下。

甄意惊得脸色惨白，那是什么东西的内脏，血淋林，生的！她想呕，拼命摇头。

片刻前温柔礼貌的男人眼神一变，诡怪地盯着她：“吃下去，不吃，心脏怎么会好？”

甄意贴住椅子背，手心冒冷汗，这时不知从什么地方传来了婴儿的哭声！婴儿？！

很远，不在这个客厅。

男人蹙了眉：“唔，小豆丁饿了，要吃东西了。”说着，他走回自己的位置，拿起一个装满血红色液体的玻璃杯，出去了。

烛光昏暗，甄意看着盘子里的血腥物，脸煞白。那眼神奇怪的男人走了，脚步声渐渐消失。她立刻起身，强忍住铺天盖地的晕眩，用力摁住太阳穴，往门外跑。

出了门，好几条横竖交错的走廊，空荡荡的像很多口深井，井口对着她，井底没有尽头。

墙壁上几步一烛台，不知哪儿来的阴风，火光摇来摇去，仿佛有幽暗的影子从背后爬上来，很瘆人。

她脚哆嗦，咬着牙，努力让自己目不斜视，快步却悄声地从走廊穿过。可这像个迷宫，找不到出口，更没有窗口。不论如何，林涵肯定在这里，她不能把他留下。

寂静昏暗的走廊里，一道道门无声地闪过。她吓得毛骨悚然，试着推几道，都是锁着。

很快，黑暗的墙壁上出现一道虚掩的门。门缝里有红色的光投射出来。

甄意握住门把手，竭力想稳定自己，可脚在发软。她闭了闭眼，还有什么能比现在的情况更坏。一推。吱呀一声门开，红色的光倾泻而出。

空旷干净的房间，门口有一个四五米宽的水池，漂浮着奇怪的心形红点，密密麻麻。房间是白色，可灯光是血红色，乍一看，池子里的水也像红的。门口有一条传送带，往屋内延伸，从对面的白帘子绕进绕出，一个圈又回到门口。

林涵果然在。他被绑在一个铁柜子上，胶带捂住嘴，头上的血迹已清理干净，绑了绷带。

甄意跑过小水池，去他身边，慌不迭给他松绑，可他绑着专业的水手结，甄意心急反而拆不开。慌乱之际，林涵的手忽然紧握住她，制止她的动作。

甄意一僵，便见有道影子已到她脚下。她的心提到嗓子眼。身后的声音非常冷漠："小护士，你要把我的心脏偷去哪里？"

甄意听不懂，一回头，惊得浑身发凉。

身后的墙壁上放着水族馆的玻璃柜子，里面没有鱼，却泡着暗红深红血红的心脏！

叮叮两声清脆，水族馆开闸，流泻出一大堆水和心脏，水落进池子，心脏掉在传送带上，开始转动，由远及近，转了半圈，消失在帘子后边。

甄意瞠目结舌。

男人绕开池水过来。甄意盯着他背上的猎枪，转身拦在林涵面前："别杀他！"

"我不杀他。"他在离甄意一米处站定，单手举起猎枪，抵在甄意的胸口。

月色寂寥，南中山角灯光冲天，一派忙碌。各路分队紧急赶往救援，指挥部则开始重新分析。

夜色浑浊，言格立在车边。昏暗的夜与灯光打在他脸上，给他静默的侧脸投下几道深深的暗影。他很静，没有任何表情。思绪放空了十几秒。

周围的人说什么做什么，他都没看到，也没听到。只是，脑袋里会不自觉地重复几个画面：她蜷在他的副驾驶上，呜呜地打哈欠，累得歪头睡去，却因有人敲玻璃猛地惊吓醒来；她歪着头探到他面前，肌肤在灯光下透明脆弱，垂下长长的睫毛，凑近他的唇；她单薄的身体被车灯的光切割得虚幻而朦胧，应该很累了，还跳着和他招手挥别。

不该放她走的。

他深深低下头，用力摁住眉心。不能再想，不能再想了。

一想，就疼；一疼，就不能呼吸。

"言医生，我们开个会。"陈队过来，还有几位警官和季阳，"队员在山里发现的碎肉组织是动物的。”

言格抬起头，外表仍是淡漠疏远，看上去和平时无异。

不等众人开口，他便直接道：“嫌犯在安瑶的门诊患者名单里，无病情，却频繁来求诊。”

陈队原准备要他听听季阳的意见，毕竟人家才是专业的，现在他一开口，其他人都反应不过来。

这样的响应速度叫他微微皱眉，道：

“嫌犯的外貌特征家庭背景和我一开始描述的无差别，与肖岩类似，长相清秀，家境富裕，没有稳定工作，和父母同住，有姐姐或妹妹。不同的是这个男人比肖岩还好看，脸很白，身体瘦弱，朋友很少，不善交际。他可能遇过大型事故，却奇迹般毫发无损，或者，他在感情方面遭遇过重创。

“他家人有人患过心脏病。最近他身边有人心脏病发死亡刺激了他。他有虐待小动物的历史，或许杀害过邻居家的狗，引起过纷争，治安警察会有记录。另外，要么他从事屠宰业，要么他家有一个牧场，或近年买了牧场。他最近常出现在医院里找安瑶看病，但他没有病，请认真排查心外科安医生的挂号和诊疗记录。”

他不许任何人插嘴地快速说完，见众人仍是不可置信的模样，忍了忍，道：“请问你们还站在这儿做什么，等我冥想出嫌犯的名字告诉你们吗？”

陈队微愣，和言格合作很久，第一次见他“发脾气”，从来温儒清淡的人，只是蹙着眉声音低沉，就让人莫名压力。他看一下季阳，后者点头：“我赞同言医生的观点。”

陈队第二次不能犯险，保险起见：“脸很白，身体瘦弱，朋友少，是怎么回事？”

言格眼神静默，没有要解释的意思。

季阳：“妄想是一个循序渐进从轻度到重度缓变的过程，并非一蹴而就。他常年妄想自己有心脏病，会避免各种外出和运动，久而久之，缺乏阳光，缺乏锻炼，避免和朋友交流。”

“事故和感情呢？”

“这是他怀疑自己得病的触发点。”

“虐待动物？”

季阳解释：“他想找到合适的心脏，会下意识研究各种动物，一开始只是小动物，但小动物的心脏太小，他会转向大型牲畜。可大型牲畜不像小动物容易获得，他必须有牧场，或者从事屠宰业。”

陈队这次心服口服，立刻派人去医院调查，同时加大山林里的搜索力度。

言格冷淡道：“不要再本末倒置，为找到嫌犯目前的位置，请立刻找到嫌犯家。”

有位警官疑惑："他会躲在家里？"

"不会。但他不一定躲在山里。"言格表情冷肃，"他可能只是开着车出来抛弃废弃物，同时寻觅合适的心脏。"

众人哑口无言。

季阳赞同："与其盲目地在黑夜的丛林里寻找，不如快速找出嫌疑人，分析他可能待的地方。"

工作便如此展开。

不到一个小时，警方锁定了嫌疑人。言格拿到照片和资料时，再度隐隐地感到不安。

枪口冰凉，甄意听到自己的心跳几近癫狂。

男人没有开枪，朝甄意伸出一把手术刀："小护士，帮我把心脏取出来。"

甄意惊住。

身后，林涵的呼吸很沉重，喷在她头上，她头皮发麻，枪口抵在她的左胸，随着她剧烈的心跳一簇一簇。细小的手术刀发出淡红色的反光，刺眼。

甄意张着双臂，像护雏的母鸡。她害怕得神经紧绷起来，扯得耳朵撕裂般地疼，却本能地不肯屈服，她迎着那人笔直而诡异的目光，缓缓地摇了摇头。

他的眼眸微微敛起，不悦。手指摸去扳机处。

甄意瞪大眼睛，被恐惧攫住无法呼吸，身后的林涵拼命想要说什么，可他蒙着嘴，只能发出几个模糊不清的音调。甄意听出来了，他在喊"甄意"。

她立刻伸出手："把刀给我！"

男人给她，示意她去穿手术服，并遵做严格的消毒模式。

她做完一切，对男人说，能不能换个地方让林涵躺下。

可男人不让她松绑，坚定地摇头，说已给林涵清理消毒，让她立刻把他的心挖出来放进贮存箱里。甄意想说自己不是医护人员，但只怕这一说，她的利用价值也变成"心脏"。

她走到林涵身边，悲伤而绝望地看他，可警察的眼神坚定执着，对她点了一下头。

甄意心里更苦，缓缓作势把刀尖对准他的胸口，她停了一下，惊诧道："哎呀！"

背后抵着的枪口松了，男人凑上前来看，甄意抓住机会，手术刀挥过去，瞬间划开他的脸，鲜血直流。

她扑上去拿刀刺他，可他反应极快，她尚未近身，他已握起枪狠狠砸向她的腹部。甄意摔倒在地，还不屈服，又是一刀划在他腿上。

她刚要爬起来，他上前踩住她的手，狠踹她肚子。甄意口吐鲜血，蜷在地上，痛得眼前发黑。

男人一抹脸，盯着手上的血，眼里烧起了火，端起猎枪，拉动保险栓，瞄准甄意。

“许莫！”安瑶的声音不知从哪里传来，制止了他，“我和你说过，她是我的护士，杀了她，你就别想做手术！”

许莫收了枪，却难解恨，上前一手揪住甄意的脖颈，把她拖起。甄意奋力挣扎，却挣不脱。他把她拖到池边，狠狠把她的头沉进水里。

池水无孔不入，带着动物内脏的血腥味苦涩味，灌进她的口鼻耳朵。

空气！她竭力想呼吸，却眼睁睁看着口中的空气化作泡泡浮出水面。肺部焦灼烧痛，她需要空气，可每次呼吸，涌进去的却是更多的水！

她拼命挣扎，池子里扑腾作响，水花四溅。男人全身的力量都摁在她脖子上，她眼睛模糊了，只看得到池底密密麻麻漂浮着红色的心。

窒息的感觉叫她全身扭曲。她的胸腔要爆炸！

她抓着刀，反手去划他的腿。这次他敏捷地躲过，甄意立刻浮出水面，跪在水边，大口大口地呼吸，每一口都火辣辣地灼烧着呼吸道。她双手紧握成拳，屈辱，羞愤，痛苦得想哭。

她努力忍住眼泪，抬头却看见淮如绑在林警官的柜子的背面。她此刻没心情管她，四处寻觅安瑶的踪影，她一定在白帘子后面。

果然，许莫摁下开关，帘子拉开，对面……甄意惊愕。

许莫是许茜的孪生弟弟，因为许莫的伯伯无法生育，许莫的爸爸把婴儿时期的许茜送去伯伯家当女儿。

许莫家在市中心的一栋高档酒店式公寓楼里，面积四五百平方米，俯瞰整个繁华市中心。城市的夜景格外璀璨。

许莫的父母坐在沙发上掩面叹息。

女警官耐心地询问许莫有没有别的去处，平时待在哪儿，他的父母答不上来。

许莫的房间收拾得很整洁，不像一般男生的房间，没有篮球美女，也没有汽车模型。倒和言格的房间很像，只有一整面墙壁的书。举目望去，全是医书。

言格检查他的抽屉，望远镜，口罩，胡子，墨镜。——跟踪。

开衣柜，几件普通低档的衣服在高档衣里格外显眼。——跟踪。

翻开相册，家族间的照片被剪得稀烂。——不和，仇恨，不公。

床头有一个大相框，放着罗马神话里月亮神阿耳忒弥斯和太阳神阿波罗的裸身画。——姐弟，情感。

走去书柜旁，拿起几本翻看得最旧的书，讲医疗器械的保养与维护，书页上写满密密麻麻的批注。——他不仅简单地幻想换心脏，已有非常系统且规范的研究。

言格合上书，走去客厅，道："他需要一处非常大且足够隐蔽的地方进行实验。不止一个操作台和一把刀，他所在的地方能装纳整个手术室，ICU 室，能容纳下他所有的手术工具和照护工具。"

许莫的父母捂着头："我们也想阻止他，可很抱歉，我们是从内地来的，在这里并没有购置其他房产。虽然有厂房或建筑地，却看管很严，不可能让他胡来。"

言格沉默了一会儿，说："陈警官，请立刻让信息科工作人员查询医疗系统外，近几年连续购买心脏类药物、手术消毒药、手术器械的个人及公司。也请卫生部门调查医疗系统内重大器械的置换销毁回收情况。"

许莫的父母低着头没动静，可言格捕捉到父亲的手指微僵，母亲的哭声轻了一点。其他人察觉不到，但逃不过他的眼睛。

他微微敛瞳："许先生，许太太，你们知道你们的儿子在哪。"

肯定的语气，掷地有声。十几个人的客厅里，顿时落针可闻。

这对父母仍是低头捂着前额，不表态。

甄意望着帘子的对面，呆住。一个透明的玻璃房子，是精细复杂的无菌工作室，手术室和 ICU 病房。

标准化的手术台，无影灯，操作台，一整套精密的医学仪器，上边红色的符号跳动，显示着诸如空气湿度细菌数等等的数据。

玻璃房子外围的另一头是工作室，放着一堆堆动物心脏，正是刚才传送带送过去的。

许莫对心脏有非常高级的等级分类，一部分吃掉，一部分用来解剖做实验，满足他对治疗心脏病的各种需求。

安瑶穿着手术服，立在手术台旁，脚被链子锁着，看不清表情。

甄意这才明白许莫不是开玩笑，他真的要换心。他原准备杀她，可安瑶说她是护士，救了她。身后，许莫再度拿枪推她的后背："不要耽误我做手术，马上把捐献者的心脏挖出来。"

甄意回头，强忍愤怒："他不是捐献者，他是活生生的人！"

许莫说话时，嘴角会奇怪地抽抽："我妈妈说不能杀人。所以我不杀。你去，把他的心挖出来。"

这什么逻辑?

安瑶做最后的挽留："许莫你听我说，你没有生病，你很健康。真的。你不需要换心脏。”

“你们骗我！”他咆哮起来，一抽一抽地歪着头，斜着眼睛，目光却笔直，“我的心一直在疼，它要死了。只有一小时了。你们不肯救我，就骗我！我不想死，我要心脏！”

他拿枪抵住甄意：“把他的心挖出来！我要手术。”他不住地颤抖，惊恐万分，“只有一个小时了，再不手术，我会死。”

“啊！”他惨叫一声，用力抓住左胸口，痛苦得面目扭曲，仿佛他的心正被千刀万剐。可握枪的右手毫不松开，逼着甄意往林涵面前走。

她的心却安静下来，站在林警官面前，望着他急切而命令的眼神，微微笑，摇了摇头。

这个女孩如此平静地倔强着。

许莫大怒，走到柜子背后，砰的一声枪响，子弹打在铁皮柜子上，震耳欲聋。甄意条件反射地捂住耳朵。

淮如脚上的链子断开。许莫示意她过来：“我可以不用你这个人质，也不要她这个护士。你们三个里，我要一个心脏！别惹我。”

淮如手被束缚着，直哆嗦，望着甄意泪如雨下：“我不能死，淮生还要我照顾，甄意，你听他的吧。跟他讲不通的。”

甄意想说什么，又听淮如道：“他的职责不就是保护平民吗，难道要我们替他去死？”

甄意闻所未闻，气得想笑。她听说淮如是搞科研的，甘于清贫，却没想她竟有这种想法。

“是，他的职责是保护你，但你也不可以如此心安理得地享受别人的生命！”

淮如哭喊：“他是警察，他就不该让平民死。”

许莫恐慌道：“谁是警察？”

甄意心一沉，想要阻拦，已来不及。

砰！砰！

两声枪响在甄意耳边炸开，林涵额头上青筋暴起，胸腹处血水如涌泉一样汩汩流出。林涵极尽痛苦地嘶吼，可声音被胶带捂住，只化成喉咙里沉闷的声响。

甄意扑上去，捂住他的伤口，哭喊：“把安医生放开，让她来救他！”

安瑶挣扎：“许莫，让我先救他！”

许莫见林涵面色惨白，比所有人更加惊恐：“快！他要死了。快把他的心脏挖出来！快挖出来！”

甄意的泪水湿透双眼，拼命想堵住他的伤口，可黏稠熨烫的血液不断地往外涌。

指缝中每溢出一点，她的痛苦就增加百倍：“求求你们救救他，许莫，你救救他！”

“我叫你动手！”许莫眼见着他的心脏要死去，托起枪，再度扣动扳机。

“啊！”甄意惨叫，腿上被子弹灼烧而过，穿出一个坑，鲜血直流。她疼得像被火在烧，疼得大哭，可偏偏死不松手，拼命也要捂住林警官的胸口。“救救他，求求你们救救他！”

淮如也大哭：“甄意你放手。林警官活不了了。他要是死了，许莫会把我们俩的心都挖出来的！”

林涵垂着头，扎在甄意肩膀上，嗓子里模糊地和她说着几个音节，一声，四声，四声，三声……

甄，意，动，手。

甄意泪如泉涌，呜呜地哭，却只是摇头，她恨死了这种看着他人在她面前死去的无助和绝望。她不能杀掉林警官，不能看着他去死，不能这样，绝对不能！

又是一声枪响，另一条腿再度中枪。

“啊！”甄意扑通一下跪在地上，脚像断了，疼得她几乎晕厥，可她的手仍死死捂着林涵的腹部，死都不松。

林涵脸色惨白，低头看她，刚才中枪都没有落泪的男儿，眼泪一滴一滴，砸在甄意手上。

淮如泣不成声，跪下来哭求：“甄意，你这样下去，我们都得死！”

甄意的双腿失去知觉，身上全是血腥味，脑袋疼得意识不清，可莫名其妙的想起宋依说她“保护欲太强”。她哪里是保护欲强？

甄意小脸煞白，扭过头看住淮如，剧痛让她说话都气息不稳：“淮如，这世上，从来就没有谁该为谁去死，也没有谁的命就活该比谁轻贱。”她痛得生不如死，脸上全是眼泪，“生命，本来就是无价的，本就该被尊重。一条命无价，三条命也无价。无价的东西，能用倍数来衡量吗？一条命就比三条命该死吗？不好意思，我不会用人命来做算术题。”

她最终扭头看向许莫，嘴唇已惨白，额头冷汗直冒，说出的话却带着惊人的血性，一字一句，狠烈强硬：

“杀死我，随便你！让我杀人，想都别想！”

话说出口，她毅然决然。心里却涌上大片酸涩留恋的情绪，那个人，他，此刻在做什么……

“我不想死，我想活着。我比谁都珍爱我的生命。”她痛极，眼里再度蓄满泪水，“但，如果为了救自己的命，去杀死别人，绝不可能！许莫，让我为了活自己的命，成为杀人凶手，你休想！”

巨大的观景阳台外，万家灯火。夜空静谧，悬着一轮白月。

室内璀璨的欧式大吊灯下，许家夫妇静坐如钟。面对言格的质疑，两人有一瞬没反应。

很快，许妈妈抬起头，悲伤地看住言格："我不知道他在哪儿，这孩子干什么从来不让我们知道。发生这样的事我们也难过。可许莫不一定就是你们要找的人。"

她的眉梢在不经意间极其轻微地扬了一下。

"你在撒谎，女士。"她的反应和神情太小儿科，逃不过言格的眼睛。

"许莫房门上挂着钥匙，他没有隐私，很信任你们。他在房里干什么，你们都清楚，你们也一直担心他伤害自己，出意外；刚才进门时，我看了楼道上的清洁值班表，你们家没有公寓管理员打扫，管理员说你家请了外面的钟点工。我猜并没有。你们不希望外人接触到你儿子，你知道他很危险；他的床头有一根线，用来摇铃，家里没女佣。他摇铃是叫你们，以防他任何时候'突发心绞痛'，你们能立刻赶去他床前'救'他。家庭照片里出现过很多品种的狗，这些狗去哪里了？和许茜一家的照片被剪毁，为什么？许茜是你们送给哥哥嫂子的女儿，她是许莫的孪生姐姐，关系出现了什么裂痕？你们前年购买的农场和许家的传统业务没有半点关系。到现在，还要隐瞒？"

许妈妈脸色苍白，无从反驳，捂住脸哽咽："许莫他很听我的话，我教过他不许害人，他很乖，他只是害怕，只是太痛苦。他不会伤人。你们这样跑来我家，说他是罪犯，你们没证据。"

"不对。"言格一眼洞悉她的心理，几近残酷地剖析，"女士，你知道许莫已经这么做，你只是不想承认。或者你想，只要警察找不到他绑架的人，就无法定罪。更或者，你准备好保护他的安全，帮他毁尸灭迹，让警察永远找不到被绑架的人，让他背负嫌疑却不能定罪。"

"不是。"许妈妈低头哭泣。

而言格一番话说得在场的警察心发凉。如果这对父母真的决定包庇，很可能等他们采取有效措施时，人质已遇害。更有甚者，如果许莫在警察找到前把痕迹处理掉，到时即使他们认定他有重大嫌疑，也无法将他绳之以法。

季阳上前："许莫现在劫持了五个人！请你们体谅其他父母的感情。"

许家父母脸上没有半分动容。

言格没有试图劝他们，他很清楚劝不了。他可以想象到这座大房子里日常发生的一切：

儿子有某种畸形的情愫，经受了凄惨的心理煎熬。他心理生了病，父母怕别人笑话他鄙视他，辞去家里的佣人，夫妇俩细心照顾。儿子成天心痛，医生说没病，不开药也不打针，儿子揪着胸口在卧室地板上打滚，痛得死去活来，脸色惨白，数度晕厥。

世上没人能治好儿子的病，儿子发现吃心补心，要活的。他们不想儿子痛苦，只要他开心健康。买回来的活鸡鸭，心太小，不够。儿子开始杀家里的狗附近的动物，还是不够。后来要杀牲畜，最后儿子决定一蹴而就，彻底治愈心病。

有人说，孩子们依赖父母的照顾。可其实，父母也依赖对孩子的付出，如果能永远照顾一个需要父爱母爱不会长大不会离开的孩子，他们会赴汤蹈火。

这样的父母，是劝不回头的。

言格转身，进了许莫的房间，书桌上还放着出国学习计划，从去年一直到今年两个月前。说明去年有一段时间，他的状态好转并持续很久，但两个月前陡然恶化。

外边的人不知所谓，就听里边哗啦啦撕纸的声音。众人疑惑之际，言格拿了一大张许家资产地图出来，双手一展，平铺在茶几上。

不等许妈妈有任何反应，道："许家资产包括码头集运、房地产、水产品工厂三大块，刚才你说不可能在加工厂和房地产里，因为有严密看守。这句话不对。看守最严密的应该是码头集运。你下意识想误导，所以许莫的医疗室就在加工厂或地产里。"

众人讶异，谁都不太记得进门后许妈妈呜咽的话了。而言格居然从一开始就在纠错。

许妈妈眼瞳敛了一下。言格看在眼底，低眸："我说对了。"手中的笔一画，地图上的五角星去掉三分之一。

"我质问你购买和许家业务无关的牲畜农场时，你没有紧张。所以也不是农场。"

这下，许家父母紧张了。这人说话时，随时都在关注他们一丁点儿的表情变化？

殊不知他们这一紧张，言格更确定，把农场的五角星上打了个叉。

"水产品加工厂，正值夏季，生产线全线满负荷。厂内人手全在岗，人流量大，不适合许莫潜伏。"笔尖落到地图上，抬眸见许爸爸无力的眼神，言格利落地再次去掉三分之一的五角星。

"房地产里，住宅用房不可取。已开始经营的商业用地和工业用地不可用。"画掉一大片。许妈妈闭了闭眼，直觉是在她心上割肉。

很快，图上只剩四个五角星，分属不同的方向："四栋废弃的工业烂尾楼。这里面有两栋楼原本计划用做冷藏品存储中转站。仓库设计非常符合嫌犯需求。"言格画掉地图上方的两个五角星。

密密麻麻的地图上只剩了两个。一个紧挨农场和南中山，另一个离家很近。

所有人的目光都集中到地图上言格修长的手指上。

言格沉默半晌，观察着许妈妈，缓缓道："许莫会去山里打猎，偶尔用不掉的动物内脏也抛去山里。他需要从农场里获取动物心脏。所以，他在紧挨农场和山林的这栋楼。"

许妈妈双手紧握，皱着眉，闭上眼睛。言格转而道："不对，应该是离家更近的这个。"

许妈妈一怔，睁大眼睛。言格敲一下笔，利落地起身："警官可以搜人了！"

甄意抱着腿，埋头坐在地上，没有害怕也没有悲伤。她的心底静得没有任何情绪，空茫得像已经死了。

林警官，真的死了。就在不久前。

她不肯对他下刀，许莫眼见林警官即将晕厥，失去耐性，将枪口瞄准甄意和淮如。那瞬间，淮如把刀刺进林警官的胸膛。还记得那一刻他的眼神，惊愕，不甘，死死盯着淮如。渐渐，目光落下来，到甄意的脸上。他深深蹙着眉，想说什么，喉咙里浑浊地发出模糊不清的"甄意"两字。

淮如手中的刀一抖，往下一割。林警官眼里的光便凝滞死寂。他的心脏被取了出来，温热，鲜红，有种还在跳动的幻觉。

甄意伏在地上呕吐，把苦胆水都吐出来，吐到最后，眼泪疯狂地流泻，却发不出声音。

想起他说："我是军队转业的，很佩服你们上过大学，说话头头是道。我嘴就比较笨。只会闷头做事。"

甄意埋着头，脑子放空，心疼到极致，失去了知觉。

许莫的枪口再度抵到她身上，带着寒意，推她，下命令："起来，协助医生给我做手术！"

甄意没动，像一尊死了的雕塑。依稀间，听到姐姐在唤她："甄意？"

"嗯？"她缓缓睁开眼睛。

"姐姐杀掉他，好不好？"

她只想哭，半秒后，又听见有人唤："甄意。"她抬头，是姐姐吗？

循声看去，是安瑶。她表情平静，却难掩伤痛："甄意，你过来。"她朝她伸出手，轻声说："到我这边来。"

甄意抬起手臂，用袖子擦去眼泪，努力想起身，可受伤的双腿疼如刀割，一动，伤势更严重，鲜血再度涌出。她挣扎着，无论如何也站不起来，最终只能手脚并用地拖着腿，一点一点爬去玻璃房子，安瑶身边。

安瑶跪下去，一把抓住她的手，眼泪涌出来："甄意，你别哭。"

甄意给她抹眼泪："你也别哭。我们一定会出去的。言栩还在等你。"

安瑶点头："嗯。"又望向许莫，"我给她清理一下伤口。"

"随便你。"许莫说着，独自走去准备间。听声音，他在换衣服，给自己清洗消毒。

甄意不可置信。这凶残的吃心狂人要把自己的身体交给安瑶？他不怕她杀了他？

"安医生！"被重新绑去工作区外的淮如小声唤她，冲她做口型，意思是，等许莫躺上手术台了，让安瑶把他制服或杀掉。

可面对把自己当病人的许莫，安瑶下得去手吗？

很快，许莫一身病人服出来。没了之前暴戾的气质，皱着眉头，强忍痛苦的样子，捂着胸口对安瑶弯了弯腰："拜托医生。"

安瑶静默几秒，问："为什么让我来？我没有独立主刀过，而且你姐姐许茜被我治死了。"

许莫摇头："其他医生都有黑历史。你没有。许茜不是你治死的，相反，你检查出她的病。我调查过，你是个优秀的医生，不会杀我。"

甄意愣住，没想许莫说出这种话，他真是一个神经病。安瑶的手握着手术台，在轻轻发抖。"麻醉药在哪儿？"

许莫指了一下操作台，安瑶看了："不对。这只能局部麻醉。"

"全身麻醉了，让你欺骗我糊弄我吗？虽然我相信你，但如果你用刀抵住我的喉咙，我需要反抗。我要确保我的心换掉，健健康康的。我再也不想吃那些东西，不想换第二次。"

无法用常人的思维来考量许莫。

安瑶也没话，寂静地消毒准备，戴上手术帽，橡胶手套，让甄意也准备好。手术台上摆满心脏移植需要的各类药物工具器械。

这一方明亮的四方玻璃屋子里，非常安静。

许莫躺上手术台，无影灯打开。安瑶看着对面的甄意，渐渐，眼中蓄满泪水，没出声，嘴唇动了几下。甄意看懂了，她在说："抱歉啊甄意，我好想出去，也好想让你出去，可医生不能让病人死在手术台上。"

甄意鼻子发酸，忽然想哭。她记得安瑶说，她学医时，教授跟她讲：

如果你是厨师，就给饥饿的人食物，即使他饱餐后与你敌对；

如果你是医生，就给生病的人治疗，即使他康复后与你战斗。

隔着无影灯的光，安瑶含着泪，凄凄地笑；甄意也哭了，点点头：我知道，安瑶，你和他不一样。

安瑶抬起手，无影灯下，她漂亮的手指几乎透明，底下没有影子，没有一丁点阴影。

绝对的，完全的，光明！

她准备给他打麻醉，可房间里突然警报器响。滴～滴～红光闪烁。

许莫一下从手术台上坐起，警惕而痛苦地望向门口。他跃下来，整个人变得紧张不安，更有手术被打断的深深愤恨。一落地，他便捂着胸口，疼得额头上冷汗直冒。

连甄意看着都不免疑惑，他真有心绞痛？许莫强忍着“剧痛”，出了玻璃房子，锁上玻璃门，拿起猎枪，冲去门边。

甄意这才看到，门口有个监视器，显示着外边的场景。

是一栋废弃工业厂房的入口，空空荡荡的。甄意一愣，被许莫打晕后，她被运出了山？

很多警察涌进来，便衣，持械部队，井然有序。在这群人里，她看到一个寂静而高挑的身影。卓然不凡，从人群中静默地走过。

隔着一段距离，图像也小，可她的心突然就落泪了。

一直没变过，不管在任何情况下，她都能一眼认出他。

警察的人马很快包围这栋废弃的工厂旧址。进入空旷的厂房内，人员散开各路搜索，三层楼高，多条走廊、车间、仓库。搜遍了，空空的。

到处都是积土灰尘，灰蒙蒙的，没有任何人待过的痕迹，也没有暗道。

仔仔细细搜了三遍，一无所获。连警犬都嗅不到异常的气味。

大家都困惑了。

言格握着手电筒，立在昏暗的厂房里，蹙眉思索。

之前在许莫家，有几位警察质疑他对许莫父母的微表情观察。如今，事实似乎证明他错了。有警官问陈队：“现在怎么办？”陈队思虑半晌，转身走：“回去重新分析。”

警察很快撤离。

言格缓步走出厂房，立在夜色中，面前是大片的荒地，远处是城市的灯火与灿烂的星空。

这里和城市隔着遥远的距离，非常安静，只有阴森的厂房和空洞的风声。

没有甄意的身影。

甄意目不转睛，盯着监视器屏幕，看着警察进入大门，屏幕里静止。她等着有人来救她们。可时间一分一秒过去，他们没有来，而是纷纷出了大门，离开了。

甄意怔住，望向安瑶，她同样不可置信。为什么警察搜不到？

又过一会儿，屏幕中出现言格。

背影，黑白色，有些模糊，像老电视机。他手里握着一束光，立在路灯光线与黑暗厂房的边缘，没有动静。

那个清挺的背影，看上去格外萧索寂寥。伫立良久，他拔腿离开，走出屏幕。

甄意的心，分不清是轻松，还是失落。警察找不到他们的所在地，言格也放弃了。

很好，其实不希望他来，许莫有枪，他来了也危险。

监视器里的人都走了，许莫却没半分松懈，仍警惕地挨在门边，耳朵贴着听动静。

甄意隐隐察觉不对，猛然醒悟：他们在地下，而地下仓库的入口不在厂房内！可视频里警察离开的步伐不徐不疾，说明他们并没发现蹊跷。

又过很久，世界还是没有动静。许莫转身走回来，表情难看，被惹怒了。

他沉声道："耽误了我的时间，我的心脏不完美了。"

安瑶脸一白，说："没有。你的存储装置和设备都是器官移植的标准配置，那颗心还可以用。"

短暂而令人窒息的沉默后，他眉心平展下去，道："你说得也对。"他仿佛自我安慰，盯着放心脏的箱子看了一会儿，没有之前满意但也勉强能接受。

他坐去手术台，低着头，表情纠结伤感，低低地问："安医生，这颗心够完美吗？换进去，我的心就不会痛了吗？"

安瑶不知该如何回答。

甄意也纠结。她怕他，怕他手术后心再"发痛"，他会绝望，一次次复制今天的行为且变本加厉。是怎样的境遇让他变成今天这样？

他颓然坐着，弓成一只虾米，他的绝望害怕和无助都是真的。无影灯下，他侧脸寂寞。有一滴晶莹的东西砸落下来。

他抹了眼泪，哽咽道："我只想找一个好医生救我，可每个医生都拒绝。说我没病。没病我怎么会痛？"抹完眼泪，表情又冷漠下去，"没有医生愿意救我。安医生，你也是受胁迫的。"

他声音冰凉，安瑶和甄意都不敢轻易接话。

这时，安静的房子里传来轻微的开门声，下一秒，有人淡淡说他的名字："许莫。"

许莫一跳，立刻抱着枪转身瞄准。

甄意惊愕："别开枪，他是医生！"

许莫没开枪，紧绷着身体，端枪瞄准言格。

甄意心惊胆战，比之前自己面对枪口还惊恐："许莫，他是医生；他可以给你治病。"

言格极力克制，却仍是忍不住扫了甄意一眼。

她跪在手术台边，裤子被剪掉了，小腿上鲜血淋漓，头发全湿，黑白分明的眼睛里噙着泪水。她没看他，惊恐而高度紧张地盯着许莫扣在扳机上的手指，表情有如面临灭顶之灾。小手紧握成拳，死死揪着床单，咬着牙，腮帮子在打战。

他的心无端沉闷，痛得像正被撕裂。他应该是个医生，可为什么每次偏偏救不了她？

目光再度一扫，林警官在四五米开外，低着头，胶带蒙着嘴，胸口空了，全身被血染红。衣服下端揪扯得全是褶皱，脚底一摊血，隔一小段距离，还有两小摊，是甄意的。

他大致想象得到是怎么回事。想得到她的绝望无助，她的强硬狠烈。明明会懦弱地流眼泪，却倔强地死不松手；明明胆小怕死，却拼命坚守。

他抿了一下唇，心疼得抽搐。却克己地收回目光，看向许莫。

许莫没有改变姿势，质问："你怎么找到这儿，怎么进来的？"

面对他的枪口，言格很平静。他并没过多解释，发现地下室，是一个痴迷于建筑和构图的人告诉他的。至于怎么进来——

"看密码盘上残留的指纹和摁键磨损度，拼出对你来说有意义的数字就行。"

"你究竟是什么人？"

"医生。许莫，我可以治你的病。不用换心就可以治好。"他语气平和，听上去格外叫人信服，但许莫不动容："我不相信。"

言格并不挫败："我们可以做个实验，证明我清楚你的心理。就像我能根据你摁的数字键猜出你的密码组合。"

"我不接受你的实验。"许莫出乎意料地抵触，"但你必须接受我的交易。"

许莫拿了两个拇指高的小纸杯出来，放两粒一模一样的药丸进去，倒上蒸馏水，把纸杯放在移动置物架上。走出玻璃房子，一推，传至言格面前："离你近的那一杯是药，离你远的那杯是毒，你喝哪一杯？如果你活着，我就看看你有什么比换心更好的疗法，如果你死了，我就把你的心挖出来。"

言格从门边的水池里涉水而过，平静地拿起其中一个小纸杯，捧到唇边。

甄意惊住："言格！"

他从纸杯的边缘抬起眼眸，深深地，寂静地，看了她一眼。长指抬起杯子，喝了进去。

安静而诡异的房间里，甄意听见自己的心在胸腔里剧烈乱跳，怦，怦。她知道言格肯定能判断许莫是否说谎，可她还是不受控制地心慌。

言格将杯中的水缓缓喝完，杯口朝下，对许莫示意。随即稳稳把杯子放回台上。

表情一如既往的沉然安静。甄意太熟悉他的表情，其他人察觉不到，但她看见他的眉心极其轻微地蹙了一下，仿佛喝下去的东西叫他不太舒服。

时间缓缓流逝，他看上去没有事。

许莫开口："你怎么知道？"

"我是医生，知道你在想什么。"

"我觉得我的心有问题。"病人的语气闷闷不乐。

"你的确生病了。"言格说，"很多医生都救不了。"

许莫握扳机的手松开了，甄意忽然明白，他不需要医生说他没病，他要的是医生救他。

言格察觉到了他情绪上的松动，平缓道："我看了你房间里的画，纠缠在一起的阿波罗和阿尔忒弥斯，你以前很喜欢。"

许莫不作声。

"他们是孪生姐弟，像你和许茜。少年时代，你喜欢一个女孩，但她是你姐姐，家人责骂你，用你无法承受的词汇斥责你。他们把你隔离在她的生活之外，不让你接近，说你是变态。你只能窥探。看她没了你，生活像蝴蝶一样绚烂，看她有了很多男友，你的心开始痛。"

许莫手中的枪垂下去，侧脸空茫而落寞。

言格的声音不徐不疾，却透着张力，在寂静的室内，字字清晰："越痛越厉害，日不能作，夜不能眠。你开始吃止疼药抗抑郁药，没用，心越来越疼，可医生诊断不出你的病情，不肯治疗，也不肯开药。"

甄意听言，默然。很多医生懂医术，却不懂医心。以生理的标准判断没有病痛，就真的健康？

言格停一秒，想起肖岩被警察扭着大骂许茜的畸形胎儿和他没半点关系。

"你找偏方，只能缓和不能根治，还是疼。心疼起源于姐姐，以为她是你的药，你跟踪她，在她醉酒不省人事时，强占她的身体。那一晚，你兴奋疯狂，从没那么痛快。之后很长一段时间没有复发，你认为自己好了，断了药。计划出国留学，准备托福 GRE。可几个月前，姐姐突发心绞痛住院，查出有心脏病。

"你惊慌失措。觉得是你的病转移到她身上。姐姐一直很健康，查出她有病的安瑶医生很厉害，你找她检查，她说你没病。后来姐姐死了，你心痛病又犯，比之前还痛苦剧烈。再去检查，安医生不坐诊了，其他医生说没病。你彻底绝望。"言格说，"于是，有了昨天发生在医院里的事。"

话音落了，房间里一片安静。

甄意忘了害怕，只剩空茫的不可思议。许莫竟有这么一段诡异的过去。他少年时喜欢自己的亲姐姐，偷窥的事情败露，被亲戚狠狠责骂，从后来他的行为和注意力可以看出，他对姐姐的爱慕已经消淡，执着的是他心痛的毛病。

可那时，没人想过孩子只是青春期的迷茫和误会，疏导了就会改正，没有。

鄙视侮辱的眼神，配着诸如流氓乱伦的词汇让他越走越歪。最后出于非情爱的目的，出于找解药的目的，奸污了许茜。太讽刺了。

言格的话无疑都说对了，因为许莫放下了枪。他沿着玻璃墙走来走去，在做抉择。步伐越走越快，内心的挣扎表现在外也越来越明显。某一刻，他突然顿住，盯着言格："谁告诉你的，你是不是见过我妈妈？"

言格没正面回答他的问题："我是医生，刚才我说的是我对你的诊断。"他从许莫的情绪出发，选了一种许莫最容易接受且最信任的说话方法。

听言，许莫身上才冒出的戾气又消退下去，他在犹豫，怀疑，挣扎，而言格总能安抚。

许莫周身的气息都安静下来，见状，甄意脑袋里紧绷的弦松开了一点点，这才敢扭头去看言格。

他立在水池边上。涉水而来，裤腿和鞋子都湿了。手没像一贯那样放在兜里，那会让精神病人怀疑且紧张；刚才说话的工夫，他没有边说边靠近，精神病人通常敏感，会察觉，并觉得你的目的是靠近，从而对你说话的信任程度大打折扣。

他从来都是一个注重细节的人。

她看他，他有所感觉，眼眸一闪便挪过来。隔着不远不近的距离，眸光很深，很静，也很安定。

她很早就学会了看眼神说话。一个眼神，她就明白。他在说：甄意，别怕。

霎时，她的心又酸又暖，差点儿要涌泪，有他在，她哪里会怕?

许莫思考很久，有点动摇，试探着说："那你应该知道我刚才给你喝了什么药。"

他给言格吃了药？甄意蓦然一惊，的确，刚才许莫说一杯是毒，一杯是药。

言格望见她紧张的脸色，平平淡淡道："嗯，治病的药。"语气仿佛不值一提，"许莫，这个药你不适合，它治不好你。"

许莫再度被他说中。每次病发吃药就好，可发病的频率和力度都在提高，即使知道也没办法，因为全世界只有这一种药能缓解他发病时的痛苦。

他终于问："你知道怎么治？"

言格简短地"嗯"一声，并没说要怎么治，也没提出要给他治，而是把主动权交给他，说："我把医院的地址给你，你想去的时候自己去。"

许莫没作声。

甄意则发觉，言格在任何细节之处都能做到照顾病人的心思。只要他愿意，他可以轻易地获取任何病人的信任。

他从口袋里拿出一张名片，放在杯子里，把载物台推去他面前。许莫盯着名片看了几秒，没有要拿的意思。甄意微微紧张，可言格看上去淡然自如，她才意识到，许莫其实把名片上的东西记清楚了。

接下来的好几分钟，许莫都不说话，言格便不主动提任何要求，也不主动窥探他的心理。

两人似乎在无声地较量。许莫多疑，还想探言格的究竟，可言格从头到脚没有半点可泄漏底细的。

室内一片安静，可以听到仪器细微的运转声。长时间的死寂让甄意和安瑶渐渐紧张，大气不敢出。

突然，许莫低下头，痛哼一声，一手扶着玻璃墙壁一手揪着左胸，身体弓下去，看起来极其痛苦。他额头上青筋暴起，脸色惨白，咬着牙冷汗直冒。

言格依旧不靠近，也不开口。

许莫疼得病号服都汗湿了，疼得眼泪直流，话不成句："吃心……补心……没用……换心，也没用……"

"医生……"他蜷成一团，痛苦地低吼，"言医生！"他果然记住了名片。

言格过来，让他平躺到手术台上："开关在哪，我需要绝对的黑暗和安静。"

许莫痛苦地痉挛，手指颤抖着指了一下，言格关了运转的仪器和灯。只开了一盏，光度很暗。

"许莫，深呼吸。"他的声线平和清宁，不带强制，不带压力，"深呼吸，张口，吸气。"

"许莫，看着我的手指。"

甄意看过去。言格表情专注，隔着微弱的一束光，面容虚幻而清秀，似乎要融化在身后的黑暗里。这一刻，他不会因她而分心。他的手指修长而骨节分明，在灯下白得透明，可看见淡淡的血色。

他手指晃了一下："许莫，眼睛看着我指缝的光，跟着它走，返回……"他的手指灵巧地晃动着，灯光在指缝间也变得乖巧顺从，按着他的意志，像指示灯一样闪烁。

黑漆漆的房间里，只有他的手握住一束光。"看着光点，追着它走……"

阅读越美丽
开卷好心情

亲爱的弗洛伊德

Dear Freud

下

玖月晞 著

JIUYUEXI WORKS

百花洲文艺出版社
BAIHUAZHOU LITERATURE AND ART PUBLISHING HOUSE

甄意依稀记得，这是某种眼动脱敏疗法的变体。

时间如水，一分一秒流淌。许莫真的安静下来了，没有睡去，他的眼睛里有光在闪，粼粼的。不知不觉，他揪着心口的手松开了，呼吸均匀下来，胸口的起伏也趋于平缓。

治疗结束，言格收回手，表情淡静，不起涟漪。

许莫躺在手术台上，愣愣地抬手摸摸心口，一瞬间，眼中浮起雾气，喃喃地说："不疼了。"

言格道："你认为置换一个新的会好；我却选择挽救和弥补。"这是他对人对事的一贯态度。

许莫捧着胸口，呆呆地说："我知道了。"他现在还无法相信，他没吃药，心就不疼了。

言格看甄意一眼，克制地问："这位小姐的腿受伤了，可以让安医生给她止血吗？"

许莫沉默半晌，做的比言格要求的更多，他拿钥匙给安瑶和甄意松开锁链。表情迷茫而空洞，但在妥协。

言格绕过手术台去扶甄意，步履不自觉渐快。

她期期地望着他，他才俯身去握她的肩膀，她便扑进他怀里，咬着牙，没吭声，头埋在他肩上，眼泪出来了。他肩头的衣衫很快濡湿，黏腻地贴着，心再度沉闷凝滞。

他最见不得她哭了。她一哭，他就不知所措，像跑遍全世界也找不到解决方法似的无措。

他知道她是伤心的，不是因为腿受伤，而是因为林警官的惨死。

他不动声色地咬了咬牙，调整着痛得有些乱了的呼吸。他把她的手绕在自己脖子上，搂着她的腰，另一手弯进她腿窝，尚未抱起，便听见她极低地呜咽："都是我，不该下车。"

下一秒，更汹涌的热泪涌进他的脖子，滑进他的胸膛，很快变得冰凉，凉得透心。

他侧头去看她，可她紧紧埋着头，不让他看到她的表情，只露出苍白的鬓角和湿漉漉的耳根。

她没看见，言格的眼睛红了，泛起湿润的水雾。

他没开口，低下头，紧紧贴了贴她冰凉的脸颊，很用力。

他把她打横抱起，小心翼翼，怕伤到她的脚。起身后，看了安瑶一眼。

安瑶会意，轻声问："我去看看那孩子可以吗？"

许莫仍旧呆呆地摸着不疼了的心，讷讷地点头。安瑶出了玻璃屋。

言格抱着甄意往外走。

外面的淮如看见安瑶出去，惊慌失措，害怕被遗忘，尖叫："甄记者，还有我啊。"

瞬间，许莫猛地醒过来，目光如被欺骗般仇视："你不是护士！你骗我！"

他转身扑上去拿猎枪。局势陡转直下，言格捂住甄意的头，立刻往柜子后边躲。

砰的一声枪响，整面玻璃墙崩裂，碎片四下炸开，甄意被言格的身体挡护着，并没被飞溅的玻璃片伤到。

言格迅速把甄意带去柜子后边蹲下。甄意忍不住痛哼一声。伤口又裂开了。

听见她痛苦的呻吟，他没说话。甄意知道他在这方面很笨拙，越想安抚反而越无措。

下一秒，他再度低头，下颌狠狠贴了一下她的鬓角，很用力。

甄意却觉比千言万语还窝心。她被他摁在胸口，以一种绝对保护的姿势。耳边是他强有力甚至微乱的心跳。

他从不会紧张害怕，除非是为了她。

房间灯没开，只有刚才言格给许莫治疗时用的一束微光。他们躲在柜子后，墙壁上映着模糊不清的瓶瓶罐罐的影子。

言格半蹲在地上，探头往外看，甄意也忍不住看，他把她摁回来，声音极低："别怕。"

"安瑶呢？"甄意担忧。

"她已经出去。许莫不会伤害她。"说完，他捂住甄意的嘴。

连续的枪声停下来，四周安静，只有空空的脚步声，由远及近。许莫缓缓走过来，立在打碎的玻璃洞口，判断甄意的方向。黑暗里，言格蹙了眉，他想试着安抚许莫，他很有把握，可发声便会暴露位置。

如果只是他一人，他绝对义无反顾。可甄意在，所以，他绝对不会冒险。

他扫视一下四周，柜子摆成半包围形，刚好绕玻璃房子一圈，两端开口后拉着帘子，开口端离门口有十几米，他应该能在几秒内跑出去。

言格抱起甄意，弓身缓缓往房间深处走，才走两步，一声枪响！铁皮柜子剧烈地震颤，上边的玻璃器皿炸裂四溅，液体哗啦啦地流。

甄意在言格怀里缩成一团，刚才言格没发出任何声音，可许莫在某方面的感觉似乎比常人敏锐很多。甄意想起了医院里的精神病人们。

言格压低重心，继续缓缓前行，枪声一溜儿地追来，射在铁皮柜上，打雷似的震耳欲聋。

甄意震得头晕目眩，却抬手捂住了言格的耳朵。

他微微愣了。

她大致猜出他的想法，先往里面走，让许莫习惯性地沿轨迹开枪，等他换弹匣时，返身跑出去。可十几米的路，只有一张帘子，他护着她跑出去，多危险啊。

她用力挣开他，一屁股坐到地上，做了个嘘声的手势，眨眼示意自己有办法。

房间内再度没了动静，枪声也消停了。

许莫按着最后感应到的方向，缓缓走来。两个柜子间有半米的开口。

两人紧贴着柜子，昏暗中，他握枪的影子渐渐靠近。在他转弯的一瞬，言格握住猎枪枪身，用力往下拉。许莫一惊，连摁扳机，可枪口抵在地上，子弹剧烈地爆炸，强大的后坐力震痛他的肩胛骨和手臂。他手麻，松开扳机。

甄意强撑着起身，准备抬脚，可言格先她一步，扫腿狠狠一劈，枪管扭曲。

眼见许莫回神，再度摸扳机，言格瞬间松开他，抱起地上的甄意立刻往外跑！

一刹那，许莫扣动扳机，子弹在扭曲的枪管内加速骤热，砰的一声，爆炸！

出了房间，许莫没追上来。甄意高度紧张，让言格放她下来一起跑，他不肯，一直带她出了七弯八绕的走廊，上去地面。

夜很深，月亮看上去比满月时还圆，夜风呼啸，有些萧索。

他把她放下，甄意：“立刻通知警察吧。”

“找到地下的房间时，我就打过电话给他们了。”言格声音很低。

甄意一愣：“既然你已经报警了，为什么还自己跑下去？”

“他们赶过来需要一段时间，我等不了。而且，我不相信他们。”他倒是直言不讳，说这话时，表情微凉，“那么多人下去抓他，刺激了他怎么办？”

甄意心底很暖，刚想说“言格，你对我真好”，他却皱了眉，盯着她的胸口，紧张道：“你中枪了？”

甄意低头一看，吓一跳，胸口大片新鲜的血迹，摸了摸：“我不疼啊！”疑惑地抬头，惊道，“是你中枪了！”

她扑上去，扒开他的衣服一看，胸口全是血，肩胛骨血肉模糊，金灰色的子弹深深嵌进去肉里。他竟然抱着她跑了那么久。

她疼得肉跳：“你感觉不到疼吗，你……”目光落在他脖子上，又是一刺，玻璃片划出好几道口子。有一小块还扎在脖子里，透明的玻璃被血染红。

她眼睛红了：“我看看你背后。”

他不动，表情安然，没有哪怕一点儿痛苦之色，清淡得像只是被人抓了一下：“还好，没什么感觉。”

她掰他的肩膀，掰不动，生着气想绕去他身后，可他立刻单手把她捞回来。

她咬着牙，眼泪汪汪，抓他的手臂非要绕去身后看，而他拦着她，握着她，非不让看。

两人一声不吭，在较劲。她乱抓乱拨，他冷静控制。

这次，他没有让她。

所以最终，她先崩溃，无声的眼泪终于爆发，大哭起来。其实，刚才她瞥了一眼，已经看到。背后全是血。玻璃片、木屑、铁片、枪管碎片……全扎在他身上，像刺猬。

想起他一路抱着她，担心她的腿伤不让她走路，那些碎片像全扎在她心里，疼得滴血，疼得无法呼吸。

她埋头在他怀里，哭得全身都在颤。

他低头，轻轻挨住她的脑袋，安抚地拍着她哭得汗湿的背：“又不会死掉，这有什么好哭的呢？”

她哭得更凶。

言格无奈地叹气，声音柔和：“我们甄意做什么事都很认真，百分百投入，哭鼻子也是。哭起来，什么话也不听，流眼泪像挤海绵。”

“哪有？”她嗡嗡地反驳，却被他说得哭不出来了。

很快，警察和救护车都赶到。安瑶、淮如和婴儿被救出。

甄意找来医生给言格检查，却见言格望着出口出神。“怎么了？”

“许莫。”言格脸色微白，“他还没出来。”

又等了一会儿，许莫出来了，抬在担架上，蒙着白布……

“是不是枪管爆炸伤到了关键部位？”甄意小声说，有些难受。想起许莫低着头流眼泪，“我的心很疼，为什么大家都不相信我”。

言格走过去，掀开白布，死后的许莫看上去格外苍白脆弱，样貌很俊秀，一点不像疯子。

他浑身湿透，一片刀隐没入胸口。

言格合上白布，后退几步，看着许莫被抬走。夜里的风更大了，吹着他额前的头发张扬地飞舞，露出白皙饱满的额头。

良久，他回头看了一眼，隔着很远的距离，可还是看得清楚。

他的车上，没有人了。

子弹把甄意的小腿灼出血洞，好在没伤到骨头。止血上药后，她不管护士阻拦，也不管走一步就像踩在刀尖上，拄着拐杖去看言格。

手术室的灯亮着，椅子上坐着几个中年男士女士，在低低交谈。个个低调矜贵，气质不凡，是言家的亲戚。

言母起身走来甄意身边。甄意紧张，浅浅地笑：“阿姨好。”

想自我介绍，对方已点头：“你好。”看上去和煦，却不可亲近，“甄意小姐，能拜托你一件事吗？”

“您请说。”

“不要再接近并伤害我的儿子了。”

她平和的话像一耳光。甄意面红：“这次的事不是我故意……”

“只是这次？甄意小姐，你是个优秀的女孩，我相信你爱言格。如果不是你，我们家会有两个言栩，因为你，言格才成了现在的样子。这点，我要感谢你。”

甄意胸口沉沉地起伏，知道后面会有一个然而。

“你热烈，灿烂，可这样燃烧热情的方式不适合言格。为了接近你，靠近你，他一次次挑战极限。他过得很痛苦。”

甄意呼吸稍滞，窘迫之后，摇头：“阿姨，您可能不信，但和言格一起时，我能感受到他的心情。就算他不说话，不动作，不看我，我也能感到他是开心的。因为如此我才不放手。如果他觉得我带给他的不是快乐，而是痛苦，让他自己和我说，我会立刻离开，绝不回头。”

她弯腰鞠躬，抬起头，不卑不亢。

言母神色莫测。手术室门开，甄意立刻上去。

病床上，言格脸色惨白如纸，浓眉深深蹙着，脸上全是汗，像刚受过一番酷刑。

甄意心疼得发麻，问：“没用麻醉吗？”

言母也低声质问：“怎么回事？”

医生赶紧道：“离头部太近，他不肯用麻醉。”

甄意看他脸色白过床单，湿漉漉跟水里捞出来似的，疼得心肝在颤。

仿佛感觉到她的目光，他缓缓睁开眼，眸子清黑澄澈，并没多余的情绪。像是累到极致，有些空。盯她看了几秒，他缓缓闭上眼睛，干燥苍白的嘴唇动了动，说：“还好，没伤到骨头。”却是说她的腿伤。

甄意不吭声，眼睛湿了。

似乎想起什么，他再度睁开眼睛，虚弱地看着她，手伸出来，无力而冰凉，摸索着握住她的手。终于安心，他沉沉地合上眼眸。

言母站着原地，忽然想起十二年前，那天，言格的家庭老师带他出去散步。回来后，言格忽然说不想接受家庭教育了，想上学。他指指单肩包上老师别上去的深中徽章，说了四个字：“这个学校。”

她很惊讶，想问清楚，但言格不解释，转身走了。她跟过去。

正值傍晚，山里下了雨。雨水顺着古老的屋檐哗哗流，院子里的芭蕉叶子噼里啪啦响。

少年言栩坐在阁楼前的木阶上，望着一串串雨线把天空分割。

少年言格坐去他身边，也望着天空和雨线，两个一模一样单薄年轻的背影。

少年们没作声，仰着头，望着流光溢彩的雨天，看了一个小时的雨。

雨停的时候，言格说：

“言栩，我遇到一个女孩，她从天而降，像一颗彩色的太阳。”

到了下午，言格醒了。睁开眼睛，感觉到手心她温热的鼻息，痒痒的。

阳光洒进病房，他低眸一看，她的脸歪在他手掌里，呼呼地睡着。她的脸颊异常柔软，这次他没有克制，指尖轻轻碰了碰，触感细腻而熟悉。他心跳微乱。

她立刻醒来，声音急切：“你醒啦！”

病房里的亲属全看过来，言格开口：“请出去吧，我想换衣服。”他缓缓坐起，掀被下床。其他人往外走，甄意也起身。

“你去哪儿？”言格问。

“诶？”甄意回头，他的意思是她留下？

病房陷入静谧。甄意坐去他身边，因为他突然的亲昵有点儿紧张，一紧张就胡言乱语：“你要我给你换衣服啊？要是我忍不住乱摸……”

话音未落，肩膀一沉。

她瞬间闭嘴，讷讷地望着天，咽了咽嗓子。

片刻前，他将头靠在她的肩膀。

无声无息，好安静啊。唔，是想把人支开，和她单独相处吗？

风从窗户边吹过，呼呼的。她听见自己的心在跳，咚，咚，很有力。唔，这种时候，不说话么？

她缓缓地眨了眨眼睛，嗯，不说就不说吧。

有只鸟儿落在窗台上，啾啾叫了两声，蹦跶一两下，又飞走了。甄意扭头，他连嘴唇都是白的。可表情依然淡宁，合着眼，靠在她肩上。

痛成那样，看上去也是没有关系的样子。

甄意心疼死了。

他累了，她也累了，所以，借着受伤在医院治疗的工夫，先什么也不管，就这样彼此依靠，让身体和心灵都休息一会儿吧。

时光在病房里缓缓流淌，她微微歪头，靠向他的脑袋，他发梢软软的，摩挲着她的脸颊，亲昵又温馨。

正要合眼，却听言格说："甄意，帮我换下衣服。"

平静的心情一下搅乱，她瞪着他，虽然有所克制，但眼睛里分明在闪光。

言格坐起身，轻声道，"手臂发麻了，等不到恢复知觉再换，又不想让护士帮忙。"

"换衣服去哪里？"

"警署。林涵的事，淮如估计已连夜审讯完。你是重要的证人，警察或许在来请你的路上。还有许莫的死。"

甄意锁上门，从言家人带来的行李箱里翻出衬衫和休闲裤。帮他脱了上衣，背后一整片纱布叫她难受，嘴上却故作轻松："还好没伤到脸，不然就不好看了。"

他也不知为何，问："不好看了，你会介意吗？"

她微微一愣，转而问："我如果介意，你会难过吗？"

他不作声。

她小心翼翼给他套上衬衫，系纽扣时，莫名心绪不稳，隔着薄薄的一层布，手指若有似无沿着他的胸膛一路往下，游到腹部，已然心猿意马，钻进去，在他的腹肌上抚摸。

言格："……"

她抬头见他极轻地抿抿唇，像隐忍什么，踮起脚，质问："对我不满？"

"没有。"他默默地摇头，"有点儿痒。"

"噢，抱歉。"甄意在他腹肌上挠挠，可热心了。

言格："……"

她摸够了，给他穿好上衣，蹲下去脱裤子时，言格叫她："等一下，这个不用……"

话没说完，甄意麻利地把裤子扒下来，没有防备地发现，他从手术台下来，没穿内裤。

甄意抓着裤子，蹲在他腿间，近距离盯着，鼻尖全是男性荷尔蒙的气味。

"……看够了吗？"

她脸皮厚厚的："可以摸一下吗？"

"……不可以。"

"真小气。"她打商量，"你给我摸一下，我也脱了裤子给你摸。"

"……"言格的脸微微泛红。她一句话，给他带了太多的回忆，比如第一次在衣柜里，他托着她软嘟嘟的小臀……他不动声色地深呼吸，让自己冷静。

甄意自认还是矜持的，感叹居然抵抗住了诱惑，转身去找内裤。

言格声音不大，微窘："我自己……"

甄意一个眼神让他闭了嘴。给他穿好，她终究觉得不摸不痛快，盯着鼓鼓的内裤看了一眼，好心地说："好像有点儿挤哦，我帮你顺顺。"

言格一愣，惊愕地后退。

没想到甄意揪住他的内裤，小手灵巧地钻进去，拨来拨去摆正了，又抓了抓才念念不舍地抽出手来。

言格浑身僵硬，十分紧张地贴着墙，呼吸不稳，耳朵根都红了起来，像透明的玛瑙。

记忆不受控制回到那个夏天燥热而狭小的空间里，她坐在他腿上，柔软地抵着他，仿佛连在一起。她箍着他的脖子不松手，像要哭。贴在一起的肌肤黏热湿滑，似乎是汗水，又似乎是别的。

太热了。汗水迷蒙了双眼。那个下午是荒废的，也是惊艳的……

言格用力摁了摁眉心。

……

甄意和言格走出病房，司瑰还有几个警察在外边等着。他们是绑架案的重要证人。

"你们受了枪伤，所以没第一时间询问，但案情严重，也等不到你们伤好。"司瑰眼睛红红的，很肿，不知哭了多少次。

"我们正准备去警署。"

上车时，司瑰轻声对甄意说："你记得林涵是怎么死的吗？"

甄意点点头："淮如人呢？"

"被她的律师带走了。"司瑰有些咬牙切齿，"杨姿。"

甄意倒没料到："你们没审问她？"

“审了，从凌晨三点一直到早上九点。几个组的人都一晚没睡，但，”司瑰别过头去，腮帮子一直在颤，“她说是许莫逼迫的，不是故意杀人。甄意，是这样吗？”

甄意沉默下去，良久，点点头：“是这样。”

“如果她遇到一个好律师，或许……”司瑰哽咽，连发声都困难，“甄意，或许她真被逼无奈，但只要想到林涵死时的样子，我就想一枪杀了她！”

去到警署，尹铎也在。

林涵的惨死震惊全国，也颠覆了K城执法系统，杨姿把淮如带走的那一刻，尹铎他们就准备起诉。可虽然K城法制史上没有受胁迫杀人的案例，但相似法律体系的英美出现过，有位受胁迫杀人的被控者最终连二级谋杀的罪名都没有，无罪释放。

根据K城案例法的特点，这次，陪审团和法官可能会参考国外的相似案例。

甄意接受问讯时，把当天发生的事情一五一十告诉警方，结果是，和淮如描述的一样。她没有撒谎。

甄意走出审讯室时，外边一排警察，眼睛全是红的。

尹铎很久不语，最后对甄意说：“今天凌晨，他们冲进地下室，林涵被绑在那里，据说是站着，嘴上贴着胶带，心口被挖空了。司瑰说，他睁着眼睛。”

甄意的心像被刀狠狠地戳，抬头看，尹铎眼睛也湿了：“甄意，虽然说这句话不恰当，可这里每个警察都想给淮如终身监禁。但很可能她连坐牢都不会。”

这点，甄意明白。她低下头：“抱歉，我刚才说的都是我知道的。别的没有了。”

“我知道。”尹铎吸一口气，“只是，一个普通人即使是自救，又怎能毫不手软地把一个活人的心挖出来！”

甄意蹙眉。尹铎问：“你处罚期满了，没去拿律师执照？”

甄意一愣：“最近太忙。”

“去拿吧。”尹铎道，“如果刑事案败诉，希望你和你的同僚能帮林涵的家人打民事诉讼。”

甄意沉闷地坐着，易洋在她身边拨弄录影带，给她看淮如受审的录像。淮如一直在哭，非常懦弱害怕。易洋叹气：“警察们死了同僚，都恨她，但公审时，民众会站在她这边。她给人的感觉也是受害者。”

甄意隐隐担忧。抬头，见安瑶也来了。杀死许莫的人是她，来接受调查。

甄意跟着易洋进聆讯室。有些奇怪，凌晨的厂房外，言栩在她视线里晃了下。自那之后就再也不见。言格做手术，安瑶来警署，言栩都不在。

安瑶披着头发，弯眉杏眼，皓齿红唇，典型的古典美女。她一如既往的平静，嗓音清淡，不徐不疾描述着那天发生的事：

“……小豆丁很乖，没有哭，我抱起小豆丁往外逃。走廊里都是蜡烛，光线不好。经过那个房间，我朝里望，很暗，我想淮如被绑着，要去救她。走到门口，撞见淮如，她说她挣脱了胶带，只有许莫在里面。她要去逃命，我把小豆丁给她，自己去找许莫。”

“你为什么没跑？”

“绑架过程中，他没伤害过我，和他说话也说得通。感觉他不是一个残忍的人。”安瑶垂下眼睛，神色落寞。

“什么叫说话说得通？”

“一开始他要杀小豆丁，我说孩子心太小，他放弃了，也没因此丢弃他，而是把他照顾起来。”

“怎么照顾？”司瑰问，“孩子不是要喝奶水吗？”

“他给他喝的血。”

司瑰愣了。

“动物生血。”安瑶说，“后来他把昏迷的警官和甄意带来，我怕他伤害甄意，说她是我们科室的护士。他就把甄意带去休息，说抱歉打了她的头，要请她吃东西补充营养。”

司瑰道：“你进去房间，后来呢？”

“房间很暗，我到处找许莫。他在柜子后，肚子在流血，我不知道伤势如何，应该不重，他站得起来。我扶他走了几步，他见淮如不见了，忽然变脸，抓着薄刀抵在我喉咙上，”安瑶深深蹙眉，“出门时走过水池，他滑了一下，我想逃，他扑过来抓我，我抓住他的手抵抗，也不知怎么，刀扎进了他胸口。我太害怕，就跑了。”

司瑰问：“他的反应？”

安瑶摁着太阳穴，艰难地想：“他后退一步，倒在门边的传送带上。”

司瑰看出她欲言又止，追问：“他怎么了？”

“他哭了。”

“哭了？”

“嗯。没哭出声，但我看见他流泪了。他说……”安瑶痛苦地捂住眼睛。

“说什么？”

“他说：安医生，我的心，又疼了。”

不知为何，甄意的心，也疼了。想起许莫坐在手术台前，揪着胸口呜咽：“我生病了，为什么没有一个医生能救我？”她恨许莫害死林警官，可又觉得他的悲剧分明可以避免。

但这句话并没引起他人的共鸣，几位警察脸色冷漠，同僚的惨死让他们对许莫没有一丝同情，更不想了解他杀人的原因。他最终落得的定义，是变态的吃生杀人狂。传出去变成吃人杀人魔也说不定。

司瑰没别的问题了：“安医生，可以接受我们的测谎吗？”

“可以。”

甄意戳戳言格的手背，低声问：“安瑶算是自卫杀人吧？”

言格凝着眉，所有所思：“目前算是。”

给安瑶做测谎的是季阳。面对测谎仪，她并不紧张。季阳问了几个基本的问题，安瑶的回答清一色的简短，考虑时间也不长不短，一切拿捏得恰到好处。仪器上，各种图像和数据都没问题。

“许莫经常去找你，你有没有想过有什么不对？”

“什么不对？”

“没想过他有妄想症？”

“没有。”摇头，图谱仪一切正常。

季阳细化问题：“你给他检查过几次？”

“五次左右。”

“他没问题，还继续来找你？”

“对。”数据显示一切正常。

“一个人没有病却频繁来找你，你不认为他有问题？”

安瑶迟疑：“有一点。”

“什么？”

“我以为他喜欢我。”

这个答案让季阳停了一秒，着实是他没料到却非常合情理的答案。“你以为他喜欢你？”

“对。”心跳正常，表情正常。

“你喜欢他？”

“不喜欢。”极浅地皱眉，补充一句，“因为我和我的未婚夫就是这么认识的，所以对他不反感。”

接下来的问题转移到被绑架之后的事，她的回答依旧没问题。

最后的问题关于自卫杀人。“你回房间是想检查许莫的状况，把他救出去？”

“对。”一切正常。

“你找到他，而他拿你当人质？”

“对。”接下来关于她伤到许莫的细节，回答和之前也没有出入。

季阳有把所有问题打乱顺序问一遍，安瑶始终平稳，测谎仪就像一直在休息，任何参数都正常。

甄意抠抠言格的手心，言格低头，她瘪瘪嘴，做口型：“他没有你厉害。”表情很嘚瑟，很自豪，更骄傲。言格想：她还真是护短。

季阳转身对言格做手势，意思是有没有要问的。

言格摇头。

安瑶做完测谎，出来和言格说了几句话，大意讲后天便是婚礼，她下午要回深城。

甄意立在大门口，望着她匆匆离去的背影，问：“言栩回深城为婚礼做准备了吧？”

“嗯，”他淡淡应答，“我下午也回深城。”

甄意望住他，目光灼灼。

“你要一起吗？”

“当然一起。”甄意不满，“我们以后会是一家人，嫂子不参加弟弟和弟妹的婚礼，像话吗？”

“……”言格不经意松了一下领口，呼吸有些困难。

他默默走了一会儿，忽而问：“记不记得我和你说过有些人能躲过测谎仪的测谎？”

“记得。”甄意想想，“像宋依，她人格分裂，不知道自己杀了人。”

“那是精神病人。有部分正常人或者接受特殊训练，或者心理足够强硬，或者情感足够冷漠，都能躲避测谎仪。”

甄意一愣：“你的意思是？”

“她撒谎了。”

甄意仔细想，安瑶回答的问题并没有矛盾：“你为什么不在测谎仪上问她？”

言格没作声，想起言栩对他说：“哥，请不要分析我。”他的意思其实是：请不要分析安瑶。

出了警署，甄意接到卞谦的电话，说她的处罚期满，希望她早日回去工作。她考虑后，最终去把律师执照取回来。

走出大楼时，阳光灿烂，她心里却一片阴霾。她立在阶梯上，上网搜索，论坛里很多人在讨论淮如杀警案。有投票“如果你是淮如，在凶手威逼性命的情况下，会杀死他人吗？”

41% 的人选择可能会；42% 的人选择不知道；明确说不会的只有 3%。

甄意用力揉揉眉心，头疼。淮如和林涵，安瑶和许莫的案子会在十几天后审理，到时甄意可能会做证。

准备下台阶，却见杨姿走上来。两人见面聊了几句，杨姿说："淮如也可怜，莫名其妙被神经病绑走，为活命杀了本来就快要死的警察，算自卫，现在却摊上官司。"

甄意不太舒服，道："不管她是主动还是被逼，杀人就是杀人。"

"但她没有选择，是正当目的。"杨姿争辩，"相信你看过媒体报道，舆论同情淮如。甄意，你是受益者，如果淮如没杀林涵，你下场怎样？"

甄意觉得，离开事务所后，和杨姿说不到一处去了。心情不好地走下台阶，郁闷憋屈的表情全写在脸上。

言格给她开车门时，说："你想留下吗？"

"什么？"

"我感觉，你想留下和尹检控官一起打官司。"他温淡地说。

甄意心一磕，她的确有一点儿小心思，但："我也不想错过言栩和安瑶的婚礼。安瑶她……"她那么爱言栩，爱到一个朋友也没有。且她是孤儿，亲戚也没有。

"只耽搁一天，没关系。婚礼过后，我立刻回来。熬夜准备做证和案子。"

两人的伤都没好，司机开车。

过关后，汽车并未往市中心去，而是绕向海边，行驶在一条宽阔的悬海公路上，一边绿树成荫，一边碧海蓝天。落日时分，海上流光溢彩，日落之景美得惊心动魄。

开阔的视野，自然的美景，让甄意烦闷的思绪渐渐被海风吹去，心情平静下去。长的公路到了尽头，汽车转个弯绕上山，海洋悬浮在绿树之外。

南方的山林翠绿而新嫩，山里繁花盛开，姹紫嫣红，蔷薇花如瀑布铺满山坡，黄色雏菊像小动物般簇簇拥挤，白色泡桐在绿树映衬下像晶莹剔透的艺术品。

山中美景太令人神往，甄意趴在窗口东张西望，心情一度度好起来。不自觉微叹："回深城也就一两个小时，可这么多年回来不超过五次。"

言格始终看着她，看她一开始神色蔫蔫，渐渐趴在窗边吹风，后来伸手抓风，再后来脸上有了笑容。他这才稍稍安心，靠进座位里缓缓闭上眼睛，是真的累了。

还好她天生就有迅速自我疗伤的本领。其实，早就想带她来。迟了八年。

又过约半小时，远方连绵的山林里出现一道绵长的蜿蜒秀美的瀑布，水雾缭绕。

绿树成荫，繁花盛开，一座古老的南方园林隐匿其中。隐约可见亭台楼阁，在落日余晖中宁谧秀美，像温柔婉约的古代美人儿，不可方物。

"你从小住这里？"她兴奋地问。

“嗯。”他不咸不淡的。

晚霞从玻璃窗透进来，琉璃般洒落在他脸上，稀世俊美。甄意忽地想，只有这样的地方才能称之为地灵人杰；只有这种地方蕴育出来的人，才会如此安然清宁，尘世不扰其心。

甄意心里激动，继而又忐忑：“会见到你的很多长辈吧？”

“嗯。”他淡淡的，怕她紧张，安慰道，“别说奇怪的话就行。”

她觉得不符实：“我哪里会说奇怪的话？”

她还真是不自知啊，言格斟酌半刻：“不要开那种玩笑。”

“哪种？”

“比如看见水果就说：香蕉真好，自己带套。女人都喜欢香蕉。”

甄意微窘，这种话她的确说过，可，“我会在这种场合说吗？”

“我只是看你紧张，想让你放松一下。”

“不说还好。一说更紧张。”甄意瘪嘴。

言格目光又挪过来，见她皱着眉，是真紧张，心里柔软下来，轻轻道：“明天才会见到，到时你跟在我身边就好，不需要说什么，交给我。”

前方的绿树间出现一道久远如古物的大门，门自动打开，车下的路变成青石板。

四周出现木栏小道，小桥流水，清雅古居，一路皆是绿树繁花，偶尔露出一角屋檐，一串风铃，抑或是一道古风画的门角……

车最终停靠下来，天已经黑了。言格带她进了一处庭院，门口两人守着，恭敬地鞠躬。

入口一道白玉嵌宣纸屏风，水墨画着清明唱晚，画中游子颇有魏晋洒脱淡然之遗风。绕过屏风，是一处安静的中式庭院，铺着青石板，清凉而厚重，走上去润润的，脚步声被大地温吞地吸收。

有处石缝里长出一两株蒲公英，黄色的小花，白色的羽毛，生机勃勃。

瀑布离这儿不远，走到哪儿都可以看见潺潺流水，水晶般剔透。庭院西侧有细细的涌泉。风一吹，院子里水汽腾腾，像烟雨画。

主屋是一座两层的楼，木窗露台，藤椅石阶，兰花纸灯亮着微弱的光。暮色中，遗世而矜贵。角落里有一丛竹子，几只蓝色的鸟儿在上边蹦蹦跳跳荡秋千。

露台旁种着一株枇杷树，淡黄色的枇杷胖嘟嘟地挤在一起。

园中每一物，即便花盆架子也是精雕细琢，或镂空着画样，或彩绘着古迹。偏偏看上去毫无奢靡之风。这里，美得低调而冷静。

进了正屋，开门是客厅，花梨木沙发外壁内嵌松木色软垫靠背，清淡雅致；靠近窗户有座煮茶台，还有不知哪个朝代的美人榻。

客厅很大，隔着两道拱月门，一边是书房。桌上一台黑色笔记本电脑，几本黑色的纸质笔记本，几个黑色木制笔筒，整洁而清净。另一边则是洗手间和一道木制楼梯。

言格进门第一件事便是洗手。

甄意靠在门边，洗手间里都是淡淡的沉香，洗手的莲花台是水蓝色珐琅，墙上挂着古风装饰。这样清幽淡雅的洗手间，只怕五星级酒店都比不上。

“我们在这里等言栩他们？”

“他们不来。”

“那来这儿做什么？”

言格正拿毛巾擦手，转眸看她一眼，道：“我住这里。”

“真的？”她瞪大眼睛。这处古色古香的地方因是他的成长之地，而变得格外亲切起来。

她望向那道楼梯：“上边该不是你的卧室？”

“嗯。”

她来了兴趣：“我可以上去看看吗？”

“到晚饭时间了。”

她笑眯眯，善解人意又体贴：“好吧。”又说，“我今晚可以睡这上边吗？”

“……”言格说，“西厢有客房。”

甄意不满：“对你来说，我只是客？”

“……”还真……“不是。”

“那我为什么要睡客房？”

一贯如此，她总是一堆歪理，分明逻辑不通，他却无法反驳。他低头擦手，不说话。

甄意懒懒地靠在门边：“言格，我知道你喜欢我。虽然你不说，但我已经发现。”

他安静几秒，打开水龙头……再度洗手。

甄意怡然自得，抱着手歪着头，吃吃地笑，语气嘚瑟得欠扁：“我知道你喜欢我，啧啧啧，不是一般的喜欢，简直喜欢得不得了呐——你肯带我回家，其实认定了我是言栩的嫂子。呀，你想和我结婚。”

言格一声不吭，乳白色的灯光下，面颊浮起一丝不易察觉的红。

某人小人得志般张狂：“既然如此，你还不主动把我搞定？不然哪天我被别的男人拐跑，你就一个人躲在被子里哭吧。”

言格眼瞳深了一度，说：“你不会。”

“……”她笑容敛了，有几秒没作声。夜里很安静，外边有鸟儿啾啾地叫，里面水龙头的水哗哗地流。

“是，我不会。”声音里没了轻松，透着极淡的委屈，“你就是知道我不会，知道我对你死心塌地，所以才对我无所谓。”

她一扭身子，别过头去了。

言格微怔，有点儿恼自己。她好不容易撇开K城的烦心事回深城，好不容易心情好一点儿，他又惹她了。

“甄意，”他关掉水龙头，轻轻地说，“我没有觉得无所谓。”

她不听，耷拉着头，很沮丧。

言格没想自己一句话就让她兴致全败，顿时有些无措，想起她说自己无趣。他碰碰她的手背：“甄意，我没有。你不要生气。”

她声音里带了哭腔：“我已经生气。”

一听她呜咽的声音，他愈发不知所措，心里很紧张，可嘴上只会笨拙地重复：“甄意，你别生气。”

“那你亲我一下。”她大发慈悲地松口。

言格脸微红，思考一秒，缓缓倾身，偏着头凑近她，很轻很轻碰一下她的嘴唇。柔柔的软软的，呼吸很温热。

甄意心在颤，美好而微妙，嘴上却不饶他：“我说的是深吻。”

言格一愣，脸上的红色爬上了耳朵。

这时，宁静的园林里传来暮鼓声，一声一声，在暮霭中浓重而绵长，仿佛从远古传来。

“这是什么？”

“晚餐时间。”

“那快走吧。”

言格“嗯”一声，片刻前紧张怦怦的心跳平息下去。其实已做好准备，此刻的心情说不清是庆幸还是遗憾。

出了门绕上长廊，夜晚的风从篱笆上吹来，带着金银花的淡香，清冽而纯净。

“言格，你欠我一个深吻，记好啦！”

“……嗯。”他沉默一会儿，问，“甄意。”

“嗯？”

“刚才你其实没有生气吧。”

“哈哈。反正你欠我一个深吻。”

庭院一角有座小塔楼，屋檐的辟邪风铃在风里叮叮作响，阁楼上亮着灯。“那里是什么？”

"放旧物的。"他简短地说，见她还在张望，拉她的手臂，"走吧。"把她推去前边，自己却忍不住回头，望一眼上边的阁楼。

在夜里，那样明亮，像太阳。

他的太阳，在那里。

水榭楼阁上，荷叶清香，芦苇飘荡。到餐厅时，其他人也刚到。并没有叔伯辈的亲戚，只有他们一小家。

甄意见到了言格的爸爸，一身青衫，儒雅英俊。他对甄意很客气，但明显没有多喜欢。

甄意一开始还努力和叔叔阿姨说话，终究招架不过他们太过礼貌而不亲近的态度，渐渐就不开口了，有些失落，呆呆地看用人布菜。

家里今天吃素，清蒸竹笋，凉拌黄瓜，香芹百合……一道道色香味俱全，她却没了胃口。

言母趁布菜的间隙和安瑶说起婚礼，不自觉就显露出对安瑶的喜爱。说他们的缘分是天注定。甄意想起安瑶说，言栩小时候就见过她，但她不太记得。如此一想，真是奇妙的缘分。

言母说起后天的婚礼细节，登堂、三拜、沃盥、解缨结发、执手……

甄意听得入迷，愈发期待。可听着听着，看言母对安瑶无微不至的关心，她有点儿泛酸。

低下头去，觉得空前的陌生无助。言格从桌子下伸过手来，掌心温热，覆住她的小手。

她蒙蒙地扭头，他另一只手起筷，各种菜往她碗里夹："多吃点。腿伤还没好，本该多休息，我却非让你来，抱歉。"

甄意感动极了，心里幸福漫溢。

言格平时话极少，一开口，父母也明白，问候甄意的伤势，她倒也不受冷落。

吃完饭，言家父母去陪爷爷奶奶泡茶去了。言格和言栩则照例去露台上吹风，下围棋。

甄意看不懂，就坐在栏杆边上看安瑶泡茶。婚礼那天，安瑶要亲自泡茶给公婆，到时言家大大小小的亲戚都会看着，茶艺是新媳妇最直观的品艺，一步都不能错。

夜风里，水雾袅袅，茶香淡淡，含着清润的围棋落子声，让人心都安宁下去。

甄意看着安瑶筛茶，好奇："你和言栩小时候怎么认识的？他为什么叫你如笙，是小名？"

安瑶没来得及回答，甄意的手机铃声打破沉默。放下电话后，甄意说："安瑶，你不用那么自责了。”

“怎么？”她正用心烫茶叶。

“警方之前给你定的自卫杀人。现在法医鉴定，刀刺进许莫胸口。离心脏很近，但刚好错过，只差几毫米。”

“哦。”安瑶悉心地烫茶杯。

“司瑰让我告诉你，许莫不是死于你刺进去的刀片，而是溺水。你的自卫行为并没杀死人。”

叮咚一声清脆，言栩手中的棋子坠落棋盘上。

言格把砸开的棋子一个个摆回原位，抬眸看言栩一眼，眸光很深，问：“怎么了？”

言栩不吭声。

甄意没多想，安慰安瑶：“别那么多心理负担。”

安瑶专注盯着煮水器，煮久了泡的茶不好喝。她静心下去，沏出一杯晶晶亮的茶，捧去给言栩。

言格看着棋盘，淡淡地说：“你知道许莫有病。”这个“你”，是安瑶。

安瑶茶杯里的水轻轻晃荡一下。有风吹，露台边一树月桂花轻轻摇摆，一片雪白柔软的花瓣落进茶杯，漾起涟漪。言栩垂着眸，像静止的。

“季阳问你，许莫找你看病时，你有没有察觉他有什么不对。”

安瑶把杯里的茶倒了，重新沏：“我和言栩就是这么认识，所以误以为许莫喜欢我，借机接近，因而没怀疑他精神有问题。”

“逻辑上没问题，情理说不通。”言格仍在下棋。

而安瑶背着身，仍在煮茶。像两个世外高手。“我对外人的事，向来漠不关心，没迎合，也没心思拒绝。”

“如果没有言栩，你的确会这样。”言格长指捡棋盘上的棋子，道，“但有言栩，就不一样。”甄意蓦然明白：有的女人即使有固定的关系，也会接受其他男人的爱慕，但安瑶不会。

“你太喜欢言栩，因为他，和所有男人保持距离，工作中有同事病人接近，哪怕只露出一点好意，你都明确拒绝。”言格平静道，“绑架你后，许莫对你并没有表现出别的心思。你不是会自作多情的人。你对男人很迟钝，本就没有误解许莫。”

安瑶静静往茶杯里倒茶，晶莹的茶水流在轻颤。

“你知道许莫不停找你是因为心理出了问题，换言之，你早知道许莫有妄想症。”

甄意惊讶地盯着安瑶，可她只是再度捧起茶杯，送去言栩面前。

言栩抬手接过，轻轻捏住，说："她不想招麻烦。仅此而已。"

安瑶站在言栩身边，低着头，看不清表情。言栩："许茜的死已经给如笙留下阴影，如果这次大家怪她没早点意识到许莫的心理问题，她会承受不了。"

言格抬眸，看着言栩。同样清秀的脸孔，同样澄澈而深邃的黑眸。

露台上，风铃轻响。

言格收回目光，不徐不疾地收捡棋子，道："那幸好，安瑶的刀刚好从许莫的心脏擦过，没有正中要害。不然，即使是自卫杀人，她心里也肯定过意不去。……警方怎么说？"后一句是问甄意。

甄意头皮发麻，道："说可能他从传送带上滚下，跌进水池里淹死。这样，安瑶算是间接导致。但……"

言格接过话去，语调清扬："但他们不排除安瑶进一步把许莫溺死的可能，对吧？"

甄意没吱声。如果是这样，性质会改变。许莫被刺，已没有威胁能力，就不再是自卫。

明月皎洁，一片安静。

如果有朝一日，这个男人要是把谁当敌人，对方只怕绝对无处遁形，死相极惨。甄意轻声说："警察明天想请安瑶配合调查，或者他们过来。"

"让他们过来吧。如笙要准备婚礼，没有时间。"言栩寂静地喝完杯中的茶，起身，拉起安瑶走了。

甄意和言格步行回去。路上，甄意默不作声，几次偷瞄，可夜色里，看不清言格的表情。

穿过篱笆上的月牙门，甄意望见那座塔楼，岔开话题和心情："是你的楼？"

"嗯。"

"我想上去看看，好不好？"

言格稍稍犹豫："去吧。"

塔楼里燃着沉香，一楼简洁干净，没有家具，只有木壁上淡雅清净的装饰，窗台上摆着一只白玉细颈花瓶，里边插朵红山花，像苗条害羞的美人。

沿木梯往上，二楼是书房，清幽洁净。上去三楼，还是书房，却与第二层不同。

窗前一张书桌，摆放着笔墨纸砚，四壁的书架从地板到天空，摆满了书。清一色放着一模一样的黑色线订本，大小薄厚全一样。只有这一种。

甄意莫名觉得自己回去了古代，在某位史学家的书斋里。

“这些书怎么都一样？”甄意抬手想拿一本，却莫名敬畏，不敢触碰。转头看言格，他也有些紧张，她甚至可以听见他不太稳定的呼吸声。

他极轻地蹙眉，似乎在做什么重大的决定，终于，他走去窗边：“这里的书是有顺序的。”他抬手，忽然，一个声音穿透寂静的树梢和夜色，凄厉地传来：“哥！！！”

甄意一惊，不敢相信这样撕心般的喊声来自言栩。

赶去言栩那边，他的庭院里，好几个黑衣男人守在古老的房门口。安瑶坐在门口的石阶上，表情空洞，像死了一样。这么多人，院子里却静得没有半点声响。

房门开。安瑶立刻回望，言母，几位黑衣人和提着药箱的医生走出。没有言栩的身影。

言格上前夺过药箱，摔在地上，针管药瓶药片全摔出来。甄意没见过言格如此，惊住。

夜色中，他的侧脸冰冷得可怕，拳头紧握着，手背上青筋绷起：“你给他打催眠剂了？”

“必要的时候也会对你这么做。”言母绝美的脸上带着不可抗拒的威严，看了甄意一眼，“言格，想保护你想保护的人，就别做我不允许你做的事。和以前一样，为了保护你们，我可以伤害任何人，包括你们的爱人。”

甄意脊背发凉；言格侧脸苍白，受伤的肩膀上开始渗血，伤口裂开了。

言母走下台阶，在安瑶旁边停下，表情比夜风还冷，再也没了和善婆婆的样子：“警察半小时内到。安瑶，你知道怎么做。”

或许是快到初秋，夜里的风竟有凉意，沁进皮肤里叫人战栗。山涧古园林里灯光朦胧，从天上看，像幽林里浮着银河。这星河一角的静谧院落里，只有风吹驱邪铃丁零作响，像久远而上古的梵唱。

言格立在青石院落中央，肩头的血一点点渗开，清俊的脸在夜色里白得像纸。

言母着一件黑白撞色长裙，气质绝伦。她手中拿着一小沓纸，走到言格对面，看一眼他的伤口，又看一眼医生。一个眼神便叫医生紧张，立刻去看言格的伤势。

“走开。”他冷冷地说。医生便不再上前。

甄意眼睛又要泛红。“言格……”她低低地唤他，心疼又难过。上前一步，试探地去捉他的手。想说什么，欲言又止。

片刻前，他周身散发着不可靠近的冰凉气质，听出她言语中的惶恐和忐忑，便敛下去。

他转眸过来，看她几秒，终究坐在院中的石凳上，让医生给他重新处理伤口。

言母看着甄意，神色莫测。她跟在言格身旁，紧张兮兮，不停地小声叮嘱：“医生，你轻点儿啊。”

言母扭头看安瑶：“一开始，言栩就拦截了调查你的人，你小时候做过的事便隐瞒下去。可我都知道。因他如此费尽心思，我不想拆穿，就装作不知。每个人都会犯错，改正就好。但这次……”言母手中的纸张扔到她面前，“你接近言栩究竟是什么目的？刚才他说的话你都听到，你把他变成了什么鬼样子？”

“我没有。”安瑶摇头，“我爱他，没有任何目的。”

“爱他就为你给他带来的灾难去负责。”

安瑶亦是平静，说：“阿姨，即使你不要求，我也会自首。只是……”她把那些纸张捡起来丢进一旁的香炉里，火焰撩起，映得她的眼睛红红的，“这里面的事不要告诉言栩。”

“我知道什么对他最好。”言母说完，转身进屋照顾言栩去了。

夏末初秋的风，微凉。庭院门前的石阶上，月色如水。鹅卵石路旁，一树凤凰花开得如火如荼。山里的夜空比城市的低，黑湛湛的，缀满碎钻般的星，伸手可捞。

甄意望着夜空，心情没它晴朗。安瑶坐在台阶上，抱着腿，望着璀璨的星空不吭声，仿佛在留恋什么。是近在咫尺的星辰，还是言栩庭院门口淡淡的桂花香味？言格靠在木栏边，微低着头，亦是不语。

坐了一会，安瑶没事儿似的捋了捋被风吹乱的头发，漂亮的脸上干干净净，说：“我先走了。”尚未起身，

“不可以。”言格淡淡道，“言栩不让你走。他既然托付我，我就必然不放你走。”

甄意不语。刚才言栩的那一声“哥”是这个意思。

“这是我自己的意志，即使阿姨不说，我也会去自首。”

她看着篱笆边的雏菊发呆，语气不起波澜：“是我配不上言栩，不配嫁给他。他……”

一提到言栩，她的嗓音便有极轻的起伏，不太好控制，但缓缓吸了口气，恢复平静：“他对我太好，是我不配。他不让我去警署自首，不肯放我走。因为情绪太激动，阿姨才会那么对他，”安瑶低下头去，长发遮脸，看不清表情了，声音就着夜风，是落寞的，“等他醒来看不到我，又该几天几月地低着头不说话了。”

甄意一想言栩那样子，心酸。回头望，庭院的走廊上，红色的轻纱迎风飞舞，像温暖而柔美的梦境。那样美丽轻盈，如同雾气般的红色，是明后天结婚的颜色。

差一步就要结婚了。甄意难过：“安瑶，这是为什么？”

“我小时候被孤儿院赶出来，做过小偷。成绩好免学费生活费之前，我的一切都是偷来的，有次偷同学的钱，让一个女生被冤枉，心脏病发。许莫知道这件事，威胁我。”

她说得云淡风轻。甄意却心痛难当，她知道那种在儿时被一切抛弃的感觉，

言格立在月桂树下，几不可察地拧眉，一半为安瑶的遭遇，一半为那些烧掉的纸张。

“言栩并不介怀。”

安瑶听言，微笑，很温柔：“他不介意。叫我不要沉溺在过去，以后好好的。只可惜，我刚刚才知道。我太懦弱，不敢告诉他真相，只想隐瞒；却不想，他其实早就调查清楚。”

甄意心如针刺，他们是怎样的错过。

“我的一生，自问没什么想追求的东西，渴望的也只有言栩。心外科是我生活的手段，言栩则是我的生命。当年发生那种事，我知道错了，越长大越明白小时候的错。我每天都活在忏悔里，想起死去的那个同学就自责。遇到言栩后，更加觉得自己肮脏，不配。”

安瑶的手轻轻地抖，努力克制着，“我怕言栩知道，怕阿姨和叔叔知道，更怕大家都知道。我一直偷偷给同学家寄钱，却不敢公开道歉。我不认识许莫，不知道他从哪里得知，或许他是同学的亲戚，来要挟我。我怕其他人知道，看不起我不要紧，可我担心大家看言栩的眼光也异样。只是，许莫非常虔诚地把我当医生。对于病人，我无法不尽心，也无法用医学杀人。”

甄意想得到安瑶一面痛恨他，一面被职业道德束缚，也想得到她两难得几乎发疯的痛苦。轻声问：“许莫要挟你给他换心？”

“他逼我给他做手术。我没同意。可婚期近了，言栩偶尔会来医院接我下班，有一次，许莫差点冲出来。”

甄意蓦地想起那次他们四个在淮生的病房门口说话，有人鬼鬼祟祟地看安瑶这边。

甄意：“你猜到许莫有妄想症，知道他会恶化，但你想利用？”

“对。他迟早会绑架我，所以我放任不管，准备借被绑的机会，以自卫的名义杀死他。我至多以为他要我给他做支架手术，没想过他要心脏移植。我以为他只会绑架我一人，没想他绑架婴儿。婴儿在他手里，我被牵制，结果自卫杀他不成，反而陷入危险境地。直到最后脱险，我返回去，杀了他。”安瑶终于说完，交代后事，“我配不上言栩。等他醒来，麻烦你们照顾他，叫他别难过。”

甄意道：“我们叫他不难过，他就不难过吗？”

安瑶身影僵了一下，最终一言不发，拔脚离开。

言格立在木栏边，风吹着柳条从他肩上抚过，他淡淡问："就准备这样去对警察撒谎？"

安瑶的背影再度一顿，却没转身。

"我母亲让你去自首，说你刺伤许莫后，把他摁进水里淹死。"

"这是事实。"

"解释一下，为什么他们要用镇静剂对付言栩？"

安瑶平静如常："言栩他不准我去自首，可我要为自己的行为赎罪。"

"撒谎。"言格简洁利落地打断。

他双手插兜，从倚靠的栏杆上直起身来："言栩不是一个协助警方的好公民，但也绝不是不明事理的人。你不去自首，他不会介意；可如果你去自首，他绝不会阻拦。他会尊重你的任何选择。"

安瑶应答："他是。可阿姨说要取消我们的婚礼，不准他再和我见面。所以他情绪失控。"

到了这种时刻，安瑶依旧平静得不起风浪。

甄意立在夜里的凉石阶上，心在发凉，呼吸也不畅。

她不知道谁真谁假，也没法分辨安瑶有没有撒谎。可她有点害怕，如果不是安瑶杀的而她要去自首，那……

她看着安瑶单薄孤寂的背影，忽然很心疼。

路边一壁的淡紫美人樱开得正艳，风一吹，几朵花瓣旋转着轻盈坠落，落到安瑶的肩上。她穿着一件藏蓝色的刺绣裙，背影美得惊心动魄。

夜风吹着她披散的长发飞舞，她恰巧站在树荫下，茂密的树桠遮住乳白色的灯光，她像要隐匿进黑暗。

"这些日子我过得很幸福。但很遗憾，我仍是这样虚伪的女子，为了维持目前的假象，为了掩盖过去的邪恶。我再度被恶念驱使忘了本心。现在该说再见了。"她站了好一会儿，几次身体重心前倾，想迈步，都没成功，仿佛身后有无形的巨大力量牵绊着。

良久，她轻轻地说："好想回头再看一眼。"一句话散在缥缈的风里，载着无尽的思念。

只有几步之遥，她却再也不被允许进他的庭院。

她下定决心要走时，言格淡淡道："言栩不会同意你这样做，他想自首，而不是让你替他去。"

安瑶孑然一身，背影孤独，这一瞬，甄意发现，安瑶和她一样，甚至比她更甚。

她的生命里，只有言栩的爱。有，她就活；没有，她就死。

“安医生。”言格用了个奇怪的称呼，“你是心外科医生，如果你真想杀许莫，怀着必杀的仇恨，你的刀，会错过他的心脏？你或许恨不得杀了许莫，但想法和行动之间有一段距离。你刚才说的一切，可能是真的，也可能是为了给自己扣上充足的杀人动机。我认为，要么你的确想杀他，但最后时刻反悔；要么，你真的是自卫。”另一种可能，他暂时不想说。

安瑶还在坚持：“第一次杀人有点害怕，所以手抖，这才有第二次杀他。”

“如果这样，逻辑更说不通。”言格思路极其清晰，“不管你是真自卫还是假自卫，你的目的是想和蓄意谋杀撇清关系。换一种杀人手法，太冒险。

许莫是个男人，正常情况下，女人没有足够的力量把他沉进水里，除非他已经重伤。而杀一个已经重伤的人，不能构成自卫。这与你一开始的目的矛盾。”

他任何时候都能拆穿别人的谎言。

“今晚的情况是，下棋时言栩听见许莫是淹死的，很惊讶，发现他杀了许莫，所以决定去自首。”

甄意愣住，有些糊涂。安瑶的肩膀垮了下去。

言格一眼看穿：“我说对了。”

“你怎么知道？”

“我很清楚自己的弟弟是什么性格。无论什么情况，他都不会杀人。这是言氏家训。

“言栩一生都很封闭，不和外面的世界接触，他所有的道德观念和行为准则都来自家训。默默地记住，乖乖地照做。家训里还有一句话，倾己所有，守护家人。他把你当家人，所以尽一切来守护你。

“那晚，我们找不到你的所在。是言栩发现厂房的承重设计和通风口有问题，说一定有地下室，甚至画出地图。他想和我一起下去，被我阻止。可他一定下去找你了，却看见许莫倒在血泊中。他猜到是你杀了人，猜到你会伪装成自卫。他怕你被怀疑，为制造更多挣扎的痕迹，他把许莫推到水里去，想以此干扰警方。但没想到……”

但没想到，那时许莫或许休克，却并没有死。

甄意脊背发凉，夜里的风如此冷，吹得她全身的寒毛都竖起来，她心里不知是种怎样的感觉，悲哀，心疼，怨天意弄人。

甄意颤声：“言栩怎么知道一定是安瑶杀了许莫？”

“言栩能感觉到的人没几个。但能感觉到的人，他会格外敏感。即使安瑶装作没事，他也察觉不对，所以他才派人时刻看着她。他从我这里听说许莫有妄想症的时候，第一时间就明白了。他太了解安瑶。被精神病骚扰这么久，她都不动声色，他就知道安瑶想自卫杀人。”

事到如今，安瑶垂着头，眼泪无声下落：“是我害了言栩。”

她转头看甄意，微笑，却分外凄苦：“看你被许莫的枪口抵着也不肯杀林警官时，我哭了。甄意，我应该学你。我真的是自卫，可已经来不及。是我害了言栩。”

“你没有害他。”言格神色寡淡，“每个人都该为自己的行为负责，都该承担自己造成的后果。言栩的想法简单固执，犯了错就受罚，要去自首，向受害者家人道歉赎罪。偏偏你们不懂尊重他的决定。你是伤人，他是无意；可你这样曲解事实去自首，是蓄谋。你一个人承担两个人造成的后果，这是言栩想看到的吗？你有没有考虑过他的感受？”

“可我不能看着他在法庭上被人逼问，‘你真以为许莫死了还是故意’。我不能冒险让他被判谋杀。他不知道那时许莫还活着，可谁信？”安瑶颤抖着，眼睛里泛起水光。

总是如此，只有言栩才会叫她情绪波动：“言栩是多么单纯的人。他得知推许莫入水时许莫没有死，你知道那一刻他的心情吗？内疚自责恨不得杀了自己。你让他出去面对许莫的父母，言格，你忍心吗？”

言格默不作声。

甄意的眼泪一下子出来。听到许莫死于溺水时，言栩手中的棋子掉在棋盘上。当时他的表情，惨白，死寂，荒芜，犹如心神俱灭。

甄意上前去，拉安瑶：“我的律师执照拿回来了，我帮言栩打官司。”

“再有名的大律师也没用。我无法承担法庭判他谋杀的风险。”安瑶要走，言格上前一步，拦在她面前：“言栩不会让你去替他自首。”

安瑶泪落如雨，却毅然决然：“我已经下定决心。”

言格仍不让步：“而我也答应了言栩。”

“安瑶你还在这里做什么？”言母不知何时出来，神色严厉，“警察的车已经到大门口了。”

安瑶对言母没有丝毫的埋怨，深深鞠躬：“阿姨，以后拜托您照顾言栩。”

“母亲。”言格开口，一字一句，“请您尊重言栩的心情。”

“什么心情？”言母唇角扯出一道冷笑，“因所谓的爱情鬼迷心窍，做出违背家训、害人害己的事？这个女孩，”她指向安瑶，“我曾把她当女儿一样对待，得到的是什么。她害言栩为她误杀了人！这会是言栩心里一辈子的愧疚和污点。她害惨了我的儿子，你的弟弟！”

其实言家可以只手救她，把这件事一笔带过，可言母太恨，她势必要丢弃安瑶。

安瑶的眼泪簌簌地坠落。

言母盯着言格："还有你，尊重言栩的心情？言格，别再对你母亲说这种话，也请你不要再感情用事，请你尊重你母亲的心情。"

她漂亮的眼中泛起泪光，一字一句，颤声道，"如果可以，比起你们的心情，我宁愿把你们关在山里一辈子，保你们平安一生。我这辈子最后悔的就是八年前尊重了你的心情，撤了你身边的人，让你……"

"母亲！"言格疾言制止了她的话，清黑的眼眸里闪过一丝少见的慌乱与紧张。几乎是同一瞬，眼神急速扫向甄意。她茫然而迷惑又摸不着头脑的样子让他隐隐心疼。

言母扯起嘴角："还在考虑她的心情吗？很好，就顺带考虑她的安全。"

话里威胁的意味太明显，甄意也听出来了。她怔愣几秒，慌慌张张几步跑下台阶，迎着夜风跑去他身边，着急忙慌地捉住他的手。那生怕会自此相隔再八年的表情让他心如刀割。

她软软的小手钻进他手心，他的心才安定，他亦给她回应，缓缓地紧紧地握住她。

她也安心了，在他耳边小声道："言格，做你认为对的事，不用管我。"

他心底一震，得到她的爱，他这辈子该是何等幸运。

他紧握她的手，清冷沉沉道："我说了，在言栩醒来之前，不会让安瑶走；至于甄意，"他淡淡扫一眼言母身后的人，"我在这里，谁敢碰她？"

众人噤声，言母良久不语，微微眯了眼，寂静地打量着她的儿子。夜风吹起了他额前的碎发，露出白皙饱满的额头，整张脸清俊秀美。

两个儿子从小自闭，对家里的事不像叔伯辈的那些孩子们挂心，长大了也没想在家中树立权势。可血脉就是地位。父亲不发话，单凭母亲是限制不了成年儿子的。

言母看着皎洁月光下，他那肖像他父亲的脸，英俊，淡漠，带着与生俱来的气势。也和他父亲一样，不知她的良苦用心。

她看一眼甄意，如此危险的女人，他竟然再一次靠近她，是昏了头了。

还在僵持着，院子里突然传来一声惊呼："少爷！"

"少爷不见了！"

言母和众人马上返回。

言格立刻绕去院子后边，就见院墙外的月桂树折断了好几处枝丫。甄意惊诧，望一眼那扇开着的木窗："言栩从楼上跳下来了？可安瑶在这里啊。"

"他不是去找安瑶，而是……"他顿住，脑子里飞快闪过一个想法，立时手心发凉，"他不会开车！"他如风一样，飞奔去向言栩的停车场。

警察已等在大门口，言栩势必要抢在安瑶前自首，而这里离大门还有一公里。不开车会被家里的人拦截。

甄意心惊胆战，跟着飞跑而去，却见言栩的车尾灯消失在夜幕里。

只剩绿藤环绕的停车场，安静地停着各类世界顶级跑车。她记得安瑶说，言栩兴趣很少，没事干的时候会一个人待在停车场修车，把一辆好好的车拆得七零八落，又完好无损地组装起来。

一天又一天，他像一只勤勤恳恳的小机器人，拆了修，修了拆。

他可以自己跟自己玩一整天，而她可以安安静静地看他玩一整天。

日出日落，四季变换，树梢的花儿败了又开，山中美景千变万化，那其实是一幅温馨得让人落泪的场景。

她还记得安瑶说，不要看一个男人为你付出了多少，要看这个男人为你付出了多少他所拥有的。毫无疑问，言栩给了安瑶他所能付出的全部。

言格也是，为了她，一次一次突破他天性的极限。

言格侧脸静肃，双手紧握着方向盘，太用力，甄意看见他肩上的伤再度开始渗血。他周身散发着一种冰冷且高度紧张甚至恐慌的气息，那前边是和他有心灵感应的弟弟。

很快，更多的汽车从四面八方古老的青石道里涌出来，斑斓交错的车灯划破园林中宁谧的夜色。

某一刻，言格突然像被谁狠狠一推，差点趴在方向盘上。他脸色煞白，强撑着一手狠狠揪住胸口，疼得额头上青筋暴起。甄意知道他是感应到言栩的痛了。

前方隐约看得到庄园的大门和闪烁的警灯。

"言格……"看他这副闷不吭声独自疼痛的样子，她的心痛得要死，缓缓覆上他的手，他肌肤的温度冰凉得惊心。

与此同时，前方不远处传来沉闷而剧烈的几声撞击。树叶窸窸窣窣，夜里沉睡的鸟儿像礼花一样，展翅飞向天空。

言栩的车翻了个身，歪倒在路边的水渠里，车身扭曲变形，驾驶室里的人没了动静。

"言栩！"言格跃下车，踏着水飞奔到车前，匍匐进车底去拖他，可他卡在车内，双眼紧闭，脸色苍白得可怕。他从头到脚都是血。

跟上来的人全跳进水里，想救言栩出来，可空间太小，都无处施力。

油箱破裂，白花花的汽油哗啦啦冲洗着驾驶室。汽油血迹在水渠里漫延流淌，冲刷过鹅卵石，空气里弥漫着刺鼻的血腥味和汽油味。甄意惊得浑身发抖，而言格完全钻进了驾驶室。

她知道她不该这么做，也不该说这种话，可她太害怕，怕得全身在抖，她扑去翻倒的车下，趴在溪流里拉扯他，才开口眼泪就下来。

“言格你出来，车会爆炸的，你出来啊！别这样，求你别这样！”冰凉的泉水漫过她脚上的伤口，她痛得双腿打战，却死不松手，拼命往外揪扯他。

“言格，求求你，别这样！我会害怕，我会害怕啊！”

可他执拗着，全身紧绷着都是力气，她根本拖不动。他固执而倔强，仍在使力拔言栩的腿；她感觉到他在颤抖，沉默的，隐忍的，一声不吭。

他在害怕。

她从未见过他如此悲伤慌张，泄漏的汽油洒在他身上也不顾。肩头的伤再度撕裂，血迹汽油混杂在一起，甄意看着心痛如刀割，他却感觉不到自身的疼痛。

“言栩！言栩！……”他一声声唤他，声音极低，像是从心底最深处发出，透着极度的紧张和恐慌。狭窄的空间里，他惊慌失措时，言栩抓住了他的手臂。

言栩手上全是血，抓一支血淋淋的录音笔，唇角无力地溢出几个字：“交给警察。”

“你自己去。”言格嘴唇在抖，使劲拔他被卡住的腿。

“对不起。”言栩眼神虚空得仿佛回光返照，语气虚弱得像羽毛，“家训说，不准杀人。我违背了，我不是合格的言家人。……家训也说，要保护家人，如笙……就是我的家人。推许莫下水，是为保护她；不让她为她没做过的事自首，也是保护她；可妈妈为什么不同意……家训还说，做错了事就要受罚，妈妈也不让。哥，很多事情，我不明白。”

他黑漆漆的眼睛里缓缓蓄上泪水，在夜色里触目惊心：“哥，那个绑架犯又湿又冷，我真的以为，他已经死了。对不起。我做了无法救赎的坏事。”他的眼泪晶莹地坠落，“哥，请你帮我，救救她。”

言格不听，一贯沉静的人竟狂乱起来：“言栩，请你帮我，救救你！把腿拔出来。”

可言栩一动没动，刚才说的话已耗费他所有的力气，他浑身血淋淋，唯独目光干净，纯粹地望着虚空，渐渐，开始涣散……

“言栩！”安瑶凄厉的喊声划破夜空。

她一路奔跑过来，看见车祸现场，惊呆，疯了般想跳下水，却被赶来的警察拦住。此刻靠近，已是非常危险。

“言栩！言栩！”安瑶撕心裂肺地大哭，“你们救救他，你们救救他……”拳打脚踢，却被警察们死死制住，她绝望得尖叫，“放开我，放开我！……言栩！

言栩！！”

不知是不是听到安瑶的声音，言栩清黑的眼眸缓缓聚焦，盯着不远处哭着挣扎的安瑶，静止了。

那个眼神，安静，执着，澄澈得好似一眼万年。

他远远地盯着，咫尺，天涯，嘴唇动了动，似乎想说什么，可，只有一滴眼泪砸下来。是留恋不舍的，却终究缓缓垂下头，再也没了声音。

去找灭火器和锯子的人还没来，可车内的汽油不等人了，危险的气息每分每秒在堆积。原本跑来帮忙的警察开始拉人，有一位抓住甄意的手臂往岸上拖。

甄意死死揪住言格，惊恐地大哭：“言格，别这样，你别这样！你先出来，汽车会爆炸的，你出来！言格，我求你！别这样，我会害怕。请你别这样。”

可他狠命拉着言栩不松手，带着比夜色还要浓重的悲哀与凄凉：“言栩，不要放弃；言栩，我们是双生子，一个也不能死。”

他反手握住甄意的手，甄意已有所预感，心一空，凄厉尖叫：“不要！言格，你死了我也会死。请你不要！”可他用力一扯，甄意的手便被迫松开。

她霎时被警察拉出几米开外。她的心瞬间没了声音，因为就在刚才，言格把录音笔塞进了她的手里。

这样的一对兄弟……甄意脑中空白，心痛得已不堪忍受重负，疼得一下子爆炸开。

那瞬间，有人抱着灭火器从四面赶来，可来不及靠近，陡然一声巨响，汽车的碎片四下炸开。

烈火在水面荡漾，照亮了整个夜空。

十天过去了，言栩还是没有醒来。医生说，他可能从此沉睡。那晚的最后一瞬，言格终究是把言栩拖了出来，却来不及跑开。

安瑶每天守在ICU病房外，消瘦得不成人形。甄意以为，如果言栩死了，安瑶也会死。

她最能理解安瑶的心情，那晚，昏迷中的言格一身是血地被送进抢救室，手术五个小时，沉睡三天三夜。她整颗心都被掏空，仿佛时光自此走到尽头。

直到他醒来，她才安稳。她终于解脱，可安瑶还沉浸在无尽的梦魇里。

如今言格可以下地行走了，言栩却仍没有苏醒的迹象。

安瑶立在病房外，眼神笔直，一瞬不眨地望着里面戴着呼吸器、浑身插满管子的男人。

言格穿着病号服，瘦弱得像片纸，在甄意的搀扶下缓缓走去，望着里面和自己有着同一张脸孔的人，苍白的脸上浮起极淡的伤感。

他嗓音虚弱地安抚："安瑶，言栩现在的心情很平静。"

因为言栩失去意识前把自首的录音笔交给言格，他完全信任，信任他一定不负他的托付。而言格在甄意被拉出驾驶室时，把录音笔塞进她手心。他亦是完全信任，把如此重要的托付转托给了她。

这种信任超越一切，是信任所托之人不会自作主张地所谓为他好，而是会毫无保留地尊重他的决定。

甄意不记得汽车爆炸的那一瞬，她绝望惶恐却第一时间把录音笔塞给警察时的心情。

她只知道面对这样一对善良简单得像白纸一样的兄弟，无论如何也要达成他们心中所愿，让他们了无遗憾。

此刻的言栩，心底一定安宁无尘。

"言格。"安瑶嗓音嘶哑得不像话，"再过几天，阿姨就要把言栩接回家疗养了。我……"她的眼泪大颗大颗地往下砸。极度恐慌，害怕再也无法看见言栩，害怕再看一眼他睡觉的样子都是妄想。

"放心。我父亲已经同意。至于母亲，她违背家训，会因她阻止言栩自首、放任你去顶罪这两个错误的决定，受到家族的处罚。"他平静如往昔，可甄意还是感觉到他整个人寂静了，比之前还静，仿佛言栩的出事成了一块巨石，让原本就内敛的他愈发抑止。

"谢谢。"安瑶克制地深吸一口气，"我去顶罪是我自愿，真不关阿姨的事。"

"她利用了你的自愿。"

甄意心里震撼，不能言语。

她把录音笔交给警方后，在得知言栩可能成为植物人的情况下，言家大家长里并没人责备甄意，也没人想着如何一句话把甄意交给警方的录音笔变成空气，而是让言栩的父亲代表家族向甄意致谢，并委托她替言栩打官司，说家里会派人代表已无行为能力的言栩出庭，接受法律的审判。

家族中大家长给言栩母亲的处罚，是以涉嫌伪证的名义向警方自首。但同时他们会为她请K城最好的大律师，预计判刑是服务社会公益。

甄意清楚，言家的地位用"豪门"一词来形容都无法企及。家族中人行为低调，品格却能称之为高贵。难怪言格和言栩会长成现在的样子。

因为家族对法律和生命的敬畏，渗入了每个言姓人的骨子里。这一家人在行为上践行，他们不是豪门，而是贵族。

甄意的心仿佛被洗涤。比起那些出了事便拿权势压人，歪曲是非只为庇佑子孙的豪门来说，这样的家族无疑是心灵的清泉。

安瑶拿纸巾沾去眼角的泪水，又对甄意道：“也谢谢你。”

“是我该做的。”甄意知道她是说为言栩辩护的事。

“言栩抢在我前面去自首的那一瞬，我就知道错了。我应该尊重他的选择和决定，不该自以为是地为他好，不顾他的心情。”安瑶对许莫的伤害案也将在近期审理。言家为她请了最好的律师。

甄意感叹，现在醒悟不算迟。一转眼见安瑶的手臂内侧一道伤疤，奇怪：“你受伤了？”

安瑶低头一看，拿袖子遮住，道：“不是，小时候的伤。”她抚着手臂，似乎出神，“我和你讲过我和言栩的事。”

“嗯。”甄意说，“他小时候见过你，后来在医院认出，就每天都出现。”

“从那时开始，我的生命才鲜活起来。”她声音低下去，半晌，又坚定了，“他已脱离危险，不管什么时候醒来，我都会等。”

言格开口：“安瑶，关于许莫，我有几个问题想问你。”

“什么事？”

言格在爆炸中伤到脾脏，受着伤，声音格外低沉：“那晚你坦白时，自始至终没提淮如。你潜意识里对她有敌意？”疑问句，却是肯定的语气。

“被你看出来了。”安瑶稍显疲惫地揉鼻梁，“我的确对她反感。她知道我过去的事，要挟我害死许茜，给淮生换肾。我拒绝了，但因我的疏忽，许茜死了。而她父母反悔没捐成，天意弄人。”

言格要说什么，张口却又闭上，嘴唇白得像纸。他只是极轻地敛瞳，甄意便察觉，赶紧上前扶他：“去坐下吧。”他身体还很虚弱，没那么多力气。

甄意搂住他的腰身：“别太用力，靠在我身上。”

他很听话，轻轻倚着她，重心偏去她身上，她力气不大，却用力托着，两人的手紧紧握缠，一步一步走到椅子边。

她抱着他，仿佛他是易碎品。小心翼翼扶他坐下，两人的脸轻蹭一下，他柔软的鼻息从她脸颊掠过，痒痒的，很生动。她心里温暖，还好，还好他活着。

他坐好了，道：“你说不认识许莫，不明白他怎么知道当年的事。而许莫知道你的婚讯和未婚夫，要挟正中要害。他有妄想症，日常都难自理。虽然他在医学上自学到非常高的阶段，但在犯罪上并不缜密，一开始行动完美，越往后疏漏越多。他只想粗暴地绑架换心，并没那个心思给你施压。且他和你的生活没有交集，怎如此清楚你的心理弱点？”

安瑶惊诧：“你的意思是？”

甄意瞬间反应过来："和安瑶一个孤儿院长大的淮如嫌疑比较大吗？照你这么说，淮如不是人质，是共犯？"

言格道："没有摄像头拍到淮如被劫持的画面，只有保安目击。"

甄意补充："许莫一开始绑架了婴儿和安瑶，本就很难控制。他本可以直接把淮如打晕扔在原地。可他把她绑上车，一个人控制三个，风险太大。"

"对。"言格说，"即使带着非法枪支，心理上，他也不会想一人控制三人。"

安瑶回想："淮如上车后，许莫拿枪抵着她，一直都是她在开车。"

"你们没绑在一起，你在玻璃屋里，她在外边。拿帘子隔着，后来甄意来了，帘子才拉开，对吧？"

安瑶脸色苍白："是。我以为淮如也是许莫眼里的心脏。我说婴儿心脏太小，许莫放弃了。然后听淮如说男人的心更好。"

甄意脸色凝重："我不肯杀林警官时，许莫说会杀了我，取走我的心。可见他对男人女人的心一视同仁。他并非因淮如说男人的心脏更强才不杀她。可能淮如是他的同犯。"她越说语速越快，"许莫的角色分工非常清楚，你是医生，我是护士，淮如是人质，是意外发生后他可以顺利逃脱的盾牌。"

"可现在死无对证。"安瑶蹙眉，"淮如为什么要杀我？难道因为我怀疑她害了许茜？"

言格凝着浓眉，黑漆漆的眼睛里闪过一丝不易察觉的光。安瑶的微表情……他抬眸瞥她一眼，想起那晚她烧掉的纸张。可想起言栩说的那句话，不要分析安瑶。

目前，还是想想和许莫有关的一切。

淮如是搞生物化学的，许莫给他喝的药他很熟悉，类似厉佑服务的那个机构里研究的药物，又不太像。淮生是药罐子，还有日常特殊疗养。淮如在研究所工作，工资微薄。可据甄意讲，淮生对徐俏出手阔绰。如此说来，淮如很可能私自制精神药物贩卖。

他清淡道："或许，她不是想杀你，而是想杀许莫。她清楚你的心理，想借你的手杀掉许莫。"

安瑶微愣。

"同伙之间闹矛盾？"

"大概。"言格说，"甄意，见到司瑰，建议她查一下淮如的银行账户。我怀疑她非法贩卖精神药物赚钱。"

她好几秒没说话，言格回头看，见她咬着唇，双手紧紧攥着膝盖。

"怎么了？"

甄意努力想扯扯嘴角，笑却难看："林警官的死，我虽然埋怨淮如，但不恨她。

我不会为自己的生命去杀人，但也没要求其他人像我一样。但，”她声音轻颤，眼泪漫上眼眶，“如果淮如真是许莫的同伙。她就是蓄意杀死林警官。我绝不会放过她。”

他的手伸过来覆上她的，柔软的病号服袖口轻蹭在她手背。

她抬头。他病中的容颜，苍白虚弱，眼窝深陷，眸子却清隽有神，给她力量：“作为证人，好好和尹检控官合作。我想，你们一定可以把真凶绳之于法。”

甄意强打精神，点头。

“言栩的案子准备得怎么样？”

甄意原本要替言栩打误杀罪，可言格醒后告诉她，言栩说许莫“又湿又冷”，他怀疑言栩推许莫入水时，他真的已经死了。

“有点难办，但我正在努力找证据。”

“别太有压力。尽力就好。”

甄意“嗯”一声，问，“到时，你父亲代表言栩出庭？”

他摇摇头：“我。”

“到时候，身体能好起来？”

“我会努力。”

这也是可以努力的啊。她看一眼手表，起身：“林涵的案子，我和尹检控官约好对证词，先走啦。”

律政司大楼的走廊上很安静，没什么人来往。外边天空蔚蓝，楼下车水马龙。噪声远远的像蒙在一层水雾里，似乎热闹，却不太清晰。

尹铎接了两杯水，递一杯给甄意，问：“准备得怎么样？”

“我办事，你放心。”甄意一回到工作，状态就不错，说话声都是朗朗的。她从包里拿出资料递给尹铎：“我把安瑶的证词整理了，随便看看吧，能用就用。”

尹铎接过来扫一眼，微微抬眉。她做得非常好，有几点他甚至在准备过程中没想到。

“甄意，你把自己当检控官了？”他开玩笑，又问，“拿回执照，电视台也辞职了，有没有想过来律政司工作？”

“哪有坊间自由？”甄意打马虎眼，道，“还有，杨姿可能会说淮如杀的是一个必定会死的人。外国曾有个案子，被告受胁迫杀了立刻将死的人，无罪释放。你要提前准备。”

尹铎一副受教的姿态，稀奇道：“你怎么知道对手的策略？”

甄意弯弯唇角：“那天遇见，她发表了几句看法，我猜的。事先准备，别到时措手不及。”

他饶有兴致：“杨律师要是知道，绝对后悔那天和你说话。”

“最重要的一点，淮如很可能是许莫的同谋。”

尹铎微微敛瞳：“你也怀疑？”

甄意一愣：“你们也怀疑？”

“但没证据。”尹铎头疼，“要么她太缜密，要么就像外界说的，我们太想治她，无中生有。”最近报纸媒体都在关注。大家认为淮如的行为从某种程度上讲是合情的，法律上处于边缘地带。民众普遍认为，因为死者是警察，律政司会想方设法致淮如于死地。

甄意把言格和她的分析说给他听，尹铎皱眉思索一会儿，说：“你等我一下。”起身去了办公室。甄意坐在走廊里喝水，等了快半个小时，尹铎才出来。

这次，他认真而冷静：“甄律师。”

这个称呼叫甄意稍讶：“怎么？”

“律政司刑事检控科希望把这次的检控外判给你。”

甄意瞪大眼睛：“什么？”刑事检控科的确有把案件检控工作外判给坊间大律师的先例和习惯，但大都是重大商业犯罪，轻型人身侵犯案件。

“意思是开先例。”尹铎道，“K 城有过私人做刑事控诉方的案例，这种情况极少，可也不是没有。”

“但，为什么？”

“说这句话不太恰当，但，”他迟疑半刻，“想给淮如判终身监禁，这种可能性最大。局势微妙，很多人阴谋论说控方会曲解证据置淮如于死地。而陪审团成员就来自普通民众。”尹铎语速微快，带着刻不容缓的紧张，“民众的呼声给林涵的父母造成极大的伤害，他们给司长写信说希望他们的儿子不要成为民意的牺牲品；他首先是他们的儿子，然后才是警察。”

甄意鼻子发酸。

“K 城有极少的私人刑事诉讼案例，他们想申请。司长考虑后，想把检控权外判给坊间大律师，不给审判团控方借势压人的印象，让这位律师代表控方的同时更代表死去警官的家人。”

甄意听言，内心莫名被一种大势将来的激动情绪席卷，手发颤。

“我们一直在找合适的大律师。但目前的几位有的和我们合作密切，有的功成名就财富万贯，在民众心里代表上层阶级。”尹铎目光热切，“但你不一样，你出道至今，都代表弱势一方。即使戚勉，在想陷害他的父亲面前也是弱者。”

尹铎见她久久不表态，沉吟半刻，道：“甄意，作为你的学长，我建议你答应。

接这个案子只会有好处。这种程度案件的外判可以说是史无前例。”

甄意已不能言语，身体止不住颤抖，那种浪涛奔涌般的激动情绪仿佛从内心最深处震颤而来。所谓K城法制史上的开先例都是次要。

她想亲手送淮如进监狱！

律政司开创先河外判谋杀检控权的新闻迅速席卷各大媒体，传遍大街小巷。

K城接下来的一两个星期里，报纸电视各种媒体，全城都在热议一件闻所未闻见所未见的事，法律专家每天做客直播间，帮助民众分析局势，捋清线索。

一个叫甄意的律师同时接了两个引人注目的案子。

第一个案子里，她代表检控方控诉淮如谋杀警察。

淮如的辩护律师杨姿声称淮如的行为属于“合法杀人”里的“可免责杀人”，欲以此为淮如开罪，而控方律师甄意则认为淮如涉嫌最高“谋杀罪”，应判终身监禁。

如此，她要证明绑匪许莫没有胁迫淮如杀人。

如果她成功，那臭名昭著的吃心绑匪许莫除了吃掉一堆动物心脏，实际上并没有杀任何人，罪名会降为绑架和伤人。

同时，第二个案子里，她要代表沉睡的言栩，辩护他并没有杀死许莫。

两场审判，第二场的被害人是第一场的受益者。矛盾。闻所未闻。

法律专家认为，第一个案子，淮如的律师可能以杀死必死之人免罪，甄律师则必须推翻这个理论；可第二个案子，她要证明言栩杀死的是必死人，无罪。

完全相反的两个案子，这位律师期望得出两种完全不同的结果。再度矛盾。

史无前例。

报纸媒体都在说，这次的外判已经创造了历史；但，这只是小巫。

如果她打赢这两场完全相反的官司，她就创造了K城法庭真正的历史。

K城，甚至放眼相似法系的国家地区，也没有出现过这种案例。如果她赢了，她会为今后相似的案子树立标杆。

民众的热情到了最高点，街头巷尾都在议论：她，能同时赢下两个案子吗？

这，是一个见证奇迹的时刻。

开庭那天，法院门口盛况空前，比当初唐裳戚勉的案子还要引人关注。连警察都出动维持秩序。

绑架，挖心，人质被绑匪逼迫杀死警察，这样的噱头足够引发全城关注。围堵在整条街的记者和民众像打了鸡血一样疯狂。

先审的是淮如杀林涵案。

入庭时，甄意习惯性扫一眼旁听席，言格坐姿端正，在最边角的位置。虽然身体并未完全康复，还很虚弱。但她的庭审，他必然会来。

尹铎也在旁听席上。下一场审判，他和甄意在对立面，但这一场，他站在甄意这边。

法庭上没有永远的敌人，也没有永远的朋友。以前做助手的杨姿，成了对立面的辩护人。

此刻的杨姿心里非常激动，信心满满。摸爬滚打那么久，她渴望经此一役，一举成名。

唯一的遗憾是，对手不是尹铎。不然，可以当面给他留下深刻的印象。

淮如一开始想过回避，可杨姿说甄意的身份在打擦边球：她和当事人淮如林涵都没利害关系；控方没有选她当证人，她不会以证人身份出庭。

大家都是钻空子的人，杨姿深知甄意不符合回避原则。更何况，她也希望和甄意做对手，在法庭上亲自击败她。所以，她没考虑申请回避。

这些天新闻媒体全在讨论甄意，这两个对立的案子太耀眼，杨姿想，一定是言家动用关系想捧她出名。刚好，由她亲自摧毁。

旁听席上挤满媒体和民众，人头攒动，却井然有序。落座后再没人发声，也无嘈杂。

法官宣布开庭，座无虚席的法庭鸦雀无声。宣读完检控书后，首先由辩护人杨姿盘问淮如。

杨姿一身黑西装，走到法庭中央，面向淮如，嗓音温柔："请给我们描述一下你被绑架的经历。"

淮如长长地呼了一口气，"我在停车场看见安医生，想过去打招呼，突然被那个男人拖上车。他拿枪抵着我，我吓得魂飞魄散，不敢乱动，只能听他安排。"

她面色凝重，仿佛当初的经历如今想起还是梦魇。

"接下来呢？"杨姿语气非常柔和，像不忍吓到她。

甄意明白，这样的配合无非是给大家营造淮如受惊过度也是受害者的形象。

显然她们准备充分，做得很好。淮如始终一脸不安的惊恐，描述如何被许莫拖下车，如何被他拖着经过一个泡着红色动物心脏的水池，又描述阴森的走廊，泛着白光的玻璃房子和手术室，成功运用各种的感官形容词给在座的人描绘出一幅绝对恐怖的画面。

这是事先商量好的，让陪审团了解她无力而惊恐的处境及她遭受的巨大心理压力。

甄意冷静坐着，要不是她早见识过，只怕此刻都觉得阴风阵阵。

描述完场景和心路历程后，淮如终于进入正题，讲起被胁迫杀人的环节。说到这段，她几度落泪："对不起，我真的不想，可他拿枪口对着我们。我没有办法，我太害怕……"她伏在证人席上，呜咽大哭，"我每天都不受控制地回想当时的噩梦，永不会忘记。对不起，我对不起林警官。可我真的好怕死，我好怕死！"最后一句话真是道尽人性心酸悲凉。

旁听席上，众人唏嘘不已。杨姿声音柔和，像苦情电视栏目主持人："那时，你想的最多的是什么？"

"反对。"甄意抗议，"无关问题。"

法官点头："辩护人，请陈述问题的必要性。"

杨姿道："我当事人的心情和心理压力会影响她的判断。"

法官斟酌片刻，说："请准确地提问。"

"是。"杨姿看向淮如，"回答我刚才的问题。"

"我弟弟。"淮如泪流满面，"我和他相依为命，他身患尿毒症，一直由我照顾。我不想死，如果我死了，我弟弟就活不成了……"

好一手亲情牌。她泪如雨下，讲身世如何凄苦，如何好好学习好好工作，工资微薄照顾重病的弟弟。

甄意数度抗议"无关煽情"，却招来杨姿更激烈的反驳。

到最后，杨姿激动起来："我的当事人，一个普通的公民，热爱工作，为弟弟奉献，求生欲望强烈。在被逼无奈的情况下，大多数人都会做出和她一样的选择。有部分人会做出高尚的行为，可像我当事人这样求生的小人物才是社会常态。高尚的行为值得我们推崇，但普通人的选择也无可厚非。在座的各位，关键时刻试问谁能坚定不移地舍己为人？谁又会像我的当事人这样选择保全自己，为自己的家人活下去？"

她越说越慷慨激昂，煽动人心的话语在法庭里回荡，听者被她感染，为之动容。

法官猛敲法槌："辩护人，请不要情绪误导！"

杨姿立刻收敛，低头认错。但，这势必会误导众人的情绪。

甄意丝毫不乱，早料到杨姿会打感情牌，只是没想到淮如表现如此好。

杨姿回位后，甄意起身，走到淮如跟前，递给她一张纸巾。后者意外，小心地接过来，不懂她的意思。

甄意凉淡道："自案发，你面对各类媒体哭了一个多月，我不知道你眼泪哪来的，也不知道你是不是哭成习惯。但法庭上要控制情绪好吗？"

简单的一句话，暗讽她做戏。

淮如攥着纸巾，不吭声。而杨姿甚至无法提出抗议，那会是此地无银。

甄意语气若有似无，问：“你很怕死，因为你死了，你的弟弟就活不成。你舍不得弟弟，想为他活下去？”

淮如的苦情史一直被媒体报道，为她加了不少分。她点头，抹眼泪：“是。如果我孤独一人，死也无所谓。但为了弟……”

“好一个为家人活下去。”甄意夸赞，笑容一凝，语峰急转，“你的家人是家人，林警官的家人就不是了吗？”

她变了脸色，指向旁听席，那里，一对父母白发苍苍，一个女人满面泪水。

“林警官的父母和怀孕七个月的妻子就坐在这里等着法律为他们的家人声张正义！老人身患重病，妻子身怀六甲，现在，谁来为他们活下去？”

全场噤声。

甄意质问：“你们一个个声称杀人无罪的，谁敢抬头看他们的眼睛？他们才是真正的受害者家属！”这句话无疑是给那些同情心泛滥的人打脸。

一句话挽回大半局势。

杨姿猛地想起，甄意不仅代表控方，更代表了有血有肉的受害者家属。感情牌不是只有她会打。

淮如没料到这一招，好几刻没反应，直到法庭上起了小小的议论，她才再度痛哭流涕：“对不起。是我自私，在那种情况下只想保护自己。对不起，我以后供养林警官的家人……”

面对她的忏悔，甄意冷言打断：“我开始提问了。”

语速很快，不带任何情绪：“刚才你回答杨律师提问时，说你恐慌害怕，时刻担心被杀？”

“是，我被绑架那么久，太害……”

“回答是就可以，不用引申。”她听够她的苦情戏，不需要她再影响陪审团。

“是。”

“你的判断来源于现场环境，因为有手术室、盐水池，你认为许莫会杀你。”甄意忽略了对场景的恐怖氛围描述。

淮如没察觉，答：“是。”

甄意点头，直接道：“我认为你的判断不够合理。”

淮如一愣：“现场真的很……”

“请问，”甄意皱眉，又是打断，“许莫有没有在言语上说要杀你？”

此话一出，安静一片。

陪审团成员皆回味过来，辩护律师一直没提及这个问题，想来是故意忽略。

眼见她要开口，甄意抓住时机，准确地抢在她之前重复询问：“许莫有没有在言语上说要杀你？”

不是想给陪审团留好印象吗？就给大家留一个她犹豫不决的印象，制造撒谎的嫌疑。

淮如冷了一秒，坚定答：“有！”

甄意看出她在撒谎，丝毫不急，从容淡定道：“说出他威胁你的话。”

淮如想了想，说：“他叫我别想跑，不然，把我的心挖出来。”

“听上去像随口一说的威胁。”甄意说。

淮如反驳：“不是随口。”

“什么时候说的？”

“一开始绑我时。”

“有别人听到吗？”她的问题无孔不入。

淮如一愣：“没。他声音不大，安医生在玻璃屋子里。”

甄意挑眉：“所以，关于他口头威胁你一事，没有人能证明。”

淮如脸上彻底没了轻松的神色，嘴硬：“他的确说了。”

甄意紧追不舍：“后来，他有没有再说过威胁你的话，让安医生听见？”

淮如很警惕，道：“没有。”

“后来，他没有再说过威胁你的话？”

淮如没发现这句话和她前边问的那句有什么不同，答：“没有。”

而甄意等的就是这句。她话锋一转：“这么说，他只威胁过一次，在一开始，距离你后来杀他，隔了很长很长一段时间。”尤其强调了“很长很长”。

淮如不懂。

甄意幽幽道：“我认为长时间前的一句威胁不足以在之后驱使你自卫。”

淮如震惊。不管撒谎还是不撒谎，事情都能走到甄意设计的预期里。

她看着面前这个女人周身散发的霸气，一时竟无言以对。

“反对！”杨姿大声抗议，“心理施压并非只在即时状态。”

“反对有效。”

甄意换问题：“你是意外被许莫绑走的。”

“对。”

“许莫开始要婴儿心脏，安医生说婴儿太小，所以他没对婴儿动手，对吗？”

“对。”

“你害怕许莫对自己动手，主动说男人的心脏比女人好，对吗？”

淮如犹豫片刻：“是。”

“许莫听了你的话，就出去了。”

“对。”

“这么看来，许莫是个说得通话的人。你觉得呢？”

淮如不作声。

“你觉得呢？”甄意蹙眉，面色很不善地逼问。

“……算是吧。”淮如已经有些惧怕她。

“他出去找新的男性心脏去了。这时，你还认为他之前对你的一句威胁有效力吗？”

“……”

“请回答我的问题。”她陡然提高音量，气势强大如同女王。

淮如咬着牙：“有！因为他要杀林警官，说林警官死了，没了心脏就杀了我们。”

甄意点头：“好，请你详细描述案发时刻的事。”

淮如被她这一连串逼问得紧张至极，忙不迭道：“许莫拿枪逼甄记者把林警官的心挖出来，甄记者不肯，许莫暴躁，开了很多枪，警官和记者都受了伤。他把枪口对着我们，太……”

“请等一下！”甄意抬手打断，“把枪口对准了你们？”强调了“你们”。

“……是。”

“所以，”甄意缓缓道，“许莫并非单独胁迫你，也并非把枪口正面对向你一人？”

询问的句式，却是肯定的语气。

淮如狠狠一怔，脸色发白。她知道接下来还有安瑶做证，如果撒谎，她之前营造的形象会全线崩溃。陪审团有十二位陪审员，必然会有一部分相信她。

她闭了闭眼，死不松口：“他的枪口是对着我们两个人的方向，子弹打到谁都有可能。”

这是杨姿教她的说辞。

甄意跟没听见她的话似的，抱着手，挑衅十足，自言自语道：“我认为，当时许莫并没有胁迫你，而是胁迫在场的另一位证人。是你自作多情。”

她这样的语气逼得淮如几乎破功，她控制不住，怒道：“许莫差点儿开枪杀了记者，我是在救人！”说完，便见甄意的眼睛里有了笑意，她莫名心底一凉。

下一秒，便听她幽幽道：“先不管是为了谁，刚才你总算是承认枪口不是对着你了。”

淮如一震，她的确在情急之下说出“许莫差点儿开枪杀了记者”。

可她很聪明，瞬间补充：“他会在几枪内打死甄记者打死我，他会屠杀所有人！林警官已经快死，我应该救自己，救另一个更有机会活下去的人。”

“抗议！”杨姿反驳，“不论自救还是救人，都符合‘合法杀人’的法律定义！都可以免责！”

“谢谢杨律师的提醒，”甄意回头看她一眼，嘴唇一勾，傲然道，“那我们来讨论救人的定义。”

她眼风扫向淮如，真真是毫不掩饰的绵里藏针，直指关键：“你如何判断许莫会发狂杀人？”

“我在许莫扣动保险栓后才动手，并非无缘无故怀疑他要杀人。”这也是杨姿教她的，说明她有足够的理由判断许莫要开枪。

甄意眼神灼灼：“许莫扣动保险栓，扣了几次？”

淮如隐隐又觉不安，而这种事实类的证据，是无法撒谎的，便小声道：“四次。”

“哪四次？”

“对林警官两次，对记者两次。”

甄意眼瞳一凛：“许莫扣动四次保险栓！前四次开枪你都没动手，前四次都打在非关键部位。为什么你认定他第五次势必会杀人，会一枪毙命？！”

淮如哑口无言。自己说什么都掉坑里。这个叫甄意的女人变脸比翻书还快，嗅觉太敏锐，攻势太凌厉。纵使她神经高度紧张也应接不暇。她觉得已经被她剥了一层皮。

“你撒谎！”甄意指着她，语气凶厉，“你对情势危险的判断不充分，你杀人并非受胁迫，你有别的原因，你撒谎！”

淮如大惊，冤枉道：“我没有杀林警官的理由，我不认识林警官，也不认识绑匪。我只是一个无辜的受害者，被劫持者。在那种环境下，我真的以为他会杀人！”

杨姿瞬间意识到淮如心急说错话了，起立：“反对！”

“反对无效。”

淮如愈发惶恐。

甄意的表情却松缓下来，没有继续发力，反而平静地问：“许莫一开始要挟记者把林警官的心挖出来？”

淮如见她不问前面的事儿，心里松了口气，说实话：“是。”

可很快甄意话语一收：“为什么心还没挖出来，林警官就身中两枪？”

这一张一弛叫淮如叫苦不迭，再度紧张。做过笔录内容也无法撒谎：“因为……绑匪发现林警官是……警察。”

“哦？绑匪怎么发现他是警察的呢？”

淮如不作声。

“回答我！”

淮如肩膀一抖，低声："我不小心喊出来……"

全场哗然。

甄意停了一会儿，等着大家议论完，才问："你暴露林警官的身份时，没有想过这会给林警官带来生命危险吗？"

"对不起。"淮如捂着脸哭泣，"是我情急之下口误，是我对不起……"

旁听席上再度有轻声议论。有人察觉，这个人虽然可怜，但也极度可恨。

甄意等到大家都安静，鸦雀无声了，幽幽问了句："你刚才说，你没有杀林警官的理由，因为你不认识林警官。那么……"她声音不大，却砸进每个人的心里，"你当时怎么知道林涵的身份是警察？"

一语既出，满座死寂。阴风阵阵，所有的目光都胶在淮如身上。

淮如惊愕，这才知落入了甄意的圈套。她不断暗示她故意杀人，任何细枝末节都被她揪出来，她腹背受敌，应接不暇，情急之下装可怜为自己洗脱，没想到出了漏洞，牢牢被她抓住。

淮如足够机智，迅速挽回，道："林警官和司警官去医院调查许茜死亡案时，我见过，所以知道他是警察，但不算认识……"

"你已经撒谎了！"甄意毫不客气地打断，不再给她发言机会，"你认识林警官，却说不认识；你还说不认识绑匪，这句话也不可信。全是撒谎！你全都认识！"

旁听席上再度哗然。

"反对！"杨姿厉声抗议，"这是毫无根据的推论。"

法官看了甄意一眼："反对有效。"

可甄意的目的已达到，她收势了，问："许莫为什么逼迫别人动手，自己不动手？"

淮如一怔，咬牙不语。甄意料到她死也不会说，转身看向陪审团和旁听席，声音清朗而明亮：

"被告不肯说，我来解释，根据另外两名证人的笔录，许莫不自己动手挖心的原因是，'我妈妈不让我杀人'。这是绑匪的原话。"

众人皆惊怔。

甄意优雅鞠躬："我的问题暂时问到这儿。"

不再继续问，留下的想象却无穷：淮如不肯承认这句话，是什么目的？

杨姿手心发凉，甄意的气势太强大，攻势太凶狠，关键是，任何的细枝末节她都不放过，根本叫人防不胜防！

接下来，安瑶以证人的身份出场。

在建议甄意当控方律师前，尹铎就对甄意的证人身份有些疑虑，她只记得自己被枪击的情景，却不记得淮如杀林涵的细节。尹铎认为她可能受了刺激短暂记忆缺失，如果她当控方证人，容易被辩护人抓到弱点。那天约甄意对证词，其实想委婉地告诉她不会让她做控方证人，不想却有意外的收获。

甄意和安瑶配合得非常好，安瑶简短地描述了当晚的场景后，甄意问："你看到了全部的情况？"

"是。"

"许莫要求甄记者把林警官的心挖出来？"

"是。但她拒绝。"安瑶声音平缓，说话很轻，不徐不疾，却透着说服力和感染力，"许莫朝她开枪，威胁要杀她。第一枪打在她的左腿，她疼得尖叫，捂着林警官肚子上的伤口不松手；第二枪打在她的右腿，她跪下去了，还是不松手，也不肯拿刀。她说，不管是为了任何理由，都不能杀人。她还说，让我为了救自己的命，去剥夺别人的命，休想。"

分明语气平静，却带着满满的不动声色的血性，让所有人都看到那惨烈却坚韧的一幕，看到生命的挣扎与抉择。

法庭上落针可闻，旁听席上鸦雀无声，甚至有人不禁抹眼泪。淮如被逼杀人或许是无奈，但这样骨气才是人性的正道啊。

甄意倒是全场最平静的，问："接下来，他有没有说什么？"

"他威胁说要把甄记者的心挖出来。"

"没有提到淮如？"

"没有，因为淮如是人质。"

现场开始窃窃私语。安瑶又缓缓道："我认为，对淮如来说，事情并没到最危急的关头。因为她并不是许莫眼中的焦点。"

旁听席里一片哗然。

淮如震惊，杨姿则抗议："反对！许莫的情绪当事人无从得知。这些判断都是证人的主观想法。"

甄意淡淡看她，借力打力："你当事人认为事情已经到紧急关头，这也是她的主观想法。"

杨姿一噎，不想没挽回败势，反被咬一口。

法官敲法槌："反对无效。"杨姿憋着气，坐了下去。有些心急了。

甄意继续："淮如说她是为了救别人？"

"我认为不是。"

"为什么？"

"因为淮如把刀刺进林警官的胸口后，没做任何停留，就把他的心挖出来了。"

安瑶眼中浮起泪雾，重复一遍，“她没做任何停留！”

这一下，庭上几乎要爆炸。

即使是自卫或救人，哪有人能在把一个活人的心挖出来时，毫不犹豫，毫不手软？

淮如一开始并不觉不妥，直到听到众人轩然，才察觉不对，大喊：“你撒谎！”

但这样的行为无疑是违反法庭纪律，淮如连带着杨姿都被警告。

接下来杨姿盘问安瑶，没有挖出任何漏洞，因为安瑶说的全是真话，她抓不到纰漏，反而给人留下安瑶诚实的印象。

安瑶和淮如形成鲜明对比，杨姿隐隐觉得不安。

庭审进入到后程，她终于冒险提出：杀死林警官的是许莫，淮如杀死的是一个必然会死的人。

为此，她请来了警署的法医：“请问，林涵警官的直接死因是什么？”

“挖去心脏，和剧痛。”林涵是活活痛死的。

法庭里鸦雀无声，甄意坐在律师席上，眼泪差点出来。

杨姿却很淡定，问：“请问许莫的子弹打在哪里？”

“脾脏和胃部。”

“打到动脉了吗？”

“是。”

“所以造成大出血？”

“是。”

杨姿势在必得地弯一下唇角，问：“法医赶到现场的时，林涵死亡多久了？”

“近两个小时。”

杨姿提高音量：“如果我的当事人没有杀他，以他脾脏和胃部大动脉受的伤，他能够撑上两个小时吗？”

法医沉吟片刻，最终答：“不能。”

“所以不管我的当事人有没有杀他，他都必死无疑。”杨姿已迅速调整，为淮如减刑。

“反对！”甄意立即起身，思路异常清晰，“辩护人忽略了林涵警官必死的一个关键条件：在没有救助的情况下！如果得到救助，他不会死。”

杨姿道：“在当时的情况下，没人能给林涵救助！”

“人质里有一位医生。”

“可绑匪不会让她救助。”

“绑匪后来让安医生给另一名受伤人质提供救助，这说明一切都有转圜的可能。”

“出现转圜是因为有专业的心理医生出现。”

甄意冷笑：“这也就证明许莫并非不通人情的凶残。”

“你……”

杨姿再次搬起石头砸自己的脚。

她咬咬牙，说：“林警官重伤不治，我的当事人即使判断失误，也是出于两者相较取最轻的牺牲。这是合理的选择。”

“不，就是谋杀。”甄意眼中闪过冷光，“法医说了，林警官的直接死亡原因是挖去心脏。淮如难逃罪责。将死之人并非死人，等同于活人。杀死将死之人，罪行等同于谋杀！”

杨姿争锋相对：“即使无法免责，罪责也轻。”

“肃静！”法官猛敲法槌。

一片紧张。这样律师间直接争辩的情况，庭上并不多见。

庭审到了最后，甄意最后一次盘问淮如，这次，她问了一个比较奇怪的点：“你之前说，你不认识绑匪？”

“是。”

“好，请描述一下林警官被绑的情景。”

淮如已经怕了她了，非常紧张，想不明白她思维怎么如此跳脱，只能如实道：“许莫把昏迷的警官带回来，把警官绑起来，给他清理。”

“他把林警官绑起来的时候，你在哪里？”

“柜子的背面。被绑着。”

“你有没有试图为林警官求情？”

“……没有。”

“因为隔着帘子，所以你在干什么，安医生其实看不到。”

这个问题实在微妙，可淮如不得不承认：“……是。”

“那你有没有帮助许莫绑林警官？”

“……”

杨姿：“反对。”

法官：“请陈述必要性。”

甄意大声道：“法医证明，林警官昏迷。昏迷状态下，许莫一个人怎么把高大的林警官绑上去？如果林警官不是昏迷状态，他会反抗。但法医鉴定他身上并没有多余的伤。淮如，你帮许莫了，但你没向警察提过这个情节。为什么隐瞒？”

接二连三，陪审团的眼神开始复杂。

淮如大汗淋漓：“我……是他胁迫我的。”

"具体点！"

"他扶着林警官，让我用绳子和胶带绑他。"

"他是怎么命令你的？"

淮如很谨慎，顾忌着安瑶，说："手势。他没说话，用手势。"

没想到，甄意来了句："你能演示一下吗？"

她照做，拿法警演示，指指脖子、腰部、大腿、脚踝，最后是手。

甄意看完了："请重复一遍。"

淮如思索半刻，按相同的顺序指了一遍。

甄意问："确定？"

淮如知道她肯定有目的,却偏偏猜不出她的重点,简直要疯了,硬着头皮："对。"

"然后？"

"我的手全程被胶带绑着，脚只能勉强挪动，他把我重新绑去铁柜后面。"

大家都不知她问这些问题的用意何在，直到甄意淡淡说："你没有指头部。林警官嘴上的胶带是你潜意识自主蒙上去的。不是许莫指示。"

淮如一怔，杨姿立刻大声："反对！"

可甄意全然不顾，声音比她更大。

"许莫没理由捂住林涵一个人的嘴！为什么林警官被捂住嘴？"甄意厉声斥她，眼睛都红了，"因为你绑他的时候，他醒来了，看出了你是共犯！"

这一刻，她陡然想起林涵死前盯着淮如的那个惊愕而不甘的眼神，那句没说完的"甄意，她……"

她眼里蓄满泪水，咬牙切齿："是你现场透露林涵是警察，我是记者，是你在给许莫报信！"

杨姿再度反驳："反对！"

可甄意完全不把她放在眼里，拿起桌上的证据，语速飞快："你说你生活贫困，说你不认识许莫，可你和你弟弟在花旗银行的联名账户里有上百万英镑。过去四年里许莫往账户打了数十次钱。你敢说你们不认识？"

淮如早有准备，强作镇定道："那是许莫为我弟弟捐助的公益款项，我们并不知道捐助人是谁，我不认识他。"

一开始控方提供这项证据时，杨姿想过让淮如承认和许莫认识，或谎称男女朋友。可淮如心里有鬼，非要用自己想出来的理由，坚称不认识。

而甄意太聪明，之前一直不提这个证据，直到给所有人营造淮如不诚实的印象后，才陡然提出。到了此刻，她这样的说辞结合之前的一系列漏洞，太不可信。

淮如毫无还手之力，可甄意的审问势如破竹，还没结束：

“淮如，你是怎么从地下室逃脱的？你口供说挣脱了绳子和胶带。这是现场发现的胶带，上面沾了你的皮屑和指纹。看胶带的断口！”

法庭投影仪上出现影像。“胶带根本没有拉扯和挣扎的痕迹，而是整齐的刀切口。你不是自行挣脱，是许莫放你下来的。你们根本就是同伙！”

杨姿愕然，她也看了控方提供的现场照片，可她没注意这个细节，也没想到胶带的切口会有遗漏。

淮如则惊怔如石化，张口结舌，她分明收走胶带，难道黑暗中遗漏了一条？

果然，甄意什么都不会放过，更缜密的来了：

“除了这条胶带，其余绑你的胶带全都不在现场，被你带走了！据你自己描述，你惊恐万分，请问你哪里来的心思去回收胶带？”

她把证物袋摔在桌上，啪的一声响，现场死寂，只有她是主宰。

她再次拿起一个本子：“这是林警官的日记。”

杨姿濒临崩溃：“这项证物并不在证物单上，我反对！”

“这是林涵的妻子凌晨发现刚刚才拿来的，你给我闭嘴！”

甄意一声斥骂，叫杨姿瞠目结舌面红耳赤，她从未受过如此大的羞辱，而甄意不再看她，直接快步走到淮如面前，疾言厉色：

“他去医院调查许茜死亡案那天，看到许茜的器官捐赠书，受益者是你弟弟淮生。他怀疑你利用许茜的生活习惯和性格杀死她，但没证据。那时他看到另一个病人徐俏的器官捐赠书受益人还是你弟弟。

“他在医院查到，你给徐俏配过骨髓，和她配型一致，可你隐瞒下来，一直没救徐俏，最终导致徐俏恶化死亡。她的肾捐给了你弟弟。

“你知道林警官调查过，主动找他，想收买他，让他不要把你对徐俏见死不救的事情说给淮生知道，淮生太爱徐俏，会拒绝换肾，会恨你。林警官根本没想把真相说出去，也没想干扰你弟弟换肾，他还劝你以后不要再做错事。这样的人……”

甄意张了张口，眼泪下来了。

她举着那个字迹清朗的日记本，止不住颤抖，泪水一颗颗下砸，狠烈地，一字字哽咽：

“这样的警察，你一开始说不认识他，后来承认；这样的警察，你故意暴露他的身份，让许莫对他开枪；这样的警察，你故意杀他，把他的心活生生地挖下来！”

法庭上寂静得仿佛空旷的原野，只有甄意字字泣血悲凉极伤的声音在回荡。

只有旁听席上林涵的妻子轻轻抽泣，催人心肝。

陪审团里有人落泪了。

淮如几乎疯狂，晃着证人席，大骂：“你们栽赃！是律政司的人栽赃我，陷害我！我没有。”

甄意的情绪已然收不住，狠狠抓起桌子上的一摞资料，劈头盖脸往淮如头上砸。

全场震惊。

这种相当于当众打脸的行为，从未在法庭上出现过。

甄意声音在颤，凶狠到几乎嘶哑：

“这是医院的骨髓配型记录，这是花旗银行的资金证明、汇款记录，这是林涵的十几篇笔迹。是！林涵写日记的时候提前预知，他会被你这个畜生挖了心，然后让他的日记出来做证！！！”

白花花的纸张砸在淮如头上，漫天飞舞。她头发散乱，呆若木鸡，颓然倒在证人席上，深知已无力回天。

杨姿的肩膀也垮塌下去，没了生气。

法庭上寂静如深夜，近百人的现场，没有一丝动静。

有人含泪，有人沉默。

法官静默良久，缓缓道：“控方律师，请注意你的行为举止。”连这一句话，似乎都透了无尽的悲凉。

安静。

其实，这时，没有人会怪她。

甄意一身黑色西装，看上去那样纤细瘦弱，背脊却非常笔直，白皙的脸颊抬起来，高昂着头，脸上全是泪水，极力稳着声音，一字一句地，掷地有声地宣告：

“最后一项证据，控方未提前告知辩护人。辩护人和当事人有权自行聘请笔迹专家鉴定，有权质疑证据，有权申请二次开庭。控方保留对当事人所聘请笔迹专家的审查权。

……

“控方认为，被告人淮如，在人身安全并没有受到威胁的情况下，将警察林涵杀死，并意图伪装成受胁迫杀人。犯罪事实明确，人证物证确凿，根据《杀人罪行条例》第二条第1款规定，“被告怀有恶意，意图杀人，结果杀死该人，犯，谋杀罪！”

中途休庭。

甄意走进洗手间，才打开水龙头，手开始抖起来。低下头，眼泪便像断了线的珠子往洗手池里砸。

林涵，那么好的林警官啊。

她狠狠吸了一下鼻子，拿手接水洗脸。刚才流泪太多，脸上全黏腻了，凉水扑上去，清洁了不少。她抽纸巾擦去脸上的水，准备出门，却撞见杨姿进来。

杨姿很落魄。她只是律师，承受的责骂并没淮如重。但旁听席上的记者和民众全在赞叹甄意的表现，讨论林警官的悲壮，连带议论甄意身中两枪也不肯受迫杀林涵的事。

还有人会痛骂淮如，但没人看见她。她完全被忽略了。

杨姿垂头："甄意，淮如和我商量过，她不需要二次开庭，她知道林涵的日记是真的。你说对了，她主动绑林涵时，林涵醒来，知道她是同伙。"

甄意脸上没什么表情，只不咸不淡地"哦"一声。

杨姿试探着说："我还是要尝试给她减刑。"

"嗯。"甄意这样漫不经心，叫她摸不到头绪，再问："你呢？"

"坚持终身监禁。"

杨姿没想到她这么固执，脸上过不去："你在法庭上已经表现到最好，成了全场焦点，也得到你想要的一切，还要怎么样？"

甄意扭头，目光有些冷："没有，我想要的只有一样，给淮如判终身监禁。"

"甄意，何必呢？淮如做这一切都是为了她弟弟，她需要……"

"她需要什么都不关我的事。"甄意打断，"你当事人的杀人动机就这样告诉我，没关系吗？"

"你……"杨姿见她态度坚决，更加急，"你怎么这么无情？为什么不会怜悯？"

甄意差点冷笑："杨姿，我看上去像是圣母吗？怜悯这个词，只留给值得怜悯的人。"

"淮如他们姐弟也很可怜。他们也过得很辛苦。"

"再可怜也不能成为杀人的借口！"甄意忍不住大声，"这世上很多人都过得很辛苦，但不是每个人都会去杀人。而且杨姿你扪心自问，你在乎的究竟是淮如，还是你自己的名声？"

杨姿一怔。

"杨姿，知道你为什么会输吗？"甄意缓缓问，"你为陌生人哭过吗？为你的当事人哭过吗？"

杨姿不解。

"你知道怜悯真正的意思吗？看到无辜的人惨死，看到年迈的母亲流泪，你会心疼心酸吗，即使你不认识他们？"

杨姿辩驳："我并不像你那样爱哭。"

"不是。人应该对自己坚强，对别人，却要有一颗柔软的心，有一颗会落泪的心。而你，刚好相反。"甄意说，"从以前到现在，每个案子你重视的都是社会关注度。你只想怎么成名，就像这次，你根本没有想尽办法为淮如辩护。那卷胶带的照片，控方提前把现场的细节给你。你却没注意。我拿它当证据时，你连一句反驳的话都没有。”

杨姿咬牙不语。

“上法庭时，你的心情是什么？在镜头前表现？呵，”甄意笑了一声，“知道我的心情吗？为我的当事人辩护，绝不放过任何一个细节，绝不余留任何一丝力气，也绝不放弃任何一点希望。我的背后只有我的当事人。你呢？你的背后全是镁光灯。淮如选你做辩护人，她看错人了。”

杨姿脸红耳赤，扯扯嘴角，道：“我现在就是在为她争取。”

“律师的作用在庭上。”甄意声音冷了，“杨姿，如果今天淮如的辩护人是像尹铎那种程度的，这场官司淮如不会输得一泻千里。今天我的表现有一半是你成就的。”

杨姿脸色白了：“我只是在努力，想和你一样。”

“不一样。杨姿，我们不一样。你永远都不会和我一样。因为……”她拉开门离开，声音淡漠，轻蔑，“和我比，你差远了。”

再度开庭，旁听席上依旧挤满民众和媒体。秩序井然，鸦雀无声。

人们脸上没了对淮如的同情。过去的那么多天里，淮如频繁接受各种媒体采访，把他们耍得团团转。之前她有多可怜，此刻就有多可恨。

杨姿如芒在背，即使不回头也能感到众人森森的寒意，她脚发软，努力站起身，声音没什么底气，说：“我的当事人淮如承认日记和其他证据的有效性。放弃请字迹专家鉴定。”

话音一落，满场哗然。

杨姿咬咬后牙槽，做最后的挣扎：“林警官中枪后两小时警察才到，剩下的人质不具备劝服许莫回心转意的能力。林警官本就失血过多，会在短时间内死去。我的当事人杀死的是一个必死之人，我方申请减刑。”

“反对！”甄意唰地起身，语出带风，毫不留情，“许莫的开枪和淮如的动刀，两者是共同行为。举一个非常简单的例子。两个银行抢劫犯开枪杀死警卫，究竟是谁的子弹杀了他，不重要。因为共犯的两个劫匪都要为他的死亡负责！这个案子里，淮如作为许莫的共犯，和许莫一样要为林警官的死负责。更有甚之，许莫开枪后林警官身上的伤势还有变数，可淮如造成林警官的即刻死亡。她挖人心脏的行为极端恶劣。罪不可赦。控方坚决要求判终身监禁。”

“你……”杨姿想反驳，可她立在所有人敌视的目光，连一句话都说不出。

最终，法官宣布休庭，陪审团退下商议。

等待的时间里，法庭上的人群渐渐焦灼，气氛一度点燃。所有人都引颈以待，忐忑张望，期待着最后宣判。直到法官和陪审员再次走上法庭，窃窃私语的庭上瞬间安静，众人的目光全聚焦在一个点上。

法官敲法槌，寂静无声。

“全体起立！”

庭中央，被告席上，旁听席上，不同着装不同年龄不同性别的人哗哗起立。

法官庄严肃穆地朗读：

“陪审团全票通过，被告人淮如，被控谋杀警官林涵，犯罪手段残忍，犯罪事实清楚，涉嫌伪证，无自首忏悔情节，陪审团判定，犯谋杀罪。”

淮如呆若木鸡，瘫软在被告席。

“……根据K城《侵害人身条例》第二条规定：任何人被裁定犯谋杀罪，即需被终身监禁……”

一时间，法庭里镁光灯闪如星河，旁听席上爆发出雷鸣般的掌声。

甄意背脊挺直，立在律师席上，紧握着拳头，泪水夺眶而出。

……

法官宣布闭庭。

甄意转身便往旁听席上跑，媒体区的记者趴在栏杆边伸着话筒争先恐后地询问，她一概不理，三两步冲上去最后一排座位。言格已起身，目光凝在她身上，由远及近。她视线模糊，眼泪汪汪，一下子扑进他怀里，揪着他的西装，终于大哭出声。

言格眼眸沉寂下去，低头贴住她的脸颊，搂住她哭得浑身颤抖的身体。

“没事了，甄意，没事了。”他深知林涵的死一直是她心底的痛，也记得那晚去地下室救她，她埋头不让他看到她的表情，哽咽着说：“怪我，我不该下车。”

“甄意，你已经做到最好。”他贴在她耳边。声音很轻，却很有力量，字字敲进她心底。

直到林涵的妻子和父母过来，她才止了哭泣。

面对他们的道谢，甄意惭愧得无地自容，从包里取一张名片给她们，恳切道：

“这是K城民事官司打得最好的大律师，我和他有点交情，所以拜托他帮助你们起诉淮如，打民事诉讼赔偿案。淮如银行里的巨额存款都冻结了，不会出现赔偿无法支付的情况。这位大律师保证，林警官父母的养老，孩子的抚育，以及精神损失，最低也能赔偿数百万。虽然钱不能换回林警官的性命，但希望能弥补以后生活的艰辛。”

林涵的妻子接过名片，流着泪点点头。

“林警官被杀前，曾经模糊不清得对我说……要我动手……”甄意眼泪又下来，

“他是一位谨记职责尽全力想保护平民的好警察。我会写信，向政府申请为林警官表彰授衔。”

走出法庭，司瑰和她的同事们全等在走廊上。

见到甄意出来，司瑰满脸泪水，扑上来紧紧抱住甄意，眼泪直流：“甄意，谢谢，谢谢。谢谢你让林涵瞑目！”

林涵的同事，一个个大男人们，面庞坚毅，眼睛里全含着泪水。

司瑰哭完，松开甄意，手胡乱一抹，收了哭泣，朗声一喊：“敬礼！”

数十位警司脚跟一磕，啪！整齐划一地立正，敬军礼。

十几位警司背脊笔挺，手臂端直，含泪的目光坚强而刚毅；不仅在敬甄意，更在敬他们牺牲的战友。

甄意心口巨震，情绪跌宕起伏，张了张口，却无话能说。

最终，报以他们深深一个 90 度鞠躬。

司瑰直起身，哭得泣不成声。卞谦紧紧搂着她。他抬头看向甄意，眼眶也泛红，说：“甄意，你做得很好。”

甄意摇摇头，轻轻道：“是我该谢谢你。”

她听尹铎说，卞谦主动写信给律政司推荐甄意，是他的鼎力相助让她在短时间内火速成名。正因起步好，她的路才越走越顺，这次才能胜任。也是他鼓励和帮助她拿回执照，她才能重新开始。

甄意从后门离开法院，没有接受任何媒体采访。在法院附近的酒店住下后，甄意和安瑶、言格一起对证词。

安瑶的伤人案前两天已审理完，言家给她请的律师很厉害，最终被判自卫伤人，无罪。

接下来言栩的庭审，甄意请她出庭做证人。

之前安瑶在庭上的表现相当好，甄意对她完全放心。甄意陪言格上楼。

“要不要先休息一会儿，还是躺下对证词？”

她进屋就在门上挂了请勿打扰的牌子，快步走到窗边把沙发拖到落地窗前，拉上窗帘里层的白纱帘。阳光朦胧，房间里光线温暖而不刺眼。

“不用。”言格走去落地窗边，望一眼白纱外边的繁华世界，又回头看她。

她已坐下，忙不迭地整理资料，主要是他的证词。

言格想，其实她证据充分，言栩的案子必定会赢，却不知她为何如此紧张兮兮，拿着笔的小手竟微微颤抖。还看着，听她唤："言格，你过来。"

他走了两步，到她跟前站定，低头看桌上的白字黑字。她坐着，他站着。

她的手指和笔都很灵活，在纸张上敲敲打打，语速很快，听得出紧张："这里说话要注意语气，这里说话要注意语速……"

他说话哪里有语气和语速的问题，但她交代的任何事，到了他这里，都变成一个个清淡却认真的承诺：

"嗯。"

"嗯。"

她每说一句便抬头看他一眼，薄淡的阳光下，他鼻峰的弧线非常完美，像一尊雕像。清秀而苍白的脸上神情专注，看得出她每一句话他都有认真听进心里。

阳光微醺，隔着一层薄纱，高楼下繁华的街道像是沉在水底，喧闹声朦胧不清。

这一米阳光里，只有女孩细腻的声线："言格，你记得，答的时候不要急躁。"

"注意不要紧张。

"如果对方问了意外的问题，别慌乱。"

"急躁""紧张""慌乱"，这种词真是太"适合"言格。他从容配合地听着，就说了句："嗯，知道了。"

他嗓音像瓷，又像慵懒的阳光，专注地回答，她反而一下忘了词，不知接下来还要交代什么。她又赶紧翻纸张，唰唰地响。边翻边轻轻吸了口气，可脚还是在抖。

他低头看着她，终于问："甄意，你在担心什么？"

她一愣，仰头看他，目光有些茫然，半晌又低下头，捋一下耳边的碎发，声音又细又小："我怕他们欺负了你。"

有一瞬，世界是安静的。

言格看她几秒，才轻声道："甄意，我没那么弱。"

"我知道啊，可……"尾音没了，她没继续说。

"你要相信我，甄意。"

她"嗯"了一声。不是不相信他的能力，只是法庭上难免深挖细枝末节，那么多旁观者，他的性格，怕是不自在。

他手插兜，背身立着，又问："他们能有你伶牙俐齿？"

"不一样，"甄意瘪嘴，有些委屈，更有些霸道，"我说得，别人说不得。"

"……是……你说得，别人说不得。"他看着窗外淡蓝色的天空，缓缓地说。

是承认的。

良久，她在心里搜刮了一圈，道："没什么可交代的了。"

"你躺下休息一会儿吧。"言格说，转身去客厅。

甄意的确是累了，这一场庭审耗费她太多的力气，她躺在床上，一闭眼才发现好累，眼睛哭肿，便觉整个人都不舒服，困倦而无力。

很快言格回来，手里拿着两个小袋子，坐在床边，看一眼她红红的眼睛，说："把眼睛闭上。"

甄意抬起脑袋一瞧，又乖乖躺下："酒店里怎么会有冰茶包？"

他用茶包盖住她的眼睛，探身过去一点点抚平边角，说："早叫人准备了。知道你会哭。"

黑暗中，他的声音落在头顶，格外轻沉好听。

她的眼睛在一瞬间清凉舒爽起来，鼻尖还能闻到淡淡的绿茶香，袅袅的，惬意而沁心，昏昏沉沉的脑子也清明起来。

又听他淡淡地说："眼睛痛，就容易头痛。敷一段时间再睡一觉，醒来应该会消肿。"

"你怎么算准了我会哭。"她放松地躺在床上，觉得窝心极了，隔半秒，又有些懊恼，"你是不是觉得我很喜欢哭？他们都说，女人不要经常在男人面前哭，哭多了，眼泪就不珍贵。"

他只说了句："看人是谁。"她条件反射地扭头，又赶紧捂住茶包，漆黑中，他扶正她的脑袋："别乱动。"

她问："我以为你说看事。"

"嗯。"他重复了一遍，"看人。"

因为是甄意，所以每一滴眼泪都很珍贵，每一滴眼泪，都格外珍贵。

其实，比起林涵的死亡案，许莫的死亡案并没那么大的号召力和关注度。可因为之前那场庭审太过惊天动地，这次法院的气氛丝毫不输上次，甚至更甚。媒体民众的焦点全不约而同放在甄意身上。

大家很关心上次还和检控官们合作，这次又站在对立面和检控官展开对决的甄律师。

等候上庭的时间，甄意遇到尹铎，和他聊起来："许莫被杀案，淮如是控方证人，怎么经过前一次庭审，还没取消？"

"我也知道陪审团会对她的印象打折扣，但只有这一个目击证人。她看见言栩把许莫拉下水，对比言栩的自首录音，淮如说的话很吻合。"尹铎停顿了一下，"检控团举手表决，让淮如出庭。"

"淮如配合控方做证会不会有好处？"

尹铎微妙地抬了抬眉，只说："无论在哪儿，控方都有各自的一套行事规则。"

甄意也不介意，反正她也要送淮如一份大礼。她看他半晌，忍不住笑了。

“笑什么？”

“没事儿，只是觉得会比上次轻松。”

甄意揉揉鼻子，还是想笑，庭审完，尹检控官怕是又要被法官一通训斥。

……

控方对言栩案的控告是：故意杀人，有自首情节，可以量轻。

而辩护人甄意提出的是：无罪辩护。

控方宣读控诉书后，首先出场的是言格，作为言栩的代表人接受审判。

甄意先对言格提问，两人一问一答，配合得天衣无缝。

“请问你和当事人是什么关系？”

“双生子。”

“为什么当事人不能出庭需要你来做代表？”

“他出了车祸，快一个月，还没有醒。”

“为什么出车祸？”

“他车开得太快，不会控制，翻车了。”

“他开车去干什么，为什么开那么快？”

“他着急想去自首。”

这话一落，旁听席上的人注意力集中了。

“自首？”甄意很擅长抓听众的情绪，刻意重复一遍。

“对，自首。”

“当事人是在许莫死后第二天才出的车祸，对吗？”

“对。”

“为什么当时不自首，后来却那么着急地开车赶去？”

“因为他不知道自己杀死了许莫。”言格平静道。

众人面面相觑。

甄意问：“什么叫不知道自己杀了许莫？”

“他以为把许莫拉下水时，许莫已经死了。他以为他只是挪动现场。”

这一下，庭上议论声起，众人交头接耳。这种情况，闻所未闻。

甄意要的便是这种效果，点头：“所以他并没有杀人的意图。在得知许莫是淹死之后，心里满怀愧疚，立刻去自首。”

“反对！”尹铎抗议，“推论太空泛。”

“反对有效。”

甄意不说了，转而问：“言栩出车祸，又是怎么自首的？”

“他本身不善表达，会紧张，不会说话。所以录了音，想把录音笔交给警察。”

“你怎么知道有录音笔？”

“翻车后，我去救他，他把录音笔塞到我手里，拜托我一定要交给警察。”

全场寂静了。谁说这个世界上没有正直与纯粹？

一番下来，她宽容地提问，他沉稳地回答。行云流水，细细密密。

所有人都看到一个沉默寡言，因失误致人于死，却毫无杀人恶意，努力想纠正错误的男人。

甄意猜得出大家的看法，她的重点是让人知道言栩没有杀人的意图，至于是不是失误致人于死。等到后面，她再来推翻。

很快，到尹铎来盘问言格。

甄意坐回律师席，神经高度紧张，腿也轻微打战。以前庭审，她也会因激动和紧张发抖，但这次不一样。

之前甄意的问题，尹铎并没过多重复，主要侧重点在：“当事人为什么要移动现场，把死者拖进水池里？”

言格实话实说：“他以为他的未婚妻安医生杀了死者，他想帮她减轻嫌疑。”

“为什么他认为安医生会杀了死者？”

“安医生小时候做过错事，死者知晓，并在生前最后一段时间，以换心为由频繁要挟威逼安医生。给安医生造成极大的精神压力。我弟弟才做出这样的判断。”

“能说出那段恩怨吗？”

“不能。”言格淡定回答，“这是个人隐私。”

尹铎见缝插针地追问：“是安医生故意杀人，言栩协助她？”

“反对！”甄意弹跳起来，“控方言语误导！”

“反对有效。”

言格却很平静，还坦然地选择回答：“安医生的自卫伤人案，法院已经下判决。所以，请尊重法院的判决事实，先生。”

他简直和律师一样诡辩。

尹铎继续问：“我可以认为当事人言栩因为心疼未婚妻，想杀了死者来报仇泄愤吗？”

“反对！”甄意唰地站起来，抢台词，“检控官请注意你的行为！”

法官幽幽地看了甄意一眼，又看向尹铎：“反对有效！检控官请注意你的行为。”

尹铎：“……”

言格看向甄意，又收回目光。尹铎不继续追问，他的影射已经成功。

言格云淡风轻，不徐不疾地开口：“我可以回答你刚才的问题。”

他继续给人留坦然诚恳的印象。

“答案是否定的。”他异常的从容，“言栩他很简单善良，多年前就知道了这段恩怨，但他心怀包容。正因他的简单，他才会在没有任何人怀疑他的情况下，主动自首。”

尹铎觉得棘手了，刚才分明是他丢出去的陷阱，却反而让对方利用，让对方变得更可信。

他问：“当事人有自闭症吗？”

“是。”

“自闭症的人往往偏执，脾气古怪。他会不会因执拗的想法而对许莫怀有恶意？”

这个问题微妙了。

甄意想反对，可她感觉言格能够回答。

言格沿用尹铎的话，道：“自闭症的人偏执，所以对有些事情会记得格外清楚，并毫不转圜地恪守。所以，他时刻谨记家训，比如保护家人，比如不能杀人，又比如，做了错事就必须主动受罚。我想，这三条已足够解释他一切的行为。”

再次借力打力，反客为主。

言格不迫地说完，尹铎没问题了，法庭上也安静一片。

他真的是一个骨子里矜贵的男人，淡静的面容，平和的语气，被质问也不生气，被挑衅也不恼怒，得了优势不会盛气，占了先机也不凌人，永远含着风度却又内敛不外放。

让庭上所有人都愿意相信他的话，仿佛一眼便深知他正直可信。

他们哪里还见过这样淡雅的人？

他太过缜密从容，控方基本没有挖到有用的信息，反而让陪审团更相信言栩出于无意，且以为许莫真死了。

言格离席时，看了甄意一眼。她也正看着他，表情是职业化的冷静，眼里却隐含着欢喜。

他想，他哪里有什么好担心的？

太小看他了。或许，也不是小看。

下一个证人是安瑶。甄意请她来的目的是描述她离开时许莫的情况。

“……他枪管爆炸时受了伤，我刺伤他后，他倒在传送带上没动静。我跑出去，他也没追上……”

甄意听完她的讲述，刻意问：“他的衣服是湿的吗？”

安瑶摇头："不是。是干燥的。"

随后，甄意在法庭上播放了言栩的录音。

录音里男人的声音非常好听，很低，也很虚弱，没什么起伏：

"……他躺在传送带上，一动不动，身上又湿又冷，房间里面很暗，没人了……我扶着门框，伸手去够他，抓住他的脚，把他拖进水里……"

大家纷纷关注到"又湿又冷"。

尹铎也听到了，但并不讶异，这在意料之中。

很快轮到淮如上庭。证人是分开在隔间等候，所以后出庭的证人不会知道前面的人说了什么。淮如坐上证人席时，旁听席上起了嘘声，这叫她面红如猪血。

"肃静！"

法官敲法槌，扭头看向陪审席，正色道："请各位陪审员根据证人在此次庭审中的表现判断证人的诚实度，不要受其他无关事件影响。"

众陪审员点头。

甄意走到庭中央时，淮如有点紧张，她真的怕了甄意了。她深吸气，努力克制狂跳的心脏，强迫自己抬头看她。和上次的冷漠严厉不同，这次的甄律师比较平静。

循序渐进地问了几个问题后，甄意渐入重点："安医生说她返回去找许莫时，刚好看见你从房间里出来？"

"对。"

"她走的时候，把婴儿给你了？"

"对。"淮如这次坚决少说少错。

"然后？"

"我抱着小婴儿找出口。"

"你怎么会看到我的当事人把许莫拖下水？"

"地下走廊太多，七弯八绕的，我找不对路，可能走错，又返回去了。"

甄意"嗯"一声，问："你返回来，碰巧看到我的当事人把许莫拖下水？"

"对。"

"能描述一下许莫的状况吗？"

"他躺在传送带上，衣服都是湿的。"这话与言栩的自首一致。

淮如不会接触到言栩的录音，甄意也不认为尹铎会教证人撒谎。

"可安医生离开时，许莫的身体是干燥的。"

"这我不知道。我看见的时候，是湿的，或许他掉进水里又爬起来了。"

甄意微微眯眼，这话微妙。意思是说许莫当时很可能活着。

既然如此，她就坡下驴，顺着淮如来。她盯她看了几秒，变了脸色皱了眉，神色不善，语气也不好："证人，不知道说不知道就可以，谁准许你引申那么多？你在答想象题吗？猜想说死者掉进水里又爬起来？没看到的事情不要乱猜！不要误导陪审团！"

后面这句话尤其严厉，不仅暗示陪审团不要被误导，更是打淮如的脸。

淮如真恨极了她这居高临下的嚣张气焰，咬牙："我没有乱说。"

上钩了。甄意脸上没有任何表现，表情嫌恶："你就是在乱说。"

"我没有。"淮如面红耳赤，"我看见许莫的手臂动了一下！"

这下，旁听席上轩然大波：难道许莫那时真的没有死？那言栩之前的可信度就全部化为零。

甄意不慌不忙，也不深问，换个话题："除了看见许莫，你还看见什么？"

淮如茫然："看见什么？"

"那就是没看见什么。"

"什么什么？"

这段话把众人绕晕。

"证人是不会看见什么的。"甄意一身潇洒利落的西装，走到桌子旁拿起几张照片，请法庭助手拿到投影仪上，"这是警察拍摄到的案发现场，死者在水池里。请看旁边的传送带，上面全是血迹，插入许莫胸口的刀没入身体，并没造成大量出血，传送带上的血迹全是动物的。"

淮如听到半路，一下明白，脸色霎时间惨白如纸。

投影仪上出现另一张照片："这是地下房间门口的传送带，因为现场勘察员没有被囚禁过，所以没发现它的一个规律：整点时，墙壁上的储存罐会倒水和动物心脏下来，水落进池子，血淋淋的动物心脏随着传送带运到玻璃手术室后边的实验台，掉进福尔马林池。人质被囚禁时，它运转过。我重返现场，发现它被人为关闭。难道是哪位警官关闭的？"

她歪着头，寻思纳闷："不应该啊，关闭传送带的警察，怎会不上报这个细节？"

这讲故事的语气让全场人屏住呼吸，全一瞬不眨地盯着她，仿佛着了她的魔。

淮如几乎晕眩，她做完一切后，在警察来之前把传送带机器关了，根本没想甄意会注意。这个女人究竟是鬼是神，怎么一点蛛丝马迹都不放过？

她是甄意，当然不放过任何事！她回头，望着旁听席，幽幽道："这让我想起，许莫死亡的时间刚好在整点附近。"

众人全如听鬼故事到了高潮，近百人的法庭，连呼吸声都听不到。

"从淮如离开房间时遇到安瑶，到安瑶伤害许莫离开房间，这期间传送带都没有运转，所以许莫第一次倒下是在整点前。"她转身，抬手一挥，投影仪再度变换图像，“这是从地下室门口的监控器里调出的录像，整点前一分钟，我的当事人言栩从地面的厂房门口经过。他没办法在一分钟内赶来地下。在他到达前，许莫已经随着传送带运到玻璃手术室后面。可为什么我的当事人下来时，许莫重新躺回门口了？”

疑问的语气，唤起所有人的好奇心，所有人等着她的解答。

屏声。静气。

“传送带会把动物心脏拉去福尔马林池子，但许莫的身体太大，无法从开口掉下去。有人把他摁进福尔马林池，然后把他重新运回一开始的位置。这时我的当事人出现，把他拉下了水池。”

甄意说完，众人恍然大悟地点头。她还不满意，给自己挖坑：“这听上去太玄了，但不要紧，要想证明这一点，非常简单。”

她抽出一张鉴定表，昂着头，慢悠悠道：“法医鉴定结果显示许莫肺部的液体不是门口池子里的生理盐水，而是玻璃手术室后的福尔马林，许莫死在福尔马林池然后被人移尸。我的当事人自首承认他在门口把死者拉下水。但许莫这时已经淹死。”

全场哗然，终于听到一个构思奇佳的故事结尾。

甄意瞬间抛去讲故事的姿态，转头指向淮如，怒目看着：“你又撒谎！许莫死了，怎么可能动弹？”

淮如如临大敌，惊愕不能言。

“反对！”尹铎立即起身，此刻淮如是他的证人，他必须维护，“可能是言栩把许莫淹了两次，他赶来时看见许莫在福尔马林池边，他淹死了他，然后再拖到门口。”

淮如立刻死咬不放：“对，就是这样。我看见的时候，他正把许莫从屋子里拖出来！”

“好。”她点点头，笑得很狠，拿手指点了点淮如的方向，“我让你来个明白。”她再度指向投影仪，“这是当天晚上K城电视台摄影师易洋的摄影机里拍摄到的内容，他拍摄的是人质被成功解救后的现场画面。这里，停！”

画面停止。

“我的当事人从人群中走过，看画面下方，他的裤脚，是干燥的。”

陪审团成员，法官连带着旁听席上的记者民众，全面面相觑，所以?

“请大家看现场房间的照片。”甄意的声音大了起来，掷地有声，“房间门口有四米宽的水池！我的当事人要进去房间，必须涉水。而传送带上全是血迹，现场证据表明，没有被踩踏或破坏过。”

她指着证人席，气势全开，厉声呵斥：“淮如，你要是看见我的当事人长了翅膀会飞，再来做证！”

这一刻，没有人发声。

全场死寂，目光皆聚焦在法庭正中央，那个背脊挺直，抬着手臂，霸气与英气俱在的女律师身上。

或许，有一种无声，叫折服。

这位女辩护人，真的做到了百密无一疏。为了找证据，所有别人想不到的事，她都绞尽脑汁搜刮到。

整点运动的传送带，生理盐水和福尔马林，地下室门口的监控器，易洋摄影机里的胶带……为了给她的辩护人洗脱罪名，她拼尽全力。而这种隐忍的，沉默的，日夜兼程的力量，在这一刻蓄势迸发，冲击到每个人的心坎。

每个人都感受到了。

没有语言能形容这种震撼，所以，每个人都沉默着，致敬。

近百人的法庭里悄无声息。

淮如坐在证人席上，面对着甄意的指责与目光，脑子轰然炸开，空白得找不出一丝一毫的辩驳之辞。

甄意："你做伪证！为什么要陷害我的当事人？还是说淹死许莫的凶手是你！"

淮如瞪大眼睛，惊恐得大叫："是我看错，我以为许莫是活着的。是我看错了！"

"你根本没看错！"甄意疾言厉色，拿起自己桌上的证据走去她面前，砸在她的证人席上。

审判庭里寂静无声。

甄意双手摁着证人席，居高临下，气势如虹："你看好了！这是福尔马林池边的婴儿头发和尿液。这是检验报告。安瑶把婴儿交给你后，你一直带着婴儿。一定是你把许莫摁下福尔马林池子时，把婴儿放在池边，在那里留下证据！"

淮如愕然。想要说什么，却在甄意冰凉而警告的目光下，再度被吓住，再度梗住无言。

她恍惚间明白了，甄意打这场官司，不仅是想为言栩脱罪，更是想为她定罪。刚才甄意故意刺激她，无非是为挖出她的漏洞套她的话。

甄意她做到了。她气势太强，嗅觉太敏锐，她根本防不胜防。

而她最后列举的这些证据，控方的检控官怎么会不知道？淮如抬头看向尹铎，尹检控官脸色凉淡，平静而不关己事地看她。她这才知道，她被这两人联手给坑了。

淮如濒临崩溃。有人说天网恢恢疏而不漏，她算是把这句话的一笔一画都品尝得清清楚楚。利用许莫的心理绑架安瑶，捡漏似的"受迫"杀了林警官，最终杀掉许莫。

分明是最完美的不可能犯罪。分明计划到万无一失。

可没料到言格出现，他关了房间里的灯，她在黑暗中没有把胶带收齐；更没想到安瑶把婴儿交到她手里，而婴儿在池边打滚，留下头发和一泡尿。

不然，没有这些意料之外的关键证据，纵使她有天大的嫌疑，也定不了罪。

这，难道是天意?

她僵硬地仰着头，看着甄意那张认真而严肃的脸，戴了假发，化了淡妆，年纪比她小，眼神却含着她从未见过的决绝与力量。

那样一双执着的眼睛，仿佛能把一切摧毁。而在这样的目光下，她撑不下去了。

僵持的十几秒里，甄意俯视着她，目光如铁；而淮如的心理防线一步步破坏，最终坍塌。

终于，淮如整个垮了下去，颓然道："是我把许莫摁进了福尔马林池……"

这一次，法庭上再也没了声音，没了哗然，只有一种用尽全身力量歇斯底里之后的荒芜与空茫。

甄意缓缓直起身子，垂眸看了淮如半晌，很轻地说了声："谢谢。"

淮如不懂。

甄意心里却清楚，谢谢她终于放弃挣扎，终于承认。

婴儿一开始曾经在地下房间出现过，安瑶说它不适合，许莫才把它带出去。如果淮如坚决不认罪，如果她想到这点并揪住不放，事情就会变得很麻烦。所以，她和尹铎才想一鼓作气击溃她的心理防线，让她自己承认。还好，她击败了她，在精神上。

淮如最终被带下去。而尹铎和甄意重新回到对立面。

有一说一，有二说二。尹铎认为言栩杀人未遂，而甄意坚持无罪。

尹铎提出两种观点："可能淮如第一次并没把许莫彻底淹死。有可能言栩撒了谎，他说认为许莫死了，可其实他认为许莫活着，想杀他，把他拖下水。"

甄意则反对："证据足以表明许莫死了，且言栩认为许莫死了。"

"你说的证据全是言栩的一家之言。"

"但你连一家之言都没有。"甄意反唇相讥，"退一万步讲，即使他认为许莫活着，他杀的也是一个死人。不管他心里怎样认为，他把死了的许莫拖下水都不犯法！"

"呵。"尹铎被她第一句稍显孩子气的话气得发笑，"你上次坚持淮如杀必死之人有罪的时候举了例子。现在我也举一个。一个人躺在床上，刚刚死掉，不过几秒钟，想谋杀他的凶手来了，以为他在睡觉，开枪打穿他的脑袋，这个人算不算是谋杀未遂？"

旁听席，甚至陪审团的人全都亮了眼睛，好奇而兴奋地围观。

法官没有禁止。

接下来，两人在法庭上的一场对辩，让全 K 城看庭审直播的人都屏住呼吸，让他们之间的对辩成为法律系师生们从此津津乐道和争辩的话题。

甄意吸了吸嘴唇，反驳："你说的叫'不能未遂'，如果我朝你开枪，但弹匣卡壳，或者你弯腰捡钱躲过了子弹，这个才叫'杀人未遂'！"

因为她举的例子，旁听席上有人轻笑起来，连陪审员都交换着眼神和极淡的笑意。到了这一刻，法庭竟变得有趣而生机盎然。

尹铎低头揉揉眉心，抬起头，问："你说的'不能未遂'，意思是？"

"做那些在法律上而言不可能的事，不能算犯罪。"甄意斜靠在律师桌上，看得出很轻松，"明显，尸体不能被谋杀。"

尹铎受教的样子，饶有兴致地问："什么叫'在法律上而言不可能的事'？"

甄意呼一口气，耸耸肩："假如你是个地痞，骗我说你是检控官；我出钱收买你。这本来是行贿罪。但你是地痞，所以我的行为不能构成行贿。这就叫在法律上而言不可能的事。"

旁听席上的人哄然笑起来。

尹铎看似无可奈何，却较劲起来："凶手在目标人物的窗口观望，看见人影，一枪出去，打中的是家中的人形玩偶。这也算是法律上而言不可能的事，这种情况算不算杀人未遂？"

甄意停住。听众都好奇，眼睛亮得像灯泡，舌战什么的，太有趣了！

甄意想了几秒钟，道："如果我是控方，我就认为算；如果我是辩护人，我就认为不算。"

哄堂大笑。

尹铎也含笑："所以，在重罪上，'相信'这一点至关重要。如果凶手相信那个人偶是目标人物，他无疑犯了杀人未遂罪。"

甄意点点头，很赞同的样子："我深信巫蛊之术，相信诅咒能杀死你，然后用巫蛊来害你，那我是杀人未遂。"

再度哄堂大笑。太好玩了。

法官也笑了，敲一下法槌："这场无厘头的辩论，可以到此为止。"

甄意收敛起来，正色道："如果控方要给我的当事人定杀人未遂罪，请务必说明两点：第一，凶手准如没有把许莫彻底淹死，他被重新运回传送带时，还活着；第二，我的当事人，在当时具有杀掉许莫的主观愿望和意图，且认为许莫活着。"

要证明这两点无疑比登天还难。

她解脱似的叹了口气：“幸好我们的法律不是嫌疑人‘自证其无罪’，不然真是难于上青天。”

帅气英俊的尹检控官被她调侃的语气问得一点儿脾气都没有，举手投降，但：“他移动破坏了现场。”

甄意瞬间变好斗小公鸡：“现场在他之前已经被淮如移动一次，不足以判罪。”

最终，法庭给出的评议是：控方无法提出超越合理怀疑的证据，以证明许莫在被拖下水时活着。同样，被告言栩相信死者许莫已经死了，而，控方没有任何证据能够反驳他的说法。

无罪。

闭庭后，尹检控官自然被法官叫去一通狠训：“上次庭审已经证明淮如是许莫的同伙，你还叫她出庭做证，我以为你脑子进水，结果你在打算盘。你用了什么方法骗她，说戴罪立功让她漏洞百出？检控官怎么能用阴招设计己方证人？”

尹铎一直乖乖点头：“Sorry Sir，Sorry Sir！”

法官训斥完，又幽幽地说了句：“但脱下这身法官服，我认为，干得漂亮！”

尹铎：“……”

甄意：“……”

法官又对甄意道：“甄律师，你做得很好。相信下次再见你，就要称呼你甄大律师。”

甄意笑了。经过这次，大律师公会将会给她授“大律师”称号。

出门后，尹铎十分幽怨：“我这么聪明机智，为什么每次被训的都是我？”

甄意哈哈笑。笑完见言格立在走廊等她，脸色还是苍白的。

甄意立刻跑去他身边，小声问：“不是让你在车里等我吗，上楼梯来不累么？”他现在还在住院期，因为要出庭才勉强过来。

“不累。”他抬眸看了尹铎一眼，淡淡地说，“走吧。”

甄意点头，对尹铎招招手，拔脚就走。

言格却没动静。

她纳闷：“怎么了？”

“你不扶我吗？”他清凉地说，“你在医院里都扶我的。”

“……”甄意“哦”了一声，心想，难道真的病痛很严重，便寻常地过来扶他。在尹铎面前。

绕过走廊，见警察带着淮如离开，杨姿跟在后边，无意回头看见了甄意。

她停下步伐，没有笑，轻轻地说：“甄意，恭喜你。”

“谢谢。”说完，两人都没话。今早在洗手间的争执是朋友这些年吵得最厉害的一次。

甄意自觉当时有点刻薄，可林涵的死还有近几月两人的分歧日积月累，她忍不住爆发了。

杨姿道：“忙完了，有时间一起吃饭。”

甄意若有似无地“嗯”一声。杨姿走了。

言格忽而说：“你中学的时候总是和她在一起玩。”

这句话叫甄意微微难受：“嗯。”

“你们两个很不像，但做了很多年的朋友。”

“我在孤儿院住过一段时间。”甄意轻吸一口气，“那时候只有杨姿，阿姿跟我玩。”

走到二楼大厅时，听到哭喊声。

徐俏的父母揪扯住一个男孩撕打大哭：“她对俏俏见死不救，眼睁睁等着她去死！我不会原谅她，也不会原谅你。永远不会原谅你们！”

那个男孩跪在地上，深深低着头，看不清表情。淮生?

他的亲姐姐为救他，隐瞒骨髓匹配的真相，不捐骨髓，坐等他心爱的女孩去死。他被动地接受这一切，甚至无处怨恨，无处发泄。

徐俏的父亲搂着妻子走了，而那个男孩缓缓起身，往电梯间那边去了。甄意一愣，松开言格：“我去看看！”跑去就见红色的数字一路往上。甄意已有不好的预感，眼见另一辆电梯下不来，飞快冲去楼梯间。

咬牙忍着腿痛跑上楼顶，就见淮生的白衬衫被狂风吹得像一只风筝，背影很消瘦，正一步步往边缘走。

“淮生！”甄意狂奔而去，“别跳！”

但他没听见她的声音，站上栏杆，往灰暗的天空走去，风更大了，他像要起飞。

“淮生！”甄意尖叫着扑过去抓他，可那一瞬间，他已经前倾着倒下去。

甄意抓住他手臂的那一刻，被巨大的重力和惯性拖着往栏杆外飞出，她的心猛地一沉：完了！悬空……失重……天旋地转!

她惊得心要从嗓子里蹦出来，可她并没坠落，而是狠狠摔去外栏杆上，以一种极其危险的姿势倒挂着。言格趴在栏杆边，搂着她的腰。

他跟着她一路跑上来，身体里的内伤开始加剧，此刻用尽全力拉着两个人，不到几秒钟，脸色就惨白如纸。

甄意倒挂在栏杆上，世界上下颠倒，她直冒冷汗，吓得要死，手臂痛得要撕裂开。

“淮生！抓住我，淮生！”她努力喊，可不知为何，淮生像是昏迷过去，没有一丝动静，仿佛她抓的是一具尸体。

手太痛……抓不住了……

她不敢看着淮生就这样滑下去死掉，风吹着横幅在她耳边鼓鼓地振动，她立刻拿横幅缠住淮生的手臂。“救命啊！”她厉声尖叫。

楼底下散庭的人群里有人扬起头。更多的人仰头看，有人开始往楼顶冲。

可，“言格！我抓不住了。他们怎么还不来？”她慌了，带了哭腔，“怎么办？我抓不住了！”

言格离淮生太远，根本无法帮忙，只能稳住甄意。

手中的人一点一点往下滑，甄意尖叫：“言格，怎么办？抓不住了！”

下一秒，言格捂住她的眼睛。

她的世界忽然黑了，只有呼啸的风声。

手上抓着的重量，不知是时光，还是生命，最后一点点，从指缝流逝，抓不住了。

手一空，再去捞，便是徒劳。

横幅断了一边，上边缠着的人沿着墙壁唰唰地滑下去，滑到一楼猛地一扯，另一端也断了，人摔下去。

“甄意。”言格把她捞上来。她目光有些呆，惶然而惊恐。

他扶住她，宽慰：“别担心，他应该没事。可能会摔到腿。横幅缓冲。”

“是吗？”甄意爬到栏杆边看，淮生躺在地上，并没血迹，旁边有人在找救护车，有人在紧急救助。

狂风呼啸，她听见自己的心怦怦直跳。终于，这次没有跳楼死人。

人群里起了骚乱。被戴上警车的淮如尖叫着要冲去看淮生，警察把她扭上车，她一直在踢打，在哭喊。

甄意心里不太舒服。退回来一看，言格脸色煞白。

甄意一惊：“不会又伤到了吧？”她立刻扶着言格下去，开车离开。

出法院时，意外与警车错过，刚好遇见淮如坐在玻璃那边，盯着她，眼神阴暗而仇恨。

她心里咯噔了一下，打着方向盘，转弯离开。

言格伤口开裂，又做了一次小手术。甄意心疼得厉害，他却像个没事人。

而庭审过后，在医院养伤的日子，倒也清闲。

甄意提着一袋山竹，猫着身子，蹑手蹑脚地拧开病房的门。言格睡眠很浅，她才不要吵醒他。

推开一条门缝，探头进去，他不在床上，而是躺在窗边的长沙发里晒太阳，看平板电脑。

他一身病号服侧对着她，耳朵里挂着白色的耳机线，没有声音。可她刚好看见他手中的视频，是网路上她庭审的重播画面。

他戴着耳机看视频的样子真认真，躺在阳光下，美好得像天使。而天使正一瞬不眨看着平板上她的精彩表现。

嗷！那天他都在场，居然趁她不在重看她的录像？！心花怒放，嘚瑟得想跳扭摆舞，又像大热天喝冰水一样痛快。甄意忍了忍，没忍住，唇角扬起大大的笑容，却无声静谧。

怕他会羞，又小心翼翼缩回去。

她退回走廊，差点儿笑死，一会儿捂着嘴笑得腰杆儿乱扭，一会儿仰天哈哈大笑，张着口却不发出声音，笑得快直不起腰。

路过的护士狐疑地看她，她这才收敛，轻叩病房门，一下，两下。

里边很安静，隔了两秒，言格清淡的声音传来："请进。"

推门进去，他还是躺在窗边的沙发里，捧着平板，很是从容淡定的样子。

见了是她，把耳机摘下来，安静地瞧着。甄意装不知，把袋子放在茶几上，问："看什么呢？"瞟一眼平板，哟，手可真快，内容全换了。

言格没有丝毫异样，道："看淮如谋杀许莫受审的视频。"

他拔掉平板上的耳机，就听法官在念叨："……承认死者已无生命迹象……需被终身监禁……"两个终身监禁，够她把牢底坐穿。

甄意拉了一个软凳坐下："有没有说淮如为什么杀许莫？她和许莫的关系查清了没？"

"没有消息。"言格简短地说。心里却想，他应该去看看淮如。

"是你上次说的吗？"甄意嘀咕，"淮如非法制药卖给许莫？两人因为药物或金钱闹矛盾窝里斗了。这么说，许莫的病情是淮如的药物害的？"

心里有点儿难过，但不管怎样，她的生活还是要继续，这些事情也该告一段落，抛到脑后。最近，媒体宣扬她是个奇迹，还冠上"职业偶像""人生赢家"的头衔。她已不敢开机，连出门都要全副武装。说实话，这些虚名，她一点儿不在乎。

又不能陪她过一辈子，能陪她过一辈子的……她转头看他，不经意笑了，从袋子里拿山竹剥了起来。

剥掉厚厚的壳，手变成红紫色，捧着小小的白色果肉递到他嘴边："喏。"

他垂眸看着她手里的果肉，睫毛眨啊眨，有点不自然，又看看她，最终还是张口，嘴唇轻轻一抿，含了进去。饱满多汁，酸酸甜甜的。

甄意塞一瓣到自己嘴里，笑问：“言格，想吃钻石水果吗？”

……初吻……深吻……

他把山竹咽下去，不动声色地调整呼吸，觉得有点儿热。

她意味深长地看着他笑，看到他不好意思，她才低下头继续剥山竹。可想起他趁她不在偷偷看她的视频，笑意再也忍不住，脸上的笑容一寸寸放大。

他察觉到她在笑，目光挪过来，见她简直花枝乱颤，纳闷：“你闻到笑气了？”

“没。”甄意摆摆手，一个劲儿地笑，“就是刚才看到一个特闷骚的男人。”

言格极轻地拧了眉，他并不理解“闷骚”的意思，但这种词汇肯定不是他。他只听到了“男人”，哪个男人能让她笑得这样开怀？

胸口有点儿郁结，他闭了闭眼。为什么那个男人也跑来医院了？想了想，清淡地说：“甄意，你刚才说的那种男人，不好。”

“诶？”甄意好奇，“为什么不好？我挺喜欢的。”说着，把剥好的山竹递到他嘴边。

他不吃，别过头去。

她也不劝，过一会儿，他又回头看她。她边吃边笑，像吃了什么不对劲的药，或者被人点了笑穴。

“……”言格被她的笑容弄得不自在，且他躺着，她坐着，近距离看着他，有种她瞬时会从天空上吻下来的感觉。他更加不自然，动了一下，想别过头去，却又不太想。

她眼眸纯净，凝视他几秒，问：“要坐起来吗？躺久了不舒服吧？”

“嗯。”他试图起身。

甄意赶紧擦干净手，去扶，顺势坐在沙发上。

他坐起来，头一歪，便靠在她肩头。

甄意瞬间静止，仿佛他靠进了她心里。阳光走过地毯，照在她光着的脚趾头上，暖暖的。

她轻轻揪着手指，一动不动，身体好像僵掉了。

唔，不知是因为在病痛中，还是因为言栩的沉睡，他这些天格外柔弱。

她小心翼翼地扭头看他一眼，他合着眼帘，睫毛又黑又长，鼻梁高高的，呼吸有些沉，却还均匀。

不是说躺累了么，怎么才坐起来就靠我肩膀上睡了，我又不是枕头。甄意腹诽，又窘窘地望着天。心里纳闷，嘴上却没说。

想起司瑰偶尔靠在她肩上，才靠上去就跳起来踹她一脚：“甄意啊，你长点儿肉吧！硌死我了。”她挺好心的，小声嘀咕：“舒适度很差吧……”

“很好。”他闭着眼睛，声音仍然虚弱，轻轻飘进她耳朵里。

好心的房主对租客建议：“你可以靠在我腿上，腿上肉比较多，像天鹅绒枕头，你现在用的是荞麦枕。”

“荞麦枕对身体好。”他说。说完却身子一斜，枕去她腿上。

太突然了！好痒！甄意差点没忍住一个激灵。

“昂~我有痒痒肉！等一下。”她托起他的头，一手赶紧在腿上搓搓又揉揉，“呼，这下好了。”她的手指深入他的发间，也叫他头皮发麻，心弦轻颤。

她的腿的确很舒服，柔软弹弹的，像果冻，他又想睡了。喝下许莫的药后，他花了很长的时间自我催眠，现在总算好了。只是，似乎用力过度，心灵和思绪都有种静得起不来了的无力感。

他脑袋有点儿沉，安枕在她腿上，心里也安静下去。

她觉得这个动作太亲昵，不禁心里欢喜。想让他舒适，所以乖乖坐着不动，手指却不听话，忍不住缠着他的短发在指尖绕来绕去。

他睫毛轻轻颤一下，却没睁眼，她不安分拨弄他头发的感觉，其实很舒适惬意。

“甄意。”他低低唤她。

“嗯？”她一僵，手指不动了，却还不甘心，指尖又戳了戳。

“不是说这个。”他嗓音略沉，“对不起。”

“诶？”她倒是讶住，“怎么了？”

“言栩车祸那天的事，对不起。”他靠在她腿上，睁开眼睛，眼眸清黑而深邃。

这些天，脑子里总不由自主回想起她凄惨而惊恐的哭声：“言格，你别这样，求求你别这样。我会害怕。你这样我会害怕！”

一想起，心就疼，怎么心理暗示都没用，都解救不了。

对他来说，世上只有这种疼痛，用催眠治不了。可偏偏，他的痛，只有这一种。

甄意愣了愣：“没事啊，说什么对不起。我不介意的。幸好你没听我的，因为你的坚持，言栩获救了啊。”话这么说，心里却温暖得骨头都快化了。其实，他多在意她。

她又有些难受：“言格，你别太难过。虽然不能说言栩一定会什么时候醒来，但他至少还活着。”

他若有似乎地“嗯”一声，合上眼睛：“我知道。”

……

探视间里，很安静。

淮如坐在椅子上，面无表情地看着虚空。良久，门开了。

她一动没动。来人走过来，坐到她对面的椅子上，目光凉淡，毫无感情，看着她。

淮如看着那张漂亮的脸，心里有些恨，更多的却是不甘。

她们的人生，分明起点一样，却为何天差地别？

探视室内静谧一片，安瑶和淮如隔着一张桌子，彼此对视着，两张脸上都面无表情。

认识这么多年，每一次对面而坐都不融洽。安瑶不想和她说话，淮如则不知从何说起。

很久后，安瑶极淡地蹙了眉："你不是说要见我吗？没事我走了。"

还没起身，"是不是你把徐俏的事告诉了淮生？"淮如眼睛里闪过一丝恶狠狠的光。

安瑶很淡："我没那么无聊。"

"那他为什么自杀？"她急得浑身都在抖，眼珠执拗地一转，"是甄意推的他？是甄意推的他！"

"淮如，要不是甄意，你弟弟现在摔得稀巴烂了！"

"淮生他怎么样？"

"伤到了腿，其他地方没事。"淡漠的回答。

就是这一句话，叫淮如心痛似刀割，一瞬间低下头，喃喃道："我不能去照顾他了。"

安瑶看她半秒，道："淮生是你的弟弟，不是你的孩子。他现在有了你费尽心机给他弄来的肾，他以后会过得很好。"

淮如受不了她置之度外的语气："安瑶你为什么这么无情，再怎么我们也一起长大。"

"你对我可没有多少感情。"安瑶嘴角弯了一下，却没有任何笑意，"那么多年，你一直拿我当年偷窃的事要挟我，数年如一日。我在美国拿着全额奖学金，还要兼职打工给你赚钱。淮生这些年来的治疗费疗养费多少是从我这里出的？淮如，你是个吸血鬼，不，你把我的血吸干了也不满足。现在你要和我谈感情？"

淮如脸色微白，眼睛红了："我能怎么办？我们都是孤儿，你能理解生命里什么都没有只有一种挂念是什么感觉。绝望，却抓着狠狠不放。"

安瑶微微垂眸。她的确能理解，所以即使被淮如要挟，她都没恨她，反倒真心可怜他们姐弟。那时，她甚至挺羡慕淮如，至少有一个弟弟。

而她，什么也没有。没人这样为她付出，她也没有可付出的人。自小孑然一身，哪天要是死在国外，不会有人想念，也不会有人惦记。就那么不留痕迹地死了，像没来过世上一样。

可还好，她遇到了言栩。

淮如一提到淮生就哽咽："安瑶，我家淮生好可怜。我们是孤儿，没人管。只能相依为命。我不能让他死。我需要钱。为了钱，做任何事我都在所不惜。"

是真的可怜，安瑶都清楚。淮生有尿毒症，要透析要疗养，淮如甚至想过非法买肾。

他还患有罕见的PKU，身体无法分解消化蛋白质，日常食物都会让他中毒。每个月特殊食物费就近万，更别说治疗费和其他。国家对患有这种疾病的幼龄儿童有特殊食品补助，可长大就没了。

安瑶记得，淮如很小就开始背诵食物里的蛋白质氨基酸含量，每顿都要计算，给淮生做一顿饭要花几个小时，生怕出错会害死淮生让他变成痴呆。就是这样的谨小慎微，在那样艰苦的环境下，淮生被她照顾得没有像其他患病儿一样智力低下。

等淮生长大，需要长身体，淮如就真的拼了命。面对这样的淮如，安瑶一直恨不起来。可这次，她踩了她的底线。

"安瑶，你以为我想威胁你吗？我没办法，我没想害你，我要的只是钱！"

安瑶听言，寂静地抬眸看她："你已经害了。许莫要挟我时，我就知道是你指使。"

淮如愣住。

安瑶低眸，她对言格和甄意撒谎了，她早就猜到。

"这些事只有你清楚。联想他现在的状况，是你为了钱非法制药。许莫是你的客户。"

对面的淮如嘴唇抖了一下："不是，或许是他意外发现。"

安瑶眼神空洞："还不承认。'安瑶，你不是安如笙。'这样的话，许莫怎么会说？当然是有人教他。"

许莫威胁她的事，她也向甄意和言格隐瞒。小偷的事揭发出来也没关系，她至多被人看不起。她什么都可以忍，什么都可以不在乎，什么都可以坦白，唯独这一点，是她的底线。她不能不是安如笙，不能不是言栩的安如笙。

那样，她就什么都不是。

正是由于言母发现了，才再无法容忍安瑶。在她眼里，曾经是小偷没关系，可偷身份……安瑶成了费尽心机接近言栩、欺骗言栩的女子。

"你知道这是我真正的致命点，知道我和你一样，为了这一点会做出任何事。你把许莫引到我生活里来，是想我杀了他。一定是你有什么原因要把他灭口。既然如此，利用我的致命点来封口，同时再度抓住我杀人的把柄。"

淮如沉默，她一箭双雕的计划可谓天衣无缝，可安瑶比她想象的聪明，聪明得可怕。

“你一开始就知道我是许莫的同犯？”

“知道，”安瑶淡淡道，“也知道你等着我杀他。所以我特意避开他的心脏，只是让他失去行动能力。你想要许莫死，一定会回来检查，发现我没把他杀死，你会自己亲自补刀。”

淮如惊怔，这完全出乎她的意料。她分明设计安瑶，没想却被她给设计。

看着面前安瑶漂亮却分外冷静的脸颊，淮如脚板心发凉。她想把许莫和安瑶一箭双雕，没想安瑶把许莫和她一石二鸟。

她太久不言语，安瑶反倒弯一下唇角：“孤儿院里长大的孩子，很难不聪明。”

这话，让淮如的眼神涣散开：“是啊。我们都是孤儿院里出来的魔鬼。那时，可爱的孩子讨人喜欢，会被新爸爸妈妈接走。不讨人喜欢的孩子则吃不饱，做劳动，还挨骂。淮生病怏怏的，我太倔强。总有大的孩子欺负他，让我变得爱打架，为他反抗会招来阿姨的打骂。”

她眼中浮起泪雾：“在那样的竞争环境里，我只学会一点，善意都是狗屁，要想活，只能靠自己。淮生生了这样重的病，没人管他，爸爸妈妈不要，社会也不管。曾经找过爱心组织，可需要爱心的人那么多，一点点爱心怎么够分？我一个人拼命打工也拖不动这么大的负担，别人不救助，可我们也要活，只能去抢。

“你说对了，我加入了一个机构，按着他们的配方非法制药，私自卖给许莫。可卖给他的药他转给了别人小范围地流传开。私自售卖的事被发现的话，我会没命。”

安瑶看着对面女孩瘦弱而细小的身体，心情不适，大号的衣服套在她身上很空。多年劳累和缺乏营养让她看着像阳光暴晒后的蔫豆芽，孱弱，消瘦，没有生气。

她记得她曾生病也不舍得吃药，只不停地喝开水。

她一直认为淮如是她的吸血虫，现在她发现生病的淮生对于淮如，骨癌的徐俏对于贫苦的父母，每一个重病难治的人，对他的家庭都是吸血虫。家人痛苦不堪，却又苟延残喘，不肯放弃。

安瑶道：“你怕罪行败露，便撺掇他一起设计这场绑架。许莫没想到，他的同谋其实一开始就想杀他。”

“是。”淮如有些颓废，“安瑶，我的钱都被法院冻结赔偿，你可不可以给淮生一笔……”

安瑶微微眯起眼睛：“你叫我来是想做最后的威胁？”

“你是言家的未婚妻，钱对你来说根本是废纸。”

安瑶脸色微凉：“我不会拿言家一分钱。”

“如果你答应我，我以后再不会骚扰你，你不是安如笙的事，以及真正安如笙的事，我也……”

“呵。”安瑶笑一声，“你以为你还能出去，你还能和谁说？”

淮如紧张了，不能再照顾淮生、不能给他留保障的恐惧像毒虫一样啃咬着心脏，她扑在桌子上，抓住安瑶的手，泪如雨下，“安瑶，我们淮生一个亲人也没有，就只有我。他身体不好，没上过学，没有独立生活的能力。这世上我不管他，他就会死。不到走投无路的地步，我不会求你。这对你只是举手之劳，求你不要见死不救。”

安瑶面无表情，没有感动，也没有厌恶：“在设计我后，你还指望我会给你一分钱？”

“对不起。”淮如哭得浑身在颤，“可你和我一样都是孤独的人，因为依恋和信任，才格外爱一个人。为了爱的人，即使付出生命也绝不眨眼。淮生对我，就像言栩对于你。安瑶，求你救救我的淮生。我们是一样啊。”

“不一样。”安瑶漠着脸，开口，“淮如，我和你不一样。即使对你恨之入骨，即使知道你不救徐俏让她恶化而死，我也没告诉淮生。徐俏已经死了，我不想看到淮生因为怨恨和自责拒绝换肾，生命垂危。他手术成功康复，我也没说，不想让你弟弟对你反目成仇。因为我能想象到被最爱的人抛弃的痛苦。只是媒体的作用我阻拦不了。你呢，因为我拒绝害死许茜，拒绝取她的肾，你仇恨我，设计让我杀许莫。你想毁了我。更可恶的是你做伪证害言栩。”

淮如大哭：“我不是故意，我需要戴罪立功……”

“住口！”安瑶猛地站起来，漂亮的脸蛋彻底冷漠下去，“淮如，我们真的不一样。”她弯下腰，一字一句道，“现在，我真心祝愿你，终身被困在监狱腐烂，再也呼吸不到自由的空气。让许茜、徐俏、林涵，甚至许莫，让他们的眼睛盯着你，看你在监狱里受尽精神折磨，一天天头发花白地老去，一生一世再也不能陪伴在你爱的人身边。”

淮如面如死灰，如遭雷击，仿佛落下终身的诅咒。

安瑶转身离去，走到门口，却听淮如喊：“安瑶，你以为你就没罪吗？”

“我有啊，所以，我会把自己终身监禁。”她会陪言栩回到言家老宅。

他睡着，她醒着，花开鸟飞，雪落月弯……一辈子，就这样过去了。她从此囚禁在他的世界里，与世隔绝，再也不出来。

她微微笑：“我们果然不一样。你禁在监狱里，而我禁在我爱的人身边。”

走出拘留所，安瑶深吸一口气，望着头顶的艳阳蓝天，一点儿不留恋。她一直认为，山里的天空更纯净，星夜也更璀璨。下午言栩要出院了，会被接回家继续沉睡。她会陪他一起，永远。

她闭上眼睛，想着推他去太阳底下，给他读诗……其实，很幸福。

缓缓睁开眼睛，终究掏出手机给银行打了个电话，把工资转去淮生个人的医疗账户里。

才下楼梯，看见一辆熟悉的车。

安瑶快步走到言格身边，有点紧张，见他神色微肃，她不禁发抖："是不是言栩出事？"

"他醒了。"言格简短道。

安瑶一惊，心里的喜悦犹如礼花爆炸，她想笑，可出来的全是泪水，要上车："去医院。"

但，"安瑶。"言格声音很平静，"以后如果有什么事，你可以直接和言栩说。任何秘密，都不需对他隐瞒。"重复一遍，"任何秘密。"

安瑶背影僵住，没有回头。她是何等聪明的人："你知道了？"

"对，一早就看出你在撒谎。"他说，"也知道你对许莫和淮如的封口计划。"

天地间只有风吹着路边树木的声音。而她，像一尊雕塑。

"他第一次开口叫我，是认识一年后。那时我已爱得不能回头。即使知道他认错人，即使知道我是替代品，我也不想离开他。"安瑶没有哭，语气稀疏，可眼泪不停下落，流过没有表情的脸。"我的爱不卑微。我很清楚言栩他爱我。只是我一开始就在欺骗他，利用他对另一个女孩的回忆。我的行为触碰了我和他之间最重要的信任，对言栩，这种信任尤其重要。"

"安瑶，即使言栩心里记得小时候的女孩，但他现在要结婚的是你。他只会选择你。"

安瑶苦笑："将心比心，如果你爱了甄意那么多年，八年后，有个女孩冒充她和你在一起，你是什么心情？"

言格看了她一眼，道："我不会认错。"

"什么？"

言格很肯定："言栩也不会认错。"

安瑶摇头："不，他认错了。我不知淮如哪里来的神通广大，她找到了真正的如笙。那个女孩和我的背景一模一样，我很确定她就是如笙。"

"安瑶，我说了，言栩他不会认错。你究竟是谁，言栩其实早就知道。"

安瑶狠狠一怔，猛地抬头。

"家里派人调查你的时候，他私下阻拦。"言格说，"他那么敏锐的人，我想认识你后不久，他就知道你不是他小时候认识的女孩。"

安瑶睁大眼睛，眼泪一点一滴再度坠落。可这次没有悲伤，也没有世事弄人之惋惜绝望，只有不可置信的幸福和心疼："他早就知道？"

"对，很早就知道是你，爱的也是你。至于淮如，她是骗你的。"

"骗我？"

"根本没有如笙这个人。"

言栩小时候，家人去孤儿院捐款，带了他去。

他小小一个坐在院子中央大树下的木台子上，静默地发呆。

那时孤儿院在排话剧。他什么没听到，什么也没看到。可忽然，他所在的木架台剧烈地震动。一下一下，很激烈。像是……地震了……

过了很多秒，他蒙蒙地抬头，就见有个演美人鱼的小女孩穿着鱼尾巴，一蹦一蹦，朝他跳过来。

鱼尾巴很松，跳一下往下滑一点儿，她又得揪着尾巴扭着屁股蹦。

真聒噪，像地震。

她终于跳到他身边，小手伸过来，递给他一块糖："给你吃。"

他没有反应。

小女孩凑过来，歪头看他，黑溜溜的眼睛非常好奇："你是哑巴吗？"

他还是没反应。

没想小女孩扭着粉红的小尾巴，蹦到他身边，揪住他的耳朵，捏了捏："难道是聋子？喂！喂！喂！听得到吗？"

他看她一眼，就是没反应。

"原来你听得到，故意不理我。"小女孩瘪嘴，不开心，提着长尾巴蹦走，木架台又开始霹雳哗啦地震颤。

他坐在那里，晃来晃去。她蹦了一会儿，想了想，又惊天动地地蹦回来。

"我给你唱歌吧。"她缺了两颗门牙，牙齿还漏风，唱着毫不成调的歌儿。

唱完又和他讲故事，一边讲，一边模仿丑小鸭白雪公主巫婆各种，她一整天都在台子上蹦来蹦去，毫不消停。

言栩觉得，那天下午，他的世界都在她的蹦跶声里震颤。

她一不小心摔倒，穿着鱼尾巴爬不起来，虫子一样在地上拱啊拱，扭啊扭，一小条滚来滚去，急得满头大汗。

他从来没见过这么滑稽的人，那一刻也不知怎么的，很浅地笑了。

他想，她真有趣。

后来夕阳下了，他要回家，说了第一句话："你是什么？"原谅他不会交流。

女孩缺着牙，漏风地指指自己的鱼尾巴："这都不知道吗，安如笙啊！"

……

言格说：“家里人后来去孤儿院找过，但那里并没有叫安如笙的女孩，我听了他的描述，告诉他，或许听错了，那个演小美人鱼的女孩说的应该是，安徒生。”

言栩听成了安如笙。

安瑶一愣：“你是说根本就没有叫如笙的女孩？”淮如把她骗得好惨。

“是。言栩遇到的女孩不叫安如笙，而他心中的安如笙是你。他和我说过，你是童话里走出来的善良安静会为爱献身的海的女儿。认识你后的第一个月，他和我说你是真正的安如笙。我的理解是，他第一面认错了，但他很快知道你就是你。

“安瑶，言栩并没有喜欢那个女孩，他只是喜欢那种在孤独的时候被人温暖靠近的心情。你的出现从一开始就给了他这种心情。所以自始至终你都是安如笙。

“在认识你前，言栩就知道安如笙的名字是错的。如笙在他心里是他创造的一个美好的代名词，他把最美好的名字留给你。就像别的情侣之间，不叫名字，叫honey，sweet。”

这阴错阳差的误会却最终发展成噬心的黑洞。她眼泪愈发汹涌：“言栩他不会原谅我了吧？”

“如果真怪你，就不会拉许莫下水。”言格道，“他也意识到刺激你的其实是这件事。言栩很内疚，没有和你解释清楚。”

安瑶抬起泪朦朦的双眼：“解释‘如笙’这个词的意思？”

“对，他以为如果和你说清楚，如笙不是别人，就是你，你也不会做出今天的事。”

安瑶潸然泪下，又心疼又幸福：“我知道了，以后不管有什么事，我都不会再瞒他。”

言格任务完成，便不再多说。看安瑶生平第一次哭得稀里哗啦，他静默地立在一旁，一句安慰的话都没有。

只是，想起了甄意。

言栩和安瑶因为这样无厘头的误会，差点儿酿成大祸。而他还有事没和甄意说清楚，是真无法说清楚的事，该怎么开口？

第一精神病院侧楼三层的小厅里，一片白色。海洋来的风带着初秋微微的凉意，从窗外吹进来，桌上的白纸随着清风浮动。

淡金色的阳光笼在厉佑头上，棱角分明而姿色出众的脸上浮现出一丝笑意。清黑的眼眸也是深深的，盯着桌子对面的言医生，似笑非笑。

言格平平淡淡的，问：“淮如的药物配方是你给的？”

厉佑耸耸肩：“我不认识你说的这个人。不过，”他揉揉太阳穴，“或许我的精神出去游荡，寄住在哪个人的脑袋里，控制了她。”

言格不说话了，表情波澜不起，看他几秒，起身。

厉佑抬眸：“不问了？”

“没有价值。”言格淡淡道，仿佛他不值一提。

厉佑极轻地敛起眼瞳，隐约被他惹了。

“她是一个失败的实验品。”他终于冷硬地开口。这个“她”是淮如。

言格双手插兜，拔脚离开：“早想到了。”淡静的语气，仿佛把他早看穿。

厉佑见他要走，冷哼一声，又笑道：“可她是一个成功的实验品，不，堪称完美。”

这个“她”，不是淮如。

言格没回头，似乎这对他依旧是已知信息。继续往前走，却听身后厉佑笑意点点：“但，失败的实验品，还有未完的利用价值。所以……”

下一秒，言格的手机滴滴响一下：

淮如在被运送去监狱的途中，离奇逃脱失踪。

最终卷　此间有真意，欲辩已忘言

下午三点，病房窗外的树上阳光灿灿。风一吹，细细碎碎的像旧时光，朦胧，却闪耀。甄意靠在门边望着窗边的两人出神。

言栩坐在轮椅里，安静而沉默，安瑶半跪着给他整理衣领。没有言语交流，可一举一动里全是默契。整理好衬衫，她含笑看他。言栩亦看她，眸光很静，不深，也不浅。

原来有这样一种爱情，无声，却细沉。甄意想。想着想着，就有点儿想言格了。他对她也是如此。不说，但就在那里。

独自走下停车场，想给言格打电话时，手机响了："甄意，你男人电话，快来接哟——"

笑容自然爬上唇角："好巧哦，刚想给你打电话，真是心有灵犀。"

那边微顿一下，才轻声唤："甄意。"

"诶！"她朗朗地回答。那边又顿了一下。

"你在哪儿？"他嗓音清沉。

"你在哪儿？"她声音轻快。

"我在 K 城。"

"我在深城。"又是异口同声，他便不说了。

"你什么时候去 K 城没叫我？"她嘟起嘴，"言栩出院你都不来看看。"她摁下车钥匙，车子滴滴叫唤，在地下停车场里格外空旷刺耳。

"你在哪儿？"他似乎紧张，声音很低，语速也比平时快，"现在一个人？"

"是啊，怎么了？"她坐上车，钥匙插进孔里，正要扭。

"和言栩他们一起，不要一个人。"

甄意纳闷："可我现在要去K城，明天是林警官葬礼。"

"淮如逃走了，我担心她会去找你。"

甄意背脊一凉，立刻四周看，安静空旷的地下没有人影，只有无数空空的车子："她不找淮生？"

"警方会第一时间监视淮生，她不会自投罗网。"

"可她应该在K城，来深城……过不了关。"

他嗓音平淡下去："嗯，我也这么想。"

他的心理，她哪里不明白。

"在K城等我哦。"

"……好。"

第二天，林涵葬礼。

初秋的K城下了雨，天灰蒙蒙的，又低又沉。很多市民冒着雨排队给他送行。满世界都是黄白色的菊花。

言格撑黑伞，甄意一身黑裙，望着棺柩，却隐约看见人群里一个熟悉的人，脸白如鬼，隐匿在众多悲伤的面孔里，仇恨地盯着她。淮如？定睛一看，那惨白的脸闪一下，消失不见了，仿佛幻觉。

起棺了。棺木上覆着鲜艳的紫荆花旗，警司抬着棺木正步从人群里走过。甄意的眼泪再度落下来。

回去的路上，她兴致不高，蔫蔫地趴在车窗边望着玻璃上汇集的雨水发呆。

言格看她情绪恹恹的，始终挂心，却不知该如何安慰。

"不要难过了。"这是他唯一能想到的话。可即使是这样简单的话，对她也很有效果。

她回头，精神好了一点，点头："好呀。"她一直都这样，特别好哄，一点不拖泥带水。言格反而不知该说什么，努力想了想："我们说话吧。"

甄意明了他想安慰的心思，顿感窝心。她窝进座椅靠背里，懒懒地放松下来。车厢里安安静静，外面是朦胧的雨水和模糊的世界。这样的氛围真适合聊天。

"言格，你一直都对我很好。我不开心的时候，其实你有努力想让我开心，让我不难受。"她歪着头，细细的手指在玻璃上写他的名字，又回头笑，"记不记得你背过我？一开始不知怎么背上去的，后来每次我一不开心，你就会背我。”

有一次，她没任何原因，突发奇想在大街上让他背她，他不肯，站着不动，她猴子一样往他背上爬，跟爬树似的。他脊梁不弯，也不吭声，身板被她捣鼓折腾得时不时轻晃，偏是不折腰。

她最终手脚并用地爬上去，撅着屁股，双腿圈在他腰上，没地儿依附又滑下去。可真滑下去时，他终究弯腰，握住她的双腿把她托起来。

她拿脚踢踢他：“诶，好多次呢，你记不记得啊？”

半明半暗中，言格轻轻点了一下头。记得。当然记得。比如第一次。

中学时代，他生过几次病。他不去学校也没关系，可从不会请假旷课。倒不是因为他多爱学习，而是，她的教室在一号教学楼四层，他的教室在二号教学楼五层。

除去提前下课和自习，下课十分钟，她会在下课铃响的一瞬间冲出教室，飞一样下楼，跑过小操场，冲上楼跑去他教室，又在上课铃响的瞬间，一溜烟跋山涉水般地原路返回。

一天五次课间，两次上学，两次放学，一星期五天，一月四星期，一年九个月。他不知道如果她兴冲冲气喘吁吁狂奔到他教室门口却没看到他，会是种怎样失望落寞的心情。

而他，不希望她失落。想到她可怜巴巴的失望的样子，一个个拉着别人问“言格去哪里了呀”，他会难受。

那次，他热感冒，身体病痛，嗓子也很不舒服。可他本就话少，即使身体不舒服，表面也不会显露出来，所以甄意没察觉。在一起不到一个月，两人的相处模式还不熟，她不太清楚他作为男朋友的习性。

课间，他一句话没讲，甄意以为他心情不好，很忐忑，还有点小惶恐。她话也少了，安静地陪他立在栏杆边眺望大海。

很快，上课铃响。

都没有说几句话呢，甄意心里好遗憾，恋恋不舍地和他招手：“别想我哦，一下课我就跑来啦。”言格嗓子痛，没说话，只点了一下头。

她笑容灿烂地招着手，转身飞速跑了。

上课铃还在学校上空悠扬地回荡。

言格回到教室坐好。课堂很快安静，老师准备讲课。有同学从外面进来，随口说：“言格，我刚看见甄意从楼梯上摔下去了。”

那个彬彬有礼从容淡定坐下起身各种动作都不会发出声音的男孩，哗的一声桌椅晃荡，有人冲出去。似乎一瞬间，老师和同学们来不及惊愕，他就风一样消失在走廊里。

言格飞速下楼，很快看到甄意。她一动不动倒趴在楼梯上，可能太疼，所以过了这么久她都没动静。楼梯间里学生们来来往往赶去各自的教室，没人管她。

生平第一次，他的心像被什么狠狠戳中，闷钝，麻木，透不过气。后来，他知道，这种沉闷而窒息的感觉，叫作心疼。

他还没来得及赶去她身边，她挣扎着爬起来，吹吹手上的伤，捂着痛处一瘸一拐地下楼。

“甄意。”他很少叫她的名字。

平空传来他的声音，她吓一跳：“啊，怎么了？”一回头见他脸色不佳，她想起答应过他不会翘课，慌忙摆摆手：“我跑得很快的，马上就去上课。”说完要跑。

“你站住！”他语气有些重。

甄意真就原地不动了，紧张地看他下了楼梯，一步一步朝她走来。

他眼眸微微沉郁，向她靠近。

甄意脸都白了。果然和她一起，他反悔了，可这段时间她小心翼翼，没有不乖啊。她很难过，又害怕他是来说分手的，低着头往后退了一小步。

他却到她面前蹲下，掀起她的裙子。

她惊呆了，捂住嘴。

走廊上一个人也没有，都去上课了。

然后，他往她裙子里看……

他在看什么呀？她的脸慢慢变红，想后退。

“别动。”他制止。她细细的腿上全是伤，膝盖都流血了。

甄意硬着头皮杵着，只觉裙摆下凉凉地透风。世界很安静，隔壁教室里老师在讲课：“氯气中混有氯化氢气体，不能用碱石灰除杂……”

哎呀，他究竟在看什么呀？她纠结地拧眉毛，早知道今天就不穿画着海绵宝宝的小内裤了呢，嗷呜——

“提着裙子。”他指示，“不许碰到伤口。”

“哦。”她点头照做。

言格带她去医务室，卫生员给她涂药水。她疼得哇哇大叫，还牢牢记得他的话，攥着裙子不松手，眼泪吧嗒吧嗒地砸，一边抹泪一边笑：“哇，紫色好漂亮！”

最后一节课，他不上了，送她回家。

见她走得缓慢而痛苦，他表情冷淡地蹲下。她不太相信，没动静。他指一下自己的背：“上来。”

她受宠若惊，立刻蹿到他背上。那年她个子还很小，他却已长得很高，她趴在他背上，像大哥哥背着小妹妹。

一路上，她小声地软软地叽叽喳喳。他始终没说话，表情酷酷的静静的。

到她家楼下，她于心不忍，要下来。可他不作声，也不松手，其实他生着病，背着她走了两公里的路，体能将近极限。可最后的五层楼，他依旧走得缓慢而平稳，她根本没察觉他的腿在发抖，手快抽筋。

到门口，她幸福了一路，忽然紧张起来："言格，你忽然对我这么好，是不是要和我分手？"她深深蹙眉，哀哀的，"别呀。我还不想和你分手呢！"

"……"这两者之间有什么关系吗？"我知道。"他说，"不会的。"

甄意开心地笑了，转身要进门，又回头唤他："言格？"

"嗯？"

"还从来没有男生敢掀我的裙子呢！"

"……"第一个也是唯一个掀甄意裙子的男孩，想起裙子下修长细腻的双腿，余光里白色柔软的内裤和可爱俏皮的海绵宝宝……后知后觉地，脸红到了耳朵根。

"你说，你是不是看见我的内裤了？"她仰头，往前一步，昂着头嚣张地质问他，"看见我的海绵宝宝了是不是？"

言格闷不吭声，脸愈发滚烫，只是余光……瞥见……而已……但他也没脸说这不算，太不绅士。他居然做了掀女生裙子看女生内裤这种……事？行径？

他的骄傲不允许他不承认，而他的自尊让他不好意思直视她，别着头，红着耳朵，梗着脖子，终究点了一下。

她踮起脚，手指戳戳他的肩膀，趾高气扬地嚷嚷："那你要对我负责！"

他不吭声，也不看她，又点了一下，嗓音已不清晰："……唔……好。"

要对她负责。这个承诺，言格一直记得。

回过神来，她坐在车窗边画玻璃，离深城越近，雨越小。"这几天在深城和K城之间来回跑，比过去八年都频繁，过关的工作人员都认识我了。"她自言自语，"知道吗？庭审后，网络上有好多人注意你讨论你诶，猜你是从哪里冒出来的。"

言格对这种事没兴趣。她又说："所以去参加同学聚会，肯定很多人揪着你问。你不会不喜欢么？"

他们这趟赶回深城，正是去参加中学聚会。甄意有些意外，毕竟言格对聚会不热衷，和班上的同学更没联系。

起因是言格中学的班主任秦老师前段时间得了癌症，并战胜病魔，恢复了健康。不知谁借此机会号召秦老师教过的学生聚聚，一来见见中学老师，二来校友们熟络熟络。

她倒是不怵和精英校友们见面，只是所有人都和你不太熟却都知道你读中学时干过什么，这感觉着实微妙。

果然，当甄意和言格同时出现时，原本言笑宴宴的餐厅有一瞬鸦雀无声，言格是一个传奇，甄意则是另一种传奇。甚至有人立刻在网上发状态：天，言格和甄意一起出现在校友聚会，就在刚才！

杨姿热情地招呼甄意坐下。几个女同学见了言格，眼神生姿，不过都知道他淡如水的个性，没人贸然靠近。他还是他，不温暖，也不冰凉，不冷酷，却不易亲近。

分明是风云人物，大家对言格的近况却知之甚少。不知他家境来历，也不知他职业生活。倒都听说过甄意，在K城混得风生水起，职业生涯起起伏伏，最终成了“大律师”。

同学甲：“都说进了社会，学习成绩不代表一切，果然。看看，甄意比我们风光多了。”

秦老师道：“甄意这孩子性格好，能抗压。最重要啊，她大胆又热情，光这两点，做什么都能成功。”

“追人会成功吗？”

甄意装没听见，拿杯子喝水。杯子呢？扭头看，言格安然自若拿着她的玻璃杯喝水。

“呃，那是我的杯子。”

他放下，清淡地说：“我知道。”

“……”三个字，甄意心咚了一下。

“言格？”

“嗯？”

“你没喝酒吧？”

言格扭头注视她，清淡道：“我看上去像醉了吗？”

他声音略低，怕她听不清，迁就地朝她倾身。隔得太近，甄意隐约闻到他身上淡淡的香味，她恍惚地别过头去，小声：“不像。”

同学乙不好意思地问：“甄意，当律师很赚钱吧，我当老师，贫困死了。”

甄意：“当老师很酷啊，假期那么多。”

乙开心道：“这倒也是。”

秦老师笑：“各行都有各行的风光，也有各行的无奈，找准最适合自己的就行。”

“是啊。”杨姿说，“当律师也有道德风险，走错一步是犯罪。运气不好会当不成律师呢。”大部分人没注意，但有几个女生交换眼神，想起甄意曾因知法犯法被判三个月社会服务令。现在律师执照拿回来还成了大律师，难道有后门？

杨姿忙道："抱歉，我说错话了。"这一说反而明显。

甄意爽朗道："所以要以我为鉴，别干坏事。不然一瞬的思想误差也会把你之前努力的一切变成泡影。好在我倒下去又爬起来了。"她这样轻松，大家也点头说是。

有人呼："检控官师兄！"

尹铎也来了。他是标准的阳光型学长，现场气氛顿时活跃。男生女生都和他打招呼。

甄意专注着拿筷子捡玉米粒，一个人玩得不亦乐乎。侧头看言格，他看上去心不在焉。

"言格？"

"嗯？"

"真不吃吗？过会儿肚子会饿哦。"

"也还好。"仿佛"饿"这种感觉也是可以"心静自然不饿"的。

尹铎拉把椅子在甄意身边坐下，语气调侃："小师妹也在？"不经意柔和下来的嗓音，各色目光唰唰过来。

甄意执着地拿筷子戳玉米粒，语气尽量轻松："我过来蹭饭，嘿嘿。"

"筷子夹多麻烦，"尹铎用勺子舀了两勺玉米粒在她碗里。

女生们全往这边看，甄意是一脚踏了两棵校草？

甄意坐在大家的目光里，不太自在，偷看言格一眼，他没表情变化，不显山不露水的。她又不免有些沮丧。

旁边有人和尹铎讲话，问法律问题，找他要名片。

"今天没带。"尹铎很抱歉，蓦地想起，"哦，钱包里有一张。"刚掏出钱包，不巧服务员添水，不小心撞到。钱包掉在地上。要名片的女同学赶紧俯身捡，拾起地上散落的卡片，却愣住："照片里这人怎么长得像甄意啊？"

四座无声，四方目光同时聚焦。尹铎学长钱包里放着甄意的照片？甄意一愣，虽一度隐隐感觉尹铎学长对她有意思，但她以为是自作多情。

一室的安静内，言格手中的玻璃杯稳稳放回桌面，不轻不重地磕了一下。

平平静静。

可只有甄意察觉到不对。别说放杯子，他放筷子都不会发出声音。

甄意反应极快："我之前报名参加培训班，让学长帮我交证件照。"

但女同学嘴直："不是证件照，照片里你在睡觉啊！"

什么叫越描越黑……

所有的目光变得探寻：不简单啊，甄意和尹检控官睡过觉？难怪成名速度像坐火箭。

“你胡说什么？”比起众人对自己的误解，甄意更在意言格的感受。

即使他不在意，她却在意校友们说“当年追言格的甄意放弃言格转投尹铎怀抱”，听上去像她心爱的言格很不济似的。在她心里，谁都比不上他。所以这些年她格外爱惜羽毛，和男人一点暧昧都没有。

“我看看！”她生气地把照片夺过来，一愣，照片应该是一两年前拍的。

那时她还梳着马尾，露出光光的额头，趴在桌子上睡觉。她有印象。去旁听尹铎的公诉案，耗时的拉锯战，她头一天熬夜，实在撑不住打瞌睡了。

难道庭审结束后她还没醒，他经过，就把她拍下来？甄意脸红起来。被这样优秀的男人暗恋，谁都难免意乱。但现在不是感动的时候，她稍稍提高声音：“什么睡觉？不过是趴在桌子上打瞌睡。”

言格转眸，目光落到甄意手中的照片上。

她几年前是这个样子吗？青涩而朝气，睡颜安稳知足，带了点幸福感，还有些小迷糊。

男人看到很难不心起波澜。把甄意这样一张懵懂可爱的安睡照片放在钱包里，时不时看到时，尹铎心里在想什么？言格不想去猜。

猜了，会——生——气！

好事的女同学不多说了，其他人交换眼神，不可思议，尹铎的暗恋对象是甄意？

甄意心里哀号：她就不该来。现在连装傻充愣都不行了。

尹铎倒格外镇定，不尴尬也不解释，仿佛极其自然的事，居然文质彬彬地问甄意：“看完了吧，能把照片还给我吗？”

这照片还是不还？甄意混乱。有人小声疑惑：“怎么回事？甄意不是在追言格么？”言外之意：怎么和尹铎搞在一起了？如此大的误会，甄意绝不能让它发生，几乎是条件反射地脱口而出：“是啊，现在还在追呢！”说出口发现：真可怜，追个人追十二年……

尹铎淡定自若地拿起杯子喝水。甄意心一咯噔，伤害到他了。对不起，可她只会顾虑言格的情绪。偏偏这时，言格扭头看她，淡淡疑惑状：“不是已经追到了么？”

……

现场冰封，落针可闻。

“而且是我追的你。”他微微蹙眉，似乎不满她的健忘。

甄意脑子一片空白，蒙了，他什么时候自作主张擅自下的决定？

她张着口，却说不出话，呼吸……好困难……言格看她的脸一寸寸变红，心莫名柔软下来。见她手里还攥着那张照片，他伸手抽了一下。甄意感到手中一股力量，赶紧松手。

言格手指夹着照片，朝尹铎示意："我收回了。"拿回自己的东西，理所当然的语气。

甄意霎时间血液沸腾。

尹铎依然风度翩翩，不露丝毫败者之色，彬彬有礼地点一下头。言格亦微微颔首，把甄意的小照片装进口袋。

两个英俊优雅的男人仿佛中世纪决斗的骑士，各自绅士有礼，谦谦君子。但再如何风淡云清，也掩盖不了"决斗"带给人的硝烟味和沸腾热血。

众人都不插话，可个个眼睛发亮。天啊，甄意真和言格再续前缘了。都以为言格当年答应和她在一起是无可奈何，长大了就会分掉。可听言格的语气，他反过来追甄意了。当年是甄意甩了男神？如此劲爆。

作为决斗中心的甄意，被言格简简单单两句话击败，耳朵里只剩自己的心跳声。

吃完饭，秦老师先离开，同学们提议去KTV，这是大江南北各地同学聚会的法宝。甄意和言格双双默然，KTV不是什么美好的记忆。

言格今天来的目的已达到，吵闹的地方，他天生排斥。有师兄听言格和甄意不去，极力邀请："难得聚一次，再见面又不知是什么时候。上次就隔了八年。"

这话是真的，很多同学说一次再见，其实就是永别。

甄意想，言格也需要同学和朋友的，便眼神期许地望他。以往，只要她露出这种眼神，他就会应允。但这次，他没有。

且不说KTV这三个字是他的梦魇，每每回想伴随着万箭穿心的绝望，重要的是他此刻只想单独和她一起。

他低头看她，温和道："我有话想和你说。"语气如此柔和，叫师兄和一旁的杨姿都诧异。

甄意再次心跳紊乱，现在十匹马也别想把她拉走："你们去玩吧，我和言格不去了。"

准备离开的秦老师回头，朝这边招手："言格。"

"我过去一下，别乱跑。"他轻声叮嘱。甄意轻"嗯"一声。

杨姿笑："你们现在才在一起吗？你之前就说在一起了。"

甄意不想回答，经过今晚席间的事，她觉得和她要陌路了。正想着，尹铎过来，看着甄意："你要先走了吗？"

"噢，我还有事。"她稍稍尴尬，"学长，抱歉。"

他淡淡一笑："是刚才才在一起的吧。"

"……是。"甄意如芒在背，暗叹他眼光真毒。

“是我慢了一步，还是说你该感谢我推了你们一把？”他尽量豁达，可语气里还是透出一丝自嘲。

甄意无言以对。杨姿淡淡地开玩笑：“估计是因学长的功劳，男人潜意识里都会想竞争。”

甄意稍稍蹙眉：“我先走了。”手腕却被尹铎握住，男人的手心有些发烫，甄意一惊。“甄意，”尹铎笑着，却看不见笑意，“那请你转告他，我并没有放弃，更没有认输。”

她一瞬间头皮发炸，与此同时——

“甄意。”言格的声音传来，就着夜风，微凉，“走了。”

甄意一个激灵，跟捉奸在床似的慌地挣开尹铎的手，轻声道：“言格叫我了，我要走了。”说完着急忙头也不回跑去言格身边，眼神忐忑。

言格目光却平和，不带苛责，抬手拂了拂她散乱的发丝。凝视她良久，极淡地扫了尹铎一眼，虽然很淡，却也露出不悦的凉意。他看得很清楚，尹铎抓了甄意的手；他也听得很清楚，尹铎仍对甄意虎视眈眈。

不吃醋，是不可能的。

他转身离开，牵起甄意的手。

甄意深吸一口气，不作声，也不抗拒。任由他牵了一会儿，她才缓过神来，稍稍用力，握紧他的手。嗯，宽厚而温暖，修长而骨节分明。她心跳呼吸皆不稳，快乐又哀伤，上一次这样被他牵着，是多少年前的事了。

读初中时，她总大大咧咧，都是她先对言格动手动脚，一点儿不像女孩子。可要哪次言格主动拉她的手，她会瞬间安静变小鸟；他主动抱她一下，她能犯傻一下午；他主动亲她一下，她一天都废了。

她一直认为自己能像女汉子一样无坚不摧不要脸地追他；可她从未意识到被他守护的时候，她也会像其他陷入恋爱的普通女子一样，无措，发蒙。

“言格？”

“嗯？”

“我们现在，是在一起了吗？”

“没有。”

“……”一瞬间，甄意要气爆，甩开他的手：“你这是典型的占着茅坑不拉屎！”

“甄意，不要妄自菲薄。”他眸光清浅，慢慢地，认真地说，“你怎么会是茅坑？”

“……”她恨不得把他一口吞了。

“甄意，别生气。”他抿了抿唇，郑重地说，“我的意思是，我还没开始追你。”

这样的反转，甄意全然没料到，愣住，跟做梦一样：“那，你刚才在同学面前，是在表白？”

路灯微朦，他脸色微红：“嗯。”

“怎么会选这种情况下，我以为你不喜欢让大家知道你的私事。”

“是不喜欢。”他侧头看她，黑眼睛在夜里愈发深邃，“只不过，你会难过吧？”

“我？”

“八年，很少回深城。是不是觉得，如果回来，如果见到同学校友老师，会很有压力，觉得身上烙了言格的标签？会害怕被问有没有追到言格有没有放弃言格有没有重新开始有没有觉得当年犯傻？你会觉得很累，心里不好受吧？现在，觉得好些了吗？”

甄意的心底，忽然就没了声音。不知为何，鼻子莫名发酸，他对她哪怕一点点温柔，她都能感动欢喜得天翻地覆。今天他寡淡地坐在热闹而陌生的人群里，待了那么久就为向所有人证明，他们在一起了。

他微微俯身，再度缓缓牵起她的手，她心里幸福得一塌糊涂。

“言格？”

“嗯？”

“你知不知道，为什么那些年我那样疯狂地追你？和你在一起后，也每天那样尽兴地恋爱？

“因为我觉得，明天不会对任何人承诺一定到来，再见或许就再也不见，转身或许就再不回头。总担心哪天挥手分别，意外就让我们分离。总担心前一秒还在远远地对你微笑，后一秒就车祸台风意外海啸。总担心买好电影票，捧着爆米花，你却没有出现。总担心明明约好去哪里，却最终独自前行。

“这个世界上，时时刻刻都有意外发生，或主观，或被迫，太多了。所以把每一分钟都当作最后一秒来过。活着每一天，都是人生最后的时刻。你不知道，你对我，像全世界一样重要。人生的最后时刻，当然要用百分之百的热情和你快乐地过。所以，你知道吗？分开后的那么多年，我从来没有后悔，也从来没有遗憾。即使是分开的这些年，想起过去做过的事，也会很开心。”

他停住脚步。

刚好站在路灯下，灯光微白而迷蒙，轻纱一般笼在她的发间眉梢，女孩肌肤细腻如玉，几近透明，黑黑的眼睛明澈灿烂，仿佛繁星。

她眼睛里不自觉含了泪水，泪光闪烁，有些哀伤的怀念，更多却是激动和欢欣。

他的心便再不似以往平静，有莫名的情绪涌动，渐渐蓄势，要从胸腔里涌出。

八年的隐忍和期盼……他低下头，额头抵住她的额头。鼻尖也抵在她的鼻翼，温暖的呼吸喷在她唇边，痒痒的，撩人心肝。

她的心便醉了，嘴唇微微颤抖，埋怨又委屈："不公平。你要追我，分明就是一句话的事。你一开口，我分分钟就扑上去了。"

"因为我不会放弃，所以你可以放心。不要那么容易让我追到，也不要担心我会放手。"

"哪有这么好的事？"她鼓着嘴抱怨，心里却幸福温暖得一塌糊涂。

"这次我努力。"他凝视她，眼眸灿烂如星辰，说，"这次在一起，就永远不要再分开。"

一瞬间，甄意觉得路灯的光灿烂地细碎开来，白花花地晕染在他们周围。

她缓缓闭上眼睛：值得了。"好。"

言格，我这一生最骄傲的事，就是在我最青涩最美好的年华，在我敢为爱奋不顾身的年纪，不计名禄，不计现实，毫无杂质地爱上你，不顾一切地倒追你。

我人生最美好的年华全用来爱你，最青涩的年纪和你一起度过：值了。

甄意探出脑袋，往工作室里望。她亲爱的言医生身姿笔直像一棵树，低头在做记录。看了不知多久，他写字的手顿住，缓缓抬起头来，目光笔直而柔软。

甄意抿唇笑，摆摆手："嗨，言医生。"

他云淡风轻地低下头去，继续写字。画了一笔，意识到他在追她，于是再度抬头，温和地回应："嗨。"

甄意笑容放大，快步进去把包里的资料一股脑儿倒出来放桌上，自顾自的："最近接了个案子。不用管我，你忙你的就行。"

他想起口袋里的两张电影票，把本子合上，说："我已经忙完了。"

"是么？"她边翻资料边扭头看他，"你最近工作时没戴眼镜了。"

"视力变好了。"他清淡地说。以前他的生活里只有工作，没事也要找出事来做，从几个月前开始不是这样了，"什么案子？"

"民工村的。"

言格转身去洗手。她是K城律政史上最年轻的大律师，现在多少有钱人重金排队求她打官司。民工村的当事人，也只有她会在意。

以往提到案子，她都精神抖擞，可这次带了丝严肃的愁容："上个月全K城都在关注许莫和淮如时，深城发生了一件大事。生活在K城的林芝怀孕两月，回深城探亲，在地铁站被八个年轻人围殴致死。"

殴打，暴踢，猛踹猛踩，甚至淋尿。甄意咬牙："要是我在场就好了，一定抽死他们！"

言格关上水龙头。警察，律师，记者，她做这类工作太久，遇到相似的事情太多：

“甄意，因为你从不习惯，所以才格外可贵。”

没前文的话，甄意却懂了。她不太好意思：“很多人和我一样。”说完又难过，“言格你知道吗？地铁站那么多人来往，却没一个出来帮她。”

言格解释：“其实很正常，社会心理学的 Bystander Efect（旁观者效应）。”

“什么？”

言格抽了张纸巾擦手：“人们认为出事时，在场人越多，受害者得到帮助的可能性越大。事实相反，旁观者的存在会抑制个人的利他行为。人越多，人们越倾向于袖手旁观。”

“为什么？”

“Diffusion of responsibility（责任扩散）。单独的人有责任帮助受害者。多人在场，责任就扩散。人越多扩散越严重，都想着下一秒别人会提供帮助。”

言格把纸巾扔进垃圾篓，不徐不疾道：“如果沦为被害者，要有目标地呼救，从人群中挑一个正关注案发，有体力，最好有同伴的人，指定他帮你，告诉他带着众人一起救你。”

“言格，你好厉害。”

他微愣一秒，轻声回应：“学这个的都知道。”

她深深地看他：“你总在我困惑的时候告诉我我不知晓却应该知晓的东西。让我豁然开朗，又给予解决途径，让我充满希望。言格，有你真好。”

她如此直白的一番话叫他心跳不稳：“这个案子你要做什么？”

“深城的检察官会提起诉讼，两边的民众都很愤怒，我要帮受害者家属和深城公诉方联系提要求。过会儿和尹学长去深城。”

言格不动声色地吸了口气，把电影票拿出来给她：“研究所发的，一起去看吧。”

她拿过来瞧：“《微观世界》纪录片。好好玩的样子。”

言格一愣，拿错了。应该是爱情片来着，网上推荐 9.8 分。

“果然是研究所发的电影票，好高端。”

到嘴边的话咽了回去，言格觉得自己弱智了，研究所怎么会发爱情片？差点露馅。不对，为什么要说是研究所发的？

他低下头，摁了摁眉心。

深城的秋天气候怡人，空气温凉清醇。阳光和煦，蓝天高远。

甄意坐在空旷的会议室里，手指不经意在桌上敲。看看手表，快下午四点。这样大的事情居然拖拖拉拉。这次会面，K 城来了一个检控团几个坊间律师；深城这边一个检察团，另有名校来的社会专家和法律专家。深城的官员们早到了，可深城来的专家们晚了。

甄意忍不住“哼”一声：“呵，专家们！”

尹铎倒脾气好，从容淡定，感觉到她烦闷的小动作，慢悠悠道：“晚上有约？”

呃？忘了。不提醒倒好。“没。”上次同学聚会后，再看到尹铎，难免尴尬。估计回不去，她抬手给言格发了条短信。等了几分钟，言格没回。

听尹铎在议论：“我在视频里看到那几个施暴者踩她的头时……”

甄意手机静音，收进口袋。

一位检察科员很愤怒：“庆幸深城有死刑。一刀捅死城管的小贩死了，撞倒妇女几刀捅死的大学生死了。现在围殴、爆头、淋尿，把人活活打死。一定要为死去的林芝讨回公道。”

尹铎叹气：“公众希望施暴者都受到严惩，至少无期。可围殴的人数太多，八个。”

甄意拧眉，此时会议室的门推开。负责案件控诉的深城检察官们刚才已见过，五六个专家则个个戴着眼镜，面容严肃，透着考究的学术气质。

方姓检察官把专家们和K城检控团的成员互相介绍后，开门见山道：“这次的事件引发了全国关注，警方检方压力都非常大，请各位过来是想就这个情况商讨。”

尹铎沉肃地问：“深城检察院对犯罪嫌疑人提出的控诉罪名是？”

“肯定是故意杀人，但具体量刑……”

“方检察官，我们对此有意见。”一位犯罪学专家提出异议，“民众反应强烈，但这应该是一起故意伤害和过失致人死亡案。”

会议室里一片死寂。几道声音异口同声：“反对！”“反对！”“反对！”

阳光投影在红色长桌上，刺眼。

犯罪学家淡定地推推眼镜，说：“这群人是一时冲动，没有蓄谋，也没料到把人打死。事件影响恶劣，但作为专业工作者，不能受情绪影响，应该客观地看本质。”

甄意语气微凉：“以所谓的‘客观’来凸显自己的‘专业’，是不是没人性了一点？”

犯罪学家皱了眉。他身旁的社会学家开口了，像老师训学生：“我们不能一味顺从民意，迫于社会舆论压力而放弃我们的专业性，去做民众呼吁的选择。”

甄意：“显示‘专业’是根据客观判断做出对的事；而不是逆反地不经判断一味盲目地站在反对的一方，以为只要反对就是专业，只要反对就是理智，只要反对就是标新立异。”

“你……”

方检察官道：“的确，执法者不该受舆论的左右和摆布。可这次根据现场目击者证词和地铁监控录像，施暴者是故意杀人无疑。”

犯罪学家仍不赞同：“犯罪嫌疑人在主观上没有想把人打死。我去看守所看过，他们说没想到那个女人打几下就死了。我们要看客观证据。”

“客观吗？”甄意把笔记本打开，利落地翻转，推过去，“首先，视频里女人倒下后惨叫，捂着肚子喊‘我有孩子’不下七次，结果遭来施暴者对其腹部猛踢；其次，这几人踩受害者的头，把她的头踢向墙壁，十八次。他们‘没想到那个女人打几下就死了’？”甄意忍着怒气，“人要多无知才会相信他们的话？”

对面一群专家噤声不语。

“不要玩文字游戏说不是故意杀人。作为法律专家，你们比谁都清楚，行为人明知自己的行为会发生致他人死亡的结果，希望或放任这种结果发生即为故意。”

方检察官不经意点头。

法律专家满面愁容，痛心疾首：“我理解你们和公众的愤怒，可每当发生这种事，舆论便会把执法者抛到风口浪尖，用民意影响大家的情绪和抉择，这是以暴制暴！”

“在摆明了的证据面前，说以暴制暴？”尹铎皱眉，“公众相信法律，请求法律为受害者主持正义。”

法律专家争辩：“制定法律的目的不是杀人。我们顺从民意，不保持冷静，这是亵渎法律尊严。”

“法律的目的的确不是杀人，是惩戒。”甄意道，“不仅为了告慰死者，更为保护活着的人。所谓的专家，你们明白法律的尊严是什么意思吗？不让每一个受害者枉死，不让每一个幸存者心寒。你们捍卫的法律做到了吗？！”

会议室里鸦雀无声。专家团们彻底再没了言语。

走出大楼时，天色已晚。甄意他们走下大理石台阶，每个人心中都很沉重。最终确定是故意杀人，预期量刑是两人无期，三人有期，一人拘留，一人接受教育。

尹铎给大家打气：“这已经是比较令人满意。”

甄意情绪不高：“对林芝的父母和丈夫来说不够。”

“甄意，我们都知道，不可能全重判。”

“是啊，我知道，却无法理解。”甄意寂寞地笑笑，“你又要说我激动，感情用事了。可我真的不懂，一直不懂。生命本就无价，杀人的罪恶也无法衡量。为什么要用无法衡量的东西来做计算题。八个凶手杀一个人就比一个凶手杀八个人罪孽要轻吗？”

尹铎转头看她，只见夜幕中她的侧脸格外白皙柔弱，他轻声道：“你清楚的，法不责众。”

甄意苦苦一笑：“因为凶手是八个人，死者只有一个，所以这种责任可以平均分担然后减轻。是不是以后杀人都群体行动就可以免责？的确会免责。发生过很多次了。货车翻车，众人哄抢；群体打砸，群体斗殴，这样的事件少吗？可偏偏，偏偏啊，法不责众。”

尹铎默然半刻：“情与理很多时候讲不通。而理，有时本身就讲不通。”

甄意扯扯嘴角，无意识看看手表，快八点了。

猛地一惊，慌忙翻出手机。没有未读短信，只有一个未接来电，下午五点，言格打的。刚要回，尹铎拍拍她的肩膀，回头看众人：“大家别沮丧，一起去吃顿晚饭。”

甄意此刻哪里有心思吃晚饭，拒绝的话还没出口，就望见——

秋天的夜里，玉兰花路灯的光乳白而朦胧，从层层叠叠的树叶间流泻而下，像轻纱笼罩的梦境。

路边的树木仍是茂盛遮天，临海的风清凉沁心，一吹，青黄相接的落叶便纷纷坠落，在白纱般的路灯光里翩跹飘旋。

言格一袭墨蓝色风衣，双手插兜，悄然无声立在灯光下透明的落叶里。

碎发下，眉目如画，眸子深邃清湛，望着她。

夜里的海风吹着他的衣角翻飞，他身形笔直而修挺，像一棵临风玉树。

甄意呆了几秒，没意识到尹铎的手还搭在她肩膀上。片刻前沮丧幽闷的心此刻被一种渐渐涌起的惊喜替代，她没告诉他开会的具体位置，而他居然找来这里了？

脑海中莫名想到一只冷淡又骄傲的小白狗，顺着她的气味，这边凑凑，那边闻闻，一路嗅嗅，最终追来这里。然后乖乖坐在路灯下，一下一下，缓缓摇着尾巴等她。

不看路边的蝴蝶，也不看路过的猫咪，黑溜溜的眼睛一瞬不移，只盯着这里。天黑了也不走，不等到她绝不走。

嗷！

当然，面前的男人俊颜清淡，丝毫没有小狗的可爱和暖萌，但……

这一刻，她终于有了一种被他追逐的感觉。这种感觉……太美妙。

暮色四合，夜风清凉。

甄意飞快跑下台阶，鸟儿一样飞去言格身边，满心欢喜：“你怎么来了？”

言格垂眸，她脸上笑容灿烂，像要把世界点亮。他眸光微闪，不自觉抬手捋了捋她鬓角的碎发，轻轻别去耳朵后边，他声线清润：“约好见面，你却没来，想见你了。”

话说得平实质朴，却叫她心里最柔和的一根线轻轻颤动。加上他亲昵的动作……甄意立在夜风里，要醉了。

她对身后的同伴们招招手，拉上言格一起走：“现在看不成电影了，饭也吃不成了。”

他倒还好，她在身边叽叽喳喳，他就心底安宁了。

甄意歪头想想：“明早还有工作，晚上还是要回K城的呢。要不现在回去吧，冰箱里有菜，笔记本里有电影，一举两得。”

听上去真不错。两个人，安静。他点头：“好。”

回K城的路上，他心无旁骛地开车，她懒散地窝在副驾驶室，有一阵没一阵地嘀嘀咕咕，和他说着漫无边际的话。说这个案子，最后不知怎么说到淮生，说这几天去民工村看望林芝家属的路上遇到了淮生。

“言格……”她声音低落，“淮生现在好可怜。”

遇到淮生时，他提着一袋子青菜，个子高高的，很清秀，在破败的环境里一瘸一拐地走，十分醒目。上次坠楼给他留下严重的腿伤。甄意心酸，追上去和他打招呼，问他换肾手术后的恢复情况。

淮生邀她去他家里坐。甄意这才知道，姐弟俩一直住在这里。

楼道很脏乱，像甄意曾住过的工厂旧房。开了门，只有一间房，淮生睡床，淮如睡沙发。

却是非常干净整洁的小居室，甚至很温馨，窗台上种着白色的花，挂着贝壳装饰，桌子上摆着一对陶瓷小猫咪。一切看上去都很廉价，却拼凑出一种家的感觉。

墙面涂成淡淡的紫色。淮生告诉甄意，淮如说，紫色是幸福的颜色。

甄意问及他的身体状况，淮生说康复情况很好。问他需不需要钱，他摇头，说最近他的卡里不知道谁给他打了一笔钱。等他休息一段时间就开始工作。

甄意莫名难过。淮生没读过书，身体也不好，不论脑力还是体力，找工作哪那么容易?

“我要开独立的工作室了，要不你去我那儿帮忙吧。”

“不用了。”淮生勉强笑一下，很苍白，“我现在是过街老鼠，别影响你了。”

几个月前甄意做记者采访他时，他乐观向上；现在他病好了一半，却不会笑了。比起当初身体上的病痛折磨，如今他面临的是更痛苦的心理困境。

窗边有张米色的桌子，摆着厚厚的十几本笔记。甄意无意翻了一下，有本已经发黄，是淮如小时候的字迹。那时可能不到十岁，劣质的圆珠笔，字歪歪扭扭的：“100克西红柿，碳水化合物2.5~3.8 g，蛋白质0.6~1.2 g，维生素C20~30 mg，苏氨酸4.2~7.2 mg，胱氨酸1.8~3.6 mg，蛋氨酸0.6~1.2 mg，矿物盐……”蛋白质和氨基酸上用醒目的黄色马克笔涂过。

蔬菜水果干果，肉类海产品，几百种门类，几千几万种分类。特殊食品资料及烹饪方法，尿毒症患者疗养方法，变成面前十几摞纸。

窗外的风吹进来，书页唰唰地轻响。甄意心里苦涩又感动。

淮生翻看着淮如留下的笔记，用天平给食物称重，拿计算器计算蛋白质氨基酸含量。少了就加几片叶子，多了就切掉几小块根茎。他做得不熟练。几小样东西让他手忙脚乱。

近二十年，淮如每天这样给他做饭，毫无怨言。“你怨淮如吗？”

淮生沉默好久，才说：“只怨我自己。是我把姐姐拖累成这样，她都是为了我。”他背身对着甄意，声音很低，“甄意，我就是我姐姐的病。”

甄意无言以对。贫穷的徐俏，一场病榨干她的家，让父母负债累累人财两空；淮生一场病，榨干他姐姐的人性和生命，让她泯灭良知逃亡天涯。

“淮生，你以后该怎么办？”

“不用担心。我看多了人和事，现在在付费网站上写小说，能勉强维持温饱。”

“啊，我喜欢看小说，告诉我你在哪里写，我去支持。”她并没这爱好，看过的小说只有一本。甄意记下来，暗暗决定号召她认识的人都去支持。

淮生成功做出一顿饭，非常难吃，他一点一点全咽下。

甄意没待多久便离开。出门时意外遇见唐羽和索磊；两人提着一大包 PKU 特殊食品来看淮生。一问才知，唐裳唐羽和淮如小时是好朋友，只不过唐裳唐羽很乖，很小就被收养。虽然家境不富裕，但也幸福成长。

说到这儿，甄意累了，望着前方灰暗的公路，长长地打哈欠，口齿不清地问：“失去双亲的孤儿比较容易犯罪吗？像淮如和安瑶。或者容易成为被犯罪的对象，像唐裳和宋依。”

言格有些漫不经心。宋依的身世他查过，和唐裳唐羽类似。只不过她在婴儿期就被收养，她都不知道自己的身世。她的情况，和甄意一样。

但甄意“父母”死得太早，重回过孤儿院，然后再被爷爷接回。

甄意嘀嘀咕咕一路，见他没点反应，扭头：“言格，你没听我说话？”她微微皱眉，这是从来没有发生过的事情。

“甄意。”他声音略微严肃。

“嗯？”

“以后不要让别的男人碰你，我会不高兴。”

甄意讶住，好一会儿才反应过来，知道了他在说什么。世界很安静，狭窄昏暗的车厢里连发动机的声音都听不见，甄意只听得到自己的心跳声，在胸腔里，咚，咚，一点点放大。

他第一次如此直白地表达吃醋和对她的在乎，她心里涌起大片大片的甜蜜。

“诶！”她撒娇般地回答，听上去真乖，尾音里拖着满满的幸福，“我听你哒……”

他抿抿唇，一路板着的侧脸微微松动下来。夜晚回家的归程，昏暗静谧的车厢，因为身边女孩轻柔的絮絮叨叨，变得格外温馨。

这一天，终于安宁。

两个小时后到她家楼下。她睡了，缩在毯子里，格外柔弱。

他下车，拉开她那边的车门，见她合着眼，悄无声息熟睡着，小脸白皙，睫毛乌密，一时竟不舍得叫她醒来。

他俯身靠近，指尖碰了碰她柔嫩而温暖的脸颊，声音极轻：“甄意？”

“唔？”她在睡梦中听了声音，稍稍惊一下，皱皱眉，不开心地鼓起嘴，眼睛不睁开。

她不满地“哼哼”一声，动一动，滚个身子，别过头去了。

嗯，初步判断，如果叫醒了，起床气会很重啊。言医生遭遇了棘手的问题。

他直起身，立在车边盯着副驾驶的一小团女孩，像看一只实验对象，认真思索半刻，再度俯身，轻轻摁她头上的穴位，语气更轻缓，竟有一丝哄她的意味在里边：“到家了，去床上睡好不好？”

这次，她软趴趴地睁开眼睛，目光呆呆的，笔直而柔软，仿佛能看进他心底。她蒙蒙的：“唔？到啦？”

他扶她起来：“能自己走吗，能醒过来吗？”

他好温柔，她真不想醒来。头一歪，索性扎进他脖颈间，带着鼻音软软地咕哝：“言格，你背我好不好？”

“你羞不羞？”他低眸看她，嗓音却醇和。

“不羞。”她哼一声，在他身上又滚又蹭，“我是只虫子，软嘟嘟的，没有骨头。”

“这样啊。”他没办法似的叹气，人已蹲下。

甄意揉揉迷糊的眼睛，满意了，手脚并用地爬上去趴好：“好啦。”

他稳稳起身，将她背起。

唔，他背上的感觉还是那么熟悉，安全又牢靠，带着他特有的香味。甄意闭着眼睛，半梦半醒，紧紧搂着他的脖子，唇角弯起幸福的笑意。沉迷半晌，忽然想起来，说：“言格，车门没关哦。”她的鼻息喷在他脖子里，像羽毛，痒痒的。

他稍稍不太适应，想揉揉脖子，可手心背着她。回头看，她的脑袋歪在他肩上，脸颊的肌肤在夜色中显得很轻很薄，长长乌黑的睫毛小梳子一样安静地低垂着。明明睡得不太清醒了，还记惦着这种事。“没事的。”

“哦，那就好。”她喃喃的，隔了一会儿，又在他耳边呼气，“言格，我要吃松仁玉米。”

又是温热的呼吸吹进他耳朵里，好痒。

路灯迷离，树影斑驳。

甄意洗完澡，睡意全无。她裹在浴巾里，趴在沙发上盯着厨房那边的人，两眼冒心心。

言医生卷着衬衫袖子，正有条理地切菜煮菜。她哪里是想吃他做的菜，她想吃他的人！她翻了个身子，吃吃地笑。可真等到饭菜上桌，她才知肚子都饿空了。

言格头一次做饭，居然非常好吃。

甄意往嘴里塞东西，不满地抗议：“不公平，为什么男人做菜比女人好吃？我好喜欢做菜，可难吃死了。你看你，第一次弄就这么好吃。”

“感觉像实验一样。”他盛一碗紫菜汤递到她跟前，“我弟做饭连量杯天平滴管游标卡尺都用上。在美国时，言栩特喜欢去他家吃饭，每次都要帮他量食材。”

甄意想象一下那种场面，暗自腹诽：你们家的娃都那么奇葩？

她戳着盘子里的玉米粒，忽然想起淮生做饭的样子，随口道：“言格，淮如出逃的事很奇怪。有手铐，进女厕所时有女警陪着。可司瑰说女警什么都不记得了，像灵异事件。”

他“嗯”一声，把玉米餐盘端到她面前，离她最近。

“最近太忙我差点儿忘了。那天我问淮生为什么跳楼，他说他很痛苦，但没想跳楼。也不知怎么的，醒来就在医院里。他甚至不记得去过楼顶。”

言格淡然喝汤，这些早在他意料中。

“现在一想，所有人的死都很奇怪。”甄意咬着筷子，“唐裳，宋依，崔菲，还有未遂的淮生。”

言格点头，示意在听。

“宋依站在楼上，一开始话语坚决，后来语速变慢，说明犹豫了，可突然就……崔菲更奇怪，还没开始审案，且红豆那么小，她怎么舍得？”甄意蹙眉，“我也不懂她们为什么选择跳楼，这样死太惨烈了。至少选不痛苦的。”

这下言格开口：“没有不痛苦的死法。”

甄意质疑：“我看电视里很多人割腕，放进水里开出血花。”

“90% 的人割不到正确位置和深度，要一遍遍尝试，有些大脑缺血成植物人。”

"……安眠药不痛苦吧？"

言格"嗯"一声："药物刺激胃部引发呕吐，呕吐液进入肺部鼻腔，引起灼烧，饱受煎熬。毒药更不用说，抽搐痉挛呕吐大小便失禁。"

甄意一头黑线，他说这些东西怎么就不吝啬词语了？

某人犹自不觉，没点醒悟，认真地科普："至于溺水和上吊，肺像要爆炸，知道为什么溺水和吊死的尸体死相恐怖？因为太痛苦。而且，"他迟疑半刻，"男性死者选择上吊，死相更难看。"

甄意好奇："为什么？"

"人死后血液流向下方，尸体会出现勃起现象。"

"……呃……言格，你要想死的话，不要上吊。"

"我不会自杀。"

"嗯嗯，不管怎样不要上吊。不然，我会忍不住想非礼你。"她踢了拖鞋，光着脚趾在他小腿上抓了抓。

餐桌对面，言格手顿住，抬眸看她，沉默而又安静。她不管，昂着下巴抬起脚，钻去他大腿内侧，取暖似的贴住他的腿根，亲密地蹭了蹭。

"……"言格微微僵硬，强迫自己恢复淡定，继续吃饭，仿佛是为了转移她的注意力，说："关于他们的跳楼，我有另一种猜想。"

"什么？"

"催眠。"

甄意诧异："有人给他们催眠，让他们自主跳楼？"

"之前没往这方面想，但那次近距离看淮生。他的确被人催眠了。"他解释着，心思忍不住往身下挪。她的小脚还挤在他的腿间，没有半点收回的迹象。

甄意闻所未闻："当时除了徐俏的父母，没人接触淮生。"

"极其厉害的催眠师能在人脑里设置一个催眠点，一句话，一个手势，即使后来说这句话做这个手势的人不是催眠师，也能启动催眠。"

"宋依当时在楼顶上，谁会给她说话做手势……"甄意一愣。

唐裳死后，唐羽曾痛哭，说那段时间姐姐压力大想退出，她说如果这样就不会原谅她；崔菲死前和戚勤勤打过电话，请求她照顾红豆，请求她原谅；徐俏父母痛斥淮生："我不会原谅她，也不会原谅你，永远不会原谅你。"

那天她在广场上狂奔，喊："宋依，如果你跳楼，我不会原谅你，永远不会原谅。"

是这句话？她说给言格听，脸色微白："这句话是触发点吧。可言格，谁会给他们催眠？他这样做的目的是什么？"

言格知道厉佑的实验，却不知该如何对甄意解释，且他并不希望她探寻这件事。

可她的好奇精神不会消减："我应该找找他们几个的联系。如果被同一个人催眠过，他们的生活一定有交集。"

言格没回应。他的饭先吃完了，刚准备放下筷子，可一瞬间整个人猛地凝滞住，浑身刺激得跟过了电一样。片刻前，甄意的脚趾头大胆地往他那个部位点了点。

他抬眸看她，她一脸兴奋，小脸像被光芒点亮，兴致勃勃，像一只盯着到嘴肉肉的小狗。

这种眼神，他再熟悉不过。

是被盯上了。他隐约发觉，她一开始看似无意地提议回家吃饭看电影，或许早有预谋。而今晚，要出事了。

言格克己地吸了一口气，手探下去捉住她滑润的脚，缓缓地挪开，这才起身。

甄意的脚板心便残留了他手掌的温度，以及那里饱满的触感。萦绕脚趾间，挥之不去，真是撩人心肝。她喜滋滋地扒拉饭粒。一边吃，又一边嘀咕："自杀这种事，真是叫人头疼。"

言格正在给她洗葡萄，蓦地想起那年的事，说："记不记得，你也自杀过一次？"

"哪有？"她反驳。喝一口汤，愣了愣，想起来了。"乱说。那次我没想自杀好吧？我只是吓唬吓唬他们。"

他舀了一勺盐撒进葡萄碗里，轻轻道："但好像没有人被吓到。"

除了我。

那次，下课铃响了，甄意欢快的声音却没有随之响起。两分钟，三分钟，甄意都没有出现。言格立在水泥小操场边，目光扫视课间游戏的同学们。

自她那次摔倒后，言格下课都会下楼在小操场上等她，不想她一直跑那么远。

操场在他眼中是空的，她人去哪儿了？不会又摔倒了吧？

心神不宁。

他低下头，思考了几十秒，迈开腿往她的教学楼走去。

一号教学楼的新晋高一生都很规矩，见了他纷纷点头打招呼："学长。"

他没反应，隔了好久才思索，为什么甄意对他没大没小，天天"言格""言格"地满校园嚷叫。

上到四楼，一大群学生围堵着某个教室张望，吵吵嚷嚷。他知道，甄意肯定在那里。不知她又惹什么事了。走过去，耳朵以"甄意"为搜索词，从喧杂的声音中自动挑出几句话：

"甄意偷钱啦！"

"甄意又要被训导处老师教训了。"

“甄意干吗偷 X 同学的钱？ X 是 13 班唯一考试能过 500 分的人，班主任多护她。”

他个子高，一眼看见甄意孤独地立在教室最后面的角落，咬着牙，倔强，不屈，警惕地盯着众人，紧紧抱着书包不松手。

教室里外的学生全看着她，她脸红耳赤，表情羞辱，却十分坚决。

训导处老师和班主任要搜她的书包：“甄意，你要是没拿钱，给我们看一下证明清白。”

“为什么不搜别人的书包，只搜我一个人的？”她气得舌头在打战，“我是不听话，也不爱学习，可我不会偷别人的东西！”

“你把书包里的东西倒出来给我们看，就解决了。这么固执反抗，大家更加怀疑你！”

在场的“大家”都窃窃私语。

甄意立在众人的目光里，脸红得滴血。老师不耐烦了，上前去：“把书包拿来。”

啪！书包被狠狠砸在课桌上；“咚”“咚”两声清脆，她踩着椅子，惊天动地地站到桌子上去。

现场议论声小了。

她立在窗边，居高临下地威胁：“你们搜！今天谁要是动我的书包，我就从这里跳下去！”

鸦雀无声。

“你们搜啊！”她尖叫。

“甄意！”言格的声音从人群里传来。

片刻前她脸上的决绝悲愤瞬间消失，变得茫然无助，她扶着窗棱发愣。看见他从人群里走出来，目光隐约紧张，片刻不离地注视着她，绕过一张张桌子，走到她脚下。

他抬头仰视，伸出手，声音异常柔缓，是头一次：“甄意，把手给我。”

她没大家看到的那么冥顽，其实很害怕，手脚都在抖，动不了。她愣愣俯视着他，真的动不了。

“那我来牵你的手了。”他轻声说，上前一步，缓缓握住她，心里便落了一口气，可感受她剧烈而细微的颤抖，心又无端沉闷起来。

“到我这里来。”他牵着她的手，缓缓朝她张开臂弯。

她发抖，微微屈膝，往下滑。他手腕用力，一带，把她带回地面。

她扑进他怀里，之前还强硬得和什么一样，这一刻就柔弱无助起来，泪水在眼眶里直打转，委屈，惶恐，更怕他不信她：

“言格，你不能听老师他们的话呀。我没有偷别人的钱。真的。你千万不能听他们的呀。”

“我没听他们的。”他说，“我只听你的。”

她的眼泪开闸般哗地涌出来，悉数砸在他的胸口。

言格拿起她的书包，平缓地问：“可以打开看吗？”她泪水吧嗒吧嗒，点点头。

他拉开，书包里面的东西一目了然，几枚硬币，一包卫生巾……

他低着头，很长时间都没有动静，碎发遮着眼睛，也看不清表情。

良久，抬眸，眼神已然冷了，看一眼周围的人，两位男老师，更别说数不清的男同学。

非常安静。

无数双眼睛盯着。

“言格，我们走吧。”她眼泪汪汪，揪他的衣袖。

“等一下。”不能这么走了，会有人认为她是小偷，可也不能把书包里的东西倒出来。

他看到甄意的同桌：“你过来看一下，这书包里有丢失的钱吗？”

杨姿探头看：“没有。”

言格又看向站在老师身边的女学生：“是你的钱掉了？”

“是。”

“过来看。”

她走过来，看。

“这里面有你的钱吗？”

“没有。”那女生紧张起来。

言格利落地拉上书包拉链，语气微凉，近乎命令：“道歉。”

那女生脸红，低着头，在一群人的注视下，开不了口。

“看上去是成绩不错的学生，做错事就要道歉这么基础的道德品质却缺失了？上了那么久的学，不懂‘礼貌’两个字怎么写？你是‘好’学生？不，我认为你比甄意差远了。”

这样尖锐的话，言格居然表情安静，语气平淡，说得看上去非常无害。

“对不起。”女生承受不了男神学长的话，跑回座位上埋头流泪。

老师让同学们散开，快去上课，可是……“两位老师不该道歉吗？”言格的声音凉淡地响起。

同学们全不走了，瞪大眼睛观望。甄意一愣，看着老师们尴尬难堪的表情，轻轻扯扯言格的衣角。

他扭头看她："这件事交给我，你别管。"

他生气了。甄意不敢说话。

老师想着息事宁人："甄意，不好意思啊……"

言格摇头："不好意思，让一下路；不好意思，打扰一下；这不是道歉。"

"老师不会道歉，我教你们。"绅士而礼貌的语气，"对不起，我做错了。这，才是道歉。"

如此寸步不让，老师们更难为情。

言格平静地等了几秒："我会向校管理会投诉：两位老师不尊重学生隐私，冤枉学生偷窃，逼学生跳楼。"

"甄意，对不起，老师做错了。请你原谅。"

甄意蒙蒙的，傻了眼，以为做梦。

……

那晚回家的路上，她还是后知后觉地伤心了，想起老师的质疑，同学们的眼神，当时那样孤立无援，却没一个站出来帮她，全在看好戏。

那时她多绝望而羞耻啊。

言格知道她难过，背她回家。

她趴在他背上，心里委屈，一路都在默默流眼泪，拿手抹了又搂他脖子，他脖颈间，头发上，脸颊上，衣服里，全蹭了她的泪水。她不吭声，也不呜呜，只有湿漉而凉凉的液体往他身上淌。

他望着前方，温淡道："一直觉得我们甄意不像女孩子，现在看来，也是水做的啊。"

她破涕为笑，边笑边流泪。

"甄意。"他出奇的静。

"嗯？"

"以后，不要站在那么高的地方。"他说得很轻，很缓，"我会紧张。"

她蓦地一愣，心底温暖，突突的。

她紧紧搂住他的脖子，小声道："言格，我是吓唬他们的。我才不会跳呢。我多舍不得你呀。"

"甄意。"他似乎脸红。

"嗯？"

"你把我搂太紧，快勒死我了。"

"……噢，不好意思……唔，不是这样，重来一遍：对不起，我做错了，请你原谅。”

“……”

“哈哈——”

言格从过去的回忆里回过神来，那次，他真的紧张了，生平第一次那么紧张。

他回头看一眼，她坐在餐桌边，嘴边沾着饭粒，香喷喷地吃着饭，幸福又满足的样子。

吃完饭，言格洗碗清理厨房。甄意也不帮忙，在她心里，他一直有着清洁机器人的属性。

她去找电脑，挑选着电影，看什么好呢？想了想，决定看《赎罪》。那里边有一段激情戏叫人血脉偾张。

言格整理完厨房，洗了几遍手。把用盐水泡过的葡萄沥出来，放在玻璃碗里。一转身，就见甄意百无聊赖，哼着歌，小动物一样在沙发上滚来滚去。

刚才吃饭时不觉得，此刻她只裹了一条浴巾，纤细的肩膀和修长的双腿全露在外边，静美却又灵动。

心头不禁有一丝异样，转瞬即逝。

她一扭头见他过来，立刻起身，朝他的葡萄碗伸出手掌，抓起一个就放进嘴里。

“哇，好冰！”她抓紧拳头，小身板夸张地直颤颤，纤细的锁骨显得愈发分明，透出一丝蛊惑的性感。

言格身形顿了半秒，觉得挪开目光是件很困难的事。

“喏，吃葡萄啊！”她抓住一颗递到他面前，他抬手要去拿，她却打开他的手，任性地凑近他唇边。他低头顺从地从她掌中含起葡萄，嘴唇从她手心掠过，两个人都心弦微颤。

她自发自地挽住他的手，挤在他身边，光露的腿不自觉搇在他腿上，柔滑的肌肤贴住他的手背。他便觉手背上仿佛沾了凝脂。

他抱着玻璃碗，她负责拿葡萄给他吃。这样的一个晚上，注定气氛暧昧。

言格认真地看电影，却难免心不在焉。她贴得太近，沐浴乳的清香萦绕他唇边。而甄意一直佯装专注，没有说话，直到屏幕里，男女主角在图书馆做……

客厅里很安静，两人都不说话，电影里女人的呻吟显得格外清晰。像会传染，一点一点浸润到沙发上两人的肌肤里。气氛微妙而温热。

言格呼吸隐约不稳。

甄意抬头凑近他的耳边，唇齿间缓缓溢出一句话：“我准备好献身了……奉献我的身体。”

她的眼睛湿润清亮，盛满了蛊惑，毫无保留，毫不掩饰，要让他看清。言格微微地调整呼吸，却有徒劳无力之感，他的心口在剧烈发热。

她轻咬下唇，嗓音异常的娇柔，好心提议："我的电脑里收藏了九十七种姿势，你想不想看？"说着已翻身，跨坐到他腿上。

玻璃碗坠落地毯，紫色晶莹的葡萄滚过一地。

言格的手毫无预兆地捧住另一样东西，湿润，滑腻，温热，如葡萄一样湿润而有弹性。他脸已红透。

她深深往下坐了一寸，他的手陷入芳沼。她轻颤着仰头，长长地呼出一口气。白皙的前胸，修长的脖颈，像一只美丽的白天鹅。

她低下头，眸子清亮，全是渴望，手摸索着往他的裤子里边伸过去。

言格猛地握住她的手腕，阻止了她的探寻。

甄意微微蹙眉，有些委屈，声音却愈发娇软，钻进他耳朵里，让他身体里开始发颤："言格，这一次我们永远不会分开，这是你说的。难道你说谎？"

言格已觉呼吸不到空气，因她的话愣住，却很快摇头："没有。"

"你是不是在追我？"

"是。"

"我宣布你已经追到我了。我是你的女朋友，你说我们从此不会分开，那我们就会结婚生小孩子。你说，我们是不是可以做爱？"

逻辑十分清楚。言格竟无处反驳。

她眼睛湿漉漉的，看他几秒，有些失落，身子缓缓后倾；他一惊，以为她要摔倒，立即搂住她的腰。

她和他拉开一段距离，安稳地躺在他的手心，唇角勾起一丝绝美的得逞般的笑容："言格，你看好。我长大了，这就是八年之后的我。"

手腕扬起，拉着浴巾轻轻一扯，他手心毛巾蓬松的质感如沙一般流走，她光滑而裸露的肌肤悉数落进他掌心。

"八年前，你说我太小了；现在，我长大啦。你想不想要我？"她在他面前，光溜溜像一尾小白鱼。

这一刻，他觉得她异常的光彩夺目，像一粒稀世的珍珠。

言格并没有让自己移开目光，而是沉默无声地，从头至尾把她的身体刻画进了心里。

他焦灼，难耐，却竭力克制着，认真而虔诚，说："我记住了。甄意，你很美。"

甄意的心一瞬间像被什么温热的东西狠狠击中。

在他面前，她从来不知羞，她以为他会避开目光，不敢面对。可他竟出乎意料地配合。这一瞬，她知道，为何在他面前从来不知羞，因为他从来都值得。

她呆呆的，反而先傻了眼。因为他虔诚而真挚的赞美，她眼睛里闪过星星点点的泪光。

他一见，便有些慌乱："甄意，你不要误会，不要认为我不喜欢你。别哭，"他红着脸，语无伦次，又怕说错话，更怕哪里做得不对伤害她，"是言家的规矩，如果没订婚，不能……"

甄意愣愣几秒，知道他误会了，又觉他窘迫的样子可爱得一塌糊涂。她扑进他怀里，搂紧他的脖子，欢乐地问："那我们什么时候订婚？你什么时候求婚？"

"我一直都在想。"他诚实地说。

她幸福地把脸埋在他胸口，直傻笑。又仰头吻他，他搂住她的腰肢，欺身吻住。她的嘴唇柔软清香，带着葡萄的冰沁，和他记忆中一样。呼吸渐渐沉重，纠缠不清。

这时，手机响了……

是司瑰打来的。甄意真想揍死她，可接起来，听着听着便皱了眉。

放下电话，她的脸还因刚才的亲密而红扑扑。回头看，言格衣衫凌乱，眼眸湿润清亮。

她理了理乱糟糟的头发，轻声道："郑颖死了。就是地铁群殴案里那个未成年的女孩。我要去看看。"

"我和你一起。"

"嗯。"

两人各自收拾好自己。出门前，家里的座机电话忽然响了，在安静的客厅里，乍一听，有些突兀。

彼时，两人已走到玄关。

"要去接电话吗？"言格问。

"不用，应该是骚扰电话。"她关了灯，合上门。立在黑暗和光明的边缘，眸光闪一下：她再也不需要这个电话了。

午夜十二点，民工村一处廉价招待所里灯火通明。远远看去，玻璃窗上满是污迹油渍，灯光昏黄。楼体上贴着"住宿二十元"的红色塑料彩灯，"住"字的单人旁破败熄灭了。

几辆警车把本来狭窄的民工村堵得拥挤不堪。虽是深夜，很多居民穿着睡衣跑来观望。招待所老板娘坐在门口骂骂咧咧："真晦气！本来生意不好，以后日子还过不过了？"

甄意才进门，林芝的丈夫就上来，双脚发软直哆嗦："甄律师，你要帮帮我，人不是我杀的！”

“你先冷静，和我说说怎么回事？”

“郑颖今天非要来向我道歉，我不肯原谅。她就跪在门口。我把她赶走。可后来心里又难受，她毕竟是孩子，跟着几个大人学坏。阿芝已经死了，这孩子还得活啊。不原谅不是把她往火坑里推吗？全世界都骂她，得拉这孩子一把。她说她在外边，让我十点半来见她。我敲门没人应，和老板娘一起进去看，可……”

“警方会调查清楚。你别怕。”

这时，司瑰走过来：“初步排除了你的嫌疑。”

林芝丈夫如释重负。

甄意到一边，小声问：“这么快，有不在场证明？”

“连环案，且普通人无法把一个人杀成那样。”

“什么样？”

楼梯间十分破旧，三层的走廊上拉起警戒线，警员正在勘察。

甄意和言格穿了鞋套过去，案发房间关了灯，痕检员猫着身子在提取指纹和其他痕迹。

她一眼看见门口的洗手间里站着一个人：郑颖。竟是极美，美得虚假而诡异。

她化了浓妆，涂着厚厚的粉，白面红唇，打扮异常艳丽精致，穿一件上紧下松的异国公主裙。腰部拉得非常紧，像十六七世纪英国小姐的细腰。

涂了深深的眼线和睫毛膏，脖子上系一根蕾丝镶牛皮项圈，后端挂在淋浴喷头上。

服装艳丽，色彩斑斓，死相极其精美，像嘉年华的演员。她似乎在笑……

甄意头皮发麻，忍着心中的不适和异样走近一步，闻到她身上的香水味，CHANEL N° 5。

走近发现洗手间里还有一个人！她猛地吓一跳，往后一弹，身后言格把她稳稳扶住。

她的心扑通扑通的，定睛一看，是镜子。

镜子上画着一个血色的环，镜子里的郑颖一眨不眨，阴笑着盯着镜子外的自己。一切看上去都很精美，与这里脏乱低档的环境格格不入。

洗手池里放着郑颖的化妆包，里边物件凌乱摆放，地下躺着一个显眼的橡胶男性生殖器和振动器。

言格站在甄意身边，拧眉，似乎在看镜子上的符号。他回头望一眼房间，家具都很陈旧，但勉强整齐。窗子开了一扇，外边是黑漆漆的夜。

出了走廊，言格问司瑰："连环杀人？"

"嗯，死者样子太诡异，之前才没对公众公开。"

"死者全是这样？"

"对。"司瑰翻出文件夹里的照片给他看，"言老师，这个罪犯是什么心理，不会是精神有问题吧？"

甄意瞟一眼，顿时起了鸡皮疙瘩。几个死者全衣着整齐，化了妆，死得很体面。只不过，隐隐觉得哪里不一样。

"有身份共同点吗？"言格问。

"都是最近被舆论谴责的人。"

"谴责？"

司瑰指着册子里一个女人："她两个月前意外落水，有交警见义勇为救了她，因此牺牲；可她一句感谢也没有，上岸就走人，后来围观群众的视频曝光，人肉搜索出了她。这个，为了吓唬男朋友假装跳楼，害救她的消防员坠楼死了。这个……"

全是今年充斥K城媒体的公众事件；全是丧失道德之人致他人于死地，却无法用法律规束的情况。联想到郑颖，她参与了地铁群殴孕妇案，但未成年。

是卫道者惩戒式的犯罪啊，甄意心想。

言格问："郑颖的案子，附近有人看到可疑人吗？"

"没有。"司瑰说，"可疑车辆也没有。"

"招待所其他住客呢？"

"都是附近的单身汉和小姐，再就是技校的情侣。"

走廊上，警察们以季阳为中心，围成一个圈。

甄意跟着言格下楼时，听见季阳的语气刻不容缓：

"我们要找的犯人是男性，身材高大，体格健壮，年龄在二十七到三十三岁之间。

"他很有魅力，在人际关系上很有信心，懂得交流技巧，能短时间内迅速获得陌生人信任。可能他身份特殊，可能他长相英俊。除去这些，他内心深处对男女关系谨慎拘谨，可能至今没交过女朋友；看上去风度翩翩的同时，传统而保守。是幼时经历对他的男女相处观造成了影响。他童年不幸，与父亲关系亲密，幼年时期，父亲遭遇变故，受人冤枉或因救人意外去世；他很小时母亲离开了他。即使长大后由于工作或融入社会，他变得谈吐不凡，潜意识里仍然与女性保持距离，可又对女性好奇。

"他行为上没有虐待倾向，但意识深处对女性的身体有探索和窥探的欲望。他自信有条理，组织计划能力很强。做事有决策力行动力，有手段不畏惧。

“他工作体面，会怜悯，很正直，对自我的道德要求很高，代表社会站在道德制高点上。他很可能从事法官、警察、律师之类的行业。”

甄意一边往楼下走，一边忍不住回头看，好奇季阳的理论。

下楼后，甄意准备和司瑰打声招呼就走，一不小心在司瑰的脖子上看到什么，她凑过去，不由分说拉开她的领口一看，一枚深深的吻痕。司瑰立刻把领口捂上。

“啧啧啧，卞谦哥还真是……威猛啊。”甄意瘪嘴，“我的天，昨晚大战几场？”看一眼手表，凌晨一点，“案发后接到电话，刚从床上抽身下来吧。”格外强调“抽”字。

司瑰被甄意唰地红脸：“要你管。”

“不管不管，闺密长大了都要嫁人的。”甄意坏笑，“难怪我刚才看见卞谦哥的车停在那儿，还以为看错。”

想想卞谦那样清淡优雅的男人和司瑰一起，她酸不溜秋地叹气：“啧啧，被男人滋润后气色都不一样了。我还欲求不满呢。浑蛋，自己满足了就打电话坏我的好事。”

“我打电话时，你们？”

“没。”甄意赌气地哼一声，司瑰和卞谦交往两个月就滚在一起了，言格这个白痴，十二年了还不把她吃掉！

“放心啦，他就是你的。急什么？”

甄意冲她招手告别，言格已经在外面，双手插兜望着天空；甄意过去顺着他的目光望，没什么可看的。

他见她来了，收回目光，和她一起绕过警戒线，走进夜幕笼罩的民工村里。

走道狭窄，夜色静谧。

甄意背着手跟在他身边：“好好奇，想知道季阳专家是怎么知道凶手情况的。”

“不难理解吧。”

“你知道？”

“连环杀人案的死者背景没有交集和相似，唯一的共同点是舆论谴责。不难判断凶手充当着卫道者的角色。受害者都在各自的事件中害死特殊职业的人，交警、消防员、政府工作人员……都是职业属性中道德附加值较高的行业。凶手极有可能出自这一群体。”

甄意听得入神，赞叹：“好厉害！唔，林芝是养老院里的护工。”

言格的思绪断了一秒，护工这个职业有些牵强。低眸看，她正一瞬不眨望着他，黑亮的眼睛里星光闪闪，专注而崇拜。

他轻吸一口气，深夜的空气清凉而沁心。

“从执行步骤上讲，他需要把死者诱拐到安全隐蔽的地方。陌生人会跟着他走，他一定有个人魅力，能让人短时间内迅速对他有好感和信任感。所以季阳说他英俊帅气，或者他职业本身让人安全可信。

“在杀人方式上，选择勒死死者，他必须有力量。比起其他杀人方法，勒死比较干净整洁，在尸体上留下的痕迹较少。他或许想表明他代表的是有力量的一方，他对杀人方法本身没有较多的研究和兴趣，对死者没有想侮辱的诉求。司警官给我们看的照片显示死者没有挣扎的痕迹，即使是勒死，凶手也能一击致命。”

语速不快，让她每个字都听清。

甄意忍不住参与其中：“所以他的目的是惩戒死者。同时他对自己的道德要求很高，不会像其他卫道者一样，在杀掉死者的同时侮辱和羞辱死者。”

“对。”言格看她一眼，很欣赏她的领悟力，“他把自己摆在很高的位置，惩罚的同时给他们死亡的尊严，所以他把她们整理得干干净净，漂亮地死去。”

“季阳说他的成长环境，从哪里看出来的？”

“看到地板上的两件器具了吗？”

他说的是橡胶生殖器和振动器，甄意“嗯”一声。

“虽然我没像季阳一样拿到更多的证据，但我猜测死者的下体都有性侵的迹象，并不是真正的男人。而是……”他没说完，但甄意明白了。

夜风轻拂，气氛有些微妙，或许，有一丝尴尬。

暗夜中传来调笑细语，迎面走来一对情侣，搂在一起嬉笑着说情话，从他们身边经过。安静狭窄的走廊里，他们细细的欢笑听着格外私密亲昵。

甄意忍不住回头望一眼，不经意间眼中流露出艳羡。落进了言格眼里。他看她半晌，靠近一步，执起她的手，稍稍一带，把她牵到身边，让她紧挨着自己。

甄意一愣，人已不由自主轻轻撞去他身上，手被他温热的掌心严密地包裹。她心里甜丝丝，歪头靠去他的肩膀，搂住他，仿佛他臂上挂着一只小浣熊。

“他不想羞辱死者，却用器具侵犯死者，这是矛盾的啊。”

“季阳才说凶手对女性有一种近乎窥探的好奇。”

甄意回过味：“他本身魅力迷人，理应不缺女人，是他潜意识里对女人有着同时抵触和好奇的心理？”

“嗯，这样的男人，通常因成长过程中缺乏女性角色。”

甄意觉得很有道理，但又忍不住提出漏洞：“或许他对死者有性欲，却阳痿不举？”

“如果他有性交的想法，却性无能，他对死者下体的伤害会更严重。且更可能选择其他异物，而不太会用假的生殖器。”

"为什么？"甄意好奇，抬起脑袋。

"这……"言格轻咳一声，"或许事关男人的尊严。"

"哦……"本来就功能不行，找个假的来不是自找刺激么。

言格侧头看一眼肩膀上她安然倾靠的脑袋，继续："虽然童年残缺，但他依然给自己赋予非常高的道德标准，他的成长过程中有另一个榜样式的男性角色，他父亲。"

"意思是他父亲给他树立了标杆？"

"孩子很多正直的信念和行为都是从父亲那里习得。"

甄意彻底明了："他正直，有信念。却在这次的杀人案里表现出偏激的一面，所以很可能是相似的事情刺激了他。"

"嗯。"

她在脑子里回味一遍，道："现在我完全明白啦，言格，你好厉害。"语气里毫不掩饰对他的崇拜，带着微微的撒娇。

他垂了一下眼眸，静默不语，心里却是开心的。

"不过言格，不知道为什么，我觉得郑颖的案子和这个连环案里其他的人不太一样。"

这正是他想说的，他看她，眼神闪了一下，鼓励她继续。

"我对服装化妆比较敏感，觉得郑颖和另外几个人的装扮不是一个档次。她高级多了。"甄意拧眉，"其他女人的装扮就像你说的，凶手想给她们体面的死法，整理容颜。可郑颖的死不仅是漂亮，可以说惊艳，绝美，就像……像凶手对她有感情！"

两人想到一处的默契，让他的眼睛闪过一丝柔和："我也认为，虽然郑颖的死和连环案里其他人有相似之处，但杀死郑颖的凶手和杀死另外几人的凶手，不是一人。"

"不是一人？"甄意意外，"我以为郑颖是凶手的漏洞，要从郑颖的人际关系找突破口。"

他并没急着解释，感觉到她在夜风中轻轻地发抖。她出来时太急，只穿了件薄薄的卫衣，此刻讨论得专注，都没察觉冷意。

他温声道："甄意，我把衣服脱下来给你穿，好不好？"

她愣一下，轻轻笑了："不用啦！"说着拉开他的风衣，钻进去双手搂住他的身子，"这样就好啦，一起穿，更温暖呢。"

他稍稍一愣，顺势搂住她的小身板。

"如果凶手对郑颖有特殊感情，又怎会让她死在廉价的招待所里？"

“啊，对哦。”她咕哝着往他怀里钻，狠狠嗅了嗅他身上清淡的香味。

“连环案里其他死者都在K城，凶手的主要活动范围在K城。可郑颖从深城来，凶手如何知道她的行踪？杀人需要周密的计划，郑颖今天才来，凶手立刻知道并实施杀人？”

这样一说的确奇怪。“会不会凶手刚好在K城和深城两地来回？”

“有这种可能性。但郑颖已向受害者家属忏悔。忏悔的人没有惩处的意义。且如果凶手对郑颖有特殊感情，就不会用假的用具，而会亲自……”

甄意努努嘴，这样一来，都说得通了。“竟还有一个凶手。那杀死郑颖的凶手太聪明了，居然和最近的连环杀人案撞上。”

“他的确聪明。”言格沉吟半刻，道，“另外，虽然季阳有很精彩的推断，但有些基本的事情，我认为他忽略了。”

“什么事？”

“凶手是怎么杀掉郑颖的？”

甄意愣住，是啊，第一反应是连环杀人，惯性思维让人去找相似点和新线索，却忽略了最基本的推理。

“林芝丈夫和老板娘是开锁进去的，房间里没有打斗痕迹。虽然开了一扇窗，但我看过，窗户上方是不牢靠的塑料挡雨板，旁边的雨水管道也不牢，凶手不可能从窗户离开。”

甄意心乱跳：“难道是密室？”

“凶手如果把郑颖杀了，移尸过来，难度太大。而在旅馆杀人，凶手怎么自由进出？”

甄意的好奇心全吊起来，在他怀里扭了一下：“到底是怎么回事？”

“我想……”话音未落，他左边口袋里手机震了，在甄意背后，她的腰上酥酥妈妈地颤。

他左手正搂着她，没有松开，便用右手绕去摸手机，有意无意间把她整个儿圈进怀里。

她暖得心都要化开，安然而幸福地享受他怀里的温暖；他低着头找手机，身子微微前倾压去她肩上，短发在她脸颊边蹭蹭，好痒，好亲密。

她仰着头贴在他脖颈间，唇角的笑容一点点放大。

他找到电话接起来。

近在耳边，甄意隐约听到一个清沉而冷寂的男声，说着英语，嗓音很磁，具体内容听不清。言格回答的中文：“对，像一个符号……是一个环，两笔画成，一端细，一端微微粗一点儿。”他说的是洗手间镜子上的血环。

“两环蛇？……重生？”

“……”

“你现在在哪儿？”

甄意微微扭头，可贴得太近，只看得见他白皙的下巴。

能让他问出这种话的人，应该不一般。

“Isaac 好很多了……你什么时候来接它？”

那边似乎没有回答，收了电话。

言格装好手机，无意识地蹙了一下眉。

甄意察觉到，他是担忧的，在担忧电话那边的人。

她小声问：“是小鹦鹉的主人吗？”

他“嗯”一声，没有想多谈的欲望。

甄意也就不多问了。又听他说：“郑颖是自杀的，但有凶手。”

这话真是……费解。

言格开车把甄意送到她家楼下时，已经快凌晨三点。

甄意赖在车上不想下去，热情又好心地提议：“这么晚了去我家住吧？”

言格点头。甄意仿佛中彩票，看他过来给她拉车门，笑眯眯地起身迎上去，贴在他耳边：

“那我们要继续刚才没做完的事？”

言格没作声。

甄意嘻嘻笑：“虽然我只有一张床，但我不会让你睡沙发的。我对你好不好？”

他缓缓看了她一眼，说：“是挺好的。”

……

言格洗完澡出来，就听甄意在卧室里唱歌，歌声轻快而活泼：“我们去大草原的湖边，等候鸟飞回来；等我们都长大了，就生一个娃娃……”

言格：“……”大晚上的，她还真是精力充沛。

他关了客厅的灯，走向卧室，忽然，丁零零——

茶几上的座机电话响了，在昏暗的客厅里，莫名幽静而绵长。

“甄……”刚想叫她接电话，后边的字却凝在嘴边，莫名地，想到她说“骚扰电话”。

心，静了一秒。

不知为何，鬼使神差地接起电话，放到耳边。

他没有作声。

那边，传来一个陌生男人的声音：“为什么不接电话？我知道你在家。”

光线昏暗的客厅里，他深深敛起眼瞳。

早上六点半，言格醒了。

世界很安静，浅蓝色的布艺窗帘外天光曚昽。开了一扇窗子，纱帘翻飞。秋天的微风清冽而纯净，空气里有一丝流动的馨香。

她的手臂和腿全压在他身上，张牙舞爪，手脚并用地搂着他，像一只抱着树枝酣睡的树袋熊。扭头看，她熟睡着，脸颊白皙，睫毛乌黑，密密地垂着，像把小梳子。长发凌乱地在枕头上散开，海藻般。

他的心不禁一动，倾身过去吻了吻她的眼睛。她在梦中微微受惊，缩了一下，松开对他的束缚，翻个身滚去另一边了。被子全被她缠走。让他露在外边。

他起身下床，悄无声息地洗澡，做早餐。七点半了，卧室那边还是安静，阳光却已爬满客厅。窗明几净。

他重返床边，摸摸她的额头，又摸摸她的脸颊：“甄意？”

“唔？”她再度小小地惊了一下，闭着眼睛咕哝着发声。最近真的累坏了。

“吃完早餐再睡好不好？”他轻声商量。

“唔……”口齿不清地答应了，人却没动静。脑袋侧在枕头里，呼呼地出气。

“你说要去看爷爷的。”

“唔……”

一室安静。

他坐在床边，静静看她搂着被子酣睡，心底平静安宁，便那样安然瞧着。

过了不知多久，她在睡梦中感受到他的目光，蒙蒙地睁开眼睛，黑黑的眸子乌溜溜地看着他，湿润而清澈。半晌，又沉沉地合上去，这次，她朝他伸出双臂。

他倾身把她从被窝里捞出来，拿大毛巾裹住，打横抱起，去到餐桌前把她稳稳放下。她软趴趴地贴在餐桌上睡。他给她盛了青菜粥，配上豆浆鸡蛋和葡萄送到她跟前。

她闻到清粥的米香味，鼻子嗅嗅，醒了。眼睛还没睁开，脚先搭去对面他的腿上，轻车熟路地钻到他腿间，脚趾抓抓又蹭蹭。

言格剥鸡蛋的手顿住，抬眸看她，稍稍不可思议。人没清醒就开始耍流氓，像有应激性似的。她眼睛半睁不开，懒散地舀粥吃。渐渐醒了，咕哝：“卞谦和司瑰都同居了。”

言格漫不经心“嗯”一声。

甄意不满意：“我说的同居是每天晚上睡在一起那个那个。”

言格手指稍微顿了一下，卞谦和司瑰在一起她有什么不开心？难道……虽然尹铎让他不适；可对卞谦，他也有隐隐的抵触。

或许因为甄意叫他卞谦哥，或许因为他离开八年，而这八年里另一个男人为她遮风挡雨，陪她长大。尽管不是男女之情，言格也略略介怀。他沉默着鄙视自己，觉得自己真是疯了。

“你看我们认识那么久了，还没到最后那一步。”甄意瘪着嘴巴埋怨。

言格：“……”她不满的是这件事。

“言格，你以后要多揉我的胸部。”

他把鸡蛋放进盘子里，推到她面前，回应：“你也早上好。”

她踢他，煞有介事道：“真的。我胸部好小，要男朋友帮忙揉揉捏捏才会变大。”

他脸上浮起极淡的一丝红色，轻咳一声：“这没有科学依据吧。”

她见他尴尬，心里偷笑，表面却认真。“谁说没有？昨天晚上你给我揉揉了，我就……”她揪起胸口的毛巾，低头往里看，“变大了一点点。我感觉得到。”

言格耳朵根在发烫，克己地吸了一口气。

“我的要求能做到吗？”

“……”

一脚。

“……能。”

“差不多。”她笑。即使他平静如初，她也能看出他微窘。想了想，寻常道，“言格，昨晚我好累，睡得太早，是不是把你憋坏了？”

言格低头揉揉眉心。他习惯了她的重口味和直来直往，可很多时候不知该如何应答。

甄意也不追问，一把抓起葡萄盘子底下的冰块，塞进嘴里。

言格微微蹙眉：“早上不要吃冰。”

她抗议地努努嘴，椅子一挪，一下子滑到桌子底下不见了。

言格不知她又要搞什么鬼，也不管她，低眉安心舀清粥。可她突然爬来他的腿间。

他一惊，勺子哐当一声砸进瓷碗。

……

开车去疗养院的路上，甄意懒洋洋地脱掉鞋，脚丫又钻进他裤子蹭他小腿。因顾及他在开车，只是极轻地依附着。言格并没制止，他知道她很喜欢这样肌肤间的亲密。她喜欢，他便顺着。

甄意想起郑颖的案子，抵不过好奇心，问："昨天为什么说郑颖自杀？"

"性窒息。"

甄意并不陌生，大学时曾好奇地探寻过："你说的是有人让自己或性伴侣在性交过程中体验窒息或濒临窒息的感觉，以此延长高潮时间获得更强烈的快感。"

"人脑在缺氧状态下性器官会格外敏感，容易达到高潮，时间强度剧增。"停了一秒，"记不记得我和你说上吊的男人下体会勃起？"

"昨晚才说，我哪有那么快忘记？"她微微抱怨，脚趾轻轻摩挲他小腿的肌肤。

"17世纪西方有人用这个方法治阳痿。"

甄意很有兴趣："我记得性窒息常见的用具是振动器、项圈、绳索，还有镜子。"

言格："镜子是为让人更清楚地看清行为，增强心理刺激和身体敏感度。"

"言格，我好喜欢你家的洗手台，九溪言庄里你住的庭院里的那个。"

他不明白她的思维怎么跳到那么远的地方去。

透过后视镜看，她眼睛里的光在一闪一闪："言格，我们以后在你家的洗手台上做爱好不好。我要在镜子里看。"她很兴奋，说话一贯如此，直接，画面感强。

他脑子不受控制地想了一下：和她在珐琅洗手台上，对着镜子。这冲击性的画面叫他心跳全乱。

好在她没执着于这个话题，自个儿偷笑一会儿，回到正题："你说郑颖用假器具自慰，但没控制住火候窒息而死？"

"也不是。如果只是自慰，何必打扮得那样华丽？"

"对哦。你说有凶手。她是自杀，怎么会有凶手？"

"她被催眠了。"

"又是催眠？你看出来了？"

"嗯。还有那个符号。"

"双环蛇？"

他轻轻蹙眉："是MSP的标志图案。"可言溯说了，还有一个单环蛇的标志，照理说，没人敢随便把标志拿出来用。

"MSP？"她理解困难。

"厉佑。"他声音微凉，"他服务于MSP：Mind，Spirit，Psychology，一个研究人类精神的机构。隶属于某黑暗组织旗下，下面分支众多。"

"MSP是干什么的？"

"它的财力和人力是个谜，但它一直在人身上做精神实验，部分实验跨越人的一生，被测试者毫不知情。其内部人员分为两派，一派用经历和事件影响人的精神，一派用药物。"

甄意好奇心爆棚："他们为什么这么做？"

"他们认为这是拓展人的精神极限。前者认为人的精神像一个可收缩的容器，不断给它内部施压，就可以无限拓展；后者认为人的身体是精神的容器，一个身体里有一个精神，但它可以分裂复制移动。"

甄意居然完全理解："前者就像给人精神施压，让人的精神和承受力越来越强大；而后者像计算机操作，往不同的文件夹（人的身体）里移动、剪切、复制、新建文件（人的思想）？"

"是这个意思。"

甄意惊叹："听上去像鬼才科学家，致力于黑暗科学。"

他倒没想到她会给出这种评价，轻声唤她："甄意。"

"嗯？"

"以后有什么事，可以和我讲。"

"诶？怎么突然说这个？"

"抱歉，我凌晨接了你的电话。"

甄意一愣，怔怔好几秒，仿佛不好的秘密被他发现。她缓缓低下头去，睫毛一垂，遮住了眼底的情绪。言格心底揪起。不确定甄意会不会解释，更不确定她会不会说实话。

良久，甄意为难地咬唇，窘迫地搓了搓手，小声道："我有段时间压力很大，姐姐推荐一个咨询师给我，说是她朋友。我心情不好就和他聊天。他和姐姐一样好，也自在。只是近半年矛盾多了，联系就少了，但他还是偶尔打电话。"

最近半年，正是他们重逢的半年。实话。他的心落了下去，却有另一种担忧。

"你和他讲什么？"

"没什么，"她不自在地揪手指，"有时觉得太难受，就稍微诉一下苦吧。"

他想象着很多个深夜，唐裳案，他们没有重逢；宋依案，他们保持着距离；戚勉案，她遭受背叛突然从法院消失。那些深深的夜里，她独自在黑暗里，无助，绝望，可听她倾诉的人，不是他。

心像长了倒刺，撕开一长条，不至于鲜血淋漓，却疼得钻心入骨。

甄意悄悄抬头，见他侧脸紧绷着，像真生气的样子，被唬住。他这么能吃醋？

虽然心里偷偷开心，但不忍看他生气难过，脚丫子蹭蹭他的腿，讨好地说："别生气啦，以后不会和他联系了。"那人变得不像朋友，最近半年对她私生活的探寻到了无法忍受的地步。即使言格不说，他们也不欢而散。

言格脸色松动了。

见到爷爷时，他系着餐巾坐在花园里吃蛋糕，笑眯眯的样子像弥勒佛。护士们把他照顾得很好。卞谦和司瑰也在。“爷爷！”甄意老远看见便开心叫嚷，拉着言格的手跑去。

爷爷笑容可掬：“意儿，你来啦！”

甄意拿餐巾纸擦拭爷爷嘴角的奶油，望向另外两人：“过来也不叫上我一起。”她知道卞谦经常过来看爷爷。卞谦笑：“分开就有两拨人来陪爷爷，不是更好？”

“也对噢。”甄意笑了，转身亲昵道，“爷爷，我带男朋友来给你看啦。”一把拉过言格，头歪在他肩膀上咧嘴笑，“喏，是不是很帅很好看？”

卞谦和司瑰的目光挪过来。言格转眸和卞谦对视一眼，颔首。

爷爷笑容没了，拉过甄意：“予之，男人太过俊秀，必定薄情负心，还是我好。”说罢蛋糕也不吃了，起身带她离开。

甄意：“……”又把她当奶奶，还吃醋了。她边走边回头看，言格立在秋天的草坪上，目光隽永。

她努努嘴，不经意间就笑了。

卞谦和司瑰也准备要走，跟着甄意，卞谦问：“准备开工作室了，很忙吧？”

“超级忙，过会儿还要回工作室。”

“还在装修？”

“嗯，快结束了，过段时间就招人。”甄意笑看他，“哥，这些年真谢谢你，要不是你，我不会发展得这么快。”

卞谦笑：“你平时那么刁蛮，现在突然客气，真不习惯。”

司瑰忍不住笑：“你还是露出本性吧。”

甄意“嘁”一声：“小心我把你事务所的生意全抢走。”

“那谢谢你。”卞谦和她抬杠，“刚好我不准备干了。”

“不干了？”

“事务所转手了，回老本行干心理咨询。”

甄意知道他开事务所的同时还开了心理咨询室，问：“一门心思管咨询室？”

“是的。不过，”司瑰帮他接话，“阿谦要到警署工作，我们警署的心理咨询师辞职，阿谦准备兼职这份工作。”

甄意看出她的骄傲，“啧啧”两下：“你们可以天天混一起了。有你的‘阿谦’在，年考心理不合格也会给你瞒着。”

“去！”

言格去街尾的精神病医院见厉佑。

医院加强了对他的管制，他已没有自由放风，唯一的活动处只有单独活动室。

见到言格，他心情不错，不像平时先要来一次沉默对垒，主动打招呼：“我知道你会来。”

言格也不和他绕弯子：“给甄意打电话的是谁？”

“我说过，我可以用思想压迫影响他人。让陌生人遵从我的意志打电话，再容易不过。”

言格淡淡的，一副不相信且没兴趣的样子。

“言格，你太古板，为什么不相信黑暗科学的存在？在我看来，这是人类精神探索的正道。我已用各种现象向你证明，我的思维和思想能远距离操控他人。”

言格：“试着控制我的思想。”

厉佑缓缓笑：“目前只在小范围内。”

言格轻轻“呵”了一声，漠然，带着极淡的讽刺，丝毫不想谈他的歪理：“为什么还不放过甄意？”

厉佑无笑出白白的牙齿：“你果然懂。”

言格冷清道：“唐裳在困境里撑了很久，最终退缩；宋依的主人格被第二人格控制，杀了人；淮生失去姐姐，没了主心骨；淮如下落不明。他们都不够强大。只有安瑶，完美地蜕变，走到社会上层，冷静缜密，保护自己和爱人，一举让许莫淮如万劫不复，不沾半分污点功成身退。她是完美的实验品，所以你们放过了她，让她活下去。甄意呢，她经过那么多磨难，还在坚守本心，她也是完美的，为什么还不放过她？”

厉佑身子微微前倾，讲悄悄话的语气：“知道吗，这孩子人格分裂太早，把最小的十六岁记录一下刷新九年。孤儿院实验小组的上一代科学家们，也就是我这boss位置的前任，都以为她是废弃品。可一天天，她完好无损甚至风风光光地活下来。太神奇了，大家都在想……这个实验品的崩溃临界点，究竟在哪里？”

言格表情不起波澜，可桌子底下手狠狠握成拳头，青筋暴起。心底无法平静，开口却丝毫不提这件事。

“你们处理失败品的方式是让他们跳楼，像自杀。”他没有提及郑颖性窒息而死的事。

“这样可以减少警察调查。但如果可以把失败品的死亡推给连环杀人犯，我们也会有创意地模仿。”

郑颖的死果然和他们有关。言格沉默半晌，说了一个词：“双环蛇。”

厉佑稍稍挑眉：“看来你做了不少功课，弄清我们机构的标志了。”

“你控制的人把MSP机构的图案画在玻璃上做标记，这种亵渎的行为你知道吗？”

厉佑面色平静，可眼里转瞬即逝的一丝讶异并没逃过言格的眼睛。

言格手滑进兜里，缓缓起身，下结论："哦，原来是失控了。"

……

一整天，言格有些心不在焉。对他来说，有点反常。

下午快下班时，给甄意打电话，她忙着筹备独立工作室，说晚上要加班。

言格问："什么时候，我来接你。"话未落，就感受到那头的人咧嘴笑了，声音轻快："十点吧。"

甄意的工作室涂墙完毕，打承板做小造型。忙到晚上九点半，工人们都收工了，甄意还在给设计师对图纸，改细节。

敲定下一步装修后，甄意和设计师一起下楼。夜深了，走廊明亮，两旁的玻璃格子间却黑漆漆的。走到电梯口，电话响了。是孤儿院院长打来的。

上午她给深城第三孤儿院打过电话问淮生和淮如的事，院长太忙，现在才回复。

甄意要接电话，冲设计师招招手："我走楼梯。"推开安全门，白炽灯明亮得惨白，高跟鞋声音在无限循环的楼梯间里格外空旷。

电话那边，院长说记得淮生和淮如，但他们的档案不翼而飞。甄意多嘴问了安瑶，同样的结果。鬼使神差般，她又问唐裳和唐羽，同样没有，院长记得她们童年被收养，可去了哪家不知道。

甄意感觉不安，阴森森的，理不出头绪。

突然，身后似乎有响动。她猛地停住，隐隐觉得不对。霎时回头，却只有空荡的楼梯。

死一般的寂静。

刚才的声音貌似是高跟鞋的回声。回头来从手机屏幕里看到自己的脸，被楼梯间的白炽灯照成纸白色。

心咚咚跳，乱了节奏。她飞跑下楼，脚步声愈发响亮，响彻整个楼梯间，惊天动地地回荡。一边要挂电话，脑子里却诡异地闪过一个念头："杨姿呢？"

"她的也不在。"院长困惑，"你说的这几个孩子，他们的记录都刚好丢失。还有一个婴儿时期被收养的。应该是工作人员操作不当，那么多年，有丢失也正常。"

"还有一个婴儿时期被收养的"，她认识的人里对不上号的只有宋依了。

挂了电话，她头也不回地往下跑，风一般冲去大厅。剧烈乱跳的心也趋于平静。

走出去，大楼外黑漆漆的，与繁华的街道隔着一个广场。

甄意立在露天喷泉边等言格，秋天夜里的风很清凉，吹得她的心平静了不少。想起刚才在楼梯间里的胆小，有些哭笑不得。

等待的间隙，她绕着圆形的喷泉缓缓走，自言自语：“言格怎么还不来呀？”

一抬头，愣住。大厦三层以上漆黑一片，唯独一连六个窗户亮着灯，像黑洞中的一束光。是她的工作室。

甄意蹙眉回想，不记得自己关灯没。她叹了口气，拔脚走回去。

夜间的电梯一路往上，叮的一声，到了。电梯门开，甄意抬头，蓦地一震，走廊里灯熄了。只有电梯的一束光投过去，撕裂黑暗，在对面的玻璃落地窗投下一道光，里面有她模糊的影子。她出了电梯，往右看。黑洞洞的。

十几米开外她的工作室亮着灯，灯光苍白像一条白色的缎带。

甄意有点儿紧张，想了想，决定退回电梯下楼去，不然关了灯她再摸黑走过来，岂不吓死。才转身，却瞥见她的工作室里站着一个人！

设计师？

甄意拧眉，缓缓过去。电梯门在她身后缓缓合上，骤入黑暗。

一步，两步，她看到玻璃窗旁站着一个女人，穿着异常鲜艳明丽的公主裙。

视线渐渐开阔，她看到一面镜子，上边用血画了个圈。里边女人的脸浓妆艳抹，异常娇艳，脖子上系着蕾丝项圈，系在墙壁的木质结构上。嘴角一抹笑意。

是杨姿！

工作室里灯光璀璨，在玻璃窗和镜子间反射出多道明晃却虚幻的光影，像一层薄纱。

甄意冲过去要看杨姿的情况，却猛地停住，心里浮起一丝诡异的感觉：为什么会在她的工作室？她手心冰凉脚发软，鼓起勇气回头。自己立在光明处，来时的路已变成无尽的黑洞与深渊。

转身看杨姿诡谲的面容和装扮，恐惧不安如同火山爆发，她掏出手机，可它自己响了。

号码不显示。接起来是变声器的声音：“你在躲我电话。”语气是电话人。

“我现在没心情和你说话。”

那边哼笑一声：“你希望你的朋友杨姿活过来吗？”

甄意一僵，作为姐姐的朋友，这位电话里的人沉默而善解人意。因为姐姐，她信任他，生活没有交集，才更容易吐露心声。可最近半年，他对她的干涉越来越多，隐隐有种来到她身边进入她生活的不适感。她反感起来。他究竟是？

她跑进工作室，余光搜寻残存的装修木料，很快发现一根如棒球棒般大小的木棍。

尚未弯腰去拾，“不去救你的朋友吗，还是说你潜意识里想让她死？”

甄意定睛一看，杨姿脖子上的项圈比较宽，且她的胸口隐约在起伏。她没有死！

甄意冲过去，一边手忙脚乱解她脖子上的项圈，一面颤抖着往身后望。

世界应该是安静的。可为什么隐隐听到细碎的脚步声在靠近？

她手发抖，该死，为什么解不开！

谁不小心踩到地板上的碎木屑。细微，绵长的一声轻响。仿佛落在瓷盘里的一粒钢珠，瘆人。

甄意的心陡然停跳，僵硬着回头，看见镜子里自己的脸惊恐万分，头顶闪过一片黑影。

……

甄意倒在地上，神志不清，不能动弹。

脸贴在地面，意识模糊，视线里有镜子的一角。这个角度只能看见杨姿的裙子，有只手伸过来，掀起她的短裙，下面赤条条，肿胀不堪染了血迹。那只手……

“甄意，醒醒。甄意！”

她头痛欲裂，似乎听到司瑰的声音。后脑勺痛得要命，睁开眼睛发现自己趴在地上。

司瑰见她醒来，松了口气，赶紧扶她坐起。

“你们来的时候没看到可疑人吗？”甄意急着问。

司瑰摇头：“一定是让他跑了。”

杨姿已被解救下来，医护人员正在给她做紧急救助。

司瑰说：“她没有生命危险。不过……”

甄意心里一个咯噔，四处寻找。现场和以往一样有润滑剂，却少了振动器和假生殖器。

不远处，陈队和季阳轻轻讨论：“受害者（杨姿）前段时间帮杀害警察的凶手淮如隐瞒罪行。当事人淮如下落不明，杀害公职人员却逃脱法律制裁。符合连环杀手的受害者类型。”

甄意皱眉，杨姿的装扮和郑颖一样精致。这两起是独立的，不是季阳分析的卫道者连环杀人。只不过郑颖的“洋娃娃”凶手比较聪明，把犯下的案子引到警方正在调查的“卫道者”上。

季阳沉声道：“最近的两次案件里凶手的作案手法升级了。以往他只是公式化地惩戒罪者，如今他对受害女性的关注和照顾更多，所作所为甚至超越了单纯的惩戒。”

这次杨姿的遭遇和郑颖不同，嫌疑人很可能亲自到场对杨姿实施性侵害。为何区别对待？

杨姿醒了，她没有哭，也没有大灾大难后的绝望空茫，反而非常娴静。

司瑰确认甄意神志清醒后，按惯例问了些问题。甄意一一回答，描述发现现场的过程。说到有人给她打电话时，司瑰翻了她的手机，通话记录还在，却没号码。

司瑰嘱咐另一位警司去查。甄意说："把我家的座机也查一下吧。"她低下眼眸，想或许该问问姐姐，这个朋友究竟怎么回事。

周围，警司们或查证，或询问，或观察，或讨论。现场很安静，只有几人压低了声音窃窃私语。甄意拨弄着手机，犹豫该不该给姐姐打电话。

这时，走廊上传来急促的跑步声。甄意猛地回神，眼睛酸了，立刻回头，就看见了言格。

他跑得太快，墨蓝色的风衣衣角还在走廊的穿堂风里翻飞。头发微乱，浓眉之下，眼神冷静却隐约紧张，快速把屋内的人扫一遍。见到甄意完好无损，那一瞬，眼底极淡的惊慌便消匿下去。

他大步朝她走来。

甄意从地上站起身，声音微颤："言格……"话音未落，他已俯身把正在站起的她捞起来，双臂牢靠而用力，揽进怀里。他低头，下颌紧紧抵着她的鬓角。旁人看不出，甄意却感受到他微微在发抖。

他很克制地深吸一口气，或许有千言万语，最终却只说："你没事。"非疑问，肯定句。

"我没事。"她被他搂得太紧，头埋在他脖颈间，发声模糊不清。

"可……"她回头望，杨姿躺上担架，救护人员准备把她抬出去。

一旁，陈队轻声问季阳："现场没有假用具，是被收走还是嫌疑人真身……"季阳来不及发声，杨姿开口："不是假的。"

周围安静了，沉默而沉重。

甄意眼睛发涩，过去握住杨姿的手，一时间悲从中来，哽咽："杨姿……"杨姿手很凉，稍稍一挣，避开甄意的手，不看她。

季阳原打算等杨姿恢复了再问；可她的精神状况比料想的好。他缓和了语气，试探着问："你现在可以配合我们吗？"

"可以。"杨姿抬起眼帘，"我的确和人发生性关系了。"措辞平和。

"你记得发生的事？"

"我打开车门，他从后边上来摁住我的脖子，掀起我的裙子，把我压在车后座。我闻到很甜的气味。"她反应平淡，不像被强奸。

"你记得那个人的样貌吗？"

杨姿点头，说了句大家意想不到的话："我不怪他，他太爱慕我才做出这种事。

我心里也情愿，请不用浪费时间找罪犯。他爱我，思念成狂才出此下策用迷药。”

季阳等人觉得匪夷所思：“能不能先告诉我们他是谁？”

杨姿目光缓缓一挪，望向甄意身后，眼中柔爱似水，手腕软软抬起，嗓音娇柔：“是他。”

他站在杨姿手指的方向，俊颜清逸，水洗般淡然干净，面对所有人探寻的目光，云淡风轻。

甄意脸气红了，顾忌着杨姿的状况，忍着。可心口的情绪翻江倒海，委屈又心疼：“不，他不会碰你。”

警司们都没动静，互相交换眼神。

“就是他。”杨姿语带轻嘲，笑话甄意。

言格始终望着甄意。见她忍气，走去她身边，轻轻握住她的拳头，拇指缓缓摩挲她的手背，安抚她。

杨姿眼里蓄了泪水，委屈道：“我不怪你，你还在她面前装？和我恩爱时你怎么说的？刚才的激情和疯狂你当没发生？”

甄意被她露骨的话刺激，见在场的人各怀心思望着言格，牙槽都快咬碎。

陈队：“言医生，麻烦你配合我们回警署调查。”

言格平静点头：“可以。”

杨姿不解：“他不是强奸犯，我是心甘情愿的。”

“你没搞清楚状况。我们要查的是连环杀人犯。”

杨姿如遭雷击，辩解：“你们搞错了。我是自愿的，暴力、助兴药、捆绑都是情趣和刺激……”

“闭嘴。”甄意听不下去了，朝她过去。才迈一步就被言格握住手臂，拉回身边。

杨姿见她发火，不慌不忙：“甄意，你比较希望我告他强奸？”

强奸？甄意脑子轰鸣一片，气得发蒙，无法思考。她平日里多伶牙俐齿，此刻却急火攻心，喉咙里堵着石头。

看她嘴唇咬出惨白的牙印，言格稍稍愣住，原准备过会再说的话便不能再等：“我下午六点到九点在研究所，有监控。九点十分开车离开，沿轩尼路，德辅路，诺干道中，国王路过来，有道路监控。十点十分到达仁辅大厦门口。”

陈队听完，对身旁的警员道：“立刻去查。”

杨姿见他漠然地拿证据，皱眉：“你提前准备不在场证明！你和我的爱抚情话都是假的？”她想到什么，叫，“他用了润滑剂。来不及冲洗会有残留，给他检查就知道！虽然我们很契合，但他那里太……”

甄意全身的血液都冲到脑子里，之前考虑杨姿是受害者，她很努力地克制，可杨姿口无遮拦在众人面前幻想他的私隐，她脑子里理智的弦啪的一声断裂。

她朝杨姿冲去，可言格早有预感，用力控制住她的手臂和身子。“你说谎！”

杨姿嗤笑：“甄意，你喜欢十二年的男人心里一直装着别人，嫉妒吗？”

“你……”甄意静了下来。她很清楚强奸杨姿的人不是言格。她没有嫉妒，也没有反感，只是心疼，心疼得眼眶都湿了。

言格是那样清明洁净的男人，杨姿却用那般恶心下作的幻想描述他！ 她不懂杨姿，从来不懂。她以为真爱一个人，就不应羞辱他。

言格何尝不知甄意的心思，他清楚她相信他，更相信他对她矢志不渝的感情。他知道，甄意没有怀疑也没有嫉妒，只是心疼他。

他紧搂她颤抖的身躯，凑近她耳边，声音很低，仅限她一人听：“甄意，我没关系。”

甄意抬头，愣愣望着他，眼泪涌上了眼眶。她知道啊！

她知道他骨子里淡雅平和，被泼脏水不生气，被咒骂不记恨，被污蔑也不发怒，总会云淡风轻道“没关系”，可她就是会心疼啊！

即使他面对大家的责难，一句话不说，一句不为自己辩驳，她也心疼得肝颤。

言格见她眼底一漾一漾的泪光，怔愣了。下一秒，他问杨姿，语气凉淡：“你说嫌疑人在停车场挟持了你？”

“是。”

“哪个停车场？”

“我们事务所楼下。”

“你知道现在在哪儿吗？”

“什么意思？”杨姿不解，张望，“这是事务所楼上吧。”

“你们事务所在清江区兰桂大厦，我们在兰亭区仁辅大厦。你不知道怎么过来的？”

杨姿答不上。

“你描述这场性爱时没提到痛苦。杨小姐，警察发现你时，你被绳子拉吊着，将近窒息，你没感到痛苦？”

杨姿摸摸脖子，不知情的样子。

“杨小姐，你被催眠了。你以为发生的一切是你的幻想。因此你没感到羞耻痛苦，而是配合嫌疑人完成他对你做的一切。你一开始闻到的甜腻香味不是迷药，是市面上少见的安定剂，能稳定情绪加速催眠。有小部分不法分子会用它抢劫偷窃。”

所有人瞠目结舌。季阳蹙眉：“我们要找的嫌疑人能拿到某特定品种的安定类药物，还懂催眠？”

“是。”

可季阳的目光还在言格身上，因为他刚好也符合这个条件。言格明白，但该说的已说清楚，他不会再顺着警方：“我已解释清楚，不去警署了。道路监控有问题再找我。”

杨姿呆若木鸡，脸上再没了光彩。医护人员把目光呆滞的她扶倒抬出去。

季阳和陈队商量后，决定等杨姿精神恢复了再问。法证人员也做完采集工作。

离开现场走出大厦时，甄意脸上还挂着泪。

言格轻轻拂去她的眼泪，轻声：“这有什么好哭的呢？”

甄意委屈：“都是你，你干吗不早点反驳她？”

“人太多。”

甄意明了，他习惯尊重女性受害者的尊严，即使杨姿污蔑他，他骨子里仍礼貌，不想当众践踏她的颜面。直到她哭。

到家已过零点。进门就收到司瑰的短信，说言格的不在场证明没问题。

甄意心情不佳，趴在沙发上无精打采。言格在一旁，把家里人准备的食盒放到茶几上拆开。甄意抬起眼皮：“你没吃晚饭？”

“吃了。你晚上加班会累，准备了消夜。”

她兴致恹恹，想说没胃口，却嗅到榨菜香。举起脑袋一看，一小碟清香榨菜，一小盘拍黄瓜，几支孜然烤肉串，两碗海鲜鲍鱼粥，一小碗酱油鸡……她从沙发里爬起来，盘腿坐到地毯上，接过言格递来的筷子和勺子，慢慢吃起来。

“言格，我在犯罪现场接到那人的电话了。”

言格顿了一下，没发表观点，隔一秒继续喝粥。

“我答应过你不会和他联系，是他找到我的手机号。我觉得他是重大嫌疑人。可我不知道姐姐的朋友怎会突然变成这样。”

言格觉得有些事不能再瞒她了：“记不记得我跟你说那个 MSP 机构的精神实验？”

“记得。我正要和你谈这个。催眠并让人跳楼，是不是 MSP 机构除去实验品的方式。伪装成自杀，神不知鬼不觉。”

言格稍意外：“你查过了？”

“对。今年发生好多古怪的事，串联起来有相似点，我怎么坐得住？”她放下筷子，“跳楼自杀的人都是深城第三孤儿院的，档案都消失了。是不是多年前 MSP 的人随机抽取了部分孤儿做实验？”

言格点了一下头。

甄意没料到居然推理对了，萎靡的情绪一下扫光：“但我不知道他们怎么做实验，可以和我讲讲吗？”

言格道：“在实验品的成长过程中给他们特定的刺激，观察并记录他们的反应。”

“特定的刺激？”

言格放下手中的勺子：“举个例子。宋依在婴儿时期被一个贫苦的单身女人收养，母女相依为命。她十四岁时被强奸，母亲自杀。这些都是实验变量，也就是刺激源。”

甄意瞪着眼睛，讷讷地问：“被强奸、妈妈自杀都是设计好的？”

“不是说他们会指使人去伤害宋依，指使她母亲自杀。而是说他们会用潜移默化的方式让这些人和事撞上宋依的生活轨迹。具体的事则是自然发生的。”

甄意浑身发凉。照这么说，唐裳唐羽，淮生淮如都是一样的遭遇。至于戚勤勤戚红豆崔菲，很可能也是实验对象，只不过她们不在孤儿院小组。“他们为什么做这些实验？”

言格抿抿唇：“上次和你说过，MSP 认为可以探索人的精神和意志，探索某些精神病种的发病机制，以便研究一些抑制或者引发精神病的药物。同时还可以拓展人的精神。”

“他们的试验范围有多广？”

“没有具体数据，遍布世界。”

甄意难过地叹息：“被当作实验品的人不知道自己的处境，还咬着牙和艰苦的命运做抗争，好可怜。”

言格漆黑的眼底闪过一丝心疼，她不知道她也是实验品，甚至在年少就被判定为过早失败的废弃品。

甄意歪头凝神半刻，问：“结合这次‘洋娃娃’案的催眠事件，电话里的男人应该是 MSP 的成员吧？”

“嗯。”

“为什么他盯着我？”

言格稍愣，很快道：“想了解实验品的情况却不好从本人入手。刚好你的生活工作和这些人有交集。”这样的理由并不太让人信服，可他很清楚，他说任何话甄意都无条件地相信。因此，他很不喜欢对甄意撒谎。可他别无选择。

甄意果然信了，轻声嘀咕：“不知道他和姐姐有没有联系，我要告诉姐姐才行。”

言格再度措手不及。甄心。还有一个最头疼的甄心。

这时，甄意的电话响了。是陌生的号码。

甄意立时有些紧张，看言格一眼，把手机放在茶几上，推到他面前。

言格摁了免提键，传来的却是尹铎的声音，嘶哑，无力："甄意，我需要你的帮忙。"

甄意和言格赶去警署时，尹铎正在审讯室里接受询问。

推门进去，尹铎面容清俊，看甄意一眼，神色复杂。甄意与对面的季阳说："我是尹铎的律师。"

季阳："尹铎是公职人员，有内部审案流程。沉默权在这里不适用。"

这个甄意清楚。尹铎脸色平静，对甄意说："只是拜托你做见证。"

警方有见证人，而尹铎相信的是她。

季阳开始询问："几小时前警方赶到现场的同时，你也去过现场。当时一位开车离开的白领认出了你。"

甄意有些意外，但还是站在尹铎这边，插嘴："目击者看见尹检控官进去？"

在那个关键的时间点上，"进去"和"出来"差别很大。

季阳怎会不明白她的意思，淡淡道："是进去。但凶手往往会有重返现场的习惯。"他看向尹铎，"你进门时，保安没看见你。那位白领没和你撞面，所以你不知道被他看见。"

尹铎何其敏觉："我进去时刚好保安离岗，并非故意躲过。"

"仁辅大厦新装修，监控器没来得及安装，无法拍摄记录楼里的情况。可电梯有闭路电视。你是坐电梯？"这句话显然明知故问。

尹铎很镇定："我在打电话，所以走楼梯。"这样寻常的巧合放在此刻，变得耐人寻味。尹铎补充："以此推断我掩人耳目地潜入大厦，未免太牵强。"

季阳知道尹铎本身是检控官，不好对付。但他有备而来："你上去后，在没引起我们注意的情况下离开了，为什么？"

甄意抬眼，当时尹铎在楼上？

"警方已经到了，我出现在那不合适。"尹铎说。

"尹检控官，这正是我想问的，为什么你会在案发后瞬间出现在现场？你不是警察，不会接到报警，也无法知道那里发生了什么。即使知道，你要做的也是报警，而不是第一时间赶去。你如何解释。"

尹铎没有立刻回话，目光一挪看向甄意，极短暂的一秒，收回去了。

"有人打电话叫我过去。"

"去干什么？"

"说……"尹铎语气变缓，"我的一个朋友有危险，让我去救她。"

"这位有危险的朋友是杨姿？"

“不是。”

“谁？”

尹铎沉默不答。

“给你打电话的人是谁？”

尹铎揉一下眉心，很轻地呼了一口气：“我不知道。”

“不知道？”季阳脸色严肃，“一个办案多年的检控官，接到陌生的带有犯罪信息的电话，不问清楚缘由就冒失地跑去现场。你用这种说法为自己开脱？”

法庭上口才极佳的尹检控官，此刻无言以对。

甄意再度打断，问季阳：“谁报的警？”

“电话里说是巡逻的保安。”季阳脸色不动，“但我们查过，大厦保安都说他们不知情。”

报警的是嫌疑人。可警察赶到时，杨姿尚未窒息而死，说明嫌疑人早报警了，可能甄意上楼时警察就已经在赶来的路上。为什么对杨姿手下留情？

甄意问：“查过报警电话吗？”

“国际掩号，每秒钟都在变地址。”

“果然是这样。”甄意说，“事情发生在我的事务所。虽然我不是被电话叫去，但我上楼后也接到不显示号码的电话。我猜那个号码分别给尹检控官，我，还有报警热线打过电话。那就是嫌疑人。我相信尹铎，是嫌疑人叫他去的。”

她隐约感到尹铎说的有危险的“她”是自己，这叫她心里难受。他以为她有危险才赶去，不报警是为了给她留深刻印象。此刻被审问，他却不好说出口。

季阳并不赞同：“尹检控官没有不在场证明。”

“我在附近的皇后公园跑步。”

“没人能证明。”

甄意蹙眉：“季警官，这些不足以怀疑尹铎。”

季阳抬一下眉梢，不答，继续问尹铎：“郑颖来K城给死者家属道歉前，给你打过电话。”

“是。她还是孩子，我鼓励她走出来勇敢面对，请求原谅。”

“这么说，你很清楚她的行程，知道她会来K城。”

尹铎不答。

“杨姿呢，听说和你关系不浅？”

“什么意思？”

“对杨姿手下留情有两个原因。一，她只是替淮如辩护，该受处罚的是淮如；二，你对她有私人感情，和她发生性关系后不舍得杀死她，所以报警。”

之前尹铎还能淡定，听到第二个指控再也忍不住：“私人感情？”他靠进椅子里，气极反笑，“季阳，我的确认识受害人。她在工作中对我有过多次暗示，短信邮件可以去查。如果我想占她便宜，不用等现在。她会自己上门！”他说完又觉失态，无力地摁住眼睛，声音低下去，“抱歉。”

季阳抓住线索：“你的意思是她喜欢你？”

“不是，她喜欢的是一种虚像，没有真心只有虚荣。她喜欢的是一种拿得出手，能让人艳羡的感觉。符合这种条件的男人她都会喜欢。”

“听你这么说，你似乎对女性非常谨慎。”几秒的安静。

尹铎眸光变深：“你想说什么？”

“成长中没有母亲的角色。这对你交友和看待女性的方式有什么影响？”季阳十足冷酷的审讯人姿态，“是否让你对女性，尤其是与女性的性交行为，好奇又紧张？”

这样赤裸的隐私剖析让甄意头皮发炸，尴尬而窘迫。

审讯室里极其安静，空气紧绷成了弦。

尹铎的手掌摁在桌子边缘，缓缓地，用力地，握成了拳头。“你调查我？”

季阳不答，铁着脸面无情揭发：“给嫌犯心理画像时，我曾怀疑此次连环杀人案的凶手是阳痿，或者是女人。杨姿受害后，我反而确定之前的画像。他对女人的身体好奇敏感，前几次用器具模仿性交，这次终于忍不住亲自上阵。尹检控官，你二十八岁，年轻有为，英俊有魅力。你谈过几个女朋友？和女人发生过性关系吗？”问题直接，野蛮。

尹铎下颌紧绷起来，一声不吭盯着季阳。

甄意坐在一旁，发麻。这种抽筋剥皮的屈辱，她旁观都快受不了了。可作为审问者，季阳的力度只会越来越大：“你的父亲是位消防员，十八年前在燕角区一次特大火灾中救人牺牲。

“火灾烧死六名消防员。不仅因为大火，更因为路线判断失误。作为中队长，你父亲工作失职难辞其咎。其余五人是烈士，唯独你父亲死后背负处分和骂名。你不相信。当上检控官后，一直调查当年的事。终于到十八年后的今年，真相浮出水面，是如今的消防署长为了推责让你父亲做替死鬼。尹检控官，这就是你的刺激源！”

甄意呼吸困难。没料到从来优雅开朗笑容温和的尹学长有这种经历。

尹铎细长清亮的眼睛里闪过一丝水光，转瞬即逝。他竭力平静，缓慢而用力道：“我一直都相信我的父亲。真相的曝光刺激不到我。”

“引发当年大型火灾的是工厂宿舍员工，她违规使用大功率电器，并没有受到刑事问责。”季阳不理他的解释，“受到这样不公的待遇，你心怀仇恨。相依为命的父亲活活烧死却无人偿命，还要经受最残忍的怪罪。尹检控官，你痛恨所有假象和不公。法律上无法惩罚的罪犯，你想亲自惩处。”

“没有。”尹铎浓眉之下，目光深而狠，“虽然会痛恨，但不会想亲自惩处。我父亲说过，即使是对待罪犯也要用公平昭然的方式！”

“这的确是你小时从父亲那学到的，所以你在人前光明向上。”季阳的审问几近残忍，“可父亲惨死，含冤九泉。母亲过早抛弃你，你失去父亲后千辛万苦去找她，她已有新的家庭，将你拒之门外。她骗你去游乐场，把你扔在摩天轮下偷偷离开。那晚刮台风，游乐场员工来救你，你抱着栏杆不肯走要等妈妈。这件事甚至刊登在报纸社会版上。虽然终身未婚的富豪伯父收养你把你当亲儿子，可一个忙碌的商人无法从精神上安抚一个心灵受伤的孩子。”

甄意惊怔，见尹铎死死咬牙颤抖的样子，竟怜悯得心疼。她想喊停，可季阳的声音愈发冷酷，语速极快：“尹检控官，这些遭遇足够摧垮你父亲在你幼时为你树立的世界观。你痛恨因失误害死公职人员却逍遥法外的人；你渴望得到女性的关怀，却害怕她们的欺骗与抛弃！这就是我们对这次连环杀人犯的画像，而你符合这所有的一切！”

“够了。”尹铎极低极沉地吐出两个字，黑色的眼睛死死盯着季阳，早已蓄满泪水。他的拳头用力握着桌沿，力度之大，让桌子轻轻颤抖。“我不管你的学说是什么，也不管你所谓的幼时经历会如何影响一个人的性格，如何让他扭曲成为反社会。你说的这些狗屁东西我都不知道，也不想了解！”

惨白的灯光下，尹铎脸色血红，深邃的眼窝里泪光在晃，一漾一漾，这个一贯儒雅从容的男人，此刻在颤抖，音沉如铁：

“我只知道，对！这个世界上，的确有些人在受到不公正和凄惨的遭遇后，变成嫌疑人，报复社会报复无辜；可是，这个世界上，还有另一群人。他们坚韧，他们不屈，不会被命运打倒。他们在遭受不公的对待后，格外珍视公平的含义，会成为与前一种嫌疑人截然相反的人！他们会成为抓捕嫌疑人的人！”

字字铿锵，落地有声。

甄意眼中含了热泪。

说环境决定人性。殊不知，在恶劣环境下，有人选择轻易堕落，有人选择痛苦涅槃。正是因为有后面这一群人，这个世界才永远充满希望，振奋人心。

落针可闻的寂静里，季阳没再开口。

尹铎维持着僵硬而决绝的姿势，没有动静。

……

走出审讯室，甄意想和尹铎说什么，尚未转身，他从背后拥住了她。在房间里含着的眼泪全砸进她的脖颈。她陡然愣住。

"甄意，就一下。"那场揭伤疤式的审讯让他鲜血淋漓。此刻，这个男人脆弱而无助。

甄意再度眼中泛泪，只是很快，走廊那边传来熟悉的脚步声。

言格走了过来。他愣了一下，渐渐，眉心微微蹙起，看得出不乐意。默默无言地看甄意几秒，见她只是为难地做表情，却不挣脱尹铎。言格轻轻眯了眼，不乐意变成了不高兴。

可他也不能说什么。看她半晌，很不满意地插着兜转过身去。

结果……也不走，就那样站在走廊里，拿背对她。以此表示……他不看她。

甄意："……"

最终，尹铎松开甄意，说了句简短的"谢谢"便离开。

甄意得到解放，跑上去搂言格的胳膊。他斜她一眼，语气倒平静，说："十九秒。"

居然计时……甄意小声解释："他难过嘛。"

言格："季警官也在，尹检控官为什么不抱他？他比较高大，从心理上讲，抱起来更有安全感。"

甄意："……"噢，老天。

跟他讲不清，索性岔开话题，装模作样打了个哈欠："啊呜，好困。"

言格果然转移注意："回家吧。"

甄意累惨了。才一进门就扭啊扭解内衣，从领口拉出来往梳妆台上一扔，手脚并用地上床，裹着被子一滚，没动静了。

言格看一眼她小小粉粉的内衣，又看她。

台灯光朦胧，她倒下不过几秒，居然就睡着了。她睡眠极快，不出一会儿，呼吸就清浅下去。

"甄意？"

"唔？"她在尚浅的睡眠里应答。

"洗脸再睡？"

"唔。"她懒洋洋地睁开眼睛，像被吵醒，委屈，撒娇，"你让我睡一下嘛，就一下。"

黑黑的眼珠哀哀地盯着他，像只祈求抱抱的小松鼠。

他是拗不过她的，轻声道："好。"还是打水过来给她清洗吧。没起身，她一把拉住他的手，眯着眼，抿唇笑："你答应我了，让我睡一下。"

他反应过来，她说“你让我睡一下”有另一层意思。又被调戏了。睡到半路醒来调戏一把，他真服了她。可她或许真累了，没有后续，又闭上眼睛。两只手还懒洋洋抓着他。

他坐在床边，拇指轻抚她的手背，暂时不太想起身。忽听她朦朦胧胧地咕哝：“言格？”

“嗯？”

“你不要吃醋，我最喜欢你。也只喜欢你。”

“嗯，我知道。”他俯身靠近，在她眼睛上落下一吻。

她却觉得痒，爪子一扒拉，揉揉眼睛，把他的吻揉掉了。“……”

床上，她调整睡姿，滚了一个圈，梦里想起什么，小声咕哝：“言格，我们帮帮尹学长好不好？”

言格起身去打了水，浸湿毛巾，把她的脸清洗两遍。她被打扰了，在梦里不太满意，脑袋滚过来躲过去地直哼哼，他费了半天劲才弄好。又给她擦手洗脚，总算弄干净了，盖好被子。她早已睡熟，睡颜安宁。

把毛巾和水盆放回原位后，言格打了个电话：“季阳先生，请你去一个地方。”

仁辅大厦十层的工作室外还拉着警戒线。凌晨五点半，走廊的灯已修好。一路明亮。

季阳一见言格，便开门见山：“你说这次是两个案子？”

“对。具体情况我在电话里和你说了。‘卫道者’案我不清楚，应该如你的画像。但郑颖和杨姿的‘洋娃娃’案都用到催眠。”

季阳沉吟：“郑颖与杨姿两人和前几起死者的死状一模一样。”

“郑颖的死亡现场是密室，其他都在开阔的地方。郑颖的装扮比前几起精心而华丽，另外……”言格指了指工作室的镜子和血色圈圈，“这个图案和郑颖死亡现场一样，据我所知，前边几起案子虽有血环，却不是这样。你也应该感觉到，以‘卫道者’身份对郑颖和杨姿实施惩处很牵强。郑颖已得到原谅，而杨姿不过是帮淮如打官司。”

季阳终究叹了口气，承认错误：“你说得对。很可能是两个案子，一个‘卫道者’，一个‘洋娃娃’。说起来，‘卫道者’上半年每月发生一起，很规律，六月最后一次犯案后中断。现在是十一月。‘洋娃娃’案出现了两个受害者，相隔不过三天。”

言格问：“一般来说，连环杀人停止他的规律是为什么？”

“心情改变，突然想通，意外死亡。都有。”季阳靠在墙上，叹了口气，“其实，一些非仇恨、无法从死者社会关系查询的案件，单独的心理画像只能找大致的范围排查剔除，却很难锁定。比如上半年的‘卫道者’，符合嫌疑人画像的公职人员在K城范围内有二十个。只不过郑颖和杨姿的案子让我们把范围缩小到尹检控官身上。”

季阳揉揉眼睛，这几天连续熬夜，累坏了：“审问尹检控官时，我很难受。可作为审讯人员，不能有半点同情。不到最后一刻，谁也拿不准同一战壕的战友究竟是好是坏。”

“接下来警方会怎么办？”

“如果是‘卫道者’，可能只能等他下一次犯案。”季阳说。

“郑颖和杨姿呢，你可以抛弃之前的误解重新分析吗？”

“什么意思？”

“我想，这两个案子会不会有私人因素。”

“私人因素？”

“之前的‘卫道者’案，尹铎检控官非常符合嫌疑人画像。可没证据。而‘洋娃娃’案，每个受害者都和尹铎有联系。郑颖给他打过电话，杨姿对他有暗示。”

季阳一愣：“你的意思是？”

“有人知道‘卫道者’案的嫌疑人名单，模仿后用两个和尹铎有关的受害者栽赃嫁祸。”

季阳觉得棘手：“如果是那样，范围就大了。检控官职业本身就容易树敌。”

言格的思路清晰：“这两案和‘卫道者’的受害者有什么不同？不同点应该可以透露出罪犯信息。”

季阳立刻想起来：“润滑剂。”

清晨的曙光从窗外洒进来，安静的清早，他的声音缓慢而有力：“郑颖和杨姿都有润滑剂，凶手对女人非常体贴。”

言格蹙眉沉默半晌，忽然想到什么。昨晚离开现场时的那种怪异感，此刻终于……他回头看悬挂杨姿的绳子，一端系在墙壁上。

从上到下一排木棍装饰。当时杨姿脖子上系着绳子，绳子绕过中间的木棍，拉下来系到底端。用力拉扯后固定住。绳子太长，还剩余了很长一截。绳子绕的是中间的木棍，而非最高的。

他站在墙边，伸出手，轻而易举触碰到最高的那条。他想，如果是甄意，蹦起来只能刚好够到中间那条。

季阳看到言格的动作，疑惑：“是个矮个子男人……女人！”他愣住，“可受害人和嫌疑人有交流啊！”

言格把手收回来，放进兜里：“好的催眠师能用假的东西让被催眠者产生最真实的记忆。”

季阳张口结舌，一个女人催眠欺哄另一个女人，让她产生幻觉。有了受害者的亲身“感觉”和口述，嫌疑人收走假生殖器，让众人确定嫌疑人是男人。

太可怕了。季阳：“尹铎检控官洁身自好，不太可能招致女人这样深刻的仇恨。”

言格则深深蹙眉：“有件事情很奇怪。嫌疑人给郑颖催眠，让她自杀，自己远离现场；可在杨姿这里，她亲自来现场。报了警，没让杨姿死。为什么？”

“嫌疑人要的是不是受害者口述？当时甄律师深受刺激，情绪失控。她报复的不是一人，是尹检控官和甄律师！”

言格一愣，心忽然就有些发凉，像漏了风。

他拔腿便往外走，一边走一边摸出手机。淮如那个疯女人，他早该想到！

甄意抱着被子，滚成一个团，睡得香甜。迷蒙中，听到自己欢快的声音：“甄意，你男人电话，快来接呀——”唔？她睡了不足一个小时，哪里醒得过来？

她男人不就在她身边么。她闭着眼，伸手抓抓，空空的。那声音还在唱：“甄意，你男人电话，快来接呀——”

她太困了，蒙眬地睁开眼，瞬间猛地一惊，弹跳着往后一颤，睡意全无。

面前一面镜子，画了血淋淋的环，镜子挂着一个硕大无比的假男性生殖器！

她的心因为骤醒和惊吓，剧烈地跳。

拉着窗帘，清晨的卧室里还很昏暗。镜子里她面色惊恐，脸色煞白，脖子上……系着一个蕾丝项圈，另一端……

她的心几乎要从嗓子里跳出来，回头就见床头坐着一个女人，殷红的嘴角挂着一抹奇异的笑。

甄意从床上跳起来，可脖子上系着项圈。淮如猛力一扯，甄意摔趴在床上。绳上力道太大，她喉咙剧痛，却发不出声音。淮如把她扯到面前，手掌捂向她的口鼻。甄意一骇，敏捷地打了个滚，一脚踢向淮如的手。

噼啪一声清脆，玻璃摔在地上破碎开。

甄意抓住绳子蹦下床，手劲加重力把淮如骤然扯倒。眼见淮如要爬起来，甄意返身扑去，拿绳子绕住淮如的脖子用力拉紧。

“淮如，你喜欢这样杀人吗？你喜欢这种感觉吗？”

窒息的感觉把淮如逼疯，她拼命挣扎，手指往甄意脸上一抓，抠出一条血痕。甄意痛得捂脸。淮如挣脱开，连滚带爬跑去床的另一端，捂着胸口猛烈呼吸。甄意要追上去，却闻到一股香甜的气味。是刚才摔碎的玻璃瓶。

甄意知道这是言格说的安定剂，助催眠的。“淮如你用这样下作的方法杀人，恶心至极。”

淮如捂着发痛的脖子，一扯绳子，把甄意扑在床上，斥道：“是你们逼我的。”

“你自己是好是坏和别人没有关系。”甄意把她掀下来，狠狠一脚踹向她胸口。

淮如滚去床脚，半跪在床沿，捂着巨痛的胸口，眼神阴鸷。

甄意：“你杀了林涵，杀了许莫。终身监禁已经便宜你。你没资格报复我和尹铎。”

手机又响了：“甄意，你男人电话，快来接——”淮如抓住砸去墙上，手机摔落不叫了。

“没站在我的位置，你也没资格说我。”淮如暴怒，扑过来。

甄意猛踢她，没想她发了狂，硬生生挨她几脚，仍是冲上来掐住甄意的脖子，将她压倒骑坐上去。

落地窗外的风吹得她的头发张牙舞爪像魔鬼，她眼睛瞪得滚圆，要从眼眶迸出，嘴角抽搐，激烈道：“如果我弟弟健健康康，如果世上那么多人有一个帮我一把，我都不是现在的样子。你以为我愿意？你有什么资格站在道德制高点上指责俯视我？”

淮如全身的力气都在手上，死死扼着她的脖子。甄意痛苦挣扎，把淮如的手背抓出满手的血痕。她的肺憋得要爆炸！

她满手血污四处摸，寻救命稻草一般抓住床边的镜子，用力往床头砸。她握住碎片，使尽力气往淮如脸上刺。

淮如脸上划出深深一道伤口，皮肉翻开，鲜血直流。她厉声惨叫，捂住脸。

甄意猛然如浮出水面，空气像不可阻挡的气流开闸般涌入胸腔。她又怒又恨，刺向淮如胸口。

后者弹跳下床，狠扯绳子。甄意一个趔趄从床上滚下去撞到落地窗。淮如捂着喷血的脸颊，目光怨毒如蛇。她抓起阳台上的欧式椅子，朝甄意头上砸去。椅子砸落，甄意手臂粉碎般剧痛，痛彻心扉。

淮如抓着椅子一下下死命地砸，落地窗的玻璃一点点渗出裂纹，像绽开的雪花。

“你是什么东西！你和尹铎命好，如果生下来是我这样的境遇，你们连我还不如！联合起来设计我骗我入套，你们都不是好东西。”

甄意缩在墙角，长发遮面，没了动静。淮如一把将甄意揪起来，斥骂：“站在高处俯瞰众生的感觉很好吗？那么喜欢维护正义，为什么不帮帮在底层挣扎的人？因为那样太平淡，哪里比法庭上攻击毁灭别人，看着被告绝望痛苦更畅快？甄意，当众羞辱我的感觉很痛快吗？”

甄意嘴角带血，脸色惨白，却突然睁开眼睛，抓起身旁的椅子，狠狠砸中淮如脑门。

淮如摔倒在地，而甄意也精疲力竭，握着椅子和她保持距离。半刻后，淮如坐起来，隔了很久，缓缓转过头，脸色潮红却宁和，像吸过鸦片般。

甄意猛然意识到淮如吸入了过量药物。清凉的秋风从窗外吹进，她全身的鸡皮疙瘩都起来，冷得透心凉。望着淮如笔直而幽深的眼神，她莫名地想，淮如有如此深的仇恨是天性偏激，还是有人催眠强化了她的仇恨?

淮如起身，一步步朝甄意靠近。“你难道不该谢我？我让你看清了你的闺密，她的性幻想对象是你的男人。你恶心吗？你想她去死吗？”

甄意脸色微变。

淮如笑了：“你和我一样，也有恨不得谁去死的心情。”不对，这些话不是淮如说的。这语气不像淮如。甄意看着淮如阴森的眼睛，觉得看到了另一双更冷幽的眼。

淮如还要靠近，甄意一脚把她踹开，擦一下嘴角的血，狠狠道：“淮如，别把我和你比！即使心里有怨恨，也是普通人的情绪，很快就会消失。我不像你，我不会伤害任何人。”

淮如踉跄着后退，靠在栏杆上哈哈笑：“不会伤害任何人？你有脸说这种话？连你最爱的男人都伤害，你有谁不敢伤害？你比我还恶心。”

甄意狐疑看她，不明白她又哪里不正常：“你乱说什么？我最爱的男人是言格，我从来没伤害过他。”

淮如安静一秒，陡然爆发更大的笑声：“你以为那些耻辱你否认就不存在？八年，他再次出现在你身边，在你和他人欢笑的时候，在你被别人吸引注意的时候，他一直看着你。看不见这个世界，只看得到你。我真想笑。好好笑。甄意，你怎么有脸再出现在他的生活，再恬不知耻地享受他的爱？”

甄意身体痛得钻心，却不及心头的不适：“我把你的脑子打坏了？”

“还装。”淮如脸色空洞，含着冷笑，像在叙述别人给她设定好的故事，“KTV失火，他去找你。你平安无事，约他去相遇的公车站见面，和他分手，他不接受，在公车站待了一下午。那天刮台风，同学经过喊他，他也听不见。他想不通，不想分手，去找你。你表姐说，你去泡吧了。他讨厌那种地方，却一家一家地找。你和一群混混一起。他拉你走，你甩开他；他也不说话，一遍遍拉你。你打他踢他，他不松手。你叫混混们打他，他也爬去握住你的脚踝不松。你们继续打，把他扔在垃圾堆扬长而去。”

甄意一动不动，不明白她从哪里编造了鬼话。

“把重伤的他扔在那里，知道后来发生了什么吗？”淮如脸上浮起诡异的笑，“那附近那么乱，各种人都有。他真是一个很漂亮的少年啊！”

甄意的心，一瞬间被掏空，冷风呼啸着往里灌，冰凉透骨。即使她不相信，可只要一想那种画面，她痛得耳鸣轰隆。“你胡说，没有发生过这种事。不准你用这种话中伤他！”

言格被人……那种事她想都不敢想。只一想，她的心痛得活生生死去，像拿刀狠狠地刺，周而复始，永不停歇。

她立在阳台上，立在秋天冰冷的风里，瑟瑟发抖。

她不记得，她没做过。他不可能遭遇这种事。这不可能发生在她最爱的言格身上。不可能发生在那个干净又沉默的男孩身上。不可能。

“没有。”她坚决如铁，痛得恨不能蜷缩在地，偏偏她身子笔直得像个战士，捍卫着某个见不到的底线，即使炮火纷飞，也绝不退缩，“绝对没有。”

可有一瞬，仿佛穿越时空般，耳边响起一句话：“放手！言格，我不喜欢你了。不！喜！欢！了！听不懂吗？”是她的声音，非常冷漠。她不记得她说过这种话，心中的堡垒破开一个洞，她立在秋风里摇晃了一下，用最后的意志强撑着，木偶般死板地摇头：“没有。”

“有。”

“没有。”

“有。”

“没有！”她尖叫，恶狠狠盯着淮如，目光凶狠而激烈，像只狂暴的野兽。

可淮如的声音锋利如刀，寒冷彻骨，猛刺她早已破碎的心：“为什么他从你的生活里消失？为什么言格的妈妈不准你接近他？他有自闭症，喜欢你，一心追着你。你甩了他，他不明白，也不肯，还眼巴巴去追你。好可怜啊。”

“你闭嘴！”甄意再也支撑不住，踉跄着后退，撞倒花架，紫色的幸运草和泥巴砸在地面。

她不相信，可一瞬间，眼前浮现出她从未见过的画面。

少年的言格……他的白衬衫皱巴巴脏兮兮的，脸朝下趴在垃圾堆里，像死了，没有动静。

她狠狠地捂着头，惊恐地睁着眼睛，眼泪如细碎的琉璃，一滴滴砸下来，噼里啪啦碎成花儿。不能是真的，她会承受不了的。

“你以为把他从黑暗里带出来，不，其实你把他推进深渊。见过阳光再失明的人多可怜啊。”

甄意狠狠捂住耳朵，张了张口，想说话，说不出；想呼吸，吸不进。她狠狠咬住手指，眼泪嘀嗒砸在血色的手背上，她神经质地摇头，把自己抱成团缩在地上瑟瑟发抖。

言格要有危险了，怎么办？

“甄意，你想不想给言格报仇？”

甄意猛地一震，止了颤抖，抬头仰望淮如冷酷僵硬的脸，耳旁只剩一个声音，阴冷，仇恨：杀了她！

电话没人接，言格已料到出事。驾车赶去甄意公寓楼，门口围着大量的人，林荫道上黄叶飘飘。言格大步过去拨开人群，地上一摊血污，淮如睁着眼，手脚扭曲断裂。

十三楼上，甄意公寓的栏杆边，白窗帘在风中飞舞。

有人议论：“我看见她翻下来时，甄律师在栏杆边，还往下看。”

“听说她疯掉了。”

言格脚步一顿：“她下楼了？”

那人回答：“这么冷的天，她就穿一件T恤休闲裤，手上全是血，疯子一样抓着人问问题。”

“问什么？”

“我听她抓着旁边的人问：‘他们是不是把他抓走，去打他了？’不知道她在说什么。见人就抓着哭。她抓着我的时候哭着说，”那人回想，“言格呢？言格去哪里了呀？”

言格沉默地离开，一转身，秋天的冷风呼啸，吹着他的衣角翻飞，他的心，像风里的落叶，凋零。

晨曦洒在城市上空，一片淡淡的金黄。星期五早上，街道上忙忙碌碌，是早起的上班族。

甄意开车穿梭在城市的大街小巷，车窗外，风景流淌。

热闹的茶餐厅，卖早点的摊位车，忙碌穿行的白领，紧闭的高档店面，巷子里晒着的衣物。

她紧握方向盘，目光警惕，小心而仔细地四处看，西装的男人，OL裙的女子，背书包的小孩，刷牙的睡衣妇女。

言格呢？

车从巷子穿过，撞到人家晾衣服的竹篙，衣衫内裤纸片儿一样挂着车飞舞。

涂着牙膏泡泡的女人在后边追赶叫骂，甄意没听见，黑黑的眼睛一瞬不眨，隔着车窗搜寻四周的人影。

白天在她眼里变成黑夜，世界在她眼里变成空城，灯红酒绿，霓虹闪烁。路边全是泡吧区嬉闹调笑的混混。

她有预感，言格有危险，他们在打他。她要去救他。

天都黑了，还是找不到言格。

甄意轻轻地发抖，一手塞进嘴里，牙齿颤抖着撕咬，只有这样才能抑制住内心最深处的恐惧和不安。言格到底在哪里啊？

前方红灯闪烁，有警察来酒吧区执勤？甄意猛地停车，她要去找警察。

可，汽车电台插播一条新闻：“上午6：27分，清江区一栋酒店式公寓楼发生一起坠楼事故。死者从十三楼上摔下，当场死亡。经警方证明，死者为上月意外逃亡的终身监禁犯淮如……”

方向盘上，甄意的手缓缓松开。脑子里过胶片一般闪过一组画面，淮如从她的阳台上掉下楼。她面无表情望着前方。视线一闪，黑夜里五光十色的酒吧区消失了。现在是白天，交警在例行检查。

她默默地垂下眼眸，看看手上的伤痕和鲜血，不解地歪头，这是什么？她不明白，愣了愣，想起什么，猛地抓起副驾驶室的包打开一看，一把闪着冷光的水果尖刀。

她瞬间安心。

前方检查的交警靠近，车流慢慢移动。后面汽车鸣笛，刺耳的一声叫响。甄意吓一跳，慌得回头，她重新看到黑夜和嚣张的人群。她抱好包溜下车，跳过路中央的白色横栏，在一片汽车的急刹车和咒骂声里，风一般逃走。

她光着脚，仅有薄衣，一路逃窜。每个人都在路边笑，却没有言格。

她到处找寻，可这个世界陌生，冷酷，她抱着包包在风里颤抖，慌乱地四处张望。言格在哪里啊？

她跑到广场，一抬头看见LED显示屏上，播放着淮如跳楼现场的画面。甄意立在街对面仰着脖子看，她看到家了，白色的纱帘在飞。

她呆呆望着，记得有天早上起来，言格抱着懒虫一样的她去吃早餐。那时候，风就吹着纱帘在飞。

她，到家了吗？

不，她不要回家，要去找言格。可镜头一晃，边角出现一个男人，高高瘦瘦的，一身墨蓝色的海军款风衣，风吹起他眉边的碎发，露出白皙饱满的额头。

他蹙着眉，很深，很深。

她立在街对面，愣愣地望着，仿佛千山万水，她终于找到他了。

他没出事，太好了。

她抱着包包，仰头望着LED显示屏，木木地走过去，走了几步开始跑：

言格，我来找你了。

耳边响起尖锐的汽笛声，刹车声。

甄意被撞，摔倒在地。开车的人不满地探出头来："你有病啊！"

大早上遇到在街心跑的女人，真是倒霉。可一看这人披头散发，只穿一件短T恤棉布裤子还光着脚，难道是神经病？司机闭了嘴。

"你有病啊！"这话在甄意耳边回响。又一瞬，闪过淮如的声音："你想给言格报仇吗？"

她呆滞地望天空，屏幕里没有言格了，只有促销广告里黄澄澄的橘子。在淡蓝的天空里，那样灿烂。言格又不见了。他被人抓走了，别人会打他呢。

眼泪噼里啪啦地掉下来，她的心又痛又冷，低下头，转身往回走。一边走，一边举起手臂擦擦眼泪。心好痛，可现在不能哭呢，她要去找言格，去给言格报仇。

她拦了辆出租车，坐进去，小心而谨慎地说："第一精神病院。"

汽车广播在插播新闻："犯罪嫌疑人初步锁定为大律师甄意，目击者称，听见死者尖叫，抬头看见甄意将死者推下楼……"

甄意低着头，长发遮脸缩在后座上，看不清表情，只牢牢地抱着她的包。

终于到了精神病院，她下了车。从包里拿出义工卡片，刷卡进去。她脚步极快，匆匆走上走廊，躲避任何人。很快，她再次看到那座玻璃房子。

厉佑在里边悠闲地喝茶，阳光从天井里斜斜地落下，他一身白衣，看上去那么干净，像玻璃温室里不染尘埃的仙草。甄意光着脚没有脚步声，可他仿佛感应到她，又似乎在等她。

他抬起头，阳光下，白皙清俊的脸仿佛透明，睫毛上染着细碎的金色阳光。

耳畔响起淮如的声音："甄意，你想给言格报仇吗？我告诉你那个人是谁。"

就是他，就是他把言格……

甄意目光空洞，积蓄已久的愤怒和剧痛积累堆砌。她的胸腔剧烈起伏，全身血液都涌上来哽在咽喉里，要生生呕出血。

"啊！！"她绝望而悲戚地尖叫，凄厉，撕心裂肺。大步冲上去，一掌狠狠拍向玻璃屋子。

玻璃墙壁晃了一下，恢复平静。厉佑淡淡笑着，目光悠然，如同猫看一只疯狂却渺小的老鼠。

再是一拳！接二连三。她狠狠捶打着玻璃墙，整个世界都在阳光里明晃晃地摇荡，她感觉不到疼痛，眼神笔直而仇恨。沉闷而瘆人的捶打声在空房间里回响。

手上的伤口裂开了，玻璃碎屑刺进皮肉了，她丝毫不觉，鲜血染红玻璃。她像只受困的不知疲惫的兽，疯狂地踢打。

厉佑始终悠然瞧着，直到甄意突然转头，跑到墙边几拳打碎消防玻璃，拔下里边的红锤。

一瞬间，消防警报响彻整个世界，红光闪烁。

她的脸映着红光，像地狱走出来的恶魔，握着锤子冲过来，狠狠一砸。

玻璃上出现了一条碎纹。再次一砸，无数次……

玻璃上的碎纹像蛛丝一样散开，越来越大。

“啊！”她尖叫，猛地一挥锤子，大面积的玻璃分崩离析，一面碎钻在阳光下闪闪发光，如光之幕布，倾泻坠落。

她拿着刀，赤脚从一地玻璃上踩过，一路鲜血也不觉得疼。

厉佑微微敛瞳，却没有后退，半晌，轻轻笑了：“甄意，杀了我能改变什么？杀了我，你和甄心有什么区别？”

甄意听不见，也听不懂。她手握成拳，阴沉着脸，在漫天闪烁的红光里，举刀朝他刺去。

“甄意！”她的手腕被谁紧紧握住，下一秒，被揽入一个温暖而熟悉的怀抱里。

言格呼吸急促，剧烈的奔跑让他额头上全是汗水，抱住甄意便把她往后拖。

找到言格了。

一瞬间，所有的心疼如同山洪暴发，铺天盖地密密麻麻地将甄意席卷，她痛得无法呼吸，心裂成碎片，痛得要立刻死去，尖叫大哭：“啊！！”

她抓抠着言格的手臂，踢打着凄声大哭：“杀了他！杀了他！”

“甄意。”他紧紧搂住她，下颌贴在她不停挣扎的脑袋上，控制着她失控的身体，一字一句用力道，“没关系，甄意，我没关系。”

是啊，什么事到了他这里，他都能沉默地包容然后释然，什么事都没关系。

怎么能没关系？

她的心痛得不可能再好了，她生不如死，生不如死啊！

“不！”她大哭，剧烈挣扎中，手里的刀割伤了言格的手臂。她猛地一怔，手一松，刀砸在地上叮叮咚咚。她盯着言格手上一大道口子和流淌的鲜血，忽然就止了歇斯底里，眼泪吧嗒吧嗒，寂静无声地砸落。

“甄意，我没事。”言格扶住她的肩膀，稍稍蹲下来，目光和她平齐，“只是小伤，不要怕，甄意。我没关系的。”

他的眼眸那样深邃宽容，声音那样温和平静，带着抚慰人心的力量。

她呆呆的，安静了，一动不动。

“没关系吗？”厉佑被护工捆绑着，幸灾乐祸地笑，“言格，她失控了，行尸走肉。你要一辈子这样照顾她？时时刻刻守在她身边，她一发疯就给她催眠？”

言格淡淡看他一眼，仿佛看一团空气，对护工道：“把他关好。”工作，命令，不带任何情绪。

历佑再度被他漠视。他不知道是因为当时言格昏迷无知觉，还是他心里太过超然干净。

言格只看甄意。她眼眸静默，浑身是伤。头发乱糟糟的，脸上一道口子早在冷风里结痂，脖子上几条勒痕，T恤上满是尘土，手上全是血，脚下更是鲜血弥漫。

他的心沉闷至极，把她打横抱起去他的工作室。

他把她放在桌上，给她清洗伤口贴纱布。清理脚板心时，她脚下全是碎玻璃渣，混杂着血，像只血淋林的刺猬。

他有一瞬间无法呼吸，轻吸一口气，拿镊子给她拔碎玻璃。碎发遮住了他的眼睛，他眼眶湿了。

分明知道她此刻已感受不到疼痛，他还是轻轻给她吹气，生怕弄疼她。

“言格。”她忽然发声，面无表情，“我要回家。”

言格一怔，抬头，不知道她什么时候醒了。

她异常平静，黑眼睛寂静而清澈，死板地重复：“我要回家。我要回言格的家里去。”

他知道现在的她，是甄意。

全城都在找她，此刻她过不了关卡。但……他拿纱布给她包好脚掌，应道，“好。”

九溪言庄。

夜风清瑟，无边落叶。

南侧一处庭院的木楼里，灯光朦胧，照映出雕花窗户上一幅幅古典水墨画。这楼像一只古风灯笼，清幽雅致，在夜里散着葳蕤的柔光。

甄意蜷在客厅的小榻上，裹在毛毯里，露出缠着纱布的手臂和脚掌。她睁着眼睛，一瞬不眨盯着言格，目光笔直，用力，像坚守着某件不能丢失的珍宝。

言格抚她的额头，她没有抵触也没有退缩，对他完全无戒备。

过关回来的路上，她没说话，也没动静，只是缩在他怀里，紧紧抱着他的腰身不肯松开。或许很累，却不肯闭眼睛，仿佛生怕一松手一闭眼，他就不见。

到了他的家，她才终于安心。抱她下车时，她舒了一口气：“安全了。”

言格的心狠磕了一下。她闹着要回这里，是担心他的安全。

良久，她清黑的眼眸缓缓回神，细眉蹙起，有些难受。

“怎么了？”

“肚子饿了。”

他悬着的心瞬间落了一半。已经过了饭点。“我去厨房叫人给你做饭。”他刚要起身，她攀住他的手，“我想吃你做的，要松仁玉米。”

“好。”他复而坐下，拇指轻轻摩挲她的手背，好一会儿才起身离去。

甄意望着他离开，神思迷糊，累了。合上眼，一行清泪从眼角坠入发间。

深秋的夜里没了夏夜小虫的吱吱叫，只有不知哪里的溪水潺潺，还有叮叮咚咚如水般清冽的乐声。驱邪铃在夜风里吟唱着远古的歌谣。

甄意缓缓睁开眼睛。

即使是夜里，塔楼里也亮着蜡烛和纸灯笼。

甄意脚上裹着纱布，走上木楼梯，脚像踩在刀尖上。一层二层，她不做停留，上去第三层。

油灯，烛火，月白灯笼，古老安静的阁楼里，一室清雅墨香。

一壁一壁的黑色书籍立在玄色的书架中，沉默，稳重，带着肃穆感，叫人心怀敬畏。

开着窗子，夜里的风吹进来，甄意打了个寒战，看见古老书架的底座上拿篆刀刻了数字：2002，2006……2014，竖梁上刻着 1，2，3……11，12。一目了然。一年的一个月里摆着书。书下的横梁上刻了数字。有的刻着 1~7，有的 1~3，有的 21~31。是天数。

十二年的漫长，汇成一室沉默而无声的黑色线装书。

她被一股巨大的力量攫住，压在她的胸腔，喘不过气。她立在中央，不住地回头看，原地转了好几圈，惶恐而忐忑，不知该从哪里看起。

最终，她的目光落到 2014，04 的空间上。摆了 2 本书，第一本 1~20，第二本 21~30。

是今年，他们相遇的四月，那一天是 21 号。

她肃静而不安，心微微发凉，细细碎碎地颤抖起来。

把第二本抽出来。纯黑色的线订笔记本，质地很好，拿在手上，温润，厚重。翻开是米白色的纸，没有线条，没有杂质。

小号毛笔的行书，行云流水，清秀隽永：

“2014 年 4 月 21 日

你好。

是甄家，找哪位？

在的。

老头子别怕，没事了。

再见！

请等一下！

刚才不小心拿你的风衣挡水，我洗干净了还你？

言格？

好久不见。

你忘啦，我是甄……”

落款一行小字：“今天看见甄意了。”

她的眼中浮起一丝泪雾，深吸一口气，手臂像是载着千斤的重量，把那本书塞回去。

目光下移，落到最近的2014，11上。摆着3本，第一本1~5，第二本6~13，第三本还没标数字。她拿了第三本，很快明白没标数字的原因：还没写完。

第一页：

“2014年11月14日。

（电话）

言格，今天有点儿忙哦。

……

我中午吃了超大的披萨，一个人全吃掉哦。工作室的人瞪着眼睛像看饿死鬼一样看我。幸好你不在，不然我可以一口把你吃掉哈哈。

……”

她在电话里絮絮叨叨近半个小时，整整六页纸，他一字不落地记下。即使到最后，字迹也不慌不忙，看得出心情平静宁和。

落款一行小字：“今天甄意忙，没看见甄意。”

渐渐，悲伤的情绪像某种黏稠而不透气的液体涌入她的心房。她的心一点点变沉，快撑不住，要坠落。

换一本。

“2014年9月10日

言格，你孤独吗？

言格，不要怕，我会一直陪着你呐。这样你就不会一直孤独了。

……”

落款一行小字：“今天看见甄意了。”

再换一本。

“2014年7月30日

言格，你知道开心是什么感觉吗？你开心过吗？

言格，我想让你开心。人生那么长，要活那么多年，一个人，不寂寞吗？每天这样，一个人开车去医院，一个人开车回家，没人和你说真心话，你也不让任何人走进你的心，不孤单吗？

你这样，我会心疼；所以，无论如何，我也不会放手啊！”

落款一行小字：“今天看见甄意了。”

书页在风中唰唰翻飞，她合上笔记本，手剧烈地颤抖。

夜风冰凉，心疼得抽搐，像被人挖出来扔进冰窖。眼神呆滞涣散了，却回头望住身后的“2002 年”。她目光笔直，含着晶莹的泪水，一步一步，极其艰难地走去。

每一步都仿佛穿过呼啸流逝的时间，一点一点时光倒流，回去最开始的初见。

“2002 年”的 1-8 层是空的。第 9 层，以 10 号开始第一本黑色日记。视线已在水光里模糊，手也在猛烈颤抖，幅度之大竟在木架上磕磕碰碰。

十二年前的笔记本，历经岁月，封面已稍稍褪色，泛着隐约的白。翻开，书页早已泛黄。

十二年前，言格的字迹还很青涩，规矩的楷书，没有如今这般形成自己的字体和风格。那样稚嫩，那样年幼。

她只看一眼，眼泪就疯了般从心里涌出来，漫过喉咙，盈满眼眶。

她张嘴想发声，又猛地拿手捂住嘴。她捧着一本书，弓着腰浑身都在颤抖。

满世界晶莹的琉璃里，水光灿灿，她看见泛黄的第一页上，写着：

“2002 年 9 月 10 日

欺负 学校 同学 死啊

天 你 好看

漂亮 走 会 劫 遇到我 色

不要 玩 我是外貌协会的 激动

噢 趣

你叫

做我男朋友吧？”

每个字的落笔处都格外用力往下摁，仿佛他在竭力回想，狠狠努力。可如何逼迫自己，都想不起来完整的话。

因为他听不见啊。

可结尾处一句话格外流畅：“今天，我遇到一个女孩。她从天而降，像一颗彩色的太阳。”

甄意的泪水在眼眶里打转，涌出，再度蓄满，再度流淌。她单薄的肩膀在夜风里像纸片儿剧烈颤抖，一室的时光压在她肩上，她猛地跪倒在地。

她甚至能想到多年前言格写第一篇日记时的状态。他关在自己的世界里，黑暗，安静，他也不觉得孤独。

直到那一天，有个女孩，从天而降……他看见了这个世界。这个世界里，只有她。

她在笑，她在蹦蹦跳跳，她在说话。他很想听到，很努力，甚至很焦急。

但跳进他耳朵里的话全是支离破碎的。他每写完一个字，都无意识地狠狠摁一下，是着急，是懊恼，是想尽力想起女孩说的话。

第二天，第三天，女孩跳进了他的生活，她说的话越来越多，他也越来越慌乱，记录下的全是片段，掺杂着偶尔的只言片语："回 新 裙子 升旗 好看 树……你看彩虹！"

她手上全是泪水，慌不迭翻看后面，全是碎片和每个字最后一笔的努力和执着。

她扑到书架边翻看接下来的日记，前三个月都是零碎。可一天一天碎片越来越少，完整的句子越来越多，落笔处的用力度也越来越轻。

那么多话，叽叽喳喳，一天又一天。

"楼梯间的灯坏了，草莓味冰激凌上市了，考试得了21分，回家晚被姑姑训了，来月经肚子痛了，体检长高了三厘米……"

所有她忘记的琐事，年少的青涩记忆，懵懂而无忧无虑，在相处的那四年全部沉淀纸上。

她泪眼蒙眬，无法呼吸，一页页往后翻，少年的回忆像胶卷般飞逝，到了分别的那天。

KTV火灾后"2006年7月30日

……

言格，我不喜欢你了。你好无聊，和你在一起，我都变得无趣了。

言格，我一点儿都不喜欢和你在一起时候的我自己。一点儿都不喜欢。

看什么看？放手，叫你放手。

言格，我不喜欢你了，不喜欢了，听不懂吗？

后会有期啦。"

落款一行小字："今天，甄意生气了。"

甄意痛得摧心掏肺，脑子里猛然闪过一个画面，少年摔倒在地上，爬过来，污浊的手指紧紧抓住她的脚踝。她一脚掀开，冲他摆摆手："后会有期啦。"

风穿堂吹，那一页的背面出现另一行字："余述至此，肝肠寸断矣。"

甄意奔涌的眼泪瞬间风平浪静。在八年前分别的结尾，在十二年的日记里，

十二年，4383天，他唯一一句流露情绪的话便是：余述至此，肝肠寸断矣。

是她害了他，他原本好好的，是她不该招惹他。

她痛哭着摸爬着去找那空缺的八年。手上沾满泪水，慌乱地一本本翻开，千篇

一律，除了日期："2006年9月1日"。

落款一行小字："今天甄意没有回来。"

"2006年9月2日"。

落款一行小字："今天甄意没有回来。"

……

整个9月，10月，11月，12月，到了2010年，2011年，2012年，2013年……

"2014年4月2日"。

落款一行小字："今天甄意没有回来。"

一本本抽出来，一本本看，流动的日期，不变的话。

今天甄意没有回来。

今天甄意没有回来。

手中的书本坠落，甄意狠狠摁住头，头痛得要裂开，拼命想，却再也想不起多余的内容。

脸庞已全被泪水浸湿，却再也停不下来，地板上，书页上，全是泪滴洇开的墨迹，像黑色的水墨画。

闪烁的泪光里，只有那些白纸上的字迹，格外清晰，一字一句，直直冲击着她的心脏，剜心挫骨。

满满一室书籍，皆是为她而写。

他从来不会说情话，只会一字一句，一言一语，平淡温和地记录她或快乐或窘迫或难过或振奋的话语，从此，篆刻下那话语里她流光溢彩的少年时光与青春。

只是，在每天一篇记录的最末，以最安宁的字迹写下他的心情，或许有稍稍的悸动，或许有淡淡的失落，或许有浅浅的期盼，写出来，却最是朴实无华——

"今天甄意忙，没看见甄意。"

"今天看见甄意了。"

"今天甄意没有回来。"

她跪在一室的黑色笔记里，捂着头哭泣。

忽然抬头，泪痕斑驳地望着窗边的书桌，一桌一椅一盏灯，在秋风的吹拂下沉默而清隽，像坐在这里写字的那个人。

笔架上悬着几只小毛笔，桌子上干干净净，一座砚台一条长墨，孤独地临着夜风。

木棱支着窗子，外边是无尽的黑夜。

依稀看到，十二年前，那个白衬衫的，不会说话的少年，就坐在那里。他低着头，背影沉寂，修长的指尖执着毛笔，记录下与那个女孩的初次相遇。

于是，一瞬间，窗棂外，岁月如长河般流逝。

日生日落，花开花谢，岁月轮回，沧海桑田。那个坐在窗前的少年一天天飞速长大，执笔的姿势却从未改变。

落落书写，写尽相思。

漫漫十二年！

四季变换，潮起潮落，这世上，无数情人分手了，无数语言消亡了，就连有的国家都分裂了，从地图上消失。

时光流逝，再不回头了，他的字迹都在书页间变化了，可，他却还在这里。

沉默地坚守，不肯离开。

那一年，她带着笑容降临在他的人间，

于是，他安安静静地，用一生的时间，送她一份完美的纪念。

十二年的时间带着巨大的力量压在甄意身上，终于将她压垮，她深深地弓着腰，捂着嘴，哭得像一只抽搐的虾米。

这一天，她似乎要流尽了这一生的眼泪。

狂风似乎也在悲戚，从窗外吹进来，吹动烛光摇曳，夜影婆娑，吹得书页哗哗翻动，哀哀作响。

她张着口想辩解，可陡然腹中巨痛，痛得她猛然止住眼泪，最终只能用力捂住嘴，惊恐地瞪大眼睛。

手心里，眼泪与鲜血混杂，她慌乱地拿双手捂住。这才知，人可以生生心痛到呕血。

刹那间，泪水再度疯狂流泻。心痛得已经没了知觉，拼命想要捂住疼痛，可血腥味如潮涌般弥漫上来，再也抑制不住。

他说，余述至此，肝肠寸断矣。

肝肠寸断矣！

言格端着餐盘，才绕过走廊，忽地听见夜里甄意凄惨的叫声："不要！不要！"

抬头便看见高高的塔楼上，起了火光。

他随手把盘子留在长廊里，立刻朝那里跑去。

赶到楼下，就见古老的高塔阁楼里起了火。

甄意撕心裂肺地哭叫："不要这样，姐姐！你不要这样！不要！！！"

他的心猛地往下沉，飞快地跑上三楼。

书房里一片狼藉，黑色的笔记本堆放在房间中央。蜡烛、灯油洒在上边，燃着熊熊大火。

而甄意跪在书堆边，赤着手在火里抢救书籍！

火舌舔舐着她的双手，她竟毫无知觉，一边拿手拍火，一边催人心肝地悲戚大哭：“不要烧我的东西！不要烧我的东西！”

“甄意，别碰！”言格心疼得滴血，立刻大步过去，把她从地上捞起来。

可她拼命挣扎，手烧出通红的伤疤还要去捞，她已经彻底失控：“言格，姐姐把你的书烧掉了。你快点救火，你快点救火啊。”

言格的眼眶一下子湿了，牢牢把她箍进怀里，任她如何地挣扎反抗也不松手。

“甄意，你听我说。甄意，不要紧的，烧掉就烧掉了，不要紧的。”

庭院外已传来人声，是救火的人要来了。

他话语才落，怀里的甄意突然安静了下来。

言格紧紧搂住她，贴住她被火烤得滚烫而湿漉漉的脸颊，心疼如刀割，轻声却含力道：“甄意，这些事情都没有关系 ......”

话没说完，怀里的人轻轻笑了一声。

猛然间，言格心一凉，立刻把她松开。

“没有关系吗？”对面的女孩脸色红彤彤的，满脸泪水，偏偏表情格外冷静而冷酷，“伤害你最深的人，和你最爱的人，在同一个身体里，真的没关系吗？”

言格退后一步，缓缓和她拉开一段距离，面色沉静淡漠下去。

“没关系。”他淡淡道，“因为有她的好，所以你这样的坏，微不足道，不值一提。”

甄心的脸色更加冷酷，她多气啊。

正是因为这个男人，她过了十几年蛰伏的生活，永远被甄意压制着。

八年前，简单的误会，不会让他们分开。可以因为误会分开的少年，他们的感情经不起考验，肤浅细碎，又哪里可能让人痴望坚守八年？

不可能啊。

这个男人，少年自闭。他的世界里，便只有甄意。

他真正像一只沉默的小狗，不懂这个世界，却只知道守着它心灵的主人。赶它它不走，踢它它不逃，把它送到遥远的地方扔掉，它也一路艰辛地赶回来。

他便是这样的人。

不懂人情，不懂世故，也不知分手为何物。

甄意已经是他心里的太阳，分手是什么？他不明白，也不会遵守。她甩开他的手，他就学她以前追他的样子，一次次追过去，一次次紧紧握住。

她甩开多少次，他都比她坚持多一次。

所以，如果不是那样的伤害，不是发现甄意的身体里还有另一个人，他就是死也会倒在她的脚边，不会离开啊。

他是言格，他不可能离开甄意。

也正是因为这个男人，甄意的心里有了阳光，而黑暗处的甄心，再也出不来了。

最近，她好不容易露几次面，却被压抑回去。

可恶，可恨！

甄心冷笑，讽刺道："言格，她失控了，她再也抑制不住我了。"

"不是。"言格依然平静从容，轻轻地摇了摇头，一贯云淡风轻的男人，此刻说出的话却毅然决然，带着不动声色的定力，

"甄意，永远不可能被你打败。而且，我会一直陪着她，帮着她，让你永远不见天日。"

"你！"她怒目圆瞪，刚要说什么，却猛然像被某种巨大的力量拖进了深渊。

不要……

而言格脸色一变，立刻上前去抱住她，

"言格……"女孩眼泪汪汪，晕倒在了他怀里。

可等到甄意醒来时，才是噩梦的开始。

她自此仿佛坠入无尽的恐惧，时刻担心着言格会受伤。

没日没夜的，她不肯睡觉，只是紧紧地抱着言格，拉着他四处躲，一会儿躲在衣柜里，一会儿躲在被子下。

她瘦弱的身板不住地颤抖，抱着他呜呜地哭泣："怎么办？言格，他要来害你了。怎么办？"

无论他如何安慰，她都不听，也不相信，只是抱着他哭，泪水浸湿他的衣衫，哭声极尽伤心悲戚，像一个始终担心不能保护孩子的士兵。

她不喝水也不吃东西，哭得身体都脱水了，却只知道拉住言格。他去哪里她到哪里，总是惊恐地看着四周的人，只要出现人影就拦在言格面前，大哭：

"你快跑，你快跑，他来害你了，他来害你了。谁来帮我救救言格，谁来帮我救救言格。"

连庭院外的守卫人也会让她风声鹤唳，让她惊恐地拔出水果刀冲出去……

可有时候，她又不认得言格。

便一个人在园子里害怕而茫然地寻找，抓住言格便落泪："言格呢，你把言格抓到哪里去了？"

言格极力想安抚她，说他就是啊。

可她只是摇头，举着手臂抹眼泪，委屈而心酸："你不是。我的言格没有你那么高。"这时，她的记忆回去了十二年前，他还是那个清风明月的小小少年。

她会推开他，呜呜直哭，继续在院子里找："言格，言格去哪里了呀？"

更多的时候，找不到。

她就会一个人蜷在他的床上，缩在被子里瑟瑟发抖，像一只受伤不能再痊愈的小兽，被它的同伴丢弃，从此独孤一只。

她会紧紧地抱着他的被子，小脸贴在上面，时不时，抽抽鼻子吸口气。

因为毛毯上有他的味道。

只有这样，她才会安心。

各种状态，周而复始。

三天后，她彻底虚脱，干枯而苍白，躺在床上，虚弱却也不哭了。

三天，言格瘦了一圈，眼睛下也有了黑色。也是那时，他终于做了决定。

早上，他端着一碗水到她旁边坐下，拿勺子舀水送到她唇边。她感受到了唇边的凉意，目光挪过来，定在他身上。

这次，认出他了。

于是，眼中便蓄起极浅的泪雾，是真的没有眼泪可流了。

她动了动干裂的嘴唇，气若游丝："言格，你快跑，他来害你了。"

言格克制地轻轻吸一口气，眨去眼中的水雾，喂她喝下几勺水后，把碗放了下来。

"甄意，看着我的眼睛。"他低下头，靠近她。

这次，她很听话，黑乌乌的眼珠一瞬不眨。

她还是甄意啊，有着他最喜欢的清澈纯粹的眼睛。

他缓缓地、柔和地，说："甄意，我没有关系，真的没有关系。"

甄意，如果你这样受伤自责；请原谅我接下来的决定，我会尝试着让你忘记这几天发生的事情。

其实，真的没关系。

即使受过伤，也没关系，我看不到，听不到，感受不到，早已淡然放开；

即使是因为你受伤，也没关系，因为愿意对你宽容，包容你的一切。我说的一切，是好的，坏的，真正的一切。

母亲说你很危险，让我放弃你。可我怎么能放弃你？

这个世界上，只有我知道你的痛苦。很多人会说这句话，但这句话的正确性只在我们两人之间得到验证。

如果我放弃，就真的没有人可以救你了。甄意，会从此被甄心压制，消失在黑暗的深渊里。

甄意，我最爱的女孩，我只爱的女孩，我怎么能让你消失。

其实，偶尔还庆幸在那么早的时候发现了这件事。

八年的沉淀，让你更好，让我更好，让我们重逢后的这一次，更好。

让我们今后不再发生任何问题；不，应该是，即使未来发生任何问题，我们也有足够的信心和力量去面对。

让它迎刃而解。

八年的隐忍和苦守，就是为了，终有一天，拉住你的手，让你回来我身边。

所以，一辈子也不能松开你的手啊！

我会用比任何人更干净纯粹的思想和灵魂去爱你。

因为，十二年前，你执手不肯松开；这一次，我便还你一世守护。

甄意醒来的时候，房间里灯光温馨而朦胧。她仿佛睡在夜晚的深海里，宽大，包容，有点儿清凉，却又温暖。

她扭过身子，回头望，只看到淡淡千草色的纱帘。

这是哪里？

陌生的环境，身边却萦绕着隐隐熟悉的味道。

怎么回事？

不对。她记得在早上听到言格的电话铃声，醒来却见到淮如。当时惊吓的感觉一下子回到现在。

她抖了一下。

淮如想杀她，她和淮如打了一架，可后来……不记得了。她坐起来，四处张望。

她睡在一张海蓝色的圆形木低架大床上，一圈千草色蚊纱帘萦绕床边。头顶一圈乳白色的圆形内嵌灯。

有风从露台上吹过来，纱帘飘飞，像淡淡的梦境。

她掀开纱帐，床边几米开外是两道桦木拉门，画着白梅傲雪，门拉开一半，外边是迎风的露台，挂几盏栀子色纸吊灯。

露台上一张圆形小木桌，两把白色的椅子，和几株绿油油的巴西木。

更远，是灿烂的秋夜的星空。

她无暇观赏，赤脚溜下床，趿拉上拖鞋。

卧室很大，分为两段，一边睡床，一边小厅，中间隔一排原木台阶，错落有致；

走下台阶，看了一圈。月白色墙面，森木色地板，伽罗色六扇门。美人榻，藤木书桌，花梨茶台，空间很大，装饰却不多，贵在和谐惬意；

一切低调宁静，美好清贵。

叫她讶异的是，台阶下，房间中央竟开辟了一块两米见方的草地，草叶郁郁葱葱，生机盎然，一簇簇挤头挤脑的。

草地旁的地板上摆放着一只碗口大的小鱼缸，两条细小且身体透明的鱼，像飘着两片小柳叶。

毫无疑问，这是九溪的言庄，言格的卧室。

可……她什么时候来这里的？不记得了。

而且，言格去哪里了？

她拉开木扇门，顺着楼梯下去。

一楼没人，只亮着清幽的灯。

迈过门槛时不知怎么没站稳，晃了一下，脑袋砰地撞到门沿，痛死了。

甄意捂着头，龇牙咧嘴。

刚才下楼时也有点儿打晃，怎么好像肢体不太协调？她看看自己身上的绷带，蹙眉，和淮如打架伤了这么多处？

外边的庭院里亮着乳白色的纸灯，静悄悄的，只有隐约的风声吹过角落的枇杷叶子。

头顶是低垂的秋夜的星空，灿烂，静谧。她忽而就想起中学时背过的诗：“天阶夜色凉如水，卧看牵牛织女星。”

她对这里不熟，不好意思乱跑，索性走下一步，坐在石阶上托着腮，边看星星边等言格，仙王座，仙后座，双鱼座，鲸鱼座……

都是很多年前言格教她的呢。

想起当年，她说要看流星雨，放学了非不让他回家，缠着他坐在教学楼顶上等。可她这个冒失鬼记错了时间，哪里有流星雨哦。

她沮丧又自责，难过极了。

言格却说：“我教你看星座吧。”

他用那样淡然又平平的语调给她指星星，她很费力地理解和仰望，觉得真是委屈而苦恼。那些个鬼画符的点点怎么会是星座？

除了北斗七星像勺子，仙后座像王冠，双鱼座哪里像鱼了？大熊座也分明不像大熊嘛……

想起旧事，甄意忍不住笑了。风一吹，她听见了夜风里的驱邪铃。

啊，她立刻起身。她睡在这里，他怎么会跑远？一定是在塔楼的书房里啊，风铃都在召唤她了。

她颠颠地跑去。上到二楼的书房，还是没有看见言格。

三楼？

她蹑手蹑脚地沿着木楼梯往上，想突然蹦出去吓他一跳。

快要靠近时，隐约听见了言母的声音：“……上次拿刀伤了你，太危险了。另一个也出现了，之前就窜通那个精神病伤害你，下一次她的刀就对着你了。”

声音太轻，甄意并没听清楚。

想听言格的声音，他却没搭话。

“……天天地闹腾，你看你憔悴成什么样子了。以后呢，要拿命给她耗吗？”

言格清淡道：“她已经好了。”

“……是颗定时炸弹，随时会爆炸，到时伤得最惨的还是你。”

言格声音更淡了：“我现在很忙。”

在赶人。

没声音了。

甄意不好意思偷听，隔得比较远，只听到言母声色不好，而言格漫不经心地搭理。

很快，脚步声过来。

甄意一惊，赶紧退后几步，跑去下一层，装作才来的样子。可言母早已瞥到她逃窜的身影。

走去下一层，言母脸色愈发不悦。

看着甄意茫然忐忑忘了一切的样子，想想3楼火烧后的狼藉，想想这几天她在院子里的尖叫哭闹伤人自残，以及言格夜以继日的安抚都不能让她平静，甚至对言格施加伤害……

她心里真是……

言母竭力平息胸口不稳的起伏，眼神却掩饰不住锐利和不喜，直接道：“甄小姐，女孩子不要随便到男孩子家过夜。”

甄意稍稍一愣，赶紧解释：“我和言格是男女朋友了。”

“订婚了吗？”言母问。

甄意一梗，想了半晌，后知后觉地脸红了。她被嫌弃行为轻浮……送上门了吧。

“阿姨，”她没什么底气，“你是不是讨厌我？”

言母忍了忍，吸着气转身下楼，自然无法说她精神有问题，说她害惨了她儿子，只冷漠道：“讨厌说不上，只是觉得你配不上言格。”

甄意惊怔。心里像利刃刺过，戳心肝地疼。她原以为言母对她是一般母亲的抵触，可没想她从心底看不上她。

她……配不上言格？

她从没想过这个问题，只因为喜欢，就欢腾地追随。当年学校很多人也这么说，甄意疯疯癫癫的，成绩那么差，配不上言格呢。

可那样的闲言碎语，她从不在乎，也远远没有言母此刻这一句伤人。

她终究静了下来，垂着眸说：“我不觉得我配不上言格。”

“虽然希望您喜欢我，但我也无法因为您对我的看低而去改变自己原来的样子。我会把您当长辈尊敬，但很抱歉，我不会因为你不喜欢而离开言格。”

言母头都没回，拿背影和她说话：“谁是你的长辈？”

甄意又是一怔，她说话可谓是句句刺心。她心里负着气，一时忍不住，反驳般地问：“意思是您希望我不用考虑您的感受吗？”

言母缓缓下楼，声音仍是优雅：“就冲你这一刺就怒，一激就失控的教养……”

后面的话没说完，甄意脸却红了。

“甄意。”言格不知什么时候来了，站在上一个楼梯的拐角，脸色微凉。

甄意一吓。

他一定都看见了，她不礼貌，被他母亲训斥，今晚的丢脸在这一刻登峰造极。

她忐忑地看他一眼，又垂下眼睛。咬着唇不吭声，委屈，却不敢回答。

他太安静了，她有些怕。

怕他生气，或者，他已经生气了。

“你过来。”他似乎命令。

她嘴唇颤抖，硬着头皮缓缓走上楼梯，心底无助，悲哀，委屈，想哭。

她蔫茄子一样耷拉着头，杵在他跟前。

言格抬起她的脸，眉宇间笼着极淡的阴霾，另一手从口袋里掏出手帕，给她擦拭额角。她刚才撞到了门。

怕她疼，竟无意识地轻轻给她呼气。

甄意呆一秒，眼泪夺眶而出，砸在他手心，滚烫的。言格倒怔愣了一下，脸色瞬间柔和下来，说：“破了一点皮，这有什么好哭的呢？”

她瘪嘴，声音很低，仅限他听到：“哪里是因为这个。”

低眸一看，楼梯下，言母早已离开。

言格道：“如果是因为母亲，也不需要哭。”

“她很不喜欢我。”

“没关系，她也不喜欢我。”

甄意不太明白：“什么？”

他淡淡道：“她比较喜欢言栩。”

甄意不作声了，他的表情是不想过多讨论的样子。

她望一眼三楼，问：“那里像有什么东西煳掉了。好像是纸烧掉的气味。”

他自若地说：“昨天有只青鸟飞进来撞倒蜡烛，起火了。”

甄意顿觉惋惜：“那里面有好多书的。”

言格想着她的脚伤，扶着她往下走：“没事，都是练字的字帖。”

“哦。”她还是遗憾，“即使是练习，留着也是记录啊。”

再次回到言格的卧室，

甄意扑到床上，在被子里枕头上言格的气味里打滚。言格端着一碗清粥进来，就见她在被子里动来动去。灯光朦胧撒在她身上，像遥远的梦境。

如果可以，他真希望她一直像此刻这样，快乐无忧，永远不要知道那些黑暗与悲伤。

刚才去清理塔楼上的废墟，母亲说她生病了，和她在一起会很累。他不觉得。

当年，她喜欢上一个冷漠封闭的人四年，累吗？

过去，世界都说喜欢他很累，她说没关系；现在，世界都说照顾她很累，他也说没关系。既然都有缺陷，就一起永不分开吧。

她察觉到他进门，立刻坐起身："言格，为什么我不记得淮如的事了？"

言格示意她过来喝粥："她坠楼死了，你受刺激情绪失控，我只好先把你带回来。"

"是你在照顾我？"她探头问。

"嗯？"

"你憔悴了好多，像没有睡好。"她微拧眉心，语带担忧。

"没，你一直在睡觉，不需要照顾。我是因为工作忙两头来回跑。"他揉揉眉心。

她见他手腕处有伤，拉过来一看，好长一条口子，心疼道："怎么回事？"

"医院有病人失控，不严重。"他轻描淡写地说，其实是她伤的。

她忧心："你的工作好危险。"

他抚一下她的头："没你的危险。淮如都找你复仇了。"

甄意叹气："我不记得当时的事，真相是什么？"

给她催眠的时候，他试着探索过。可甄意不记得，那部分记忆可能在甄心那里。他转身，从抽屉里拿出一份报纸给她。甄意接过来一看，她成了嫌疑人，目前潜逃？

言格目光落在草地上："真相只有你知道，你受了刺激想不起来。之前情绪激动，我只好让你在这里休息，等你准备好。"

"等我调整好状态？言格，我现在就准备好了。"她语气坚定，"不知道是什么刺激让我忘了，可我一定不会杀人。我不要做嫌疑人，要去弄清楚。"

"明天我陪你。"

她接过他手中的粥，慢慢吃着，问："言格，我觉得我是不是老年痴呆了？"

"怎么说？"

"总有事情想不起来。难道我精神脆弱一受刺激就忘？在表姐家，法庭后见戚勉，林警官死时，淮如死时都是这样。记忆好零碎。"

他没回答。

"能不能用催眠帮我想起当时的事来？"

他抿了一口茶，说："去警署了解情况再说。看看警方的意见。"

如果真的到了需要唤醒记忆的地步，就把所有记忆一起唤醒。虽然会再一次刺激和伤害，但有他陪着，还有他刻在她记忆里的缓冲带，她一定可以渡过精神危机。

"好。"她点点头。因为下定决心而心情放松下来。

她吃完粥，言格问："想看星星吗？"

"诶？"

他抬手关了灯。卧室陷入黑暗，中央却出现一大束白蒙蒙的月光。

甄意惊讶，原来草地上的屋顶嵌着一块大玻璃。可以看见山中璀璨的星空。

白月光如同一帘圆形的纱帐，甄意走进月光里仰望，上头的夜空……

"好美啊！"她躺在月光纱帘绿草床上，挪一下，"你快过来呀！"

言格躺在她身边，一起看星空。

这样的场景，他想过很多次。每个有星光的晚上，都会怀念。今天算得偿夙愿。

"好漂亮，这样的星空一辈子也看不厌。"她内心期待而期许。在好多地方看过星星，却从没在卧室里的草地上看过。

四周一片黑暗，只有这一束月光。星空在她眼中不再浩瀚辽阔，而是有边有际的圆形，像黑暗中一盘闪闪发亮的碎钻。

如果下了雨，看雨水铺天盖地砸下来，也会美得惊心动魄吧。

秋夜的星空灿烂静谧。她记得言格教他认识星座时，她费力地仰望，委屈而苦恼，说鬼画符的点点怎么会是星座？双鱼座哪里像鱼，大熊座也分明不像大熊嘛。

眼前是美丽的夜色，心里是过往的回忆，她唇角含笑："言格，我想住在你这里。"

他轻轻屏住呼吸。她望着天空，漂亮的眼睛里盛满星光，幸福地憧憬，"如果你的床换成大红色，一定很好看。红被红床红纱帘。"

言格的眸子里星光涤荡，睫毛一垂，遮了过去。星光下白皙清秀的脸颊上浮起极淡的红。

嗯，会很美。如果甄意睡在里面，会更美。

她抿着唇笑，隔一会儿又重复："言格，我想住在你这里。"

"真的？"

"当然是真的。"她扭头看他，两人之间刚好隔着一株蒲公英，白绒绒的羽毛，近距离放大，像一团烟雾。

他也扭头看她。月下他清黑的眼睛比蒲公英的梦境还要美好，问："住一辈子呢？"

"我说的就是一辈子。"

她瘪瘪嘴："一辈子算什么呢？言格，如果你能活一万岁，我也会喜欢你一万年。"她眸光闪闪，咧嘴一笑，忽的用力一吹。蒲公英种子如礼花般绽开，四处飞舞。

他微微眯上眼睛，躲避着蒲公英扭过头去，不经意间，唇角极轻地弯了一下。

"言格，你笑啦！"她惊奇地坐起身，眼睛里含着不可置信的愣愣的喜悦。

他躺在草地上，拿手背遮住眼睛，手心落了一粒蒲公英种子。

他是笑了。听她这样夸张的语气，他又不可抑地弯了弯唇角，很浅，却如和风霁雨，月朗星稀。

她再度痴迷，身随心动地扑去他身上，吻住他的唇。

言格，是谁说，如果想让你爱上我，就让你笑吧。所以，我做了好多事情想让你开心，让你笑。

可你一笑啊，明明就是我又爱上了你。

次日早上，言格把甄意送到警署。

司瑰一见甄意，立刻上前问她的近况，见她好好的，也就安心了，又压低声音："你是自我防卫对不对？"

甄意歉疚道："我并不记得。"

言格递给司瑰一份文件夹："这是甄意案发当天的伤情鉴定。"

那天带甄意回深城前，言格早做准备请医生做了鉴定，并刻意略过她在街上和精神病院里受的伤。司瑰翻开看一眼，勒痕、割伤、瘀青、内伤……她走去季阳和陈队身边，低声说："足够让甄意判定淮如想杀她，符合合法杀人。"

季阳不予置评，问言格："你知道甄意和淮如之死有牵连，为什么不及时带她来警署？"

言格平静道："她是我的病人，受刺激短暂失忆且情绪激动。如果带来警署审问，会加剧对她精神的刺激。"

季阳一张扑克脸，看不出究竟是信还是不信。

进去审问室前，言格拉住她的手腕。她疑惑地回头看他："怎么了？"

"没事。"言格说，大拇指却习惯性地轻轻摩挲她的手背。

警司们都看着呢，甄意心弦微颤。

他眸光清澈："甄意，不要怕。"她好笑，刚要说我哪里会怕，却听他话未完，"我在这里。"

她心里咚地一下，热乎起来，遂软了声音，柔柔地撒娇："知道啦。"又俯身凑近他耳边，软乎乎地说，"言格，你现在越来越像一个男朋友了呢！"

言格稍愣，脸微红地抿了抿唇，松开她的手。

甄意进了审问室，所有问题都一五一十地回答，想不起来的则说不记得。季阳说甄意的公寓没有强行闯入的痕迹，对此甄意觉得不解。

言格给她请了律师，所以季阳无法问太多的问题。出门时撞见杨姿从另一间审讯室出来，甄意想起季阳的问题，走上去问："你是不是私自配了我家的钥匙？"

杨姿冤枉道："你家钥匙我见都没见过。"

甄意扯扯嘴角，有段时间杨姿工作忙赶不上地铁，晚上住她家。她特意给过她钥匙。她知道无法理论，转身离开，却见到杨姿身后的卞谦。他已经来警署工作。

卞谦看甄意气得脸红，大致知道杨姿的案子，安慰："算了，她是犯幻想，别和她生气。"

甄意听说杨姿天天来警署闹，说她真和男人发生了关系，说警察包庇言格，警署上下都知道。她更难受，道："你也不给她辅导辅导，劝劝她，让她别这样了。"

卞谦叹气："我正在试，不过她很固执。"

甄意和他说了几句，便和言格一起离开。下楼梯时又遇到淮生。

甄意刚奇怪，又想到淮如死后法医会给她做尸检。

淮如从她家阳台摔下去。她不知该不该打招呼。可淮生看见了她，走过来，眼睛红红的，脸色也憔悴："甄意。"

"淮生，节哀。"

"甄意，我知道你不会杀我姐姐。对不起，我姐姐又给你添麻烦。"他眼里浮起泪雾，"可姐姐也很辛苦。对不起，请你原谅。"

"是我没处理好，没救到你姐姐，也请你原谅。"

淮生拿袖子蹭眼泪，捂着眼睛哽咽："她一人在外面逃亡太可怜。终身监禁也会被监狱的人欺辱，现在……她死的时候应该没有长久的痛苦。"

甄意看见淮生的手，惊问："你手上怎会那么多伤？"

淮生拉上袖子，愈发悲哀："姐姐不在，自己做饭总会被烫伤。"

言格微微皱眉。烫伤？不止，还有隐约抽打或勒到的伤痕，密集而繁多。

回深城的路上，甄意睡在后座，头枕在言格腿上。

"这两天都在睡觉，怎么还是那么困？"她闭着眼，精神不太振奋。

言格低头抚摸她的脸，手指与脸颊间的温度细腻而柔软。他懂她，她喜欢肌肤间亲密的接触，他抚摸几下，她心里不耐的情绪便消弭下去，变得安宁。

"甄意？"

"嗯？"

"因为杨姿而心里难受？"

甄意不搭话，扭过身子委屈地抱住他的腰身："嗯。"想在他面前装没事，却还是被他一眼洞悉。

她的脑袋紧紧埋进他的腰腹。他稍顿一下，继续抚摸她的头发："不要难过。"

"唔。"此刻，他手指在她发间抚弄的感觉私密而宁神。他一安慰，她就治愈了，唇角忍不住绽出大大的笑颜。

他笔直地坐着，不知是不是因为外边的太阳，白皙的脸上有一丝微红："甄意。"

"嗯？"

"你的脸……压在那里了……"

"……"她一动不动，紧紧搂着，"我知道啊。"

甄意原本打算留在K城，可言格邀去他家，便再次回了深城。

细草铺毡，繁花糁径。木舍三楹，花木四合。

一下午，甄意裹着毛毯躺在楼阁外露台的摇椅里，琵琶树下，偶尔合眼睡觉，偶尔睁眼望天。风很大，能吹动她的摇椅，晃来晃去。神思都变得散漫。

气象预报说，罕见的秋冬风暴要登陆K城。森林落木萧萧无边，大有山雨欲来风满楼之感。如此自然大势的时刻，就该待在最亲近自然的地方。

言格在屋内写字，偶尔看她睡着，再拿一条毛毯给她加上；偶尔看她醒着，端一杯热茶给她；常常……只是走到门口看她一眼，看她在风里发丝狂乱睡颜却安静，看她还在，又拔脚返回。来回数次，甚至可以站在门边看她几十分钟，无只言片语，唯有眸光深深。

夜里吃过晚饭，言格要去塔楼的书房找资料。甄意洗完澡，裹了他的浴袍，跟他一起。

到了晚上，山风更大，在楼外盘旋呼啸，塔顶四角的驱邪铃叮咚作响，和着风声，像交响曲。

灯光柔和，烛火温暖，外边风大，这里却是最温柔的避风港。言格身姿挺拔，在一壁的书架前找书，甄意则悠闲地背着手，踱着步子四下张望。

他书房很多，卧室一个楼下一个，塔楼里还有两个。三楼貌似着了火，二楼安然无恙。

这个书房专放古籍。书页的泛黄程度已不可用岁月来形容，只怕得说历史。草纸，牛皮纸，卷轴，木简，甲骨，铭文……哪一本拿出去都是价值连城。

甄意满心敬畏，望着经过现代技术修复保养的书籍，不敢轻易触碰。好不容易瞅到一排只有指头般粗细的皮质卷书，拿出一个来小心翼翼地打开。又轻又薄，手感细腻清凉。呃，鬼画符一样，看不懂。

“这是什么？”她问。

言格回头看一眼：“《大般涅槃经》。”半晌，道，“那是人皮书。”

人皮？甄意双手捧着把它放回去，在心里说了几句安慰的话。走几步，又见一排竹简卷轴，锦巾上书“言氏家训”。

甄意来了兴趣，拿起“治身”一卷，打开看：“……礼云：傲不可长，欲不可纵，志不可满，乐不可极。宙宇可臻其极，情性不知其穷……”干枯的竹片，风干的墨迹。

捧它在手心，仿佛看到钟鸣之家上千年的礼风遗存。

她愈发小心谨慎地把它收好，轻手轻脚放回去。这一屋子的古籍对她来说，太过深奥。她又踱步到言格的书桌前，见桌上一本清代的《聊斋志异》。

有经常翻看的痕迹，还有他隽永的笔记注解。

甄意想笑。这家伙平日里清雅正派，私下也爱看书生与狐仙鬼妖的情爱。想他正经着脸看书中男女卿卿我我，她忍不住笑出声。

屋外风声呼啸，屋内却静谧，她这一声笑真像玉珠子落在地上。

言格回头见她捧着聊斋痴笑，看她半晌，唇角竟细微上扬，又回过头去。

她翻看着书中笔记，问：“言格，你最喜欢哪篇？”

他早料到她会问这话，眸光渐深，答：“《婴宁》。”

“《婴宁》？”甄意翻到那一页，快速浏览，渐渐看到他画线的地方，不禁念出声，“……然笑处嫣然，狂而不损其媚，人皆乐之……孜孜憨笑，似全无心肝。”

她从书里抬眸：“诶？她这么爱笑？”

言格转过身来，手落进兜里，背靠在书架上，隔了一室的盈盈烛火望她。

其实，他意有所指：“嗯，她挺爱笑的。”

甄意却不知：“我听说聊斋里最爱笑笑声最好听的就是婴宁。之前没机会看，现在……唔，还真可爱。”

“嗯，是很可爱。”

甄意低着头，丝毫不知言格正凝视着她，安心看书。

时间安静如流水，如他真挚的目光。

过了好一会儿，她道：“古人写书夸张了，什么‘注目不移，竟忘顾忌’？又说什么几日不见，便……”她抬头，娇俏地质问：

“你会对一个爱笑的女子‘神魂丧失，恹恹而行’？”

他凝眸半刻，温声缓缓说：“行不成。不语亦不食，肌革锐减。”

书中原话，可在他清润无声的眼眸里，听他淡然平缓地说出这番话，甄意竟瞬间有种沦陷之感。

不知为何，她感念至深。

只不过，她已不记得，此刻三楼的灰烬里，是他八年的“今天甄意没有回来”。

她也不知道，他何止是“神魂丧失”，何止是“行不成。不语亦不食，肌革锐减”。

甄意低下头去继续看书，看着看着，扑哧笑出声：

“这婴宁好可爱，书生拿着她干枯的花枝去见她，以示初见后思念至今，没想婴宁说，这小东西有什么值得珍藏，你要喜欢，‘当唤老奴来，折一巨捆负送之’。哈哈，太可爱了。”

言格眼中亦浮起淡淡的笑意，说：“我非爱花，爱拈花之人耳。”

听他说书生的话，甄意歪着头笑，顺着书中婴宁的话回应：“葭莩之情，爱何待言。”

言格却沉默了。

书房里一篇静谧。

甄意见他不和自己对话了，抬头看他，灯光下他的眼眸深邃，情深似海。

他缓缓道：“我所谓爱，非瓜葛之爱，乃夫妻之爱。”

甄意心一磕，咚咚直跳，莫名觉得他不是在背书，也不是在配合她玩闹，而是在……表白？

她声音轻了下来，看一眼书，问：“有以异乎？”

“夜共枕席耳。”

甄意心跳全乱，篇章后面那句“我不惯与生人睡”却是说不出口的。

不知为何，在他此刻笔直而柔软的目光里，她竟脸红心热了，垂下头，轻轻讲：

“言格你不是生人。”

狂风细雨的夜里，屋内一室暖昧。

甄意心绪颠簸不宁，再也无心思细看，翻到后一页，看见一个名字。

言婴宁。

是言格的字迹，却看得出是多年前所写，笔迹还很稚嫩，应该在中学时代。

“言婴宁？”她疑惑抬头，“这是谁？”

“我们女儿的名字。”

甄意心内一震，茫然地睁大眼睛：“怎么突然说这么不像你的话？”

“甄意，”他轻轻道，“我在向你求婚。”

风雨飘摇的夜里，古老的书房中灯光温暖朦胧。甄意捧着三百多年前的《聊斋志异》，怔怔立在原地。她全然没料到言格会向她求婚，更没料到他这样的心思其实藏了九年。

九年前，他在泛黄的古籍书页上写下青涩的“言婴宁”。终有一天，他要带着喜欢的女孩儿来他家里，给她讲他在三百多年前的书里发现了和她一样纯真爱笑的女孩。

于是，他给他们的孩子想好了名字。然后，用一个名字向她求婚。

此刻，长大后的少年就站在她面前，眉目如画，因紧张和害羞，脸颊微红。

甄意眼睛湿了："我以为会是我向你求婚。"

他目色隽永，缓缓道："这世上，我只喜欢两样东西，星空和甄意。一样因为你，一样就是你。"

她的眼泪吧嗒吧嗒砸下来，脑子里竟空空荡荡，什么也不能想。

他等了片刻，见她只是流泪，问："甄意，你答不答应？"

"当然答应！"她扑过去搂住他的脖子，激动得发抖，"我只是太意外，怎么会这么突然？你吓了我一跳。"

他迁就地弯下腰身，搂住她，诚实地回答："也没什么可犹豫的。"朴实无华的一句话叫她泪崩。她又哭又笑。十三年了，终于走到一起。所有的一切到这一刻，都值得了。

她心中幸福满溢，踢掉鞋子，赤脚踩着他的脚，在袅袅的风里拥着他旋转起来。

"言格，你以为夫妻之爱是什么？"

他缓缓道："我以为夫妻之爱，便是信你，敬你，守你，护你。"

她心里又是温暖。

"我所谓爱，非瓜葛之爱，乃夫妻之爱。夫妻之爱，夜共枕席耳。"轻吟几遍，心中便起了涟漪。她扬起头，黑湛湛的眼里盛着烛光盈辉，望住他，柔柔又缓缓："言格？"

"嗯？"

"我想要……夫妻之爱。"

他身体绷了一下，是紧张的。半晌，轻声应允："好。"

他绕去自己的腰身后，执起她的手，她轻轻一挣，歪头靠在他肩窝，喃喃地说："言格，我喜欢这里。"像《赎罪》一样，在图书室。

他稍愣，她已松开他，解了浴袍上的腰带，白色的袍子滑落脚边。她只着一件衬衫，洗完澡了从他衣柜里偷来的，露出修长匀称的腿。

衣衫半解，肤若凝脂。

她轻轻咬唇，眼眸盈盈看着他，踮起脚尖，软糯地说："言格，我想在这里。"

他沉住颠簸的心跳，眼眸不经意深了一度："好。"

窗外电闪雷鸣，暴雨如注。

他与她十指交握，紧摁在书架上。

……

对甄意来说，这一夜并不安宁，这一夜分外安宁。

楼外，风暴来临，狂风骤雨，树叶哗哗作响，雨水拍打窗栏。

一夜喧嚣。可他的亲吻爱抚，他的怀抱心跳，那样温柔真实。

两人挤在小小的美人榻上，一件浴袍和一张毯子裹住，堪堪遮住她光裸的小腿，白嫩的脚丫全露在外边，冰冰凉地挨着他的腿。

“甄意。”他再度把浴袍和毯子往她那边拉。

“嗯？”她懒散地吱吱，眼睛都不睁，贪恋他胸膛紧实的肌肤和炙热的温度。

“我抱你下楼，回卧室去睡，好不好？”

“不好。”她娇哼一声，更紧地箍住他的腰身，凉凉的脚掌贴住他的腿，好热乎。

他顺势压住她的脚，尽量给她温暖。

“我不想动。”她喃喃的。此刻听耳边他均匀有力的心跳，她一点儿不想被打扰。

他贴住她微凉的脸颊，轻声说：“可我担心你会着凉。”

“这么暖怎么会着凉？”她梦呓。

次日，天空短暂放晴。淡淡的一抹蓝掺着微白的天光，看上去格外高远。

雨后的山里全是清新的树叶味和泥土香，园林如水洗过，轻描淡写，似江南烟雨图。青石板湿润却无积水，甄意踩在上边，被言格牵着手，穿行在雨后的雾霭里。

他们刚从言父言母那边回来，已经见过家里的其他家长和长辈。

言格说，婚礼要在明年的九月十日。到那一天，他们就认识十三年了。

经过一棵木槿花树的庭院门口，言格停下，问：“要不要去看看言栩？”如今她已是他的未婚妻，身份大不同。

走进庭院，绕过屏风，几只小鸟在雨后的草地上蹦蹦跳跳，啄食雨打下来的树种。

露台上，言栩坐在轮椅里，安静地合着眼，微风轻拂他额前的碎发。

安瑶坐在栏杆边，捧一本书给他读诗：“……沾衣欲湿杏花雨，吹面不寒杨柳风……”

念到一半，抬手掖了掖他腿上的毛毯，怕他的腿冷着。言栩缓缓睁开眼睛，静静瞧她。

一只小鸟蹦蹦跶跶，跳到栏杆上，张望着两人。

“言栩，安瑶。”

安瑶许久不见甄意，也开心。两人寒暄几句，甄意扭头，见言栩又自顾自玩起五层的魔方，像机器人一样瞬间全色。

她好奇，凑过去：“言栩，你可不可以教我？”

她耐心等了很多秒，他才抬起眼眸，说：“我在想一个数字，猜对了我就教你。”

“就这样猜？”甄意纳闷。

“嗯……”

“……”

又过十秒，言栩想了想，好心给点儿提示：“我想的数字在 2 和 4 之间。”

甄意立刻道：“3！”

“真遗憾。”言栩低下头去了，“我想的是 2.8284271247462……”他在甄意惊愕的目光里说了几十位数后，道，“嗯，也就是根号 8。”

“……”甄意抬头望住言格，你弟弟这么萌贱，你真的不知道吗？

回 K 城的路上，甄意头枕言格，仰躺在后座上，心情不错地哼着歌儿。看她无忧，言格的心便是宁逸。

过关后，他提议：“我陪你回家收拾东西。”

“咦？”她仰头，手伸过来，抓抓他的脸颊，“做什么？”

“搬去我公寓，离你工作室也近。”

“可以吗？”她一下坐起身。求婚做爱同居都是他主动，她真不太习惯。

他清浅道：“我们本该一起生活。”

“好呀。”她歪头靠在他肩膀，“我也不想住在案发现场了。”

一想到早上醒来看见血镜子，还被人拿项圈箍住脖子，她就瘆得慌。她心里期许过和他一起住，但顾忌着他的生活习惯，怕他不舒服。可这样的相处模式要被打破了。他越来越努力地进入男朋友和未婚夫的角色。

以后，她应该学会心安理得地享受他的好。

言格的复式楼面朝大海，环境清幽，家居风格也不像言家那般古朴，而是简约的现代风。

唯一相同的是一张大大的圆形的床，深蓝色。甄意搬来后，把它换成了大红色，说是红色能够提高性爱的愉悦度。

言格不置可否，任由她去。

等到夜里看见她光溜溜的一条小白鱼，在红色的大床上翻滚时，那样的视觉冲击。

他想，嗯，真是这样。

和言格同居的日子，甄意过得太滋润。吃饭规律了，作息时间规律了，爱爱时间也规律了。出去吃饭，司瑰都能一眼看出不对劲：

“甄意，吃到肉了？”司瑰夹着生鱼片蘸芥末。

“肉？我一直在吃啊。”

“我说你和言格！”司瑰啧啧两声，“你现在这面带桃花的样子，看着就像得了男人精魂的妖精。”

甄意呲她：“和卞谦一起后，你用词越来越奇葩。对了，你和他进展怎样？”

“上星期他带我去他家了。没想到他家那么有钱。压力好大。”

甄意“唔”一声，心想她应该知道卞谦的身世了。

果然，司瑰叹了口气：“他身世挺坎坷。小时候，他爸被合伙人诬陷强奸，警署草草办案，他爸破产进了监狱，他妈卷钱和人跑了。他和他哥相依为命，没人照顾，哥哥染病死了。厉害的是他爸出狱后东山再起。只可惜年初发现肝癌，撑不了几个月。医生说监狱生活给他留下了病灶。”司瑰惋惜，“他爸爸是一个非常乐观正派的人。”

“所以卞谦他也这样。”甄意说。

“这种事我只在办案时见到，现在身边人遭遇这种不公。真心疼。”

“这样的事好多。我学长，哦，尹检控官，他的经历也挺……哎，凄惨的事总是大街小巷地发生。”

“凄惨，你一说我想到前段时间你推荐我看淮生的小说，给他付费。我看了。连环恐怖故事，里边配角一个比一个惨，写得挺好。还好我是警察，不然得吓死。”

甄意咬一口寿司，翻开手机：“我全买了，还号召认识的人都去支持。但时间少，只断断续续看了点，是讲女记者的那篇吗？”

“嗯。就是那篇，哦对了，淮如的案子进展如何？”

“我律师目前还没接到警署消息，应该没问题。不过杨姿坚持说有人迷奸她。她是被催眠得太厉害，还是说嫌疑人不是淮如？或者有多个犯罪者？”甄意揉揉脑袋，“那天我被凶手打晕前，看见有只手，记不得了。”

“卞谦也说杨姿很执着。”司瑰说着，手机响了，警署有事，她结了账先离开。

甄意边吃东西边看小说。平日里不看，这次竟被几章吸引，一发不可收拾。

文章不长，讲一个女记者调查揭露社会不公，可她遇到的当事人先后在公共洗手间上吊自杀。她不信，探寻真相。可渐渐和她一起探案的警察开始怀疑她。

甄意看得入迷，吃完饭去洗手也拿着手机看。

正好看到女记者去找她的调查对象，走进洗手间看见“……她吊在顶上，风吹着头发在飘。镜子里她睁着眼睛，惊悚……”

甄意放下手机，一抬眸看见洗手台对面镜子上一行红字，吓得魂飞魄散。

镜子里，她正后方的隔间里吊着一个人头！披头散发湿淋淋的！

“啊！”甄意尖叫转身，视线一闪，却是拖把。

洗手间门推开，两个女孩走进来，被她的尖叫声吓一跳：“怎么了？”

“没事。”甄意赶紧摆摆手，“看错了，被拖把吓到。”

女孩抬头看，也说：“谁把拖把放那么高，吓死人了。”

甄意出去，女孩好心提醒：“如果去停车场，走楼梯哦，电梯好像坏掉了。”

“谢谢。”

甄意走楼梯下去，给姐姐打电话。和这段时间一样，还是没人接。

奇怪。她皱了眉，姐姐总是不接电话，不会出了什么事吧？

她出了楼梯间去找自己的车，滑一下手机，关了那个接不通的电话。没想小说页面再次浮现，手指带动滑过好几张。

“……她走在空旷的停车场里，四周幽深晦暗，绿色的紧急出口灯像鬼的眼睛。她走几步，发觉周围安静得出奇，只有她咚咚的高跟鞋声音在无人的停车场里回荡……”

甄意头皮发麻，缓了脚步，萦绕在身边的高跟鞋响声也消隐下去。她四处看看，没有人，只有无数黑洞洞的车子和车窗。她心跳紊乱，加快脚步。

手机屏幕上“……她惊恐万分，奋力奔跑，可身后突然有人抓住她的肩膀……”

甄意摁了钥匙，车滴滴叫着闪了闪。她刚要拉车门，猛然感觉身后有脚步声，后视镜里一只手伸过来。她狠狠一惊，怵然回身。

对面的人吓一跳：“怎么了，甄意？”是淮生。

甄意的心和脱了缰一样狂乱，又缓缓平息：“你怎么在这里？”

“我编辑约我吃饭。你要去哪里？”

“仁辅大厦。”

“刚好顺路，可以搭顺风车吗？”

“好啊。”

她开车在停车场找出口，说起他的小说：“淮生，你写得太逼真了，我吓到好几次。”

“不会写别的，就会恐怖故事。”他笑。

走过减速带，车身晃了一下，车钥匙上的钥匙扣叮当作响。甄意垂眸看一眼晃荡的钥匙扣，脑子里有什么闪了一下。

她细细想着，拿起手机发短信：“言格，我好像看见有只手从杨姿的身下拿出……钢环。”

某种增强摩擦的环。天，难道真的还有一个人？

“什么环？”淮生看她的手机，伸手到她面前，“是这种环吗？”他白皙的手心躺着一枚钢制的圆环，在流水般滑过的灯光里，泛着冷冷的银光。

厉佑这些天过得更不自由。言格剥夺了他的放风时间，不准他出病房。他每天关在十几平方米的禁闭室，没有电视书籍，纸笔都没有。

他不是精神病人，无法像其他病人自说自话打发时间。但在某种程度上，他的心可以像言格那样宁静。禁闭半个多月，厉佑的精神状态一如从前。

“我知道你会来找我。”还是那种一切尽在掌握的语气。

言格无声看他半晌，道：“说说看。”

“甄小姐出事了。”厉佑微笑，颇有看热闹的架势，“你以为把我关起来，不让我和任何人交流就可以阻止我的思想。错。当初抓我的特工都信了，你却冥顽不灵。我的确可以控制一部分人的想法。外面的那个人就在我的控制下。”

言格眼里闪过极淡的质疑：“你控制他做了什么？”

“你以为我说甄小姐出事是胡乱猜测的？”

“当然是猜的。”言格眯眼望一下窗外的阳光，看似漫不经心，“你很清楚我来见你是因为她。别人的事，我并不关心。”

“你这样较真的性格，真是无趣。”他大发慈悲似的叹气，悠闲道，“她知道了当年发生在你身上的事，受刺激疯了，失控杀了人。你只能催眠消除她的记忆。你怕甄心出来，所以两人关系中，你变得主动，应该……”他眯眼打量阳光下言格白皙清俊的脸庞，“求婚了。”

全中。

言格心中有数，却没评价，先问：“当年的事是谁告诉淮如的？”

“我的‘电话人’。用我的精神控制他给甄意淮如打电话，再简单不过。”

“你说的‘他’是谁？”

“随意。今天选一个，明天选另一个。每个都表现很好，能按照我的要求把实验品，包括甄小姐的信息及时反馈给我，让我可以计划下一步实验。”

言格没有反驳。

催眠，有可能。可厉佑被囚禁几年，不接触外人地用脑电波催眠？言格不信他的鬼话。

“电话人”把甄意的情况弄得那么清楚，看似因为电话倾诉。可言格不这么认为。甄意会找人说难过的事，却决不会透露案件。

且他一次次给她反催眠，她不会被其他人催眠。电话只是个幌子，打着远程控制甄意的幌子，可事实上，获取甄意信息的方式并非电话。“电话人”是甄意生活中认识的人，是厉佑在外边的同谋。不止是同谋。

言格按着厉佑的话往下说：“为什么让淮如刺激甄意？”

“淮如是个优秀的实验品。懂药，懂浅显的催眠术，能自主逃脱，还设计漂亮的连环案栽赃尹铎，她表现很好。最后还让甄意杀了她。让实验进入下个阶段。”

“不，甄意不会杀人。”言格执着地替她维护着底线，“如果淮如去杀甄意，以她做事的残忍手段，在甄意醒来前就会把她制服，不可能给她反击机会。即使陷害甄意，淮如也不会跳楼。淮生活着，她就不舍得死。且这样的死法容易判为合理杀人，以甄意的能力，打赢官司小菜一碟。

“淮如很聪明，她不会做这种蠢事。所以，她要么被催眠，要么受人要挟。我倾向前者。因为，淮如没想杀甄意，她逃出去也不是为了复仇。”

厉佑脸色不变。

“我看过她的尸检报告，有多处侵……”他后面的话没有说出来，这一刻，觉得同情，“淮如逃出去是为了赚钱给弟弟，用一个女人最卑微最不见天日的赚钱方式。”

他再度沉默，忽然想，如果甄意知道，一定又会心酸。

“是你们不放过她，要榨干她最后的一点利用价值。”

“什么利用价值？”

“掩饰真正的凶手。”言格抬眸，眸光冷冽，“你们做这些栽赃的不仅是甄意，更是淮如。她并不是催眠郑颖自杀的幕后凶手。你想掩饰你的同谋。”

话落，空荡荡的小厅里静谧无声。

秋天中午的太阳和煦而不刺眼，淡金色的，笼罩住两人白色的身影。

厉佑的手指没动了，他的脸逆着光，眼眸看不太清：“我没有同谋。我随机控制着外面的人。”

言格轻点一下头：“谢谢。”

厉佑不解地眯眼。

“谢谢你刚才说起这个案子的脉络和梗概，全对。”

“什么？”

“这说明他是一个很克制，能严格执行计划的人。”

厉佑一怔，微微敛瞳，知道自己再次被他套了话。

“厉佑，我对你的精神空间理论和思维共振理论很感兴趣，也知道那是 MSP 成员想研究探索的终极目标。但我不认为目前你们达到了那个高度。是。每段时间，你都清楚地知道外面发生了什么，以此向我证明你的理论已经实践。你预感的事情太准确，当初抓你的医生和特工都开始动摇，怀疑是通灵，是非自然。可是……”阳光洒在他浓密乌黑的睫毛上，在眼底投下幽深的暗影，“我认为最合理的解释是，外面那个人严格地执行着你们一开始就计划好的实验。他的执行力和控制力非常强。表演力和掩饰能力也不一般。上一代科学家引发的这场实验到你们这一代，开始加强效果，处理失败实验品。外面那个人应该和你年龄相仿，三十岁左右。”

厉佑哼笑一声：“你认为我只是……”

“依附。”言格不客气地打断，给他羞辱，“你是附属品，外面的才是主导。你只是配合着让整件事件看上去更离奇。”

厉佑脸上染了阴霾。

“几年前特工把你囚禁时，你开始鼓吹这番理论。一来你坚信这是 MSP 的终极目标，二来，你在给外面的队员做掩护。你成功预测所有实验品的死亡，可这不是预测，而是事先就计划好的。队员间的信任和托付如此强？还是，你们之间有特殊的纽带。亲属？兄弟？”

阳光灿灿。

厉佑看着言格白皙得要融化阳光里的脸，不置可否地一笑：“你找不到。”

“不。他开始失控。”

“你上次也用过这个词。”

“你们的实验是用变故和事件刺激实验品的精神意志，这是 MSP 的本源。但这几次他用到了药物。对许莫郑颖杨姿淮如都用了药。”

厉佑没作声，眉心极其细微地动了一下，被言格看进眼里。

“MSP 的图徽本源是单环蛇，象征正统与权威。一部分组员开始借助药物刺激和改变人的精神，至此分为两个流派。这是创新与挑战，是镜子上双环蛇的意义。厉佑，你掩护的那个队友，背叛你的单环蛇，转向双环。”

厉佑有很长时间没作声，漂亮出众的脸在中午的光线里格外白皙，殷红的唇角浮起一丝笑容：“没有。言格，你想挑拨，未免太小看我。”

言格不动声色。应该有某种牢靠的关系，才能让这一对 boss 间绝不背叛。

孤儿院实验小组里只剩甄意结局未定。这次抓不到外面的 boss，他很可能就会离开去别的地方继续下一个实验。他一路清除实验品的同时，最近开始设计陷害刺激甄意。

下一步是什么？

言格没多言，叫人把厉佑重新关回去。他说：“以后没有再见面的价值。”

“言格，你很清楚，人格分裂患者永远不可能治好。”厉佑一笑，“和她耗一辈子吗？”

言格已拔脚离开，头也不回。

这次，他很清楚“电话人”是甄意的熟人，卞谦、司瑰、尹铎、爷爷、杨姿……哪个和厉佑有至亲关系？

他走出小厅，从口袋里摸出电话，有甄意的未读短信。他先给当年的特工打电话：“我需要厉佑的家庭成员信息，越快越好。”

对方意外：“具体我们也不清楚，MSP 成员的背景难查。”

“其他生平经历，所有和他有关的信息，哪怕只言片语。”

“好，我搜集了联系你。”

言格挂了电话，查看甄意发来的短信：

“言格，杨姿说的应该是真的，我好像看见有人从她身体里拿出几枚钢环，增加摩擦的～呃，你懂的 >_< 见面讲：P”

拨打甄意的手机，没人接。彩铃是快乐的求婚曲，轻快活泼的幸福旋律是她最近的心情：“……don’t say no no no no no, just say yeah yeah yeah yeah yeah……hey baby, i think i wanna marry you……”

但可爱的准新娘没接电话。

他记过时，她接他的电话从来不超过七秒钟。现在已经转语音信箱：“嗨，我是甄意……”

“甄意。”他对着“嘟”声后的信箱唤她的名字，挂了电话，手心微微发凉。

理智告诉他，甄意出现危险的概率很低，可不知为何有种解释不清的不安。

拨另一个号码出去，对方接起电话：“先生。”

“甄小姐呢？”

“在前面的车里。”

“确定？”

“是。”

“嗯。”他刚准备挂电话，对方又说，“车里还有一个男人。”

甄意盯着淮生手中的环，头皮发麻，猛踩刹车。淮生在巨大的惯性下前倾，差点撞上挡风玻璃。

“你干吗？”

甄意手摸进包里找利器：“你怎么有这个东西？”

“我姐姐的啊。”淮生揉着被安全带勒痛的胸口，痛苦地皱眉。

“你这段时间见过淮如？”

“没。我和姐姐在体育馆有个储物箱，一人一把钥匙。姐姐逃出来后，一直没找我。我感觉她一定会去那里，留东西给我。”

这就是为什么警察守了淮生的住处和电话那么久，都毫无头绪。

甄意发动汽车，出了地下车库：“你去储物柜拿过东西？”

“有钱，还有信。钱都是零碎的，拿皮筋捆成一摞摞。”淮生鼻子红了，眼泪在眼眶里打转，“她在外面逃亡，能去哪里赚钱？她在信里只字不提，只说天气冷了，我们淮生要注意饮食啊……”淮生别过头，不让她看见自己的眼泪，“我给她留了信，要她不要管我了我可以赚钱。可她……”

甄意眼睛湿了：“对不起。”

“不关你的事。上星期我在柜子里看见这个环。上面有血还有透明的油。我就知道……”他头埋在手臂里，泣不成声，“就知道姐姐出事了。”

“我猜得到姐姐为什么杀许莫，一定是做了不法的交易，有人要杀她灭口。”淮生用力抹去眼泪，“有人想杀我姐姐，推到你头上。我想和你一起去警署。拿着物证去。”

甄意张口结舌。果然是写恐怖悬疑小说的人，思维缜密，一清二楚。

“甄意，我姐姐以前杀过人，但这次不会是她。她只想出来赚钱给我用，她不敢冒险杀人。我确定。”

甄意望着淮生泪湿的眼，一度无言。她从座位上摸出吓掉的手机，才知不小心碰了静音钮。滑开一看，言格的未接来电。打过去，那边接起。

“甄意？”声音很沉，稍稍探寻。

“诶？有事？”

“你现在哪里？”

“车上啊。”甄意奇怪，他很少这么问，又道，“我和淮生一起去警署。”

“好。”他平平淡淡的，“我刚好要过去。”隔几秒，他轻声说，“在那儿等我。”

“唔。”甄意收了手机，不知为何，被他最后清沉的一句叮嘱弄得心咚咚跳。

言格到警署时，甄意坐在走廊里，垂着头，脸色不太好。他去她身边坐下：“怎么了？”

她抬起头，下巴朝审讯室扬了扬：“淮生在接受审问。”

她把来的路上和淮生的对话都告诉他，叹气：“他本来想帮我和他姐，结果陈队和季队怀疑他是淮如的同伙。只怕所有的凄惨往事和苦难史都要被挖出来。”

言格见她无奈又不悦，没多说什么，只手覆过去握住她的手。

她顿觉温暖，歪头靠去他的肩膀，小声道：“言格，我知道了。”

“知道什么？”

“你派人跟着我。”

他稍稍一愣，脸微红了，窘迫道：“抱歉。我不是想监视你……”

“你好贴心。”她抬起头，红唇轻触他的耳垂，柔声一句情话叫他剩下的话凝滞在嘴边。

“言格……”她亲昵地缠住他的手臂，声音温柔乖巧，带着满满的幸福，“你担心我的安全对不对？好sweet……”

她吻一下他的耳朵：“所以下停车场，在车上看见淮生手里的环时，我虽然担心，但没多害怕。因为我知道呀，如果有什么事，我未婚夫的人一定会冲出来救我。哼！”

一番话里毫不掩饰的幸福和骄傲让言格的脸愈发红了。他不说话，更紧地握住她的手。

又说：“我也不认为郑颖和杨姿的案子是淮如做的。”

“是吗？”

“嗯。”他把今天见厉佑的事情和她说了。

甄意纳闷：“凶手想杀死淮如，陷害我？”

“是。”

“为什么？我又不是他们的实验品。”

言格稍愣，道：“或许担心你知道太多。”

“哦。刚才你在电话里说正好要来警署。是发现了疑点？”

“疑点太多。凶手留杨姿活命的理由。凶手怎么不乘电梯把杨姿弄上高楼。还有最重要的，同样催眠自杀，前面都是跳楼，为什么到郑颖这里改变作案模式，换成羞辱讽刺式的性窒息？”

“讽刺？”甄意奇怪。

“把郑颖打扮得那么漂亮并非对她的尊重，而是讽刺。”

“为什么？”

“她的打扮是百老汇前段时间很流行的闹剧表演形式。”

“闹剧？……凶手为什么羞辱郑颖？”甄意觉得矛盾，“你和厉佑说，凶手改变了信仰，才转变作案模式。”

“那是我故意试探厉佑。想测试一下他对外面这个主导者的信任程度。单环蛇标志是MSP的传统和本源，坚持这一派的成员有天生的优越感，让一个始终坚持传统自然实验方法的成员改变信仰，遵从双环蛇那一派的药物刺激，不容易。这也解释了为什么他会把神圣的双环蛇图徽随意地画在镜子上。”

甄意眼睛亮亮的：“你的意思是凶手在郑颖身上掺入个人仇恨？”

“对。郑颖不是MSP的实验品，凶手杀她是私人泄愤。用以往的催眠跳楼不解恨。”

甄意惊叹：“那boss很聪明，他想用性窒息羞辱死者。这时我们已经开始关注那几起跳楼案的诡异之处。再次催眠郑颖太引人关注，所以他把郑颖的死和‘卫道者’联系起来。”

言格赞许地点头，“与此同时，他发现卫道者的画像符合尹铎。于是设计一出淮如陷害你和尹铎的戏码，除掉淮如的同时反过来陷害你，拖你下水。”

甄意只觉不可思议：“这人太处心积虑。这么说来，淮如也可怜。难怪那天去害我的时候，她看上去不对劲，眼神一直怪怪的。所以你来警署查郑颖的事？”

“背景和死亡报告。”

她“喔”一声，松开他的肩膀：“现在等什么？”

他不紧不慢道：“等一个电话。”

“电话？”甄意话音未落，审讯室里的人都出来了。

淮生眼睛更红了，脸上全是泪痕。陈队看到甄意和言格，刚准备说什么，旁边有人递电话给他，他接去皱眉听着，目光一直往言格这边瞟。

言格淡定如常。

甄意觉得言格不太可能用家里的关系压人，应该是他把情况反应给当初负责抓厉佑的上级部门。陈队放下电话，对言格道：“你可以跟我来了。”又看向甄意，“你不可以。”

言格回头看甄意一眼，轻轻抚了抚她的手背，并没说什么，走了。

安静而隐蔽的小会议室里只有言格，陈队和季阳三人。

陈队：“大致的情况，上面已经说了，我们会尽量配合。你想知道什么情况？”

“郑颖和杨姿案子的证词，现场细节，尸检报告。”

“我已经叫人准备了。”他看了一眼季阳，后者把厚厚一摞资料推到言格面前。

言格拿起翻开，随口道：“还有郑颖的背景资料，包括她的家庭和父母，越详细越好，最好能够挖出阴暗面。”

对面没人作声。

言格停了半秒：“怎么？”

“郑颖的人生风调雨顺，没大的坎坷。”

言格漫不经心道：“家庭背景很强？”

没回应。

言格翻看着证据：“如果你们搞不清楚轻重缓急，我可以让刚才给你们打电话的国家安全部亲自来调查。”

“可以查，但可能需要很长时间。”

“嗯。”言格不说话了。翻了一会儿，眼瞳渐渐敛起：“郑颖的喉咙里有刀片？”

“是。”

“即使发现了刀片，你们还一度认为这和‘卫道者’案是一人所为？”

“我们无法排除凶手加重了虐待的可能。”

言格直接抬手，示意他不要出声。

郑颖喉咙里的刀片，联系她的服装，只让他想到一件事：舞台剧《枕头人》。他甚至不用等警方对郑颖的结果调查出来就知道凶手和郑颖是什么关系。

陈队和季阳聊起案子，叹气：“受害人又来了，坚称警方包庇……”

言格脑子高速运转，飞快转到杨姿案。资料显示现场没有可疑痕迹，脚印指纹皮屑头发都没有。罪犯怎么做到万无一失？为什么不杀死杨姿？是甄意及时赶到救了杨姿？不，嫌疑人亮了灯吸引甄意上楼，把她打晕。这个行为的目的是什么？

他的心一沉，忽然之间，一切水落石出。

他猛地站起来，脸色微变：“你刚才说什么？”

陈队愣了：“受害人又来警署缠着……”

话音未落，椅子哗啦啦在地上滑动，他风一般卷出去。

甄意揉揉眼睛，有点儿困。她接水龙头里的水拍拍脸。警署的洗手间里安安静静的。

她拿纸巾擦掉脸上的水，一抬眼，杨姿站在镜子里幽幽看着她。她吓一跳：“你走路没声音的。”

“怕什么？我又不会吃了你。”杨姿笑了一下。

甄意想起刚才听警司们议论，说这个受害人疯了，天天来警署说自己被迷奸，要找凶手。

“杨姿，或许你说的是真的。”

“什么真的？”她凉凉地问。

“你被人……”甄意轻咳一声，“我看见有人从你身上拿出了环。我想起来，当时看过那只手。”

“哦，你认得，”镜子里，杨姿勾了勾唇，抬起手对她晃了一下，“是这只手吗？”

“你……”甄意惊怔，视线开始模糊。

言格赶去走廊，掏出手机打电话，耳畔响起甄意俏皮的声音：“甄意，你男人电话，快来接呀——”心猛地一沉，回头看，女卫生间开着门。甄意的包包倒在洗手台上，钥匙手机面巾唇彩散落一地。

他几乎以生平最快的速度冲下去停车场，甄意早不见了踪影。

居然在这儿把人掳走。

他派了守护她的人不会跟进警署。原本最安全的地方反倒成了防守最弱的区域。

他死死盯着停车场出口，看了几秒，又转身巡视四周，目光笔直而用力，却不知自己在看什么。看什么，她不在这里啊。

他抬手用力捂了一下嘴，狠狠呼出一口气。

季阳和几个警司调看监控视频。屏幕里，杨姿抓着甄意的手臂，带她下楼上车，扬长而去。司瑰握着拳头："甄意怎么会乖乖被杨姿带走？"

光天化日在警署内把人掳走，简直是奇耻大辱。

言格立在人群的最后排，碎发下眼瞳幽深，远远看着屏幕里那熟悉的小不点，她很乖的样子，杨姿给她开门，她就坐上车，没有反抗。

他眼里只有各个镜头上甄意走过的画面。她的脸看上去有点白，但异常平静，平静得刺痛了他的心。

"她被药物控制了。"

言格走出监控室，陈队和淮生说嫌疑人是女人，排除了他。

淮生不明白："为什么会有摩擦环？"

季阳道："她设计的误导项。害死郑颖的凶手是她。她自己演戏时，收买了淮如帮忙。淮如不知道郑颖的事，以为杨姿要陷害甄意，又不会死人，所以她答应了。"

淮生难过地蹙眉，自责："我不该拜托甄意送我来警署。杨姿把她抓走，会用那样戏剧的方式杀掉她吗？"

戏剧，言格胸口一滞。

甄意醒来时，发现自己躺在墙角，这是一处干净洁白的房间，灯光明亮。

杨姿坐在椅子里，跷着二郎腿，手里燃着一支烟。

袅袅的烟雾后，她的脸浓妆艳抹，异常漂亮夺目。丰满的唇上涂了大红色的口红，殷红的嘴角勾出一个幽幽的弧度："醒了？"

甄意爬起又摔下，手脚发软，心跳缓慢。她用力摇头，脑子一片混沌，记不起怎么来的。

"杨姿，是你自己吗？"她虚弱地问。

杨姿吸一口烟，吐出一团烟雾，嗤笑：“你蠢成这副德行了，还需要问？”

甄意从没见过杨姿熟女的样子，苦笑一下：“我不愿相信你是这样的人。我以为你虽然有不好的小心思，却不至于做出这种龌龊的事。”

杨姿脸色微变，大步上来，狠狠一巴掌抽到甄意脸上，后者猛地摔倒在地，头晕眼花。

甄意这才发觉脖子上系了一环项圈，长长的绳子吊在头顶的滑轮上。

“你最好收起这副道貌岸然的嘴脸。我早就不把你当朋友，你也不需要伪装。我最落魄的时候，你站在最高处接受鲜花掌声。你不过是想让我衬托你。”

甄意捂住发痛的脸颊，坐起身：“淮如的官司是你自己没准备好。”

杨姿婀娜地吐出一口烟，烟雾后边，脸色冷寂，她啪地摁下按钮，甄意的脖子猛然一扯，呼吸骤停，人被提起来吊上半空中。空气！

她用力扯住脖子上越勒越紧的项圈，想竭力吸进一口空气，可她的头仿佛要从脖子上拔出。身子像被蟒蛇缠住，呼出一口气，胸腔就瘪一点。

杨姿看甄意悬在半空中，双腿拼命地踢腾，脸涨得越来越红，她冷冷地笑，见差不多了才放开。

滑轮一滑，甄意骤然从空中摔下，身体撞击地板的痛已不足挂齿。她张口，疯了般呼吸，五脏六腑仿佛干瘪后猛力膨胀的气球。

她捂住剧烈起伏的胸口，喘气：“杨姿，你跟着他们，只会被利用。”

“被谁利用？我做任何事都是自主想做的。”

甄意只觉她像邪教里冥顽不灵的教徒。“你为什么杀郑颖，她和你有什么关系？”

杨姿不答，猛地把甄意提起来，抓住她的双手往墙上一摁。两只手腕被墙上的铁环扣住，甄意面对着冰冷的墙壁，已觉不安。下一秒，杨姿尖尖的指甲抠进她的脖子，抓着衬衫领狠狠一扯。

衣服哗啦撕开，甄意的背后透了风。

身体不自觉地紧绷，有种不祥的预感。

杨姿的指尖碰上甄意的后背，缓缓沿她的背脊滑下去。

甄意头皮发麻。

四周死一般寂静。

裸露的背部肌肤白皙而滑腻，像沉水的美玉，又像最美的雪地。杨姿的眼一度一度深敛，看见白雪上的红梅，是男人留下的吻痕。

她缓缓收回手，叹：“真是光滑的肌肤啊。”

她轻吸一口烟，长长地吐出去。半晌，眼中凶光一闪，燃着火的烟头狠狠摁进白腻的肌肤里。

“啊！！！”甄意仰起头，撕心裂肺地惨叫。

一瞬的灼烫如刀一样撕扯着她的神经，她痛得脑中爆炸，身体不受控制地抽搐，扭动着要躲避外界的伤害，可她被困在墙上无处可去。

皮肤一寸寸的烧伤熔解了烟头的高温，可杨姿的手仍狠狠摁在伤口，继续施加痛苦。

她贴过去，盯着甄意惨白的脸，冷笑：“想知道我为什么杀郑颖？你男朋友那么聪明，应该已经知道了。要不，我们问问他。”

甄意痛得神思恍惚，听这话却骤然一愣，就见杨姿拿出一只形状奇怪的电话，拨通号码。

开着扩音器，嘟嘟的声音很空。

大概过了十秒钟，电话接起来。那边停了一瞬，传来一个很低的男声：

“你好。”

甄意一怔，也不知为何，眼睛湿了。

甄意被绑架已四个小时。

言格接起手机，警署的技术分析人员立刻开始解码电话信号和通讯基站，可竟分析不出有效的信号。电话从国外打来，十秒钟换一个地点。

“你好。”

很快，杨姿傲慢挑衅的声音传来：“言格。”

“是我。”他并无多话。

杨姿没料到他是这种态度，便说：“甄意在我手里。”

“我知道。”惜字如金。

“你从她绑架到现在，做了些什么？”

“分析你。”只字不提甄意，反倒把重点放在她的身上。

她笑了一下，竟好似被愉悦：“哦？说说看，分析了什么？”

“恕难奉告。”

那边的人哼笑一下，很快有打火机的声音，隔几秒，言格的心猛地一沉，下一刻，便是甄意凄厉的惨叫：“啊！！”

一室的警察都沉默。

言格背脊僵直，碎发下的眼眸深邃得像夜里的海，他没作声，只缓缓地抬起手，用力摁了一下眼睛。

那边轻笑：“言格，我们可以交谈了吗？”

言格极力摁着眉心，摁了很久才抬头，眼神渐渐聚焦，恢复一贯的淡漠和冷冽：

“三十年前，一位少女送孕妇回家，失踪。她被孕妇拐骗至家中，被囚禁。孕妇把她送给丈夫，作为孕期不能满足丈夫性欲的礼物，也作为日常满足丈夫变态性虐心理的替代品。他把少女囚禁起来，非人地虐待和折磨，把她变成他的性奴。性奴怀孕生了女儿。丈夫把女儿养在身边，儿女双全。后来妻子也生了女儿。小女儿与大女儿水火不容。于是，大女儿被送去孤儿院。”

“你真厉害。”她开始抽烟了，“那么大的官都让你翻出黑历史。哎。”她吞云吐雾的，嗓音妩媚而温柔，“那时我年纪小，记不太清。可长大后，记忆反倒越来越清晰。我越来越惨，人家却越来越好，我能满意吗？”

言格不语。

因为是杨姿，甄意的境况才更危险。但他不能提甄意，纵使心口想得发疼，都不能提她的名字。

这时，电话里再度出现那奇怪的声音，烟头摁灭在肉体上，非常沉闷的嗞嗞声。可这次，那边没有人发出声响。

可就是在这诡异的沉默里，言格的下颌紧绷起来，眼眶湿了。

他仿佛看到，甄意额头冷汗直流，把嘴唇咬出血都不肯吭声让他听到的样子。

“你打电话的目的是什么？”言格的嗓音不再平和，变得低沉。

“想问你，你承不承认迷奸了我？”杨姿嗓音袅袅像难以捉摸的纱，再次点一根烟。

打火机轻磕的声音，重重敲在每个人心上。司瑰咬着牙，拳头握得咯咯响。

言格有足足十秒没说话，不知在想什么，一贯澄澈安定的眼眸变得狠烈，像看着很远的地方。

甄意……

他很清楚，不管说什么，杨姿都……

他眼中浮起泪雾，一字一句，道：“杨姿，我和你没有任何关系。”

话音落后，再是寂寞。

电话那边传来细碎的声音，指甲拨弄着人的发丝和头皮。

一屋子的警察眼睛都红了。

“浑……”司瑰失控，要冲上去夺电话，却被几个警司捂住嘴拦下来。

嗞嗞的灼烧发根和头皮的声音，杨姿手中的另一根烟戳进了甄意的后脑勺。

言格固执地睁着眼睛，泪水一下弥漫眼眶。

可甄意没有作声，一丁点儿声音都没有。

言格握着电话的手指微微发颤，心像是被重锤狠狠一击，没了动静。

他咬了咬牙，一瞬间身上莫名散发出冰冷彻骨的气质，像从内心最深处侵染而出。

可说出来的话，依旧淡漠："杨姿，你想要什么？"

"两样。"她褪去轻松的语气，谈条件，"生我的那个男人向我道歉；把厉佑放出来。"

言格没答。果然和他想的一样。

"给你们三天时间。不然……"杨姿笑一声，"言格你放心，我不会杀甄意。但如果把她囚禁起来，关上几年，让她给别人生一个小孩。你说，那时她还会回去你身边吗？"

司瑰的眼泪疯了般流下，被捂住了嘴，痛苦地呜呜直哭。这样的话叫警察都无力而悲伤。

"让她来求求你吧。"她大发慈悲，电话换给甄意。

言格心里一紧，便听见电话里窸窸窣窣，像有谁在动。他冰封了一整天的心瞬间软了，他很清楚，是甄意。

每个夜晚，每个清晨，身边的她迷糊在梦里，动来动去时，就是这个声音。

他张了张口，用尽全身的力量，竭力忍住喊出她名字的冲动。最终紧紧抿唇，一声不吭。

"言格……"她嗓子哑了，声音却意外的柔软，仿佛带着微笑，想说她没事。

他一直都知道，甄意是个很爱哭很爱叫的女孩子。可她也会很安静，很沉默。就像刚才。

他静静听着她微弱的呼吸，眼神非常幽深专注，脸颊非常淡漠冷清。想说什么，信号却断了。

嘟嘟的空响让每个人的心沉落谷底。

警察们面色严峻，他们遇到一个不按套路出牌的疯子，这就是杨姿于 boss 的利用价值。

言格攥着电话，不经意握了握拳，很想努力，可，已经无法再控制。

他的心一寸寸在发凉，冷得像，冬天到了。

甄意含着泪水，望着虚空。

言格一句话没说，可她知道他一定流泪了。一想到他立在一众人群里却孤独寂寞的样子，她就痛得撕心裂肺。

言格懂她的，他知道她有多爱面子，有多心疼他；他知道他要是违心地承认，她要心痛死，还要给杨姿活活怄死。

她那么相信他，她一定会等他来救她啊。一想到他此刻沉默的心痛，她的心就酸得像是泡进了泪水里。

好想他。好想，好想。

杨姿挂了电话，冷眼瞧着甄意。她额头上、脖子上、背脊上，全是冷汗，嘴唇惨白得像纸张。

“甄意，你听见了没？现在知道，我的人生有多凄惨了吧？”杨姿转身走去桌子边，从抽屉里拿出一把刀，在手中轻晃，

“所以甄意，你觉得你比我成功，是真的因为你比较厉害吗？不是的。是因为你天生命好。”

甄意无力地伏在墙上，后脑勺的烫伤几乎已经让她虚脱。那一瞬，她痛得像是所有的神经齐齐断裂。她以为自己会活活痛晕过去，可她一次次居然挺了过来。

“杨姿，你杀了郑颖，因为她是你的亲妹妹？”

“她抢走了我的人生。”杨姿很简单地一句话概括，并不像以前的那个杨姿，说起自己的苦难就会事无巨细将所有的悲惨都倾倒出来。

完全露出本来面目后的杨姿，非常的主动且有控制力。

半晌，她语峰一转：“也没什么，就像你抢走了你姐姐的人生，她也想让你死一样。”

“你胡说什么？”

杨姿手里晃着刀走过来，轻蔑地笑：“甄意，你一直有病你不知道吗？别人都以为你很坚强，你很强大，那是因为你所有的负面情绪都给你姐姐了。你的人生是建立在她的痛苦上。你在吸取她的生命！”

甄意扭头，脸色苍白，目光却尖锐：“我姐姐现在好好的。”

“你姐姐甄心，在美国工作吧。很有钱对吧。那我告诉你吧，那是你自己幻想出来的。甄意，你有病你知不知道？”

甄意的脸渐渐变凉：“杨姿，你疯了吗？”

“甄意，你清醒的时候听过你姐姐的声音吗？你见过她吗？你有没有和她的合照。”杨姿拿起一摞纸，递到她面前，

“你看好了。这是你的护照复印件，甄意，你的名字。今天上半年，就是唐裳的案子之后，你去过美国。这是你的出境资料，这是你在街上的照片。你自己买了一件碎钻的裙子，寄回了中国。”

甄意愣愣的，望着照片上的自己，摇了摇头：“我没去过美国。”

“护照的签证都在！更可笑的是，这是你在美国银行开设的账户资料。户名就是你，YI ZHEN。每个月往你在中国的甄意的账户上打钱。这就是你姐姐寄给你

的钱。甄意，你和宋依一样，人格分裂。你嘴里所谓的甄心，其实就是你自己。”

杨姿拿着这些资料，一句一句缓缓地说出来，仿佛抽丝拨茧，看着甄意惨白得褪去了最后一丝血色的脸，她缓缓地勾了勾唇角。

“你胡说！”甄意怒斥。

“哦，有一件事你可能忘了。”杨姿优雅地笑笑，“八年前，你控制不住，变出了甄心的一面。你伙同厉佑一起，找人打伤了言格，把他扔在垃圾堆里，侮辱了他。”

“我说的侮辱，意思是 ......”她凑近甄意的耳朵，缓缓说出了那个词。

甄意被刺激得一动不动了，双手紧握成拳，眼睛阴冷得像是寒冬，一瞬不眨，死一般盯着杨姿。

杨姿变了脸色，唇角阴鸷地勾起，一字一句，仿佛宣判死刑的修罗：

“差点儿忘了告诉你，你觉得我杀了郑颖，这种行为很可笑吗？那甄心其实更想杀你呢。因为，甄意，你只是个实验品。”

甄意双手紧握成拳，狠狠咬着牙槽，可牙缝里还是溢出了一丝痛苦的呜声。

就在片刻前，杨姿手中的匕首切进她的背上，深深地划过，汩汩的鲜血顺着银光闪闪的刀刃流进她的手心里。

甄意痛得眼前发晕，冷汗直冒，鬓角的碎发全被疼痛的汗水沾湿。

杨姿贴在她耳边：“甄意，我问你，除了你之外，有人见过你姐姐吗？你爷爷，你表姐，见过她吗？”

甄意呼吸沉重，却异常地执拗，不肯屈服：“我小时候被送到孤儿院去，姐姐被送去美国了，所以大家不会提起她！”

杨姿眼中闪过冷光，手稍一用力，甄意猛地撞向墙壁，只觉刀刃仿佛戳进她的脊骨，痛得她脑干都拧成一团，差点儿活活昏死进去。

“我来帮你好好想想。你什么时候见过你姐姐，高中时候的火灾她救了你？她从哪里冒出来救的你？救你之后，她又去了哪里？”

她咬着牙吸气：“她刚好回国看我，然后她又回去了。”

“甄意，我告诉你，根本就没有人救你，是你自己跑出去的。你不信，我再问你，艾小樱死的时候，戚勉骗你的时候，还有前些天你杀死淮如的时候……”

“我没杀她……啊！”甄意惨叫，趴在墙壁上痛苦地挣扎。

“就是你杀的！这些时候你的记忆都去哪里了？甄意，你和宋依一模一样。因为那部分记忆属于甄心，所以你根本不知道。”

甄意猛地怔住，原本因为剧痛而猛烈颤抖的身体也瞬间止了动静。她缓慢地回头去看她。

头顶的白色灯光自上而下打在她脸上，把她的脸照成几乎透明，她的眼睛背着光，阴森森的，带着十二分的冷意盯着杨姿。

杨姿莫名地从她空洞的眼窝里察觉到一丝森森的凉意，可她并不太害怕，因为甄意看上去并没有看她。

是的。

甄意并没有看她，她保持着惊醒时最后一刻的姿势，脑子里却早已不受控制地炸开。

高中的火灾，姐姐救了她之后就消失不见了；

表姐说她帮忙抛尸，处理了艾小樱的尸体，她记得她没有；警察说击打艾小樱的除了书镇还有山中的碎石，她记得她没有教戚行远重复击打；

戚勉后来笑着说谢谢她的一耳光和一脚飞踹，她莫名齐妙；

有目击者说看见她把淮如推下楼，可她一点儿印象都没有……

人格分裂？

不对，言格知道有姐姐的存在，他知道有甄心这个人存在，他……

耳旁回响起言格清淡低醇的声音："甄意，以后有什么事，不要找甄心，找言格。"

"记得，找言格。"

是艾小樱死的那天，她从表姐家回去，无意识跑去了 HK 大学的那棵树下，遇到了言格。

这句话，她以前并没有印象，此刻想起竟叫她不由自主潸然泪下。

什么都明白了。

只以为以前对言格的付出是值得了，如今才知远远不及他，才知他沉默地、包容地、在她毫不知情间定下了这样的契约。

执子之手，一生偕老。生老病死，不离不弃。

她想起清醒后他消瘦的容颜，他身上各处的伤。

竟全是她所为。

他知道她有病，很重的病，他却愿意终其一生守护身旁；哪怕她一辈子噩梦重重，发疯失控，他也愿意耗上他的所有，用一生的时间一次次给她编织美好的梦境。

言格，你怎么能如此爱我？

甄意眼眶里蓄满了泪水，凝视着虚空，嘴唇动了动，两个字，却没有声音：言格……

"甄意，淮如的事情发生后，你是不是混混沌沌过了很多天？言格是不是对你很好，对你很主动？他有点儿不像他的性格了，主动提出让关系更进一步，主动和你更亲近。你知道这是为什么吗？"

杨姿毫不留情道："因为你是个疯子，是个人格分裂的精神病。他怕你哪天又发疯发病去杀人了。"

甄意不吭声，眼泪无声而汹涌地流。

杨姿说罢，缓了声音："甄意，现在是不是很痛苦？听我的话，求你的姐姐，让你的姐姐出来救你。你有过这种经历的，痛苦的时候喊你姐姐，就不会再痛了。"

甄意只是流泪。

虽然一直在哭，却不和她争嘴了，眼神也褪去了冷漠，比先前反而柔软哀伤，丝毫没有要被打垮或是压迫至极限的趋势。

杨姿看在眼里，渐渐失去了耐性："我小时候从门缝里看见过我爸对我妈施加过的很多种虐待，"她走到桌边，拿起一条两指宽的皮带，用力一挥，空气里打出"噼啪"的爆裂声。

甄意陡然止住眼泪，害怕地背脊发凉，身子骨全紧绷了起来。

"甄意，把这具身体交给你姐姐吧。让她出来，你就感觉不到疼了。"

可甄意泪流满面，一句话不说，只是摇了摇头。

言格说过，如果出了什么事，就想他的名字；如果出了事，找言格，不要找姐姐。

她答应过听他的话。

所以，她死也不要找姐姐。

黎明前的警署里，灯火通明。

季阳疲累地坐在椅子里，用力揉着眉心。

抬头看过去，

言格插兜立在墙边，不言不语，碎发下的眼眸深邃得像夜里的海，平静而深沉，不透露任何一点情绪。

自他之前向警方提出那个奇怪的要求后，他便一直如此，静静伫立在一旁，无声无息。

警方已经搜索了各处的道路监控，调查杨姿的住处和人际关系，却没能查出她的行踪。

众人忙碌之时，言格向陈队提出了一个要求，查一下 HK 最近有没有大批失踪人口和易燃易爆类化学品的购买记录。

季阳很容易猜到了他的动机。他在怀疑，囚禁甄意的那个地方还关着其他的人质，并有自制的爆炸物。

正想着，司瑰推门进来了，眼睛红红肿肿的，脸色却换做了工作时的认真坚毅，直奔言格而去：

“没有人报告失踪，但是有一个巡警上星期发现兰亭区很多流动人员，像乞丐、按摩女之类的少了很多。当时我们以为是治安变好了。至于你说的自制炸弹化学品，我查过了，像硫酸铵、氯化钾、铝沫、硝化甘油、硝基甲烷、硝酸钾酯之类的个人购买量有异常。”

言格没表态，不知听也没听。

陈队奇怪：“个人购买量有异常是什么意思？”

司瑰道：“我昨晚把HK城几十家危险化学品店跑了一遍，查了记录，大多是学校和机构的，只有少部分个人限量购买。但我怀疑有人分别在所有店里买了这些东西，因为那些店在上星期的同一天出现了好几类化学品的相同的购买量。”

身旁几个警司都投来讶异的目光，没想司瑰会这么拼命有干劲。

言格点了一下头：“和我想的一样。”

季阳起身，走去他身旁：“你认为对方有如此缜密？”

言格嗓音很低：“不是缜密，是他们一贯的办事态度。如果失败，玉石俱焚。”

“意思是现在警方还没找到他们的所在地，而即使找到了，我们面临的也是一个躲在炸药库和人质背后的凶手。”季阳问。

“对。”言格道，“即使找到了所在地，警察的包围只会让他们选择同归于尽，没有谈判的余地。”

季阳拧眉想了想：“他们不是要厉佑吗？”

言格还没来得及回答，陈队就说：“上边不可能放厉佑走，人质交换是绝对不可能的。”

言格沉默。

别说厉佑这种头号危险人物不能交换，即使交换，他们也不会放了甄意。

那……这场对峙要陷入僵局了吗？

白色的房间依然光明而干净，唯独束缚女孩的那面墙上，四溅的血迹像点点的红梅。

甄意虚弱而无力地仰着头，黑发凌乱地散落身后，沾了血迹，一簇簇凝结在一起。

头顶上巨大的灯像太阳一样耀眼。

她望着天空，嘴唇干裂而血迹斑斑，脸色煞白得没了一丝血色，唯独眼眸清湛湛的，灯光倒映在里面，白灿灿的像波光粼粼的湖面。

手腕处因为剧烈挣扎，已经被磨得破皮渗血，像带着血环。

杨姿累惨了，倒在躺椅上一觉睡醒，看着沾满血迹的断裂的皮带，已嫌恶得不想去碰。起身看甄意，她颓废地跪坐在一地的烟头里，身子无力地往外倒，可双手仍被固定在墙面，拉扯着。

她看上去很清醒，一瞬不眨地盯着天空中的灯，不知在想什么。

杨姿都没有力气再折磨了。她嫌打火机太麻烦，用了蜡烛，可点烟用的蜡烛都烧尽了。

她以为甄意在酷刑下会屈服，会让甄心出现。

但是，两天过去了，这个女人活活痛晕了无数次，可每次睁开眼睛，醒来的却还是甄意。一次比一次虚弱无力，可每一次都不是甄心。

或许，这样的她，算不得虚弱；这样的她，其实是另一种无声的反抗与死磕的倔强。

杨姿过去松开甄意的手铐，甄意便如同纸片一样坠落在地上，侧着身子，长发遮住了苍白的脸，看不清神情，像死了一样。

这次，她彻底没了爬去洗手间清洗自己或者喝口水的力气了。

杨姿靠在墙上坐着，她都累得虚脱了，看着甄意一动不动，忽然有些感慨："甄意，你这样死撑着是为了什么？"

没有回应。

杨姿懒得起来，爬过去摸来打火机，再次点了一根烟，这次，她没了往她身上戳的兴趣，只自己一口一口地抽着。

两天的较量，她觉得，又是她输了。

她自然对甄意恨之入骨，可现在，这个骨头比钢还硬的女人把她磨得连恨的力气都没有了。她深吸一口气，让烟丝在肺腔里流窜了一圈，又长长地吐出去。

烟雾背后，容颜冷漠："你从小到大都是这样，招人恨。"

甄意没动静，隔了好久，胸口粗沉地喘出一口气："你还和招人恨我做了十多年的朋友，不是一样的可恨？"

杨姿一噎，嗤笑一声："算不得朋友。你天生幸福，我天生悲惨，根本不是一国人。呵呵，是不是天生幸福的人，在面对折磨的时候，都比较耐受？"

甄意气若游丝："哪有天生幸福的人，快乐是要自己找的。而你的痛苦，也是自己找的。"

杨姿愣了一秒，把烟头戳在地面上，一点点狠狠摁灭，摇摇头："你就是天生幸福的人。所有黑暗阴邪的一面全给甄心承受了。你就是那个吸取她生命的吸血鬼。你迄今为止的一切，都是建立在她的罪恶之上。"

这下，倒在地上的女人不作声了。

杨姿好似终于占了先机："你果然是幸运的，就连你让人害得言格受辱，这样的罪名也是甄心给你背着。这样的罪，言格也能原谅你。你怎么这么好命？”

地上的女孩手指轻轻动了一下，一点一点抠进地面：“你又胡说八道了。”

杨姿盯着她，安静一下，陡然就哈哈大笑起来：“甄意，你以为那些耻辱的事情，你否认就真的不存在了吗？”

这句淮如说过的一模一样的话在甄意的脑海里仿佛起了回音。

杨姿一声一声，念出了和淮如完全一致的台词：“甄意，在经过你对他做的那种事情后，你怎么还有脸出现在他的生活里。怎么还有脸再追他，再恬不知耻地享受他的爱？”

甄意贴在地面，手指狠狠抠抓着地板，五脏六腑忽然好似涌上一股细微而深入的痛，像被某种无形而不透气的重物压制住。

杨姿的话深深敲进她脑子里：“……他一家一家地找你……你打他，踢他，他也不松手……”

身体四处的痛开始堆砌积累，甄意猛地抓住脑袋，可淮如和杨姿，两个人的声音都钻进了她的脑袋里，变成两张恐怖的嘴脸，扭曲着絮絮叨叨，像是魔咒穿耳：

“知道后来他发生了什么吗？”

“为什么他从你的生活里消失了？”

甄意蜷在地上，瑟瑟发抖，一瞬间已感觉不到身上的痛，因为心间痛过千万倍，痛得她直抽搐。

可那声音更空荡地在她耳朵里回响：

“他真是个漂亮的少年啊！”

“他真是个漂亮的少年啊！”

……

“甄意，”突然之间，所有的声音都消失了，只剩了姐姐的声音。世界一片安静，甄意猛地僵住，抱着头，听见了甄心的声音，很轻，很凉，“这些都是真的啊！”

一瞬间，压制尘封的记忆好似洪水般将甄意席卷。

淮如残忍地刺激她，她终于想起，多年前，她踢开了言格爬过来握住她脚踝的手，把他扔进了垃圾堆里，他趴在地上，一动不动，像死了……

……她脑子里有一个声音说“杀了她”，淮如从楼上坠下去了……

……她光着脚穿着单薄的衣服在秋风里奔跑，她跑去杀厉佑，她被言格带回九溪……

……她看见了一世界的黑色日记，看见言格断断续续的只言片语，看见他唯一一句“余述至此，肝肠寸断矣”，看他八年的“今天甄意没有回来。”……

……她一把火让它成了灰烬……

……她惊恐惶遽地抱着他躲在床底下哭“言格，他们要来害你了”，她伤了他们家的守卫，她不认识言格了，她哭着到处找记忆中的少年，她拿刀伤了长大后的言格……

记忆的潮水摧枯拉朽，她孱弱的身体和破碎的心灵都在一刹那间碎裂成了粉末。

从内至外，冰冷彻骨。

言格，她的言格。

那样的伤害，他从来只字不提；

那样的伤害后，他还能对她微笑。

那晚，他躺在卧室里的草地上，月光如水，蒲公英在飞舞，他拿手背遮着眼睛，唇角的笑容像纱雾般清浅。

甄意执拗地睁着眼睛，泪水像断了线的珠子，一颗颗从她苍白的脸颊滚落。

潮水缓缓褪去，脑子里陡然空了，她累得精疲力尽，只听见甄心的声音：“杀了她，甄意，杀了她。”

她怔怔的，眼睛里空茫无神，却传来言格的声音，很轻很缓，带着她从未听过的温柔，仿佛要将她的心融化：

“甄意，看到你这样，我很心疼。所以，很抱歉，我想让你忘了这几天的伤痛。但我并不是永久清除你的记忆，而在今后的某个时刻，你也会在正常或受刺激的情况下再度想起。那个时候，或许我陪在你身边，握着你的手，陪你度过；或许我并不在，于是你只能靠自己。我相信你的勇气和力量，相信你可以。

甄意，不要听任何人的责备，这并不是你的错。”

这便是那天他给她催眠后刻进她脑海的话，缓缓地，像清泉一样流过她的心间，

“甄意，我认为有一个契机，让我们分开八年，互相怀念，重新认识对方，审视自己，这样很好。我觉得，你值得遇到更好的人，于是，我努力让自己成为那个更好的人。我好像做到了，所以甄意，不要难过。这或许是应该高兴的事。至于你的病情，过去，他们说我生了病，你说没关系；现在，他们说你生了病，我也说，没关系。”

甄意的眼泪如开闸般汹涌。

言格，你怎么能如此爱我？

言格出门，见淮生坐在椅子上歪头靠在墙上睡觉。

听见轻微的关门声，淮生醒过来，揉揉眼睛，问：“有进展吗？”

言格没说话，去到他身边坐下。他要淮生等着，有关于杨姿的问题要问，所以

淮生一直驻守警署。

言格的声音不再清雅，沉沉如水："杨姿的情况你了解多少？"

"很早就认识，但接触不多，她和我姐走得比较近。那些乱七八糟的药可能是从我姐姐那里拿到的。"

他说了些杨姿的琐事，无非是轻浮势利小心思多。她举止轻佻，曾想勾搭事务所的老板，又想勾搭尹检控官。

淮生说完，问："你怎么知道杨姿和郑颖的关系？"

"喉咙里的刀片和戏剧服装。"

"意思是？"

言格看他一眼："郑颖死时的装扮，还有她喉咙里的刀片，是马丁·麦克多纳经典的百老汇剧目《枕头人》。"

"啊，一个故事套一个故事的连环套。"淮生拍脑袋，"讲的是枕头人让孩子们看到他们长大后会遭遇的惨剧和痛苦，让孩子自由选择。如果长大就得承受惨烈的人生；如果不想长大，枕头人就帮他们在孩提时代无痛苦地死去。"

"那个故事给我印象最深的，不是这个。"

"是什么？"

"有一个弟弟，很有想象力，写的小说惊艳了很多读者。其实，他父母把他哥哥关在地窖每晚虐待，让弟弟在梦里听到哥哥的惨叫，以此激发他天马行空的想象力。"

"兄弟或者姐妹之间，一个人的幸福与成功建立在另一个人的悲剧和牺牲上。"淮生面露一丝苦痛，"所以你想到杨姿是悲剧的那个，而郑颖是幸福无知的另一个？"

言格"嗯"一声。

淮生低头："难怪杨姿和我姐关系那么好，因为都一样苦命。"

言格："我倒认为，有时候，付出的那一方看到弟弟妹妹过得成功幸福，本身也是一种幸福。"

"什么意思？"淮生问，但言格没回答了，扭头望着另一处。

走廊上传来细细的轮椅滚动声，淮生循声看去，一个和言格长得一模一样的男子，他把轮椅停在言格身边，没看见淮生似的，直直看言格。

言格起身和言栩一起离开。

过了拐角，他低头看他："有事吗？"

"安瑶最近精神不太好，希望你回去给她看看。"

"我现在走不开身。"言格说。

"我已经第三次来找你帮忙。"

"那我再跟你说一次，我走不开身。"

言栩低下了头。

言格转身要走，终究退回来，插兜靠在墙上，眸光浅浅看着弟弟："难过了吗？"

"没有。"言栩声音很低，"是我习惯了有求必应。家里人对我都这样。"

"言栩，以前的事不用说了。"

"可事实就是这样。原本天生有病的只有我一个，妈妈只照顾我，不管你忽略你，让你也生病。对言溯哥哥也是，妈妈听别人说自闭症可以刺激好，就天天打言溯哥哥。"他越说声音越低，更深地低下头去，"是我不好。但现在我慢慢好起来了。只要她好好的，我就会好。言格，请你帮我去看看她。"

言格不言，利落短发下，眉眼乌黑清秀，只说："我真的走不开身。"

"家里一个电话，十个厉佑也会放出去交换。"

"但厉佑不能放出去。"言格答。

"我明天再来。"言栩推着轮椅离开。

房间里的灯光雪白明亮，墙上的血迹已干枯发黑。

杨姿背靠着墙，隔着一段距离警惕地盯着甄意，她脸上的表情千变万化，连杨姿都发怵。

她从来没见过一个人的人格分裂交替出现会这样恐怖。

片刻前，地上血淋林的甄意突然坐起来，有如借尸还魂，回头看杨姿，唇角忽然就勾起一抹诡异的笑容，眼睛阴森森的，带着刻骨的恨意，说：

"甄意，杀了她！杀了这个叫杨姿的女人。"

杨姿手里还拿着摁灭的烟蒂，看她一步步朝自己走来，长发如瀑，脸色惨白，衣衫破败如女鬼。杨姿一愣，刚要起身，甄心猛然一脚踢来，正中她胸窝。她痛得牙齿咬到舌头，血腥味弥漫口腔。

她慌忙去抓刀刃，可才举起来，甄心阴着脸，一脚劈过去，刀尖居然生生折断。

杨姿魂飞魄散，吓得只会滚爬着往后躲。项圈箍住她的脖子，她吼叫着撕扯，杨姿惊得要死。

可女人脸色一变，瞬间柔弱，不堪忍受身体剧痛，倒在地上，泪流不止："你休想！我不会听你的话，我不要杀人！"

很快，甄心坐起身，背脊笔直，脸色可怖："你不听我的话？你受苦受难的时候，是谁在保护你？她那贱人把我们的身体伤成什么样子？你这个废物！"

甄意趴在地上，呜呜直哭："不是，我姐姐不是这样子。我姐姐不会杀人。"

杨姿捂着被甄心踢得发痛的胸口，吓得脚发软，缓缓躲去桌子下。那是什么人啊，伤成那样居然能站起来攻击她？

杨姿望了一眼房门，想立刻出去，把这疯子锁在里面。

刚爬起身，望见甄心站起来，她立刻蹲下。

甄心嘴角抽搐着，狠烈驳斥：“你痛苦不堪时，谁拯救你？谁帮你处理艾小樱的尸体，谁帮你打戚勉那个混账，谁帮你对付淮如那个疯子？”

甄意呆若木鸡，没想亲爱的姐姐是这样是非不分的人，她止了眼泪：“你做的错事别想栽在我头上。为什么伤害言格？我那么爱他！为什么伤害他？”

“因为你太可恶太没用。为一个不爱你的男人，三番四次压制我。”甄心面目狰狞，“我想和你和谐相处，看来不可能。甄意，你占据身体这么久，也该到头了。”

“不，我不会让你出来，你休想把我打倒。”她眼泪砸下来，尖叫，“你滚！”

随即，很久都没了动静。

杨姿缓缓探头，顿时惊悚得汗毛倒竖，甄心站在她面前，脸煞白，红唇黑发，眼神僵直。她差点活活吓死。可下一瞬，甄心脸上的僵硬融化掉，她非常虚弱，摇摇晃晃的，像风中的纸片倒在地上，没动静了。

杨姿目瞪口呆，不敢过去看，慌忙起身跑去房门口。手还没碰到，门被推开，一个男人出现在面前，冷面看她，身上背着一个女人。

“怎么把她抓来了？”

男人把肩上的女人往地上一扔：“被这个警察怀疑了。甄心呢？”

“刚出来了一下，也不知现在是什么情况。”

男人转身：“我出去一趟。”

“干什么？”

“抓一个更重要的人。”

警署内，决策人员聚在一起召开紧急会议。

司瑰失去联系，失踪了。

目前还不确定，但大家认为很可能和杨姿有关。各方作战小组都已开始紧锣密鼓地调配准备。特警通讯后勤各部的负责人都在紧急商议对策。

言格异常沉默，在角落里安静无言。兜里的手机滴滴一响，是电话。他接起来听，安瑶很惊慌：“言格，言栩被人抓走了。”

甄意是在女孩的哭声里醒来的，她嗓子干燥得起火，头脑昏昏沉沉像滚动的泥浆，呼出的空气好似滚烫的烈焰。可又有冰凉的风在吹。

她被困在暗无天日的牢笼里，努力挣扎却醒不来。她很着急，又惶遽不安，怕再也见不到这个世界，怕这身体从此被甄心占据。

她奋力扑打撕咬，突然间醒来，狂蹦乱跳的心便平息下去。

“甄意……”司瑰伏在她身旁呜咽，“你怎么……”她看着甄意背后的伤，想伸手去抚却无处落手，处处都是触目惊心。

“司瑰啊。”甄意呼吸沉重，“你怎么被抓来了？”

房间有一面墙打开了，没有栏杆，外面是十二月灰蒙蒙的天空和无尽的树林。

天光刺眼，甄意头痛欲裂。

司瑰侧躺在地，听言目光呆滞一秒，眼泪涌了出来。她疲软无力地平躺下，拿手臂遮住眼睛，哭得浑身颤抖。她该怎么对甄意说?

甄意茫然又心疼：“阿司，我没事，死不了。”

司瑰精神颓废软弱，也是中了迷药。甄意想拉拉她的手，可手臂失去了知觉。挣扎着，视线里出现男人的鞋子和洁净的裤脚。

甄意扯了一下干裂出血的嘴唇，忍着背上刀割般的剧痛，竭力扬起头看看究竟。对方仿佛迁就她，蹲了下来。

清秀而消瘦的脸庞，极淡地抿唇一笑：“甄意。”

“你……”甄意惊怔，万万没料到，“怎么是你？”

“奇怪吗？”他手指灵活，把玩着一个银色的环，“要不是那天你急刹车时我发现跟在身后的车辆，我早就把你带走。临时去警署是为了拆掉保护人员。最安全的地方也最危险。”

“淮生……”甄意僵硬地仰着头，盯着面前这张秀气而平静的脸，“不可能。你……你怎么能让淮如去死？”

“不死又能怎么办呢？”淮生眼神放空，“她为了我，牺牲了整个人生，生命凋零成那样子了，还提心吊胆地给我赚钱，惦记着给我买吃的。她那么霸道的人，现在别人白睡了她，威胁说报警，她就不敢找人要钱，收拾东西立刻逃命。”

他细长的手指摁在地上，掐得惨白，眼眶中的泪雾一闪而过，他拉开衣袖，手臂上赫然全是烫伤、抽打伤、勒痕。

甄意惊住，自淮如逃亡后，淮生一直在自虐。

“我常常想姐姐会受哪些苦，想那些男人怎么伤害她，想知道她的痛苦，想感同身受。”他仰起头，收起衣袖，“接下来的命运是更凄惨的水深火热，我宁愿她失去意识，回到她心里最开心的时刻，然后瞬间死去。”

甄意呆滞地听着，竟泪流满面。

高强度的虐待折磨，她的身体崩溃发烧了。鼻子里呼出来的是滚烫灼热的气流，身体里火山爆发般的疼痛已被无处不在的高温烤化。现在，她像被裹进一张密不透风而布满刀刃的毛毯，不断升温，一度度缩水。

“可淮生，”她艰难道，“你被人催眠跳楼，差点死了。”

“是我自己想跳。”淮生低头俯视她惊愣的眼神，“我想自杀，不想再继续。我死了就什么事都没了。是你不顾危险救我。你救了一个罪大恶极的人。死在我手上的人也有你一份。”

甄意脸上没了任何表情，因高烧而潮红的脸一点点变白。

司瑰泪水汹涌，握紧甄意脏兮兮的粘满血迹的手腕，想给她力量。可她似乎感受不到。她仍是看着淮生，眼睛里涌出晶莹的泪水，闪闪地坠落。

淮生默然。

她累了，脖子再也承受不住，酸软地垂伏下去，说：“如果重选一次，我还是会不顾一切地去救你。”

淮生一怔。

她有气无力地喘：“不管杀人有什么理由；救人是不需要理由的。医生可以因为病人以后成为罪犯而不施以援手吗？人可以因为别人以后会杀人，而现在见死不救吗？或许可以吧。只是，我不可以。”

淮生眸光深深，不言语。

杨姿皱眉，嘲讽地哼一声，问淮生：“该给警察打电话了，告诉地点，然后去接厉佑。”

淮生抬手摸甄意的头发：“可我们亲爱的小伙伴还没出来。”

言格立在警署大厅的窗户前，望着窗外忙碌的早晨出神。

新一天的阳光洒在他轮廓分明的脸上，稀薄，清冽。部署方案已经下来，而这一天，他沉默寡言。

安瑶走去他身边，表情凝滞，道：“你担心吗？”

言格没有反应。

警署院子里停了大量的车，正在做最后的准备。

上边最终决定用厉佑换回人质，这让出警队伍极其振奋。

季阳经过，上前说：“言医生，安全部的特工乘飞机赶来。半小时后嫌疑人的电话打来，我们就可以出发。”来的都是当年抓厉佑的特工。虽说换人质，可都想在交换的那刻保全人质，抓获罪犯。

言格不作声。

季阳又道：“陈队说你最了解这伙人的心理，上边也让你参与决策。但我想问，你确定就这样被他们牵着走？”

良久，言格才淡淡道："我现在不想说话。"

安瑶眸光微闪，寂静地低下头。

冷风吹乱她的头发，迷了眼睛。

甄意趴在地上，沉沉地呼吸着，她用力地清醒了一下自己的脑袋，咬着牙关不吭声。

淮生仍旧抚摸着她的头发，瞧杨姿一眼，语带讥笑："你怕她？"

杨姿被激得冷斥："我会怕她？不过她这人骨头太硬，你也看到她被弄成什么样子了，我都累死了，甄心也只出来一次，最终却还是被她给打败了。"

"那是你没什么用处。"

"你！"

杨姿气了。

"实话。气什么？"淮生不搭理她了，手指滑下去，轻摸甄意的脖子，声音轻缓好听得像催眠，

"甄意，你以为我是做尽坏事的幕后主使吗？你错了，我是做坏事的那个，我是教杨姿杀人的那个。但给我下命令的，是甄心。"

甄意脊背一僵，眼神渐渐聚焦："你胡说，我没有。"

"你有。只不过你不记得。"淮生不紧不慢道，"因为你其实就是甄心，所以，真正的坏人是你自己。"

甄意混沌的脑子猛地炸开，她手指紧握成拳，气得浑身发抖："你胡说！"

"我是不是胡说，让甄心出来和你对峙。"淮生敛了眼瞳，故意刺激她。

甄意狠狠看他几秒，头痛得像有人戳进去一把刀在搅动，她死命地强忍着，像一个摔跤的人在和看不见的对手做较量。

可一番精神对抗下来，她最终呵呵地笑了："激将法吗？我不管你们那个该死MSP是在做什么恶心的实验，我也不管这个叫甄心的和那个厉佑有什么关系，她是不是和你们一伙的，更不管我是不是什么实验品。她是她，我是我。别想把她做的事怪罪到我头上；至于我，既然我现在知道了你们干的事情，我以后就会拼尽全力阻止。所以，你们要是还想在我身上打主意，都休想得逞。"甄意说完这一长段话，虚弱而衰竭，却因愤懑而气得胸腔都在颤，"你们再也别想让她压制我！"

"是你在痴人说梦。"淮生慢慢道，"是你不可能永远压制住她，她出现的次数会越来越多。昨天她出现过一次。知道那个时候你的样子吗？那就是你日后生活的常态。"

甄意回想起自己和甄心的意识在这具身体里交替出现的场面，她狠狠愣住，不敢

再想自己历经那种激烈交战，也不敢想自己最亲近的人看到她那样惊悚可怖的样子。

她摇头，竭力稳定住自己的心绪，暗自对自己说，一定不会被甄心打败。

“不是你说的这样，不是。”

淮生挑眉，慢条斯理地诧异：“言医生难道没告诉过你，你只是一个复制品吗？”

“不许你提他！”只是听见他的姓氏，甄意便心痛得眼中含了泪。

言医生……言医生正是为了她才学的医，也是为了她才决定一生守护。

“甄意，”他偏要提，仿佛是看出了她的心事，说出来的话如冷刀剜心，一字一句，“言医生难道没有告诉过你，你其实是MSP的实验品……甄意，你是一个废弃的实验品，知道你的父母为什么不管你吗？因为你原本就不是他们亲生的。爸爸妈妈不是你的，姑姑表姐不是你的，爷爷也不是你的。”

一瞬间，甄意表情好似灰飞烟灭。

不可能。

脑子里凝滞沉闷的感觉愈发浓重了，她咬牙死撑着，固执地摇头：“淮生，你别想用这种方法刺激我。”

“我说的是实话，甄意。想想你小时候的事情，哪个父母会管别人的孩子，却对自己的孩子不闻不问？因为你根本就不是他们的孩子。只是一个实验品。你在童年被父母忽略，心里衍生出了一个强大厉害的小女孩和你作伴。这个小女孩就是你的姐姐。小学时候的火灾，是你姐姐救了你，而你彻底陷入前所未有的孤独和绝望，像自杀一样，想把身心全部抛弃了，想放逐交给了另一个小女孩，就是她。你太脆弱了，你是废弃品，你被扔进了孤儿院；后来才被把你当孙女的爷爷解救出来。”

甄意面如死灰，煞白的脸上没有了一丝的光彩；

而淮生的话抽丝拨茧地撕裂她的心，一点一点，连最后的碎片也不放过，

“在大家都以为你年纪太小，一定会被衍生人格吞没的时候，你居然苏醒了，赶走了甄心，重新夺回这个身体的占有权，并从此压制她，把她关进最黑暗的牢狱里。只在你遭遇痛苦刺激的时候，她才能反攻一城。甄意，这就是你的姐姐甄心。她是为了保护你而生的，可利用她之后，你就毁了她。你迄今为止所有的光辉与灿烂，都是建立在她永无天日的痛苦之上。你有多光明，她就有多黑暗。”

淮生的手指抚上她已然空茫的眼睛：

“甄律师，我其实很喜欢你这个人；但我真的很痛恨像我这样耗干了姐姐一生的人。所以，让你死去，让甄心出来吧。《枕头人》里的‘弟弟’都是该死的。”

说着，他抓起她的头发，逼迫着让她抬起头来。

甄意挣扎着，用力踢开他，可她哪里能有那么多力气。

淮生站起了身子，拖住甄意的肩膀，用力一带，很快把她拖到几米开外的悬崖

边。这里拆掉了墙壁，没有栏杆，下边是硬石水泥的停车道。

原来，关她的地方是一处山间的别墅。森林茂密，冷风呼啸。天灰蒙蒙的，像人哭丧的脸。

甄意被白色的天光刺激得张不开眼，她起初挣了几下，无奈身体已虚弱惨败得没了一点儿力气，任凭淮生把她拎到阳台边，他冷声下命令：

“甄意，跳下去。”

“甄意，你本来就该死，甄心才应该成为这个身体真正的主人。”

甄意知道，她跳下去，她的心就会死掉；而淮生会拉住这具身体，到时候醒来的就是甄心。而她就会永远死去了。

她闭上眼睛，泪水滑落，摇了摇头。

“甄意，活着好累啊。”淮生低头靠在她耳边，轻轻地叹息，像在催眠，“真的好累，好痛苦。每天都要挣扎，每天都要彷徨，活着太辛苦太孤独了，跳下去吧，跳下去就再也没有痛苦了。就会永远解脱了。”

“甄意，你现在多痛苦啊。跳下去吧。”

甄意伏在边缘，冷风像冰刀一样刮着她背上的伤口，她身体内外冰火两重天，折磨得几乎要发疯，几乎要撑不下去了。

她真的很累，很痛苦，所以她连一句反驳的话都没有。

可是，她呜呜直哭，一直在哭，却也一直在摇头。

她要等言格。她还要见言格。

因为得到了这世上最美好的爱情，所以所有的苦累和痛苦都变得不值一提。

她不要死，也不能死。

她死了，言格该怎么办?

只要一想到，他从她死掉的那天开始，缓缓地抿紧唇，低下头，从此再不开口说话，也再不听人说话……

她的心就痛得无法呼吸，要滞闷得死去。

她知道，从她死掉的那天开始，他会一个人坐在高高的塔楼里。驱邪的风铃在响，一天一天，他在黑色的笔记本里写着：

“今天甄意没有回来。”

“今天甄意没有回来。”

时光飞逝，直到一天，他写下：

“今 甄意 来”这样的字，他的状态倒退回了和她遇见之初时的封闭，

再到终有一天，他的纸上只留了“甄意”，而他彻底陷入最初的孤独症，自此孤独一人。

不能这样，不能看他这样。所以，她坚决不能死。

甄意眼泪直流，哭得泣不成声，却怎么也不肯听淮生的话，只是一个劲儿地摇头。

言格，言格，痛苦迷茫的时候，就想着言格的名字，不要想任何人的名字。只要言格。

淮生没了耐性，提起她的肩膀，准备推她吓她一把，把甄心刺激出来，可身后却猛然感到一股阻力。

司瑰不知什么时候跟着爬过来了，羸弱不堪，却用最后的力气抱紧甄意的腿，死死不松手。

“甄意啊，”她泪水晶莹，“不要放弃自己，你是最好的甄意，不要放弃啊！”

冷风呼啸，司瑰的声音却温暖得叫人落泪。

淮生拖了一下，竟拗不过她，他黑了脸：“放手。”

司瑰不放：“甄意，不要放弃自己。”

淮生命令杨姿：“把她拉开！”

杨姿去扯，可被她狠咬一口。杨姿怒极，想起那天在洗手间的羞辱，只想看甄意更凄惨，一下拔出淮生给她的枪。砰一声。

司瑰惨白的唇角竟弯了一下，无力地倒了下去。

“阿司！”甄意尖叫，扑去捂她的伤口，“阿司……”

司瑰并没看她，像是累了，眼神柔软望着遥远的天空，眸子映着天光，清澈而干净，说：“原来殉职是这种感觉。只是……”她眼里漫了泪水，轻颤道，“妈妈该怎么办？”

甄意心痛极，浑身剧颤，却发不出声音。直到看见司瑰闭上眼，胸中悲痛瞬间爆炸，她绝望地仰起头，崩溃地惨叫：“啊！”

砰的又一声枪响，杨姿尖叫。

“谁准你杀她的？”淮生怒吼，已夺过杨姿的枪。

杨姿捂着出血的肚子，惊惧地望住淮生。为什么不能杀司瑰？

甄意坐起身了，细白的手摁在司瑰胸口，全是鲜血。脸缓缓转过来，阴冷，决绝，换了另一张脸。

淮生冷笑：“早就想杀你，要不是摊上你这浑蛋的律师，我姐也不会那么惨。”他转头对甄心道，“交给你。”

甄心起身，血染的长发在狂风里飞舞。她唇角一勾，便浮上一抹阴鸷的笑：“她早就该死了。”

杨姿脸色惨白，捂住流血的肚子拼命往后挪，大哭：“甄意你快出来，救救我。”

“哼，现在知道喊她了？你不是想杀了司瑰刺激她吗？现在她还能救你？”

杨姿后悔不迭，又惊又恐，眼泪下雨般直流：“不要杀我。甄心，别杀我啊。”

忽然，面前的女人猛地跪倒在地，变成甄意。她咬着牙，面色潮红，痛苦地唤：“甄心，不要杀人。”她唇角咬出了血，仿佛天人交战，拼尽全力地阻挡着某种无形的东西。

但很快又变成甄心：“没用的东西，早杀了她，司瑰就不会有事。”

杨姿大哭：“我错了，不要杀我，不要杀我！”

放下电话，陈队下达了出发的命令。警察们步履带风，出门登车。全服武装的特警队们风驰电掣地跳上车，整装待命。

言格一人坐在后排，望着窗外，侧脸冷漠。

安瑶留在车外，好几次想说什么，欲言又止，终于上前一步要开口，警察已顺手关上车门。她望着远去的车辆，心攥成了一个点。

汽车急速向电话里给出的目的地行驶，季阳思考着刚才接到的地址，对陈队说：“打电话的是杨姿吗？听着声音不对。”

陈队道：“或许是杨姿威胁人质说的。”

言格一言不发，自从听说言栩被抓走，他就一直沉默不语，仿佛时刻都有重重的心思。

季阳手机响了，他接起来，说：“不可能。”然后挂了电话。可挂断后，还是转头问言格：“厉佑要见你？”

车窗外风景流过，男人的脸在斑驳的天光里轮廓格外分明，过了很久，才凉淡道：“他没了让我见面的价值。”

淮生和甄心往楼下走，时不时回头看一眼，她的衣服只有前面一半，血淋淋的，后面更是惨不忍睹。因为发高烧，整张脸都通红。可她居然像没事人，背脊挺直地下楼。

察觉到淮生的目光，她眼风扫过来，不悦而阴森地皱眉：“看什么？想和我睡一觉？”

“不想。”淮生摆摆手，又问，“杀掉杨姿，感觉怎么样？”

“忘了。甄意总出来捣乱。”

淮生问：“为什么给司瑰做包扎？”

甄心斜眼觑他，半响，幽幽一笑，冷傲而嫌弃：“说好用这警察交换厉佑。拖着死人过去，警方会放人？你不会想要我装成甄意去交换厉佑吧？”

淮生心里一个咯噔，赶紧摆摆手："怎么会？"

"现在快把那警察抬到车上去。"她眉心不耐烦地蹙起。

"算了，万一她撑不到人质交换就死了，反而坏事。"

"总要有人质啊！"

"有更好的。"淮生绕过灯柱，往客厅里指。

甄心看过去，就见一个非常漂亮而安静的男人坐在轮椅里，默默低着头，碎发遮眼，看不清表情。

甄心回头见淮生意味深长看着自己，凉淡道："你怎么把他抓来了，还伤成这样，以他家的背景，这不是找麻烦？"

"不是言格，是他弟弟，言栩。"

甄心迷茫，她不知道言栩。她抱着手，凌然地走去。脚步声很大，却没唤起轮椅里男人的注意。

她嘴角勾起一抹冷笑，一脚猛踹他的轮椅。

轮椅骤然后滑，剧烈地撞到桌子上。言栩不受控制地颠簸，差点儿从轮椅里滚出来。

这下，他才缓缓抬起头，迷茫地看着面前这个眼熟却陌生的女人，一身鲜血，脸颊冷酷而鲜红。半晌，他清黑的眸子恢复了淡漠，又低下头去。

这种态度让甄心非常不爽，她上上下下扫他一眼："我说怎么不对劲呢？长了这张脸的男人都是祸害。"

言栩跟没听见似的。

淮生笑了笑："这家伙目中无人的样子，我也挺讨厌。要不给他点教训吧。"他拿起桌子上早准备好的开水，取了壶递到甄心面前。

"喏。"

铁壶放在木桌上，壶底一圈的木板烫出薄薄一层氤氲的蒸汽，壶盖上的小孔正噗噗往外冒烟。

甄心瞟一眼烧水壶："从他头上浇下去？要浇你浇。"

淮生微微眯眼，语含深意："有你不敢做的事？"

甄心脸颊因高烧很红，目光却很冷，幽幽看他，缓缓道："你挑衅我？"

淮生双掌对她，投降状，嘴上却没饶："我从没见过你本人，谨慎一点儿是好的。"

甄心气极反笑，点了几下头，突然脸色一变，扬手朝淮生逼近。淮生一惊，赶紧躲过，但还是被她的戾气吓得够呛。

那架势，大姐大教训不听话的小弟。

这具身体受了伤，她动作太大，一扬手，骨头都在响，咯吱乒乓的。

她感觉不到疼，警告地看了淮生一眼，冷哼一声："我现在只想把厉佑救出来，不想惹事。把他烫死了，他哥不放厉佑怎么办？"

"我没说浇他头上啊。"淮生道。他看一眼轮椅里的男人，很久不见阳光的样子，脸色很白很虚，没什么精气神。气质安静沉默到极点。

的确是他在医院走廊里看到的人，那天他偷偷跟着言格去到拐角，听见了两人的对话，才知抓甄意不足以让警方换厉佑。

淮生笑笑，把责任往甄心头上推："说浇他头的人是你，我只想吓唬……"

"废话真多！"甄心脾气暴，不耐烦地打断，抓起开水壶，拇指摁开盖子，整壶水往言栩腿上泼去。

一瞬间，水汽像蘑菇云升起。

他裤子上鞋子上热气蒸腾，几滴开水溅到淮生腿上，把他烫得不轻，直跳脚。他心惊肉跳，看愣了眼。

可轮椅里的言栩一点反应没有，两条腿像是死了。蒸腾的热气缓缓散去，言栩的裤管和鞋子全湿透，粘在腿上。自始至终，他神色如常，白皙的脸上不曾划过一丝痛苦之色。

他手背上溅了几滴开水，十秒后才后知后觉地颤一下手指；这时，已出现几圈烫伤的红点。他木木地盯着红伤痕，极轻地蹙了眉，稍稍难过的样子。

淮生瞧他像手比腿疼似的，道："他果然是残疾，腿上没有感觉。"也算是对两人的测验。

"虽然没感觉，但一定烫得不轻。希望交换时不要被发现。出发吧。"

"给我去找一套衣服来。"

淮生迟疑。

"你让我这样穿着出去？"

稍有不顺心就发火，淮生真有点怕她，转身去找。

甄心留在客厅，就那么站着，目光冰凉又怀疑，不停地上上下下打量言栩，后者仍旧木然而沉默，睫毛微垂，盯着地板。

甄心突然蹲下去，全身的骨头咯咯响，蹲进他的视线："喂，瘫痪，你是言格的弟弟？"

言栩眼睛乌漆漆的，闪过一丝迷茫与不解，转瞬即逝。仿佛不太明白她怎么长得像甄意却不是甄意，可又漠不关心。

他不理她。

客厅里很安静，一滴滴温热的水顺着他的裤管砸落地板，滴答。

两人沉默而无声地对视。

寂静的空气里，屋外狂风大作，呼啸着在房子边卷过。

“我问你话呢！”

他还是不理。

甄心眸光阴沉，猛地又站起身，像极易被触怒的暴君，哐当！又是猛烈一脚踹向他的轮椅。

轮椅陡然打旋，惯性下高速一冲，言栩的胸口狠狠撞到桌上。他用力抓扶着桌面。胸口疼得剧烈起伏，强忍着咳嗽，可喉咙里还是溢出一声极其沉闷的痛苦。

“废物。”甄心冷斥，转头见淮生抱着一套衣服，在灯柱后边看。甄心夺过衣服，走去房间。

淮生望着她利落的背影和背上心惊肉跳的伤口，脚板发凉，瘆得慌。他想多了，甄意身体伤重又发高烧，意识模糊不清，加上司瑰的刺激，她早已经垮了。

此刻她身后的伤口纵是男人都承受不了，她却能站起来，只有甄心能解释。

言栩还是安安静静，垂着眸，睫毛很长，遮住了所有的情绪。他盯着地上的水渍出神，手指缓缓移动，跟着水渍的形状画圈圈。

古怪的家伙。淮生没兴趣地看一眼，走到窗边掀开帘子往外看。

最近一星期，K 城处在风暴来临前阶段，今天，风暴降临。

外面乌云密布，狂风大作，天空又黑又沉像锅底。完美的天气啊。

淮生和甄心要出发了。院子里防弹车已准备好，全副武装的雇佣兵下车，把轮椅搬上去。

淮生对其中两人吩咐：“你们留下。部分人质和一个警察在这，如果三个小时后没有消息，按原计划。”虽然去交换人质，但要做好保险。

如果逃命时被警方死咬，就用这里的普通人质威胁警方：不放他们走，K 城某处，十几个流动人员和警察会尸骨无存。

淮生特地把这话和言栩说一遍，有意借他的口转述。可言栩漠不关心，不知听没听。

准备上车，突然听到滴滴的声音。一位墨镜男拿着探测仪在言栩身边扫。

所有人瞬间变脸。无数把枪瞄准言栩。更多的枪对准树林。天光昏暗，大风吹着树木猛烈摇摆，仿佛晃动的林子里潜伏了看不见的敌人。

淮生不动声色地看甄心，后者凉淡地眯了眼，看好戏般瞧着。

狂风汹涌，吹起言栩额头的碎发，露出光洁饱满的额头，眉清目秀。

男子冷眼看淮生：“带他来之前你没给他检查装备？”

淮生指另一个男人：“我看他检查过，没有异常。”

那人点头："是，当时没异常。"

轮椅没问题。滴滴叫的是言栩的小腿，他掀开裤腿，检查裤管鞋子和袜子，结果从鞋子上拿出一枚钢制小扣。让机器响的是那个东西。

淮生恍然道："不好意思，是我衣服上的纽扣，不小心掉进他鞋子里。"并非不小心，而是测试甄心的反应。

男人扔掉扣子，可仪器还在叫。还是在小腿上。

那条腿因浇了开水，一片烫伤后的水泡，有一些破了，血水交融。还有几道早已愈合的旧伤疤。

淮生明白过来："他是残疾，做过手术，腿里有钢钉。"

另一人也凑来看："刚才他来的时候我们就检查过，那时机器没有响。或许是误差。"

众人这才登车。

汽车沿着山间公路往下走，绕上空旷的旧环海公路。海上波涛汹涌，狂风卷着雨水拍打车窗。罕见的秋冬季强风暴要来了。

外面天地混乱，车厢里反而有种奇异的温暖和安全感。

甄心漫不经心地望窗外，雨水更大了，把玻璃画得朦胧不清。

淮生偶尔看看甄心，偶尔看看言栩，道："这人家里很奇怪。听说他有自闭症。他妈偏心他，不管他哥哥。他哥原本有自闭倾向，长期的忽略让他哥也重度自闭。"

甄心哼笑一声："无聊。"又望向窗外。

淮生看见甄心的身后渗血了。之前一连串大幅度的动作让伤口一度度撕裂受伤，愈发严重。

透过雨幕，甄心看见后面有辆车超上来，拐个弯往另一个方向走了，那是清江大桥。而他们的车队继续前行，驶向风雨中的九江大桥。

"快艇和摩托艇都准备好了？"

"别操心。我们的计划不会有问题。"

九点整。

清江大桥桥尾停着几辆并不显眼的车，刮雨器停止工作，雨幕像瀑布在车窗上流淌。

车内坐着三五个人，却一片安静，全警惕而专注地扫视着经过的车辆。

此刻距离与嫌疑人约定的时间还有一个小时。

"上午十点，清江大桥桥尾，人质交换。"这是对方提出的时间，地点和条件。

陈队看一眼手表，对季阳道："押送厉佑的车什么时候到？"

“风雨太大，有点堵车，他们从九江区过来，还要四十多分钟。”

他们的车隐蔽在雨幕里，四周的写字楼商业楼上，狙击手特警队早准备就绪，只待命令。

陈队收回目光，道：“这次行动不会有问题。”

他透过车内后视镜望一眼后座的男人，他若有所思地盯着车窗上的雨滴和水痕，微蹙着眉，侧脸隐匿在昏暗的天光里看不清神情。

……

九点十五分。

淮生的三辆车转进九江大桥桥底的地下通道，停了下来。这是郊区外港上桥入城的中转地，清江大桥新建后，很少有人走这里。车在这儿躲避，不会引人注意。

两层地面以上就是九江大桥。此刻应该是白领上班的车流，并非每家公司都在暴风预警的时候放假。

而几分钟后，押运厉佑的车会从九江大桥经过，去清江大桥和那里的警察汇合。

淮生和警方约好十点在清江大桥交换人质，可他不会去那儿，更不会自己入虎口。

他会在九点半左右在九江大桥上拦截厉佑，攻破警方最薄弱的一环。

声东击西。

随后立刻奔赴九江码头，乘快艇和摩托艇沿水面奔驰而去。今天是绝好的天气，狂风暴雨，海上风力太大，警方纵使想追，直升机也升不起来。快艇摩托艇可以瞬间消失在狂风骤雨的海面。

淮生打了三个电话出去，一个给驻守山间别墅的人，无异常。

第二个给去到清江大桥的那辆车，对方换了普通车辆，开车经过清江大桥桥尾，勘察情况：“隐藏很深，但还是发现十几辆不对劲的车，藏着警察；附近写字楼、店面，还有商业楼里都有狙击手。警方在这里等着瓮中捉鳖。”

第三个则打给九江大桥桥尾写字楼里自己的狙击手：“全部准备就位。”

淮生放下电话，笑了。

甄心也勾起唇角，心情畅快：“警察真是一群蠢货。”

淮生拉开车门，地下通道里的风猛地灌进来，冰冷刺骨，车内的暖意清扫一空。

“走吧。”

“去哪儿？”

“车太显眼，先留在这儿，过会儿听我的命令从桥下走。我们先坐别的车去桥面，找准厉佑所在的车。”淮生说着，拿起一件冲锋衣给自己披上。

外面实在太冷。他又找了两把枪装进腰上，递给甄心一把。

甄心：“你怀疑他们的车不止一辆？”

“当然。”淮生自信地扬起唇角，“厉佑这么重要的人物，警方一定会设置迷惑选项。贸然上去，盲目的交火没必要，也会损失元气。”

“好。”甄心麻利地跳下车，被冰冷汹涌的风吹得头发乱飞，单薄的衣服鼓成气球。

淮生拿起一件冲锋衣：“你不穿吗？”他看着都冷。而且她的背后在渗血，衣服上染出了丝丝红色。

甄心嗤笑，利落地拉车门，把静默的言栩和留守的其他人关在了里面。

……

九点二十分。

甄心和淮生坐进一辆宝马，驶出地下桥洞，上了九江大桥。

一上桥面，汹涌的雨水和风声愈发声势浩大。雨水如瓢泼，车辆缓慢而行，汽笛声此起彼伏。九江大桥长达 3.8 公里，大雨模糊了视线，能见度不足十米。

刮雨器艰难地扫送着挡风玻璃上堆积的雨水，宝马车里的人把车窗开出一条缝，目光灼灼扫视外边。大风潮水般倾涌而入，冰凉的雨丝滑落在甄心脸上，沁人的凉。

“找到了。”

前方不远处出现三辆黑色 SUV，和他们之前开的车一样，除了高档点，不显眼。可只有专业人士看得出是防弹车。淮生给桥下等候的队员打电话：“出发。具体车号待定。”

车中人很快架设好测量仪，司机缓缓变车道、挤缝、超车，在暴雨如瀑的天气里，无疑会引来后方司机不满的汽笛。可桥上早是震耳欲聋，绵绵不绝。

老天也好似帮忙，沉沉的乌云间电闪雷鸣，轰隆声响彻天际。

电光劈开黑暗，在车内人的脸上闪过，甄心的脸惨白惨白，透着诡异的潮红。

……

早上九点二十七分。

K 城上空黑暗笼罩，海面波涛汹涌，路灯全亮的九江大桥如同世界末日的一座孤岛。

密集的车流里，司机靠近那三辆不同寻常的车。这样的装备必然是押运重犯。这样的鬼天气除了和嫌疑人谈好条件的人质厉佑，还有谁被押送？

汽车平稳地在风雨里行驶，淮生等人屏声静气，盯着测量仪。司机缓缓调整速度，跟随那三辆车，匀速而平顺地一点点超过。

天光昏暗，测量仪的屏幕上却闪着光线，很快数据分析出来。

最后面一辆，车重 897 kg，车胎高度 15.9 cm；

往前，车重 1024 kg，车胎高度 14.9 cm；

再往前，车重 906 kg，车胎高度 15.8 cm。

第 2 辆车里比前后两辆车多至少两个人。

他们记好车牌，加速离去。

……

九点三十八分。

宝马车离九江大桥桥尾只有半公里，离警察守候的清江大桥更远。车在半公里处的下行岔道上转弯绕下去，前来汇合的车跟上来。

淮生推开宝马车的门，防弹车上的人也拉开门。两辆车在暴雨里并肩而行。狂风肆虐，淮生一跃，从这辆车跳上了防弹车。

甄心起身时，风大得和台风有一拼，吹得司机都很难把握住方向盘。

狂风鼓起她的衣服像只风筝。她冷面如霜，被雨水拍打得浑身湿透，纵身一跃，刚好暴风再度来袭，差点儿把她卷走。

淮生和另一位男子及时抓住她的肩膀，把她拉进车里。

车门关上，狂暴的风雨声瞬间小下去。宝马速度减慢，淡出队伍。而防弹车加了速度，绕上桥面。

车速渐快，每个人都顾不得湿透的身体，全副武装，抱起枪支等待着车再度上去桥面和厉佑的车汇合。

言栩始终像局外人，静默着没有动静。车外的风雨声影响不到他，车内的紧张气氛他更感觉不到。

淮生看甄心一眼，她把窗户开了个缝隙，正全神贯注望着窗外。

她的头发全湿了，血迹洇开在背后，脸色异常洁白，被涌进来的风雨洗刷着，坚毅而酷。

淮生放心地收回目光。

视线随着车身缓缓向上，海水奔腾，九江大桥桥尾尽在眼前，还有三辆押送厉佑的车辆，和淮生计算的一样，刚从桥上行驶下去。

淮生的车一开始隐藏在一辆货车后，看准三辆车行驶到公路岔路口，拿起电话一声命令："开枪！"

话音才落，便听暴雨雷鸣汽笛人声之中，一连串砰砰的枪响。

一瞬间，汽笛与人声消失殆尽，所有人屏气凝神，天地间只有呼啸的风雨和响彻天际的雷鸣。

三辆车中，一前一后两辆，四个轮胎全部中弹漏气，与私家车猛撞到一起。

中间那辆前胎左侧中弹，剧烈的打滑和侧移，不受控制地拐进分岔车道。那尽头正是九江大桥桥尾下方的九江码头！

"加速！"淮生他们瞬间以不可阻挡的气势冲进下车道。

打停的两辆车里，特警迅速跑出来，执枪射击，子弹打在车身上，震耳欲聋。却没能穿透厚厚的防弹车层。

暴风雨中，视线模糊，他们赶不上了。

而已经冲入下车道的警车，只能孤军奋战，一路加速往前狂奔。

后面的车紧追不舍，驰骋进宽阔的码头，在巨大的货品集装箱之间飞行穿梭。

自然灾害预警的天气，码头停运。

汽车追逐着，越往深处开越发荒无人烟，空荡荡的集装箱走廊之间，闪电暴雷在天空炸开。

前方响起枪声，他们车里的人举枪回击。瓢泼大雨迷糊了视线，双方的子弹都没命中率可言。

三辆车分开行动，分路包抄，终于在大风大雨中把警方的那辆车围堵在海港口。

可车辆齐齐刹车包围时，警车并没有动静。

下了车，几人作掩护，一人拿枪上前飞速而利落地拉开车门，瞄准！

车里一个人也没有。

空旷的天地间，白昼黑如夜，电闪雷鸣如同末日降临。

众人围着一辆空车，目光如剑，谨慎地四处扫视。

海面上狂风卷起乌云和海浪，一整排汽艇和摩托艇在风雨中的海面上颠簸。

……

九点四十五分。

即使现在警方从清江大桥赶过来，也要十五分钟，更别说堵车。他们要立刻解救厉佑，在风暴来临前，乘摩托艇离开。

周围全是大面积的集装箱和空走廊。淮生在暴雨中嘶吼着下令："分散，搜！"

甄心浑身湿透，大声喊："这个人质怎么办？"

"留一个人看着，你去找厉佑。"

甄心二话不说，抓起最简易的 AK-47，跑进雨雾。她抱着枪，在寸步难行的风雨里奋力向前。暴雨像泼水，黑暗的夜空中银色的闪电曲曲折折地劈下来，在高高的铁皮集装箱上投下瘆人的银光，像灾难片场景。

冰风冷雨劈头盖面地砸在她身上，暗夜气息里带着海风的咸味，她控制不住浑身一抖，体内让人晕眩难熬的灼热被刺激得消减了不少。

她用力呼吸着狂暴的风，漆黑的眼睛里眸光一闪，原路返回。沿着铁皮箱子缓缓移动，注意力全在耳朵上，漫长而宏大的风雨声后，安安静静的。

很长时间内都没有枪响，这意味着没人发现踪迹。

……

九点四十八分。

她回到车前。分散去寻找警察和厉佑的人都没回来。人质在的那辆车，车门开着。

一个男子警惕地握着枪，守着人质。

轮椅里的男人侧脸清秀，映在黑雨洗刷的玻璃窗上，格外白皙。暴雨已把他淋湿，利落的短发被雨水拧成一簇一簇。有几滴从他棱角分明的脸上淌过。

她无声看他，刚好一道闪电，白光把他的脸衬得刀削斧凿般俊朗。也正是这一刻，这淡漠冷清的男人转眸看她，逆着光，漆黑的眸子更加幽暗。

她收回目光，跳上车，对守候人质的男子说："我们换一下，太冷了，我不想去找了。"

"不行。"

她冷眼看他半晌，"哼"一声，弯腰下车，脚没落地人已迅速转身，小脸煞白而冷静，举枪瞄准，砰一声打中他肩胛骨。

那人痛呼，想要握枪，却被她抓住枪身猛地一把拖过来，脚一踢，被踹下了车。

她想爬上车，可手脚已控制不住，在铺天盖地的雨水和风声里剧烈颤抖，撑不住了，一点力气都没了。她浑身都在抖，却已找不到痛点。

而轮椅上的人目光挪过来，看着她的身后，突然敛起眼瞳。

她狠狠咬牙，竭力爬上车，却隐隐感觉暴雨中出现了一个身影。

抬头一看，淮生不知什么时候回来了，隔着如瀑的雨水，手中的枪指过来。

她的心猛地一凉，抓住车门一带，一瞬间条件反射地扑向轮椅上的男人。

而他亦是同一时刻拉开另一侧的门，揽住她的腰，将她护住伏倒下车，抱着她滚进另一辆车的车底。

淮生的枪响刺穿风暴的天空。

一瞬间，周围的集装箱门发出巨大的声响，全部打开。

无数执枪的特警冲了出来。

……

九点五十一分

荒无人烟的九江码头上，光线晦暗，只有机械吊台上高高的照明灯，映着天空里层层叠叠的闪电。

淮生全身湿透，暴雨拍打着眼睛，看不清周围有多少人。

三分钟不到。警方从天而降。不是从清江大桥赶来，而是早已守候在此。原准备声东击西，没想到警方将计就计。

原来九江码头才是他们瓮中捉鳖的瓮。清江桥尾隐匿的警察和狙击手全是幌子。

他深吸一口气，用最大的声音在风声雷声里大喊："放我走！我们还有人质！"

……

车底下雨水沉积，她被他搂住趴在他身上。冰冷的雨水像河流从他身下冲刷而过。

她愣愣望着他苍白的脸颊和漆黑的眼睛，呆了一秒，一下子扑上去抱住他的脖子，所有的委屈、心疼、痛苦和思念，全在这一刻化作眼泪夺眶而出。

"我就知道是你！"

他揽着她的腰，不敢抱她，更不敢碰她的背，黑曜石般的眼睛里水光闪烁，像是滴进了雨水，纵使克制，也不可自抑地轻颤：

"我也知道是你。"

9点51分。

狂风骤雨里，海面黑沉如死海。风暴来临的大海之上，巨浪颠簸，波涛汹涌。

瓢泼的大雨几乎阻断了特警队员的视线，而肆虐的狂风一度度愈发汹涌，渐渐蕴含起不可人控的力量。

远方繁华的HK城和闪烁的九江大桥成了黑暗中的幕布。荒无人烟的九江码头上，光线晦暗，只有机械吊台上高高的启明灯，映着漆黑天空里层层叠叠的闪电，和瀑布一样的雨水。

淮生全身都湿透了，暴雨拍打着眼睛和脸颊，几乎看不清周围有多少人。他垂下手，却并没有扔掉枪。

三分钟不到。

警方是如何从天而降的？他们不是从清江大桥赶来，而是早已守候在此！

他闭了闭眼，分明约好了10点在清江交换人质，原准备声东击西，没想到警方将计就计，也给他来了这么一招。

原来，这里的九江码头才是他们瓮中捉鳖的瓮。清江桥尾隐匿的警察和狙击手，全是幌子。

他站在狂风暴雨里，单薄的身子被风吹得摇晃不堪，面前凄风苦雨遮住了视线，他像是一个人立在孤岛上。

淮生深吸了一口气，用最大的声音在风声雷声里大喊：

"放我走！我们还有人质！"

风力大得天地间什么都听不清了，大雨汹涌地漫进车底逼仄的空间，再一次浇灌言格和甄意早已湿透的身体，流出去的水全被鲜血染红。

言格躺在地上，清黑的眼睛里水光湛湛。他紧紧咬着唇，全身都被雨水覆盖，短发利落地贴着脸，连睫毛也粘满了雨水。

心早已泡进了黑夜的大海里，憋闷，沉重，透不过气。

外面在对峙，他们还出不去。

可甄意快不行了。

她无力地趴在他身上，眼睛里迷了雨水，却仍是固执地睁着。

世界昏暗，外面的声音从耳边消弭褪去了，唯有他胸膛上沉稳有力的心跳声。

安稳得让人想睡觉。

可，不能睡啊。

她伏在他的胸膛上，呼吸很浅，无声无息，丝毫不沉重，反而让言格揪心。

她喷在他脖颈间的气息像火一样灼热，他拧着眉，贴了贴她的额头，烫得……烫得他眼眶都红了。

从哭出那句“我就知道是你”后，她再也没发出任何声音，眼光涣散，人看上去已经没了意识，却执拗地睁着眼睛，不肯闭上。

他知道她在怕什么，她坚持了太久，意识里已经成了习惯：怕甄心反扑。

所以，明明体内体外所有的伤痛都爆发了，明明已经撑不下去，到极限了，她还不肯放手，不肯晕过去。

眸光涣散了，只有手、脚、全身都在抽搐，抽筋。

言格用力箍住她的头，下颌狠狠贴住她的脸颊，眼泪便涌了出来。

滚烫的眼泪就着冰凉的雨水淌过她发烫的脸，她忽然好似回光返照，吃力地哼了一声。剧烈颤抖的手伸过来，摸索着去探寻他的脸，满是雨水，冰冰凉凉的，没了一如往常的淡漠，而是坚毅地咬紧牙关，咬得紧绷着。

她努力仰头，便吻上了他的唇，没有吮吸，没有轻咬，只有最痴虔的触碰，唇与唇之间隔着清冷的海风与冰雨，温热，柔软。她悄无声息地，疲惫地，合上了双眼。

言格停了心跳，仿佛沉溺进了安静的水下。

因那吻只是一瞬，下一秒，她的唇便从他脸颊上滑过，她痛苦而煎熬的抽筋和挣扎都在一瞬间消失殆尽，身上再也没了一切的苦难折磨。整个人变得冰凉而柔软，如一团软泥瘫在他怀里。

响彻整个世界的风声雷声在他们头顶炸开。

她却格外的静，静得像没有了生命，没有了未来。

他抱着她，贴紧她柔软的脸颊，浑身都开始剧烈地发抖，眼泪一颗颗全坠落她脸上。心却猛地皱缩成一团，像是被冰冷的电流袭过，停止了跳动。

医生拿剪刀剪开言格的裤腿时，愣了。他的膝盖和小腿上布满了烫伤后的水泡，有些已经磨破，血水交融。

安瑶和言栩陪在一旁，见了心惊肉跳。安瑶惊道："怎么会伤成这个样子？"

言格沉默，道："和她比起来，算不了了。"

安瑶一想起甄意的伤，顿时眼睛又湿了。

风暴侵袭着这座城，是警车开道，在瘫痪的交通里开辟出一条路把甄意送来医院的。看到她那样惨烈的伤口，警官们眼睛红了，医生和护士都落泪了。

安瑶轻声道："言格，你别担心，甄意她一定不会有事的。"

言栩木木很多秒，也想安慰哥哥，便学着安瑶的话，重复："嗯，一定不会有事的。"

言格不作声。

几位医生在一旁商量之后，决定先把他腿里的东西取出来，然后再治烫伤。

言格很快被送上手术台，局部麻醉后，医生切开他的小腿，从肌肉组织里拿出一根钢钉，又从更深处夹出一枚追踪定位纽扣，扔进盘子里。

……

甄意意识回笼，猛地睁开眼睛，发现自己趴在干净而洁白的床单上。虽然片刻前，手下意识地抽搐，却被一双温暖而宽厚的大手握住，那紧紧的一握抚平了她激烈的心跳。

言格坐在轮椅里，凝视着她，眸光温和而清浅。

她讷讷的，心酸的感觉后知后觉地上来，忽然想哭："你一直守着我吗？"话出口才觉嗓音嘶哑。

他没答，拿手背贴贴她的额头，稍稍蹙眉："还是在发烧。"

听他一说，甄意又觉身体被一种异样的热度包围，没有力气，脑袋里热乎乎的很沉重，脸颊和身体烫得像只膨胀的气球。

"怎么这么快醒来？"他问。

心里在疼。他看得到，昏迷的这几天，她一直很痛苦，蹙着眉抓着拳头，很不安分，像陷入梦魇无法挣脱。

医生说她会昏迷很久，可她出乎意料地醒得快速。他知道，她心里一直是紧张的，害怕被甄心打倒。

言格摁了铃，医生来调整点滴里的药物，又叫护士给她换药，检查后，医生也欣慰："甄小姐是我见过的最坚强的病人了。"

长久的疼痛让甄意没心思接受这样的奉承，且女孩最担心的问题她也一直惦记着，难过道："留了很多伤疤吧？"

"已经做了皮肤移植，等身体恢复后，辅助几次小整形术，就没问题了。"

"谢谢。"她低低地说着，重新趴回去，扭头看言格，努力微微笑，"疼倒是小事，一咬牙就过去了，美丽不留疤才是我最关心的。"

言格哪里不知她想让他宽心，纵使如此，他也没拆穿她的善意，只配合地弯了弯唇角。

甄意望见他嘴角苦涩的笑和眼底蚀骨的痛，她的心狠狠一磕，便知说什么都无用。他心疼她，心疼得比她身上的痛更甚。

两人彼此默默凝望着，竟都不说话。

医生护士走了，病房里安安静静，只剩窗外式微的风雨。

良久，甄意轻声说："言格，我想坐起来，让你抱我。"

言格腿上还缠着绷带，但能勉强起身，坐到病床上扶她起来，她身体绵软得很，稍稍一带，她便撞上他的面颊，柔软发烫的嘴唇带着滚热的鼻息碰在他脸上。

他僵了一下，沉默着，或许在隐忍什么。下一秒就扣住她的脑袋，低头吻上去。这些天堆积的慌张和失而复得的庆幸尽数爆发。

甄意始料未及，蒙蒙地没反应，任他索取。

他的唇齿间全是清苦的药味，却异常性感。他的吻从来温柔亲昵，不会像今天这样用力。她被他吮得舌根发疼，直觉像要被他吸走，天旋地转的晕眩，激热得要晕过去，偏偏他齿间的香味叫她流连忘返，虽是浑身无力，却本能地贴上去勾住他的脖子，给他最好的回应。

终究，他平息了心底的忐忑与紧张，摸摸她滚烫发红的脸颊，相拥着把她揽入怀里。

她歪头靠在他肩膀，手臂绵软无力地搂住他紧实的腰身，心无旁骛地感受他怀里熟悉的温暖和宁静。"又回到你身边了，真好。"

"嗯，真好。"他抱着怀里小火炉一样的人儿，轻声回应。

她贪恋地吸了吸鼻子，嗅嗅他身上的味道，忽然想起什么，猛地抬头，如水的眸子因发热更加氤氲，雾气沉沉："水泼在你腿上是不是很疼？我当时在拖时间，心想你会自我催眠。"

"没事，"他安抚地说，"不像你。"

他轻抚她的背，眸光微暗，道："为了消除淮生的怀疑，只能这么做。你怎么知道是我？"

"在外人看来，你和言栩一模一样。可在我眼里，他最多和你七八分相似。"

她说话还有些软，言语间却透出一丝骄傲，黑白分明的眼睛期盼地望住他，“你呢？怎么知道是我不是甄心？”

“感觉。”他早说过，他的甄意，他不会认错。

她弯起唇角，脖子有点酸了，低下去靠进他的胸口，微微合眼，问：“司瑰怎么样了？”

“她没事。警方把山间别墅里的人都救了出来。”

她再度自豪：“我就知道有你在肯定没问题。你在小腿里放了东西？”

“嗯。他们比较谨慎，所以放的是定时启动的微型追踪器。一开始扫描检查不会被查出。定时开启后，没想到会检查第二遍。”

“用腿上的旧伤瞒过去了？”

“也不是。已经做好各种准备：我设想过他们怀疑身体里有东西，会把腿割开，所以把微型追踪器埋得很深，又在外面放了治疗骨折的钢钉。”假使对方疑心挖开，会认为是钢钉引起的反应。

她心疼，手滑下去摸摸他的腿：“要不是这样，山里的人质救不出来，会牵绊警方。你猜到他们会准备两批人质？”

“交换人质风险很大，他们一定会留有后手。”

“我们开车去九江大桥时，有批特警潜伏进山，等码头包围淮生时解救人质？好惊险。”甄意望住他利落而消瘦的下颌，佩服，“码头上的特警呢？他们早就潜伏在那儿，你怎么知道淮生会从那里逃？”

“他们做事向来万无一失，警方兵力太强，他们不会贸然对峙交换。提出人质交换的时间和地点是烟幕弹。他们不会去，而会提前截获关押厉佑的车。人质交换后必须安全快速地撤离，但城区不能满足这个条件，只有港口。港口逃生的弊端是汽艇和摩托艇的速度比不过军用直升机。除非海上风浪太大，直升机和其他飞行器无法起飞。这样才能瞬间从警方的视线逃离。

“杨姿打电话提出给三天时间。这很奇怪，没有绑架犯会给警方那么长时间。时间越长风险越大，破案可能性越高。我猜是因为风暴在三天后降临。他们在等最完美的逃脱时间。

“从精神病院开往城区的车必经九江大桥，那里正好有码头，所以我断定他们想从那里逃走。警方也会根据我身上的追踪器判定我的推测是否正确。”

那天甄意听到淮生的计划时，已觉得天衣无缝。警方在清江区等着十点交换人质，而淮生提前截获，趁着暴风雨在海面上消失。

纵使言格腿上有追踪器，等仪器启动，车辆已进入闹市，平民众多，警方怎敢枪战。约定在清江大桥，走九江大桥也是可行线路，警方盯着追踪器也难发现异常。

可言格早已洞悉他们逃出生天的计划，让所有警力按兵不动直等他们深入码头。

“你怎么知道是淮生，怎么知道他想绑架言栩？”

“不是他想绑架言栩，而是我给他提供一个绑架的人。结果他上当了。”他稍稍低头，下颌贴在她的鬓角，轻轻蹭了蹭她的脸颊，“能做出这一串事的，不会是杨姿。”

甄意赞同：“杨姿想不出那样杀人的办法。”

言格淡淡道：“嗯，智商这种事，不会一蹴而就。”

甄意：“……”

“郑颖的装扮和刀片，是经典却冷门的舞台剧《枕头人》，以我对杨姿浅薄的了解，她想不到。别人教她的。”

在实验者眼中，杨姿是一件“不太成器”的实验品。不太记得儿时的事，可在人生最落魄对手最风光的时刻唤醒她童年的悲惨境遇，她所有的不平衡都会找到突破口，让“小歪心思”的人也犯大罪。

“你怀疑淮生是因为《枕头人》？”

“警方猜想，有次在警局，他说漏了嘴。说郑颖是‘戏剧’性的死法。”

甄意趴在他怀里，不经意眨眨眼睛，长长软软的睫毛在他脸颊上来回轻轻地刷，有点儿痒。言格停了一下，垂眸看她，她的脸颊还是红扑扑的，精神却还行。

透明的点滴顺着细细的软管流入她的手背。他抬手覆上她微凉的手，轻轻捂住，“淮如的悲惨命运是淮生心里永远的伤。他给杨姿建议，让她以枕头人的方法杀掉郑颖，也算是他心里痛苦的释放。”

甄意道：“他听到言栩和你的对话，会把言栩套入《枕头人》弟弟的形象里，觉得言栩应该受惩罚？”

“这是其中一点，另一点出于交换厉佑。”

“早怀疑他，为什么不直接抓起他来？”

言格低眸看她。抓起他来，杨姿那毫无定性的性格狗急跳墙了怎么办？

“抓他就找不到你了。他还不是背后真正的策划人，只是比杨姿更厉害的一个组织者执行者。你觉得他像催眠让宋依、唐裳、崔菲跳楼的人？”

甄意一愣：“不像。那人应该很厉害，可以言语催眠；但淮生和杨姿只会用药物。虽然这么说不对，但淮生和杨姿比较粗暴简单，那个人感觉上有点儿……个性和骄傲。”

“我和你感觉一样。”他温和地看她。

“淮生为什么听他们的？”

言格眼瞳微敛，道：“《枕头人》里弟弟用枕头捂死苦命的哥哥，说自己犯下一切的罪。”

“你的意思是？”

“从许莫案可以看出，淮如为 MSP 服务。淮生知道后联系机构，找来药物，让姐姐忘记痛苦，快乐地死去；也借助他们的力量报复杨姿。”

想起淮生说希望姐姐死去的话，甄意心里五味杂陈。枕头人血脉间的纠葛与感情，她以前不明白，经历了甄心的事，她有些明白了。不存在的姐姐甄心，她心疼她，可也因她而饱受心理折磨，希望她永远不要再出现。

“淮生只做了两样事，让淮如自杀，教杨姿杀人的方法。其他都和他没关系。”

幕后人果然深不可测。到了最后，他都不肯亲自出面，而是把事情交给淮生和杨姿。更可怕的是，他能准确找出他们两个的弱点，挖出来为他所用。

“你知道那个人是谁吗？”

“有怀疑对象，正在调查。”言格不想告诉她，他正在调查她身边的人。

甄意“哦”一声：“这次他们以为可以换回厉佑，结果是厉佑做了诱饵。亏你想得出来，要是出了什么纰漏，真把厉佑抢走了呢？”

言格寻常道：“三辆车里都没有厉佑。”自始至终，一切尽在他的掌握。

甄意讶住。半晌，心服口服，“言格，你好厉害。”

他稍稍一愣，眸光温软下来，轻声说：“我觉得你更厉害。”

他从没见过这样的小女子。身体惨痛脆弱，心灵伤痕累累，精神饱受压制，随时会绷裂……却一次次撑下去，像奇迹。

一想到她背后鲜血直流，脸上却没有半分苦痛，身板撑得笔直的样子，他便深深地心疼她，由衷地敬畏她，欣赏她，爱慕她。

“甄意，你很厉害。”他重复一遍，低头在她眼睛上落下很浅的一吻，轻缓，温柔。

她又笑了，大难之后，这样被他拥在怀里轻吻，她觉得幸福。

“言格，我被抓走了，还受了伤，你是不是很心疼？”

“嗯。”他缓缓说，“疼得要死。”

清淡的四个字叫她狠狠一怔，心里硌得疼痛。

“我也是。”她合上眼睛，唇角的微笑仍然幸福知足，她知道了很多事，人格分裂，言格的受伤。可是……

她靠在他肩上，眼角有泪花，嘴角的笑容却不断放大：

“言格，他们说我生病了，说我伤害你。可我不管，我就是要和你在一起，永不分离。你也不准走，我会努力，我以后都会对你好好的。”

言格稍稍一愣，眼里染了说不出的柔情。原以为在这两件事上要宽慰她，给她做心理建设，没想到全无必要。

他们已有足够的默契和依赖。她知道他最需要的是她，所以她义无反顾地不松手。什么离开了就不会受伤，不，离开才是最大的伤害。

“我不会走，”他微微弯唇，“甄意，你一直对我很好。”

她懒懒地动一下，又问：“淮生怎么样了？还有杨姿。”

“淮生被捕，杨姿死了。”

“死了？”甄意缓缓重复，心里弥漫出说不清的滞闷。

言格没再言语，眸光渐深。

警方从淮生那里得知了甄意人格分裂的事。淮如的死要重新调查，而杨姿的死也疑点重重。律师说，甄意这种情况要被关入精神病看管所。

呵，怎么可能?

言格换掉腿上的纱布后，不让护士帮忙，推着轮椅回走。

医生说司瑰没有大碍，可她一直昏迷着。说实话，甄意身边的人都可疑。警方说，淮生承认他绑走司瑰，但言格不确定。

就在昨天，警方抓获了卫道者案的罪魁祸首，法庭的一位书记员，他符合卫道者的一切侧写。因为在法庭做记录时看到太多该受处罚却逃脱法律制裁的人，于是想伸张正义。

今年上半年，他记录的案子都是普通民众的错误害死公职人物。但六月份，他陷入恋爱不再作案了。直到这个月，女朋友和他分手，他受了刺激，刚好遇到一个案子：一个女孩闯红灯，交警去追，结果被别车撞死。

但这次，女孩会跆拳道。警方把他的生物信息与卫道者比对，全部符合。而他对之前的罪状供认不讳，作案细节也全部相配。

卫道者案终于结案。

这就带出一个问题。郑颖的死不仅是对枕头人的致敬，也是对卫道者案的模仿。

警方已排除法庭书记员把作案细节与他人分享的可能。如果幕后 boss 不是卫道者的作案人，那他必然是警方内部的人，是可以接触到卫道者案的人。

这样的人没几个。

言格转过走廊，快到司瑰的病房，正好卞谦从里边出来。

他记得，司瑰失去联系时，卞谦正在警署给年底的警员心理测评设计试题。那时，他温和的眼睛里划过一丝深深的惊惶。

司瑰获救后，他寸步不离地守着，人看上去消瘦了很多，眼睛上有了黑眼圈，下颌也长出青青的胡楂。

言格沉默几秒，才礼节性地开口，问："她情况怎么样？"

"各方面都正常，人也脱离危险，可就是不醒来。"卞谦用力揉了揉眉心，"如果过几天她还是醒不了，我就带她去美国治。"

言格没说话，职业病地观察他的表情，试图分析他的心理状况。但对方也是心理专家，他看不出任何异样。

因为"电话人"，言格早已开始留意甄意身边的人，卞谦，司瑰，尹铎。

孤儿院实验小组的上上一代和上一代科学家无迹可寻，但目前接手研究的组长，也就是这所有案子的幕后boss有两个，一个是厉佑，另一个应该和厉佑同龄，或比他小几岁，是他的至亲。

他叫人查了这几个人的信息，都可以，但一锤定音的没有。

每一个人都对甄意至关重要，他必须格外慎重，不然对甄意将是巨大的打击。

卞谦抬眸问："小意怎么样？"

"主要手术都做完了，还有几个小手术，剩下的就是忍着疼痛复健。"

卞谦蹙眉："心理上的伤……"低头宽慰地笑了一下，"有你在，治得好。"

言格没答，反问："你和司瑰知道甄意有个姐姐叫甄心吗？"

卞谦稍显纳闷，想说什么，手机不合时宜地响起，他接起来说了几句便对言格道："咨询室有点急事，我先过去。司瑰如果醒了，及时通知我。"

言格回头看他，若有所思。

这天对甄意来说，午间的小憩并不安宁。

窗外在下雨，是最适合睡觉的天气，可甄意这几天的睡眠如同台风海面上的小舟，深深浅浅地颠簸，无止无休。

那个纠缠不休的声音又出现了：

"甄意，你会过得很幸福。开了工作室，打造你的大律师品牌；和你最爱的男人结婚，每晚在他给的温暖中入睡。不过，有一天，我先醒过来，那个男人搂着我熟睡着，毫无防备；于是我拿起刀，刺进他的心脏。你说，你的心会不会跟着他一起停跳？"

甄意猛地睁开眼睛，黑白分明的眼珠里一片冷寂，又在瞬间化作温柔的安静。

床单洁白，光线昏暗。

言格侧躺在她身旁，呼吸浅浅，睡颜安详，一只手覆在她的小拳头上，一只搭在她的尾骨边。他几天没有好好睡觉，是累了。

甄意趴着，一瞬不眨地看着他。

深色的窗帘遮着，外边的风雨声朦胧而不清晰。半明半暗的天光里，他安然合着眼，男人的柔弱和清润在他熟睡的脸上展露无遗。

他对她，毫无防备。

她心里暖得发酸，想起甄心的话，又微微苦涩，脑袋挪过去一点，听见他胸膛均匀而有力的心跳声，这才安稳。

大风大雨的天气里，同盖一张被子，缩在他怀里取暖，她可以什么都不想，就这样乖乖地趴一天，不吵吵也不乱动。

脑袋放空时，却感觉他的手指隔着病号服，在她尾骨底端来回抚摸起来，惹得背脊一阵战栗。她倏然仰头，他醒了，正望着她。

漂亮的眼睛底下有浅浅的黑眼圈，眸光却清隽醒然，嗓音带着刚醒的缱绻："怎么就醒了？"手腕从被子里抬出来，"才睡了不到十分钟。"

"伤口有点儿痒痒么。"她也刚醒还温柔，声音娇憨软萌，往他身边拱了拱，一副小猴儿求同伴挠痒痒的姿态。

他手指钻进她上衣，隔着绷带抚摸轻蹭，"哪里？"

"往上……左边一点……呜……呜……"她软趴趴地闭上眼睛，在他手指的轻抚下，肌肤上阵阵发麻战栗，浑身都惬意舒爽起来。

言格给她挠挠完，整理好衣服，看她精神恢复得不错，长日苍白的脸上终于有了血色。

隔了半会儿，他漫不经意地问："做梦了吗？"

甄意心里顿时一个咯噔，果然什么都躲不过他的眼睛，好在她早有准备。

"做了个吓人的梦，梦见我张口吃东西，上边的牙齿全掉光了。"她特配合地张开嘴巴做演示，手指在柔软的嘴唇上戳啊戳。

"梦见牙齿掉了。"他定定的，重复她的话。

她一口咬定，言之凿凿："就是。不过梦都是反的，我上边的牙齿才不会掉光呢。你说是吧？"

"嗯。是反的。"他觑她一眼，淡淡地赞同，"你下边的牙齿会掉光。"

甄意愣一秒，瞬间像回到一开始的精神病院里，那时的言医生好冷。

她哈哈大笑起。

"你突然这样子萌贱，你弟弟知道嘛？哈哈，言格你好冷哦，一点儿都不好笑。哈哈。"

话这么说，可她趴在床上笑个不停，咯咯咯的，动静极大，整个人都在哒哒地起伏，带动一张床都在抖。

这丫头连生病都是欢腾的。

言格："……"

她笑得脸都红了，开心又欢乐，一边脸歪在枕头上，长发凌乱，又叽叽咕咕地哼起自谱的调子。

他觉得有些事情真是解释不清，无厘头又不可思议。

只要有她在身边，他的心便安稳；分明是喜静的性子，却能容忍她一切不着调的行为。不，不是容忍，是只有看着她肆无忌惮地闹腾，他才知何为开心滋味。

就像此刻，陪她午睡，被她的小动静弄醒，看她笑得床都在抖，他就觉得惬意恬淡，这样的时光，过一辈子也愿意。

他安静看了半晌，抬手捋她笑得垂落脸颊的碎发，捏在指尖觉得异常柔软，手指忍不住缠绕起她的发丝玩，她的注意力也吸引过来，看着他玩。

一个静如止水，一个兴致勃勃。

一室的静谧里，她的长发在他指尖绕了数分钟。

两人竟不觉无聊，反倒安宁而心有灵犀。

甄意静静地凝望他半刻，终究开口："言格……"

"嗯？"

"淮生说，我是实验品，不是我爸爸妈妈的孩子。"

他的手指顿了一下，抬眸看她："你信吗？"

"我不知道，所以问你啊。"她目光灼灼，很认真。

他垂下眸："可能，是他想故意刺激你而说的谎话。"

"我也希望是这样。爸爸妈妈对我不好，可爷爷对我很好呢。如果我不是他的亲孙女，他怎么会特地把我从孤儿院接回来呢？"

言格沉默，那次和厉佑见面后，他派人查了甄意父母的资料。没有异样。可他意外发现甄意的父母曾是国家骨髓库的志愿者。现在，他在等 DNA 比对结果。

甄意自顾自轻轻说着，低下头："还有，我总担心甄心哪天又跑出来。"

言格松开她的头发，嗓音清润：

"甄意，相信你自己。在上次那样绝望惨痛的境遇里，你都战胜了她。我想，以后不会再有比这次更难的坎。等你身体康复了，我开始给你治疗，一直陪着你。"

她望住他清黑的眉眼，恍惚间好似沉沦。他的一句话，一个眼神，总能抚慰她。每每让她在迷茫中找回信心和方向。

她鼓了鼓腮帮子："可有时又难过啊。姐姐是这个样子，想伤害你，想让我死。我恨她，可她以前救过我……"

"我却认为是你在拯救她。"言格握着她，"是你的坚守遏制了她，没有让她堕入邪恶。"

甄意蹙眉："可淮如的死，还有杨姿的死，我都不记得了。警方把我列为头号嫌疑人。"

"这些你不用管。我会请律师帮你处理，你好好养伤就好。"想起检方的指控，言格的心里笼了一层极淡的阴霾。

甄意还想说什么，见他不经意深沉下去的眼眸，作罢了。

言格把她往自己胸口拢了拢，轻声道："再睡一会儿。"

他话音才落，她便觉乏了，眼皮沉沉的，闭了几下，窝在他怀里睡着了。

这一次，再也无梦。

午睡起来，甄意得知司瑰就在这家医院，要去看她。

言格坐进轮椅，又帮扶着把她放进轮椅，她有只手受了伤，无法使力。

言格也不叫护士帮忙，手推着自己的轮椅往前滚半米，一手扶着墙支撑力度，一手把后边的甄意拉上来。如此往复，到了门边。

他出到门外，扶着门廊，转身朝甄意伸手。

甄意乖乖等在后边，见他回身，立刻欢喜地把手递过去。他稍一用力，她便朝他滑去，轮椅磕在一处，像要撞去他心上。

"怎么？"他见她眉梢眼底全是笑意。

"嘿嘿，像小孩子，好好玩哦。"她一咧嘴，开心地笑出白白的牙齿，"我们两个一起坐在轮椅里，好可爱。你往前走一步，又回头拉我，就像小狗走几步要回头叼肉肉一样。"

言格："……"

才出门，言栩和安瑶来了，来看望他们俩。

甄意许久没见到言栩，主动给他打招呼："嗨，言栩！"

言栩这次只反应了五秒，木木地回答："嗨，甄意。"

"听说你和言格打配合让淮生上当，你好厉害。"

"……啊？"他疑惑的样子。

"嗯？不是说你和言格在警署，故意在淮生面前表演对话引他上当么？而且后来你一直在演言格。"

"……哦。"言栩后知后觉地点点头。

甄意毫不吝啬地表扬："去清江大桥那个分队的警察和特警都没看出你有什么不对哦。哈哈，你和一帮警察在一起居然没紧张。而且演戏那么好，你是奥斯卡影帝。"

言栩蹙了眉，闷闷地摇摇头："不是。"

“你不要谦虚啦。”

“真的不是。”言栩认真道，“我只有两句台词。”

甄意：“……”

呃，好吧……难怪没露馅。

进去会面室前，言格见到了孟轩，专程为厉佑而来的国安部特工小组组长。他审问过淮生，却没能从他口中撬出任何信息。

他这次来带了很多资料，言格这几天全部看完，没什么特别收获。除了一项：一张厉佑被抓时候的照片，胸口露出一道疤，很小，很浅。

厉佑小时候做过心脏移植。

见到孟轩，他免不了问：“查出当年厉佑心脏移植的医院了吗？”

“前几天已经去精神病医院提取厉佑的身体信息做比对。你也知道，时隔多年很难查，需要时间。”

言格不同意：“多年前心脏移植案例不多，相对好查。”

“快了，就这一两天。”

言格腿脚不太方便，推门进去前，回头看孟轩：“嫌疑人范围锁定为两个。我说的嫌疑人，意思是孤儿院实验小组现阶段的组长。”

会面室内一桌两椅，干净而单调。

淮生在守卫人员的看护下过来坐下，手铐在椅子旁。

他被照顾得很好，打理得洁净又清秀。气色也不错，坐下便冲言格笑了笑：

“言医生，我很佩服你。”以他的聪明，早就明白了一切，“没想到早就怀疑我，却按兵不动，假装成言栩，设计让我抓你走。后来还洞悉了全盘的逃生计划。”

“彼此彼此。”

“我现在这种情况无法公开审判吧。”淮生清楚MSP只能是秘密，无法公开，“私下如何审判呢？隐秘地囚禁？枪毙？”

他看上去轻松极了，早已把生死置之度外。

言格面无波澜：“我听孟轩说，你承认你和你姐是负责这个小组的组长。”

“对。孤儿院小组的实验由我姐和我负责。我们原本和甄意杨姿她们一样是实验品。但因为我姐很了不起，懂制药，接触到了实验的策划者，带上了我。刚好那时小组组长新老更替，我们就被选上了。”

“淮生，你甚至不懂催眠。”

“我姐姐懂，以前的案子是她做的。她死后，我就用药了。”

死无对证。时间也掐得正好。

“你和厉佑什么关系？”

“都是组员，进了MSP就要遵守规矩。他知道机构的人不会留下一个人，一定会救他。”

好一个“不会留下一个人”，才让MSP的组员能有那么强烈的归属感和忠诚度。

只是……

“淮生，幕后boss，也就是这个小组的另一个组长，他和厉佑有亲属关系。不是你。”

这突然的消息让淮生处理了几秒，而就是这几秒，言格笃定他撒了谎。

但他没有拆穿，只问：“你是怎么绑架司瑰的？”

“我借口找她有事，约她到停车场，然后用药控制她。”

言格继续：“你为什么抓司瑰？”

“我担心她对危险化学品的调查会牵扯到我，就把她绑架了。”

言格淡淡道：“谢谢。”

“什么？”

“司瑰调查危险化学品的事只有警察内部知道，知道的人寥寥无几。你从哪里听说的？”他不露半点锋芒，“真正的幕后小组长在警察内部。”

司瑰还是卞谦，他需要确定的结果。这两个对甄意至关重要的人，不能误伤。所以他需要当面盘问淮生。这平静却隐隐用力的语气让淮生措手不及，睫毛颤了几下。

言格尽收眼底，眸光愈发锐利。

淮生也意识到他在观察自己的微表情，立刻低下眼眸，板着脸，在心里念叨绝不透露任何情绪。

可言格尽在掌握：“甄意说，杨姿朝司瑰开枪时，你很愤怒，朝杨姿喊‘谁准你杀她的？’你为什么这么紧张她？”

淮生的背脊不经意间挺直了。

“她和你有什么关系？她是幕后人，假装被你绑架，现在假装昏迷？”

淮生没动静。

“还是幕后人和她有关系？”

淮生的肩膀紧绷了一下。

言格瞬间起身了，俯视他：“淮生，幕后人不是你，你准备接受公审吧。”

淮生愕然抬头，却只看见言格利落而清挺的背影。

言格走出会面室，孟轩也从隔壁的房间出来，问：“有嫌疑人名字了？”

“卞谦。”

甄意坐在床边，司瑰沉睡在床上。卞谦则在一旁收拾东西，过一会儿，他请的护理人员要把司瑰带走。

甄意回头望："哥，你把阿司带去美国，什么时候回来？"

卞谦微微一笑："等她病好就回来。"

甄意不太开心地"哦"一声，就这样和司瑰告别，她心里难过："医生说阿司好了，可她为什么就是不醒来？"

"所以才要带她去美国。"卞谦过来，拍拍她的肩膀，宽慰，"或许能治好。别太难过，安顿好了，我联系你，告诉你地址。"

她点头。手机响了："甄意，你男人电话，快来接哦——"

卞谦稍稍拧眉。

"喂——"

言格声音有些沉："你在哪儿？"

"当然在医院啊。"

"旁边有人吗？"

她不解，但乖乖回答："我在阿司这里。"

那边沉默了一会儿，道："只用'嗯'一声就好……卞谦在你身边吗？"

甄意听出不对劲了，本能地看卞谦一眼，他正在喝水，从杯沿边抬眸看她。

"嗯……怎么了？"

"他准备接司瑰出院？"

他怎么知道？甄意微微心慌："嗯。"

"他让你送司瑰去机场？"

"嗯。"他的语气让她察觉不对，她尽力装作平常。

"甄意，你听我说。"他有些用力，"现在回你自己的病房去，我就来了。医生和护士也正赶过来。"

甄意的心开始发抖发痛，她已预感到什么不好的事，她不敢想也不敢信，她又急又切，很想问为什么，可她没有。

她笑了，声音爽朗轻快："知道啦，你好啰唆，我不会乱跑，有护士小姐照顾我呢。"

言格没作声。他知道她在强装镇定，不引起卞谦怀疑，可他明白，卞谦可以把甄意的心思看得一清二楚。声音低了下去："甄意。"

"嗯？"

"我爱你。"

"……"甄意猛地怔住，缓缓地，泪盈于睫。

心像被什么东西狠狠撞了一下，她不能回应，强迫自己飞快眨去泪雾，笑道，“好啦，我等你，晚上见。”

说完，毫不犹豫挂了电话。

房间里一时间静得诡异。

她回头看卞谦，微笑：“我们什么时候出发？”心里盘算，不要主动要求离开，等出了病房再说。

卞谦笑笑，拍拍她的后脑勺，道：“你去看看我请的护理人员来了没。”

甄意脖子后陡然一阵刺痛，摸了一下，什么也没有。她轻轻“哦”一声，表面镇定地去开门。打开门，就见保安带着医生护士飞快地朝这里跑来，脚步声很大。

来抓卞谦的。

甄意立刻回头望，但卞谦已不在，只剩大开的窗子和风中飞舞的纱帘。

她呆呆望着，不知为什么，眼泪下来了。

接下来好几天，甄意都精神不振。过去八年，卞谦比亲哥哥还照顾她宠她。生活里的一切难题，他都给她解决。她那么信任他，什么事都和他讲。可如今一想，卞谦对她的一切了如指掌，引人关注让她成名的案子都是他接给她的，他甚至成了她闺密的男朋友。

可怜的司瑰。难怪被淮生抓去后一直流泪不吭声，精神被人打垮。

甄意的情绪直到一星期后才平复些。那是十二月的最后一天。甄意待在病房兴致恹恹时，接到索磊和唐羽请她吃饭的电话，说是告别。

她对言格说想出门。现在恢复得差不多，可以短时间出院了。

“好。我送你过……”手机响了，言格接起，平静地“嗯”几声，放下电话。

尚未开口，甄意说：“你去忙你的吧，不用管我。”她微微沮丧，“我都知道了。你们要抓卞谦。”

言格握了握她的手掌：“怕你会难过，才没有和你说。”

“抓他回来吧。他欠阿司一个交代。”

街道两边一排红红绿绿的喜庆景象，到处是彩灯“happy new year”。

甄意愣了愣：“今天新年夜了？”

“嗯。跨年。”

“啊！”甄意精神振奋了一点，“晚上去伊丽莎白港倒计时吧！我们高中时去过一次呢。”

那一次，新年的钟声敲响时，他不肯在大庭广众之下亲她，认为有伤风化（尽管周围情侣全在零点 kiss）。年轻人们欢乐地喧嚣，只有她攥着拳头咬着牙，气鼓鼓地瞪他，差点儿被他冥顽又古板的模样气哭。

第二天，甄意红着眼睛把查到的资料摔到他面前："你看好了，新年到来时要 kiss，这是习俗，是祝福。根本不是有伤风化，这就是风化！"

言格没看资料，注意力一直在她红红肿肿的兔子眼睛上，几秒后，说："这次是我错了，下次好了。"

只是，他不曾想到，下一次，没有如期而来。

如此想来，他欠她的东西还真不少。言格不动声色地看一眼手表，现在是下午 6 点，还有六个小时。"好。"

抬眼见她笑容很淡地望着窗外的路人，他不免问："怎么了？"

"每次到这种时候，都会想起你的糗事。"

"比如？"

"中学有次情人节啊，你闹脾气，不开心，问'我的玫瑰花呢？为什么街上的男人都拿着玫瑰花，就我没有？'"甄意抿起嘴唇，心头的阴霾扫去了一些。

言格心情也跟着放松了点："我是这么说了，但没有不开心，也没有闹脾气。"

"就是有！"甄意瘪嘴。

言格："……"好吧，闹脾气这种词，还真是适合他。

他没反驳，眼睛里闪过极淡的柔和的笑意。

"把我放在国王路和桂兰西的交叉路口好了，就在那儿。"

过了红灯，言格看到前边一辆路虎，唐羽开了门，探出半个身子冲他们打招呼。

"我走了。"甄意冲言格招了招手。

言格无声看着，直到路虎行驶了两三百米，几辆低调的黑色轿车从他身边经过追上去，他才微踩油门，打方向盘离开。

唐羽要请甄意吃法国菜，甄意不想让他们破费，可唐羽说酒吧生意很好，她也从健身房辞职当了私人教练。两人收入很不错，还在深城买了房子。

"你们准备回深城定居？"

"嗯。"唐羽一点不留恋，道，"不想待在 K 城了。索磊已经把酒吧转出去，回深城重新创业。吃完这顿饭，赶在新年前过关。你放心，我们会过得越来越好。"

甄意心里舒服了些。宋依给了他们重新开始的机会，而他们一直好好珍惜着。

吃完饭，乘扶梯下去，甄意无意间瞟见商场的 LED 显示屏，大屏幕上播放着娱乐节目迎接新年。她的目光却被下方的滚动新闻条吸引注意，她死死盯着，红底白字一个个蹦出来：

"获救警官司瑰因病情恶化，抢救无效，于 201X 年 12 月 31 日下午 13 时 03

分死亡”

下午十三时？现在都快二十点了！

甄意惊呆，一下子全身发抖，掏出手机，心急火燎地翻出言格的号码，却莫名平静了一瞬，言格今天要……难道是？用司瑰把卞谦引出来？

她立刻拨通言格电话，嘟嘟声不过三下，他就接起来：“甄意？”

那边有点吵闹，他的声音依旧清和。

“言格，我现在才看见新闻。”虽然猜测是假的，可她还是慌张，带了哭腔，“你快点告诉我，这是……”她咬着唇，周围有人，她也不敢脱口而出。

他了然，走到安静的一处，低声道：“假的。她没事。”

甄意的心落下来，什么也没问，只调整了微笑，叮嘱他：“注意安全哦。”

“嗯。”他应着，收线前，又说，“不要在街上乱跑。”

他从不说无意义的话。

甄意微愣：“难道……”

“他们跑了。”

他……们？是卞谦挟持司瑰，还是司瑰里应外合跟卞谦跑了？

新年夜，街道两边的店铺里灯火通明，彩灯闪烁。来来往往的年轻人一派欢声笑语。

甄意靠在椅背里，望着窗外绚烂的夜景出神。

唐羽时不时回头看她，有些担忧：“甄意，我们送你去医院看看她吧。”

“不去了。”甄意找了个借口，“我刚打过电话，非直系亲属不能探望。”

刚才言格说不要在街上乱跑，只怕大街上会上演飞车大战。

甄意知道他们要赶着过关回深城，便说：“到前面路口，你们就转弯回去吧，我等人来接我。”

“约了朋友来接你吗？”唐羽不放心。

“嗯。”甄意说了谎。她自己打车就行。言格的公寓离这比较远，唐羽他们不顺路，中途得经过医院所在街区，别撞上警车追人了。

甄意感谢唐羽的好意，下了车站在路边张望，K 城到了夜里反而比白天灿烂。她想起言格的话，决定不打车，坐地下铁比较好。

才拔脚，一辆低调而名贵的黑色车停在她面前。车窗落下来，里边的男子毕恭毕敬地对她颔首：“甄小姐。”

甄意心底顿时一片温暖，她差点儿忘了，言格对她的保护形影不离。

……

甄意放心地上车。那人她很眼熟，时不时出现在言格身边。他出生在言家，和言格一起长大。

“你叫苏铭，对吧？”甄意套近乎。

“是。”他回答得刻板，隔了一两秒，说，“甄小姐，最近地铁站发生几起扶梯坍塌事故。偶尔也有抢劫偷窃事件。”

甄意回味过来，笑道：“谢谢。”

苏铭没有表情，冰封着脸。

汽车行驶到岔路口停下来。前方红灯闪闪，停着警车。路被封掉，车辆堵得水泄不通。好多人在外围张望，警察在疏散人群。

苏铭看了一眼，说：“走天辅路。”汽车转了弯，甄意回头望，远处的岔路上，一辆辆警车飞驰而过，闪烁的警灯像流动的河。

在追卞谦和司瑰吗？甄心忧心忡忡。

汽车沿着干道行驶，快到十字路口时，前方道路上传来刺耳的汽车奔驰声和渐近的警笛，苏铭反应极快地踩刹车。

甄意往前一磕，抬头见岔路口，一辆黑色的车技术极高地躲避、回让、超车、掐红灯，带着几十米后的一串警车穿针引线般呼啸而过。

速度之快，甄意根本看不清第一辆车内的人影；和她同方向行驶的车踩刹车不及，差点撞上，这会儿全歪斜在路边，车内的人探出头惊讶地张望。

甄意愣愣的，卞谦的车技有那么厉害？

警笛声渐远，路口回归安静。不少车主拿着手机拍照打电话，苏铭没做停留，有条不紊地经过路口。可甄意隐隐觉得哪里不对，有种说不出的怪异感。卞谦会引着车满城狂奔？

她靠进柔软的椅背里，望着窗外缓缓后退的夜色发呆，却如天降巧合一般，目光无意扫过一辆出租车。

显示灯上打着“载客”，车内只有司机和一位乘客，大晚上的，两人都戴着帽子，相同款式的棒球帽。

诡异。甄意微微眯起眼睛。

她的车准备直行，而那辆出租车要往刚才警车流消失的反方向去。

路口的灯光从挡风玻璃上闪过，出租车转弯左行，就是那一瞬，甄意看见棒球帽下白皙漂亮的下颌。

甄意狠狠一怔，差点儿从座位上跳起来：“转弯！追那辆出租车！”

车刚行驶到路口正中，前后左右都有车，苏铭不敢妄动。甄意急得声音尖起来：“追那辆车，我最好的朋友在上面！”说着，拉车门要下去。

苏铭脸色变了，说“扶好了”，猛打方向盘，车身狠狠一扭，甄意反应不及，在后座上滚了一圈。

交通信号灯在车厢里飞旋。

汽车飞速转过弯，追着出租车疾驰而去。

前边的车查出异样，飞也似的加速。甄意冷静地打报警电话：“……他们在国王大道和轩井路的交叉口，往路易十三路的方向走……”

可让警察瞬间赶来是不可能的。

不出几分钟，两辆车就一路驰骋飙到干道的尽头。数度差点擦上周围的车，可苏铭心理素质极好，把方向盘打得华丽丽，一次次惊险避过。

丁字路口越来越近，甄意看着信号灯上倒计时的绿色，惊道：“他会在信号切换时左转！”

话音未落，信号灯变黄，出租车毫不减速地飞驰过路口。

苏铭也不示弱，盯着闪烁的指示灯，在红灯亮起的一瞬，猛踩油门冲过路口。

路旁的车碰撞打滑，无数车灯在空中飞旋，晃花人眼。甄意左摇右晃，眼睛发晕，好似坐过山车。

汽车往九江方向去了。那里靠近郊区比较偏僻，晚上道路空空荡荡，只有两辆车呼啸追逐。

苏铭盯着前边的出租车，信心满满：“那辆车撑不了多久。”

话音没落，出租车猛一打转，滑进了小巷。苏铭始料未及，骤然刹车，他们的车体比较大，行驶比较受限。出租车一会儿就消失在黑暗里。

苏铭追得很紧，没被落下多久，行出去却见出租车停靠在路边。车体上是一路碰撞的累累伤痕。

虽然夜色深深，可甄意一眼看清楚了那两人，卞谦高高的，拉着司瑰消失在空荡荡的地铁站口。

甄意不等车停稳，推开车门追过去。

近晚上十一点，地铁站里空旷而安静，一个乘客也没有。甄意望一眼墙上的钟表，暗叹卞谦刚才在街道巷子里绕来绕去，是在掐算地铁发车时间。

她跑下扶梯，可卞谦和司瑰已进到站里，往下一层去了。

甄意顾不得买票，双手一撑，直接从刷卡机上跳过去。可惜她的体力并没恢复到受伤前的水平，脚一绊，裤腿被机器勾住，狠狠摔倒在地。

她管不了疼痛，爬起来拼命往前追。售票员和保安跟着她喊“别逃票”，一连串全追过来。

夜间明亮而空旷的地铁站里，瞬间喊声一片，四处回荡。

甄意跑下扶梯，再次慢了一步，卞谦和司瑰已经进了地铁，地铁门滴滴地叫，开始关闭。

甄意大惊，想也不想就喊："司瑰！"一咬牙，人已拼尽全力加快步伐，朝正在关闭的地铁门冲进去。

门板夹上，她撞倒在地，她的身体才刚恢复，这一摔，撞得够呛。又听身后有人撞上门。

甄意回头，那个冷面男苏铭此刻一脸惊愕慌乱，拍着门在喊什么，地铁的售票员也跟在后边。

苏铭拍了几拳，四处一看，抓起墙上的灭火器瓶子砸上来，轰然的声音在地铁里震慑回荡，可列车很快飞速行驶起来，他追着车厢狂奔几十米，却也无济于事了。

列车驶进隧道，只剩一窗户细碎的蛛丝纹路。

车厢里空空荡荡的，太晚了，靠近终点站，竟没别的乘客。

甄意抬起头。卞谦立在两三米开外，搂着司瑰，神色淡淡地看着她。而司瑰垂着眼睛，没什么表情地靠在他怀里。

甄意见过很多罪犯，变态也不少，有的阴气戾气缠身，有的傲气自信十足。可卞谦和所有人都不一样，他还是她八年间见过无数次的人，淡静有度，平和得不露半点锋芒。

甄意忽然想哭。不肯相信他的隐藏和蛰伏。亲情的背叛不亚于爱情，她心痛得滴血，却死死忍住眼泪，缓缓从地上站起来，只看司瑰："你怎么样了？"

司瑰脸色苍白，有残余的泪痕，衣衫不整，不知是被人搜过身还是别的。她抬起眼睛看她，没有回答。

甄意心都凉了。

"她没事，我要带她走。"卞谦说着，低下头，嘴唇堵住了她的嘴，很深很用力地吮吸。

甄意脊背发凉。

吻完了，卞谦抬头淡漠地看向甄意："小意，这件事你不要插手。"

他那样随和亲近，甄意恍然。想起她读研学法律，他联系导师和法律界的前辈给她指点；在他的律师事务所上班，她也骄纵地没案子就迟到早退跑出去玩。

"卞谦……哥，为什么？"

"我做的事，从某些意义上来说，是正确的。"简短的一句话，并不愿过多地解释，"小意，你现在过得比原本预期的要好。"

甄意顿觉无力。

地铁快速前进，隧道里的广告彩屏如走马灯闪烁，是庆贺新年的公益广告。明星们打扮得光鲜亮丽，祝贺元旦快乐。

“你逃不走的。”甄意脸色苍白，说，“警察很快会堵在下一个地铁口。”

黑暗隧道中的广告牌消失了，取而代之是繁华绚烂的 K 城夜景，漂浮在深夜的海面上，水光相接，倒影成一片。

甄意一愣，猛然想起这条地铁线的最后一站在海面大桥上。

不到一分半钟，就到终点站。

车门打开，清冷的海风呼啸着涌进来。卞谦牵着司瑰往外走，甄意冲上去张开双手拦住：“你们不能走。”

卞谦没说什么，只是眼眸静静地看她，幽幽的，深邃的，像寂静的夜。

甄意被他看得发毛，有些莫名其妙，不知是因为海风还是他的眼神，她背后发凉。

卞谦轻轻说了句话，甄意没太听清，很快，他抬起手在她面前晃了几下。

甄意走了走神，愈发不明所以。

卞谦极轻地蹙了眉，有些奇怪，竟然无法对她催眠。垂眸想了一瞬，却也明白了。

他没再理会甄意，直接推开她，往桥边走去。甄意身体没好，连阻拦都无力。

地铁站里空无他人，桥上灯火通明，海面深邃幽静波涛起伏。隔着海湾，是灿烂繁华的伊丽莎白港。那边等待新年倒计时的人一片欢腾。

高耸入云的写字楼上，happy new year 的彩色字符闪烁如星辰。

卞谦怎么会往那边走？

地铁终点站在双层桥的第二层，离水面很近。甄意猛地料到，卞谦不准备出地铁，而是直接从防汛楼梯走到桥墩下去。他一定在桥下准备了海上工具。

甄意大致猜到了。警方设了圈套发布假消息，诱骗卞谦去医院见司瑰，设网等着抓他。第一个像卞谦的人出现吸引警察的注意，一路追逐。但没想真正的卞谦把司瑰抓走，开着最不引人注意的出租车，坐地铁，乘船。这样奇怪的逃亡方式谁会想到？

眼见卞谦搂着司瑰快要走到桥边，甄意甚至看到桥栏杆外一排黑色的枪口，那里隐匿着等待卞谦一起离开的人。

她很害怕，可电光火石间，也想不得别的，抓起玻璃窗旁的安全锤，狠心往卞谦脑袋上砸去。

卞谦猛地一个趔趄，吃痛地捂住后脑，手一松，司瑰也摔在地上。

甄意立刻冲上去把她抢过来，拖到一旁。

可司瑰身体绵软，甄意扶她不起来。

“在床上躺太久，动不了了。”司瑰费力地说，她原本受了伤，卧病太久没有康复训练就下床，一时无法恢复。

“你要跟他走吗？”甄意望着她，急得浑身在抖，“阿司，你看着我，你要跟他走吗？”

司瑰笑了笑，脸色惨白：“第一个人出现时，我就知道不是他，可我想单独问他，就放任大家去追了。他出现时，我想开枪，我真的想开枪抓他。可是……”她努力扬起唇角，眼泪砸了下来。

甄意心疼得眼泪直冒：“别说了，阿司你别说了。”

她知道她舍不得。装睡那么久就是不想醒来面对，可她内心挣扎后，还是做出正确的选择。她以为自己很坚强，然而这个男人冒险在医院陪她，照顾她，亲吻她；得知她的死讯，料到是陷阱，可为了确认她的生死，他依然孤身犯险。

他倾身去抚摸她时，她突然跃起，举枪瞄准。可他一步步靠近，她心痛得哭了，手在发抖。真到那一刻，她舍不得开枪。

“甄意，谢谢你追过来救我。我不想跟他走，我当然不会想跟他走。”司瑰嗓音虚弱得像纱，说的话却坚定如铁。

甄意震撼又感动，心痛难当，紧紧抱住她：“不走，我不放你走。警察就来了，你放心，警察……”

戛然而止。

她听见保险栓拨动的声音，在呼啸的海风里格外清脆。

甄意背脊一凉，回头就对上黑洞洞的枪口。卞谦神色冷漠：“小意，把她交给我。”

“你不会杀我。”

“我是不会杀你。但如果你再碍事，我会在你腿上打两个洞。那样，我会顺利离开，而你伤痕累累地躺在这里。最终心疼的是深爱你的男人。追地铁的那位也会陷入深深的自责。”

他不愧是学心理的，三两句话洞悉甄意的弱处。

甄意怔愣几秒，卞谦大步上前，枪托狠狠往她后脑勺上一砸，甄意眼前一黑，摔趴在地。

他迅速勾起司瑰的腰，单手把她捞起来收回怀里。

甄意捂住剧烈发痛的后脑，趴在地上朝他喊：“司瑰不想和你走，你毁了她的爱，她的人生，她恨死你了。她想开始新生活，不是跟你回 MSP。”

“我要带她体验新的人生。”卞谦脚步一停，回头斜睨甄意，“她如果不爱我，想重新没有我的生活，又怎么会愿意为我生孩子？”

甄意狠狠一怔，看向司瑰腹部，海风吹得她的衣服紧贴，不太明显，但的确微微隆起。

卞谦的手指修长白皙，缓缓挪去司瑰的小腹，道：“她受了这么重的伤，它还安然无恙，它是一个奇迹。”

他低头贴近她的脸颊：“阿司，相信我，现在的一切都会改变。”

司瑰摇头，用力一推，自己差点摔倒。卞谦一惊，立刻去拉，不想甄意比他更快地抱住司瑰，摔倒在地。好在司瑰压在甄意身上，没有撞伤。甄意的头却猛地磕在水泥地面，直冒金星。

就在这时，一声鸣枪响彻半座大桥。数不清的警察涌出来，无数只枪对准卞谦。

甄意头一次感觉出警速度竟这么快。而潜伏在栏杆外的雇佣兵瞬间齐齐站起身，托着枪瞄准警察，形成对峙。

卞谦反应更快，一手搂着司瑰，一手将甄意从地上提起来，箍住她的脖子，枪抵住她的脑袋。他潜意识里没想过拿司瑰当人质，只有甄意。

甄意被他死死箍着，呼吸困难。冰冷的枪口抵在太阳穴上一突一突的，谁都会被逼急，她心慌起来。比心慌更甚的是心痛。眼泪汹涌之际，却在满世界模糊的水花里看见一个熟悉的身影。

成排或蹲或站的特警队里，言格一身浅白色的风衣，双手打开，从人群里缓缓走来。

甄意的心悬到嗓子眼。卞谦身后是一排排枪眼啊，哪个不小心开枪伤到言格怎么办?

“卞谦。”言格并没看甄意，缓步靠近，“医生说司瑰的身体状况并不好，你带着她到海上颠簸，有可能造成她流产。”

一句话戳中卞谦的软肋。

甄意喉咙上的力度松了一些，呼吸顺畅了。

可卞谦冷淡地笑了一下：“我们会乘直升机离开。”

“哦。”言格缓缓道，“看来，今晚会是一场血战。”

这话让卞谦微僵。他不担心血战，却担心司瑰成为附带性的受伤者。卞谦不动声色地用余光扫一眼脚边的司瑰，她脸色苍白，看上去虚弱无力。

他原本不想挟持甄意，现在看来不行了。

他拉着甄意后退一步，不经意问言格：“怎么怀疑上我的？”

“‘电话人’是甄意身边的人，最后一次出现催眠跳楼是崔菲，之后一切都变了。幕后人不是改变作案模式，而是把清除实验品的责任交给淮生，自己不参与。因为他的生活发生了改变。那时甄意身边的人都没大变化，除了你和司瑰。”

言格眸子深了深，道：“不再单身一人，做事不方便。又或者因为爱情，有所转变。

模仿卫道者作案，只有负责这个案子细节的警察知情。其他警察与甄意没有交集，除了司瑰。而你进入警局工作，得知内部信息并不难。只有你们二人。”

卞谦不迫地笑了笑：“看来你谁都怀疑过，甚至阿司。”

“你懂专业的心理学和催眠术，对警方内部的事了如指掌，高智商，有控制力、执行力。”

言格顿了一刻，海风吹着他的短发飞扬，夜幕中他的眼眸愈发漆黑了。他在斟酌什么，终究还是道：“你一开始答应司警官对你的追求，无非因为她是警察，甄意最好的朋友。毕竟甄意羽翼丰满，不会待在你的事务所，只有接触到案件第一线，你才能继续安排她的走向。”

司瑰低着头垂着眼，看不清表情。而这话刺激了始终云淡风轻的卞谦，甄意脖子上的力量又重了一道。

“但你爱上了司警官。因为爱她，不想亲自动手，而是把任务交给其他人。因此，你急于把厉佑救出来，让他负责。”

“你知道我和厉佑的关系？”

“是。你们非常亲密，亲密到一方甘愿被囚禁也不背叛，换取另一方自由；亲密到另一方会严格执行计划，也不背叛。就像枕头人里的兄弟。枕头人不仅是淮生的仪式，更是你的仪式。”言格走到离卞谦只有三四米的地方，停下，“你小时候，父亲入狱，母亲跟着仇人跑了。你和哥哥相依为命，哥哥意外死去。但哥哥的死无迹可寻，是你一面之词。

“厉佑出生后不久做过心脏移植，我们没找到厉佑的病例，却找到一个监护人签名刚好是你父亲。当然你父亲改过名字，特工们废了好多心力来查。”

卞谦极轻地抬了眉梢：“你查出来了。原本打算下一次再救厉佑。现在……”他拿枪推一下甄意的脑袋，“做个交换吧。”

“你不会杀甄意。”此刻的言格理智到近乎冷酷，高亮度的白色灯光下，他的脸白皙透明得没了一丝血色，“因为她是完美的。之前绑架甄意是在进行实验的最后一步，测试甄意。如果她被甄心打败，她会和宋依、唐裳、崔菲一样，被杀。如果她战胜甄心，她会和安瑶一样，获得释放。事实证明，她是完美的结果。如果那天淮生真的救出厉佑，乘快艇离开时，他会按照你的命令把甄意扔在码头。”

甄意后怕得冷汗直冒。她的死命坚持拯救了自己。

卞谦再度沉默，言格又说对了。如果是那样，所有实验品都有了最终的结果。淮生和厉佑会消失，而卞谦继续不被任何人怀疑地过他正常的生活。只可惜被司瑰发现端倪。

“司警官不想跟你走，你不考虑她的感受？”言格问，“你的信仰她不会接受。”

“信仰？”卞谦从容地笑了一声，“什么信仰？”

“身为MSP成员的信仰。”海风吹起言格利落的短发，他白色的身影挺拔而料峭，身后是五光十色的伊丽莎白港，“你们坚持心中最回归本源最原生无杂的科学。你们认为，一切为了科学，只要目的纯粹，小范围的个人牺牲，是无足挂齿的。”

卞谦微微敛起眼瞳，唇角噙起一抹自信的微笑：“对。正是这样。我见过很多科学家，一生清心寡欲，不为名利金钱，只为探索突破人类在各个领域的认知与极限。正如MSP机构，对人的精神有着无止境的探寻。精神本就是这世上最深邃博大最辽阔无边的领域。突破人类的精神极限，不断追求进步与拓展，开发潜能，磨砺意志，人类才能有实质性的飞跃与发展。”

他并非慷慨激昂的培训师，这番话说得平稳而缓慢，是发自内心的谦逊，仿佛人类在自然和真理前那般渺小和敬畏。

“每一组实验与数据都会反馈到科学家手上，他们更新数据，改良方法，研究不同人的行为与心理，得出规律，然后反馈社会，让人类根据实验结果审视环境与自身，提高自己。”

最简单的例子便是，离婚家庭的孩子容易滋生心理问题。这便提醒情侣在结婚孕育离婚方面都要慎重。

言格静静听着，不予置评。

他之前以为厉佑所在的机构用药物制造精神病，后来发现是MSP的双环蛇派，他们用药物催发精神病是为了逆向研究治疗精神病的药物，并拓展人的思维量，让多重人格的每个人格都在某一领域拥有超凡的能力。

卞谦的话让世界安静得只剩风声：

“优胜劣汰。没有竞争力的精神思想和基因一样会被淘汰。历史总是如此，为了整体的进步与发展，小部分人的牺牲是必须的。这就是人类历史的规律。拿孤儿院实验组来说，我们已经获得完美的实验数据，会造福更多需要数据成果帮助的人。有一小部分劣质的人牺牲了，但也有人完美地蜕变，成为优质精英。”

甄意知道自己是他说的完美蜕变之一，她不知道自己今天所获得的一切是否得到了这场实验的推助。但可以肯定，没有这场实验，她不会是今天的样子。或许更好，或许更坏。

卞谦温容有度，平和陈述，不带强加与苛责，却让每个人困惑迷茫，恍惚动摇。

“但是……”言格清润的嗓音把大家引了回来，“这不是司警官的信仰。司警官的信仰，甄律师的信仰，是每一个维护正义的人最普通却最坚定的信仰——保护每一个微小的平民，不牺牲个体的利益和生命；不拿生命做比较权衡，不拿生命做加减乘除，为了一个人，可以与权力代表的一众人作对。”

卞谦一愣。

而言格，背脊修挺，立在夜风里。这个世界，热闹，欢腾，迷醉，腐烂。只有他，清醒，一尘不染。

“她的信仰与你违背，正因如此，她才会主动提出设计抓你。”

卞谦又是一愣，而就是这一瞬，原本软在地上的司瑰突然起身，以迅雷不及掩耳之势拔出卞谦备用的枪抵在他的脑袋上，另一只手抓住他的右手往上一掰。

甄意脱离束缚，一下摔倒，哗啦啦手脚并用爬去言格身边，一把抱住他的腿。

言格：“……”

他低头看一眼坐在脚边的女孩，泪痕像花猫似的，他轻轻摸了摸她的头，心稍微落下。

司瑰的枪抵在卞谦头上，而卞谦身后的枪全部对准司瑰。

卞谦举起手，枪套在食指上晃，他清秀的脸上自然从容，对司瑰笑了一下：“你要杀我？”

“我要抓你。言医生说得对。正因如此，我才要亲手抓你。”司瑰亦是弯起唇角，海风吹得她的短发肆意飞舞，“第一次让警察跟着假的那个满城跑，是不想在医院枪战。我独自被你带到桥上，是不想在交通密集的地方交火误伤民众。”

卞谦脸上的笑一寸一寸消失，殆尽。

他眼眸深暗深暗的，盯着她很久，一字一句：“一路上的虚弱是假装？在医院里不舍得对我开枪也是假装？”

“对。担心对你开枪，潜伏在周围的你的手下会朝医院射击。第一批离开的警察也是事先设计好的。我了解，你绝对会来这一套。所以将计就计让你卸下防备，带我来你最终准备启程的地方。”

而真正的特警队一路悄无声息地跟随。

甄意愣了愣，难怪出警那么快！

看着她碎发飞舞的脸颊，举着枪强作狠心的样子，甄意心疼死了。

卞谦恢复了淡漠，道：“开枪吧。”他发狠，“想抓我回去，不可能。所以，一枪打死我。”

司瑰手握得笔直，却不动。特警队和雇佣兵的枪口也对峙着，一动不动。

海风更大了，远处的伊丽莎白港亮起了礼花。

晦暗的夜色中，司瑰悲伤地笑了，笑着笑着，就笑出了眼泪：

“阿谦，我爱你，很爱很爱。可我无法因为爱情背弃我对正义的信仰。我不是哲学家，不知道我们谁对谁错，但明显南辕北辙。我绝不可能加入你。不仅如此，我这一生还会致力于打击你的信仰。”

卞谦眼眸暗沉，划过一丝蚀骨的痛。司瑰含着泪，抬手拨保险栓。

甄意惊怔，看见雇佣兵的枪对准了司瑰。

千钧一发之际，卞谦突然侧身，抓住司瑰的枪一绕，将她转了个身，他右手中的枪绕着食指一转，重新握好抵在她的腰上。

司瑰条件反射地摁动扳机，却是空响。没有子弹!

司瑰惊住，卞谦低头贴近她的耳朵："这么快的出警速度，我会想不到吗？"右手一扬，赫然一只黑色的弹匣。

他狠狠道："阿司，你刚才的行为，我原谅。我们离开这里。"说着，一手抵着司瑰，要抱她越过栏杆。

甄意急了，可言格静静看着，并没有任何试图阻拦的言行。

远处港口的喧嚣随风飘来，缤纷的灯光也似乎随之传来，在卞谦脸上闪了一下。

没人注意，但司瑰猛地惊住。

她清楚刚才言格在拖延时间，等的是狙击手从夜幕中的海上靠近。狙击手在暗，他们在明。

司瑰呆呆的，盯着渐渐下滑到卞谦背后的红点，瞪大了眼睛。

一瞬间，她忘了她所有的思考与坚持，使出全身的力气推他："阿谦！"

言格突然蹲下抱住甄意，将她埋进怀里扑倒在地上，拿身体严严实实地护住她。

甄意猝不及防，尚未明白，就听啾的一声枪响，随即是更多的枪响。

她心跳骤停，惊得浑身发凉。

"言格！"

"我没事。"他在第一时间回答她，很快，又用力地重复一遍，"甄意，我没事。"

她抬头要看，眼睛却被一双温柔宽厚的大手捂住，带着淡淡的香味。她蒙蒙的，外面枪林弹雨，她被他保护起来。

没有大规模的枪声，只有多次啾啾的声，不出十几秒，消失了。

甄意心有余悸，她倒下前，余光看见司瑰把卞谦推开。她立刻从言格怀里钻出来，定睛一看，雇佣兵们都不见了，司瑰没有危险。

夜里的世界很安静，只有呼啸的海风，和女孩心碎的呜咽。

司瑰再度被卞谦敏捷地护在怀里，她仰着头，贴在卞谦的脖颈间，呜呜地哭着，肩膀一直在抖。卞谦没了一点声响，只是一动不动搂着司瑰。明亮的灯光里，他的脸清秀，隽永，苍白的嘴角含着淡淡的笑，在司瑰耳边说了句什么。

风声太大，只限她一人听到。

司瑰怔住，停了哭泣，仿佛静止。

终究，他寂静而无力地垂下头，嘴唇从司瑰的脸颊边缓缓划过。

夜色璀璨，对面的伊丽莎白港灿若银河，五彩斑斓的礼花腾空升起，在夜空海面交相辉映。这个夜晚，世界各地的人都在欢腾庆贺。

他却悄无声息，在海风中仰倒下去，翻身坠入幽深的海里。

“阿谦！”

司瑰尖叫，伸手去抓。甄意冲上去拦在她身前，护住她的肚子。

“阿谦！”司瑰大哭，挣扎着要去抓，可卞谦已坠落海面，溅起的浪花很快被涌动的潮水吞噬。

“阿司你别这样，你肚子里还有小宝宝啊。”甄意哭了，她不知道卞谦情况怎么样，可她不想他死啊。

言格脱了风衣，踩上栏杆纵身一跃，跳进海里。

“言格！”甄意大骇，可司瑰情绪激动，她不敢松手。

更多的警察从桥上跳下去。深夜的海风凌厉冰冷，吹得人瑟瑟发抖。

司瑰搂着甄意，哭得撕心裂肺。甄意又冷又惧，和她哭成一团：“阿司，别怕，一切都会好起来的，都会好起来的。”

话这么说，心却疼得麻木，司瑰这样绝望悲伤，她好怕她不会好起来了。

……

夜色中的海港，远处耀眼的礼花徐徐地在空中绽放。

风干的泪痕斑驳在脸上，司瑰立在空旷的码头上，望着忙碌的人群发呆。

甄意拿毛毯裹着她，用力搂住她单薄的肩膀。

卞谦浑身湿漉，胸口鲜血淋淋，被特工抬上担架。人影交错而忙碌。码头探照灯下，他双眼紧闭，漆黑的头发一簇簇贴在惨白的脸颊上。

司瑰隔着十几米的距离盯着，目光笔直，凝滞。

终于，他被抬上直升机，机舱门无情地合上，再也看不到了。

螺旋桨加速旋转，刮起猛烈的风，吹得人左摇右晃。

司瑰被甄意牵着，呆呆地后退，仰望着腾空而起的直升机，夜色中，泪水盈盈，再一次滑过苍白的脸颊。

“甄？”

“什么？”

“我这辈子都见不到他了，是不是？”

“……”

甄意仰头，海上的星空那么灿烂，深灰色的直升机很快隐匿进夜幕。她搂住司瑰的肩膀，一低头，眼泪砸进她的脖子。

绚丽的礼花缤纷夺目，在新年的夜空密集地绽放。

司瑰最终被医护人员送返去医院。

……

大桥灯火通明，码头空旷寂静，海湾依旧深沉而波荡，一切似乎恢复了宁静。海上的风有点大，吹在身上，冰凉透心。

言格眺望海水对面的伊丽莎白港，看了眼手表，零点差三分。

他扭头看向身旁的人，国安部的特工组长孟轩。后者刚放下电话："这一组实验结束了，也告破了。上级要彰你。"

"不必。"言格望着遥远的海港，映在他漆黑的眼眸里亮灿灿的。

"随你。"孟轩知道他的性格，打招呼准备走，又回头望言格的车，玻璃黑漆漆的看不到人，问，"甄小姐情况怎么样？"

"很好。"他眉间却笼了淡淡的愁云。他感觉得到，她的精神一直都警惕着，时刻在害怕甄心的反扑。

"MSP 最近研发了一种奇怪的药物，听说可以治疗人格分裂。"

言格的目光挪过来。

"清除记忆。由于衍生人格以记忆为依附，除掉记忆就能除掉衍生的人格。"

言格眸光微闪，收回去了，脸色淡淡如水。

甄意的病情，他并不心急，也不沮丧，每隔几天给她做一次心理辅导，他一点不腻烦，即使时间跨度拉成一生那么长。

言格拉开车门，甄意在后座上困困地睡了，裹着毯子缩成一小团，只露出白皙的脸蛋。

看手表，已经过零点。对面的海港，礼花绽放在整个夜空。他低头把手表的分针往回调了一格。

言格俯身，轻轻抚摸她的额头，嗓音轻磁："Hey."

"唔？"她蒙蒙地应一声，因他的手有些凉，她颤了一下，拧着眉头嫌弃地把脸蛋往毯子里缩了缩。

言格："……"

"甄意，"他的手钻进去把她的脸蛋捧出来，半哄的语气，"看时间。"

他把手表凑到她跟前，缓缓而安然地念，"10，9，8……"

甄意歪头睡在他清凉的手心，听见倒计时，迷迷糊糊地睁开眼，呆呆看了半晌，渐渐眼神聚焦。她望着表盘上一格一格挪动的秒针，眼睛里星光璀璨，欣喜地嗡嗡："要跨年啦。"

封闭而温馨的车厢内，他极淡地弯了弯唇角，继续念："7，6，5……"

她小手揪着毛毯，脸颊贴着他的手心，不知为何，莫名紧张又期盼。

他缓缓低头，靠近她："4，3，2……"

她闭上眼睛，他便倾身吻住她的唇。

"唔……"她柔柔地哼出一声，像一只慵懒的猫咪。

新年到了。

甄意醒来时是元旦下午。看到手机上的时间，她吓一大跳，没想自己那么能睡。

病房里只有安瑶和言栩，言栩盯着电视机看南极的企鹅，安瑶在削苹果。

甄意抬起脖子，觉得后脑勺有些疼。她已不记得卞谦在病房对她的一拍，只记得自己在桥上撞了后脑。

安瑶见她醒了，把削好的苹果递给她。甄意摇摇头，没胃口："言格呢？"

"刚才家里有人来，是好事。"

"好事？"

"他们送订婚礼的方案过来。"

"订婚礼？"甄意的心咚咚的，"这种事我怎么能不参与？"

安瑶扶甄意上轮椅，推着欢欣雀跃的她过去，刚靠进房门，听里边陌生男人沉沉的声音：

"如果走正常渠道，甄小姐作为头号嫌疑人，证据确凿，上法庭无疑。"

律师？安瑶一愣，刚才来的分明是家里人，她反应极快，转身要把甄意推走，但甄意紧紧握住轮子。

门内的人还在对话："请您放心，我们会请最专业的大律师组成金牌律师团为她打官司。"

言格道："除了一定要赢，我还有另一个要求。"

"您说。"

"她不会出庭做证。"坚定而冷漠，丝毫不让步。

"这……"另一人犹疑一下，最终道，"我们会尽力……我们保证。"

甄意心里又酸又暖。她知道他心疼她，不愿看她坐在被告席被人质问揭伤疤，也不愿让人看热闹对她指指点点说她是精神病，是人格分裂症患者。

她轻轻叩门，三下。门内顿时静谧下来。

甄意进去，看一眼律师，说："谢谢。"他便出去，带上了门。

言格黑眸清湛，一瞬不眨凝视着她，不言语，也不解释。

甄意微笑，朝他伸出手臂；他接住她柔软滑腻的手腕，往身前一带，轮椅便磕到一起。

她开心地笑："好好玩。"言格不说话，只是静静看她。

她摸摸他的手，手指在他掌心画圈圈："言格……"她柔软娇俏，在撒娇。

"嗯？"

"我想上庭。"她满心期盼，盈盈看住他。

他垂了一下眼眸，等她继续。

"我想上庭，自己做辩护人，还想搞清楚这两件死亡案的真相。不管是不是甄心，我都想弄清楚。"她顾虑着他的好心，又乖巧道，"至于你请的律师，让他们给我做律师团好不好，有他们的协助和帮忙，一定稳操胜券。"

言格不言语，仍旧只是静静凝望她。

"我想光明正大地做了结，即使在公众面前，我也要昂头挺胸问心无愧。你愿意给我这个机会吗？"她歪着头，灿烂地笑了，又软糯糯地摇他的手，"好不好啦？"

她还要说什么，他伸手过来捧住她的脸颊，她一瞬便词穷了，定定望住他。

言格眸光深深，拇指在她脸颊上摩挲，所有的怜惜与不舍全封存进心底，眼中只有淡然的支持与信任，回应了一个字："好。"

甄意，你想要自由，我便给你自由。

淮如死亡的细节，甄意记不起。并非言格对她的催眠。被囚禁时，杨姿的刺激让她想起了淮如闯入她家后做的一切，可记忆卡壳在阳台上，出现"杀了她"的声音后，没了。

杨姿死亡的细节，甄意也记不起。

她记得朝杨姿走去，甄心说"杀了她"，她拼命挣扎，筋疲力尽晕了过去。惊醒时，杨姿已经死了，腹部有枪洞，左胸口插着一把刀。

淮生说："你果然对她恨之入骨，一刀直中心脏。"

……

距那件事过去整整四十五天。直到今天，甄意的身体也说不上完全康复，心理上的伤害更无法衡量。

汽车行驶到法院门口时，记者围堵得水泄不通。这一年，甄意参与的庭审案一个比一个引人注目。

唐裳宋依案一战成名，戚勉案声名鹊起，淮如林涵案扬名立万，一跃跻身大律师之流，却在人生最意气最巅峰的时刻深陷两起谋杀案。

比起这一切，最攫人眼球的莫过于她的人格分裂。

这种通常只存在影视作品中的精神病症激起所有人的猎奇心。报纸媒体都在谈论"人格分裂"的特征，电视台凑热闹地开辟专家讲座为公众答疑解惑。

一度传说甄律师委托K城最有名的七位大律师组成金装大律师团，她不会出庭，从此消失在公众视野。但后来证明只是道听途说。甄律师不仅出庭，还申请为自己辩护。录了口供接受精神科医生的鉴定后，她未再露面。

媒体把这次庭审定义为比上次淮如案更诡异的“世纪大庭审”。不管结果如何，她注定将成为K城法庭史上的传奇人物。

下了车，言格握着她的手送她上法庭。

不太长的走廊很快到尽头，言格停下脚步，眸光清浅望着她，拇指习惯性地在她手背上摩挲，或许有很多话，终究只说一句：“甄意，我相信你的能力。”

分明有那样多的心疼，说出来却是一句信任。

甄意一时眼睛发酸，差点儿流泪。但她是甄意，当然灿烂地笑了：“你好好看着吧，我最厉害啦。”

……

这次庭审，甄意第一次坐上被告席。隔着栏杆，旁听席上是黑压压的人群，都好奇地看她，像看笼子里的动物。

她一眼看到言格，他亦看着她。虽然瞧不清眼神，可她知道他必然是温柔专注的。

甄意垂眸，想了想自己的辩护点：“没杀人”“能自控”“可自主入院接受治疗”，但“不能强制关押”。

甄意抿唇：不能。

言格，如果不是你，我愿意被关起来，不再对任何人造成伤害。

可，这世上，只有你能给我救赎，也只有我能拯救你。

所以，即使我是全天下眼中的精神病和危险分子，为了你，负全天下人，又如何呢?

这次检控方提出的控诉很微妙，并非“谋杀罪”，也未提“终身监禁”，而是“非预怀恶意”的“非法杀人”。

如此，检控方不用举出确凿的证据证明甄意对两位死者有恶意，有预谋。只需证明她杀了人，有精神问题，就可以让法庭下判定，将甄意“囚禁入精神病犯人看管所”，即精神病监狱。

淮如和杨姿的案子则成了她精神失控“非法杀人”的证据。所以两起案子一起审理。

一庭的肃静里，法官宣布开庭。尹铎宣读控诉书后，开始对甄意询问。

“你叫什么名字？”一开始就很微妙。

“甄意。”

“另一个人格的名字呢？”旁听席上的人好奇地观望过来。

甄意抬眸看他，道：“请不要误导我。”她是自己的辩护律师，尹铎不好责难。

他拿起几分鉴定书：“这是八位精神科医生对你的鉴定，这个过程中你有没有受到强迫和不公正待遇？”

“没有。”

“有一份鉴定认为你患有人格分裂症，你认为鉴定结果符合实际吗？”

一庭的人都屏神静气。

甄意：“八位精神病鉴定专家，三位认为我有人格分裂；两位中立；另外三位认为我精神状况良好，没有病症。尹检控官认为，另外五位专家的鉴定结果符合实际吗？”

陪审员们面面相觑，显然没想到精神鉴定会有这么大的误差。

尹铎早有准备，道：“人格分裂在临床上极为少见，不像其他精神病种有固定的鉴定模式，所以存在一定的误差。”

甄意点头，诚恳道：“既然尹检控官承认存在一定的误差，想必意思是，认定我有人格分裂的那三位鉴定专家可能存在错误。”

以子之矛，攻子之盾。

尹铎极轻地敛一下眉心，出其不意啊。看来，虽然经历一番磨难和近两个月的养伤，可回到庭上，她还是那个伶牙俐齿思维敏捷的甄律师。

他换了种方式：“警方走访了你身边的人，从你的同学和同事口中得知，你有一个姐姐，在美国工作，会定期给你打钱，在你沮丧的时候电话安慰你。你姐姐的名字是？”

甄意毫不犹豫，口吻朴实道：“甄心。”这种问题，隐瞒无益。

尹铎没想到她如此坦诚，想再拿证据。没想到甄意看准了他的意图，抢先开口：“姐姐并不存在，打给我的钱是我自己的，电话是假的。”

旁听席上的人云里雾里，觉得诡异，这就是人格分裂？只有一个人，却好像有两个人相依为命？太吓人了。

尹铎并不觉得她可怕，反而对她刮目相看。她人格分裂的事曝光后，他以为她会软弱不堪，可现在看来她依旧是之前的甄意。

此刻，她冷静镇定地自揭伤疤，是阻挠尹铎拿证据。因为，他用证据驳得她哑口无言，和她轻描淡写地承认，带给陪审员的感觉截然相反。

尹铎问：“这个甄心，是你的第二人格吗？”话音一落，庭上便陷入深度的安静。

好几秒后，甄意平静地回答：“是。”

庭上依旧静谧，没有半点声音。所有人心底发毛，目光幽幽地聚焦在栏杆后的甄意身上，不解、怀疑、恐惧、害怕、可怜，目光里各种复杂的情绪像在看一个异类。

尹铎问："现在你还对那几位精神病专家的鉴定有异议吗？"暗示甄意一开始有撒谎嫌疑。

甄意弯了唇角，从容道："自始至终，我并没有质疑专家的鉴定，更没有否认我有精神病。"她嗓音不大，语气和顺，在安静的庭审现场，听着很舒服，"我质疑的是控方。分明有八位专家，却只挑出三位对控方有利的鉴定来攻击我。"

尹铎暗叹她思维敏捷异于常人，任何问题到了她这里，都可以天衣无缝地圆过去。

他道："我们是做出最合理的判断，如今你也承认你的确患有人格分裂症。"

甄意没直接回答，转了个弯儿："我提出八位专家的意见有分歧，是想证明虽然生了病，但我可以控制自己，像普通人一样正常生活。"

尹铎不同意："甄小姐，你的另一个人格非常危险，我不认为你能控制她。"

"你的意思是我的病情控制不住？"甄意问得特别具体。

尹铎觉得她突然细问，应该是给自己设了坑，可想了想，没有发现疑点，便答："是。你的病情已经有了严重的不可控的伤人迹象。"

甄意不卑不亢："请你给出证据。"

"你的另一个人格涉嫌杀了两位受害者，淮如和杨姿。"

这句话让旁听席上的众人一阵讶异和震惊，或许还带了点儿兴奋和紧张。

果然是另一个人格杀人！闻所未闻的电视剧情节啊。

一个人格杀人另一个人格不知情的情况，究竟该判刑还是不判？这样的案子放眼世界，都少有先例。

大家一脸拭目以待的神情，愈发期待这场庭审的最终走向。

在这句话引发的一小阵窃窃私语里，甄意格外镇定，嗓音清晰地说："控方认为我非常危险，说我杀死淮如和杨姿的可能性极大；同时，控方认为我杀死了淮如和杨姿，所以我的状况非常危险。"她仿佛说了句绕口令，想着很久以前言格对她的点醒，这次照搬过来，"这就好比你们假设我杀死了淮如和杨姿，然后找证据来支持。像做实验一样，方法是对的。你们找到了证据，'我的病情有伤人迹象'。可是，这个证据只在'我杀死了淮如和杨姿'这点成立的情况下才成立。用这些论据去证明你们开头的假设，尹检控官，这就是你们整个检控团的逻辑吗？"

一番话很绕，但在她缓慢而沉稳的语速下，法官、陪审员、旁听席上的人都听明白了。

这种论证方法每个人在日常中都会用，还习惯性地觉得挺对。可现在经甄意一说，才发觉如此常见而习惯的"演绎"逻辑漏洞太大。

尹铎微微眯眼，刚才那个问题果然是钻进她设的套子里。

这回，他无法反驳。这样的漏洞面前，反驳只会让事情越来越糟。

甄意见他不搭话，便笑道："所以，因为我的病情而怀疑我伤了淮如和杨姿，这一点不能成立。尹检控官，在这点上，我们可以达成一致吗？"

尹铎不是不承认错误的人，佩服地点点头："可以。"

法官也点头，对陪审员道："请各位陪审员公正对待，专注于控方给出的证据，不要因被告的病情，主观地判定她有杀人的嫌疑。"

陪审员们点头："是。"

甄意在心里舒了一口气，OK，控方一开始想通过她的病情渲染出嫌疑，这种做法被她一举打破。

首战告捷！

她看一眼旁听席，人们交头接耳小声议论着。唯独言格，笔直清然。

她对他微微一笑，知道他一定会看到。

下一次询问是淮如和杨姿案的细节。尹铎先向陪审团简要陈述大致情况，等众人对案子有一定了解后，问甄意：

"她们两人被杀的那一刻，你都不记得？"

"对。"

"你在受刺激的情况下，会被另一个人格压制？"

"要看情况。"甄意非常谨慎。

尹铎被她看中心思，只好作罢，重新问："在受到严重刺激，如生命威胁时？"

"是。"

法庭上起了一小片议论纷纷。

"你在录口供时说淮如想杀你？"

"是。"

"你当时想杀淮如吗？"

"不想。"

"尸检显示，淮如除了摔伤，脖子上还有勒痕。为什么？为什么改变作案模式？"尹铎问。

问题看上去很寻常，可甄意很清楚，他强调"改变作案模式"，目的是排除"自卫情况下的合法杀人"。她只是生了病，不代表她的智商和专业都出问题。

法庭上的人全等着看甄意如何回答这棘手的问题。

她装糊涂地反问："我不太明白，什么作案模式？"

"为什么先勒她然后把她推下楼？"

“我的确勒了她的脖子，但没有推她下楼。”条理清晰，“在控方没有拿出证据证明我推她下楼前，说我‘改变作案模式’，这不恰当且不合理。”

短短几分钟，尹铎连番被她给抓了空当：“你的意思是，你勒过她，但你对她如何坠楼的事不清楚？”

“对。”

“你勒她的时候，没想过杀死她？”

甄意沉默一秒，脑子转得相当快。回答有，尹铎一定继续问：可能你的负面情绪传染、影响并激发了另一个人格。

等他问出这个问题，即使她回答没有，陪审团也会受影响，认为她是个只要被激怒就会失去理智让另一个人格出来胡作非为的危险分子。

所以她格外坚定：“没有。”反正不是坐在测谎仪。

“可淮如脖子上的勒痕非常深。”

“她想杀我，我为保护自己，把她勒到没力气后就松开了。尸检报告显示她坠楼而死，我勒她脖子并没造成窒息，甚至没给呼吸道造成伤害。”

尹铎暗叹她果然把警方提供的材料研究得透彻。

“淮如在清晨冲入我房间，我一睁眼就看见带血的镜子，她用项圈勒我的脖子。我没找水果刀捅她，我勒她的工具是她带来的绳子。这些足够证明动机是自卫，不是杀人。”

言下之意，不要再给我套上暴戾或有杀人欲的帽子。

她带着微微的警告，一字一句说完，法庭里安静无声。

法官点头：“反对有效，检控方不要再做言语误导。”

尹铎看甄意半晌，微微颔首：“抱歉。”

尹铎不再对甄意提问，传唤目击证人。苏姓证人表明，那天早上她走到楼下，听到头顶有女人惊呼，抬头就见甄意把淮如推下楼。

尹铎拿淮如的照片给她看：“这是坠楼的人吗？”

证人苏小姐为难：“不知道，她摔下来的样子太惨了，我没敢看。”反应真实。

尹铎指了指被告席的甄意：“推人下楼的是那位小姐吗？”

“是。”

“十三楼高，你看得清楚？”

“我看到她头发很长，穿着白色短袖T恤。那天很冷，应该就是屋子里住的人。”

尹铎问完，呈上甄意公寓楼道的监控：“死者坠楼在上午6：05分左右。监控视频显示被告于上午6：06：38秒从家里跑出来。”视频停住，“可以看出，被告当天穿着短袖T恤休闲裤，没穿鞋。”和证人描述相吻合。

尹铎转身看甄意："多处路段监控显示，被告以上段视频中出现的装扮在街上游走。我认为这时，她的精神已失控。非常危险。"

法庭投影仪上出现数段画面：甄意乱糟糟的，赤脚在路中央跑，一会儿在这个监控视频下，一会儿又在那个路口。她一身薄衣在冷天里惊慌失措，太直观太冲击人心，旁听席上众人窃窃私语。

毕竟，法庭上镇定自若的甄意和视频里张皇逃窜的人差别太大。原来这就是人格分裂。

尽管议论声起，甄意仍波澜不惊。

尹铎问完，法警打开证人席。甄意走出来，到辩护人席位上，对法官和陪审团成员颔首。

随后，她走到法庭助理面前，礼貌地说："刚才尹铎检控官播放的道路视频，我想借用。"

法庭助理于是重新播放，甄意盯着视频上好几段录像，对助理下指令："播放，停，播放，切换，停……"

法庭上只有她清淡平和的声音，陪审员和旁听者全认真看着，不知这样播放和之前有什么不同。

几番下来，尹铎发现，她喊停的地方，都是在道路上她和陌生人有交集的地方。他隐隐感觉到什么，果然，甄意回头看众人，道："大家都看到了，我过马路时被一辆车撞倒，司机下车骂我；我跑过巷子时，有妇女上来揪扯我骂我。还有很多，可我的反应是什么？"

众人默然。

"我没和任何人争辩，也没主动和他们有身体接触，我在躲避。"她说完，冲尹铎微微一笑，"感谢尹检控官提供这几段视频，证明我在精神失常的情况下不会对任何人造成威胁。"

好一个借力打力！

尹铎甚至连提出"反对"都没有理由。

甄意优雅地对法庭助理颔首："谢谢。"

同时，她微微庆幸，她冲进精神病院要杀厉佑的事，言格帮她隐瞒得很好。

做完这些，甄意看向证人苏小姐："那天你看见被告也就是我，从阳台上把死者推下楼？"

她态度随和，所以苏小姐并不紧张："是的。"

甄意递给法庭助理一张图纸，放在投影仪上，是甄意公寓楼的模型图。她的阳台和淮如坠楼地用大红色圆圈圈起来。

甄意问："你听见死者叫声并抬头时，站在哪个位置？"

苏小姐过去在图纸上画了一个蓝色箭头。那位置离坠楼点有一段距离，是公寓楼出口。

"请问你是刚走出公寓楼还是已经走出一段距离？"

证人努力回想："走出来几步，大概三四米。"

甄意又拿出一张纸，是公寓楼俯瞰图，依照证人描述，她在淮如坠楼点，公寓楼出口，和证人所在位置三点之间画了一个三角形。

由于证人出门只走了三米，阳台隔门口的垂直距离大概二十米，俯瞰图便是个一条边很短另一条边很长的直角三角形。阳台在短边对应顶角的正上方。公寓大门在左，案发地在右。

所有人都不明白她画这些是何时，甄意问了和图形毫不相关的问题：

"你看见我推死者下楼时，死者离你近，还是我离你近？"

"死者离我近。"证人很肯定，"她在阳台的左边，离我近。"

甄意"哦"一声，冷不丁问："你在这个角度能看清楚嫌疑人把死者推下楼？"

证人愣了几秒，有些生气："为什么看不到？我没撒谎。"

尹铎："反对。"

"反对有效。"

"我并没有说证人撒谎。"甄意心平气和地解释，又拿出一张照片，"这是我站在你描述的位置，抬头用相机拍摄案发阳台的画面。"

大家都看到，长方形的阳台因角度和画面透视的关系变成一个斜斜的小三角。

"你的位置离楼体太近，阳台太远，高度有十三层。在这个角度，我认为死者坠楼一瞬间，身体会挡住阳台上的嫌疑人。这会导致视觉上的错觉，比如，嫌疑人探身去看死者，却被你误认为在推死者。"

法庭上起了窃窃的议论声，视觉错位？

这种事情在生活中并不少见，所以众人颇有心得，连陪审员都觉得有道理。

尹铎是服气的，越是生活中的小常识，越不容易被人发现，她居然想到。

证人愣了。甄意给她台阶下，善解人意地安抚："你没撒谎，也没做伪证，只不过在错位的状态下误解了。"

证人闷头不语，觉得难为情，不肯相信她出庭做证居然是看走眼。她坚定道："不是错位，我就是看见了。"

甄意微微挑眉，既然她如此咬定，她也不需要对她客气。况且，证人没看清，也不能证明她没杀人。

官司的微妙之处在于，如果是打谋杀，到这一步，攻破证人证词也就算功德圆满。可如今，她有精神病是事实，她必须尽力洗脱自己的嫌疑。

自证无罪。这也是媒体记者们打鸡血的看点。

她缓缓敛去脸上随和的神色，从证物袋里抽出三张法证人员拍摄的照片。

语气平静，带了点冷冽：

“第一张是阳台左边栏杆的刮痕和血迹，证明死者淮如从阳台左边的栏杆上翻身坠落；第二张是阳台地面。花盆砸碎，碎屑和泥土撒在地板上，刚好把死者坠落前站的位置包围起来。被告除了在右边留下一个脚趾印外，法证人员鉴定，一整片泥土碎屑完好无损，外围的小渣滓也没被破坏。请问，被告是怎么飞过去，在不破坏花盆砸落的自然痕迹下，把死者推下楼又飞回来的？”

无数目光寂静地集中在证人身上，证人反驳：“推人下楼后再打破花盆也说不定。”

甄意凉凉一笑，大拇指一拧，第三张照片显现出来：“不巧的是，死者的鞋子在泥土的左边边缘留下半枚鞋印，证明花盆在她坠楼前就打碎了。”

一片安静。

所有人都知道“自证无罪”式的官司很难打，可到了这一刻才发现，她这样滴水不漏，什么事能难倒她？

甄意握着照片，手忍不住抖了一下。天知道她看到证物时的激动与感激，她没杀人，即使甄心的人格出现，她也没杀人！她能压制住甄心！

证人愣住，哑口无言，羞得满面通红。

甄意也没过多斥责她。她以往的风格以攻势凌厉，气场强大见长，可现在顶着精神病人的“光环”，还是低调克制一点为好。

她转身看向尹检控官：“我认为，这些证据足够证明我和淮如的死亡没有关系。”

尹铎点头。

甄意又请上法证人员，拿出另外几分证据：“照片中掉落在现场的药瓶装了什么？”

“挥发性致幻剂。”

“上面只有死者淮如的指纹吗？”暗示是淮如自带。

“是。”

“尸检报告显示死者身体里有这种药剂？”

“对。”

“这种药剂会让人产生幻觉？”

“对。”

“可以让人自己跳楼吗？”

“是。”

法庭上起了细细的议论。

到这儿问题该完了，可甄意又加了几个：“怎么进入死者身体的？”

“药剂挥发后，过量吸入。”

“它是无色无味的？”刻意问。

“一开始甜腻，但很快会变得没气味。”

“药品挥发会让在场者都吸入吧？”

“是。”

她停了一秒，神不知鬼不觉地往自己身上拉优势：“被告失控，惊慌失措地在街上跑，有没有可能是因为吸入药物而神志不清？”

“不排除这种可能。”

这话一落，四周热闹了一阵。

这不等于说淮如死的那天，甄律师可能并没人格分裂？

甄意眼见尹铎要反对，抢在他之前对法官颔首：“我的问题问完了。”

很好。

淮如案，彻底解决。

中途休庭后，甄意再一次坐上被告席。这一次，话题转到杨姿被杀案。

尹铎问：“被绑架后，你的心情是什么？”

“害怕。”

“死者生前用各种极端的方式虐待了你？”

“是。”甄意尽量简短。

“能说一下她是怎么虐待你的吗？”

甄意抬眸看他，有几秒没有作声。

尹铎在开庭前曾提出拿甄意受伤害的照片当证据，直观，惨烈，很有冲击力，容易让人认为她在那种情况下会产生杀人报复的心理。

但甄意一方提出抗议，认为照片属个人隐私，会对被告造成精神伤害，不许控方拿出来。但辩护方可以酌情考虑是否在庭上呈出，为自卫杀人做证据。

法官同意了。

所以，尹铎只能口头询问。

甄意声音并不大，在法庭上却格外清晰简略：“烟头，刀割，窒息，还有……鞭打。”

安静。

“这种虐待持续多久？”

“……三天。”

很安静。

“距事发已经过去四十五天，你恢复过来了吗？”

“差不多快好了。”

“这是身体，心理上的伤呢？”尹铎果然善于问问题。

甄意微微眯眼：“我一直在看心理医生，而且我有心理咨询师提供的康复诊断书。”

她看一眼自己的律师团，一位律师呈上诊断书做证据。

这一问没挖到可乘之机，反而给对方好处。尹铎问：“过了四十五天，身体上的伤也只是‘差不多快好’，这么说，你伤得非常严重。”

“……是。”

“当时，有想杀掉施虐者杨姿的心情吗？”

甄意毫不考虑，坚定道：“没有。”

“没有？”尹铎探寻，“受到那种虐待后，你也没想杀她？”

“没有。”甄意有条有理地揪出他的心思，给予反驳，“我不知道你是不是想推断说，人受了伤害就一定想报复杀人。但我认为这是你的主观臆断，没有客观联系。这因人而异。”

一番话把刚才尹铎营造的嫌疑氛围全打碎。

她诚恳道：“那时候我很虚弱，我只是在盼望，警察什么时候会来救我，能不能快一点。”

轻轻地一出口，在座之人竟莫名动容。

可高手过招……尹铎也很快打破这种气氛：“后来司瑰警官被抓了？”

“对。”

“她是你最好的朋友？”

“是。”

“她身体不佳，且案发时中了迷药记忆不清，无法出庭，只录了口供。请你描述一下当时发生什么事让她受了伤？”

“杨姿开枪打中她的胸口。”

“那一刻，你以为她死了？”

“……是。”

“在这种刺激下，你想杀了杨姿？”

“没有。”她语气肯定，很诚实的样子。

尹铎盯她半秒，换了个说法，“在这种刺激下，你的另一个人格出现了？”

甄意沉默，四周也沉默。

“请问，当时你的另一个人格出现了吗？”

“……是。”

满场哗然。

甄意道：“但她并没有杀……”

尹铎直接打断：“杨姿的腹部有枪伤，是你打的吗？”

“不是。是淮生。”

“杨姿胸口的刀伤是致命伤，先有腹部的开枪，对吗？”

“对。”

“杨姿腹部流了很多血，法医估计她是中枪五至七分钟左右再受的致命伤。现场血迹表明她坐在地上往后滑，在躲避。当时情况是这样吗？”

“是。”证据确凿，无法反驳。甄意知道他想问什么，却无法阻挡。

“也就是说，杨姿在已经受重伤失去反抗能力的情况下，被刺入一刀。这种情况下，她不可能有正在施加伤害或虐待的行为，杀她的那个人的行为无法构成合法杀人！”

又是一片哗然，甄意还要说什么，尹铎转身对法官致意，手起刀落地结束：“我的问题问完了。”

甄意的话才一开始就淹没在人声里，没人听到。

法官敲法槌：“肃静！”

甄意垂下眼睛，不慌不忙地吸一口气，让自己平复情绪。

很快，淮生作为证人登场。尹铎干净利落地发问：“你在这次案件里的角色是？”

“和杨姿一起绑架。”

“有没有参与对甄意的虐待？”

“没有。”

“杨姿虐待甄意，你在场吗？”

“不在。”

“你什么时候回到囚禁地？”

“第三天。”淮生的回答都很短，看上去异常平静，不慌也不忙。

“司警官是你抓去的？”

“对。”

“后来发生了什么？”

“我吓唬甄律师，说要把她扔下楼，司警官过来抱着她不放手，我让杨姿把她拉开，没想到杨姿开枪了。”

尹铎转过去问甄意：“他说的是真的吗？”

甄意点头。

尹铎继续问淮生：“司警官中枪后，发生了什么？”

淮生扭头看了甄意一眼：“甄律师尖叫，扑到司警官面前哭，突然就变了一个人。”

“怎么变？”

“她站起来了。”

“这有什么奇怪的？”

“她发着高烧，身上全是血，我拖她时，她一点反抗的力气都没有。她根本站不起来。”

“你的意思是，她的另一个人格出现了？”

甄意连提出“反对”的心思都没有，她心里坦然极了。

“是。”

全场又是哗然。

尹铎：“请描述当时她的样子。”

“眼神和表情很陌生，可怕，像女鬼。嘴里一直念着‘杀了她，杀了她’，然后往杨姿的方向过去了。”

“中途有发生奇怪的事吗？”

“有。”

“什么事？”

“她突然倒在地上，变成甄律师的声音，哭喊说‘不要杀她’，随即又变成另一个人。一会儿站起来一会儿又倒下，在两者间换来换去。像电视里一人分饰两角，只不过切换得非常快，很可怕。”

法庭上幽幽静静的，像有阴风吹过，众人都觉得毛骨悚然不可思议，大家的目光齐唰唰往甄意身上投。可她看上去很正常，这样的对比更叫人觉得可怖。

淮生说的是实话。这也是尹铎在庭审前对证词时套出来的。

淮生原本隐瞒了中途甄意出现的情节，但尹铎从现场的脚印和血迹看出“甄心”摔倒过好几次，这样的细节他知道甄意不会放过。

与其被对手揪住痛处打弱点，不如直接挑明。

况且，这样的描述会影响陪审员，一具身体里两个灵魂在斗争转换，想想都恐怖。

“最后呢？”

"甄律师消失了，只有甄心。"

"她做了什么？"

"她拿刀刺进了杨姿的心脏。"

"然后？"

"她晕倒了。醒来后就是甄心。身体上很多伤，但精神非常冷酷。"

尹铎问完，拿出一张照片，是甄意案发当天穿的衣服，脏兮兮的，虽然被雨水冲去血渍，可经法证人员处理后，衣服上闪了荧光，不太容易看清的血迹显现出来。

"这是被告在案发当天穿的衣服，除了她的血迹，还提取到与杨姿心脏处等高的喷溅型血迹，经过化验，的确是杨姿的血。"喷溅型血迹是找凶手的关键。

"此外，这是杨姿胸口的刀，从刀柄上提取到被告甄意的数枚指纹。"

他面对众人，沉稳道："由此可以证明，被告在受刺激的情况下人格分裂，杀死当时对她已不能造成危害的杨姿。她的精神疾病很严重，会随时失控。"

面对凿凿的证人证言和证据，法庭上起了轩然大波。

甄律师不可能翻身了。她就是杀死杨姿的凶手，这样铁证如山，她还能怎么辩驳？

自始至终，甄意都没提出反对，任凭法庭上一次一次纷纷议论，任凭众人看她的眼神越来越异样。

不久，尹铎对淮生的提问完毕。

甄意再次回到辩护人席位上。面向淮生，四目相对，平静却暗流涌动。

尹铎之前问过的问题甄意没有问。她知道，很大一部分问题，淮生都没说谎。唯独甄心杀人的那块。

"你看见被告的另一个人格甄心把刀刺进死者的胸口？"

"是。"

"怎么刺的？"

淮生觉得这个问题奇怪，想了想，问："什么意思？"

甄意于是一连串的细化："被告是跪着还是站着，用的左手还是右手，是从上往下捅，还是从下往上捅？"

淮生只能如实回答，法医检查过尸体，什么信息都有，撒谎无益。

"当时杨姿站起来摸着墙壁往后躲。被告站着，用右手，从上往下稍微往右倾斜刺进去。"

"很好，你说的是真话。和法医给出的伤口描述一模一样。没有撒谎。"

淮生不明白她突如其来表扬的语气是为什么。

围观的众人更不明白，也更好奇。这种情况，甄律师还能翻盘？

她幽幽看他几秒，表扬完了，也不给引申问题，话锋一转，问了句完全不相关的："杨姿虐待被告时，你一直不在场？"

"是。"淮生说的实话。

"你只最后一天出现？"

"是。"淮生微微蹙眉，揣度甄意这样问的目的。

"你对她没造成伤害，只在最后拖着她吓唬她让她跳楼？"

"是。"

"除了那时，你一直没碰过被告？"

淮生拧眉，甄意的问题肯定有陷阱，却无论如何也想不出怎么回事。终究选择实话实说："没碰过。"

甄意再问一遍："你只在拖被告时，碰过她的肩膀一次？"

"……是。"

"能演示一下吗？"甄意让助手拿上枕头人偶，淮生脸色微白。

尹铎抗议："反对，无关问题！"

法官道："辩护人，请陈述必要性。"

甄意不卑不亢道："我对警方的一项证据有疑义，需要借此证明。但为确保证言真实性，我现在不能说出是哪项证据。"

法官点头："反对无效，请继续。"

听了甄意对法官的话，淮生更加知道不对劲一定有套子，可他想不出来，他做事根本没纰漏。尽管忐忑狐疑，他还是示范了：站在人偶的头这边，抓起它的胳膊拖到目的地，蹲下来，一手摁它的脖子。

"你确定？"

"确定。"

"请你再示范一遍。"

淮生一路都在思考，最终认定她在装神弄鬼，又按照原来的样子示范一遍。

坐回证人席后，甄意机械式地重复："你确定没再碰过死者，也没和死者有肢体接触？"

"……是。"

所有人都一头雾水，不知甄意搞什么鬼。

直到甄意拿出一张照片，是淮生的衣服。

淮生一下子明白，脸色骤然惨白。

被捕后，淮生的衣服被拿去当证物。

投影仪上，他的衣服看上去比甄意的干净，由于雨水冲刷，更干净。

可甄意很快放上一份资料纸，这次，衣服用荧光标出了血迹。

“你案发当天穿的衣服上有按压型血迹，就是在力量作用下压上去的。经过化验，那些血迹是被告的。更不巧的是……”

甄意停下，示意助理往投影仪上塞另一张纸，一份黑白色模糊过的甄意受伤当天背后的伤痕图。有几条大伤痕和淮生衣服胸口的血痕出乎意料地吻合。法庭助理把两张透明纸一盖，重叠起来了。

“淮生，你什么时候贴近过被告，也就是我的背后？”甄意神情漠然地问，“会不会是你在我昏迷时抱着我，拿我的手握住刀，把刀刺进杨姿胸口！”

此话一出，满座震惊。

如山的铁证也有被推翻的可能？奇迹！

这究竟是真实，还是说甄律师想象力太丰富？

所有人都紧张地盯着庭上的两人，大气不敢出。

面对瞬间陡转的局势，淮生并没失控，只是眯起眼睛，折服：果然她问的问题，没有一个是浪费的！他一字一句，稳稳道：“我没有，是你杀了她！甄意，是你杀了杨姿！”

两人四目相对，无声地较量。

众人屏着气息，一瞬不眨盯着庭中央的两人。男人坐着，面色无波而镇定；女人站着，背脊笔直而不屈。

一秒接一秒的沉默里，甄意平静到极点，可无声中带着势沉如山的力量，掷地有声道：

“不，我不可能杀她。”

“淮生，那天的我，不可能杀得了她。”她面无表情，高跟鞋走在宛如空旷的法庭上，踏上台阶，拿着一份资料很轻地往投影仪上一放。

近百人的室内，纸张摔在玻璃上的声音竟清晰可闻。

而投影屏幕上出现的画面，叫陪审团旁听席的人全瞪大眼睛，一阵阵倒抽冷气。

这不可能！这样逆转取胜的官司，怎么可能？

X光扫描的一只断裂的右手手骨。

诊断书上医生的字迹很清晰，甄意脸上不起波澜，淡淡地念：

“掌骨Ⅱ Ⅲ骨折，月骨小舟骨粉碎，手指肌腱断裂……获救那天诊断为旧伤。手的主人在受到虐待时，挣扎过猛，手废了，无法抓握任何东西。握刀杀人，是不可能的。”

满座的法庭上一片死寂，静得像只有她一人，微昂着头，从容，淡然。所有的伤痛都和她无关。

淮生很久都没说话，想起那天甄心倒水拿枪开车门都用左手。他不像淮如，被拆穿后会跳脚疯狂，他和甄意一样静得出奇，不承认也不否认，只是淡淡地笑了一下，换了称呼：

“甄意，我可以问你一个问题吗？”

“你说。”

“我认为甄心就是你自己。她想害人想杀人，是你自己的阴暗面。她的负面情绪是从你这里吸收的。她所有阴森怨毒的想法，就是你潜意识里的想法。你想杀人，她才会想杀人，你想发疯，她才会发疯。你控制不了她，因为你根本控制不了自己的恶念。没有人能控制。”他不迫地一笑，“你觉得呢？”

这个问题，甄意这些天一直在想。她知道这也是所有人想知道的。即使她今天证明自己没有杀人；陪审团旁听者们也想知道，这个人真的就不危险了吗？

她没有立刻回答淮生的问题，而是从证据袋里抽出几张照片，她盯着看了一会儿，表情静如止水，呈上去。

“这是警察把我送入医院时拍摄的照片。这是医院的诊断报告，高烧40.9℃，皮肤大面积创……”投影仪上的图像出来，人群中一片惊恐，有人抑制不住尖叫起来。

那血肉模糊的身体叫人心惊胆战，绝对是恶魔所为！怎么会有人被折磨成这样？

而那人居然熬过来，完好无损地站在他们面前，面容消瘦、苍白，却平淡如水，还如此从容不迫、思维缜密地试图逆转这不可能取胜的官司。

法庭上一片喧嚣，她却云淡风轻，等议论声渐小了，说：“我列举这些证据，不是为了让你们认为我有杀掉杨姿的理由。”

她让人把那张看了会做噩梦的照片撤下来，换了另一张。“这是当天看押人质的一位绑架犯，他肩上的枪伤是我打的。在你们刚才看到的情况下，我受了那么重的伤，坚持着伪装成另一个人格，救出人质。而且我没有给绑架犯致命一枪，没有危及他的生命，虽然我很清楚，当时杀了他也会是合法杀人。”

“我列举这些证据是为了向你们证明，即使在生命受到极端威胁的情况下，我也可以控制自己，不去杀人。你们会像淮生那样质疑，说我的另一个人格就是我自己，是我自己的阴暗面，是我潜意识里的邪恶。这种理论我不知道对不对，你们没有证据可支撑，而我也没有证据可反驳。但我认为，这就是人生的苦痛和选择，是我们每个人都会面对的问题。”

她轻轻吸了一口气，语气依然平静无波，眼中却浮现出一丝泪雾：“我认识一个模特，她遭人轮奸，一度想亲手杀了那群人，可她最终选择走法律程序；我认识一个演员，她精神病发杀了人，可以打官司免除罪罚，她却说杀人偿命跳了楼；我认识一个女商人，她憎恨嫉妒自己的妹妹，想毁了她，却最终决定拯救她；我认识一个外科医生，她受人威胁，要她神不知鬼不觉地治死一个病人，但她最终拒绝；我还认识一个警察，她得知自己的爱人是罪犯，她有了他的孩子，她想包庇他，想和他远走高飞，可她最终选择遵从正义把那个人缉拿归案。

“这样的人很多很多。有时候，你觉得老板开除你，断了你的经济来源，你想炸了公司；有时候，她觉得男朋友劈腿辜负了多年的感情，想约他出来杀了他。

“可更多的时候，你不会这样做，她不会这样做，我也不会这样做。

“因为我们都知道，这就是活着。”

一世界的安静里，她吸了吸鼻子，手指轻轻抹去脸上的泪水，平缓地说：

“活着，真是这世上最不容易的事，可我们都在努力。活着会很累，很苦，很痛，与这个世界和周围的人总是有摩擦，有无法纾解的矛盾。有些时候，我们会恨不得想杀人，想报复。可我们不会这么做。因为我们能正视自己的阴暗，知道这是生命里必然要经受的痛苦和挣扎。我们能在挣扎后，让自己选择正确的路。更因为，这世上原本就没有纯粹的圣者，有的，不过是在同内心的黑暗斗争后，能保守本心的人。”

很朴实而不加修饰的一段话，叫法庭内外都没了声音，有人眼中含了泪，却不知为何。

“所以……”甄意深吸一口气，昂起头颅，泛着泪光道，“被告甄意没有杀害淮如杨姿，虽然患有严重的精神病，但请陪审团相信，她会在医生的帮助下，渐渐得到控制。请你们相信，她会好好活着，她会保守她的本心。也请……驳回控方‘囚禁入精神病监狱’的判定。”

天地静得没有一丝声响。那样一个消瘦的人儿，却仿佛有一根压不弯的脊梁。

……

控方没有新的提问和异议，法官宣布退庭，容陪审团商议。

众人起身退下，旁听席上议论纷纷。

谁也没料到，法警带淮生走时，沉默的他突然抓了空当，出其不意地挣开法警，冲到甄意身边，抓起桌子上的钢笔抵在她的喉咙上。

一切太突然，法庭里顿时混乱一片。旁听席上一片尖叫。

“甄意！”言格瞬间起身。

“不要过来，再过来我捅死她！”淮生叫嚣。

持枪的警察很快冲进来瞄准淮生，旁听席上的人尖叫着四下逃窜。

甄意被他勒得死死的，呼吸不畅，忽然听他在耳边说：“甄意，对不起。”

她猛地一愣，瞪大眼睛。

“这是杨姿死时对你说的话，你没听到。今天，我也和你说一次：甄意，对不起。”

他手中的钢笔尖刺得甄意的喉咙生疼，说不出一句话。

“甄意，你喜欢的男人虽然抓住了我，但他是个好人。还有你，很谢谢你。但迟了，我已经无法被拯救……”他掐着她的脖子往旁门拖，“拜托，把我的骨灰一半和姐姐放在一起。一半和……”话没完，他猛地推开甄意，转身就跑。

他跑的不是人多的旁听席，而是一个人也没有的侧门。摆明了让警察毫无压力地开枪。

他想自杀。

甄意浑身骤冷，尖叫：“别开枪！”可她的声音瞬间淹没在一连串砰砰枪响里。

她眼睁睁看着那个瘦弱的大男孩倒进了血泊里。

甄意疯了般扑过去：“淮生！”

他望着天空，似乎看到什么让他幸福的画面，眼睛里有笑意，却流了泪水，姐姐……俏俏……对不起……下辈子，都不要认识我。

他的眼神恢复到开始之初的纯净清澈。那时，躺在透析仪上的瘦弱的大男孩，面容清秀，揉了揉眼睛，纯净地对他心爱的女孩微笑，说：

“我也刚醒。”

……

如果淮如没有杀人，如果淮生没变成他口中的“过街老鼠”；

如果淮如救了徐俏没让她死；

如果许茜的父母同意把肾给淮生；

如果慈善基金会给他们更多的关注和帮助；

如果淮生没生病；

如果……

……

没来由地，甄意想起唐羽跪在宋依墓前的哭诉：来的时候，一个一个都好好的，怎么就回不去了。

甄意的眼泪直打转，想伸手去合上那双澄澈的眼睛，身后被人陡然一扯，她被提起来，撞进一个呼吸不畅而极度紧张的怀抱里。

她被他箍得那么紧，唤了声“言格”，眼泪便汹涌地砸下来。

法庭驳回了检控方提出的将甄意收押入精神病医院的诉求。同时指出，甄意必须长期接受心理治疗且定期做精神鉴定。

官司过后，甄意成了K城最受关注的大律师。也让更多的人群尤其是青年人开始关注法律法制，关心律师行业，并开始相信：不论出身，不论背景，努力、认真和专业，会让你一往无前。

大学、社会团体、公司企业请她去演讲。但甄意对案件和法庭外的事不关心，让助理婉拒，专心休息和康复。

她很清楚，一整年的大风大浪顶峰低谷后最需要的是反思与静心。

且甄心一直是她心里的阴影。她每天早上醒来第一件事就是听言格的心跳，确定他没有在睡梦中被甄心杀死。

而且，最近不知为什么，她的记忆总有点倒退。像得了老年痴呆似的。

康复训练师抱着病历记录本站在她身旁，时不时叮嘱和鼓励："很不错。手臂打开，往后拉，再做一次背肌伸展。很好。"

"今天的训练就到这里。"训练师把握力计递给她，"测一下。不要心急。好的。很不错，已经恢复到 17 kg。"

"觉得勉强或是疼痛吗？"

"没有。"甄意摇摇头。

"那我们明天继续。"

窗边的言格迈开腿走来，从兜里抽出手，把夹在手臂上的大衣展开给她穿上。

甄意忍不住笑："不用啦，现在我自己可以穿。"话这么说，却顺从地让他给自己穿上。

走出复健房，甄意看了眼手表，轻声嘀咕："时间刚好，去看淮生，今天是他头七。"

一月中旬的一天，天空灰蒙蒙的。

墓地里没什么人，举目望去只有几排深黑色的骨灰墙和已枯败的鲜花，萧索凄凉。

气温有点低，风也大，甄意下意识裹紧大衣。

两人很快找到淮生的骨灰格子，小小一个贴着他的照片，黑白色让他的脸庞看起来干净清秀。他原本是个漂亮的男孩子。

他的旁边是淮如，头顶便是徐俏。照片里，那个阳光灿烂的女孩正冲甄意甜甜笑着。

甄意又看了一眼淮生那已定格成黑白的照片，有她们两个在，他可以安息了。

她在骨灰墙上找了好一会儿，依次看到唐裳和宋依，瞬间有恍如隔世之感。

其他人，崔菲、许莫和许茜葬进了有钱人的墓园，而林涵沉睡在烈士公墓。

过一会儿看见了杨姿。照片上的杨姿干干净净的，漂亮极了，抿着唇淡淡笑着，没有恶意，没有迷茫，也没有仇恨。

为什么人要等到死后才变得纯净透彻？

曾经，亲如姐妹；曾经，渐行渐远；曾经，分道扬镳；曾经，反目成仇。

如今人死了，所有的情绪、亲切、信任、友好、淡漠、不解、厌烦、憎恶，一切都烟消云散，连伤感都没剩下。

甄意待了一会儿，挽着言格的手一起离开。

走了几步，一个戴墨镜的中年男人擦肩而过。

甄意止住脚步，那是新闻里常见的熟悉面孔，听说仕途很顺。

只是世上没几个人知道，多年前他和他怀孕的夫人利用一个少女的好心把她囚禁，多年后臭名昭著的杨姿会是他和被囚少女生下的女儿。

郑颖，杨姿，两个女儿都死了，算是他的报应吗？

时近年关。司瑰身体恢复得差不多了，甄意带着爷爷和言格送她去机场。

一月没剩几天，快过年了，司瑰要回家陪父母。她逮捕卞谦有立功，警署给了她不小的奖励，外带不短的假期。

甄意帮着她换登机牌，尽力宽慰："多休息一段时间也好。这次你身体受累不轻，回家有妈妈照顾，好好补充营养，宝宝才会健康。"

司瑰见她絮絮叨叨，忍不住笑："甄，从来没发觉你这么啰唆。"

甄意见她笑，心里的石头落了一半："阿司，我是宝宝的干妈，你可要把它照顾好哦。等你过完年回来，我要检查的。"

"你又不是医生，检查得出什么？"司瑰白她一眼，握了握她的手，"好了，真不用担心我。甄，我会好好的。"

同行的还有卞谦的父亲和保姆。老头子身体不好，由保姆推着坐在轮椅里。

老人家癌症晚期，没几个月可活。司瑰说要带他回家一起过年。

甄意望着三人消失在安检口，有些感慨。想起接司瑰出院时，她状态好得像没事人一样，说："生活还要继续不是吗？况且肚子里还住着一个小家伙，我要努力过得更好才是。"

司瑰排队进安检门后，回头对她招招手，含着笑。

甄意这才放心地转身。爷爷没乱跑，乖乖坐着吃饼干，快过年了，甄意时间宽松，便时刻带着爷爷。旁边，言格端端正正陪着。

甄意一屁股坐去他跟前，感由心生，道："阿司好坚强。"

"嗯？"

她挽住他的胳膊："如果换作是我，你出了事，我会疯掉的。"才说完，心里一个咯噔，担心甄心会出现彻底占据这个身体。

甄心是她心里的隐患。虽然她相信自己，相信言格，可这个人格毕竟存在，总像安插在他们两人之间的第三者，定时炸弹。万一哪天控制不住爆炸，伤得最惨的便是离她最近的人。

想到这儿，甄意有些头晕，不知为何，这几天只要一思考，脑子里就混沌模糊。或许是被囚禁虐待太久留了后遗症。

她撇去心里的不痛快，重复一句："阿司好坚强。"

"因为有了孩子。"言格淡淡评价，"不然，她早垮了。"

甄意忧愁地蹙眉："还好卞谦家那么有钱，抚养费不用操心，算是一点点安慰吧。"

言格准备起身走，甄意却赖在椅子上，四处张望。

"等人？"

"还要送个人。"甄意小声，"学长要飞英国。"

"哪个学长？"他淡定地问。

甄意揪着手指："不是只有一个学长么。他辞职了，要去英国定居，和他爸爸就是伯父住一起。"

正说着，"甄意！"尹铎从身后走来。他今天穿了身休闲装，清爽而有朝气，手上没拿东西，登机的证件行李有专人负责。

看到言格在，他眼睛里闪过一丝讶异，却也没说什么。

言格只颔了一下首，表情比以往友善。

尹铎有些奇怪，后来明白是甄意跟他说他要去英国定居了。

甄意想起学长这一年对自己的照顾，有些感慨："去英国就不回来了吗？"

"偶尔回来看看。"尹铎说话时，带着一贯和煦有度的笑容，"我爸年纪大了，需要人陪伴。移民去英国照样可以做检控官。"他爽朗地笑，"如果遇上值得学习的案子，切磋切磋。"

"好啊。"甄意很兴奋。

言格："……"

尹铎临行前，又躬身看爷爷，眼睛里亮光闪闪的："爷爷，我走了。再见。"

爷爷抬头看他，没有笑，也没有像老孩子，点点头："再见。"

VIP 贵宾开始登机。

尹铎立起身，沿着落地窗走向登机口，手机贴在耳边，人望着窗外的停机坪，眼里带着一丝平静安逸的笑容："观察者报告：实验圆满结束。损失：又一位 boss

组长被捕。”

挂了电话，他心情愉悦而平和。他的生活要迎来另一个崭新的契机。去世界另一个地方做检控官，伸张正义，惩恶扬善，他很期待。

飞机起飞，他盖上毛毯，安然睡了。几秒后缓缓睁开眼睛，望一眼这座渐渐变成缩略图的繁华大都市，唇角浮起一抹浅浅的笑意：K城，再见！

送走尹铎，走出机场，甄意后脑勺又痛了一下，脑子里有些模糊不清。

言格注意到了，问：“最近是有哪里不太舒服吗？”

“没什么不舒服。就觉得有点儿累。”她打起精神，道，“快过年了，这个星期忙完工作室的事，我也该带爷爷回深城过年。”

言格拉开车门，把爷爷扶进车里：“就你和爷爷两个？”

“对啊。”她眼珠转了转，特活泼开朗，“听上去好像很凄凉，但不会的。我和爷爷可搭调了，两人待在一起可以快快乐乐玩好久的。”

“哦。”言格并没多说了。

她总说她是那种一个人也能玩得很 high 的女孩。

他没什么表示，甄意也不往心里去。

她知道言格的个性，不会邀请她去他家过年。没结婚的女孩子放着自家的长辈不管，跑去男人家过年，自轻而不妥。他不会不顾她的声誉。她自己也会觉得不好意思。

除夕这天，深城天气温暖，阳光灿烂而不刺眼。

甄意早就请钟点工把八年前住过的工厂旧房子打扫好。她把房间好好布置装饰一番，床单地毯沙发垫都换了新的，大出血不少。好在她现在是大律师，赚钱比花钱还容易。

一整天，她在整理屋子，爷爷拿着洒水器在阳台上浇花。祖孙两人，时不时召唤一声，对话几句，倒也惬意。

到了晚上，送除夕外卖的小哥儿拎着一大堆美食进门时，小小的房子拾掇得整洁而温馨。

甄意饿得饥肠辘辘，把年夜饭套餐摆上桌，一盘盘色香味俱全，全是大厨手笔。她得意地自夸：“爷爷，我是不是很聪明，做饭多麻烦呀，还是直接买好吃。”

“嗯，好吃好吃。”爷爷抓着叉子，往嘴里塞鲍鱼，笑眯眯地点头。

乳白色的日光灯下，老人家鬓角的碎发像闪闪的雪花，银丝丝的。

甄意见了，心里感慨。她最亲的爷爷，老了。

小时候，和他一起住在这间房子里，和姑妈表姐四人围着桌子吃饭的情景还历历在目。

老头子吃得很欢乐，甄意起身，悉心地给他系好餐巾，拿纸巾擦擦他嘴角的油，又给他盘子里夹了好多蔬菜，叮嘱："爷爷要乖，别光吃肉哦。"

"知道知道，吃蔬菜吃蔬菜。"爷爷乖乖地应答，揪起一只西兰花放进嘴里。

"爷爷真听话。"甄意摸摸老人家的银发，往他的杯子里添了点儿鲜榨核桃汁，把电视机的音量调大一度。

是爷爷最喜欢的戏曲春节晚会，京剧名家们正在唱演："未曾开言我心内惨，过往的君子听我言。"

甄意啃着排骨，跟着嘤嘤呀呀哼唱起来："哪一位去往南京转，与我那三郎把信传"七万八绕的，还真唱出了一点袅袅的味道。

哼到一半，顿住。

她摸出手机，装作无意地看一眼，21：14。没有未接来电，却有一大串未读短信，全是群发的恭贺新禧。

没有言格的。他的性格，当然不会搞这些玩意儿。

唔，没有惊喜……

嗯，言格家肯定很热闹，大家都在玩儿吧。

她一点儿不失落，轻轻吸一口气，收起手机。见爷爷的餐巾脏了，给他解下来重新换一张系好。

爷爷吃饱喝足，跟着电视里的人唱戏曲。甄意也抱着水果盘，歪在沙发上和爷爷一起哼唱。往自己嘴里塞一瓣橘子，往爷爷嘴里塞一块苹果。

小小的老式电视机里，京剧越剧黄梅戏花鼓戏秦腔豫剧，爷爷全会唱，甄意也能跟着胡七胡八地哼几声。

爷爷唱一句，她也不管下一句曲调对不对，就大胆地接过来唱。

祖孙俩其乐融融，乐乐和和，时间竟也就不知不觉流逝了。

才到十点半，爷爷就要睡觉了。

甄意打水给爷爷洗脸洗手洗脚，把他安置到床上，盖好被子后，想起什么，问："爷爷，你记不记得一个叫卞谦的人啊，他是你的学生呢。"曾有一年，她和爷爷在卞谦家过年。此刻，她有些想念他。

"不知道。"爷爷闭着眼，不满意，"我要睡觉。"

"好好好。"甄意没打算问出什么，掖了掖爷爷的被子，"晚安哦。"

走出房间，狭小的客厅安静而又灯光朦胧。她独自把餐桌茶几收拾干净，已经晚上十一点。关掉叽叽喳喳的电视机，房间陡然陷入一片安静，便可以清晰地听见外边的世界开始响起礼炮声。

抬头一看，窗子外，城市的夜空升腾起灿烂的烟火。

好漂亮。

甄意走到阳台上欣赏，又摸出手机，祝贺的短信堆成山。搜寻一下，还是没有言格。

她耸耸肩，给司瑰打电话，才找出名字，司瑰的电话就过来了。

这样的默契让甄意瞬间开怀，接起来，欣喜道："阿司，好巧哦，我刚准备给你打电话。"

"喊。少来，明明就是把我忘了……"司瑰笑着和她聊起来，"甄，我这里下雪了……"

两人絮絮叨叨讲了快半个小时。才放下电话，手机又亮了，这次是尹铎，从遥远的英国送来祝福。接着江江、戚勉、唐羽他们都打电话来，连戚勤勤都发了一个"甄意，新年快乐"的短信。

和戚勉讲完电话，快到零点了。烟花爆竹声响彻天际，震耳欲聋。她在阳台上，看着城市的夜空渐渐被色彩斑斓花式繁多的焰火点亮。

满世界璀璨的礼花，美得惊心动魄。

她搬了小板凳，一个人坐在灰暗的小楼上欣赏夜景，夜空中密密麻麻的彩色焰火漂亮得惊心，她的心被铺天盖地的美丽震慑得一片安宁。

快到零点，她不想听外面的人喊倒计时。甄意站起身，快速洗漱完毕，裹着浴巾准备上床睡觉。才关掉客厅的灯，老旧的木头门上却传来轻轻的三声叩门。

在喧闹的子夜时分，在一世界的烟花爆竹响声里，竟透着说不出的幽深和清润。

甄意先是吓了一跳，心跟着咚一下，立刻又紧张期待起来，揪着浴巾，缓步走到门后，隔着夜色，小声问："是言格吗？"

屋外的烟火爆炸声达到顶峰，守岁的人们狂热而兴奋地倒计时："10，9，8……"

门那边的人顿了一秒，才淡淡地"嗯"一声。声音有些模糊不清，却是他没错。

世界还在噼里啪啦地叫嚷："6，5，4……"

甄意的心瞬间狂跳起来，欢欢喜喜地打开门，便撞上他如画温润的眉眼。楼梯间里没有灯，只有烟火渐明渐暗的光在他脸上闪烁而过。衬得他的轮廓深邃，像从天而降的王子。

焰火与喧嚣到达顶点，除夕夜在一瞬间流逝而过："……2，1……！"

她一下子扑进他怀里，又惊又喜。满世界喧闹的烟花声里，她也不怕吵到爷爷，忍不住喜悦，近乎尖叫："你怎么会过来？"

他低头，拦住她柔软的腰身，低低地答："有点想你。"

不止是有点儿。

坐在人群里，越是热闹，越是想她。

想她一定会在这样举家团聚的日子里觉得孤独寂寞，想她一定会巴巴地盼望快点儿过完年就可以见到他。

原本，他就是她的家人。

听他这样淡然而克己地说出“想你”，甄意心里又酸又暖，快乐得差点儿涌出眼泪。她埋头在他脖颈间，小声嘀咕：“开车过来要两个多小时吧，是不是累了？”

“没有。”他见她这一瞬间如此黏人，觉得来对了。说话时，不经意就带了淡淡的笑意，平实道，“只是，来见你的路上，一路空旷无人。街道很宽，天上全是焰火。我想，如果你在，肯定会很喜欢那样的美景。”

一瞬间，莫名地，她真想扑进他的心里去。

……

她小心翼翼关了门，指指爷爷的房间，示意爷爷睡着了。两人在黑暗里牵着手，轻手轻脚地去到甄意的房间。

言格看了一圈，在她耳边低声问：“过了这么多年，房门还没装上。”

甄意笑了，眼珠一转，踮起脚尖道：“衣柜还在，要不要钻进去？”

他在半明半暗的天光里，很浅地弯了一下唇角，没作声。

他们长大了，钻进去太困难。

甄意的床还是当年的少女床，又短又窄。言格个子太高，只能侧身蜷着，把她搂在怀里紧贴在一起。

她觉得异常和暖，脸上洋溢着幸福的笑。她的快乐总是张扬不掩饰，即使黑暗中，即使闭眼睛，他也能感觉到她的笑意。还感觉到……

她的手伸进他的衣服里，留恋而试探地摸来摸去，不出几秒就滑进他的裤子。

他低眸，窗外的彩色烟火光此消彼长，映她清澈的眸子里，像千变万化的琉璃。

“甄意，”他欲言又止，终究低声道，“你的房间没有门。”

“没关系。”她说悄悄话，很乖乖地商量，“我可以忍住，不发出声音。好不好？”

“……”

“这里是我长大的房间诶，”她的腿往他的两腿之间钻，声音柔软而蛊惑，“你难道不想在我的床上和我做爱嘛。”

“……”言格呼吸微沉，良久，缓缓道，“甄意。”

“嗯？”

“你的床不是很牢靠，可能，会响。”在夜里低低地说出这种话，他的脸不经意泛红。

她静了几秒，却很轻地笑了，凑到他脸颊边咬耳朵：“可这样更带感了怎么办？外面还在放焰火，可以遮盖掉动静。”

“……”

可她说完没一会儿，天空密集爆发的礼花就渐渐消沉，近在咫尺的爆竹声也变得稀稀拉拉而遥远。夜空回归黑暗，世界重入静谧。

她偷偷地笑，凑到他耳边，轻声道：“言格，我们生个小孩子吧。”

夜里，这样的话太蛊惑人心。

言格缓缓闭了闭眼，夜里分明清凉，他却觉得发热。他侧身解开她裹在胸口的浴巾，低头亲吻她的脸颊她的身体，轻缓而谨慎，似乎不愿惊动这寂静的夜。

彼此肌肤间的温度缓缓蒸腾，她在他的爱抚下很快便觉迷蒙而空虚。

他才压低重心，床板便吱呀一下，在静谧的夜里清润地传开，清晰，微弱，一直传到客厅。两人都僵了几秒，屏气凝听，好一会儿，确定没引来动静。

甄意的心咚咚跳，抬眸看他，他撑着手，在她上方，黑黑的眼睛清亮得像星星。

那一声吱呀叫她窘迫极了，她也生怕吵醒爷爷。可这样偷偷摸摸的刺激又叫人的身体愈发敏感细腻，不可控制。

危机已过，她张开腿圈住他的腰身，再度亲吻他，他见她笨拙地扭来扭去，俯身搂住她把她抱起来。

安静而宁谧的夜里，两人小心而谨慎，缓缓地，无声地亲密着。

他额前的碎发被汗水沾染，湿润得拧成一簇。怀里，她的肌肤细腻，炙热，柔弱，夜色中，她细腻白皙的胸脯上沁出了细细的水珠。

除夕的夜里，温暖，轻柔，万籁俱寂。

……

甄意软在言格怀中，还沉浸在片刻前的迷醉里，意识不太清。手指习惯性地攀着他微微汗湿的手臂，忽然忍不住，就幸福地笑了：“言格？”

“嗯？”

“第一次觉得过年好幸福。”她闭着眼像在梦呓，“以前每次过零点时，都是我一个人。看别人家放烟花，然后自己爬上床睡觉。唔，今天有人和我一起睡。”

她吃吃地笑了两声，觉得很满意，树袋熊抱树枝一样手脚并用地搂住他。

他轻轻吻她的额头：“好好睡觉。”

“唔。”她心满意足地合上眼，过了不知多久，又想起什么，一下子醒来：“言格。”

“嗯。”

“言格，我们生个小孩子吧。”

“……”他善意提醒，“你刚才说过了。”

“可你都没有回应我。”她瘪嘴。

“……”没有回应？那刚才他们在做什么？

嗯，言语上的回应？他说：“我们当然会生小孩子。”

她开心地笑了两声，乖乖睡了。但不过几秒，她再一次睁开眼睛，好奇：“你说，我们的孩子会不会有自闭症？”

“……”这种时刻有必要纠正一下，“其实，严格意义上说，我和言栩患的是阿斯伯格综合征。”

“什么东东？”

“阿斯伯格综合征。”他平和地重复，“一种罕见的自闭症，患者通常……”他不太擅自夸，“嗯，……智商很高。”

甄意之前查过资料，自闭症的人大多数有智力发育问题。那时她还觉得言格这种情况真是奇迹，如今才搞清楚，他们有更专业的分类。

她默默想了想，说：“你这个病好酷。”

言格：“……”

“不像我的病，一点儿好处都没有。”甄意不满意地咕哝，“多动症的孩子好难养，而且如果有人格……”

她没有说下去，心突然像被谁狠狠扯了一下，痛得发麻。

她一直认为有病也没关系，只要自己努力克制就好，她想和言格在一起，就一定要和言格在一起。可，孩子……

她闭了闭眼，竭力压抑住内心突然翻江倒海的绝望，做成轻松的样子，道：“你要是娶我，是在拿你的小孩冒险。”

他下意识搂紧她的身子，只道：“是我们的小孩。”

甄意心里一磕，像被温暖撞了个满怀，头低下去，声音也低下去：“那也不该。”

“如果你担心，有心理压力，我们可以不要小孩。”言格侧头，嘴唇碰上她的耳朵，说得很平淡，像再寻常不过的事，“我觉得只有我们两个人，也很好。”

她狠狠愣住，埋头在他的怀里，泪水决了堤一样往他胸口涌：

“言格，我永远不要离开你，绝对不要。”

大年初一的早晨，阳光明媚，温暖宜人。

甄意缓缓睁开眼睛，看见金色的阳光在自己的睫毛上跳跃，好温暖；扭头一看，便望见言格清黑温润的眸子。

他不知多久前醒了，正一瞬不眨看着她，眼眸黑漆漆的，里边只有她小小的影子，干净，纯粹。

她不可自抑地咧开嘴，回报他一个大大的笑容。

早晨起床洗漱做早餐，她心情一直都快乐，反反复复地哼着一首很久以前的歌：“每一天睁开眼看你和阳光都在，那就是我要的未来，我要你的爱……”

言格喝着粥，听着她乐颠颠的音乐，看着她哄爷爷，给爷爷刷牙洗脸，他的心情也是舒适的。

他下意识地望一眼手表，2月14号。情人节。

甄意已照顾爷爷吃完早餐，扭头望他：“言格，我们今天上街玩好不好？过些天要送爷爷回疗养院了，我想带爷爷玩。”

“好。”他点点头，原本就打算今天带她去玩，“想去哪儿？”

“游乐场吧。”她笑。

“嗯。”刚好，他也这么想。上一次一起过情人节，他们就去的游乐场。

甄意给爷爷换好衣服，带好水壶，又装好手帕和纸巾。言格静静看着，不曾料到她在私底下，在爷爷面前，会有如此悉心细致的一面。像个小管家婆。

二月的深城已经很温暖，游乐场里游人很多，大都是年轻的情侣们。

甄意考虑着爷爷的身体，没玩刺激性的项目，坐着观光车四处游览，后来爷爷见了旋转木马，便兴奋地要玩。

言格买了票，让甄意陪着爷爷坐，自己则站在一旁专注地看，看她在木马上快乐地旋转，欢笑。今天，甄意穿了件春款的白色裙子，没有束头发，长长的头发在风里飘扬。美好得像从天而降的天使。

坐在木马上，她不停地对他招手，冲他笑开怀。小脸上全是欢喜，因为快乐，整张脸都仿佛被点亮，灿烂得让周围的一切都失色。

言格专注地追随着她的身影。游乐场里，五光十色，他都看不见。周围的人，也都不存在。所有的喧嚣，他也听不到。除了她。

终于，她兴冲冲地从木马上下来，回到他身边，开心地和他说“好好玩”。

他捋一下她鬓角的碎发，轻轻别去她小而柔软的耳朵后，才一触碰上去，甄意的耳朵根儿便微微红。

他很少在大庭广众下做这样的举动，甄意抬眸，见他眸光清浅，似乎有什么话要和她说，可这时，爷爷闹着还要再玩一次旋转木马。甄意陪他再玩一次。

言格看她坐上木马，回头望一眼远处的花圃。

刚才差点说错，本来想说“我去给你买花好不好？”不应该问，应该直接买过来。

她好像不记得今天是情人节。可仍他记得多年前的旧事，总想补偿。

他回头，一眼看到人群中的苏铭，于是放心地往花圃那边去了。他想，等买花回来，他应该和她说："你的白裙子很漂亮，捧着红色的花朵，会更漂亮。"

甄意从旋转木马上下来，没见言格，四处望没找到。打电话过去，正在通话中。想在原地等，可爷爷看见远处的蛋糕铺子，要吃蛋糕。走到半路，便看见苏铭。她微微一笑。

蛋糕铺子人很多，挤挤攘攘，甄意排队付钱时，爷爷不知看到外边的什么，突然跑出去。

"爷爷！"甄意赶紧扔下盘子追出去。苏铭立刻跟上。

游乐场里有春节嘉年华，演员和人流如潮涌。甄意追出几十米，一眼看见爷爷被假面人吸引，走进了游行队伍。

她好不容易绕过花花绿绿的服装和千奇百怪的面具，一把抓住爷爷的手，废了好大劲儿把他从游行队伍里拉扯出来。

爷爷以为她要生气，沮丧地低下头。

甄意却担心他撞到，焦急地左看右看，这时，后脑勺一沉，有人拍了她一下。

回头便看见一张黑洞洞的假面，脸颊粉刷般地白，甄意吓了一跳。

言格走向花圃，买了一束玫瑰，刚付钱，电话响了，是孟轩。

他往人少的地方走了几步："有事？"

"卞谦醒了，说了一件事。"孟轩似有为难。

"什么？"

"他把MSP最新研制的药刺进甄意的后脑，过了这些天，要开始见效了。"

言格脑子里轰然炸了一下。这些天甄意时不时迷惑又精神不振的样子浮现在他眼前。

心狠狠一沉，像被重锤击落。怀里的玫瑰瞬间坠落在地，他走了几大步，陡然飞奔起来。

甄意！！

面前白惨惨的假面演员咧嘴笑了，看上去更吓人，甄意后退一步和他拉开距离，但假面演员似乎想和游人套近乎，张开五彩斑斓的服装，搂住她转圈圈。

甄意不太喜欢，挣脱开，演员从面具后冲她漂亮地勾勾唇角，随着其他人消失在了游行的嘉年华队伍。

甄意莫名有些头晕，不知为何，刚才脑袋一拍，不重，可她像是震荡了，突然就想起那天在司瑰的病房，卞谦对她的一拍。

她疑惑，转头见爷爷坐在地上开心地玩玻璃球，她弯腰要去扶他。一躬身，脖子上像有一根筋被抽出来，痛如剥皮。

她眼前花了一下，缓缓摸摸后脖颈，抠了抠，好痛！可收回手，什么都没有。她脑袋凝滞一秒，看见手心多了一滴鲜血，两滴，三滴……

她怔怔的，摸了一下鼻子，怎么突然流鼻血了。很快，白裙子上染了点点的红，像绽开的玫瑰花瓣。

爷爷仍旧坐在地上玩耍，她想走，可脚重得像灌了铅，挪不动。

言格……言格……

她抬头望。

这真是一个非常美好的初春，阳光和煦，四周一片欢乐祥和。

嘉年华的小丑和假面妖冶像鬼魅，他们盛装打扮，跳着欢乐的舞蹈，斑斓的彩色如流水在她面前滑过。

她看到了，看到游行队伍对面的言格。他也看见她嘴边的鲜血，清秀平静的脸上划过深深的骇然。

可一瞬间，欢快游行的队伍遮挡了他们的视线。

不知为何，一股撕心裂肺般的疼痛从心底最深处席卷到四肢百骸，痛得她的眼泪掉了下来。怎么又哭了？奇怪。

她跑向言格，才迈出腿，身子一歪，轻飘飘地倒在地上。世界天旋地转，所有的色彩从眼前划过，变成一片湛蓝。

深城二月的天空，那么高，那么蓝，没有一丝白云，安静得像亘古的宇宙。忽然，天空中出现了言格的脸，惊惶，绝望。

她蒙蒙的，出什么事了？他为什么哭？

他抬起她的头，眼泪滴在她脸上，失控了般在说什么，可她听不见，意识像水流一样从脑袋里抽走。

无数的回忆如幻灯片闪过，有些模糊，有些清晰。

她好像看到上个月，他坐在床上，她枕在他肩膀，听他给她读那首腻得发麻的女孩情诗。

他尴尬得脸红，嗓音却认真清隽，念着：

“……

胸怀中满溢着幸福

只因为你就在我眼前

对我微笑

一如当年

我真喜欢这样的梦

明明知道你已为我跋涉千里

却又觉得

芳草鲜美

落英缤纷

好像

你我才初相遇……”

初相遇吗？

有光一闪，回到很多很多年前，有声音在烈火里尖叫：“甄意，软弱的甄意，沉睡吧，让我来拯救你。”

后来，她躺在医院被遗弃的担架上，面对记者的闪光灯，她稚嫩的胸部腿根裸露在外。她羞愧到茫然时，又听到烈火里的声音：“甄意，沉睡吧，姐姐来拯救你。”

她想，活着好累，要不，就睡去吧。

可就在那时，她感到一阵前所未有的清香与温暖。有个小男孩走过来，把他海军款的墨蓝色风衣盖在她的身上。

她的眼睛一下子恢复清明，追向了他。

从不曾记得这件事……此刻却想起。

原来，这就是初相遇吗？

原来，是被他的温暖拯救。

原来，只是为了追逐他，而活了下去。

……

很多事情，不记得了，不记得了，唯独记得，爱过你。

——全文完——

番外卷 对我微笑，一如当年

格 & 意

（1）

回到家里时，已经是晚上七点多。

回来的路上，甄意路过菜市场，买了些菜。到了家里，她便帮着言格打下手做饭。其实，她能做的也不过是洗洗菜罢了。

她刀工不好，切出来的菜不好看；烹饪也不行，做出来的菜也不好。便只能围着言格转来转去，给他递东西。

更多的时候，只是欣赏罢了。看他面容清雅，认真得仿佛做实验，卷着袖子，手臂上的肌肤流畅而紧实……真是赏心悦目啊。

甄意看得眼神直直的，偶尔忍不住，爪子凑过去，在他手臂上摸摸蹭蹭，觉得男人的肌肉摸起来果然比女人更有质感。

看着看着，咽了咽口水，说："好想和你在厨房里爱爱……"

他瞥她一眼，道："你想坐在砧板上吗？"

甄意望望油腻腻的砧板，一点儿旖旎的心思全被他给破坏了。她瘪瘪嘴，哼哧一声，盯着他的白衣看了会儿，说："我去给你找围裙。"

可一转身，望着这间小小的房子和客厅，她的脑袋又晃了一下，定过神来，觉得有些陌生。这里装饰得很温馨，可从窗户和门板上看出破旧的岁月痕迹。

这是……哪里？

她愣愣的，左看看右看看，望见了挂钩上的围裙，拿起来慌慌地跑去言格身边了。心里还疑惑，这是哪儿啊。

可回到言格身边，她便好了，叽叽喳喳开始说话，不小心碰到咖啡匙，小匙子掉在石板地上，甄意边和言格说这话，边弯腰去捡。

一低头，仿佛莫名其妙般，就是那一躬身，脖子上像有一根筋被抽出来，痛如剥皮。

她眼前花了一下，脑子里再次混沌，很多回忆嘈杂着从眼前呼啸而过。模糊不清。

她捡起咖啡匙，站起身，脸色有些白。

言格心里一个咯噔，明知故问："怎么了？"

"可能弯腰着急了点儿吧。"甄意笑笑，"诶，我们刚才说到哪儿了？"

"说你读小学的时候开家长会。"

"啊，是的，读小学的时候。"她继续，却突然停了一下，不知为何，脑子凝滞住了，她不记得她要说什么，也不记得什么家长会。

有一瞬间她什么都看不见，什么也听不见，所有的意识像水流一样从脑袋里抽走。

无数的回忆如幻灯片闪过，有些模糊，有些清晰。

她茫然地抬起头。

面前的男人蹙了眉，突然放下手中的碗碟，过来一把将她搂进怀里。她懵懂不知为何。

言格没作声，轻轻掀开她脑勺后边的长发，再次看向那里，之前在游乐场就看过，她后脑的脖颈与发际线处，有一枚暗暗的红点，是针刺过后的伤痕。

他认识这种伤痕，他记得当时看见时心里狠狠一沉，甄意的苏醒让他不知是喜是忧。

"怎么啦？"她奇怪他突然的拥抱，软软地哄他。

"没。"他松开她，继续做菜，仿佛什么也没发生，安然听着她欢乐的声音，若无其事地擦拭着杯盘。可那一瞬，他脑子像有什么东西轰然爆炸，片刻后，成了废墟，空白，苍茫，满是灰尘。

他不动声色地调整着呼吸和自己的心境。

不要紧的，只要她还活着，任何困难，都可以解决。

他不知道卞谦给甄意用药的目的是什么，孤儿院小组的实验已经圆满成功。他这算是最后的收尾，还是给甄意这个完美实验品的一份"奖励"？

因为甄心的依附就是在记忆里，如果想彻底地让甄心消失，便只有这么一个方法。

其实，他不介意甄心的存在，可他知道甄意介意。

他还记得有天晚上甄意捂着眼睛呜呜地哭泣："我知道你无所谓。可只要有甄心，周围的人，家里的亲戚，都会对我有所顾忌。全世界，包括我，都时刻提心吊胆，怕她万一会冒出来发疯。她一直都在那里，在我们看不到的地方窥探我们，她随时都会爆炸。我想要小宝宝，想和你生小宝宝，可有她在，我不敢。她会伤害我的小宝宝……"

而现在，她会忘了他。

言格的眉心极其轻微地颤了一下，这一瞬间，有一丝撕心裂肺般的疼痛，从心底最深处席卷到四肢百骸，缓慢而深刻。

可，或许，这样其实会对甄意好。让甄意幸福，后顾无忧，安安心心。

所以，她忘了他，也不要紧，他有足够的时间和耐心，陪着她找回渐渐流逝的记忆。

深城二月的天空，那么高，那么深，安静得像亘古的宇宙。

言格抬头望了一眼窗外天空，像看着自己已知的未来，不带惊惶，不带绝望。

这一次的危机，就交给他一个人。至于她，由他给她一个最美好的梦境。

他就把它当作一份礼物吧，给甄意的礼物。

晚上睡觉的时候，她钻进言格怀里，嘟着嘴撒娇："我们明天不住这儿了好不好？"

"回K城吗？"

"反正不住这里，你怎么会订这里的客栈，看上去阴森森的，像上世纪的鬼屋。"

言格贴了贴她柔软的脸颊："好，听你的。不住这儿了。"

"唔，你真好。"她仰起头，在他嘴唇上用力亲了一口。

他把她拢进怀里，眸光幽深，一言不发。

渐渐，夜黑了。

"言格……"怀里的人蠕动了一下，喃喃的。

"怎么了？"他从渐睡的迷梦中睁开眼睛。

她笑笑，却没了声音。不记得要说什么了，却似乎，还记得言格。

（2）

言格坐在粉红褪色的少女床边，弯腰系鞋带时，忍不住想起昨晚的事。

电视屏幕播放着青年商业才俊恭贺新年的祝福MV，有一段是戚勉。甄意见了，挑着眉毛说："哇，这个老板好年轻帅气。"

那时，言格没有回话。

她看了会儿电视，又疑惑兮兮道："这家的老爷爷一直盯着我傻乎乎地笑，你说，他是不是老年痴呆啊？"

那时，言格也没有回答。

他知道，留给他的时间不多了。

甄意在客厅里哼着歌儿："……雨下整夜，我的爱溢出就像雨水……"

周杰伦的《七里香》，高中时她很喜欢这首歌，整天挂在嘴边。上一次听她唱这支歌，是十年前。

他按捺住缓缓下沉的心，起身叠被子。卡通图案的被单展开，是一晚缠绵的旖旎气息。

昨天夜里下雨了，一整夜。工厂废旧的居民楼顶层在电闪雷鸣中像苍茫海上的孤舟。

可她很兴奋，一直在他怀里拱来拱去，咯咯地笑个不停，说打雷闪电好好笑。

今早，天气放晴。金黄的阳光洒满整间小屋，窗外的天空蓝得像宝石般纯净。

言格叠好被子，目光无意扫过床边一张淡蓝色的小桌子。上面涂得花花绿绿，是甄意小时候的杰作。白色的改正液画了一个桃心，心里写了几个歪歪扭扭的字：

"言格 甄意"

刚才甄意起床看见了，纳闷："为什么这里有我们的名字？"

言格看了一圈。当年的儿童衣柜还摆在角落。房间没什么装饰，也没有女孩子应有的玩偶，只有一些廉价的海报和贴纸。

这间小屋其实有他很多青涩而温馨的回忆，可她已经开始遗忘。

外边，她的歌声越来越近："……我接着写，把永远爱你写进诗的结尾，你是我唯一想要的了解……"

言格走到门边，正巧遇见她进来。

歌声和脚步声戛然而止，她顿住，抬眸看他，黑黑的眼睛珠子安静而清澈，认认真真，在端详什么。

他被她这样的眼神看得心跳骤停，以为就是这一刻了。可……

下一秒，她嘴角便扬起大大的笑容，蹦上来搂住他，夸张地撞了个满怀："你都收拾好啦，早餐我请你去吃粥好不好？"

"好。"他淡淡地应着，一颗心落了下去，稳稳牵起她的手，拉过墙边的小箱子。

甄意欢乐地跟在他身边，出门前不忘回头对坐在沙发上的爷爷招招手："老爷爷再见哦。"

言格出了门，看一眼门边的苏铭，后者会意地点头。过会儿，他派人送爷爷回疗养院。

甄意下了楼梯，走几步还回头看看苏铭，小声问言格："那是老爷爷的儿子吗？"

"……嗯。"

她"哦"一声，走在昏暗脏乱的楼梯间里，费解极了，不知道言格为什么带她来这里，一点儿都不好玩。

但她什么也没说，而是歪头靠在他肩上，揽住他的手臂。只要有他在身边，去哪里都没关系。

楼梯转弯，他的手自然地松开，可手指才放开，甄意手一绕，小手重新钻进他手心，牢牢握住。他稍稍一愣，侧头看，她整个儿像树袋熊一样挂在他手臂上。

这样的姿势，她在中学时代常做。言格记忆有些恍惚。

很多年前，他听了她的话，每天早上来接她上学。

那时，他站在破旧的铁门这边，听屋子里她声势浩大地刷牙洗脸，姑妈训叨她猴急。那是因为她知道言格在等她。

他一点儿不急，安静地站在早晨阳光微醺的楼梯间里，听她的声音由远及近，哐当当地拉开门，又赶紧合上，生怕姑妈发现门外的少年。

鞋子都没完全穿好，人就笑眯眯地跑出来在他面前立正站好，乐颠颠地一起上学去。

那时是夏天，楼梯间里总是闷热。

甄意跟着他下楼，瞧瞧他不带一丝褶皱的白衬衫长裤，忍不住感叹："怎么还穿长袖长裤，多热呀。还是女生好，穿着裙子真凉快。"

言格一言不发。

"真的。"她在他身边扭啊扭，"穿裙子好凉快，下面可以透风。"

言格："……"

出了楼道，她走到前边去了，言格才看见，或许她上厕所太着急，裙子夹在内裤里了。

小小柔柔的海绵宝宝和软软弹弹的屁股蛋蛋全露在外边。

他微微脸红，沉默着上前一步，轻轻把她的裙子拉下来。

甄意正叽叽喳喳讲她昨晚做的梦，察觉到他的动作，嘴里的话一下子没了。她怔了怔，扭头直直望他，白净的脸颊上浮起霏霏的红色。

她脸上那隐隐欢喜又害羞讶异的表情，分明在翻译一句话：唔，言格刚才摸我的屁股了。

“……”言格知道她误会了，想解释，望着她湛湛的眼珠，最终抿了抿唇，什么也没说。

就因为他这一个动作，确定关系后反而不敢擅自对他有身体接触的她欢喜得转身就扑到他跟前，搂住他的手。从此各种身体接触一发不可收拾。

再后来，他来接她上学，下楼时，她会故意走在他的身后，借着台阶的优势，箍在他脖子上，双脚软嘟嘟的不使力，假装被他背下楼。

这样的旧事，他不知道她还记不记得。

言格侧眸过去，她贴在他肩头，抿唇笑着，寻常又理直气壮的样子。

他真喜欢她此刻的样子，淘气，调皮，霸道，喜欢得……有些心疼。

“过会儿想吃什么粥？”他柔和地问。

“要去吃粥吗？”她纳闷，又快乐道，“刚好我想吃了。鲍鱼粥吧，就是不知道有没有你熬得好吃。你熬的粥店里卖的都比不上。”

“是吗？”他心里抽丝般的疼，却在突然间很想让她记住自己笑的样子，所以说这话时，轻轻地弯了弯唇角。

她因他风清月明的浅笑恍惚失神，蒙蒙道：“言格，你笑起来真好看。我从来都没看你笑过。”

他贴贴她的额头，轻声道：“那我以后经常对你笑。”

“好啊！”她开心得把他搂得更紧，甜丝丝地小声嘀咕，“言格，我忽然觉得你好宠我哦，都不知道为什么。”

他再度牵了牵唇角，却没说话。

下了楼，言格把她的小箱子装进后备箱。甄意拉开车门，把驾驶座上的仪容镜拨下来照脸蛋和发型，这一扣，却意外看见镜子边缘的透明卡套里，放着一张黑白色的证件照。

十三岁的甄意冲镜头咧嘴笑着，小小的脸稚嫩、青涩，朝气蓬勃。时间太久，照片都泛黄了。上面的女孩却永远定格在那时干净可爱的青葱模样。

“哪里来的照片啊？”甄意好奇，手指戳戳小照片上自己白白的脸蛋。

“学生证上的。”言格说。

一次偶然的机会给甄意收拾书包，看到她的学生证，他问：“你的照片怎么是黑白的？”

甄意吐吐舌头：“彩色居然要十块钱，黑白的只要五块，多的五块我就买零食吃啦。反正姑妈不知道。哈哈。好划算。”

那张照片拍了好几年后，她终究决定换一张彩色的，于是把黑白的撕下来随手扔在桌上，被他捡起来收好了。

那时，中学生用手机的很少。

现在想想，十二年，他们俩连一张合影都没有。

除了……

上了车，言格说："吃完早饭，我们去照相吧。"

"是照大头贴吗？"她兴奋地问。

"……嗯。"他起先想到的是相馆。

"好啊好啊，"她欢欣雀跃，"我们还从没照过大头贴呢，哼，你那么别扭，总是不答应。"

言格认真开车，不作声。

他从不觉得照片这种东西有什么意义，也不明白她对和他合影这件事的执着和眷恋怎么会那么深刻。直到八年前分别的那一瞬，他明白了。

其实，大头贴，他们照过一次，他高三她高二的那年暑假。

他不喜欢镜头和狭小的空间，浑身不自在到了排斥的地步。

可他是拗不过她的，表面上淡淡的酷酷的，却还是跟她一起坐在各种夸张五彩的照片背景里，选图片，钻进小小的屋子照相。

进去前，看见机器上展出的照片，各种男男女女搂搂抱抱时，言格拧了眉毛："我们要被贴在这上面吗？"

甄意瘪嘴："我希望，可人家才不会让呢。"

言格说："我不希望。"

"知道啦知道啦。"甄意推他进去，摆好造型，对他又搂又抱，一张一张定格，然后流逝，他一直都不太自在，待一会儿就脸红了，表面上还得做出一副云淡风轻的样子。

直到甄意要和他亲亲照时，他坚决不肯。可……他们俩的较量，从来都是她赢。

照片洗出来，老板笑眯眯地切照片，言格插着兜，十分平静而酷酷地……脸红着。

只是，那天他们出去商场就遇到他的同学们，去了KTV。

那一小袋大头贴放在她的包包里，从此，再没见过了。

（3）

上午十点的商场里还很安静，没什么人出来逛街。

言格翻看着厚厚的背景图册，拿笔做记录。

甄意捧着果汁坐在旁边，一边喝一边咕哝："诶，那个好看，浅蓝色的，有星星的那个。”

言格把编号记下来，一扭头，甄意的果汁已递到他嘴边：“喏。”

他看了看，她喝果汁都不规矩，吸管被咬得瘪瘪又拧巴。半晌，还是低下头，喝了一口。

选好九张图，两人进了拍照机器。这次，他出乎意料地主动。

有时搂着她，低头贴近她的面颊；有时弯着身子，让她箍着自己的脖子；有时身站着，让她站在身后扳弯他的身子……

甄意惊喜万分，脸上满满全是笑意，扬起的嘴角收都收不拢。

最后，他还留给她一个亲亲的吻。

……

甄意走出去时，开心滋润得像在里面恩爱过一番。

照片洗出来，老板娘把切纸器从柜子上搬过来。言格无意一转眼，竟看见了八年前的他和甄意。九张小小的照片整整齐齐地贴在玻璃柜子下。

他有一瞬间恍然如梦，八年前，他们是那个样子，青涩，稚嫩。时隔八年，照片泛黄了，褪色了，里边的少年和少女亲密而笨拙地贴在一起。

……

开车回去，甄意坐在副驾驶上开心极了：“一定是老板娘觉得你长得太帅，所以把我们的照片多印一份当广告了。我都不记得什么时候照过呢。”

她拿着当年的和今天的对比，高兴地发现：“好巧哦，两份一样的姿势诶，长大了八年。”

当然是一样的姿势，因为他一个个全记得，连顺序都没错。

“言格，那时候你好可爱，难怪我那么喜欢你。……唔，现在更英俊了……嗯，以前好青涩啊……”她一手拿着一份，看过来看过去，发现他无论哪个阶段，她都喜欢。

她由衷道：“言格，等你老了，我也会喜欢你老了的样子。”她把照片贴在胸口，转转眼珠，想，“等你老了，银发斑斑，会是个淡静从容的老人家。我会缠着你一辈子，等你变成老人家了，我还在你身边蹦来蹦去，哈哈。太好啦。”

她乐不可支。

言格心无旁骛地开车，却也不受控制地想了想她老了的样子，一定是孙子孙女口中很酷很辣的奶奶，还像现在这样活泼闹腾，对生活充满好奇和向往，拉着他去做稀奇古怪的尝试。

“哇，迎春花好漂亮。”甄意趴在窗边，被山林里的春景吸引了注意。

正是早春，九溪的深山里下过雨，树林换了新装，全是嫩嫩的绿色，看着清新又心旷神怡。道路两边的迎春花黄灿灿的，瀑布一样盖满山坡。

明黄，嫩绿，搭配在一起很好看。

言格极浅地弯了一下唇角，和她在一起，他看到了这世上很多无与伦比的美丽。

由于前一晚下过雨，庭院里烟雨朦胧，更像清幽的江南水墨画了。走在润湿的青石板上，水汽沁上来，甄意小腿有些凉，可好在言格手心熨烫，一点点暖进她心里。

她由他牵着手，走上露台，进到屋子里看。房间里雅致而干净，她开心地四处瞧，目光最终落在那一道木楼梯上，回身问他：

"这上面不会是你的卧室吧？"

"嗯。"

"我今晚可不可以睡在上边？"

"嗯。"

她像要到了糖果的孩子，欢喜得立刻小跑上去，木楼梯咚咚咚全是她的脚步声。

上到二楼，推开六扇木门，望着淡雅的房间，她说："言格，你的卧室真漂亮。"或许"格调""品味"更合适？

她像第一次来，左看右看，看到什么都觉得美好；她最喜欢台阶下那一小块草地。她站在草地上，仰头望天空，很高很蓝，一丝阳光洒在她的头发上。

"我好喜欢你这里。"她说。

他倚在门边，不言也不语，就那样静静看着她快乐的模样。

楼下传来一下两下的敲门声。

甄意回头："谁呀？"

"设计师。"他朝她伸手，待她把手交过来，牵着她下楼，斟酌半刻，缓缓说，"是来给你量身做礼服的。"

她"哦"了一声，并无异样。

言格的心将要落下，却听甄意疑惑："做什么礼服？"

他顿了一秒，道："就像安瑶曾经做过的那些汉风礼服。"

她愈发不解："安瑶是谁？"

"哦，抱歉，我忘了你不认识她。"言格回头对她微笑，"也忘了告诉你，我想带你去参加一个很重要的婚礼，要定做几套礼服。"

"这样啊。"她轻拧的眉心舒展开，靠进他怀里，小声问，"那我们什么时候结婚？言格，我向你求婚，你会答应吗？你答应，好不好？"

她不记得言婴宁了。

他的心像被细细的针尖刺了一下，表面依旧淡然，弯了弯唇角，说："好啊。

我答应。”

“真的？”她高兴极了，搂住他的脖子在他脸颊上狠狠亲一口。

下楼去到客厅，言家的设计师整齐地站成一排等候在檀木屏风旁。见了甄意，为首的一位三十岁左右的女人礼貌微笑：“少爷，甄小姐。”

甄意回礼地点了一下头。

“先给甄小姐量一下身体。”

甄意：“好啊。”

言格也应允地点了一下头。可……他的手紧紧握着甄意的，并没松开。

庭院内外安安静静，只有风吹着竹帘清脆的撞击声。

设计师规规矩矩地等待着，甄意也奇怪地看言格，手轻轻挣了挣。言格回过神来，缓缓松开了她。

其实，心有余悸，不知道哪一刻，再回头，她就会认不出他来了。

设计师给甄意量身体，言格坐在这边泡茶，时不时抬眸，隔着袅袅缓缓的水雾看她。

一室的安静。

庭院外浓郁的雾气也汹涌进来，柏木地板上，微风吹着卷卷的白雾滚动，小楼像是泡在仙境的云雾里。

言格眸光一转，落在她光露的小腿上。设计师量完了，详细问了她对颜色花纹的喜好后离开。

甄意对言格道：“她们好认真哦，连手指手腕脖子脚踝，还有额头，都量。”

“这样做出来的东西才最适合你，最好看。”他拿了张薄毯过来，扶她坐下，又把她的脚抬起来，拿毯子裹住。

手指触上去，肌肤上沁凉沁凉的，他不禁敛了眉心，还是初春，山里的温度比较低，不知她会不会着凉。

“哦。”她手指在额头上比画，“为什么量我的额头，要戴公主一样的东西么？”

他浅浅地弯了一下唇：“那叫眉心坠。”

她耸耸肩，吐吐舌头：“难得你搞得懂这些叫什么。”

甄意的脚包在毯子里，暖和多了。雨后的雾气顺着风源源不断地往木屋里吹，木榻木椅仿佛都飘浮在涌动的白雾里。

言格把她抱起来，往楼上走。

他走得稳妥而缓慢，木制的扶梯上竟没发出一丝声响。她窝在他怀里，搂着他的脖子，抿唇直笑。

言格察觉到了她的笑意，问：“怎么了？”

"嗯嗯。"她笑着摇摇头，过了半晌，软软道，"言格，你对我真好。"

他无法回答。莫名其妙地，鼻子有些酸。

回到卧室，他把她抱进浴室，让她坐在浴池边，给她拿热水冲脚。她盯着圆圆的大浴池眨眼睛："我们俩都可以在这里游泳了。"

他卷着袖子调好水温，揉了揉她的头，说："别乱动，我把你的东西拿过来。"

她乖乖地点头。

言格回到卧室，打开行李箱，把今早替她收进去的东西拿出来。洗面奶，保湿霜，润肤露。关上箱子，听见浴室里没她的声音了，只有潺潺的水流声。

"甄意。"没人回应。

他把手中的一堆瓶瓶罐罐放到地板上，站起身，心不知为何揪紧，快步走向浴室："甄意。"

她仍旧是他离开时的样子，听话地没乱动，坐在浴池边拿花洒冲脚，歪着头在玩水。

他声音轻了一点儿："甄意？"

她踏着脚丫踩水，没有理会他。

他觉得一瞬间眼睛里像是进了什么东西，视线花晃晃的，有些模糊。

"甄意。"

"啊？"她终于回头，眼神清澈，纳闷又不解，或许是看见他一瞬惊惶的样子，她的脸上也渐渐有了慌乱的神色，"你……在叫我吗？"

她已经忘了自己，忘了她是甄意。

这次，他没再唤她的名字，走过去关了水龙头，问："洗好了吗？"

"嗯。"

他拿了张大毛巾，坐在浴池边，把她的脚捞起来，擦拭干净。一下一下，很轻地摁压，非常仔细认真。

两人都没有说话，仿佛等待某个不想面对却又不可阻挡的时刻。

驱邪风铃远远地在叮当作响，天地间安静得只有缓缓的风声。

终于，他抬起头，准备说什么，却见她蹙眉望着他，茫然而无助，嘴唇颤抖，似乎很努力想说什么，却说不出口。

"……言……格……"她终究说，"……言格……"

其实，她的记忆早就已经空了，什么都没有了，和他有关的一切，和她自己有关的一切，都不记得了。

到了这样颓败的地步，却还死死地记得"言格"二字，却还固执地抓着他的名字不肯放手。

还懵懵懂懂地搂住他的胳膊，着急忙慌地往他怀里靠。还如往昔，本能地认为他这里才是安全的亲密。

言格把她搂进怀里，下颌紧紧抵在她的额头上，什么话也说不出，只有眼泪砸下来。

那天晚上搂着她睡觉，她是最安静的一次。

她只是紧紧箍着他的脖子，一动不动，不说话，也不肯闭眼睛，像是坚守着什么。

……

第二天早上，甄意发出动静的那一刻，言格就醒来了。当时的甄意有如惊弓之鸟，惊诧地望着他，像望着陌生人。

“甄意，我是言格。”他想和她说话，可她不听，慌乱地从他床上跳下去，套上衣服，鞋子都不穿就哐哐当当下楼去。

言格立刻穿上衣服去追，可甄意早已不知去向。

他四处看，在屋外找了很久，经过言栩的庭院门口时，意外听到甄意的声音。她说了一句话，那一瞬间，他的心彻底融化。

“你们长得真像，一模一样。”甄意的声音有些忐忑，疑惑，却很确定：

“但他叫言格，你不是。”

（4）

清晨的九溪言庄，云雾缭绕，微风习习。

溪水叮咚，雪白的玉兰花瓣随风坠下，在晶莹剔透的水流里漂浮。

甄意低着头，茫然而忐忑地走在薄薄如纱的雾气里。一朵玉兰花瓣从她面前飘过。

她讷讷地随风抬头，望见一树繁花，如玉似雪。枝丫上开满大朵大朵的花儿，一片叶子也没有，雪白雪白映衬着蓝得滴水的天空。

好美!

她停住脚步，呆呆地仰头望。

言格走在前边，察觉到身后没了动静，回头。就见她仰着小脸，望着美景胜雪的玉兰花树发呆。起初，她的表情有些怔怔的疑惑，渐渐松缓下来，染上霏霏窃窃的欢喜。

那个表情，言格再熟悉不过。

看到彩虹，看到布谷鸟，看到精致的路灯，看到路边蹦跶的麻雀，看到街角的炮仗花，她都是这样兴奋而惊喜的表情，摆着手推搡他：

“言格快看，好漂亮啊！”

“言格快看，好可爱呀！”

此刻，她还是她，任何时候都有一双发现美好的眼睛，即使身处陌生与不安里，本性里却还是那个甄意。只是这次，她不会在他身边又蹦又跳，喊：“言格你看呀。”

她望着玉兰花树凝望了一会儿，似乎感受到他的目光，脑袋缓缓垂下来，小心地斜斜地看他一眼。

他一身白衣，侧身立在木板桥边，身后两三株新绿的流苏树，衬得他身姿颀长清隽。他那样安然立着，不亲近也不疏远，保持着有度的距离，不带半点儿的压力。

她又默默低下头去了，挪动脚步跟在他身后，走到离他一两米远处，便停下。等他拔脚，她才跟上。一边走，一边不停地四处看。

终究，她跟着他回了庭院。

他走路不带脚步声，而她不知为何，走上露台，分明小心克制，还是把木板踏着吱呀响。

他走在前边，极淡地牵了一下唇角，为她熟悉的喧闹。

进了屋，言格回头问：“口渴吗？”

她原本有早起喝水的习惯，今天起来仿佛醉酒一夜情般惊慌失措的逃窜，现在该口渴了。

甄意听言，愣愣的，嗓子干得冒烟，不知道他怎会如此贴心。她没说话，点了点头。

他调了杯温水递到她手里。

她去接时，他习惯性握了握她的手，她一愣，直直看他。他也察觉到不对，须臾间就把手收回来。甄意愣愣的，手背上还残留着他的温度。

她垂下眸，捧着玻璃杯喝水，温度刚好，不烫也不凉，润进嘴里；或许是山里的泉水，有淡淡的清甜味道。

她一边喝水，一边四处打量，目光落到窗边的茶台前，顿了一下。

他捕捉到她的目光，温淡道：“想喝茶吗？”

她咚咚地摇摇头。

“嗯，空腹喝茶伤身。”他眸光清浅，“而且，你也不喜欢喝茶。”

甄意没答，转身在屋子里漫无目的地走动，窗棱外的海棠枝芽探进屋里，阳光在叶子上跳跃。她走来走去，目光却总往他身上瞟，时不时偷偷看几眼，又抿着杯沿喝水，抿着抿着，嘴角便抿出了一抹浅浅的笑，是开心的。

他见了，问：“怎么了？”

她克制地抿着唇，可本身是忍不住的性子，终究咧嘴笑了，不无开心和不好意思地说："你长得真好看。"

言格稍稍愣住，十二年前第一次见面，她对他说的第一句话，便类似于此。

生平第一次，他意识到有副好皮相是件好事。倘使他长得歪瓜裂枣，她从他的床上惊起，只怕就一去不回头了。

他为自己这肤浅的想法觉得可笑，眼眸里染上淡淡的笑意，说："谢谢。"

这一笑，清浅如莲，叫她又呆愣了半晌。不知为何，他一笑，她的心便怦怦直跳。她别过眼神去，咬着玻璃杯子，小声问："你这么好看，有女朋友吗？"

时光似乎回到了从前，一点一点开始重叠。

他收起眼中的笑意，答道："没有。"

她听了也没表示，等着他继续。

"但是，有未婚妻。"

"哦。"她拇指搓着玻璃杯，问，"你的未婚妻……是我么？"

"是。"

甄意又"哦"了一声，脸有些红，小声嘀咕："我听那个叫安瑶的女生说，我生了一场重病。我忘了一切，自己和自己的名字，只是，我听她说，我曾深爱过你。"

轻风吹过流苏，树叶沙沙，天地间安静得只有风声。

甄意坐下来，把玻璃杯放在茶几上，又从口袋里拿出两摞大头贴，隔了半刻，有点儿脸红，说："我的手机里有很多你的照片。"

言格接过来一看，全是他。他都不知道甄意什么时候拍过他这么多照片。

他穿着白大褂，低头在实验室里喂猴子；他插着兜，走在精神病院的大草地上；他卷着袖子，在厨房里给她煮东西吃……更多的，是他闭着眼，安然熟睡的模样。

言格没见过自己睡觉的样子，也没想过熟睡中的自己，看上去温静而安宁。其实，是因为有她在身边。

他滑着手机里的照片，薄唇轻抿，抿出细碎的笑意："我不知道你拍了这么多。"

而她静静凝望着他低头浅笑的样子，心跳凝滞，讷讷半晌，道："你笑起来真好看。"说完，又困窘得小声道，"以前……我为什么会爱上你？因为你对我笑吗？"

言格微愣。

他其实很抱歉，那么多年，他都没怎么对她笑过。

甄意说完，又低下头去："真是对不起，我应该是你的未婚妻，可我记不起来了。"

"没关系，我记得。"言格把手机还回去，温和地说，"我可以讲给你听，也可以带你去把我们曾经走过的地方，再走一遍……只是……"他声音低了下去。

"只是什么？"

"只是，怕你不相信。"他微微弯了弯唇，心却开始发疼。

“不相信什么？”

“不相信你曾那样炙热地爱过我……因为……就连我自己也很难相信。”

一室静谧。

甄意望着面前这个从容而淡雅的男人，莫名觉得，他说的一切，她都会相信啊。

不知为何，她很想知道和他在过去发生的事，很希望她能够记起来；可如果记不起来，她也希望和他有新的开始。

这个全新的世界，对她来说，只有他能给她莫名的熟悉与安全感。她依稀觉得，他是一个很好很好的男人，哪儿都好。

她主动问：“我以前是做什么的？”

“律师。”

“律师？”

“我带你看几个视频。”言格起身，准备拉她的手，看到她并没有完全准备好的神情，又顿住，手悬在半空中，缓缓收回来插进兜里，一言不发地往书房的月牙门走去。

甄意跟着他进了书房，坐在书桌前。他立在旁边，弯腰打开黑色的笔记本，找出网络上她上庭的视频给她看。她望着视频里自己意气风发的模样，惊讶，意外，欣喜。

看着看着，她脸上洋溢起了笑容，渐渐放大，最后竟乐不可支。

“笑什么？”他低头问。

“好厉害。哈哈，”她快乐极了，乐呵呵地笑，“言格你看，我好厉害。”

这个熟悉的句式叫他心里微微一磕，像被什么温暖的东西不轻不重地撞了一下。

“是，你很厉害。”

她看得入迷，托着腮说：“我真想知道我是个什么样的人。”

而他微微一笑，说：“你是个很特别的人，认识你的人都知道，你值得拥有这世间的一切美好。”

（5）

夏天来了。山林里，空气依然纯冽清凉。

庄园里绿树成荫，园林一角的庭院后舍，白石砌路，曲折向西，夹道两旁，片片红花坠落石阶。月牙门外，葡萄棚花架铺满庭。

这是后舍的一处纳凉斋子。

窗明几净，案榻洁泽。风铃木花枝也探入室内，明黄色层层叠叠的花苞静悄悄地窥探着屋子里的人。

“谋杀罪是指预怀恶意非法剥夺他人生命的行为。”甄意捋了一下耳边垂落的头发，摁着厚厚的刑事法典，一边认真做笔记，一边不经意轻念出声，“杀人行为必须具备某种（不论是明示或默示的）预怀恶意方足以构成谋杀罪。”

木藤桌子上摆着厚厚几摞书籍，诸如《刑事诉讼程序条例》《杀人罪行条例》。

“废除死刑后，合法杀人可分为三类……”她轻声念着，一低头，耳朵后边的头发又落下来，遮住视线。

思维被打乱了一秒。

她停下笔，眼睛斜过去，歪着嘴巴呼地用力一吹，发丝乱飞。

藤桌对面的言格听到动静，抬起眼眸，就见她吹头发吹得不亦乐乎，当真不辜负她自娱自乐的典范称号。

他抬眸一瞬，又低头继续写字了。

甄意吹了几下，很快玩腻，抓抓头发准备继续看书，目光却不经意落到他身上。

午前的阳光透过薄纱窗，暖暖又朦胧，他低眉垂眸的样子，美好如画。

甄意发现，他的睫毛很长，因是低垂着，看上去愈发乌黑，让她没来由地有种想吻他眼睛的冲动。

她不免心跳加速，目光缓缓下移，他的手指也白皙修长，执着毛笔，专注地在黑色笔记本上书写着他们之间的记忆。

她真佩服他。

他们认识了十三年，他记得她说的每一句话，甚至每一句话后面的语气和心情。

他说去年年末的一次雷电，烧掉他大半的笔记本，可没关系，烧不掉他的记忆。

他可以重新记录，这次，和她一起。

过去的两个月里，他带她去了他们最初相遇的公交车站，告诉她，那天，她像一颗太阳从天而降，笑着回头，自此点亮他的生活。

他带她去他们的学校，告诉她，他们的教室隔着七层楼和一个小操场的距离，上课的日子，他们每天见九次面。

他带她去体育场上散步，告诉她，她拿着扫帚在草地上骑行飞跑；告诉她，她跳高时跃起来像鸟儿一样身姿舒展。

他带她去图书馆，告诉她，她最讨厌图书馆，因为她太好动，根本坐不住；他看书的工夫，她挪来动去，总是发出窸窸窣窣的声响，像磨牙的小老鼠。

他说，学校的老师同学都认为，他们真是不相配极了。可他觉得，他们在一起很好。只有她在他身边晃来荡去的时候，他才能体会到开心。

他带她去教学楼顶看星星，告诉她，那天晚上她记错了时间，没有看到流星雨，可他教她认识鲸鱼座。她后来偷偷找书看星座，他都知道。

他带她躺在大马路上看天空，告诉她，她的眼睛总能看到城市与自然的一切美好，他喜欢她欢叫着和他分享她眼中的精彩。

他带她去南冲看萤火虫，告诉她，从那天开始，他们在一起了。从南冲回学校的大巴上，她霸占他身边的座位。下车后，他插着兜默默地走，她跟在他身边，抓着他的袖子，抿唇笑得贼兮兮的，两人奇怪的组合惊掉了同学们的下巴（后面这句话是甄意给他形容的）。

他带她去工厂的废旧居民楼，告诉她，她准备一盘钻石水果给他吃，然后初吻了。告诉她，他们躲进衣柜里，后来……

他带她去学校后山，告诉她，有一次组织爬夜山，他们俩落在后边，在一株粉色的西府花树下接吻，被人看见，传遍学校，也打破他和她在一起并非情愿的谣言。他倒是听不见流言蜚语，可她骄傲极了，从此走在校园里都是昂头挺胸的。

她和他相处的每一丝细节，他都记得清清楚楚。

甄意惊叹，惊叹自己曾那样炽热地爱过他，听上去像某种难以信服的壮举。

可她相信他黑色日记本里记录的每一句话，跟他走遍深城的每个角落，为他每个不经意温和的动作和无意间清润的表情痴迷；重新爱上他这样的男人，并不难。

还有某种冥冥之中的羁绊，除了命中注定，没什么能解释。

她亦惊叹他十三年如一日，始终诚挚地回应；惊叹他那颗纯粹的心，把他眼中她“彩色的光芒”一缕缕镌刻下来。

……

真是一段奇妙的旅程。

甄意咬着笔头，凝望他出神。言格感受到了，缓缓抬眸：“怎么了？”

“真是奇怪。”她皱眉，不得了地叹气，“光是看着你，都觉得幸福。”

他淡淡笑了，说：“刚好，我也这么觉得。”一直这么觉得。说完，低下头继续写字。

甄意继续复习她的法律。

只是这次，条件反射般，脚不自觉地抬起，自动自发地放到对面的椅子上，钻去他的腿间，左拱拱右蹭蹭，脚丫找了个舒服的位置，攀在他腿上不动了。

“……”言格抬头，她全然没意识到自己的“流氓”举动，专心低头看书。

他当然不介意，还因她无意识的熟悉动作而有淡淡的欢愉。

正值初夏，木窗外，流苏树满树白花，覆霜盖雪，清丽宜人。

木窗内，风儿在吹，花香淡淡，两人对桌而坐，各自做着自己的事情，什么也不说，这样，就很好。

……

下午一点是午睡时间。

过去的两个多月，两人分床而睡，她睡床上，他睡榻上。今天，她却把他拉到床上，照旧是她最喜欢的姿势：手脚全抱在他身上，跟抱玩偶熊似的。

他早习惯她张牙舞爪的睡觉风格，不会因此睡不着。

只是，他知道她怕热，出于她午睡舒适度的考虑，问："这么抱着，不觉得热吗？"

"不会啊。"她满不在乎的，"而且，就算热，我也可以忍着。"

"……"他无话了，合上眼睛。

露台上有山风吹进来，掀起千草色的纱帘，清清凉凉。

"唔……"甄意咕哝，"我是不是要把你挤掉下去了。"

"没有。"他温润道，"你睡觉总是习惯占很大一块。"

她瘪嘴："那当然，我要翻身，还要伸懒腰啊。"

"我知道。"他应着，语气中似有极淡的笑意。

午后清风拂面，叫人慵懒，是小憩的好时机。

她搂着他，昏昏欲睡时，睁开眼睛一望，望见纱帘外露台边，几株高高的蓝花楹树。

四月末，花开正盛的时节。

没有叶子，一树繁花，淡紫色，深紫色，开满整个世界，映衬着浅浅的天空，美得好似人间仙境。

"那是蓝花楹？"她在他耳边问，上次他告诉过她。

"嗯。"他闭着眼睛，安然而闲适，有些睡意了。

她愣愣看着，又嘀咕：

"蓝花楹有花语吗？"

"有。"

"是什么？"

"……"他清醒了些，缓缓睁开眼睛，"……在绝望中等待爱情。"

"难怪那么美。"她轻轻地说。

她蒙蒙地看着，想起有次无意间听到他和言栩说话。他说，真正的爱情需要等待，谁都可以说爱你，但不是谁都能等你。

纵使失去了记忆，甄意也知道他们之间的爱情是绝望中的等待与苦守。

她还记得两个月前听到言格的妈妈和他说："要这样一直包容她吗？言格，她受了伤，需要包容。可包容是个很累的姿势，谁都承受不了多久。"

那次，言格没有回答。面对各种各样的质疑，他从来不回答，不争辩，只有行动。

甄意的心温暖得像化开的春水，不经意往他脖颈间靠了靠，感受着他脖子上均匀而有力的搏动，心里浮上一丝亲昵的悸动。

分明是初夏，天气凉爽，可她觉得有些热了。

“言格？”

“嗯？”他合着眼，嗓音散漫。

她的手钻进他的薄T恤，轻轻抚摸着他腹部紧实的肌肤，带着一丝困倦的慵懒，问：“以前，我们是不是做过制造言婴宁小朋友的事？”

“……嗯。”

她唇角弯弯，说：“言婴宁小朋友表示，她想来到这个世界上。”

（6）

又是一年五月天。

园子里，荼蘼花开，洁白似雪；

风铃木也茂盛，开得正好，大片大片的亮黄色，灿烂宜人。

明黄，雪白……金银两色的花瓣铺满鹅卵石小径。

甄意光着脚丫，从柔软而坑坑洼洼的花瓣路上走过，一边走，一边乐颠颠地数数：“……697，698，699，700……好啦——”

言格手里提着她的平底鞋，停下脚步，牵她到一旁的长椅上坐下，蹲下身为她穿鞋，给她捡去脚板心沾着的花瓣。她痒痒地往后缩，咯咯笑。

怀孕5个月，她的脚微微浮肿了。他捧着她的脚丫，轻缓地给她按摩，揉揉几下。甄意舒服地“呜”一声，懒洋洋地缩缩脖子。

她惬意地弯起唇角，仰头望天空。五月的天湛蓝湛蓝，忽而飘过一枚浅紫色花瓣，摇摇下坠，落在言格的头发上。是蓝花楹，温柔淡淡的紫色，晶莹剔透。

甄意恍惚记得，去年蓝花楹开时，她想给言格生一个小宝宝。

四照花山茱萸结了果子，红彤彤沉甸甸，还有黄澄澄的枇杷，胖胖的石榴。一直等秋天过了，冬天到了，她的肚子里才住进去一个小宝宝。

言格给她穿好鞋子，仰起头，眸光清清：“今天走的步子比较小。”

以往700步就把小园子走一圈。今天还差一小截。

甄意摸摸胖胖的肚皮，眼睛笑弯弯：“因为小宝宝变重了，哈哈。”

“也是。”他手掌覆上她的肚子，温和道，“辛苦了。”

“你对我那么好，我哪里会辛苦？”其实，怀孕后，她情绪波动很大。有时无缘无故不开心，有时莫名其妙难过，有时又气呼呼地发脾气。

可不论她的情绪如何波动，言格始终温和而包容。

随着肚子里的宝贝渐渐长大，睡觉也变得格外辛苦。

甄意再不能像以往那样张牙舞爪地睡，肚子里住着个小家伙，怎么睡都难受。有次，带着肚子上的球滚来滚去睡不着，困倦不堪，却又失眠，她急得差点儿哭。

凌晨两点，言格起床给她温牛奶。

她瘪着嘴，沮丧而又可怜兮兮地歪靠在床上。等到他把玻璃杯递到她手心，温热的感觉传到心间，她也不知怎么的，情绪涌上来，眼泪吧嗒吧嗒往下砸。

“是不是很难受？”他拿拇指给她拭眼泪，眉目清隽，带着心疼和怜惜。

她嘴一撇，金豆豆愈发可劲儿地往下砸。其实，她的辛苦都有他陪着，她失眠，他也不会睡着。不然，他的眼睛下也不会有淡淡的阴影。

他轻轻给她擦拭眼泪：“没想到会这么辛苦。等它出生，以后再不要小宝宝了。”

“不。”她轻轻踹他一脚，“我要和你生好多小孩子。”

“那先把牛奶喝了。”

“唔。”她捧起杯子，乖乖地喝牛奶。他低头，见她踹在他腿上的脚丫好像又肿了一些，便缓缓给她按摩，揉完脚丫，又把她的腿按摩一遍。

他手心的熨烫和力度便透过她的脚心，一点点渗进心里。

好温暖。

她咿咿呀呀的，终于浑身舒服了，才心满意足地躺下。

……

到了后几个月，甄意波动的情绪风暴终于过去，另一种奇怪的情愫占据了她的头脑。

不知道是不是孕后期荷尔蒙作祟，她每每看见他都想把他扑倒，和他圈圈叉叉。

宝宝越来越大，她洗澡不方便，都是言格把她洗洗干净后抱到床上，然后自己去洗。

对甄意来说，这段时间真是难熬。坐在浴池里，看他面容俊秀，心无旁骛，不带一丝色情地给她洗澡把她摸一遍，甄意心痒难耐，可他都没点儿反应。而坐到床上听见浴室里流水唰唰声，想象他一丝不挂立在花洒下冲水的样子，她都要喷鼻血，恨不得在床上打滚嗷嗷直叫。

言格从浴室出来，拿浴巾擦拭头发，一扭头，见她跪坐在床上，一双眼睛如同猎豹，直勾勾盯着他。

她的目光从上至下把他扫一遍，黑发湿漉，俊颜白皙，眼睛像粘了浴室里的水汽，湿漉漉黑湛湛的；哼，无辜的样子摆明了在勾引人。

唔，浴袍没拉紧，有几滴水顺着胸膛紧致的肌肤滑下去。

她舔了舔嘴唇，嗯，她睡过他无数次，知道再往下是何种风光，紧窄却有力的腰身，修长精实的双腿。她眼睛放光地盯着他的腰下，白色的浴袍形同虚设，她仿佛一眼看见里边。

她动静很大地咽了咽口水，咕噜一声，在安静的房间里格外清脆，只有窗外偶尔咕咕一声的布谷鸟可以媲美。

言格："……"

他擦掉了头发上的水珠，走去床边，掀开纱帘，便听她义正词严地说："我要和你睡觉！"

……

怀孕那段时间，甄意一点儿不像规规矩矩的孕妇。

夏天穿着漂亮的小吊带配色彩斑斓的波西米亚长裙，在露出的圆滚滚的肚皮上画可爱小动物的笑脸。有时从园子里走过，会有糊涂的蝴蝶落在她的肚皮上。

她便嘚瑟："看见没，蝴蝶都以为我是一朵花儿呢。"

言格回应："我很庆幸蜜蜂不这么想。"

甄意："……"

秋天穿着活泼清爽的运动装在露台上练瑜伽跳跳舞，扶着腰肢扭来扭去。有时，坐在藤椅里看书的言格抬起眼眸来，静静瞧她。

她便挥挥手："别看别看，小心眼花。"

言格道："我还好，比较担心里面的小朋友会晕车。"

甄意："……"

十一月初，离"卸货"的日子不远了，天气渐渐转凉。秋高气爽，窗外的枇杷花串挤成一团，你推我搡，清新的味道香扑扑的。

言格在书桌前写字，甄意揉着肚皮坐在他对面，专心默默地背法律条款，胖胖的脚丫子搭在他腿上蹭蹭。

眼光无意一瞟，瞥见他执着小毛笔在柏木箔笺上书写："言婴宁"。

甄意伸着脖子看："写这个做什么？"

"预产期就这几天，给小朋友定名字。"

"不是婴宁吗？"

"是。但小朋友的名字要给爷爷过目。"言格把毛笔稳稳放好。

"你和言栩的名字是爸爸的爷爷起的？"甄意好奇。

"我的名字没改，但爸爸一开始给言栩起名言胥，被太爷爷改成栩。"

"那爷爷会不会把我们的婴宁改掉？"甄意问，又道，"没关系，小名叫婴宁也好。免得宝宝长大了，同学拿她的名字开玩笑。"她瘪嘴，"就像我，小时候天天被人叫真情假意。"又笑，"肯定没你惨，是不是从小到大被人叫严格。哈哈。"

言格弯一下唇，没答。

认识她前，他没上学，没人拿他的名字开玩笑；上学后，除了对她，他是失明失聪的状态，接触不到同学。

甄意失忆后，他选择性告诉了她的过往，很多痛苦的回忆他避之不提。他没告诉她八年前发生在他身上的事，没告诉她的父母对她的漠视和忽略，没告诉她卞谦的蛰伏。

他希望这一次，她的记忆里只有温暖和幸福。

……

大约半个小时后，言格回来了。

“结果怎么样？”甄意问。

言格把木箔递到她面前，甄意一看，“言婴宁”上加了一个苍劲有力的提手旁，变成“言撄宁”。

“言撄宁？”甄意轻声念，抠抠肚子，“看着像有爸爸妈妈的手保护着小婴儿。”

“是很像。”言格笑了。

“但肯定不止这个意思啦。”甄意吐吐舌头，失忆后，她还有很多东西要学，很多不懂。

“撄宁一词取自《庄子·内篇·大宗师第六》：其为物无不将也，无不迎也；无不毁也，无不成也。其名为撄宁。撄宁也者，撄而后成者也。”言格搂着她圆圆的腰，徐徐道，“撄宁是道家所追求的一种修养境界，心神宁静，不被外界事物所扰。爷爷希望言家的小朋友能有这种修养，女孩子尤其如此，外性可以活泼，可以温婉，心性要宁静而高洁。不受世俗影响，不活在别人的攀比和目光里。”

“真好。”甄意由衷地叹，“我喜欢。”

“爷爷说女孩书名叫婴宁，阴气微重。如果取婴儿宁和的意思叫小名不错。至于言撄宁，”他薄唇微扬，“撄是纷扰，宁是宁静。”

“刚好是我们俩。”甄意抢了他的话，“撄是我，宁是你。爷爷好厉害。真好。我很喜欢。”

言撄宁小朋友，我很喜欢你。

言家小宝儿出生后，像老人家说的，是个乖宁的小婴儿，不哭也不闹，特别好带。除了肚子饿的时候有些心急，其他时候都特乖，趴在摇篮里，黑葡萄般的眼珠滴溜溜地左看右看。

那时，言格和甄意搬出言庄，住进K城海湾的别墅。言格有他的工作，甄意也开始张罗自己的律师工作室。白天有保姆带宝宝，小家伙一直都乖乖的。等下午甄意回到家，才一进玄关，婴儿床里的小宝儿听到动静，立刻欢欢喜喜地仰起小脑袋，水汪汪的眼珠望着从天而降的爸爸妈妈，小手扑扑地动腾。

每当看到小宝儿开心等待妈妈回家的样子，甄意的心都要软掉。

而言格看到小宝贝欢欢喜喜咿咿呀呀却不会说话的样子，则淡淡地帮女儿解释："吃的回来了。"

甄意："……"她哼哧一声，退回来换鞋。宝儿趴在婴儿床里，见妈妈突然间又不见，疑惑地拧起小眉毛。

"呜？"宝儿纠结地伸着脖子张望，妈妈去哪儿了，吃的又不见了哩，她瘪了嘴巴，抗议："啊呜——"

甄意听见宝宝委屈的呜呜声，一边脚乱地踢着鞋子，一边探身望："宝儿，妈妈在这儿呢。"

"嗷呜——"宝宝重新见到妈妈，又欢腾起来，咚咚咚地挥舞着小手。

言格蹲下身给甄意换拖鞋。

甄意跑到小床边把宝宝抱起来，小家伙立刻欢乐地扑腾，往妈妈怀里钻，阿呜阿呜地要吃东西。

"……"甄意默默地想，嗯，果然是"吃的回来了"呢。

……

宝儿从出生后就一直很乖，不哭也不闹。总是自娱自乐，肉嘟嘟一个滚过来，滚过去，滚完了呼呼睡，睡醒了呼呼滚。言格隐隐担忧她有阿斯伯格综合征，有自闭倾向。

有了担忧后，宝宝学说话和学走路全是言格带着。

甄意工作忙，很多会带到下班后拿到家里做。休息的间隙，从书房的落地窗往外看，就见碧海蓝天，高高的男人和他脚边小小一坨宝宝。言格蹲在地上，张开双臂，护着小小的摇摇晃晃的宝贝走路。

宝儿继承了妈妈的运动神经，从不偷懒，有时想不起怎么迈步子就歪头想一想，想明白了就晃晃荡荡地扑腾着往爸爸怀里扑。

很多时候，甄意捧着一杯水倚靠在落地窗边，看着天真烂漫的小宝宝和温柔耐心的言格，心里满溢着说不出的幸福。

周岁那天回言庄，一家人等着宝儿抓周，宝儿人却不见。四处找，发现她一小只跑去了厨房那里。

小人儿说话还不利索，穿着粉黄色配嫩绿色的小汉服袄裙，咿咿呀呀地欢腾叫嚷，在大鹅群里扑腾赶鹅。大人们吓一跳，大鹅攻击性可强，别伤到孩子。

可哪里是她怕鹅？她小手小腿乱跳乱挥，大鹅满世界蹿，白鹅毛像下雪，小家伙变成了小雪人。

言格过去一手把她拎起来，她小手还在挥舞，小短腿还在半空中踢踏扑腾，鼻子里粘着鹅毛，打了一个大大的“啊～秋～”

打完了，吸吸鼻子，抬头，黑溜溜的眼珠盯着爸爸，立刻欢快地嚷：“爸爸……”

声音嘹亮得像是扯着嗓子在喊，麻雀全从竹林里飞起来。

她朝爸爸伸出小手臂，小手抓抓：“抱抱……”

言格把她拢进怀里，宝贝儿趴在爸爸肩上，歪着头，咿呀地大声唱歌，小腿还欢快地在爸爸衣服上踢腾。

言格摸了摸鼻子，默默地想：好像弄错了，应该担心她会像妈，有多动症吧。

（7）

宝儿一岁时，家里请人来给她剃光头，这样以后的头发才会长得更好。

可小宝儿剃过一次了呀，她小小年纪不怎么会说话，却懂得臭美，多喜欢自己柔软嫩嫩的头发呢，她才不要光光头。

理发师拿着剃刀一靠近，小家伙就从保姆的怀里挣脱，跑几步跌在地上，索性手脚并用，扑腾着短手短腿，一溜儿地咚咚往外爬。一边爬一边扯着嗓子嗷嗷大哭。

不知道的，还以为她被谁欺负了。

甄意循声过来，把宝儿从地上拎起来，也不管宝儿在她怀里哭闹踢腾，就递到理发师面前：“快点儿，磨蹭什么？”

“啊……布……”小宝儿号啕大哭，又挣又拧，小身子扭成一个球，在妈妈怀里滚来滚去，就不好好给理发师剃头。

甄意哄：“剃了头发以后才会更漂亮啊！”

“布……布……”小家伙哭得惨兮兮的，就是不从。

甄意仰天，这小女孩家家，哪里那么好动？这么小的孩子，动起来连她都制不住。

“出什么事了？”言格听见孩子的哭声，也来了。

“爸……爸……”宝儿犹如见了救星，小嘴一瘪，金豆豆可劲儿地往下砸。

她挣脱妈妈的怀抱，从妈妈腿上溜下来，小短腿扑腾扑腾跑过去，小手臂一下子搂住爸爸的腿不松开。鼻涕眼泪全往爸爸的腿上蹭：“爸……爸……”

甄意起身：“给她剪头发呢。”

“是吗？”言格俯身去抱孩子，手才伸过去，宝儿就噌噌噌跟猴子上树一样，踩着爸爸的腿和胸怀，爬上去死死搂住爸爸的脖子，哭得极尽伤心委屈，“布……爸爸，布……布要……呜呜……”

言格把小家伙抱在怀里，轻轻拍她毛茸茸的小脑袋，柔声哄："好，不要。"

宝儿立刻不哭了，抽抽搭搭的，小手握成拳头，乖乖揉眼睛。

甄意不满："你又答应她，本来就该剃头。"

"上次不是已经剃过吗？"言格温和道，"我们宝儿头发很漂亮了，不需要再剃头。"

甄意瘪嘴，一屁股坐在椅子上："哼！"

言格："……"

想了想，摸摸宝儿的头："我们宝儿乖乖剪头发，让妈妈开心好不好？"

宝儿嘟嘟嘴，可怜兮兮地看看妈妈，又看看爸爸，委委屈屈道："嗷（好）……"

或许因为女儿天生亲近父亲，或许因为言格对宝儿照顾较多，宝儿比较黏爸爸。甄意倒不吃醋，只担心言格过分宠溺，怕她骄纵。言格的回答是："我们家小朋友盛得下宠爱。"

宝儿真如爸爸所说，虽然很小，话都说不通畅，却十分乖巧听话。

可一到言格面前，情况就不一样了，格外爱撒娇，甚至爱哭。

平时言格不在，她都自娱自乐，走路不稳摔个跟头，懵懵懂懂地左右望望，一副搞不清楚发生了什么的样子，踉踉跄跄自己爬起来，抓抓脑袋，一屁股坐在地上，继续玩。

可言格在，那就不一样了。要是不如意了，就哇哇大哭。

不想剪头发，委屈地哭；不想喝牛奶，难过地哭；不能去泥巴地里打滚，伤心地哭。

小小的嘴巴一瘪，黑珍珠般的眼睛开始蓄水，一颗颗银豆豆就往下砸。哇哇哭得可心碎了。一边哭一边蹬蹬蹬地往爸爸身上爬，短短的手臂搂着爸爸的脖子不放，眼泪鼻涕全往爸爸脖子上蹭，话都说不连贯，只会咿咿呀呀地说："布……爸爸……布要……布布……"

对此，言格从来都是温言软语，拍拍宝儿哭得汗湿的背，拿小毛巾给她擦汗。

宝儿亦是见好就收，爸爸一哄她就不哭。

有晚临睡，甄意说："书上说小孩子爱哭的话，你不理她，两三次后她知道哭不能解决问题，就不会哭了。"

言格说："可小朋友并不是爱哭，只是想吸引注意。"

"这样会养成爱哭的习惯吧。你看，她平时好乖，一见有你在就爱哭。下次不许哄她。"

言格把她的手从被子外拿进来，拢在怀里，道："不行。"

"为什么？"

"……"他轻轻道，"如果她哭，我不哄她，我怕她以为我不爱她。"

甄意一愣，又见言格的目光挪过来，落在她脸上，轻轻浅浅的，不带情愫：

"就好像你。从认识你到现在，我最怕你哭。心疼，又不知所措。我不会安慰，也不知该怎么做。怕表现得无动于衷，让你以为我不在乎你；怕反应不对，让你以为我不够在乎；怕你独自抹眼泪默默地伤心绝望。任何时候你一哭，我都会很紧张，不可能坐视不管。"

甄意讷讷的，心里的温暖和幸福如潮涌般来袭。

什么都不用操心了，有这样的男人，她这一生必然幸福，而他们的孩子更不必担心。

她埋头进他的怀里，心像泡在酸酸暖暖的水里。唇角洋溢起一丝微笑，喃喃道：

"言格。"

"嗯？"

"我再给你生一个小朋友吧。"

（8）

即使做了妻子，做了妈妈，甄意的生活依然自由自在，没有压力。

即使有了家庭，有了孩子，她的工作依然有声有色。就像言格说的，她不需要为他们的家牺牲什么。

所以，到夜里吃过晚饭，通常便是这样一幅场景：甄意抱着电脑坐在沙发上给当事人设计问题写自辩书的，言格则坐在她身边看书。

小豆丁自个儿坐在地毯上玩，一会儿扭着屁屁爬啊爬，一会儿坐在地上东张西望吐泡泡，一会儿又咬咬手指咿咿呀呀地哼着自己才懂的歌儿。

宝儿学走路之前就喜欢自己爬。手小腿短都不是问题，她精神勃勃，挥舞着小手短腿，咚咚地，小屁屁上穿着纸尿裤，白白的胖嘟嘟的，扭来扭去。

有时看到爸爸妈妈叫她，她便欢喜，黑葡萄一样的眼珠闪闪的，"啊呜"欢叫一声，腾腾地抖着小手，可劲儿地嘟嘟爬过来。

她小小一坨哼哧哼哧地努力着，好不容易爬到爸爸和妈妈面前，又疑惑了。她困窘地仰起毛茸茸的小脑袋，细细的眉毛揪成一团，一会儿望望妈妈，一会儿望望爸爸。

爸爸和妈妈都高高地坐在沙发上，唔，她要抱谁的腿呢？

言格和甄意同时看她，眼里带着笑意。

宝儿鼓了鼓嘴巴，黑眼睛滴溜溜地左看右看，妈妈是她的食物，爸爸是她的玩具。

唔，现在她吃饱了，肚子圆鼓鼓的哩，她咯咯笑一声，短促的，挥着小短腿往爸爸那边去。软绵绵的腿支撑着自己，勉勉强强爬起来，短短的手一把抱住爸爸的腿，一屁股坐在爸爸的脚上，心满意足地不肯挪窝。仰着粉嫩嫩的小脸，“啊呜”“啊呜”地欢乐叫嚷。

甄意拧她的脸蛋：“偏心的家伙。”

言格把小朋友抱起来，让她坐到自己腿上，低下头轻轻地和她说话。

就这样一天一天，宝儿会跑会跳了。每天下午，一听见爸爸妈妈的汽车响，耳朵灵光的宝儿会立刻扔下嘴里的吃食，手里的玩具，小步子蹬蹬从家里的任何角落冒出来，欢欣雀跃地往玄关跑。

言格和甄意老远就能听见小家伙的脚步声和欢快明朗的欢叫：“爸爸……妈妈……”

下一秒，宝儿便像保龄球一样滚过来，紧紧抱住爸爸的腿不松手，仰着脸两只腿蹦蹦跶跶：“爸爸……宝宝（抱抱）……宝宝（抱抱）……”

言格弯腰，才托住她的屁屁，宝儿就蹭上去搂住爸爸，小小一只坐在爸爸怀里，幸福地咕噜咕噜吐泡泡。

小婴宁很受宠爱，但也正如言格说的，这位小朋友盛得下宠爱。

她一直乖巧，不会讲不通道理地哭闹，不会对家里的用人发脾气，也不会哗众取宠地叫闹；吃饭穿衣也都自己来。

尤其吃饭时，宝儿不要爸爸哄，也不要妈妈喂，乖乖坐在儿童椅子里，小手抓着勺子舀饭吃，大口大口从不挑食。吃完了，小嘴巴和脸蛋上沾着饭粒。

甄意摸她的脸蛋，把米粒摸下来，宝儿愣愣地看一眼，小鸡啄米一样，“啊呜”把妈妈手上的饭粒啄到嘴里。想了想，小手在脸上抓啊抓，发现自己的脸上并没有长饭粒，便纳闷地揪起眉毛，唔，为什么妈妈可以在她的脸上收获饭粒呢?

“妈妈，玩……”宝儿软糯糯地说。

“好啊，妈妈明天带你去儿童游乐场，好不好？”

“嗷（好）……”她吃得饱饱的，低头看肚子露出来了，小爪子抓住衣服用力往下拉一拉，遮住圆滚滚的肚皮。

甄意把宝儿从儿童椅里抱出来，放到自己腿上，给她揉揉圆圆的肚子。

“啊呜……”宝儿舒服地呜一声，在妈妈怀里懒洋洋地滚啊滚。

甄意看一眼正喝汤的言格，忍不住笑，问宝儿：“妈妈给你生一个弟弟妹妹好不好呀？”

“嗷……”

“那你想要弟弟还是妹妹？”

“嘀嘀……嘀嘀……”宝儿还分不清楚弟弟和妹妹的区别，选了个比较好发音的。

“哦，一个弟弟啊。”

“一个嘀嘀，两个嘀嘀，三个 meimei……”宝儿伸出手，五只短短的小手指数来数去，完全对不上号。

“啊，这么多啊……”甄意亲亲她的脸，道，“放心，妈妈会努力找爸爸要的，给我们宝儿要好多嘀嘀和 meimei……”

“……”对面的言格安静地抬起眼眸看甄意，这个……

宝儿不会说，却听懂了，立刻扭头望爸爸，满眼的崇拜，仿佛言格类似于可以随意变出玩偶的机器，可以变出嘀嘀和 meimei。

她伸出两只手，小小的指头有的伸直，有的扭着，软乎乎又轻脆脆地嚷：“一个，两个，三个，唔，一个，两个，嘀嘀，meimei……”

言格：“……”

……

去儿童游乐场玩，甄意拉着空空的儿童车，宝儿坐在爸爸的怀里，咬着手指左看右看。

今天，妈妈给她软软的头发上系了粉色蝴蝶结，还给她穿了漂亮的蓬蓬裙。但她还不懂她是一个长得多漂亮的小女孩，像爸爸的女儿有福气呢。

游乐场里人并不多，女娃娃们都喜欢玩泡泡池，可宝儿最喜欢玩跳床，绑在绳子上可以一蹦老高。可她才一岁多，太小了，工作人员不给她玩。

她只能被爸爸带着，自己在小型弹簧床上歪歪扭扭地左蹦蹦右跳跳，一会儿摔倒，一会儿滚来滚去，笑个不停。

有时滚远了，言格长手一捞，把她拖回来。如此往复。

他坐在跳床边，一边照看宝儿玩耍，一边看甄意，说：“小朋友和你很像。”

“她明明长得更像你……”她意识过来，笑，“性格吗，真有点儿。”

“嗯。”言格温淡道，“像你，很好。”

甄意凑过去，尚显平坦的小腹碰上他的手腕：“这个，我希望像你多一点。”

言格拢着在弹簧床上蹦跶的小女儿，诚实道：“我希望小朋友们都像你。”

像彩虹，像小太阳。

“不要。你想得美。”甄意瘪嘴，“都像我，一个个全偏心你。不管，以后生的小朋友要都像你，这样他们都偏爱我。哼。”

言格微愣，眸光湛湛看她半晌，清浅地说：“不管有多少个小朋友，我只会偏心你一个。”

甄意微讶。“好啊。”她眨眨眼睛，落落大方地笑，“你要记得哦。”

……

玩了一会儿，小家伙扑进妈妈怀里，害羞地嘀咕：“尿尿……”

“好的。”甄意把宝儿抱下跳跳床。宝儿自己走，小手抓着妈妈的裙子，小短腿跟着妈妈跑。言格起身插兜，不徐不疾地走在两人后边。

今天，甄意和小婴宁穿着亲子装。甄意束着马尾，黑白格子衬衫，白色短裙，长细腿儿。宝儿扎起毛茸茸的一小撮头发，穿着和妈妈一样的小小格子衬衫，白色小裙子，小细腿儿。

凉鞋都和妈妈一样。

宝儿仰着头，一边断断续续和妈妈说话，一边揪着妈妈的裙子小跑。

言格看着一大一小两个女孩，肚子里还有；看着大大小小相似的美丽背影，浅浅地弯起唇角。

一个甄意，和一个小甄意。他想，甄意小时候，或许比宝儿还可爱。

只是，当甄意带着小宝儿从洗手间出来时，宝儿依旧贴着妈妈，小小一只跟在妈妈腿边，小腿挪得飞快，可，妈妈比较疏忽，后边的裙角不小心夹在内裤里，露出白白柔柔的内裤和软软弹弹的屁股蛋蛋。有这样大大咧咧的妈妈，小宝儿当然无法幸免，小裙子夹在小内裤里，露出小孩儿粉嘟嘟的小屁屁和海绵宝宝……

“……”言格走上去，弯下腰轻轻一拉，一手把宝儿的小裙子拉出来，另一手把甄意的裙子拉下来。

甄意回头，思考半刻，抿起唇意味深长地笑了。像在说：啧啧啧，在一起多久了，还摸人家屁股。

言格并没解释，弯身把还在捣鼓着小短腿费力扑腾跑的宝儿拎起来，单手抱在怀里，另一只手牵起甄意，手心微微用力，握住了，不松开。

(9)

家庭教师提过很多次说想带他出去走走，言格一直没回应。可有一天，毫无缘由地，他答应了。

那天去了哪里做了什么，他没在意。记得比较清晰的是老师在他的单肩包上别了一枚校徽，小小的圆形，里面镂刻着一只彩色的小船。

他想坐公交车回家，老师说好。等公交的间隙，老师接个电话，不知不觉走到马路对面去。他站在路边，街道很安静，空空荡荡的，茂密的树桠遮盖了天空，一切都是静悄悄的。

有一群比他大的少年围过来在他面前晃，他安静地看着，不理解他们的意思。

一个女孩蹦了出来，叽叽喳喳。他零零碎碎听到她口中的一个词。

“……blabla 我的同学……”他理解很久，发现女孩口中“我的同学”是他，她肯定弄错了。

女孩戴着棒球帽，手臂和腿干细细的，双手握成拳，拿一根棒球棍把那群人赶跑，转身便冲他咧嘴笑。他第一次见到那么灿烂可爱的笑颜，像一颗小太阳。

她似乎很喜欢他，兴冲冲和他说话，叽叽喳喳，声音像玻璃珠子倒进盘子，清脆又好听。

可他听得不太流畅，很焦急，很努力，手忙脚乱地抓住几颗玻璃珠子，慌慌地给她回应。

她真的很喜欢他呢。她对他笑，眼睛灿灿的像波光粼粼的溪水，一边嚷着“我给你做女朋友吧”，一边昂着头往他跟前贴近。

她靠近了！

他一愣，紧张地往后退一步。

“诶，你退什么呀？”她好奇地眨巴眼睛，乐颠颠地凑得更近。

他更紧张，又赶紧后退一步。

她不懂分析人的身体语言，也毫不沮丧，说着自己的话，笑靥如花，一边说一边再往他面前靠。他浑身僵硬，笨拙地往后挪，听到耳朵边怦怦如雷的心跳声。

他呼吸越来越困难，面前的女孩却像散着灿烂光芒的小太阳，朝他扑来，他不知该怎么办，脑子里卡壳，一转身就跑了。

她也跟着跑起来，一直在身后追，自来熟地喊他：“你别跑呀，言格，言格……”她的声音脆生生的，明朗轻快，喊他的名字，真好听。

可他不敢停，一直跑。郁郁葱葱的绿树和斑驳陆离的阳光水一样从身边飞逝，她的声音终于不见了。他又立刻停下来，回头望。没人追上来，只剩空荡无人的街道，和绿树阳光。

小太阳不见了。

咚咚的心跳平复下来，然后，缓缓下坠。他木木地立在路边，有点儿想返身走回去看看，只有一点点。

他没有走回去。

他一直站在路边，一动不动，努力回想着她刚才说的话，想了很久只想到几个字。

回家的路上，他把那几个字翻来覆去想了好多遍，想到不能再回忆出更多了，才罢休。

第三天，他去上学了。

老师并没介绍他，也没让他做自我介绍。

他听不见同学的招呼，老师的讲课，只看自己的书，深奥得同学们看一眼书的封面都不理解的书。不出半天，大家都知道他是个怪胎，是个聋哑人。

可即使如此，女生们也都喜欢，她们没见过长得那么漂亮干净的男孩，电视里都没见过；一节课的时间，“新来的超越历史的校草是聋哑人”传遍整个学校。

他一直安静地做自己事，直到中午快放学时，他们正在上课，教室外忽然传来一声清脆而欣喜的欢叫：“言格！言格！”

初中部二年1班的人扭头看，是一年13班的甄意，开学没几天，大家都认识她。因为她玩火把国旗杆的绳子烧断了，被全校通报批评。可言格是谁?

很快有人反应过来，齐唰唰看向“聋哑人校草”。

正在上课的老师不满地看甄意，后者毫不介意，在教室门口跳啊跳：“言格，言格，你来上学啦？我昨天找了你一整天。”

教室里的女生们沸腾起来：“他叫言格？”“好奇怪的名字。”“可是很好听啊。”

也有人疑惑：“甄意怎么认识他？还找他？”

甄意耳朵尖，立刻昂起头，骄傲地嚷：“因为我是言格的女朋友！”

教室里一下子炸了锅。“怎么可能？”

言格似乎是分辨出了她的声音，抬起头来看着她，却再没别的反应。

下课铃响，老师宣布下课。

甄意立马冲进教室，跑去言格身边，欢欢喜喜地趴在他桌上：“你来啦，我找你好久。前天要不是摔倒，我才不会让你跑掉。”

他静静看着她，见她手肘处破了皮，涂了红红的药水也遮不住青紫的颜色。

他盯着她的伤，她看见了，满不在乎地笑笑：“没事，一点儿都不疼哩。言格，你住在哪里呀，我们一起回家好不好？”

他双手紧紧握着自己的书，长长的睫毛扑闪了一下，没有作声。

旁边有女生插嘴道：“他是聋哑人，听不到你说话。他才不是你男朋友。”

甄意反问：“他告诉你他不是我男朋友了？”

对方：“……”

“还有，谁说他是聋哑人？”

女生们不回答，有男生起哄：“本来就是。”

“他前天还和我说话了！”甄意争辩。

“那你让他现在说话啊。”男生挑衅。

“哼，你让说就说啊。言格他现在不想说话。”甄意非常护他。

“那是你说谎，他是聋哑人。”

“再说我揍死你！”甄意握拳，“大不了再被通报一次。”

“……”

言格依旧没听太连贯，无声地装好书包，起身走了。甄意如影随形地追上：“言格你等等我呀……”她跑得太快，撞得桌椅哗啦啦地响，像感觉不到疼似的。

而走到门口的言格停下来了。他没有回头，但的确停下来了。

所有人张口结舌，他听得到？

在大家惊呆的目光里，甄意乐颠颠跑去他身边，他才拔脚离开，甄意跟在他身边一路叽叽喳喳。

头几个月，有人认为言格听得到但不会说话；直到有一天，有女生带来爆炸新闻，说回家路上，经过甄意和言格身边，听到言格说话了。

当时甄意抬着一盒臭豆腐，挑一块递到他嘴边，他说：“我不吃。”

大伙儿十分讶异，各种询问，言格说话的语气怎么样？表情怎么样？声音怎么样？

答案是：“非常好听的声音，比配音演员还好听。”

大家一片遗憾，原来他不是不会说话，他只和甄意说话。但庆幸的是，后来甄意承认，她不是他的女朋友，她在追他。可即使如此，有女生想学甄意追他却得不到回应。不会让他把眼神挪过来，也不会让他开口。

一年，两年，他一直如此。同级的女生，新来的学妹，一波波被他的淡漠和不理会打消热情，唯独13班的甄意日复一日追在他身边。

她像一本追男神教科书，海报、广播、唱歌、跳舞、传单、涂鸦、气球……所有能用到的追人方法，她都用上。

无数次有人问：“不会觉得心灰意冷吗？”

甄意纳闷：“为什么要心灰意冷？他不会表达，可他喜欢我呢，我知道。”

大家觉得她自恋到了一定的程度。甄意也不知道，但她就是这么感觉了。

其实，事情应该回到开始的一天。

放学了，甄意拿着坐公交车的钱在校门口买零食吃，言格默默站在一旁等她，因为甄意钻进人群里时冲他说：“言格你等等我哦。”

好一会儿，她冒着汗从人群里挤出来，捧着一小盒炒年糕，热情地问他吃不吃。

他摇头。

她很喜欢吃零食，可姑妈不会给她零花钱。她宁愿不坐公交车也要解嘴馋。

她很爱美，不喜欢穿校服，常常因不穿校服被训导老师揪耳朵。出校门后，她做的第一件事永远是把校服脱掉塞进书包。她没有新衣服，都是表姐留下的，即使如此，她也自己洗得干干净净，色彩鲜艳，搭配得漂漂亮亮。

放学是人潮涌动的时候，清一色的学生们，她在人群里，格外亮眼。

那天，她吃着炒年糕，口齿不清跟他讲话，一会儿讲语文课上皇帝的新装，可她小时候就听爷爷讲过啦；一会儿说她喜欢安徒生，最喜欢小美人鱼；一会儿说泡沫很好玩，搓碎了像下雪，有一次她搓碎了泡沫满学校撒，被罚捡泡沫捡了一整天；一会儿又说吹泡泡好玩，可泡泡水好贵，居然要两块钱，她会用肥皂做泡泡水，但要提防不被姑妈发现……

又过一会儿："言格你快看，那个黄黄花，好漂亮！"

他抬头，望着金色盛开的院墙，说："它叫金花茶。"

"哇，好厉害。你什么都知道。"

"……"

那时，她总有说不完的话，总有有趣的事告诉他，总是有美好的事给他看。

那时，她从没抱怨过已逝的父母、寄居的姑妈，不会觉得家里没钱丢人，也不会以此作为某种反转的筹码。

那时，她总是把自己整理得干干净净，漂漂亮亮，脸上挂着笑，心底了无尘。

那天，她吃完一盒炒年糕，咕噜打了个嗝，走到了和他分别的岔路口。

"我走了。"他淡漠地说，不做停留地和她擦肩而过。

"我明天在这里等你一起上学哦。"她在他身后叫唤，他没回应；甄意歪头看少年那清挺的背影，白衬衫，牛仔裤，背着墨蓝色的单肩包，映在落日余晖的林荫道上，真好看。

她忽然觉得好喜欢他，喜欢得不舍得扭头离开。

她一直站在原地看，偶尔蹲下来拖着腮看，见他走到路的尽头要转弯了，她才起身。

望着他清秀的影子，她还是不舍得扭头。就是这一瞬间的不舍，她看见他停下来，然后，不知为什么，回头了。

再后来，第二天，他送了她一打非常精致的泡泡水。

言栩 V.S. 安瑶

安瑶走进诊疗室，脱下白大褂，拿纸巾清洗手臂上的水渍。

刚才一个金发小男孩在走廊里嬉戏，不小心撞向接开水喝的病人，好在她反应迅速，把小男孩抱起来闪开，却烫到自己的手臂。

小男孩羞怯地说 sorry，安瑶不介意，对他微笑：It's ok. 见小男孩没事，安瑶很快卷起袖子到水龙头边冲了一下，并没大碍。

安瑶用纸巾擦干手臂上的水滴，低头看见手上淡淡的十字伤疤，是小时候在孤儿院里伤到的。

那时孤儿院里新来了一个小妹妹，对什么都好奇，这里跑跑那里钻钻，总和杨姿一起。

有次孤儿院装修，角落里摆着铁架材料，两个小妹妹在架子里爬，安瑶眼见架子要倒下来，去拉她们。结果三人的手上都留了一样的疤。

她并没在孤儿院待多久，那里的孩子对她印象不深。很小就隐约觉得自卑可怜，便再不回孤儿院。上初中后，因为成绩好，被学校免了学费住在宿舍，假装亲戚在国外，读完高中，她就出国和家人团聚。

她一直很努力，终于拿着全额奖学金出国。不过，没有家人，一个人。

安瑶稍稍恍惚，现在远在美国，很可能一辈子都不会回去。很好，没关系，国内并没有让她挂心的人。

这世上没有让她牵挂的人。

她看着镜子里那张绝美而平静的脸，怎么看都觉得死寂而没有生气。也不知是到了情绪低落期还是怎么的，心里忽然就涌起大片的失落和迷茫，不知自己的生活有什么意义。

正想着，从镜子里看见有人进来。

是一个高高瘦瘦的男人，黑色修身衬衫和牛仔裤，戴着口罩，看不清脸颊，却露出高挺的鼻梁，和异常清澈漂亮的眼睛。

安瑶愣了愣，那是一双非常纯净澄澈的眼眸，像是未涉世事的孩童。

她的心莫名其妙地磕了一下。她收拾了不经意就豁然的心情，走过去，问："有哪里觉得不舒服吗？”

他不说话，黑黑的眼睛看她一秒，警惕而不安，才对上她的眼神就立刻躲避开，长长的睫毛一垂，遮住了眼眸。

这个病人真奇怪，安瑶想。她试探着耐心问了几句，可他都不回应，也不搭话。

她以为他听不见，拿纸写了话问他，问他哪里不舒服。

她离他有些近，这叫他紧张起来，艰难地后退一步，用力呼吸了一下。

安瑶看见他呼吸“困难”，微微蹙眉，说：“我先听一下你的心跳。”

听言，他抬起眼眸，愣愣看她，她已转身去拿听诊器，他身子小幅地晃了一下，似乎在纠结挣扎，想溜走但脚没动。

安瑶很快戴上听诊器，向他靠近。

他怔怔的，眨巴眨巴眼睛，眼睁睁看着她的手朝自己胸口摸过来，眼看她要碰到了，他颤了颤，条件反射地往后躲，连连后退。可后背撞上了墙。

“诶，你躲什么啊？又不会疼。”安瑶追上去，敏捷而成功地把听诊器摁在他左胸口。

怦！怦！怦！

他的心跳急速而用力，像打鼓，清晰地震颤到安瑶的耳朵里。她吓了一跳，正常人的心跳怎么会这么快？

惊讶之时，她察觉到一丝异样。她的手指还摁在他的胸上，剧烈的起伏和紧绷的质感萦绕指尖。

毫无防备地，她的心微微颤了一下。

抬起头，她见他低着眼眸，长长的睫毛低垂着，扑扇扑扇的，人非常害羞，耳朵都红了。

安瑶失神半刻，陡然意识到自己离他太近，近到她可以清晰地感受到他很紧张，身体紧绷着。

气氛有些微妙。

她收回手，退了一步，想了想，轻声道：“你是我遇到的一个难题。”

戴着口罩的男人没说话，黑眼睛静悄悄地抬起来看她，一撞见她的眼神便僵掉，又立刻避开垂下去。

“我诊断不出你有什么问题，可以告诉我你哪里不舒服吗？”安瑶问。

他还是不吱声，安静地思虑片刻，忽然拔脚转身离开。

“哎……”安瑶要去追，可下一个病人进来了，而她只看见他出众的背影。

这个小插曲让安瑶心里泛起小小的涟漪，觉得生活里有了丝短暂的趣味，但她并没多想，直到第二天快下班时，戴着口罩的病人又出现了。

他穿了一件墨色的休闲衬衫，看上去气质清冽又清润。

抬头见到他时，安瑶手中的笔顿了一下：他又来了。

她像昨天一样问他哪里不舒服，他像昨天一样不回答。五分钟后，不打招呼地走了。

第三天，第四天……他每天都来。

渐渐，安瑶生活里那一丝涟漪般的淡淡水彩开始浓郁起来。生平头一次，她在每晚睡觉前，对下一天的生活有了期盼和等待。

每到快下班前，预计到下一个病人会是他，她都不免心跳加速。

虽然每次他都不说话，她也觉得看到他就莫名快乐。她以为他是聋哑人，开始学手语和唇语。可他无法和她对视，看一秒就低下头去。

为了让他看，安瑶甚至特意蹲下去他面前，强迫他看自己的手势和嘴唇。

两人对视几秒后，安瑶蓦然发觉：让他看着自己的嘴，这事儿真……微妙。

或许她的行为惊到他，他待的时间比往常短，略显慌张地从椅子里跳起来，依旧是不打招呼地跑掉。

安瑶有些沮丧，以为他不会再来。

接下来的一天，快到下班时，她的心一下提一下落，不住地往门口望。而他没有让她失望，再一次出现。

这次，他离开时，在她的桌子上留了一个小礼物。小小的正方形盒子，浅紫色，别一个小小的蝴蝶结。里面是一只扎头发的皮筋。

安瑶才想起，前一天她在他面前蹲下时，也不知怎么的，皮筋断了，长发一下子就飘扬着散开。

或许，并不是她的对视让他不适，而是她散开头发一瞬间气氛的暗示与变化，让他紧张不适。

想到这儿，安瑶脸红了。

后来，他每天都出现，每天都带一份小礼物，不同形状的盒子，斑斓陆离的色彩，五花八门的礼物。

他一直没说话，她不介意，然而很开心。

直到有一天，她的实习期到了，本该坐诊的她和其他实习生一起去开会。导师长篇累牍地讲话，她看着手表，心急如焚。

这个时间，他该来了。

如果别人告诉他，她是实习医生，不会再来，那该怎么办？

她对他的了解，仅仅停留在“Xu Yan”两个拼音上，如果失去联系，怎么找得到？

度日如年的会议终于结束，早过了下班时间。

安瑶心酸得几乎快哭出来，飞一般冲出会议室。才跑进候诊区，就看见那个熟悉的身影。

候诊室里空落落的，医师们的房门全锁上，只有他一个人，捧着一个墨蓝色的小盒子，站在安瑶的门前，面对着紧闭的门，固执而沉默地守着。

安瑶愣住，她对这个世界的冷漠无望，在那一刻土崩瓦解。

清洁员拽扫着垃圾袋从他身边走过，看他一眼，用英语说：刚才就说安医生是实习生，已经走了，你怎么不相信呢。

他像是说不通道理的孩子，倔强而笔直地立着，望着安瑶的门，一动不动，隔了半晌，不是回答清洁员，用中文。

对着那扇门，对着空气，说："她会回来找我的。"

嗓音清润平静，很好听的声音。

这是安瑶第一次听到他说话，不是对她，是自言自语。

她会回来找我的。

安瑶后来多次从杂志上电视上看到一个问题：哎，你爱上某个人的瞬间是什么时候?

每当这时，安瑶都会想到这一幕，想到他安静而固执的背影。

那天，言栩没有戴口罩，安瑶上前去看到那张和言格一模一样的脸时，愣了半晌，却没有太多的惊讶与不适。她知道，这才是她喜欢的人。

那天，言栩把墨蓝色的点缀着星星的礼物盒子递到她手里，垂着眼睛，紧张，羞涩，断断续续，说：

"把我，最喜欢的，给你看。"里边装着两张天文馆的门票。

那天，安瑶跟着他去看了浩瀚的星空和宇宙。

他们第一次牵手，是在大都会艺术博物馆的台阶上。那时，他们一起从博物馆里看了展览出来，是秋天，天空很高很蓝。

安瑶站在长长的石头台阶上，望着天空，看见类似大雁的候鸟从蓝天飞过。

她知道言栩要回国，忽然心里感慨，说："为什么鸟儿到了冬天，都要往飞去远方呢?"

言栩木木的，抬头望了望那一群鸟儿，觉得这个问题的答案一目了然，他答："走回去的话，太远了。"

"……"安瑶愣了几秒，忍不住就笑起来。她笑得差点儿直不起腰，笑得好像一辈子都没那么开怀过。

言栩纳闷地看着她，无法理解。不知道她在笑什么。

他走下台阶，安瑶脸上还带着笑，追上去便牵住他的手。

他一下顿住，低头看，自己的手里握着她的手，很白净小巧，很漂亮。他迷茫而局促地眨了眨眼睛，说："如笙……"

"啊？"

"……"他咽了咽嗓子，说，"你……你抓住我的手了。"

"我知道啊。"

"……哦。"他不知道该说什么了，纠结不解地拧了眉。哦，原来不是不小心抓到的啊。可，既然知道为什么不放开呢?

他那一副被她抓住就牵绊得走不动路了的样子让安瑶忍俊不禁，她浅笑着拉他："走啊！"

而以后相处的一切，都是她拉着他。

言格 & 言溯

（1）

出发去美国的前一个星期，甄意就替宝贝小婴宁准备好了装备——海绵宝宝耳套，围巾手套，羽绒衣，毛绒裤和雪地靴。

太阳下的草地上，小鹦鹉 Isaac 在草坪上啄草籽，小女孩婴宁在搭积木，她看见厚厚的衣服，好奇地问："妈妈，我们要去南极吗？"

甄意笑："我们去美国看爸爸的哥哥，他那里现在很冷哦，下着很厚的雪。"

小婴宁歪头想了想，想不出雪的景色。她从小在深城长大，这里气候温暖，从来不下雪。她想，雪不过是打翻了的盐罐子。

"爸爸的哥哥叫什么名字呢？"

"言溯。"

"哦，爸爸说，Isaac 是他们家的。"

不远处，Isaac 啄啄草籽，又啄啄自己的羽毛。这么多年，它的抑郁症好了，它依然想念它的主人。

"对呀，我们这次把 Isaac 送回去。Isaac 以后就会很开心了。"

"真好。"婴宁拍拍手，趴在草坪上摸摸 Isaac 毛茸茸的小脑袋，"Isacc，你马上就可以回家啦，你要开开心心哦。"

Isaac 缩缩脖子，小脑袋扭过去，继续啄青草去了。

婴宁抬头看甄意："妈妈，我听言栩叔叔说过，言溯叔叔家有很奇怪的厨房，他用玻璃管管和杯杯做饭。"

甄意扑哧笑："那是试管和量杯。"

"还有尺子和秤哩！"

"那是量尺游标卡尺和天平。"

婴宁不太明白，抠抠脑袋，想了想，忽然两眼放光："他是机器人吗？好酷！"

甄意忍俊不禁，哈哈笑出声。

可想想言格对言溯的描述：他是数一数二的逻辑学家、密码专家、微表情专家，还有一堆其他头衔；他博学强知，脑子堪比国会图书馆，上知天文下知地理；他的头脑可以像最精密的计算机一样运作，偏偏他情商极低，深居简出，没有朋友，不会与人交往，也不屑与人交流，因为没人能与他进行智力抗衡。

这样的人，不是机器人是什么？

她说："等下星期见到他，你可以自己问他啊。"

"好哒。"婴宁很兴奋。

"他家还有一个小哥哥哦，你可以和他一起玩。"

"小哥哥？"

"嗯，是小小溯。听说是一个很酷的小男孩呢。"

"好呀，我们一起去找他们玩。"

聊了一会儿，小婴宁低头继续玩积木了。

甄意一边整理着衣服，一边随口问："你在搭什么呢？"

婴宁头也不抬："根号13。"

"……"甄意说，"言栩叔叔教你的？"

"嗯。"婴宁抠抠脑袋，抬起头纳闷地看甄意，表情费解极了，"每次和言栩叔叔猜数字，他都说一些奇奇怪怪的话。我都不知道他在说什么。"

甄意忍着笑，没有解释。

婴宁独自琢磨："根号是什么东西，这明明是一个小对勾，只是尾巴比较长而已。"

她又问："妈妈，你听得懂言栩叔叔说的话吗？"

甄意摇头："不太懂哦。"

"那天我在书上看见自由女神像，就抱着图片去问他：'叔叔，为什么自由女神像要站在纽约港口呢？'结果……"

小女孩细细的眉毛拧成一个疙瘩。

"结果怎么了？"

"他说：'因为她坐不下来。'……"

"噗！"甄意哈哈狂笑。

婴宁还是不懂啊，这有什么好笑的呢，完全就是让人听不懂的话。而且言栩叔叔这么回答时也没有笑啊，他木木的没有一点儿表情，拿着锤子和木板在修房子，哐哐咚咚地敲啊敲。

婴宁问："言栩叔叔和我们一起去美国吗？"

"这次不去。安瑶阿姨肚子里有小宝宝了，不方便，她要多休息。"

"哦。是小妹妹还是小弟弟呢？"

“你喜欢哪个呢？”

“我都喜欢。”小女孩兴奋起来，绽出笑颜，“早上我去看它，小宝宝在阿姨的肚子里扑腾呢，它快要出来啦。我一摸它就扑腾，它想出来和我玩哩。”

“是啊，我们到了美国，给它带礼物回来好不好？”

“好呀，我要把我看到的最喜欢的东西带回来给它。”

说话间，言格回来了。他手里提着一个大大的袋子。

“那是什么？”甄意问。

“那边天冷，给你买的衣服。”

“我自己有啊。”

“我怕不够。”他说。

甄意接过来一看，除了羽绒衣，围巾毛衣等一应俱全，连毛绒袜子都有，居然印着海绵宝宝的图案。

她都是当妈妈的人了，可他仍是把她当小女孩看。

“我看见你从书房里搜了很多书，是要送去给言溯的吧？”甄意笑着问。“对了，言溯的妻子是叫甄爱吧。她是个什么样的人呢，我想给她带点儿礼物过去。”

言格说：“拿一盒彩色糖果吧。”

“啊？”甄意以为自己听错了，“她喜欢这个？”

“嗯。”

“不是说，甄爱是一个很安静，有些冷漠的科学家么？”

言格停了一下，说：“因为曾经一直生活在黑暗里，没尝过甜的滋味，所以向往彩色和糖果。”

“……”甄意轻轻蹙眉。

还有一个星期，可她已经期待着见到那对人了，简直迫不及待啊。

……

而此刻，大洋彼岸，窗外落雪的城堡里，壁炉中篝火温暖。

混血的王子和公主坐在柔软的欧式沙发里看书，一头亚麻色卷发的小小男孩坐在一旁写写画画。小厅里安静极了。

“滴滴”一声，手机响了。

英俊不凡的男人抬起淡茶色的眼眸，瞥一眼屏幕，又低下头继续看书：“言格和甄意会带着他们的小婴宁来，还有 Isaac。”

四周没有动静，只有树枝在火焰里嘎吱蹦儿。

过了好一会儿，身旁的甄爱才蒙蒙地抬起头，有些迷茫。她想了一会儿，问：“我们需要准备什么招呼他们吗？”

“不用。”言溯说。

“哦。”

“不过……”言溯说，“我可以让你提前了解他们一下。”

“哦。”甄爱合上书，等着言溯做介绍，没想到——

“言格不喜欢说话，甄意很喜欢说话。婴宁像世界上大部分的小孩子一样叽叽喳喳。”

介绍完毕。

甄爱：“……”

他的描述真是全面。

正在写方程式的小小溯听了，咕哝：

“我不喜欢吵吵的东西。要是她一直哭，我会被她烦死的。”

“要是她一直哭，我们就把她送去伊娃家。”

“好。”

甄爱：“……”

为什么小婴宁要一直哭？

（2）

N.Y.T 市刚下过大雪，山间的树木银装素裹，世界一片洁白。

从小在中国南方长大的婴宁小朋友还是头一次见到雪哩，她趴在车窗边，戴着手套的手掌不停地擦玻璃，大大的眼睛好奇地向外张望。

“妈妈，是谁给它们盖了一层被子呢？”

甄意怀抱着她，轻笑：“我也不知道诶，你猜是谁呢？”

婴宁挠挠头，信心十足：“一定是大地觉得冷，找天空借了云朵当被子。”

甄意觉得稀奇：“诶？”

“你看呀！”小婴宁指着湛蓝如洗的天空，“天空上没有白白的云朵了，它把云朵借给大地了。”

甄意探头看：“哇，还真是的哦。”

驾驶座上的言格抬起眼帘，银色的路，银色的树，银色的世界上一片碧蓝碧蓝的天，纯净，高远，没有一丝杂色。

他不自觉瞟一眼车内镜，身边一大一小两个女孩都贴着车窗玻璃，眼睛熠熠生辉，不约而同地赞叹：“好漂亮哇！”

他安宁地开着车，在心里想，是啊，好漂亮哇。

人世间无与伦比的美丽，莫过于此。

后座上的小鹦鹉 Isaac 早就不安分了，从进入 N.Y.T 市辖区开始，它就不住地拍打翅膀。这会儿进了山，它竟开始撞玻璃，像嫌车太慢忍不住要冲出去自己飞一样。

婴宁在甄意怀里扭过头，糯糯地安慰："Isaac 你别急，马上就送你到家啦。"

甄意心生感慨，轻轻对言格道："没想到过了那么多年，它还记得回家的路。"

言格说："它是言溯养的，我一点儿也不意外。"

甄意心想，你们家全都是痴情的。她知道言溯的事，他花了很多年的时间，翻遍全世界地寻找他的爱人，漂泊于世，不得已才把他的伴 Isaac 交托给言格。

到了目的地，面前是一座白色的古堡，像下雪的湖中游弋着一只洁白无瑕的天鹅，高贵，冷清。

甄意是第一次看到欧美风格的城堡建筑，沉睡在冰雪世界中，美丽极了。

她没想到这种像景点一般的地方竟是给人住的，她想，那里边一定有温暖的炉火吧。

而言格不由自主想起了小时候的事情，那时候，他、言溯、还有言栩住在一起。

在九溪的言庄，古老的中式庭院里。

三个有自闭倾向的小男孩排排坐在滴水的屋檐下，齐齐仰着小脑袋望天空。

他们可以一言不发地坐上一下午，鸟儿飞过去了，树上掉下了果子，他们的眼睛看不见任何动静。

"841……雨……滴。"小言栩忽然说，一字一次，他的眼睛里平静无波。

没有约好，却又像是心有灵犀。小言溯开口："我的……（这片屋檐）784 滴。"

小言格也蒙蒙地说："我的……900。"

三人的说话都是断续的，可对视一眼，交换一下眼神，便心领神会地抿唇笑了。刚好是三个连续数的平方，真巧。

三只小脑瓜继续齐齐看天。屋檐上的雨滴渐渐串成了线，细细地飘着。

小言栩皱眉："为什（么）……（雨水的）水（流）……（一开始）粗，"他伸手指着，慢慢落下，"……（落下来却越变越）细……了？"

这时候下雨是匀速的，

"（水在单位时间内）……流量（一定）……"小言溯说，"（水从高处落下，在）重力（作用下会越来越）快……流量（一定时）……（速度变）快……（横截面就会变）小……（有时候还会）断（成）……水滴。"

"哦——"小言栩点头。

"哦——"小言格也点头。

三个小男孩不说话了，继续呆呆望天。驱邪铃在风里叮咚，不知不觉，又过了 1 个小时。

“唔，天（上有）……彩虹。”小言溯的眼睛忽然亮了起来。

小言格呆呆地回了神，眼珠转过去看，好奇怪呢，淡蓝色的天上像被人涂了水彩。

“妈妈……（说等）彩虹……（出现的时候），（她会来中国）……接我。”小言溯说。

他表情仍是木木的，茶色的眼瞳却闪着光，像水里的琥珀，“我……（要）走了。”

小言栩慢慢回过头来，攥他的衣角：“哪里？”

“（我）……妈妈（那里）。”

小言栩纳闷地拧眉毛：“（我）妈妈……是……（你）妈妈……呀。”

“不是。”小言溯摇头。

“为（什么）……（我们是）一个爸爸，（也是）一个妈妈。”

“（我们是）一个爸爸，（但）不（是）一个妈妈。”

小言栩鼓嘴巴：“不。（我）要……（和你）……一个妈妈。”

小言溯说：“（我的）妈妈……（是）公主。”

小言栩紧紧揪着他的衣角：“（我要和你）一起（走）。”

“你们在说什么？”言太太怒气冲冲的声音从身后传来，她上前扇小言溯的脑袋，责问，“你在和弟弟们说什么？你妈妈是个酒鬼，扔了你来中国，就是为了她自己逍遥快活。”

她受够了这个丈夫与他的真爱生的孩子，假使他乖巧懂得讨好，她也不见得喜欢；更可况他从不理她，把她当空气。

小言溯头发乱飞，倔强地立在屋檐下，抿着唇看着她，说：“巫婆。”

“你说什么？”言太太揪住他的耳朵，他单薄的身体晃来晃去，他耳朵疼，咬她的手；她吃痛地一巴掌挥过去。

他摇摇晃晃，她袖手旁观，看着小小的孩子从台阶上滚下去。

“啊！！！”小言栩和小言格捂着脑袋狠狠跺脚，惊恐而痛苦地惨叫，愤怒却柔弱地瞪着言太太。

……

到了言溯的家，言格从回忆中抽出思绪来。

下车，冷气一股股袭来。

甄意打了个哆嗦，婴宁却欢喜极了，在雪地上又蹦又跳，把脚印踩成各种图形，花朵儿、小树……

她玩得不亦乐乎，可一见甄意拿了小鹦鹉下来，她立刻跑过去：“我来抱它！”

甄意把鹦鹉交到她手里，婴宁低头蹭蹭鹦鹉毛茸茸的小脑袋，走向古堡。可她才走上台阶，怀里的鹦鹉扑腾着飞了出去，一嘴啄响了门铃。

叮咚……

虽然恋家，Isaac却非常克制而有礼貌，只啄一下便收好翅膀，乖乖蹲在木头邮箱上，耐心而安静地等待着。它黑豆豆般的眼珠一瞬不眨盯着大门。

甄意忽然觉得，它的习性只怕是跟这城堡的主人学来的。

很快，门开了。一张亚洲面孔出现，脸上写满了惊奇，说着口音极重的东南亚鹦鹉："哦，我的天哪，Isaac！"

Isaac舒展地扑腾一下翅膀，小机器人一般热情地打招呼："Hi, Marie!"

它展翅飞进城堡里，白白的影子一下子就消失不见了。

甄意知道开门的是女仆Marie，而城堡里那位古怪的男主人之所以聘用这位英语都不利索的姑娘，只因她的名字和居里夫人一样。

想想他用牛顿和爱因斯坦的名字给自己的鹦鹉和热带鱼起名，甄意觉得这也没什么稀奇的。

立在门边的小婴宁仰着脑袋，学Isaac的称呼，礼貌地打招呼："Hi, Marie!"

Marie笑容满面："你一定是言撄宁小姐了。"她看到了上台阶的言格，喜道，"言格先生，欢迎欢迎。"又看甄意，"这一定是甄意小姐。"

甄意笑着点头。言格和言栩常来这里，Marie自然认识；至于甄意和婴宁，这家主人知道他们要来，当然提前和Marie打过招呼。

甄意随着言格进去古堡，室内的温暖瞬间将她包围，玄关右侧的墙壁上写着一行字：

You may suit yourself, but do not!（请自便，但最好不要。）

这家主人别扭的性子，甄意不禁想到言格对言溯的形容：谦恭而傲娇，低调而张扬。

古堡内温暖干净，是文艺复兴时期的风格，墙上历经沧桑的名画，让人顿觉进入了艺术馆。

大客厅里没有人，对面有几级石阶，连接着一条走廊。

走廊尽头有彩色的光。

一个小男孩站在石阶顶上，一头亚麻色的卷卷的头发，嫩白的小脸细腻如瓷器，他漂亮极了，漆黑的眼珠乌溜溜的，好奇而又害羞地看着他们。

婴宁最先欢乐地奔过去，问："你是小小溯吗？我是婴宁。我是你的妹妹哩。我们的爸爸是哥哥和弟弟。"

小小溯无声地看了她好几秒，才说："我看出来了。"

"诶？怎么看出来的？"婴宁歪脑袋，"为什么不认为是言栩叔叔和他的孩子呢？"

“因为你看上去好爱动。”小小溯说。

婴宁嘿嘿笑：“谢谢夸奖。”

小小溯：“……”

婴宁歪头看见他卷卷的头发，手指拨弄自己的，问：“为什么你的头发是卷卷的呢？”

小小溯说：“头发的卷曲程度取决于头发截面的形状，截面为正圆形的比较直，截面为扁椭圆形的就容易弯；截面越扁，头发就越弯。而截面的形状是有头发蛋白的一级结构决定的，那是由基因……”

他说到一半，看到婴宁张成“O”形的嘴巴，默默闭了嘴，不说了。

婴宁头上一串串的问号“？？？”，小小溯在说些什么呀？他看上去也只比她大一两岁而已。

“小小溯，你在说什么呀？”

“……”

小小溯闷闷地闭着嘴，想了一会儿，说：“我头发卷，是因为还在妈咪肚子里时，妈咪喝开水，不小心把我的头发烫卷了。”

“哇！好厉害！”婴宁瞪圆了眼睛，立刻回头看甄意，“妈咪，为什么你不喝开水把我的头发烫卷呢？”

甄意忍俊不禁，上前揉揉她的头：“你没告诉我你喜欢卷发呀。”

她微笑着蹲下来，朝面前的小男孩伸出手：“小小溯，很高兴见到你，我是甄意。”

小小溯嘴巴抿成一条线，十分严肃地盯着甄意的手，说：“人的手上有百万种细菌，包括几十万种球菌杆菌螺旋菌，除了细菌还有真菌甚至病毒。研究表明女人手上细菌的种类和数量比男人还多。所以国际礼仪把男女之间的握手主动权放在女人那边是不公平的。为了尊重对方，人应该避免身体接触，尤其是手……”

小男孩看到甄意因诧异而睁大的眼睛，又沉默地闭上了嘴，想了想，说，

“但是……很高兴见到你，甄意女士。”

甄意愣了愣，笑出了牙齿，收回手：“是我没注意，哈哈。”

他们跟着小小溯往里走，走廊另一头是一番新天地，五彩缤纷的光瀑布一样从高高的天空流下来。

宽敞的圆厅里，四周从底层到几十米高的屋顶全是木制书架，从上到下摆满数以万计的书册。高低不同，颜色各异。

头顶是大圆形的彩绘玻璃窗，洁白的天光从中穿透，变成一道道五颜六色的光之瀑布。

一身白衣的女孩站在取书的旋转木梯上，鹦鹉 Isaac 落在她肩头。

那是一位从画里走出来的混血美人，如中世纪的公主，亚麻色的长发，漆黑的眼睛。

那是言溯的甄爱。

她似乎不习惯见生人，木木地盯着言格和甄意看了好一会儿，才小声说：“言溯在屋子外边调整墙壁。”

甄意：“？？？”

调整墙壁是什么？

小小溯看出妈妈甄爱的困境，仰头：“我出去叫 daddy 来。”

小鹦鹉 Isaac 扑腾着翅膀飞落到小主人头上，要跟出去见主人；

婴宁很喜欢这个酷酷的小哥哥，撒丫子跟着他跑：“小小溯我和你一起！”

甄意则好奇那位神奇的逻辑学家和解密专家，急切地想要看着，便跟着小朋友们跑出去了。

众人一走，小图书馆里只剩言格和甄爱两人。

两人都不是善于说话的人，各自木木地瞪眼。过了一会儿，甄爱想着自己好歹是主人，便试图找点儿大家都感兴趣的话题聊天。

她斟酌半刻，闷闷地问：“你喜欢什么细菌？”

言格：“……”

几秒钟的安静后，言格问：“嗯？”

“我喜欢金黄色葡萄球菌。你呢，喜欢什么细菌？”

“都不喜欢。”言格说，“我会用消毒液。”

甄爱：“……”

又是几秒的安静，

甄爱慢吞吞“哦”一声，说，“金黄色葡萄球菌有色彩，很漂亮。”

言格：“……”

“……”言格说，“我喜欢消毒液。”

“……”

“……”

室外，甄意踏着厚厚的积雪走到城堡西边的墙壁下，看到一个高高瘦瘦的穿着黑色风衣的男人，正拿着工具修整墙壁。

Isaac扑腾一下飞去言溯肩头，不说话，也不打扰，歪着头凝望着主人端详的方向。

言溯只说：“Isaac，你回来了。”

Isaac 还是没说话，发出咕噜咕噜的声音，立在他肩头。

风在吹，甄意忽然觉得，他们之间是有某种默契的。

这样的重逢，便是很好了。

言溯继续着手中的事情，Isaac 也乖乖地陪伴着，和之前的很多年一样。

甄意抬起头，忍不住惊叹。

墙壁上很多根彩色的管子组成了一副色彩斑斓的线条画。

“这是什么？”甄意问。

侧脸英俊的男人不回答。

小小溯昂起下巴，骄傲地说：“这是会唱歌的墙壁，我 daddy 做哒。”

“会唱歌的墙壁？”

“有两套呢。东边那个下雨时雨水流过管道会唱歌；西边这个起风时风吹过管道孔会唱歌。下雨时唱卡农，起风时唱天空之城。这是送给 mommy 和我的礼物。”

“这……”

甄意觉得不可思议，她仰头往那纵横交错的彩色管子，言溯把它做成了巨大的类似风笛的乐器？

正想着，一股狂风刮过来，卷进管子，一瞬间，悠扬的音乐荡漾开，真的是天空之城。

甄意赞叹，如果下雨了，噼里啪啦的雨声变成卡农，那将是多么美妙的场景？

“言溯，这么复杂的东西，亏你想得出来。”

他头也不回：“因为我有比正常人聪明很多的脑袋。笨蛋当然想不出来。”

甄意一点儿不觉得他的话不好，她那当律师的脑子稍稍一转，便堵他：“正常人？这么说你不正常了？”

她以为占了上风，可言溯很坦然地回了一句：“我当然不正常，正常人在我眼里都太笨了。”

甄意：“……”

她又说：“言溯，你比最会筑巢的燕子还厉害。”

言溯这下回头了，他眉目深邃，皮肤白皙，如同宫廷画里走出的矜贵王子。他浓眉微蹙，认真道：“你怎么能拿我和燕子比较，它是本能，而我是创意。”

甄意哈哈笑：“不这么说，你会回头吗？”

言溯：“……”

言格的女朋友真是古怪，他心想。

甄意朝他伸出手：“言溯，很高兴见到你，我是甄意。”

言溯嘴巴渐渐抿成一条线，十分严肃地盯着甄意的手，说：“人的手上有百万种细菌，包括几十万种球菌杆菌螺旋菌……”

没想他的话忽然被甄意打断，甄意嗓音清脆，眉眼含笑：“除了细菌还有真菌甚至病毒。研究表明女人手上细菌的种类和数量比男人还多。所以国际礼仪把男女之间的握手主动权放在女人那边是不公平的。为了尊重对方，人应该避免身体接触，尤其是手。”

她咯咯笑，“我背诵得对不对？”

言溯：“……”

“言格早和我说过啦，我故意逗你玩的，哈哈 ~~”

言溯：“……”一点儿都不好玩，他心想，而且，有什么好笑的呢。

可她笑得嘴角弯弯，眼睛也弯弯，跟月亮似的。

小小溯和婴宁在雪地上跑，甄意在欢乐大笑，言溯在纳闷思考，彩绘玻璃窗下甄爱和言格在看书；

而小鹦鹉 Isaac 蹲在主人肩上，小脑袋埋在翅膀里幸福地睡着了。

风从高高的蓝天落下，刮过森林，吹进彩色管子里。

墙壁慢悠悠地唱起了歌，音乐在冰雪的世界里缓缓弥漫开，是掺杂着一点儿小伤感却幸福美好的天空之城呢。

（3）

傍晚，言溯亲自为大家做午餐。

甄意和小婴宁坐在吧台这边，张大嘴巴，下巴都差点儿掉下来。她们终于见到了传说中用量杯试管小天平和滴管做饭的人。

主菜配菜调味料全部整整齐齐，按先后顺序一盘一盘地排列，像是军训的小朋友乖乖排队在盘子里站军姿。

和机器切的菜都没有差别啊。

他简直是在做化学实验。

言格和甄爱都对此习以为常，并不觉得意外。

婴宁嘴巴一直保持“O”形，好一会儿，凑到甄意耳边嘀嘀咕咕。

正巧言溯转身看见了，问：“怎么？”

婴宁亮着眼睛崇拜地看着他，言溯道：“这种眼神我见得多了。”

甄意替婴宁说：“她说你是机器人。”

言溯挑了挑眉，不知是满意还是不满意。他说：“虽然我明白你是出于认为机器人最厉害的心理而夸赞我是机器人，但很抱歉，我比机器人高端多了。”

“哦？”婴宁歪脑袋，溜溜的眼珠好奇地望着他。

言溯看她一会儿，意识到她应该没听懂，拧着眉心抿了抿唇。那是他准备解释的前兆。

甄爱一眼看出来了，拦住："别和小孩子较真也可以。"

言溯更不解地皱眉："为什么对小孩子不能较真？难道我要和小孩子较假？"

甄爱踢他一脚："你只用知道是夸赞就好了。"

"……"言溯抿着嘴巴不吭声了，好一会儿，木木地对小女孩说，"噢，谢谢。"

说完，转身继续做饭。

……

没过多久，午餐做好了。

小婴宁趴在餐桌边，嘴巴张成了更大的"O"，太神奇了。

意大利面做成了波纹岩，芝士煎鸡蛋是撒哈拉之眼的图案，芥末三文鱼是小长城，黑椒牛排是狮面人和金字塔，蓝莓圣代是伯利兹大蓝洞。

"哇！真的是机器人！"小婴宁由衷地赞叹，见言溯看着她，她赶紧拿小手捂住嘴巴，想了想又说，"比机器人厉害好多好多倍！"

言溯点点头，满意地落座。

饭桌上，甄意把系着蝴蝶结的糖果玻璃罐子递给甄爱，笑道："Ai，这是给你的礼物。"

甄爱先是愣了一下，随即黑珍珠般的眼瞳中闪过一丝惊喜，极淡的，转瞬即逝；她接过来玻璃罐，抿着唇轻声说："谢谢。"

她反应平静，甄意却看得出她是天性使然，才如此克己。甄意知道她是开心的。

那是一罐五颜六色的小熊软糖。彩色、小熊、柔软、糖果、都是她欢喜的。

言溯看甄爱把罐子抱在手里，脸上看似没什么表情，手却迟迟不松开。这便是她的爱不释手。他目光一挪，看看甄意；渐渐，又落到言格身上，后者安安静静地在喝汤。

"小熊软糖。"小小溯放下汤匙，黑溜溜的大眼睛盯着妈妈手里的罐子。

"吃一颗吧。"甄爱摸摸他的头，拧开盖子，给小小溯和小婴宁一人抓了几颗，随即，又拿了一颗到自己嘴里，抿着。

言溯始终看着她，到了此刻，微微一笑，道："果然，是你自己想吃。"

甄爱脸微红，轻轻瞪了他一眼。

午餐后，两家人坐在起居室里喝茶。

言溯和甄爱家里少有访客，两人都不善交际，不知该聊什么。言格喜欢安静，慢吞吞喝着茶，甄意却闲不住，很快叽叽喳喳：

"言溯，你这个城堡是什么风格呀？"

"哥特。"

"……哦，是不是很古老了。到哪个世纪呢？"

"13。"

"……"

客厅里安静了一秒。

甄爱杵了杵言溯的胳膊，后者纳闷地扭头："嗯？"

她握着茶杯，小声："你是主人，要健谈一点儿。"

"哦……"言溯想了想，问，"甄意，你和言格是怎么重新走到一起的？"

这是甄意最喜欢的话题，她的眼睛一下子亮起来了，她放下茶杯，欢欢喜喜地讲述起来：她在爷爷家接到了言格的电话，言格的风衣被她弄脏了，他们在商场的厕所里遇到，他们在警察局遇到，后来又去精神病院……

言溯默默喝着茶，甄意讲得眉飞色舞。

讲了好久，她忽然意识到言溯的表情没什么变化，她顿了下来，转转眼珠，问："其实，你并不感兴趣吧？"

"噢，是的。"言溯很诚实。

甄意一点儿也不介意，反而哈哈大笑起来。

而甄爱是被她的故事吸引的，她再次杵了言溯一下，后者扭头，浅茶色的眼睛清澈地看着她："这样回答是不礼貌的吗？"

"呃。"

"好吧。"言溯决定重新对甄意嘘寒问暖，"你们最近生活得怎么……算了，随便怎样。"

甄爱："……"

甄意："哈哈哈哈。"

……

到了下午，两家人一起去外边的山林里散步，让小婴宁看看她期待已久的雪景。

才出门，小女孩就像出笼的鸟儿，欢快地飞走了。

甄爱拍拍小小溯的脑袋："要照顾妹妹哦。"

"噢。"小小溯跟着那个粉红色的影子，飞奔过去，四溅的雪花在阳光下撒开。

两个小孩子很快跑到了一条河边，河面结了厚厚的冰。

婴宁大呼："我从来没见过这样的河流啊，好酷！"

她立马跑去河中央，回头望："小小溯，你快过来玩呀，像溜冰场一样呢！"她的脸红扑扑的像苹果，说话时冒出的热气像大大的棉花糖。

小小溯总是和爸爸一起散步来这里，他没有那么惊喜。他慢吞吞地走过去。

"你看，有鱼！"婴宁的胖手套指着脚底的冰面，的确有鱼儿游来游去，她兴奋地跺脚，"小小溯，你看，有鱼。"

她又蹦又跳。

好吵啊，小小溯心想。

“你再蹦，小心掉下去。”

“哦。”婴宁赶紧悄悄地安静下来。

“小小溯，”她声音都小了，说悄悄话似的，“好神奇哦，为什么冰块可以浮在水面上呢？”

小小溯眼珠转转，想起爸爸给他讲得那个“最美的童话”，于是说：“既然你是妹妹，我给你讲故事吧。”

“好呀好呀。”婴宁捧场地拍手。

小小溯脸微微羞红：“我爸爸给我讲过一个童话，自然界的同一种物质，相同体积下，通常都是固态比液态重。水却不是，所以，冰就比水轻。”

“……”婴宁懵懵地看着他。

小小溯昂着脑袋：“所以冬天，冰层浮在水面上，水底的生物还能照常存活。不然全部结冰，淡水生态系统就会完全崩溃。”

婴宁搓着手套，低头看脚底的鱼。小小溯在讲什么啊？

“婴宁你知道吗？100%纯度的水表面的水膜比钢还硬，别说人在上面走，坦克都行。但是，这世上没有100%纯度的水。”

婴宁抓抓北风吹的脸蛋：“呃……不知道啊。”

小小溯满意地解释：“因为水是世界上最宽容的物质。它会主动地溶解和它接触的东西。它从不固执，它包容万象。如果不是水的包容，大到风雷雨雪，小到动植物细胞的光合作用氧化作用，都会坍塌。这个世界，就会一片死寂。”

婴宁指着冰面：“小小溯，我要抓鱼，我要抓鱼。”

小小溯：“……”

她有没有听他说话？哼！

“现在是休渔期，不能抓鱼的。”小小溯哼一声。

“休渔期是什么？”婴宁不懂。

“是……”小小溯想了想，说了她也不会认真听，不说了。“就是不能抓鱼的时期。”

“哦，好吧。”婴宁崇拜地看着他，“小小溯，你懂得真多。”

“……”

“小小溯，我们以后一直一起玩好不好？”

“不好。”小男孩说。

婴宁费解极了：“为什么呀？”

“……”他想了想，“你圆滚滚的，跑都跑不动。”

“不是呀，我就是衣服穿多了哩。”

“那也不好。”

“为什么呀？”

“你太瘦了，风一吹就不见了。”

“……”

正说着，四个大人走上了湖面。

小婴宁一下子冲过去抱住甄意的腿，呼喊：“我要把小小溯带回家去。”

小小溯默默往后挪一步，揪紧甄爱的衣服，黑眼睛警惕地看着她。

甄意笑了起来，蹲下去摸摸婴宁的头：“如果别人喜欢婴宁，要把婴宁带回家，婴宁去不去呢？”

婴宁摇头：“不。”

“为什么？”

“因为我要和爸爸妈妈在一起。”

“小小溯也要和他的爸爸妈妈在一起呀。”

“……噢。”小婴宁低下头，又抬起来，“我知道了。”

“但我们可以经常过来玩，小小溯也能去我们家玩呀。”

“对呀。”婴宁开心地拍手，扑过去一把抱住小小溯的脖子，“小小溯你去我家玩呀！”

小小溯被她箍着在冰面上转圈圈。

小女孩欢乐的笑声像长了翅膀的鸟儿飞向天空。

甄爱和甄意抬头看，银装素裹的森林之上，是湛蓝湛蓝的天空。

言溯和言格也抬头看，高高的天空上，北风吹过，美好而安静啊。

言家宝儿

[小动物小剧场]

从前，在茂密的大森林里，住着一只小松鼠。

她叫甄小意，她爱吃松果。

她的梦想，是全世界的小动物都吃松果，这样，大家就不会打架了。小老虎不要吃小鹿，小狼不要吃小兔。世界多美好啊。

她每天都过得很忙碌，摇着尾巴顺着大树上上下下地窜，采松果，运松果，洗松果，藏松果……

附近的居民就感叹了，比如猴子妈妈：

“哎呀，楼上的甄小意太闹啦，天不亮就咚咚咚，咚咚咚，跑上跑下，我眼睛都花啦。我家猴子宝宝都没她闹腾呢！”

小浣熊打了一个长长的哈欠：“我每天要睡 18 个小时，甄小意要跑 18 个小时。”

毛毛虫慢吞吞地爬过，捂着小心脏：“哎哟，差点儿发生交通事故。她跑那么快，没超速吗？”

一排蚂蚁爬过去，附议：“对，猫头鹰警长应该给她开罚单！”

甄小意跑过，赶紧刹车，把松果送到大家面前：“给你吃呀，新鲜的松果可好吃啦。”

猴妈妈说：“我们最爱吃香蕉。”

蚂蚁说：“送给我们当别墅差不多。”

甄小意每天可忙了，每天都抱着松果度过，还没到秋天，她就把过冬的食物全部准备好了。

真惬意呀。

她坐在树枝上，抱着松果荡着脚丫，一边吃松果一边唱着歌儿。

唱着唱着，忽然听见树底下传来汪汪汪的叫声，好几只狗，在吵架？

甄小意赶紧跑下去，跳到最低的一个树桠上观看，小猴小鸟小浣熊全部挤在一起：

“他们是不是要打他？”小猴子问。

“他好漂亮呀！”小鸟儿叽叽喳喳。

“以多欺少，坏蛋。”小浣熊义愤填膺。

甄小意拨开小猴的尾巴和小熊的手掌，钻过去看，哇噻，好漂亮的一只小白狗呀！

她眼睛都直了，在森林里她从来没见过那样美好的纯白色。

小猴的剥了皮的香蕉？哦不，不够白；

唔，裂开了的椰子汁，哦对，椰子汁。

怎么会有野生小动物的毛毛那么白？她还从来没见过呢。她低头看看怀里的松果，唔，灰松色的，屁屁一扭，尾巴摇到前边来，和松果一样的颜色。

伸开小手爪，踢踢小脚丫，都是松果色呢。

她蒙蒙地望向树下，青黄交加的落叶层上，一只白白的小狗，白得纯粹，没有一丝杂色，把对面一群灰色的狗狗衬得真不好看。

她眨眨眼睛，歪着头呆呆地看，那群灰狗对着他汪汪，找他要骨头。一看，小狗身上背着一个白色的小口袋，里面正放着一只香喷喷的骨头。

小白狗没理他们，摇了摇头，甄小意听见了非常清新悦耳的铃铛声。诶？小狗的脖子上系着一颗金色的铃铛呢，还是松果形状的！

嗷！

小松鼠一下子跳起来，抓起松果噼里啪啦地向那群小灰狗砸去！

[学步记]

隔壁家的宝贝十个月就开始走路学说话了，言家宝儿快一岁了还整天趴在地上，肉嘟嘟一个滚过来，滚过去，滚完了呼呼睡，睡醒了呼呼滚。

言家宝儿特别乖，带孩子的家中老用人天天夸：宝儿长得像爸爸，像爸爸的女儿长大了有福气；

又说：没见过这么听话的小人呢，不哭又不闹，连要尿尿都只是小声地哼哼。这样乖的孩子以前只带过言格和言栩。

端坐在一旁看宝儿的言格身形微顿，只记住了一句话：这样乖的孩子以前只带过言格和言栩呢。

他脑子里飞快地思索了一下，自闭是有遗传倾向的。他和言栩就不用说了，同父异母的言溯小时候也有。

他们家宝儿快一岁了还懒懒地不走路不说话，整天只知道吃奶睡觉，不哭又不闹，该不会是……自闭症吧。

这个想法成了言格心里的阴霾，当天，也不管宝儿要睡觉，就把她小小一个拎起来放进学步车里，一个人带着她去山里散步去了。

言家宝儿坐在小鸭鸭学步车里，啊呼呼地打哈欠，小脑袋东倒西歪，小腿乱蹬。

走到长木板桥上了，桥下流水潺潺，小河旁绿树丛丛。言格蹲下来，摸摸宝儿毛茸茸的小脑袋，说：

“看，风景是不是很好。要学会像妈妈一样看风景，不要像爸爸一样自闭，好不好？”

言家宝儿啃手指，东张西望，不知道爸爸在说什么。

“嗯，你好像听不懂。”言格说，“那我先教你说话吧。”

他指指自己：“爸，爸。”

言家宝儿歪着头，黑黑的眼珠滴溜溜地转，小嘴一撅：

“布～布～”

一张口，嘴巴里吐出一串小泡泡。

“……”他拿小手帕给宝儿擦去嘴角的口水泡泡，鼓励，“嗯，还算……不错吧。”

自此，他一手接过了带宝儿学步走路的任务。宝儿似乎有运动的天赋，一开始还懒懒地想睡觉，渐渐，一把她放进学步车里，她就扑腾着小短腿，跟放进水里的鸭子一样，滋溜就滑远了。

很快，不用学步车也能快速跑了。

到了周岁那天，一家人等着宝贝儿抓周，宝贝儿人却不见了。四处找，发现她一小只跑进了厨房那里。

小人儿还不会说话，穿着粉黄色配嫩绿色的小汉服袄裙，咿咿呀呀地欢腾叫嚷，在大鹅群里扑腾扑腾地赶鹅。大人们吓一跳，大鹅攻击性可强，别伤到孩子！

可哪里是她怕鹅？她小手小腿乱跳乱挥，大鹅满世界窜，白鹅毛像下雪，小家伙变成了小雪人。

言格过去一手把她拎起来，她小手还在挥舞，小短腿还在半空中踢踏扑腾，鼻子里粘着鹅毛，打了一个大大的“啊～秋～”

打完了，吸吸鼻子，抬头，黑溜溜的眼珠盯着爸爸，立刻欢快地嚷：“粑～粑～”

声音嘹亮得像是扯着嗓子在喊，麻雀全从竹林里飞起来。

她朝爸爸伸出小手臂，小手抓抓：“抱～抱～”

言格把她拢进怀里，宝贝儿趴在爸爸肩上，歪着头，咿呀地大声唱歌，小腿还欢快地在粑粑衣服上踢腾。

言格摸了摸鼻子，默默地想：好像弄错了，应该担心她会像妈，有多动症吧。

后记

写前一本《亲爱的阿基米德》时，我曾说，言溯和甄爱的爱情是精神的独立与合一。

写这本《亲爱的弗洛伊德》时，我认为，言格和甄意的爱情是两人间的救赎与被救。

他们是一对彼此救赎，互相取暖的孤独孩子。

言格是患有阿斯伯格综合症的孤独自闭的孩子。

言格的世界里要有光，于是，甄意从天而降。

甄意救赎了言格。如果甄意不曾出现，言格的世界便永远黑暗，他独自默默在自己孤僻的世界里，他习惯了，他不会觉得不舒服，他或许是自在的，他却永远不会体会到这世上最浓烈最炙热的感情。

这是命中注定，没遇上她之前，他一个人行走，心安理得地活着。爱上她之后，他的生命开始焕发光彩。

12 年前，站在雨过天晴的天空下，小小的言格对他的双胞胎弟弟说：

“我遇到一个女孩，她从天而降，像一颗彩色的太阳。”

甄意就是一颗小太阳，对言格发散光和热，不降落，不离去。

他说，彩虹都说她不可思议。他遇见她，就是一个奇迹。

甄意是患有多动症的多重人格的孩子。

甄意的世界里要有甜，于是，言格出现在她眼前。

言格救赎了甄意。如果言格不曾出现，甄意的世界早已崩塌沦陷。小学的那场火灾后，她作为甄意的人格会被碾压，封存。

是他带着温暖气息的海军款风衣让她苏醒。她又成了那个阳光又二货的少女，在人生最美好的年华，奋不顾身地爱上他，追求他。

对甄意来说，言格也是她的光和热。爱言格是她一生的信仰。

甄意活泼热情，她的世界辽阔无际；可言格孤独自闭，他的世界只有她和她带来的色彩。截然不同的两人却有着相同的对爱情的认知：我爱你，甚于全世界。

我爱你，比所有人都爱你；

我爱你，比爱这个世界还要爱你。

他们无法抗拒命运的美丽。

他是星星的孩子，可那一天，他遇到一个女孩，她从天而降，像一颗彩色的太阳。

于是，彩色的小太阳带着星星的孩子走出黑暗。

言格，不要怕，我会一直陪着你呐。